Trilogia Merlin, livro II

A morte de um império

Trilogia Merlin, livro II

A morte de um império

M.K. Hume

novo século®

São Paulo, 2013

Coordenação Editorial: Mateus Duque Erthal
Tradução: Myriam Campello
Preparação: Tássia Carvalho
Diagramação: Luciana Inhan
Capa: Larry Rostant
Montagem de capa: Monalisa Morato
Revisão: Fernanda Guerriero Antunes

Dados Internacionais de Catalogação na Publicação (CIP)
(Câmara Brasileira do Livro, SP, Brasil)

Hume, M. K.
A morte de um império / romance de M. K. Hume;
[tradução Myriam Campello]. -- Barueri, SP :
Novo Século Editora, 2013. -- (Trilogia Merlin ; v. 2)

Título original: Death of an empire

1. Ficção australiana 2. Ficção histórica
3. Merlin (Personagem legendário) - Ficção I. Título.
II. Série.

13-06137 CDD-823

Índices para catálogo sistemático:
1. Ficção : Literatura australiana em inglês 823

2013
IMPRESSO NO BRASIL
PRINTED IN BRAZIL
NOVO SÉCULO EDITORA LTDA
CEA – Centro Empresarial Araguaia II
Alameda Araguaia, 2190 – 11º Andar
Bloco A – Conjunto 1111
CEP 06455-000 – Alphaville Industrial, Barueri – SP
Tel. (11) 3699-7107 – Fax (11) 2321-5099
www.novoseculo.com.br
atendimento@novoseculo.com.br

Este romance é dedicado ao Dr. Tom George e ao Dr. Warwick Sapsford, dois médicos dos tempos modernos a quem muito devo. Eles sempre acreditaram em mim, mesmo quando eu própria duvidava. Sem seu apoio e sua fé constantes, eu poderia não ter criado o meu Myrddion Merlinus.

M.K. Hume, março de 2011.

Agradecimentos

Foi bem difícil escrever este livro: tive de passar muitas horas pesquisando a emaranhada e meio esquecida história da Europa no período entre 450 d.C. e 456 d.C. Como romancista (mais do que como historiadora) acostumada a encontrar e decifrar informação rapidamente, e então reconstruir o conhecimento pré-existente de culturas antigas, senti-me um pouco esmagada nesse novo mundo de francos, godos e Constantinopla, sem meus dados históricos arthurianos ao alcance das mãos.

Contudo, reencontrei minha paixão pela descoberta à medida que mergulhava nas vidas e épocas de pessoas fascinantes, cuja influência moldou o mundo de agora. Fiquei especialmente interessada nos últimos debates sobre os efeitos do envenenamento por chumbo e sua importância – ou falta dela – na vida romana.

Meus agradecimentos vão para várias pessoas-chave que me ajudaram a entender os detalhes da pesquisa. Primeiro, à minha editora Clare Foss, que assumiu a tarefa de me orientar com entusiasmo e apoio. Escrever é uma atividade solitária. É muito fácil desanimar, pensar que perseguimos miragens sem valor ao palmilhar dados, pilhas de livros, fotocópias e resmas e resmas de papel. O estímulo e os elogios de Clare, por meio de e-mails e mensagens, me animaram nos ocasionais dias difíceis.

Obrigada, Clare.

Obrigada mais uma vez ao guia sólido proporcionado por minhas amigas Pauline, Penny e Robyn, muito pacientes comigo quando me entusiasmo demais.

Jolene Hill é um tesouro. Um apoio fundamental em minha carreira literária, e tenho de agradecer-lhe de todo o coração. Jolene tem muito talento e lida com toda a miscelânea de que necessito para ser uma romancista eficaz. Jolene, Michael e Simon, nosso homem TI, são o muro sólido à minha retaguarda e me dão o apoio técnico que me mantém avançando enquanto persigo o elusivo sonho de todos os escritores – ser bem-sucedido no que mais amamos.

Além dos mencionados, há diversas pessoas virtualmente anônimas, exceto em suas próprias comunidades, sobretudo na Inglaterra e em Gales, pessoas que encontrei em minhas viagens pela Europa, Ásia e Grã-Bretanha.

A Gwylym, o cavalheiro idoso que conheci no *Hole in the Wall*, um pub em Caernarfon, meus agradecimentos por me fornecer um nome para o quadro de *dramatis personae* deste romance.

A Inga, Ken, Anan e David, em Glastonbury, muito obrigada por tornarem mais confortável minha temporada no estrangeiro, fazendo-me rir e oferecendo a esta australiana uma visão próxima e apurada da vida no Somerset rural.

Às maravilhosas pessoas do *Coach Houses Inn*, em Chester, onde soube da existência da família Tempest: seu amável conselho permanece comigo.

Agradeço também às muitas pessoas gentis de Carmarthen.

Gostaria de saber o nome de cada motorista de ônibus, de cada loja que vende jornal ou mesmo de cada transeunte, pessoas que me ajudaram, para agradecer-lhes individualmente, mas saibam que levo seus rostos e suas vozes comigo quando me sento à minha mesa, a vários oceanos de distância, e trabalho por longas horas noturnas.

Muito obrigada também a Dorie Simmonds, por me fazer sentir bem-vinda no Natal longe de casa, e ao pessoal da cadeia *Premier Inn*, em Londres, Nottingham e York. A generosidade das pessoas às vezes me deixa sem fôlego, e sou grata a cada sorriso e palavra amável que recebi.

M. K. Hume, março de 2011.

Os Personagens

Aetius (Aécio) - Flavius Aetius (Flávio Aécio - *circa* 396-454) foi o último grande general romano. De ascendência cita e criado entre os hunos, permaneceu amigo destes por toda a vida. A serviço de Roma, foi elevado à posição de *magister militum* por Gala Placídia, imperatriz e regente do Império Romano do Ocidente, tornando-se protetor de Placídia e do Imperador Valentiniano. Em 451, suas forças derrotaram Átila, o rei dos Hunos, na batalha dos Campos Cataláunicos, perto de Châlons, na França, onde lutou com as forças de Átila até imobilizá-lo. Retardou o avanço do Huno na Itália e esteve presente no encontro entre o Papa Leão e Átila, em Mântua, em 452. Em 453, arranjou o noivado de seu filho Gaudentius (Gaudêncio) com a filha de Valentiniano, Placídia. Em 454, Aécio foi assassinado por Valentiniano III, inspirando a famosa descrição de que o imperador cortara sua forte mão direita com a esquerda.

Ali el Kabir - Rei árabe sem importância de pequena tribo perto de Damasco, era tio de Usuf el Razi.

Ambrosius - Ambrósio Aureliano, Alto Rei dos britânicos no início do quinto século. Filho de Constantino III e irmão de Constans II (assassinado e sucedido por Vortigern), e de Uther Pendragon. Todos eles ocuparam o trono em momentos diversos. Ambrósio foi para o exílio por alguns anos, mas posteriormente voltou à Britânia e reivindicou o trono. Sucedeu a Vortigern e se tornou o último dos reis romanos.

Annwynn - Curandeira, morava em Segontium. Com grande conhecimento de ervas, aceitou Myrddion como aprendiz quando este era ainda um garoto.

Ardabur Aspar - Enquanto em missão secreta na Britânia, Flávio Ardabur Aspar (400-471) violou uma garota celta, Branwyn, que o resgatou depois do naufrágio que ele sofreu perto de Segontium, na costa oeste da Britânia. Na época, Aspar estava a serviço do Rei Vortigern. Branwyn ficou grávida dele e deu à luz Myrddion Merlinus (posteriormente Emrys).

Ardabarius - Flávio Ardabarius era o pai de Flávio Ardabur Aspar.

Avienus - O Cônsul Avienus participou de uma delegação conduzida pelo Papa Leão I, que foi ao encontro de Átila, em Mântua, e o convenceu a deixar a Itália.

Ardarico - O Rei Ardarico (morto em c. 460) era um governante pouco importante dos povos gépidas, e serviu sob o comando de Átila, o Huno.

Átila - Átila, rei dos hunos (406-453), governou o Império Huno de 434 até sua morte, e foi um inimigo feroz tanto do Império Romano do Oriente quanto do Império Romano do Ocidente. Invadiu por duas vezes os Bálcãs e também por duas vezes a Gália (França). Seus ataques se estenderam até Orleans antes de ser derrotado na batalha dos Campos Cataláunicos, perto de Châlons, em 451. Posteriormente, atacou as forças do Império Romano do Ocidente, em 452, e tomou o norte da Itália, ameaçando Roma. Após conferenciar com o Papa Leão e com uma delegação despachada pelo Imperador Valentiniano, Átila abandonou o ataque e voltou ao norte.

Bleda - Irmão de Átila, rei dos Hunos. Foi morto por Átila após uma disputa entre eles.

Bran - O deus celta da regeneração.

Brangaine - Como criada, seguiu o acampamento celta que se juntou aos curandeiros de

Myrddion, na jornada de Segontium, na Grã-Bretanha, a Constantinopla.

Branwyn - Mãe de Myrddion. Filha de Olwyne Godric e neta de Melvig ap Melwy, rei da tribo dos Deceangli.

Bridie - Seguidora do acampamento celta, juntou-se aos curandeiros de Myrddion na jornada de Segontium a Constantinopla como criada.

Cadoc ap Cadwy - Guerreiro a serviço de Vortigern, veio da floresta de Dean. Tornou-se assistente de Myrddion e viajou com este de Segontium a Constantinopla.

Captus - Um capitão do exército franco-sálio que escoltou o grupo de Myrddion quando foram capturados pelos francos perto de Châlons, na França. Tornou-se amigo de Myrddion.

Catigern - Filho ilegítimo do Rei Vortigern e de uma criada, era o meio-irmão mais jovem de Vortimer e o meio-irmão mais velho de Vengis e Katigern.

Ceridwen - Feiticeira celta. Possuía o Caldeirão da Inspiração Poética.

Childerico - O Príncipe Childerico (440-481) era filho de Merovech, rei dos francos sálios, e sucedeu a seu pai como rei.

Cleoxenes - Nobre bizantino, Cleoxenes era um diplomata a serviço do imperador do Império Romano do Oriente. Inicialmente enviado à corte de Valentiniano, em Roma, como representante do governo, juntou-se a Flávio Aécio em Châlons. Esteve na batalha dos Campos Cataláunicos como observador. Depois da batalha, voltou a Roma e presenciou o encontro do Papa Leão I e Átila, em Mântua.

Chlodio (Clódio) - Rei dos francos sálios. Pai do Rei Merovech.

Constans - Alto Rei dos britânicos. Sucedeu a seu pai, Constantino III. Irmão mais velho de Ambrósio.

Constantino - O Imperador Constantino (c. 285-337) tornou-se imperador de Roma em 311. Dividiu o Império Romano em dois: o Império Romano do Ocidente, cuja capital era Roma, e o Império Romano do Oriente, cuja capital era Constantinopla, cidade que leva o seu nome.

Constantius (Constâncio) - Morto em 421, Constâncio foi chefe do Império Romano do Ocidente e consorte de Gala Placídia.

Emílio - Um estalajadeiro de Constantinopla.

Erasistratus - Famoso médico alexandrino.

Erikk Quebra-Cavalos - Guerreiro gépida que atuou como mensageiro.

Ferreus - Bandido também conhecido como Barra de Ferro. Lutador e valentão da Suburra de Roma.

Finn ap Finbarr - Também conhecido como Narrador da Verdade. Batedor avançado do exército de Vortigern, tornou-se um dos assistentes de Myrddion e viajou com o curandeiro para Constantinopla.

Flavia (Flávia) - Filha de Flavius Aetius (Flávio Aécio), casou-se com Thraustila, nobre huno que serviu na guarda do imperador. Ela seduziu Myrddion, com quem teve uma breve ligação na jornada de Ravena a Constantinopla.

Fortuna - Deusa romana da sorte ou do acaso.

Freya - Deusa nórdica do amor e da fertilidade. Era a mais bela e propícia das deusas, e invocada nas questões amorosas.

Galeno - Médico e filósofo romano.

Galla Placidia (Gala Placídia) - Filha de Teodósio I, Gala Placídia (392-450) teve vários maridos antes de se tornar a imperatriz consorte de Constantino III, chefe do Império Romano do Ocidente.

Gallica Lydia - Esposa de Petronius Maximus (Petrônio Máximo).

Gaudentius (Gaudêncio) - Filho de Flávio Aécio, era casado com a filha de Valentiniano.

Gorlois - O Javali da Cornualha, rei da tribo dos Dumnonii. Era casado com Ygerne, e pai de Morgana e Morgause.

Gwylym - Gwylym ap Gwylydd era um mercenário celta servindo a Flávio Aécio na Gália.

Hengist - Aristocrata saxão que serviu ao Rei Vortigern como mercenário durante alguns anos antes de juntar-se aos invasores saxões. Posteriormente, tornou-se o *thane* dos saxões de Kent.

Heraclea - Irmã de Thraustila Minor, marido de Flávia.

Heraclius (Heráclio) - Camareiro do Imperador Valentiniano III.

Herophilus (Herófilo) - Famoso médico e filósofo grego.

Hipócrates - Famoso médico e filósofo grego. É lembrado pelo Juramento de Hipócrates.

Honória - A Princesa Honória era filha do Imperador Constâncio e de Gala Placídia, e irmão de Valentiniano. Durante as pilhagens de Átila, rei dos Hunos, pela Gália e Itália, ela enviou uma carta a Átila oferecendo-se para casar-se com ele. O fracasso de suas maquinações provocou o ataque ao Império Romano do Ocidente.

Horsa - Irmão de Hengist e mercenário nas forças de Vortigern.

Isaac - Famoso curandeiro judeu que praticava medicina em Roma e Ravena.

Leão I - O Papa Leão foi um papa distinto e competente, indicado ao posto em 440. Entre outros sucessos, chefiou uma delegação a Mântua, na companhia de dois delegados do Império Romano do Ocidente, por solicitação do Imperador Valentiniano, em 452. Sua tarefa era ir ao encontro de Átila e interceder com o Huno em benefício dos cidadãos de Roma.

Licinia Eudoxia (Licínia Eudóxia) - Esposa do Imperador Valentiniano.

Marciano - O Imperador Marciano (392-457) era um protegido de Flávio Aspar. Ele se tornou chefe do Império Romano do Oriente em 450, devido à influência do *magister militum*. Sucedeu a Teodósio e foi casado com Pulcheria.

Magnus Maximus (Magno Máximo) - Lendário governante romano da Britânia. Foi avô de Ambrósio.

Merovech - O rei dos francos sálios era também conhecido como Merovius (415-451), embora as datas sejam discutíveis. Foi o pai do Príncipe Childerico e reputado como um dos líderes da coalizão que derrotaram Átila, rei dos Hunos, na batalha dos Campos Cataláunicos, em 451. Acreditava-se que um monstro marinho engravidara a mãe de Merovech.

Mitra - Obscura deidade do zoroastrismo. Representava a figura paterna, tendo sido adotado como o deus guerreiro da soldadesca romana.

Morgana - Filha mais velha de Gorlois e Ygerne, irmã de Morgause e meia-irmã do Rei Arthur, que se tornou Alto Rei dos britânicos.

Morgause - Filha de Gorlois e Ygerne, irmã de Morgana e meia-irmã do Rei Arthur. Esposa do Rei Lot e mãe de Agravaine, Gawaine e Geraint.

Myrddion Emrys - Assim chamado por causa do Sol. Seu nome significa Senhor da Luz.

Olwyn - Filha de Melvig ap Melwy, mãe de Branwyn e avó de Myrddion. Foi morta por Vortigern em Dinas Emrys.

Optilia - Capitão huno da guarda de Valentiniano. Esteve envolvido no complô que resultou na morte do imperador.

Petronius Maximus (Petrônio Máximo) - Senador que posteriormente se tornou imperador. Seu governo durou apenas dois meses antes de o imperador ser dilacerado pela turba romana, depois que os vândalos começaram a atacar Roma.

Phoebe - Esposa de Emílio, estalajadeiro em Constantinopla.

Pincus - Criado de Cleoxenes.

Placídia - Filha do Imperador Valentiniano III e neta de Gala Placídia. Casou-se com Gaudêncio.

Praxiteles (Praxíteles) - Criado de Constantinopla que trabalhou para Myrddion.

Pulchria - Proprietária dos alojamentos alugados onde residiam os curandeiros na Suburra de Roma.

Pulcheria - Esposa do Imperador Marciano, do Império Romano do Oriente, a imperatriz era irmã do Imperador Teodósio, que precedeu Marciano no trono.

Ranus Franco - Comerciante de cavalos de Gesoriacum (Calais).

Rhedyn - Seguidora do acampamento celta, tornou-se criada dos curandeiros de Myrddion na jornada de Segontium para Constantinopla.

Rowena - Segunda esposa do Rei Vortigern. Tinha ascendência saxã e foi mãe de Vengis e Katigern.

Sangiban - Rei da nação Alana.

Teodorico - Rei dos visigodos que morreu na batalha dos Campos Cataláunicos, em 451.

Teodósio - Teodósio II (401-450) foi imperador do Império Romano do Oriente. Sucedido por Marciano.

Thorismund - Filho de Teodorico, Thorismund sucedeu ao pai como rei dos visigodos.

Thraustila - Casado com Flávia. Nobre huno, era pró-romano.

Tofus - Criado de Flávio Ardabur Aspar.

Trigetius - O prefeito Trigetius foi membro da delegação liderada pelo Papa Leão I, a qual se encontrou com Átila, o Huno, em Mântua.

Uther Pendragon - Alto Rei dos britânicos, irmão mais moço de Ambrósio e pai do Rei Arthur. Sucedeu a Ambrósio.

Valentiniano - O Imperador Flávio Valentiniano III (419-455) foi chefe do Império Romano do Ocidente de 425 a 455. Era filho de Gala Placídia e Constâncio III. Antecedido por Honorius, foi sucedido por Petrônio Máximo. Governante fraco, é lembrado, sobretudo, por assassinar o último dos grandes generais romanos, Flávio Aécio.

Vechmar - Médico pessoal do rei dos visigodos, Teodorico.

Vortigern - Alto Rei dos britânicos nortistas de Cymru algumas gerações antes do surgimento do Rei Arthur. É lembrado como o primeiro monarca a acolher os saxões em seu reino para apaziguar Rowena, sua rainha saxã.

Vortimer - O Príncipe Vortimer era filho do Rei Vortigern e irmão do Príncipe Catigern. Ambos eram meio-irmãos de Vengis e Katigern.

Willa Major - Vítima do exército de Átila na Gália, Willa teve um bebê que sobreviveu e foi adotado pelos curandeiros de Myrddion.

Willa Minor - Órfã abandonada descoberta durante as viagens dos curandeiros pela Gália.

Ygerne - Esposa de Gorlois, o Javali da Cornualha. Após a morte dele, casou-se com Uther Pendragon. É a mãe biológica do Rei Arthur.

Yussuf el Razi - Jovem esfaqueado num bordel de Constantinopla cuja vida foi salva por Myrddion, que lhe tratou os ferimentos.

Prólogo

> Três anos depois disso, ele próprio (Constantino, rei da Grã-Bretanha) foi morto por Conan, e enterrado perto de Uther Pendragon, dentro da estrutura de pedra construída com magnífica arte não muito longe de Salisbury.
>
> Geoffrey de Monmouth

A Dança dos Gigantes destacava-se em sombras negras como carvão sob a chuva e o granizo. Myrddion desmontou e avançou com dificuldade por entre a vegetação seca, achatada pelos fortes ventos uivando sobre a grande planície. Nunca vira a Dança dos Gigantes, mas tinha ouvido falar das grandes pedras que pareciam colocadas na paisagem por uma criança gigante brincando com seixos. Fitando a Pedra do Calcanhar, sentiu uma fisgada de decepção. A Dança era extensa, e o curandeiro não tinha noção de como as pedras haviam sido içadas para a posição certa, apoiadas sobre as colunas, mas estava levemente desapontado pela pequenez da escala.

Curvando a cabeça e os ombros sob o capuz forrado de pele, Myrddion apoiou-se numa coluna de arenito azulado pouco mais baixa do que um homem adulto. A umidade escorregadia da pedra era ao mesmo tempo fria e vibrante sob os dedos sensíveis do curandeiro. Ouvindo com o estranho sentido extra que atormentava parte de sua família, escutou um denso zumbido reverberando dos monólitos azuis, o que lhe alterou a má opinião sobre a natureza imponente da Dança. Algo muito velho e ameaçador habitava nos arcanos círculos de pedra. As origens da Dança estavam perdidas no vórtice do tempo, mas uma lenda local sugeria que o Senhor da Luz, xará de Myrddion, construíra o local nos tempos antigos.

– Terminou, mestre? – perguntou Cadoc no topo da enorme elevação circular, o nariz vermelho-vivo devido ao vento gelado e a silhueta encurvada num retrato da infelicidade. – Este vento vai nos congelar como tetas de feiticeira.

– Você não tem alma, Cadoc – murmurou Myrddion, sabendo que o outro não o escutaria por causa da ventania. – Saia do vento um momento – gritou. – Estou indo.

O aprendiz levantou um braço enrolado em lã para confirmar que ouvira e desceu cuidadosamente, ultrapassando a vala que cercava a Dança. Cada movimento do sólido corpo de guerreiro exprimia insatisfação com o clima. Cadoc era leal e indispensável nas tendas de cura, mas detestava o frio e temia a perspectiva de viajar à terra dos francos atravessando o Litus Saxonicum. Seguiria Myrddion aonde quer que este fosse, embora o curandeiro soubesse que o auxiliar, com as feias marcas de queimaduras no rosto e no pescoço, se queixaria irritantemente por todo o caminho.

Myrddion suspirou, sem ligar para a presença invisível, ainda que palpável, de Cadoc esperando nas carroças, e avançou para o centro da Dança. Uma pedra gigantesca e ereta tinha as marcas de uma lâmina, e o curandeiro acompanhou o corte com sua mão sem luva.

– Uma faca! – sussurrou alto. – Por que, em nome de Bran e de todos os deuses, há o símbolo de uma faca escavado nas pedras? Este lugar todo é um mistério.

Enquanto examinava atentamente a escorregadia e gelada superfície, Myrddion reconheceu que o desenho da faca não era local. Nenhum fabricante de espadas celta teria feito aquela adaga, e somente um gravador habilidoso e observador poderia ter escolhido seus detalhes na pedra. Memorizou o formato para o caso de ver tal arma novamente.

Uma lua pálida lutava com densas nuvens pesadas de granizo. De modo quase inconsciente, Myrddion foi atraído para o centro da grande ferradura de pedra onde um amplo bloco grosseiramente cortado da rocha local era disposto como um altar. Ali, no próprio coração da Dança, ele sentiu um ajuntamento de símbolos obscuros, como se puxasse uma cortina e observasse os construtores trabalharem arduamente por incontáveis gerações para trazer o círculo à vida. Mas com que objetivo?

Constelações rodaram. Um alvorecer que enviou longas barras de luz e sombra correndo pela relva verde, enquanto formas desgrenhadas cantavam ao ruído surdo das hastes de lanças batendo no chão. Não sentia sangue algum, apenas a luz que fluía em grandes rios como se lhe cascateassem pelos globos oculares e lhe queimassem as retinas. Uma estrela pairou sobre as duas pedras centrais, sobre as quais estava a grande peça em forma de cruz. Num estado crepuscular semelhante ao transe, Myrddion percebeu que deslizava para as bordas de um acesso, aquela velha e muito temida inconsciência, quando dizia e fazia coisas que desafiavam sua mente científica em vigília. Com um solavanco energizado por toda a raiva que se escondia na criança quase adulta, afastou-se da estrela e do rio de luz, vendo as figuras se apagarem nas rajadas de chuva enquanto ele voltava a seu estado normal.

A mão direita estava pousada contra o altar de pedra, ainda quente do toque de auroras há muito mortas. Myrddion afastou a mão; a conexão com a Dança estilhaçou-se como a rocha mordida pelo frio sob o martelo do pedreiro.

– Nunca! Nunca de novo! Não vou viver e temer o passado e o futuro – gritou. – Não quero saber! – Mas as pancadas de chuva e vento empurraram sua voz para longe. – Tudo que eu quero, e aceito, é encontrar Flávio, seja ele quem for. Se tiver que viajar além do mar do Meio para ver as cataratas que sustentam os pilares do mundo, irei. Mas vou saber por que meu pai jogou dados com a minha vida antes do meu nascimento. Vou enfrentá-lo e, se necessário, matá-lo, se precisar disso para me libertar dele. E não vou usar meus acessos para rastreá-lo.

Palavras corajosas, escarneceu o eu interior de Myrddion. O que desejamos e o que obtemos raramente são a mesma coisa. O curandeiro ergueu os olhos para a luz envolta por uma nuvem e riu da própria tolice. *Os deuses não aceitarão zombarias*, pensou tristemente. *Não vão nos libertar das maldições de nossos nascimentos. Mesmo assim quero saber!*

– Quero saber – murmurou alto. Então, virou-se e correu através do círculo, além das pedras de arenito azulado e da pedra do Calcanhar até chegar à elevação e ver as carroças amontoadas em torno do fogo improvisado que Cadoc tentava manter vivo.

Riu mais uma vez e andou rapidamente para as carroças, para os amigos e para o propósito que não lhe daria qualquer paz interna até que a coisa terminasse. Atrás dele, a Dança esperava como tinha feito por mil anos. Nem mesmo a Semente de Demônio poderia perturbar seu longo sonho enquanto dormia pesadamente sob as chicotadas do inverno. Ela dormia e sonhava até ser novamente necessária.

Mapa da rota de Segontium a Dubris feito por Myrddion

Capítulo 1

Um encontro pouco auspicioso

Pois que melhor morte para um homem do que enfrentar situações temíveis
Pelas cinzas do pai e os templos de seus deuses?

Demóstenes, *Olintíacas*

Na distante Tintagel, onde a fortaleza se agarra a uma rocha árida projetada no mar uivante, a Rainha Ygerne tremia em seu pátio embrulhada em peles no gélido ar da tarde. A oeste, o obscurecido sol coloria as nuvens finas e espancadas pela tempestade com um transparente verniz laranja. A luz lutava com a escuridão, como a batalha se travando em seu espírito. Com as mãos protegidas por mitenes de lã espessa, ela segurou o ventre achatado e implorou a bondade da deusa. A seguir, pelo sim e pelo não, rezou à Virgem Maria para que a mãe imortal intercedesse junto ao deus cristão e lhe abençoasse o filho por nascer.

Quando teve certeza da terceira gravidez, Ygerne dissera ao Rei Gorlois, seu marido, que dessa vez sabia que o filho seria um menino. Seu coração lhe apontava claramente o sexo da criança em formação, e ela já sonhava com o bebê, macio e leitoso, aninhado em seus braços. A alegria de Gorlois foi enorme. Embora suas garotas Morgana e Morgause fossem para ele uma celebração permanente da união com a esposa, seu orgulho masculino animava-se com a ideia de um filho para herdar o reino da Cornualha. Gorlois pedia tão pouco a Ygerne e a amava tão generosa e puramente que a rainha se sentia radiante por atender ao desejo do marido. Os banquetes do solstício tinham sido realçados pela fertilidade e a felicidade do amor compartilhado do casal.

Então, quando as chuvas de inverno chegaram mais fortes do que se esperava, o Javali da Cornualha fora convocado por Ambrósio, o novo Alto Rei. Gorlois partira a contragosto, pois deixar a esposa nos dias dos mortos o fazia sofrer. Gorlois sabia que ela ficaria a salvo pela devoção da guarda e de seus criados, mas essa nova gravidez dava à sua ausência uma pungência adicional que deixava o rei da tribo Dumnonii deprimido e de mau humor. Enquanto cavalgava pela elevada estrada de Tintagelem em seu novo potro, FleetFoot, com a guarda pessoal seguindo-o, Gorlois não ousava olhar para trás e fitar a fortaleza para não ver o rosto choroso de Ygerne. Amaldiçoou Ambrósio e suas exigências. A seguir, esticou-se e galopou para longe de tudo que amava.

Num local formado por pedras cinzentas, mar e alados seres selvagens, Ygerne tentou se comunicar com o filho no ventre. Como no momento a criança não tinha um fiapo de consciência para falar com a mãe, a rainha se sentiu muito só no pico rochoso, longe das cortes humanas. Uma sombra veio-lhe à mente como se um cobertor bloqueasse o calor do sol, extinguindo toda a luz. Ansiava pela primavera e pelo futuro volume de seu ventre, mas os céus tinham prometido um clima difícil antes que o Rei do Inverno sucumbisse e um novo senhor nascesse numa onda de flores perfumadas e chuva suave.

A dor súbita no baixo-ventre foi tão aguda que Ygerne deixou cair a bolsa de costura que trazia com ela durante o dia. Fitou atentamente as roupas caídas no pátio. Uma das luvas tricotadas de Gorlois tinha escorregado da bolsa e jazia ali perto, como uma amassada flor cinzenta já se desfiando no polegar. Com o seu choque, a luva puída tornou-se para Ygerne o centro do universo, enquanto a dor a percorria e desaparecia. As pernas dela tremeram e a rainha sentiu um fio de sangue escorrendo-lhe as coxas.

– Está tudo bem, minha senhora? – Um homem da guarda se aproximara, surpreso e preocupado com a súbita palidez de Ygerne. – Pelos deuses! Alarme! A rainha não está bem! – gritou ele, no momento em que os joelhos de Ygerne se vergavam com o choque. – Aqui! A rainha precisa de ajuda!

Enquanto o guarda tomava a delicada forma da rainha nos braços, Ygerne soube que seu filho tinha morrido. Um lamento penetrante saiu dos lábios da rainha, assustando tanto o pobre homem que as mãos fortes tremeram. Levada rapidamente para o interior da fortaleza, colocada no enorme leito conjugal e aos cuidados de suas criadas, Ygerne só podia chorar de infelicidade pela esperança perdida. Enquanto as criadas estalavam a língua ante o sangue nas pernas da rainha e corriam para estancar o sangramento, Ygerne afundou o rosto no travesseiro e perguntou aos deuses por que Gorlois estava sendo punido.

Como um toque leve das pontas dos dedos em seus lábios, as palavras vieram até ela das profundezas da mente. "Não, Ygerne, sua hora ainda não chegou. Seja paciente, pois terá o que deseja com o tempo."

– Como vou dizer ao meu amor que seu filho morreu? – perguntava ela às mulheres que lhe serviam. – Como vou explicar a Gorlois o que nem eu mesma consigo entender? – As mulheres apenas sacudiam a cabeça e tentavam confortá-la.

Lá fora, o vento fustigava a península, trazendo em seu uivo uma mensagem que perturbava o espírito da rainha. "Ainda não! Agora não! Você tem que esperar!"

Cadoc debruçou-se na amurada áspera do barco apinhado e vomitou no mar. Desde que o porto de Dubris fora deixado para trás, o guerreiro não conseguia controlar o enjoo. Assim, com a metade do corpo para fora da embarcação, era um retrato de sofrimento abjeto. No inexplicável modo como a humanidade se diferencia, Myrddion e Finn Narrador da Verdade não eram afetados pela agitação e pelo sacolejo do velho barco incrustado de sal, enquanto Cadoc sofria agudamente com o enjoo.

– Você precisa comer alguma coisa, Cadoc – aconselhou Myrddion, enquanto um espasmo de náusea passava pelo rosto do outro. – Pode ficar seriamente doente se não comer por dias a fio.

Estendeu ao auxiliar uma tigela de caldo claro e frio fortificado com ervas, carne de frango desfiada e um pouco de suco de papoula para assentar o estômago. Cadoc, porém, recusou-a com um gesto. Seu rosto estava cinzento sob o lastimável sorriso forçado, mas Myrddion insistiu. Ele dependia da capacidade de organização superior de Cadoc. Tendo vendido suas carroças e os animais de criação para não arriscá-los na perigosa travessia do Litus Saxonicum, ia precisar da experiência de compra do criado quando o lento barco de madeira chegasse a terra.

– Por favor, Cadoc – insistiu. – Eu não lhe daria nada que o fizesse se sentir pior. Tome uns goles de sopa devagar que o enjoo melhora. Confie em mim, amigo.

A contragosto, Cadoc bebericou o mingau fino e descobriu que seu gosto não era mau, embora ele próprio acrescentasse um pouco de sal se pudesse. Levado pelo mestre a um ninho de cobertores preparado na parte mais calma do convés, encostou-se nas tábuas e se envolveu nas cobertas como num casulo de lã, deixando apenas o nariz que pingava exposto ao ar gélido. Quando os olhos vivos de Cadoc começaram a fechar e a cabeça a cair, Myrddion despachou Finn para longe do amigo. Finn ainda quis fazer um gracejo à custa de Cadoc, mas, com um gesto, Myrddion mandou que se calasse.

– Seja bom com seu amigo, Narrador da Verdade. Ele está muito enjoado e preciso dele alerta e saudável assim que chegarmos a terra. Isso vai passar logo que atracarmos, mas até lá ele está péssimo. Apesar de a viagem ser curta, as ferroadas do enjoo são horríveis.

Finn sacudiu a cabeça com a incompreensão do homem que nunca sentiu enjoo marítimo.

– Claro, mestre. Vou cuidar dele. Mas quem diria que um sujeito com tanta energia ia passar tão mal por causa de algumas sacudidelas?

– Todos temos nossas fraquezas, amigo Finn. Mesmo Cadoc.

Myrddion se afastou e voltou à proa rombuda do barco, forçando os olhos para perceber na linha costeira o primeiro sinal de terra. Seus pensamentos voltaram a Londinium e às coisas medonhas com que deparara na poderosa cidade celta.

Após semanas de cansativa viagem, as carroças acabaram chegando às estradas largas levando a Londinium num curto dia de inverno que começava a desaparecer na escuridão. O campo aberto dera lugar aos inequívocos sinais de uma grande metrópole, cônicos chalés celtas, pequenos terrenos lavrados, cercas de madeira crua e uma abundância de estalagens, lojinhas e barracas de comércio ao longo da estrada romana. Tabuletas cruamente rebocadas exibiam um ar de semipermanência.

Comida do Barca, avisava um sinal vermelho sobre um desses estabelecimentos, lugar onde crianças bucólicas e esfarrapadas brincavam numa lama espessa e comiam um gorduroso ensopado com colheres de pau compartilhadas, ou devoravam pedaços de carne pingando de gordura, que empalavam com suas facas pontudas. Myrddion observou uma multidão de barbas imundas e emaranhadas, olhos sonsos e lãs e peles esfarrapadas típicas dos residentes das periferias de qualquer povoado grande.

Outra tabuleta se inclinava bêbada acima de uma construção de dois andares, alardeando sua mercadoria com a simples declaração: *Moças melhores e mais limpas*. Myrddion julgou a verdade dessa declaração por uma jovem que, mal saída da puberdade, se reclinava na soleira da porta coçando inconscientemente a virilha. Sob a roupa frágil e reveladora, sua pele arrepiada tinha o tom cinzento de sujeira antiga, e os longos cabelos pretos exibiam-se engordurados por não verem água há muito tempo. Mesmo a um metro de distância Myrddion pôde perceber os piolhos arrastando-se pelas mechas emaranhadas da garota.

Então, pensou ironicamente: *Limpa? Eu poderia ficar doente só de falar com ela*. A garota encarou-o com um insolente e antigo convite para que experimentasse os prazeres da carne. Sob o verniz infantil de sedução, ele percebeu um poço de ódio e desprezo que a menina ainda não aprendera a disfarçar.

Apontando um bosque de árvores desanimadas e nuas que sobreviviam próximas da estrada, Myrddion ordenou aos auxiliares que montassem o acampamento ali. Com a economia da longa prática, eles obedeceram; contudo, mal o preparo da refeição da noite havia começado, surgiram os primeiros clientes para o curandeiro. De algum modo, com a misteriosa capacidade dos que agarram todas as oportunidades com animação, os habitantes tinham descoberto o ofício dos estrangeiros itinerantes. Suspirando de cansaço, Myrddion se pôs a trabalhar, lancetando furúnculos, arrancando um dente que doía e tratando os pequenos ferimentos e doenças comuns em qualquer comunidade semirrural onde a pobreza e a sujeira afligem os cidadãos.

Tratava uma infecção de aspecto feio com uma atadura de pano besuntada de unguento quando uma forma enorme entrou na tenda e se inseriu entre a luz do fogo e a visão de Myrddion. Este xingou entre dentes, levantou-se e virou com uma queixa cortante na boca.

O protesto, no entanto, encolheu-se.

Diante dele, estava um gigantesco guerreiro com mais de dois metros de altura, o suficiente para bloquear a luz. Myrddion era bastante alto, mas o guerreiro o superava em muitos centímetros. Embora a luz do fogo estivesse atrás dele, o rapaz parecia ainda maior e mais impressionante por exibir uma selvagem moita de cachos cor de âmbar que desafiavam as tranças tentando prendê-los e um capacete de ferro destinado a conter as vigorosas mechas. A luz dava à sua cabeça um halo dourado e fulgurante que sugeria exatamente uma coroa.

– Você é eficiente com as agulhas, curandeiro?

Quase sedutora, a voz rouca e melodiosa parecia prometer compreensão e apoio. Myrddion sacudiu a cabeça para limpá-la do oferecimento doce daquele tom e encarou o rosto moreno.

– Venha até a luz, senhor, para que eu possa atendê-lo – respondeu amavelmente, usando sua própria voz melíflua como uma contrapartida ao sedoso som emitido pelo guerreiro. – Cadoc pode terminar esse curativo.

Em silêncio, o homem se virou enquanto a luz do fogo banhou seu rosto de vermelho. Estendeu o braço bronzeado revelando um ferimento comprido, mas superficial, que ia do cotovelo ao pulso.

– Estou vendo! – Myrddion avançou e agarrou o braço ferido para poder examiná-lo com mais precisão. – O que causou este ferimento? As bordas estão enrugadas como se algo mal afiado tivesse rasgado a pele.

– Foi o que aconteceu. – O guerreiro sorriu de modo cativante. – Matei um javali com a lança, mas o animal a atravessou até o cabo como se quisesse me estripar. Uma presa dele conseguiu atingir meu pulso antes de morrer. – Sorriu de novo. – Ele queria me matar, então acho que tive sorte de escapar com esse arranhão.

Myrddion examinou as bordas inflamadas da ferida e franziu os lábios.

– O javali tinha usado a presa antes numa vítima contaminada e neste momento a infecção está atacando o seu corpo. O senhor teve sorte de vir me procurar. Mais um dia e poderíamos estar lamentando sua morte.

O guerreiro observou atentamente Myrddion lavar a ferida com água quente, limpando o corte por inteiro. Embora a água devesse queimar a carne exposta e tenra, o homem não se encolheu. Enquanto Myrddion aquecia um instrumento comprido até ficar vermelho-cereja, ele perguntou se o curandeiro ia limpar o ferimento com fogo e fechar os vasos sanguíneos. Myrddion percebeu que o homem tinha uma mente curiosa e adaptável, capaz de apreciar os motivos de suas ações.

– Sim, senhor. Em feridas desse tipo, as escarificações são essenciais para que os humores ruins saiam do ferimento antes que a podridão avance e o membro morra. É muito fácil ficarmos aleijados por coisas que não vemos.

– Então minha sorte continua, curandeiro. Noto que estou ferido e você chega à minha porta, cheio de conhecimentos e pronto para cuidar de mim. Como se chama?

Myrddion examinou o rosto bonito e bronzeado. Viu que o guerreiro não tinha barba, à moda romana. O mistério se adensava quanto ao estrangeiro alto, celta na aparência, mas tão forasteiro nas maneiras. Não recuou enquanto sua carne fumegava e queimava, exceto por uma tensão perceptível na boca.

Assentindo levemente com a cabeça, Myrddion respondeu:

– Eu sou Myrddion de Segontium, ex-curandeiro do Rei Vortigern. Estou a caminho do mar do Meio para estudar minha arte com as grandes mentes de Constantinopla.

Exceto pelo erguer de uma sobrancelha, o guerreiro não mostrou outro sinal de surpresa. Seu sorriso amplo era caloroso, mas Myrddion notou que os olhos azuis observando-o com atenção continuavam frios. Internamente, o curandeiro se encolheu, como se pressentisse estar diante de alguém que mudaria sua vida.

– Sou Uther Pendragon, irmão de Ambrósio, o Grande, Alto Rei dos britânicos. Já deve ter ouvido falar de mim.

Uther falava sem qualquer traço de autoconsciência no orgulho. Como uma imprevisível força da natureza, ele simplesmente era. Todo o mundo britânico ouvira falar de Uther Pendragon. Com algumas palavras simples e eloquentes, declarara sua linhagem, sua realeza e a total crença em si mesmo. Myrddion estremeceu como se um vento frio escalasse sua carne nua, ameaçando-o com todo tipo de punição e horror.

– Na verdade, Lorde Uther, todos os homens que servem à deusa ouviram falar no senhor e no seu valente irmão. Os saxões Hengist e Horsa foram expulsos de nossas terras por sua ordem, enquanto Powys, Dyfed e Gwynedd descansam em paz graças às ações do senhor.

– Você serviu ao tirano Vortigern? – perguntou Uther, enquanto Myrddion espalhava unguento fresco no corte, tendo o cuidado de usar uma espátula de madeira para que os dedos não tocassem as bordas avermelhadas da ferida. A voz fria de Uther não oscilou, mas os olhos azuis endureceram.

– Sim. E tirano é uma boa descrição desse rei que não deixou saudade. Ele teria matado os próprios filhos com a Rainha Rowena se não tivesse queimado até a morte em sua própria fortaleza no meio de uma tempestade fora de época.

Myrddion escolhia as palavras com o cuidado de um estadista, embora os agudos olhos de Uther se fixassem no ferimento. Uther era um homem realmente perigoso, e Myrddion sentiu o ar faltar em torno deles, como se o irmão do Alto Rei sugasse toda a vitalidade da atmosfera com um simples olhar penetrante. O curandeiro endureceu o coração, compôs o rosto e falou com uma displicência fingida:

– Sim, Vortigern pagou os pecados quando correu em chamas por sua fortaleza, que ardeu até o chão. Acredite em minhas palavras, senhor, pois eu estava em Dinas Emrys e vi o Homem Ardente.

Uther ergueu os olhos frios, embora a boca sorrisse com uma promessa feminina, e surpreendeu a expressão de Myrddion que enfaixava o corte.

– Dizem que ele foi atingido por um raio.

– Vi e ouvi muitos raios naquela noite, senhor, mas não vi o que incendiou Vortigern. Ele estava dentro do quarto quando o fogo o tomou, então, duvido que os deuses tenham enviado um raio só para liquidá-lo. A existência de Lorde Vortigern provavelmente terminou pela ação dos homens. Ele com certeza tinha muitos inimigos.

Uther sorriu.

– Assim me disseram, curandeiro, assim me disseram. Como passou a servir ao regicida?

Myrddion lavou as mãos numa grande tigela de água morna e escolheu as palavras com cuidado.

– Quando eu era garoto, morava em Segontium com minha avó Olwyn e Eddius, seu segundo marido. Vortigern me capturou porque tinham lhe dito que devia usar o sangue de um demônio para selar as fundações de sua torre em Dinas Emrys. Fui levado a ele por causa do boato de que eu era a Semente de Demônio.

Uther olhou-o surpreso.

– Eu soube disso, mas duvidei que essa bravata fosse verdadeira. Estou muito interessado em saber de sua ascendência por você mesmo – acrescentou o príncipe com um sorriso branco e irônico. – Soube que a Semente de Demônio fez previsões que Vortigern não queria ouvir.

– Dizem os boatos que sim, Príncipe Uther, mas não tenho qualquer lembrança do que disse. Vortigern teve medo de me matar, então matou seus magos em meu lugar. Mas Fortuna se afastou de mim. Minha avó, que era uma princesa Deceangli e sacerdotisa da Mãe, foi até lá para me salvar. Vortigern derrubou-a com um soco que a matou.

– Como pôde servir ao regicida quando o sangue da sua avó clamava por você da terra? Teve medo? – Os dentes perfeitos de Uther, muito incomuns num guerreiro com mais de trinta anos, eram aguçados e lupinos. Myrddion cogitou se o príncipe gostaria de inflingir dor, como pareciam sugerir os olhos cintilantes e a boca úmida.

– Não tive escolha. Ele ameaçou matar minha mestra, Annwynn de Segontium, uma curandeira famosa de Cymru. Obedeci. Posteriormente, ele revelou o nome de meu pai. Não que fosse de muita ajuda, pois Flávio é um nome romano muito comum. Mesmo assim agora posso procurá-lo.

Myrddion examinou cuidadosamente a atadura do príncipe e depositou uma quantidade de unguento num pequeno recipiente para que Uther o levasse quando se fosse. Ao colocar a caixa de chifre na mão do príncipe, sentiu um tremor de pressentimento percorrer-lhe o corpo.

– Mantenha a ferida muito limpa e seca. E use ataduras novas a cada curativo, senhor. Os humores ruins podem se arrastar para dentro dos ferimentos mais bem cuidados.

– Sei que meu destino é morrer pacificamente na cama, curandeiro. Assim foi profetizado. De qualquer modo, eu agradeço seus esforços.

Abriu uma bolsa de couro e retirou dela uma moeda de ouro, pagamento excessivo para o atendimento de Myrddion. A seguir, jogou-a para o curandeiro com um movimento ágil e insultante do polegar. Myrddion pegou-a com as duas mãos em concha, num reflexo, e tentou devolvê-la.

– É ouro demais para uma tarefa tão simples, senhor.

– Considere uma prévia dos pagamentos pelos serviços que me fornecerá no futuro. Quando voltar de sua jornada a Constantinopla, eu terei um dos melhores curandeiros da terra como médico pessoal. – O príncipe riu como de uma piada, usufruindo o rubor de embaraço que surgira no rosto de Myrddion. – Vou me lembrar de você, Myrddion-sem-nome, e não esquecerei nossa conversa de hoje quando voltar de suas viagens e entrar para o meu serviço.

Com prudência, Myrddion guardou as palavras de recusa, curvando-se profundamente para que Uther não visse o motim em seus olhos.

Então o príncipe saiu da tenda sem olhar para trás, acompanhado de três guerreiros que haviam esperado na entrada de couro com a aba suspensa.

Cadoc suspirou ruidosamente quando o pequeno grupo desapareceu na noite.

– Agradeça aos deuses a perícia que tem, mestre. Havia uma flecha apontada contra o senhor e pronta para ser disparada durante todo o atendimento. Viu o arqueiro nas sombras da carroça?

Myrddion sacudiu a cabeça enquanto seus joelhos ameaçavam ceder.

– Sinto que acabo de escapar de um poço de víboras raivosas – murmurou ao se acocorar junto ao fogo. – Perto de Uther Pendragon, Vortigern parece bondoso e generoso.

– Esse homem é um demônio, mestre, uma besta do caos vinda para retalhar a terra em benefício próprio. Viu os olhos dele? Pela primeira vez, estou contente por estarmos indo para Constantinopla, onde quer que seja. Ele não vai nos achar lá. E faria isso se ficássemos. Está atrás de sua habilidade, mestre.

– Talvez ele morra em batalha enquanto estivermos fora da Grã-Bretanha. Já tive minha cota de senhores arrogantes, poderosos, que pisam os sonhos dos homens comuns.

– Ele não morrerá em batalha. Vai sobreviver ao pior que o destino jogar-lhe e ainda florescerá. É melhor partirmos antes do alvorecer, pois eu não ficaria surpreso se esse diabo roubasse o senhor e o levasse com ele por causa de sua preciosa honra.

– Sim – concordou Myrddion. – Acorde-me na aurora.

A noite estava gelada como nunca, e as relvas secas debaixo do arvoredo eram um leito desconfortável e comichoso. Myrddion, contudo, se sentiu tão exausto que não conseguiu ficar de olhos abertos. Mergulhou no rio do sono como se quisesse afogar-se nele. E, pelos pântanos da escuridão, os cavalos noturnos os perseguiram com horrores até seus gritos perturbarem os outros homens. Preocupado, Finn foi obrigado a acordá-lo.

Londinium tinha sido infiltrada e derrotada de modo furtivo. Enquanto os curandeiros passavam pelos arredores da cidade dirigindo-se à estrada sudeste que levaria a Dubris na costa, Myrddion reconheceu as hordas de comerciantes saxões atravancando as ruas romanas e um crescente acúmulo de lixo nos limpos ralos de pedra. A paixão romana pela limpeza começava a ceder à medida que comerciantes celtas, saxões e os de pele escura que vinham de outras terras apregoavam suas mercadorias numa balbúrdia de línguas misturadas. Myrddion observava os celtas romanizados de togas e túnicas, com expressões confusas, como se intrigados pelas mudanças que tinham transformado Londinium numa cidade estilhaçada.

– Os bárbaros tomaram a cidade sem um golpe. Está vendo os comerciantes? E além das aldeias há paliçadas do norte que não têm nada a ver com estas terras. – Um pouco pálido, Cadoc sacudiu a cabeça como um cão de caça peludo. – Não deviam permitir que Londinium fosse tomada, mestre. O que será de nós se todos os selvagens se estabelecerem aqui?

– Não sei, Cadoc. Hengist e seus filhos se enraizaram no norte do país, portanto, teremos cada vez mais navios saxões vindos do leste. Antes de eu morrer, temo que chegue o dia em que toda nossa terra verde pertencerá aos invasores... e nossos costumes serão considerados um lixo do passado. A mudança chegou, meu amigo, queiramos ou não.

Afrontado pela opinião de Myrddion, Cadoc ocupou-se em manejar as rédeas dos quatro cavalos puxando a carroça pesada.

– Não vamos permitir que os saxões mandem em nosso povo enquanto pudermos lutar. Sei como são aqueles patifes. Destroem tudo que é bom em nome de deuses selvagens.

– Espero que esteja certo, Cadoc. Mas a razão me diz que a mudança chegou e só um tolo pode querer detê-la. Os saxões não são maus, apenas decididos a encontrar um lar permanente. Talvez Uther Pendragon possa detê-los, se é que alguém pode.

– Que pensamento horrível – murmurou Cadoc, ocupado em controlar a parelha.

– Como você sabe, a cura às vezes é pior do que a doença – murmurou Myrddion. Mas a fria brisa do mar soprou suas palavras para longe.

Os habitantes das cidades do sul estavam nervosos e cheios de suspeita para com estranhos. Haviam suportado as invasões chefiadas pela guarda pessoal saxã de Vortigern, Hengist e Horsa, e lutado contra a retaliação de Vortimer pelas incursões deles nas terras dos Cantii. Assim, os cidadãos mais velhos temiam agora que o vácuo criado pela guerra fosse preenchido por uma ameaça nova e desconhecida. Não se devia confiar em estranhos, pois mentiras são pronunciadas facilmente por homens vorazes e ambiciosos. Os curandeiros, porém, eram solicitados; o cofre de Myrddion se enchia aos poucos com moedas de prata e bronze, e estranhas gemas em bruto, além da permuta de legumes e ovos frescos em troca de tratamento. Além de enriquecê-los, a ajuda que podiam oferecer aos cidadãos ao longo da estrada para Dubris atrasava, claro, sua jornada. Trazia também novos perigos de roubo por parte de bandidos desesperados.

Finn Narrador da Verdade se tornara soturnamente silencioso ao passarem pelo outeiro verdejante onde tantos saxões haviam morrido durante a guerra de Hengist, e estremeceu ao fitar a laje vertical de mármore com o cavalo esculpido. Sabendo que Finn ainda sofria com a lembrança e uma sombra da desonra, Myrddion juntou-se ao auxiliar na segunda carroça enquanto passavam por uma velha vila romana incendiada.

– Não se aflija tanto ao passar pelas ruínas da Noite das Facas Longas, amigo Finn – disse o curandeiro ao ver as mãos e os lábios trêmulos do outro. – A vingança de Hengist sobre os celtas de Vortimer não manchou de modo algum sua honra.

– Sou Finn Narrador da Verdade, mestre, e Hengist me deixou vivo para confirmar a morte do Príncipe Catigern neste lugar. Muitos homens bons morreram aqui, mas eu fui poupado para contar a história. Não vou fugir da lembrança; não posso fazer isso. Melhor encarar meus fantasmas e salvar minha sanidade.

Myrddion pôs a mão sensível no braço de Finn, sentindo a tensão dos músculos que traíam mudamente o sofrimento do outro.

– Tem razão. De certo modo, eu esperava que a vila fosse maior e mais opressiva do que é, quando se pensa em sua fama. Mas, em todos os sonhos ruins, a realidade causa menor impressão do que as lembranças que abarcam. Ela se transformou num monte de entulho de tijolos e de pedras marcados pelo fogo. Está vendo? As árvores começam a crescer no meio das salas abertas, e pouco sobrará para nos lembrar do que ocorreu aqui.

– É – respondeu Finn lentamente, enquanto Myrddion sentia que uma parte da tensão abandonava o homem. – As ervas estão cobrindo as pedras rachadas do piso e a hera nasce no que sobrou das fundações. – Então, quando Myrddion achava que Finn conseguira banir a dor e a vergonha constantes, o homem exclamou: – Será que Catigern conseguiu viver algum tempo debaixo do corpo de Horsa? – Uma lágrima única deslizou pela face imóvel de Finn.

– Não sei. Mas, se viveu, ele mereceu sofrer. Era um homem brutal, melhor que esteja debaixo da terra. Teria traído a todos nós pela chance de conquistar uma coroa.

– É. – Finn sacudiu os cachos castanhos e bateu com as rédeas na garupa do cavalo. – Melhor navegar pelos mares e ficar longe dessas lembranças.

*

Dubris ainda guardava vínculos com as legiões nas estradas ordenadas e nos edifícios oficiais de pedra, mas os curandeiros podiam notar um mal-estar crescente na pilhagem do material de construção do velho fórum. Esculturas de mármore de antigos deuses romanos tinham sido levadas em carretas para serem amassadas e transformadas em cal, deixando vazios os plintos de pedra mais grosseira. Triste, Myrddion pensou que Dubris estava canibalizando a própria carne.

As docas, porém, exibiam a agitação e o trabalho de qualquer porto em atividade. Barcos de todos os tipos se acotovelavam para atracar ao longo do cais de madeira crua, enquanto comerciantes arengavam com mestres de navios em meia dúzia de línguas exóticas. Correndo e grunhindo sob o peso de enormes fardos, dirigindo carroças puxadas por mulas, bois e o ocasional cavalo decrépito, criados e escravos transportavam cargas para armazéns ou carregavam navios com produtos para os mercados do outro lado do mar estreito ligando a Grã-Bretanha à terra dos francos. Acima do alarido do comércio, Myrddion mal podia ser escutado ao dar instruções a Cadoc.

– Venda nossos cavalos pelo melhor preço que puder – ordenou ele, passando o olho experiente pelos animais que se esforçavam sob as cargas pesadas. – A se julgar pelos animais que vemos aqui, você vai conseguir um bom preço pelos nossos. As carroças também terão que ir, mas lembre que teremos que comprar outras quando chegarmos a terra. Não deixe esses patifes nos enganarem!

– Com prazer, Mestre Myrddion. Os negociantes vão pagar um bom dinheiro ou eu mesmo pago a diferença. Mas talvez tenhamos que esperar uns dias para conseguir os melhores preços. Se eles sentirem qualquer cheiro de desespero da nossa parte, vão nos tosquiar.

– Podemos esperar vários dias. A navegação da primavera mal começou. Além disso, sei que teremos nossos primeiros clientes antes que o dia nasça.

Como de hábito, Myrddion leu corretamente o tom e os desejos de Dubris. Antes mesmo que os viajantes achassem uma estalagem fornecendo-lhes um abrigo moderadamente limpo, um rastilho boca a boca espalhara a notícia de que havia um competente curandeiro no porto. Sem perda de tempo, Myrddion e sua equipe se puseram lucrativamente a trabalhar.

Também não foi difícil acharem um navio adequado para continuar a viagem. O capitão do barco que escolheram era um azedo nortista que estendia suas atividades entre Dubris e as terras francas ao leste, muito interessado em levar passageiros que não enchessem o amplo bojo do navio com suas próprias mercadorias. Prudentemente, Myrddion pagou um quarto do preço adiantado, selando o negócio com um aperto de mão.

Uma semana depois, Dubris tornava-se uma linha desaparecendo na névoa suja dos céus de carvão por trás deles, e o porto franco de Gesoriacum era uma sugestão igualmente vaga no mar ondulante à frente. Estavam prestes a entrar em climas estrangeiros. Myrddion era ainda bastante jovem para se animar com a viagem; sua mãe podia detestá-lo pela violência que originara sua concepção, e a amada Olwyn jazia enterrada num penhasco no estreito da ilha de Mona. Mas o curandeiro era ainda um rapaz cheio de vigor. Em algum lugar do horizonte enevoado, havia bibliotecas repletas de conhecimento, novas ideias que incendiariam sua mente questionadora e todo um mundo novo de sensações. Em algum ponto, nas esquinas distantes do mundo, aquela busca poderia conduzi-lo a seu destino.

As aves marinhas seguiam o navio que singrava lentamente o mar, brigando por restos de comida atirados por cima da amurada. Como todos os pássaros oportunistas, não se preocupavam com as necessidades dos companheiros, lutando pelos despojos com a intensidade e a ferocidade de mendigos com fome. Mesmo seus gritos eram como sinistras maldições que seguiam Myrddion, despachando-lhe os pensamentos na direção do leste e para o homem que ele procurava entre os milhões povoando as terras na costa do mar do Meio.

E, ainda assim, sua razão o chamava de tolo por se lançar a essa tarefa inútil. Em sua mente, ecoou um velho clichê cheio de avisos e ameaças. Então, para despi-lo de seu veneno, Myrddion o expressou em alto e bom som:

– Tenha cuidado com o que deseja...

Mapa da rota de Gesoriacum a Châlons feito por Myrddion

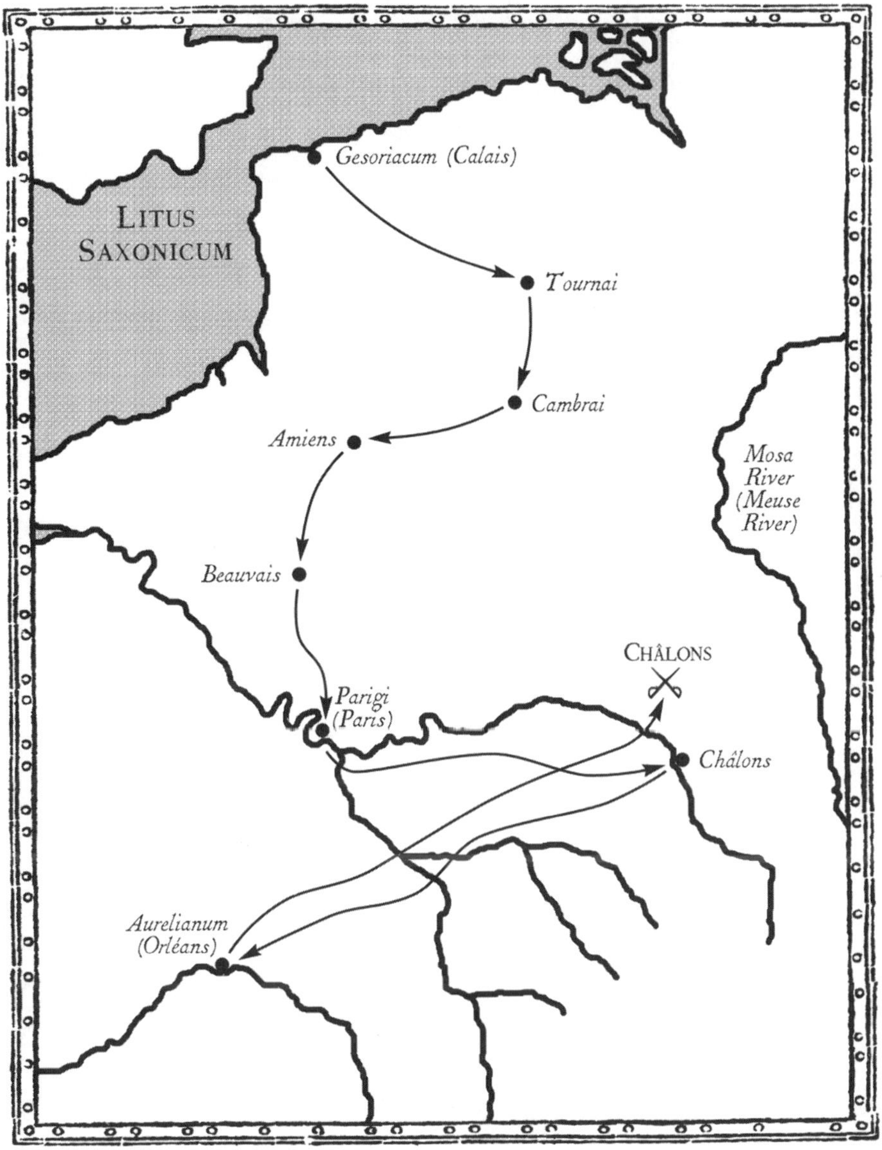

Capítulo 2

Na estrada para Tournai

Todas as viagens terminam, especialmente as curtas e ventosas arremetidas pelas águas estreitas do Litus Saxonicum. Enquanto os marinheiros respondiam às ordens vociferadas pelo capitão, calejado pela intempérie e usando espertamente uma única vela remendada para capturar o vento, Myrddion se encantava com a perícia que fazia o pachorrento barco de bojo amplo aproximar-se cada vez mais das docas de Gesoriacum. As ávidas e ruidosas gaivotas, constantes companheiras da jornada, amaldiçoaram o navio quando este atracou no cais de madeira do velho porto romano. Com um último coro de insultos, as aves partiram para baixios de lama que prometiam mexilhões, moluscos variados e os detritos de um porto marítimo muito sujo.

Gesoriacum ainda era ostensivamente romano, embora as estalagens imundas do porto abrigassem homens de todas as raças, tamanhos e graus de irascibilidade. Enquanto as três mulheres que auxiliavam o curandeiro protegiam as posses do mestre e tentavam em vão ignorar os lascivos convites feitos em meia dúzia de línguas igualmente incompreensíveis, Myrddion e Cadoc procuravam um negociante que lhes pudesse vender duas sólidas carroças à prova d'água e os animais para puxá-las.

Como todos os portos, Gesoriacum era sujo, enlameado e corrompido, oferecendo todas as formas de vício que homens brutos podiam desejar. Desalentados prostitutos dos dois sexos retardavam-se junto às construções manchadas de sal, tentando se manter secos sob uma chuva constante e muito fina. Bêbados amontoavam-se pelas estradas e cambaleavam hostis para fora de lojas que vendiam vinho, prontos para se ofenderem se um estranho lhes atravessasse o caminho. Homens com olhos de doninha prometiam boa diversão com lutas de cães, de galos e até lutas ilegais entre homens desesperados que ganhavam algumas moedas se conseguissem transformar o oponente numa polpa sangrenta. O ar estava azedo do cheiro de algas marinhas, peixes mortos, excremento e desespero, o que fazia Myrddion caminhar com uma mão cautelosa no cabo da espada que herdara de Melvig.

– Merda! Olhe onde põe os pés, seu filho da mãe! – xingou um marinheiro meio bêbado antes de reparar na espada de Myrddion e nos olhos zangados de Cadoc. – Perdão, mestre – murmurou ele. E ter-se-ia escafedido, subitamente sóbrio, se Cadoc não o agarrasse pela túnica rasgada com a mão musculosa e coberta de cicatrizes.

– Conhece algum desses pardieiros pulguentos onde a gente possa comprar carroças e cavalos? – perguntou Cadoc em celta.

Perplexo, o marinheiro sacudiu a cabeça, e Cadoc foi obrigado a repetir a pergunta num hesitante saxão, apoiado pelo latim de Myrddion, quase puro demais para que fosse entendido.

Finalmente o homem apontou um beco escuro e encardido.

– Tente Ranus, o porco romano. Ele negocia com carne de cavalo, se já não vendeu todos para o exército. E, se houver alguma carroça por aí, ele vai saber... com lucro para ele, é claro.

Antes que Myrddion pudesse agradecer, o marinheiro deslizou como uma enguia para fora do punho de Cadoc e se enfiou numa alameda escura como um rato preto e luzidio. Cadoc limpou a mão engordurada na jaqueta com uma exclamação de desgosto.

– Ninguém se lava neste buraco infernal? O suor daquele canalha fede à cerveja barata, e minha mão vai feder por semanas a fio.

Myrddion ignorou as queixas e entrou cautelosamente no beco indicado. As poucas pedras redondas estavam escorregadias de chuva, urina e gordura congelada jogada ali de uma cozinha próxima. O cheiro quase lhe tirou o fôlego com uma ferroada rançosa, aguda.

Os pardieiros de dois andares se juntavam como amigos bêbados segurando-se um no outro para se manter em pé em meio a sombras opressivas. No ponto onde o crepúsculo ainda lançava um pouco de luz, Myrddion jurou ter visto o cintilar de olhos. Afrouxou o punho da espada na bainha com um perigoso assobio do metal temperado. Evitando o monte de imundícies nas pedras redondas, os dois homens caminharam cuidadosamente pela escuridão e pelas pilhas de lixo meio visíveis. Um rato passou sobre o pé de Cadoc, que disse um palavrão, alarmado. Mas não havia oportunistas humanos no beco. Os curandeiros desembocaram finalmente numa rua miserável, estreita, vazia e silenciosa.

– Parece que o marinheiro nos mandou para lugar nenhum – murmurou Myrddion. Antes de acabar de falar, porém, ouviu o som de cavalos no final da rua enlameada.

Sem desperdiçar palavras, apontou o dedo na direção da batida de cascos e do cheiro de bosta. Seguindo pelo meio da rua, mestre e auxiliar abriam caminho pela sujeira malcheirosa até desembocarem num cercado de cavalos que se destacavam nas sombras como pedras eretas, sólidas e negras. A presença dos homens inquietou os animais, que começaram a relinchar em pânico, mas Myrddion passou por eles até chegar a uma tosca construção de tábuas rachadas, com um telhado grosseiro e ripas de argila cozida. Mesmo na escuridão, um luar intermitente mostrava que as telhas estavam cobertas por um vivo musgo verde. As paredes dos estábulos e das construções externas eram tão frágeis que luz de lampião brilhava entre suas fendas e rachaduras.

– Deve ser o estabelecimento de Ranus – grunhiu Myrddion. – Tomara que seus cavalos sejam mais sólidos do que sua habilidade de construtor.

Cadoc usou o punho da faca para bater numa porta de aparência frágil, mas que se mostrou surpreendentemente sólida. Uma série de xingamentos abafados foi a única resposta que obteve, mas ele insistiu. Finalmente a porta foi destrancada e o lampião do zelador revelou um nariz grande e avermelhado num rosto que deslizava até um maxilar sem queixo. Uma testa igualmente estreita fazia parte do conjunto.

– O que querem, acordando uma criatura no meio da noite? – O homem sem queixo tinha dentes quebrados, enegrecidos, e grandes caninos que davam à sua boca um ar de predador.

– Acaba de escurecer – retorquiu Myrddion de um modo altivo, falando seu latim mais puro. O zelador ergueu as sobrancelhas cor de gengibre.

– E daí? O que querem que eu faça? Todas as almas decentes estão jantando e preparando-se para a cama, sem aborrecer cidadãos ocupados com suas próprias coisas.

– Queremos falar com Ranus, comprar alguns cavalos e carroças. – Myrddion foi lacônico e rude, mas o zelador parecia incapaz de digerir o que ouvia.

– Diga a seu patrão que temos dinheiro para pagar, mas não vamos desperdiçar tempo falando com cavalariços – acrescentou Cadoc em seu jargão celta.

O zelador resmungou por entre a barba rala e o bigode. Então, pediu que esperassem, destrancando a porta atrás dele. Mestre e criado aguardaram na soleira por dez minutos; Cadoc teria arrombado a porta se Myrddion não lhe ordenasse que fosse paciente.

Quando o curandeiro também estava a ponto de perder as estribeiras, a porta se escancarou e uma figura gorducha mandou que entrassem num estreito corredor iluminado por um único lampião. Os nervos de Myrddion vibraram com o pressentimento de perigo, mas, mesmo assim, ele seguiu o homem nos degraus já bem gastos, animados pelo pitoresco desenho de um cavalo entre seixos coloridos e telhas quebradas.

– Saudações, bons senhores! Perdoem a cautela de meu criado, mas não é comum que pessoas me procurem tão tarde para fazer negócio. No entanto, dinheiro é dinheiro; não importa o horário do comprador.

– O senhor é Mestre Ranus, imagino – começou Myrddion; então emudeceu ao ver o espalhafatoso luxo da sala no final do corredor.

Ranus era obviamente um homem rico a se julgar por aquela sala. Apesar da aparência débil da construção vista do exterior, as paredes internas eram de tília polida e cobertas de pinturas imitando as velhas glórias do império. Árvores e pássaros fantasiosos se exibiam numa paisagem irreal, enquanto dríades parcialmente vestidas dançavam lascivamente em torno de um Dionísio bêbado que oferecia uvas aos seios nus delas e acariciava-lhes as coxas roliças. Myrddion estremeceu ante a ideia de jantar com semelhante pano de fundo.

– É um belo trabalho, não é? Não poupo despesas quando recebo em minha casa. Tenho certeza de que o senhor também acha que vale a pena pagar pela qualidade. – Ranus disparou um sorriso oleoso para Myrddion e levou-o para um divã de magnífico estofamento escarlate enfeitado com franjas douradas já começando a perder o brilho. O curandeiro sentou-se com elegância, tentando não tocar numa mancha fresca de comida e em sua trilha gordurenta na parte de cima do divã.

– Claro, meu amigo. É sensato pagar bem e ir atrás do melhor, se quisermos valor duradouro pelo que compramos.

– Então, como o velho Ranus pode ajudar um jovem cavalheiro como o senhor? Um cavalo de montaria talvez, para impressionar as senhoras? Ou vai partir para a guerra?

Myrddion explicou suas necessidades sucinta e cuidadosamente. Agora que ele e Cadoc podiam ver com nitidez o comerciante de cavalos, as maneiras deste não lhes causavam grande impressão, mesmo quando bateu palmas imperiosamente e o zelador foi em busca de vinho e doces para os convidados.

Ranus era baixo e espesso, com a coloração e a toga engordurada que gritavam uma origem romana mista. Os olhos, negros como o cabelo empoeirado, mostravam-se próximos demais para serem confiáveis. Uma única sobrancelha peluda ondulava acima deles como uma lagarta feia. As grosseiras sandálias remendadas e não muito limpas exibiam dedos peludos, embora Ranus os cobrissem de pequenos anéis incrustados na carne inchada. Um caro alfinete vindo do norte prendia-lhe toga e túnica, enquanto os cabelos tinham sido domados numa série de cachos espalhados pela testa, cópia ruim do estilo epicurista.

Antes de a negociação começar, Ranus insistiu para que os visitantes tomassem um pouco do vinho espanhol em verdadeiras taças de vidro. Pelo ar displicente e casual com que Ranus usava o vidro, Myrddion notou o tremendo orgulho do homem por seus bens importados. Cadoc quase sufocou ao tomar um grande gole, e engoliu o líquido avinagrado com dificuldade. Sabiamente, Myrddion apenas bebericou o vinho e elogiou Ranus pela qualidade de sua escolha. O romano enrubesceu de prazer e ofereceu uma bandeja de algo feito com mel pegajoso, que os visitantes conseguiram comer sem revelar desagrado.

– Então precisam de quatro cavalos de carroça, e não de montaria. Estão com sorte, cavalheiros, porque não tenho um só cavalo de montaria, por qualquer preço que me oferecessem. Os jovens guerreiros compraram todos os animais que remotamente serviam para esse fim, pois foram se juntar a Aécio Flávio na campanha contra esses bárbaros desgraçados. Só os deuses sabem o que acontecerá se Aécio falhar. Imagino que nossos crânios vão decorar o salão de Átila. – Ranus fez uma pausa dramática, escarrou e cuspiu no chão de mosaico. Myrddion tentou disfarçar o que sentia e não mostrar conhecimento sobre a política local. – De qualquer modo, posso lhes vender alguns cavalos de carroça lentos demais para batalha, mas muito capazes de arrastar a carroça mais pesada. Não são jovens, vejam, mas não vão morrer nas suas mãos. Dou minha palavra. – Então Ranus propôs uma soma que fez a boca de Cadoc se abrir. Imediatamente, o negociante tratou de explicar: – Podem vasculhar Gesoriacum a semana inteira, cavalheiros, que não vão encontrar nada melhor. Apenas um tolo não tira vantagem dos tempos. Como meu velho pai costumava dizer, só um idiota ignora oferta e demanda, portanto, é com vocês. Mas, se esperarem demais, os cavalos serão vendidos para um cozinheiro ansioso para conquistar fama.

– Mostre os cavalos, Ranus. Não vou comprar um animal sem vê-lo – disse Myrddion com as sobrancelhas unidas. Ranus viu um rastilho de irritação nos olhos do curandeiro.

– Claro, jovem senhor, venham comigo. Não ludibrio ninguém, muito menos um cavalheiro como o senhor. Para começo de conversa, é ruim para os negócios. Cuidado com os degraus! Cavalos são criaturas sujas, afinal de contas, e seu verdadeiro talento é transformar feno fresco em bosta.

Ranus conduziu os dois celtas por pequenos depósitos até um estábulo caindo aos pedaços, onde dois jovens ajudantes jogavam dados confortavelmente instalados na palha. Com xingamentos expressivos, Ranus expulsou-os para o pátio mandando que trouxessem quatro cavalos de carroça. A tarefa levou algum tempo, pois os animais não queriam ser empurrados para baias estreitas depois da relativa liberdade do pátio enlameado, com seu suprimento de urtigas e relva comprida crescendo perto da cerca.

Uma vez os cavalos nas baias, Myrddion e Cadoc os examinaram de ponta a ponta, agradavelmente surpresos de vê-los em boas condições. Ranus não mentira; embora os animais tivessem os focinhos um pouco cinzentos, os olhos eram claros, os dentes amarelos bem definidos e fortes e os peludos jarretes sólidos.

– Vamos levá-los. Você tem duas carroças que a gente possa comprar, de preferência que sejam à prova d'água?

Ranus esfregou as mãos com prazer oleoso e apresentou duas carroças ao exame de Cadoc. Como os cavalos, as carroças eram velhas e desajeitadas, mas vinham com coberturas de sólido couro que protegeriam os instrumentos de Myrddion. Completado o negócio, a maior parte do ouro do curandeiro mudou de mãos. Enquanto Cadoc arreava os cavalos, Myrddion encarou o velho comerciante astuto.

– Ranus, vou lhe dizer francamente, não quero servir em qualquer conflito fora de minha terra. Os comandantes sempre parecem tirar vantagens dos curandeiros, e fui arrastado para várias disputas no passado. Descobri que trabalhar para um rei nunca é compensador financeiramente. Portanto, tenho certeza de que entende minhas reservas, amigo.

O negociante romano sorriu como um tubarão. Na verdade, uma boa guerra era muito proveitosa para seus negócios, mas evitava cuidadosamente qualquer experiência pessoal com a carnificina.

– Sim, jovem senhor, posso ver que um curandeiro seria uma valiosa adição ao exército de qualquer comandante.

– Como posso me afastar da guerra que está chegando? Quero ir para o sul, depois para Ravena, e não desejo ser desviado pelos hunos ou francos no caminho. Que rota seria mais rápida e segura?

Com um indicador caloso, Ranus esfregou o queixo onde a barba começava a despontar, produzindo um som áspero que fez Myrddion encolher-se. O romano o encarava com olhos manhosos e insolentes.

– Bem, cavalheiro, se eu apostasse onde Átila atacaria a seguir, pensaria nas ricas terras do sudoeste. Ele vai lançar os guerreiros contra as terras dos alamanos e atacar Worms ou Estrasburgo. Já pode ter tomado facilmente essas cidades, mas nunca saberemos até que seus cavaleiros batam nos nossos próprios portões. Os hunos se deslocam rapidamente. Átila atravessará o campo dos francos como uma faca quente cortando manteiga fria. Vai usar o rio Reno como marcador para deslocar as tropas de um lugar para outro.

Myrddion franziu a testa.

– Então para onde vou se quiser evitá-lo? Esta terra é estrangeira para nós e prefiro me afastar de qualquer batalha se puder, mesmo de pequenas escaramuças. Se encontrar homens feridos, claro que serei moralmente obrigado a cuidar deles, mas preciso chegar a Ravena sem ser retardado por uma guerra.

– Eu pegaria a principal estrada romana para leste. Levaria minhas carroças para o rio, de onde César atravessou para o norte a fim de derrotar os bárbaros. A seguir, rumaria para o sul na direção de Tournai, Cambrai e das cidades francas da fronteira. Com sorte, o senhor contornará as lutas.

Myrddion fez uma careta.

– Se eu seguir o seu conselho, não encontrarei os hunos? Por que não pegar a estrada costeira?

Ranus sacudiu os ombros de modo expressivo.

– É verdade que a melhor estrada acompanha a costa, mas provavelmente o senhor vai esbarrar com grupos armados das forças de defesa do rei. Os francos e os godos são tão perigosos quanto os guerreiros de Átila. Em seu lugar, eu seguiria a rota central. As estradas estão em mau estado e não são mais vigiadas pelos romanos. Mas sei que a maioria das pontes ainda está no lugar. Portanto... bem, a escolha é sua. – Obviamente farto da conversa sem proveito, Ranus voltou a seus doces e a seu vinho execrável, confiando que os clientes fechariam o portão quando saíssem.

Lá fora a escuridão era total. Myrddion e Cadoc buscaram as três viúvas, carregaram as provisões, os instrumentos da profissão, as tendas de couro e a preciosa caixa de pergaminhos do curandeiro. Sem confiança nas estalagens do cais, Myrddion decidiu viajar sob a lua nascente até a periferia de Gesoriacum, onde podiam montar acampamento em relativa segurança. Sem comer, mas seguro nas carroças entre as peles e os cobertores de lã, o pequeno grupo adormeceu logo.

Cadoc acordou ao alvorecer e saiu do acampamento para recolher suprimentos de comida. Rhedyn, uma das viúvas, lavou a panela com areia e água do rio, começando a preparar um ensopado de carne-seca que os sustentaria quando se pusessem em movimento. Brangaine, outra viúva, utilizou o trigo que restava assando bolos achatados numa chapa de ferro. Quando Cadoc voltou, Rhedyn escolheu várias cenouras meio murchas, um nabo levemente passado e repolho macio, a fim de trazer um pouco de gosto ao ensopado. Myrddion despertou para o cheiro de comida, temperada com sal comprado por algumas moedas de cobre por Cadoc. A boca dele encheu-se de água ante à tarefa familiar que lhe dava tanto prazer na estrada aberta.

Mestre e criados comeram com os dedos, usando os achatados bolos de Brangaine para recolher o molho, enquanto Cadoc contava as fofocas locais ouvidas no mercado.

– Os hunos, seja lá quem forem, estão se deslocando – contou demolindo seu primeiro prato de ensopado. – Os habitantes locais estão aterrorizados, embora seja improvável que Gesoriacum vá ser atacada.

– O Rei Vortigern me disse que os hunos chefiados por Átila ameaçaram Roma... embora possa estar enganado – disse Myrddion em dúvida, sabendo que a Grã-Bretanha raramente recebia informação do lado franco do Litus Saxonicum. Mesmo assim, o nome de Átila fez sua língua tremer. – As pessoas sabem por que os hunos vieram para um lugar tão ao ocidente, e por que estão em guerra com a Gália?

– Um general romano chamado Flávio Aécio os irritou, devolvendo o presente deles.

As viúvas riram. Finn Narrador da Verdade fez uma careta incrédula ante a ideia de que qualquer general minimamente inteligente fosse cometer semelhante erro. Cadoc encheu de novo sua tigela de ensopado, enquanto continuava a explicar o que ouvira entre os aldeões.

– Não, Narrador da Verdade. O presente dos hunos era um anão chamado Zerco, parece que esse Aécio não aprecia tratar seres humanos como coisas que podem ser trocadas à vontade. Infelizmente, os hunos resolveram encarar o ato de Aécio como um insulto.

– O motivo da guerra tem alguma importância? – perguntou Finn. – Os hunos inventam qualquer razão para se ofenderem se quiserem atacar. Esse Flávio Aécio é um guerreiro competente?

– Falam que sim. É o melhor que sobrou do império, o que não é dizer muito. Quer se envolver com essa guerra, mestre? Talvez a gente possa recuperar as perdas da viagem.

Myrddion olhou em dúvida para os dedos finos enquanto limpava a tigela com um pedaço de pão. Seu pai seria esse General Flávio? Pela primeira vez, o curandeiro pensou na dificuldade de encontrar um homem com um nome tão comum, embora com uma história nobre.

– O que mais ouviu sobre esse Flávio Aécio? – perguntou do modo mais natural possível. Se a idade do general indicasse que podia ser seu pai, o curandeiro pensaria duas vezes na decisão de evitar a guerra.

– Soube apenas os fuxicos do mercado – respondeu Cadoc. – Dizem que tem uns sessenta anos. Sua mãe era italiana, não de nascimento real, e ele é de ascendência cita. Diz-se romano porque serviu na corte imperial e foi treinado no *tribuni praetoriani partis militaris*. Por quase quarenta anos, vem sendo o mais bem-sucedido comandante romano.

Myrddion concordou com a cabeça, aliviado, confirmando sua decisão. Precisavam passar pela Gália o mais rápido possível para chegarmos a Roma e Ravena. Chega de reis malucos, famintos de glória. E chega de generais prontos para desperdiçar o sangue dos recrutas como se fosse moedas de cobre. Podia descartar esse Flávio devido à idade dele e à impureza de seu sangue.

– Então ele terá que derrotar os hunos sem nós. Estou cansado de batalhas e de homens morrendo.

– Mas, mestre... – Cadoc esfregou o polegar e o indicador juntos num gesto antigo.

– Sim, eu sei que estamos quase sem fundos, mas não vamos passar fome. Os camponeses vão nos alimentar em troca de um pouco de saúde. Seguiremos a estrada para o leste e viraremos ao sul para Tournai quando chegarmos ao rio.

Conhecendo as guinadas do chefe, Finn e Cadoc não discutiram. Afinal de contas, eram sensatos. Reconheciam que só a juventude de Myrddion o impedia de perceber o modo altivo com que tomava decisões pelo grupo inteiro, considerando a lealdade e o senso de obrigação deles garantidos.

Depois de quebrado o jejum, o grupo partiu para a próxima fase da viagem, logo deixando a esqualidez e o vigor de Gesoriacum para trás. O dia era tudo que um início de primavera devia ser: brisas suaves, fofas bolas de nuvens e uma doce relva nova com um cheiro limpo de recomeço. Na estrada romana à frente deles, o campo era plano, verde e acolhedor, com pequenas aldeias ocasionais amontoadas nos campos fecundos onde caules verdes já irrompiam do solo. Estimulado, Myrddion respirou fundo.

Em cada aldeia, camponeses os paravam para solicitar substâncias que curassem resfriados ou para tarefas mais comuns como arrancar dentes, aliviar dores de ouvido ou remover espinhos, farpas ou pedaços de metal da carne inflamada. Os aldeões agradeciam numa espécie de saxão ou num latim abastardado, e pagavam os tratamentos com legumes do estoque de inverno, maçãs recolhidas no outono, uma braçada de coelhos ou codornas ou, numa ocasião memorável, um pernil inteiro de veado.

O clima, juntamente com a gratidão dos aldeões, conspirava para provocar uma sensação de feriado que os curandeiros agradeciam com vigor. Afinal, tinham chapinhado demais no sangue, em feridas medonhas e na agonia de almas condenadas para compensar os desejos envenenados de príncipes menores.

Portanto, foi com surpresa que Myrddion se descobriu irritado com o ritmo lento e contínuo da viagem. Aquelas terras tinham sido domadas e pareciam bastante cuidadas, mas havia uma qualidade estrangeira na ausência de florestas pesadas ou colinas erguendo-se como agulhas duras para o céu. Poucos quilômetros os separavam das terras celtas, embora os governantes romanos desse lugar suave tivessem derrubado florestas antigas e matado os velhos deuses em seus bosques sagrados. Outra coisa começava a tomar o lugar deles, mas Myrddion não conseguia divisar o formato da nova força que, mesmo naquele momento, levava morte e destruição aos quietos povoados.

O pequeno grupo alcançou finalmente o rio mencionado por Ranus, onde a estrada se transformava num arco em direção ao sul.

– Ótimo. Agora temos que ficar alerta – disse Myrddion para eles. – As terras à volta de Tournai pertencem ao rei franco, portanto, podemos esbarrar em seus guerreiros em pouco tempo.

– Que maravilha – murmurou Cadoc, irônico, enquanto Finn Narrador da Verdade simplesmente sacudia as rédeas da parelha, pondo a carroça de novo em movimento.

Após alguns dias de viagem tranquila, os cavalos se mostraram inquietos. Myrddion sentiu um calafrio lhe percorrer a espinha. Não havia motivo visível para sua sensação de perigo, mas o curandeiro sabia que criaturas irracionais eram frequentemente avisadas de problemas muito antes que os sentidos humanos os percebessem. Sabia também que só um tolo ignoraria tais advertências.

– Volte à outra carroça e diga a Finn que deixe a espada à mão – disse ele a Cadoc. – Os cavalos estão sentindo o cheiro de problemas no vento, e eu também.

Cadoc esquadrinhou o horizonte com os olhos agudos de guerreiro.

– Há fumaça sobre as florestas ao sul, mestre. E os pássaros estão silenciosos demais. Não gosto disso.

– Humm. – Myrddion puxou a espada, resplandecente na bainha escondida, e colocou-a sob o assento da carroça. – Vamos continuar!

Os primeiros refugiados surgiram no mesmo momento, a pé ou empurrando carrinhos de mão carregados com seus poucos bens. Myrddion logo percebeu que os abatidos camponeses eram todos mulheres, velhos e crianças. Vários tinham queimaduras ou ferimentos à espada enquanto se arrastavam para frente com o olhar fixo e a expressão chocada, vazia, de gente que não tem outro rumo senão fugir do local onde viveu por toda a vida. Cadoc viu uma mulher carregando uma criancinha cujo braço fora queimado do ombro ao pulso. Parou diante dela para deter-lhe os passos sem destino.

– Eu cuido do bebê para você, mãe – murmurou ele, com a voz mais suave que conseguiu. – Meu mestre tem um unguento que vai aliviar a dor da criança.

A mulher parou de repente, parecendo que as pernas tivessem esquecido como caminhar. Cadoc pegou a criança silenciosa e parcialmente embrulhada em panos com delicadeza, enquanto Myrddion fez um gesto em silêncio para Rhedyn sentar a mulher confortavelmente numa sombra. Finn e Cadoc começaram a reunir as carroças e desatrelar os cavalos antes de acenderem o fogo, aquecer a água e preparar os instrumentos de Myrddion.

– O trabalho está chegando, mestre – murmurou Cadoc suavemente, como se não quisesse perturbar a criança quase em coma nos braços. – Posso sentir isso.

– Sim; adeus esperança de uma jornada quieta para Constantinopla. Dispa a criança. Ela está quieta demais e tenho medo de que já tenha morrido.

A meninazinha não podia ter mais que dois anos. Sua queimadura feia e cheia de bolhas começava no ombro e se estendia até o pulso, deixando intocados os dedos pequenos e delicados. A carne inchara sob a pele escurecida e com bolhas, mas a mãe não tinha conseguido tratar o ferimento.

– Ela deve ter tirado a criança de uma cabana em chamas, agarrado o que podia e fugido. Normalmente um tratamento imediato é fundamental em queimadura, mas, nesse caso, a aplicação do gordura de ganso ou uma atadura suja teria dificultado mais ainda nossa tarefa. No momento, tenho que cortar a pele na parte fechada para diminuir a inchação e as bolhas. Vou precisar de suco de papoula.

A criança parecia uma boneca de trapos nas mãos de Cadoc, mas ele sabia que havia uma perícia divina nos dedos sensíveis do mestre. Se Myrddion acreditava que a menina tinha uma mínima chance de sobrevivência, Cadoc também lutaria pelo direito dela de viver. O soldado nele lembrou a agonia de suas próprias queimaduras, e o compassivo coração do celta se apertou com a dor que a garotinha sentiria se sobrevivesse ao tratamento. Ele colocou a criança nua sobre um pano limpo que Rhedyn estendera e foi buscar facas, unguentos e o suco de papoula.

Depois de Myrddion cuidar da criança e ela ter sido colocada num ninho de lã limpa na carroça maior, o curandeiro voltou a atenção para a mãe e a crescente multidão de refugiados que haviam interrompido a marcha sem rumo. A maioria dos ferimentos eram pequenos, inclusive os provocados pela própria jornada, como bolhas nas mãos e nos pés, mas Myrddion, Finn e Cadoc trataram cada um deles, prometendo aos aldeões água limpa, ensopado quente e um lugar seguro para descansar se ficassem por ali um pouco. Várias mulheres aptas tinham ajudado a erguer uma das tendas de couro; mulheres e velhos exaustos de fugir de Tournai descansavam agora sob o abrigo na relva limpa.

Entretanto, nem toda a habilidade e a gentileza de Rhedyn conseguiram arrancar uma única palavra dos lábios lacerados da mãe da criança. A mulher parecia velha demais para ter uma filha tão moça, mas, como nenhum dos outros refugiados a conhecia, os curandeiros ficaram sem poder saber o dano causado na mente dela.

Seu corpo, contudo, era uma questão diferente.

A mulher sentava-se curvada como uma velha, balançando-se de vez em quando ante uma música que só ela ouvia. Quando Myrddion e Cadoc quiseram examiná-la, ela tentou se defender com punhos e dentes, uma resistência ainda mais terrível porque feita em silêncio. Myrddion forçou um pouco de suco de papoula pela garganta da mulher, até que a luta febril cessasse lentamente.

Desculpando-se com a mulher, ainda que calado, Myrddion examinou-lhe o corpo em busca de ferimentos. Na virilha, achou uma flecha enfiada fundo, com uma pequena haste visível na carne avermelhada. Ao notar a ausência de sangue, ele sacudiu a cabeça.

– É uma hemorragia interna, mestre? – murmurou Cadoc, avaliando a força de vontade que havia mantido a desconhecida em pé, com aquele doloroso ferimento, por tantos quilômetros.

– Acho que sim. A flecha deve ter perfurado o intestino dela horas atrás, razão pela qual sua pele está tão quente e ela não cuidou da criança. Os humores ruins a estão matando de dentro para fora.

– Precisamos retirar a flecha? – Havia tristeza na voz de Cadoc. Mulheres corajosas assim deviam morrer junto a sua própria lareira, e não enlouquecidas de dor numa viagem interminável e inútil.

Myrddion sacudiu a cabeça negativamente, firmando os ombros. A dura experiência tinha lhe ensinado que não adiantava lutar com a morte se havia órgãos internos perfurados e envenenados.

– De que adianta? Só lhe causaria mais dor. Esfrie-lhe a carne com compressas macias e peça a Rhedyn para ficar com ela. Vou deixar mais suco de papoula a fim de facilitar a jornada da mulher para a morte. Seja lá quem for, está além da nossa ajuda.

Cadoc sentiu a raiva na voz do mestre. Embora Myrddion já tivesse ultrapassado a meninice, sua curta vida lhe ensinara que a força de um adulto não significava nada confrontada com sua terrível ignorância. Alguns ferimentos estavam além da capacidade dele de curar, e Myrddion se enfurecia em silêncio com os deuses que deixavam crianças chegarem à idade do amor e da razão e depois as matavam caprichosamente.

– Por hoje chega – decidiu. – Parece que já cuidamos de todos que necessitavam, mesmo sendo obrigados a esvaziar nossos estoques de comida. Eles vão precisar de algo nos estômagos para sobreviver às durezas futuras. Mas outros sofredores nos encontrarão logo, e quem sabe possam nos reabastecer de novo.

Enquanto punha colheradas de comida numa tigela de madeira para uma velha sem dentes, que o abençoou em sua língua estranha, Cadoc observou o sol chegar ao ponto máximo e começar a longa descida no céu para as trevas da noite. Por enquanto, a luz ainda brilhava docemente, e o ar perfumado era tão delicado quanto fora em suas primeiras viagens matinais. Apesar disso, o fedor inequívoco da morte violenta parecia ter chegado ali em lufadas do sul, onde a fumaça ainda se erguia como um dedo insolente ou um aviso dos horrores vindouros.

A mulher ferida entrou em convulsão ao cair da noite. Cadoc e Finn a seguraram, mas o corpo dela ardia como fogo, incendiando-se internamente por alguma terrível conflagração do espírito. Quando todo o seu corpo se arqueou e só a cabeça e os calcanhares tocavam o solo, Cadoc temeu que a espinha quebrasse, rezando à Mãe para que trouxesse uma morte rápida à desconhecida.

Com as mãos frias sobre a testa fervente dela, Myrddion sussurrou-lhe algumas palavras de conforto no ouvido, prometendo-lhe que, se a filha sobrevivesse, ele cuidaria dela até a morte. Insensível a essas palavras de libertação, os calcanhares da mulher martelaram o solo duro e uma longa exalação escapou de seus dentes trincados. A seguir, caiu frouxamente, como se uma mão invisível cortasse os tendões e músculos que sustentavam seu corpo, deixando para trás uma concha de carne sem ossos. As pálpebras se abriram de repente, expondo olhos de uma estranho verde transparente, mas sem qualquer lucidez. Só uma palavra escapou dos lábios dilacerados que sangravam. Então ela morreu.

– Willa – Myrddion repetiu. – Será o nome dela ou o da criança? Nunca saberemos, então vamos chamar as duas de Willa. É um bonito nome, uma versão de Willow, eu acho, e bastante triste para os tempos que correm.

Então Willa Major foi enterrada numa cova aberta rapidamente na estrada romana que levava ao sul. Myrddion não conseguiu qualquer pano para amortalhá-la e, como ela não trouxera nada a não ser a criança, voltou à terra nas roupas que usava, desprotegida do frio e da chuva. A luz desaparecera quando os primeiros punhados de terra atingiram o rosto branco e virado para cima da mulher. Finn Narrador da Verdade teve de se afastar ao lembrar um enterro mais cruel de seu passado. Rápida e precisamente, Myrddion e Cadoc encheram a cova rasa e colocaram uma pedra sobre o local onde jazia a cabeça da mulher.

– Que a Mãe a proteja – Myrddion lembrou aos amigos –, como protege a todos que doam sua vida pelos filhos.

Brangaine chorou pela própria esperança inútil de ter filhos, que sumira quando seu homem morrera no exército de Vortigern.

– Eu tomo conta da criança. Juro que a pequena Willa não vai morrer.

– Mas vai ficar com cicatrizes, Brangaine, por mais que cuide dela, e também não posso dizer como seu braço vai funcionar – Myrddion avisou, sabendo que tendões atingidos por fogo geralmente perdem a flexibilidade.

– Não tem importância. A criança vai viver – jurou Brangaine. E foi para a carroça, onde a criança estava deitada no ninho de velhas mantas de lã.

– Essa mulher fica cada dia mais estranha – disse Cadoc para ninguém em especial, ao observar o corpo espesso da viúva entrando na carroça. – Mas é uma boa trabalhadora e seus bolos são maravilhosos.

Os três homens arrastaram-se também para as carroças na esteira de Brangaine. Uma chuva leve começara a cair, combinando perfeitamente com o ânimo de decepção e tristeza de Myrddion. Para o curandeiro, cada paciente que ia para as sombras do além era um fardo em seus ombros.

– Merda! – exclamou Cadoc. – Agora vamos ter esse mijo de chuva. Só os deuses sabem o que está guardado para amanhã. Vou lhe dizer, mestre, não gostei daquela fumaça lá longe, e estamos indo àquela direção. Seja lá o que for, boa coisa não é.

– Sim, o dia de amanhã pode ser difícil, mas agora os curandeiros só podem dormir quando Fortuna nos dá a chance. Vão para os seus colchões, os dois, pois amanhã temos que estar alerta.

Entretanto, apesar do conselho sensato dado a seus amigos, Myrddion não conseguiu dormir por mais que tentasse. Tinha iniciado sua busca com o entusiasmo de um garoto, sem pensar duas vezes no que poderia custar a jornada. Estava começando a entender que conhecer sua verdadeira identidade não se limitava a encontrar o pai. Talvez essa procura só se encerrasse quando aprendesse dolorosas lições sobre si mesmo.

Mapa feito por Myrddion sobre as rotas seguidas pelas forças de Atila durante a invasão da França

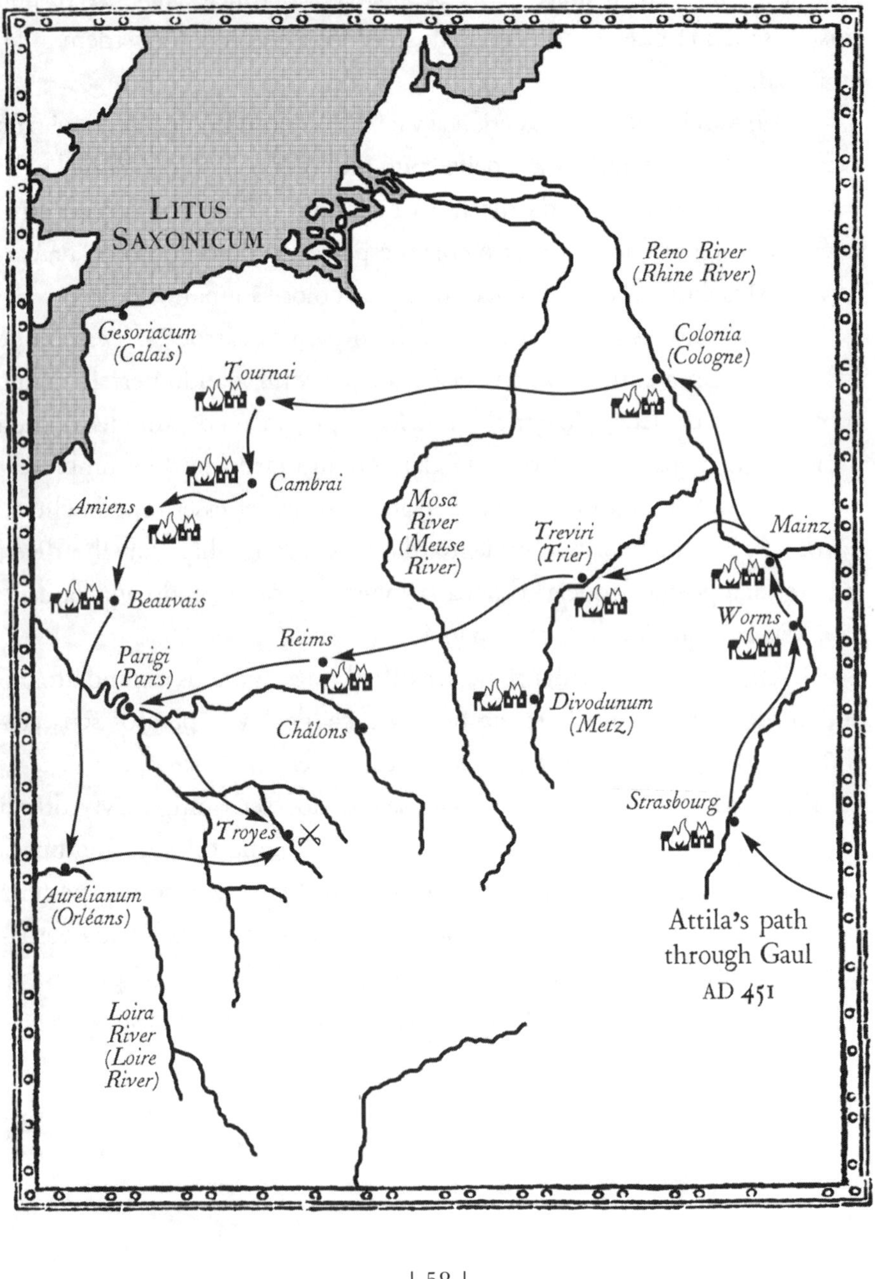

Capítulo 3

Um negócio aterrador

O céu do alvorecer estava pálido e levemente nublado como o rosto de um cadáver cujos traços foram esmaecidos pela morte. Myrddion acordou com os primeiros traços de luz; naquele dia especialmente agourento, porém, os olhos dele estavam arenosos e vermelhos pelo pouco sono e pelos sonhos que o tinham atormentado a noite inteira. Durante as poucas horas da escuridão que se seguiram ao enterro de Willa Major, o jovem curandeiro sonhara desconexamente com fazendolas incendiadas, crianças esquartejadas e com os estranhos olhos verdes de Willa Major. A vigília era uma bênção comparada com a besta negra de seus sonhos.

Finn Narrador da Verdade e Cadoc se mexeram com a mesma falta de vontade. No entanto, o que sobrara do ensopado precisava ser aquecido para alimentar um pequeno punhado de camponeses idosos e confusos que detestavam ter de voltar à estrada para o noroeste. Enquanto Brangaine aquecia a comida com a pequena Willa perto dela, os homens trabalhavam desmontando a tenda de couro e preparando os cavalos para a viagem. Depois que alimentassem os velhos, estes seriam incentivados a continuar afastando-se da cidade que fumegara no dia anterior. Myrddion e seus companheiros, porém, precisavam continuar avançando para enfrentar os horrores que talvez encontrassem em Tournai.

– Não devíamos ir mais devagar, mestre? Talvez fosse melhor a gente se desviar do que está aí na frente. Não estou morrendo para dar de cara com aquilo que afugentou os pobres aldeões. E quem são esses hunos, afinal?

Cadoc parecia tão alarmado que Myrddion se viu obrigado a explicar a situação. Somente homens de boa vontade avançariam na direção de um futuro incerto.

– Os hunos são uma tribo selvagem famosa pela ferocidade – respondeu o mais calmamente que pôde, tentando em vão acalmar as mulheres assustadas. – Mas precisamos seguir em frente. Como conseguiríamos viajar em segurança fora da estrada? O que seria de nós se uma roda quebrasse no terreno irregular? Não seria mais plausível esbarrar com o perigo? Além disso, somos curandeiros. Gostemos ou não, nosso juramento nos obriga a aliviar o sofrimento. – Apontou a estrada para o sul. – Há muito sofrimento naquela direção. Vamos evitá-lo? Ou devemos avançar?

Cadoc e Finn arrastaram os pés. Myrddion sentia que a primeira reação deles era aconselhar cautela, mas sua ansiedade natural lutava com um igualmente poderoso senso de prestar serviço. Cadoc abaixou a cabeça e enrubesceu de vergonha.

– Vamos seguir em frente, mestre, mesmo com medo do que podemos encontrar – decidiu Finn lentamente, enquanto Cadoc concordava com a cabeça.

Paradoxalmente, Myrddion era forçado a admitir que homens mais sábios teriam ficado longe da cidade. No entanto, continuava fiel à postura de sua mentora: doentes precisavam de cuidados, independentemente dos pressentimentos de desastre que o assaltavam. Myrddion encarava com horror a hipótese de ser constrangido por outro príncipe poderoso, obrigado a servi-lo como vassalo; não podia esquecer os vínculos que o tinham amarrado a Vortigern, só quebrados quando o rei celta foi queimado vivo em sua própria fortaleza. Estava resolvido a jamais servir a um senhor temporal de novo, mas também decidido a ser fiel a seu juramento, apesar de saber que continuar a viagem poderia ser desastroso para ele mesmo e para seus amigos.

Mais tarde, com os estômagos cheios e levando água limpa, os velhos aldeões continuaram seu caminho, liberando os curandeiros para retomarem a rota de risco. Cada quilômetro coberto pesava nos corações dos três homens, pois tinham vivido pessoalmente a guerra com seu grosseiro desprezo pela carne inocente. Só Brangaine estava feliz, pois Willa acordara, tinha suportado a mudança de curativo na queimadura com olhos verdes e firmes e agora sugava o polegar, dormitando embalada pelo ritmo soporífico da carroça.

Os céus pareciam mais amplos e azuis do que os da Grã-Bretanha, já que, como Myrddion observara, muitas das florestas densas tinham sido abatidas pelos romanos, deixando os bosques sagrados desertos e nus. As terras da Gália estavam se enchendo de tribos estranhas: francos, visigodos e alamanos. A população também cultuava deuses estrangeiros, embora Roma de certo modo ainda mantivesse as rédeas do poder. Flávio Aécio ficava aos poucos velho e cansado, e a fumaça sobre Tournai era apenas um presságio dos problemas que viriam à medida que o astuto general enfraquecesse.

O sol primaveril e tépido tocava agradavelmente o rosto de Myrddion, e ele teria usufruído a nova claridade na terra pouco familiar se não tivesse visto os detritos deixados para trás pelas famílias em fuga. Uma espatifada carroça de madeira estava caída numa vala além da estrada, enquanto aqui e ali se espalhavam panelas abandonadas, odres de água vazios, cobertores velhos e até o corpo inchado de um cachorro. Um pé de sandália foi amassado sob as rodas de Myrddion, que sentiu uma fisgada no peito ao olhar para trás e vê-la transformar-se em poeira sob as patas dos cavalos de Cadoc. Um homem usara aquela sandália; agora devia andar com o pé nu nas pedras duras que revestiam a estrada.

O dia estava bem avançado quando o grupo chegou ao centro de um bosque de árvores esparsas além do qual Tournai os esperava. À esquerda, via-se e ouvia-se um rio através do véu leve do bosque escondendo-lhe parcialmente as margens sufocadas pela correnteza. A terra era rica, e os lavradores que viviam perto da corrente usufruíam a abundância do aluvião e da água piscosa. Cheio de presságios e exausto, Myrddion determinou que parariam ali, pois até mesmo o infatigável Cadoc começava a fraquejar. Fosse lá o que os esperava adiante, os curandeiros precisavam dormir ou não poderiam cuidar de ninguém no dia seguinte.

A noite quieta e sem nuvens não mostrava sinal das habituais chuvas leves da primavera. As estrelas brilhavam nitidamente como furos numa lã negra pendurada ante um lampião. Cadoc jurava que podia pegá-las com a mão, tocá-las, enquanto Brangaine cantava docemente com sua voz profunda e um pouco desafinada para acalentar a pequena Willa até o sono. Finn juntou-se à lamentosa canção folclórica, que falava de uma criança roubada pelo Outro Mundo e de uma mãe que choraria por ela até o fim da vida, deixando Myrddion lutando com as lágrimas. Sem ser amado por Branwyn, sua mãe, o curandeiro sabia existir, em sua alma, um espaço vazio. Mas Branwyn rejeitara o primogênito por ele ser fruto de um estupro. Na verdade, Myrddion ainda tinha na cabeça uma cicatriz onde a mãe o atingira com uma pedra havia muitos anos. O som da simples canção de Brangaine causara dor ao curandeiro, mas o passado não podia ser mudado, por mais que o rapaz ansiasse pelo amor da mãe. Finalmente, Myrddion adormeceu ao som das vozes embaladoras e, desta vez, os sonhos ruins não o perseguiram na noite imóvel, perfumada, que os abraçava sob as árvores.

A manhã trouxe tristeza e uma lembrança da brutalidade humana. Enquanto as carroças deixavam o bosque, uma ampla faixa de terra lavrada surgiu diante deles, dividida em pequenos lotes por baixos muros de pedra aproveitada de outros muros. As paredes não tinham argamassa, mas cuidados habilidosos haviam aplicado reparos constantes nessas provas de civilização e ordem. Até recentemente, brotos verdes tinham pontilhado os veios marrons do solo, mas agora os jovens grãos e os legumes jaziam pisoteados ou devorados por cavalos pastando ou homens famintos. Terra amassada, fogos para cozinhar carbonizados e cabanas camponesas queimadas testemunhavam mudamente a passagem de uma grande cavalaria e pés de soldados despreocupados com a higiene e com o futuro uso da terra. Em alguns lugares, as paredes tinham sido esburacadas, e pedras do tamanho de cabeças usadas para construir lareiras temporárias. Ossos e penas de animais se espalhavam ao acaso em torno dos fogos, e valas rudimentares de latrinas toldavam o ar com seu fedor. Mesmo assim, Myrddion notou que essa força, sob a negligência enganadora, era bem organizada e viajava rápido. Só dois dias se passaram desde que Tournai ardera, mas, nesse meio-tempo, uma grande companhia de soldados sumira como fumaça na paisagem franca.

A cidade de Tournai situava-se no epicentro de um grande círculo de terra carbonizado pelos destroços de um exército. Os muros pareciam intactos, embora Myrddion pudesse ver as incendiadas estalagens, cabanas e lojas primitivas que tinham abrigado a periferia romana. Agourentamente, aves de rapina voavam em círculos sobre as defesas da cidade, e pássaros carniceiros cobriam um monte escuro empilhado ao acaso contra os flancos escurecidos pelo fogo.

– Coisas mortas – sussurrou Cadoc. – Os pássaros estão se alimentando.

– E os cães também – acrescentou Finn Narrador da Verdade, quando formas escuras escorregaram da elevação que parecia se contorcer de vida contaminada.

– Talvez alguns habitantes de Tournai ainda estejam vivos – murmurou Myrddion com voz desesperançada. – De qualquer modo, precisamos fazer o que pudermos se houver sobreviventes.

Cadoc e Finn sacudiram os ombros. Cada qual subiu a seu lugar nas carroças e retomaram a lenta jornada.

Uma fogueira enorme fora acesa no meio da estrada, e os viajantes pararam para examinar a cicatriz no solo. Cadáveres haviam sido queimados ali ordenadamente, mas os remanescentes foram dispersos depois que o fogo esfriou. Myrddion percebeu que as lembranças deploráveis de guerreiros outrora fortes tinham sido reunidas com cuidado pelos que esperavam, a distância, a volta dos parentes.

– Pelo menos este exército tem respeito por seus próprios mortos – Myrddion murmurou. – Talvez tenham poupado os filhos da cidade.

– Não os hunos, se Tournai é trabalho deles – replicou Finn numa voz carregada de cansaço do mundo. – Pelas descrições dos camponeses que fugiam de Átila, duvido que encontremos algo além de cadáveres neste lugar amaldiçoado.

Os cavalos se afastavam do cheiro de morte. Myrddion teve uma ânsia de vômito ao levar sua parelha a pé para fora da estrada, passando pelas cinzas que enchiam o caminho. Aqui e ali, viam-se fragmentos isolados de ossos desmembrados, como um maxilar ou pequenos pedaços de joelhos. Pedaços de metal de peitorais oxidados tinham sido negligenciados pela horda inimiga que, embora queimasse seus mortos com respeito, havia claramente recolhido todos os itens de armadura que pudessem ser usados de novo por guerreiros em batalhas ainda por vir.

– Essa pilha de cinzas é tudo que sobrou dos inimigos mortos, e mostra que as baixas foram muito poucas em comparação com as dos defensores civis – resmungou Finn Narrador da Verdade ao revirar um minúsculo fragmento de crânio com a ponta da bota. – Quem quer que sejam, esses guerreiros são bons na arte da guerra.

– Ou os cidadãos de Tournai apresentaram muito pouca resistência – murmurou Myrddion concordando.

– Camponeses e comerciantes raramente são peritos na dança da morte. Talvez tenham pedido clemência ao exército atacante.

– Se fizeram isso, foram mais tolos ainda!

Quando a estrada virou para a cidade murada, outra elevação escura mostrou uma pilha de corpos atirados ali de qualquer maneira para poupar o exército de uma ameaça de doença. Papagaios, corvos de dois tipos, gatos domésticos e até cães se erguiam raivosos do banquete, rosnando ou fugindo ante a aproximação das carroças, à espera de poder voltar a comer. Pelo que restara das roupas nos corpos saqueados e parcialmente nus, tais cidadãos tinham sido lavradores ou comerciantes que haviam descoberto que forcados ou facas domésticas não eram páreo para espadas, lanças e flechas de ferro.

Contudo, de todas as vítimas, as que mais afetavam os curandeiros eram as crianças. Via-se o antebraço de uma criancinha sob uma pilha de adultos emaranhados, dedos já roídos até o cotoco por predadores e a palma erguida mudamente apelando por piedade, enquanto uma grande ave de rapina beliscava o ventre de um menino. Finn disse um palavrão e atirou uma pedra na desajeitada criatura, que o encarou com um olho amarelo e maligno antes de levantar voo lentamente.

– Todas as criaturas da terra precisam comer – murmurou da carroça Brangaine, cobrindo com uma das mãos os olhos de Willa, que sugava o próprio polegar. – Será que esses bichos merecem menos que nós? Pelo menos os predadores limpam a bagunça que os homens deixaram neste vale de lágrimas.

À medida que as carroças rolavam inexoravelmente para frente, o que restava dos portões de Tournai surgia pouco a pouco.

Troncos de madeira tinham sido usados na construção de uma máquina de guerra que poderia tirar vantagem da única fragilidade nos muros da cidade. Myrddion imaginou o amplo tronco de árvore usado como um aríete para esmagar e abrir o grande fecho do portão. Viu os restos das fogueiras utilizadas para queimar as madeiras e enfraquecer as tábuas em torno dos apoios de ferro. A perícia dos atacantes era óbvia a qualquer um que entendesse a impiedosa arte da guerra. As defesas de Tournai tinham sido rompidas por um inimigo decidido, brutal e bem organizado.

Madeira estilhaçada era tudo que restava dos enormes portões duplos, e os curandeiros encontraram mais cadáveres em pilhas ao acaso, caídos onde haviam morrido. À medida que Myrddion e seus aprendizes caminhavam pelo espaço atravancado dentro dos portões, ficava claro que aqueles homens tinham tentado defender a cidade. Embora seu armamento fosse nitidamente romano, não conseguira protegê-los contra um exército decidido a estuprar e saquear. A maioria dos corpos era de velhos e garotos no limiar da fase adulta. Myrddion cogitou: Que fim teriam levado os adultos aptos? Algumas flechas quebradas e enegrecidas eram testemunhas silenciosas das defesas montadas nas casas de pedra próximas ao muro. Cadoc encontrou o corpo de um garoto cuja mão destruída ainda segurava um estilingue.

Por mais que procurassem qualquer sinal de vida no cenário medonho, os curandeiros viram que Tournai era uma cidade morta, saqueada de tudo que pudesse servir e depois queimada. Nenhum sobrevivente ferido, nenhum item de valor e nenhuma esperança permaneceram após a passagem de um exército cujo objetivo era a completa destruição.

Quando as carroças contornaram os muros da cidade, Finn percebeu um cintilar de luz nas árvores à direita. Por um rápido instante, achou que cavaleiros armados fossem surgir ameaçadoramente das sombras sob as árvores, como se o reflexo da luz numa lâmina de espada tivesse traído a presença dos observadores. Então, a razão superou-lhe o momento de pânico. Afinal, o exército partira havia muito tempo, pois suas pegadas estavam evidentes na relva amassada na direção sul, onde, segundo disseram aos curandeiros, a cidade franca de Cambrai estava aberta ao saque.

– Vi algo brilhar na beira da floresta – murmurou Finn para Myrddion. – Alguém ainda está vivo, mas faz questão de continuar escondido.

Myrddion seguiu o braço de Finn com os olhos escuros e alertas. A princípio, o sobrevivente escondido não estava visível; entretanto, exatamente quando o curandeiro ia se afastar, o brilho fraco do sol atingiu uma superfície que refletiu, indicando a posição do indivíduo sob o grupo de árvores.

– Estamos sendo observados, mestre – disse Finn pensativo, enquanto procurava com a bota a longa faca sob o banco da carroça.

– Estou vendo, Finn! Se esse observador quer que a gente o veja, vai descobrir um modo de nos abordar. Não arriscarei as mulheres e nossos instrumentos de trabalho vasculhando a floresta. Cada árvore pode esconder um guerreiro inimigo.

As carroças estalavam ao se mover, o gemido das enormes rodas reforçadas a ferro quase afogando o som do casco dos cavalos à medida que avançavam pela áspera superfície de pedra. O contínuo bater de uma aba de couro da cobertura da carroça era um contraponto reconfortante ao gemido dos eixos de madeira. Com um olho na floresta distante, Finn Narrador da Verdade, fazendo um hábil movimento das rédeas, estimulou os cavalos a um esforço maior.

Não se via sobrevivente algum na estrada. Nenhum camponês aterrorizado assediava as carroças em busca de uma ilusão de conforto. Os campos lavrados e vazios estavam cobertos de vegetação, mas todas as casas de madeira tinham sido saqueadas antes de ser devoradas pelo fogo. Mesmo os mortos se tornam um lugar-comum quando permanecem inchados ao sol. Enjoado, Myrddion ordenou que continuassem avançando, deixando que a terra de onde os corpos tinham vindo os absorvesse. Três homens jamais poderiam conseguir enterrar tantos.

Os curandeiros viajaram durante três dias, encontrando caça onde podiam na obscuridade da floresta. Embora a fome começasse a escavar-lhes o estômago, Myrddion ainda não estava desesperado o suficiente para utilizar a carne meio podre dos corpos de animais colocados pelos saqueadores nas correntes para contaminar a água e envenenar o que sobrara dos cidadãos locais.

No quarto dia, ao atravessarem uma ponte estreita, os curandeiros viram Cambrai diante deles. Como tinha sido avisada da aproximação do inimigo, a devastação era menos óbvia do exterior dos sólidos muros de pedra protegendo a cidade. Aterrorizados pela fumaça de Tournai que ardia, os camponeses haviam implorado abrigo no interior das defesas de Cambrai. Os muros tinham uma força ciclópica, pois os romanos construtores da cidade haviam aprendido a não confiar em nada nem em ninguém em seu país brutal. As legiões tinham trazido ordem e prosperidade para Cambrai, mas reis ambiciosos brigavam agora sobre os trâmites de paz.

Mais uma vez, os viajantes depararam com a evidência de inimigos queimados. A mancha de terra chamuscada, contudo, era maior aqui, os restos carbonizados honrados com menos escrúpulos e os bens dos guerreiros mortos menos esquadrinhados. Myrddion concluiu que Cambrai resistira a seus violadores e adivinhou que o inimigo se dera ao trabalho de fazer a cidade pagar pelo atrevimento. Muito antes de atingirem os portões estilhaçados, o fedor de corpos inchados, de carne queimada e as pedras partidas avisaram aos curandeiros que nada fora deixado vivo.

– Nosso observador ainda está conosco – silvou Finn Narrador da Verdade ao perceber um clarão de sol refletido em metal à beira da floresta.

– É – murmurou Myrddion. – Está nos seguindo há dias, mas vai se aproximar quando estiver pronto.

Finn Narrador da Verdade fixou o mestre com a intensidade de um guerreiro maduro que encara um enigma. Apesar de tão jovem, ainda sequer com idade de barbear a face imberbe, Myrddion era inescrutável, uma qualidade rara, juntamente com a paciência das coisas selvagens que esperam nas bordas dos lugares escuros por qualquer animal ou homem incautos que invadam seus domínios. Contemplando os cabelos negros como corvo e os olhos escuros que pareciam capturar a luz, Finn entendeu por que o Rei Vortigern quisera sacrificar o jovem Myrddion para aplacar os deuses e os espíritos da terra. Às vezes, o rapaz assustava o Narrador da Verdade com aqueles olhos de obsidiana que viam tudo e nada revelavam.

Impaciente, o guerreiro flexionou os ombros rígidos refugando a superstição. Seu mestre era extremamente inteligente e mais velho que sua idade. Se o rapaz podia esperar que a ameaça da floresta se revelasse, ele também poderia, um adulto de alma ferida que só Myrddion tentara curar.

– A cidade parece intacta, mas o cheiro é horrível. Se os hunos são o inimigo, não deixam nada vivo para contar a história.

– Mas Cambrai resistiu, então devemos esperar o pior. Quem sabe alguém ainda esteja vivo! – Myrddion pendurou a sacola de couro no ombro, enquanto Finn agitava as rédeas no flanco dos cavalos.

Cambrai poderia ser a irmã gêmea de Tournai. Os portões tinham sido arrebentados por aríetes e fogo, e um grande massacre ocorrera nas ruas estreitas levando diretamente aos portões. Ali o inimigo não se dera ao trabalho de empilhar os cidadãos, mas os tinha saqueado ainda enquanto caíam. Myrddion imaginou a desesperada batalha final nos becos e aleias estreitas e serpenteantes da cidade, com velhos, meninos e até mulheres utilizando, com a mão, qualquer arma improvisada. O saque de Cambrai tinha sido conquistado arduamente pelos vencedores. Por mais estreita que fosse, cada rua fora tomada com a perda de muitos homens, com os defensores morrendo na tentativa de retardar o avanço inexorável. À medida que Finn e Myrddion abriam caminho através de madeira esmagada, pedras queimadas e corpos empilhados, o cheiro dos mortos e dos cadáveres apodrecendo se tornava tão nauseante que os dois cobriram com panos o nariz e a boca.

– Quem eram os defensores deste lugar? – Myrddion perguntou a Finn Narrador da Verdade, espantado com a altura, a largura dos ombros e os cabelos loiro-acinzentados de muitos corpos junto aos portões internos.

Finn sacudiu os ombros e assobiou agudamente para Cadoc, chamando a atenção do celta marcado de cicatrizes.

– Você fala um pouco a língua deles, Cadoc. Ouviu alguma coisa sobre os homens que lutaram aqui?

– Acho que os defensores da cidade eram francos, mestre – respondeu o outro, detendo a carroça no interior dos portões onde os corpos empilhados o tinham obrigado a parar. – Veja, mestre! Usam mantos vermelhos, pelo menos a maioria usa. E bigodes ferozes, mas com o resto do rosto nu, e cabelos compridos, como os nossos guerreiros. – Os francos vieram do norte e, como todos os homens do norte, são totalmente dedicados à guerra.

O guerreiro celta avançou pelo pavimento desigual e virou com a bota o corpo de um homem grisalho cortado por espada em uma dúzia de lugares.

– Sua mão está ensanguentada até o pulso. Ele deve ter matado muitos inimigos antes de ser morto. Seus deuses o honrarão no Outro Mundo.

Myrddion observou que o homem meio nu estava de fato coberto de sangue, embora talvez boa parte não fosse dele. Usava uma camisa interna rasgada demais para ser digna de roubo, empapada de sangue até o cotovelo, e o punho vazio ainda se arqueava como se agarrasse o cabo de uma espada.

Não era um camponês. Depois de morto, tinham-lhe cortado um dos dedos para removerem um anel; algo valioso fora também arrancado de sua garganta.

– Sim, mestre. Está mais coberto de sangue do que podia haver em seu corpo. Fez seus assassinos pagarem caro antes de abatê-lo.

Numa ação gentil e respeitosa, Cadoc virou o franco de bruços para que os corvos não lhe devorassem os frios olhos azuis. Myrddion assentiu com a cabeça, aprovando, sensibilizado por Cadoc oferecer essa pequena honraria a um homem agora nas sombras do Outro Mundo.

– Sim, Cadoc. Deixe-o ir para seus deuses com os olhos intactos. Deixe-o ver seus inimigos morrerem, como certamente vão! – Supersticioso, Cadoc ergueu os olhos para Myrddion. – Não, não vejo a destruição deles, Cadoc. Mas esta carnificina desenfreada não deixará de ser punida pelos romanos. Nossos antigos senhores são um povo obstinado, mesmo que estejam agora em decadência. E nós, celtas, sabemos muito bem como retaliam logo. Onde estão nossos druidas? Mortos nas praias ensanguentadas de Mona. Onde estão Budica e suas filhas? Executadas há muito tempo, apesar do sexo e do status que tinham em sua terra. Mas esses invasores vão longe demais, pois deixam a terra boa agora árida atrás de si. Quando os romanos os forçarem a se retirar, onde encontrarão abrigo ou comida para um exército tão grande?

Cambrai e as atrocidades cometidas dentro de seus muros carbonizados deixaram Myrddion abatido pela tristeza. Meninas ainda bem jovens tinham sido estupradas, e depois cortadas em pedaços. Os flancos manchados de sangue eram uma afronta a qualquer homem decente. Nem bebês tinham sido poupados, embora as mães lutassem com unhas e dentes quando não havia qualquer outra arma à mão. Desalentados e sentindo-se sujos, os curandeiros examinaram cuidadosamente os detritos e entulhos de Cambrai antes de deixar a cidade para dormir fora dos seus muros, onde o ar parecia fresco.

Nas semanas seguintes, os curandeiros viajaram por estradas retas e largas na direção sul: Amiens, Beauvais e depois Parigi. Em cada cidade, o mesmo quadro de violência revelava um inimigo impiedoso com os indefesos e inocentes. Pilhas de cadáveres, colheitas queimadas e templos profanados deixavam uma grande trilha carbonizada, como se um monstro arrastasse seu corpo medonho pela terra, matando tudo pelo caminho com seu hálito venenoso.

O Huno poupara Parigi. Depois que os aterrorizados cidadãos foram convencidos a abrir os portões, o grupo de Myrddion reabasteceu-se de suprimentos. Enquanto Cadoc buscava qualquer comida que podia ser comprada dos comerciantes retraídos, Myrddion interrogava um velho soldado que falava um pouco de latim.

– A cidade tem uma dívida imensa com uma mulher santa chamada Geneviève, que se ofereceu para ir ao encontro dos hunos descalça e desarmada – contou Myrddion a Cadoc e a Finn naquela noite, à medida que montavam acampamento fora dos portões da cidade. – Átila admirou a coragem dela e permitiu que a cidade vivesse.

– Que loucura! – exclamou Cadoc. – Como um comandante pode ser tão implacável por um lado e, por outro, poupar a cidade mais rica da terra por causa de uma religiosa? Não tem sentido!

– Parece que essa Geneviève é uma mulher de grande santidade, e Átila, um homem muito supersticioso. Pelo menos foi o que o soldado me disse. Seja lá como for, Geneviève está viva e Parigi também. Temos que agradecer, pois esta noite encheremos a barriga e teremos um pequeno estoque de alimentos para as futuras necessidades. Com sorte, vamos ter comida suficiente até chegar a Aurelianum.

– Mesmo assim é loucura! – repetiu Cadoc. – Mas devemos agradecer aos deuses que os hunos temam as preces inimigas. Aparentemente é a única fraqueza que têm.

Além dos campos arados em torno de Parigi, o observador escondido esperava entre as velhas árvores que bordejavam as outrora férteis faixas de solo. Alguém continuava a segui-los com olhos que nada perdiam, pouco se importando se eram vistos pelos viajantes nas carroças.

Myrddion se desesperou nessa jornada de atrocidades. Sua habilidade era inútil, pois nenhuma batalha verdadeira estava sendo travada. E, mesmo assim, os cadáveres nos campos de morte eram sempre de velhos e meninos, como se, em algum lugar, os defensores da terra esperassem que a Roda da Fortuna girasse finalmente a seu favor. Myrddion não pôde fazer o observador sair da floresta. Tarde da noite, convencido de que sua jornada para o mar do Meio era uma missão tola estimulada por seu orgulho, o curandeiro começou a desejar ter permanecido em Segontium, ignorante das realidades da guerra em meio à paisagem fértil. Naquela terra estrangeira, somente os mortos pareciam reais.

Pior ainda, ele fitava seu pequeno bando com uma sensação de culpa. Cadoc e Finn trabalhavam diligentemente conduzindo as carroças, cortando lenha e facilitando o caminho de seu mestre pela terra perigosa; Rhedyn e Bridie cozinhavam, limpavam e coletavam ervas enquanto avançavam pelo lugar, observando a floresta mais densa com olhos assustados; só Brangaine parecia contente ao cuidar de Willa, cantando-lhe uma canção de ninar entre mudanças de curativos e dando toda a atenção à meninazinha ferida.

Myrddion sentiu uma punhalada de vergonha. Ele os trouxera para aquela terra perigosa e sem lei, tirando deles a segurança e a confiança em coisas familiares. Para quê? Para esquadrinhar corpos inchados na vaga esperança de encontrar um ser vivo em meio à carnificina? Como um prêmio de consolação para o orgulho do mestre? Em busca de um homem que não significava nada para eles? Ou perambulavam com ele porque o amavam e honravam?

Certa noite, quando os curandeiros seguiam a estrada para a distante Aurelianum, o observador finalmente decidiu abordá-los. As fogueiras estavam sendo apagadas no acampamento, e o pequeno grupo se preparava para dormir assim que a Lua apareceu através das nuvens como uma enorme bola laranja, quase tão vermelha quanto um olho congestionado e maligno. Willa dormia nos braços de Brangaine, e Myrddion repousava sobre o solo, embrulhado em cobertores para se proteger do frio crescente.

O primeiro som a alertá-lo da aproximação de visitantes foi a batida do casco de um cavalo e um relincho abafado. Myrddion levantou-se e estendeu a mão para a espada sob o banco da carroça.

– Não se dê ao trabalho, jovem senhor. Meu rapaz, Clodinus, pode rachá-lo ao meio com uma flecha mesmo na escuridão antes que pegue a espada.

Uma figura escura se materializara das sombras e nem a Lua sangrenta revelara tal aproximação. Myrddion ergueu cuidadosamente as mãos, palmas para fora, e encarou o volumoso visitante.

– Diga a seus homens e às vadias nas carroças para virem para perto do fogo agora! Enquanto isso, acho que precisamos de um pouco de luz, então, acenda a fogueira de novo. Jamais gostei muito da escuridão.

– Você é celta – murmurou Myrddion, envergonhado por sua voz mostrar medo.

– Como você. Mas isso não salvará sua pele se eu chegar à conclusão de que pode ser um problema. Vivi do outro lado do Litus Saxonicum por uns trinta anos, portanto, você é nada para mim.

A voz do intruso endurecera-se perceptivelmente. Myrddion tentou ver o homem através da escuridão, mas não conseguiu. Com cautela, nas sombras, o celta ergueu a espada num gesto que demonstrava uma clara ameaça para a segurança do curandeiro.

– Agora, trate de me obedecer. Diga a seus rapazes para largarem as armas e saírem da escuridão com as mãos vazias. Não vou pedir de novo.

– Cadoc! Finn! Façam o que ele está mandando. Rhedyn, espere com as outras atrás da carroça de Cadoc. Não tenham medo, pois nosso convidado não tem intenção de nos matar agora.

O tom de Myrddion tinha recuperado a firmeza, embora o estranho abafasse um borbulhar de riso ante a autoridade na voz do jovem.

Cadoc e Finn apareceram obedientemente; os olhos de Finn pareciam prateados e estranhos ao luar. Myrddion emitiu uma única e breve ordem, e Narrador da Verdade abaixou a cabeça, deixando cair a faca que escondera na manga.

– Acenda o fogo, Cadoc. Você faz isso melhor do que eu. Finn, não precisamos lutar com esse cavalheiro e seja lá quem for que espera ali onde não conseguimos enxergá-lo. Eles podiam ter nos assassinado numa emboscada dias atrás.

A sombra escura deu outro risinho abafado com um toque de admiração.

– Você é um garoto inteligente, tenho que confessar!

– Ele não é um garoto, covarde! – inflamou-se Cadoc, o temperamento de ruivo vindo à tona com o insulto a seu mestre. – O Senhor Myrddion é o confidente de reis. Foi curandeiro pessoal do Rei Vortigern e é famoso por ter um conhecimento além de seus anos. Você devia ter cuidado para que ele não o faça murchar com um de seus encantamentos.

– Não seja idiota, Cadoc! – rosnou Myrddion, sabendo que as ameaças do outro os colocava em perigo. – Sou um curandeiro, é verdade. E servi ao Rei Vortigern em suas batalhas contra os filhos. Mas não tenho poder para matar o senhor com meus encantamentos. Se quer me insultar devido a minha pouca idade, pode fazer isso sem causar dano a nenhum de nós.

O intruso reprimiu um riso novamente.

– Palavras sábias. Acenda o fogo, Cadoc. Os três são barulhentos demais para simples viajantes, então quero ficar de olho em vocês. Homens sábios teriam rumado para a costa depois de ver o que aconteceu em Tournai. Por que ainda estão aqui?

Sob as mãos hábeis de Cadoc, o fogo estalou para a vida. Finalmente Myrddion pôde ver o adversário com clareza.

Ao primeiro relance, o guerreiro baixo e troncudo não parecia oferecer grande ameaça. Era quase engraçado de tão redondo no ventre, com as pernas encurvadas por anos na sela, dando-lhe uma aparência avuncular mais apropriada à lareira do que à espada. Seu rosto corado, porém, demonstrava de sobra os perigos de se julgar pela aparência.

De meia-idade, o guerreiro tinha cabelos compridos e quase brancos, embora alguns fios negros como carvão ainda lhe percorressem as tranças. Não tinha barba, como muitos dos corpos encontrados nas cidades destruídas, mas um bigode ostentoso, longo e amarelado. A papada pendente e sobrancelhas eriçadas não humanizavam os olhos negros e inexpressivos que não mostravam divertimento ou benevolência, ao contrário do que sugeriam os lábios cheios. As maçãs de rosto do guerreiro eram duas pranchas proeminentes acolhendo os olhos fundos, de pupilas frias e distantes, como se cintilassem através da neve, e não da carne.

Com um gesto enganadoramente lânguido, o guerreiro ergueu o braço direito e cinco altos francos surgiram à beira da fogueira. *Não teríamos tido qualquer chance*, pensou Myrddion. *Ele podia ter nos matado quando quisesse; portanto, estamos vivos com um propósito.*

– Rumamos para o mar do Meio por motivos que são meus – replicou ele finalmente. – Se seus homens revistarem as carroças, encontrarão os instrumentos de nossa profissão. Sou Myrddion de Segontium, e recebi esse nome por causa do Senhor da Luz. Às vezes, também me chamam de Merlin. Sou um curandeiro. Você sabe o nome dos meus aprendizes, ambos guerreiros como o senhor, antes de serem feridos e terem passado a trabalhar comigo. Não portamos armas, exceto as de autodefesa e caça. Portanto, pode levar o que quiser de nós e deixe que continuemos a exercer nosso ofício o melhor que pudermos.

– Você é insolente – respondeu o celta sem qualquer emoção. – No entanto, perdoo sua tolice neste momento porque está cego aos perigos da situação.

Falava rapidamente numa língua estrangeira que Myrddion não reconheceu. Um jovem franco avançou a passos largos para dentro da luz.

– Este rapaz é Lorde Childerico, herdeiro das terras de Merovech. É filho de meu senhor, que ele viva para sempre. Sou Gwylym ap Gwylydd, e sirvo a Lorde Childerico como intérprete junto aos romanos, celtas e a nosso atual inimigo, Átila, o Huno.

Childerico e Myrddion examinaram-se atentamente.

O príncipe era tão loiro quanto o outro era moreno. O cabelo espesso e claro parecia nunca ter sido cortado, e o rosto era bonito, inflexível e inteligente. Myrddion não conseguiu determinar-lhe a idade, pois o rapaz tinha uma gravidade mais adequada a um homem maduro. Seria uma figura imponente, mesmo não sendo filho de um rei franco-sálio, embora o bigode ainda fosse uma penugem. Tinha mais de um metro e oitenta, a mesma altura de Myrddion. O curandeiro, porém, não se equiparava à largura de ombros do franco ou aos rijos músculos de seu peito, visíveis mesmo através da camisa de couro guarnecida de ferro.

Childerico falou rapidamente com uma voz profunda e ponderada. Gwylym traduziu:

– O filho de meu senhor pergunta por que um jovem como você está seguindo as hordas de Átila enquanto eles devastam as terras de seu pai.

– Sou um curandeiro, Lorde Childerico – respondeu Myrddion saudando o jovem guerreiro com uma curvatura. – Sou obrigado, por meu juramento, a salvar a vida de qualquer um diante dos frutos amargos da guerra.

Childerico falou novamente, e Myrddion ouviu com atenção, tentando perceber os rudimentos da língua estranha e gutural.

– Você está longe de casa – continuou Gwylym. – Quem lhe deu licença para entrar em nossas terras?

– Ninguém, Lorde Childerico. Curandeiros são livres para irem e virem por todos os lugares distantes do mar do Meio, ou assim me foi dito. Busco conhecimento, pois um curandeiro deve se esforçar para desenvolver as habilidades que ajudarão doentes e feridos.

Depois de o celta terminar a tradução, Childerico assentiu brevemente com a cabeça e falou num rosnado separando bem as sílabas:

– Saiba que meu Lorde e Senhor Merovech, também chamado Merovius, o Grande, tem domínio sobre todos os estrangeiros que buscam viajar por suas terras. Meu pai é filho do poderoso Rei Clódio, que conquistou o reino pelo poder de sua espada. Mas meu senhor também nasceu da *bestea Neptuni Quinotauri similis*, na língua dos romanos. Essa besta do mar era um homem-touro, saído do deus do mar, portanto Merovech é duplamente abençoado. Cada alma viva de seu reino deve serviço ao rei-deus.

Myrddion teria sorrido da pompa jactanciosa de Childerico se não tivesse visto uma oportunidade de salvar a vida deles e também seus instrumentos profissionais.

– Então o Rei Merovech e eu temos algo em comum, pois dizem que fui gerado em minha mãe, uma princesa da tribo Ordovice, por um demônio das terras do caos que pairam entre o dia e a noite. O Rei Vortigern, Alto Rei dos britânicos, antes de sua morte, tentou me sacrificar aos deuses da terra para cumprir uma antiga profecia. Como vê, ainda estou vivo.

Foi a vez de Childerico esquadrinhar o rosto de Myrddion, como se procurasse marcas do piedoso ou do demônio nos traços do curandeiro.

À beira da luz, Myrddion notou que vários francos fizeram o sinal da cruz ou agarraram amuletos em temor supersticioso quando Gwylym traduziu a descrição do pai do curandeiro.

Após uns cinco minutos de cuidadosa ponderação, enquanto Myrddion, os aprendizes e o punhado de mulheres esperavam a decisão de Childerico sobre o destino deles, o jovem príncipe emitiu um jorro de palavras rápido demais para que Myrddion entendesse um som sequer. Quando terminou, Childerico fez a contragosto, com a cabeça loira, uma breve curvatura para o curandeiro.

– Você tem mesmo a sorte de um demônio, curandeiro. Meu senhor determinou que o pai dele, o conjunto de reis e o romano Aécio decidirão o seu destino. Você virá conosco a Châlons pelo caminho mais curto, embora tenhamos que ver montes de mortos antes de chegarmos à segurança do acampamento do Rei Merovech.

– Mas... – começou Myrddion. Gwylym silenciou imediatamente seu protesto com um olhar gelado.

– Ordene a seu pessoal que suba nas carroças depois dos cavalos atrelados. Nossos homens voltarão em nossos próprios animais, pois o filho do meu senhor decidiu que vamos partir imediatamente encobertos pela escuridão. O Huno está aí fora, e vocês teriam caminhado para a morte certa se tivessem desafiado a luz do dia de amanhã.

Obrigado a concordar, Myrddion pôs Cadoc e Finn para tomar as providências exigidas e ordenou que ficassem de boca fechada, sem qualquer ameaça ou gesto agressivo.

– Caminhamos entre pontas de espada, Cadoc – sussurrou Myrddion. – Portanto, nada de acessos de temperamento. Melhor o rei franco do que o Huno.

– Sim, mestre – respondeu Cadoc, e a seguir sorriu largamente. – Seja quem for essa cria do demônio, aposto que não é páreo para o nosso demônio particular.

Gwylym não deu sinal de ter ouvido a breve troca de palavras, mas, com um arrepio de pressentimento, Myrddion sentiu no celta uma grande escuridão.

Antes de a Lua vermelha desaparecer, as carroças tinham deixado Parigi para trás, e o grupo viajava por um caminho esparso de bosque, longe da estrada romana levando a Aurelianum. Segundo os cálculos de Myrddion, estavam indo para leste e relativamente seguros, se tal coisa existia naquela terra de massacres inesperados, implacáveis. Quando um sol tênue nasceu no horizonte, Gwylym fez o grupo parar e indicou que descansariam sob as árvores. Os cavalos foram logo liberados dos arreios e cambalearam de cansaço. Da mesma forma os exaustos, famintos e sedentos membros do bando estavam livres para apagar num sono breve e sem sonhos.

Capítulo 4

O DEMÔNIO DO MAR

O rio próximo era largo, escuro e ameaçador, com uma bem construída ponte romana abarcando suas insondáveis profundezas. Myrddion não conseguia dormir. Assim, com pés de gato, deslizara de sombra a sombra até estar agora sob a Lua refletida nas águas indolentes. Envolto no casulo da noite, ele se sentiu abençoadamente sozinho.

– Cortejando a Caçadora, curandeiro?

Gwylym se aproximara do refúgio de Myrddion no centro da ponte sem produzir um único som. Para um homem tão grande e arredondado, os pés tinham uma leveza sobrenatural, e, à sombra das grandes sobrancelhas, apenas um estranho cintilar de luz revelava os olhos ambíguos.

Apesar de alarmado com a aproximação silenciosa do celta, um instinto profundo avisou a Myrddion que disfarçasse qualquer preocupação. O curandeiro sorriu com os dentes brancos, esforçando-se para não demonstrar medo.

– É. Nós, celtas, somos todos um pouco lunáticos, embora minha fidelidade seja para com Ceridwen e a Mãe, cujo nome não deve ser pronunciado por ninguém. E você, Gwylym ? Que deus ou deuses possuem sua alma?

O celta mais velho deu uma risadinha irônica.

– Nenhum, curandeiro. E não peço desculpas por meu estado ateu. Prefiro colocar minha estrela junto ao meu Senhor Merovech, e depois dele junto a seu filho Childerico. Coloco mais minha fé nos homens do que nos deuses, e achei que com você acontecia o mesmo. Você parece mais um homem de bom senso do que supersticioso.

– Cultuo os deuses de minha avó, mas minha fidelidade a qualquer homem é difícil de ser conquistada – respondeu Myrddion com um toque de cor nas faces. Por uma vez, o cuidadoso autocontrole do rapaz o abandonara, embora na escuridão Gwylym não pudesse detectar aquele súbito enrubescimento.

– Aaah! Sinto um toque de emoção humana, curandeiro. Estou lisonjeado! Então é cauteloso com os laços de lealdade.

– Servir cegamente é lealdade?

– É!

Essa rápida troca de palavras deixou os dois homens, separados por apenas alguns centímetros, de punhos cerrados. Myrddion foi o primeiro a perceber o ridículo da discussão e afastou-se um pouco da perigosa proximidade de Gwylym.

– Não sirvo ninguém com devoção cega, Gwylym, porém é bom saber das diferenças que existem entre nós. Mas ainda estou confuso: por que um celta viraria as costas a seus compatriotas?

Gwylym olhou de relance para o rosto quase invisível de Myrddion, como um predador calculando o espaço entre si mesmo e a presa. Sob a grande Lua, os olhos de Gwylym tiveram a rápida percepção do falcão matador liberado da luva do falcoeiro.

– Palavras ásperas, Myrddion-sem-nome! Vou responder a essa pergunta no meu próprio tempo, mas agora você deve voltar a dormir. Conheço bem meu Senhor Childerico; ele vai nos fazer correr velozmente por essa afável região até chegarmos à relativa segurança de Châlons. Átila está na terra, como um flagelo do céu. Os guerreiros hunos acreditam que Átila carrega o Espírito da Morte para cada batalha na forma de uma antiga espada de ferro quase divina para os hunos supersticiosos. De nossa parte, estamos cegos por falta de boa informação, portanto, Childerico vai nos fazer avançar até ficarmos meio mortos de exaustão. Então você precisa descansar o máximo que puder para sobreviver à jornada, e ao interrogatório de meu rei. Com sorte, Flávio Aécio não estará lá para piorar sua situação, curandeiro.

Myrddion se afastou de Gwylym sabendo que tinha cedido ao celta no debate. Riu quietamente. Gwylym franziu a testa, como se intrigado com a reação do curandeiro.

– Vou seguir o seu conselho, Gwylym. Você conhece as provações que vamos enfrentar; eu não. Mas temo que fique desapontado comigo, pois não vou servir voluntariamente a outro senhor, por mais régio que seja.

– Não? – A risadinha de Gwylym saiu das frias sombras da noite. – Aposto que vai servir a meu senhor, pois ele descobrirá algo que vai tentar você, de uma forma ou de outra. Se o Rei Merovech decidir que quer você, vai tê-lo. – Com essas palavras ameaçadoras, Gwylym recuou pelo caminho que tinha vindo até misturar-se novamente às sombras.

– Esse velho se move como um gato, ou um assassino – murmurou Myrddion para si mesmo na brisa suave. – Mas ele tem razão. Se os reis locais me quiserem, vou ser obrigado a obedecer.

Os sonhos perseguiram o curandeiro nas poucas horas de seu descanso. Viu os céus se abrirem e uma enorme espada de ferro mergulhar dos céus lívidos e fender a árida terra abaixo deles. A seguir, zumbindo ameaçadora, a arma se ergueu sobre uma planície como um presságio de desgraça. Então, à maneira inexplicável dos sonhos, a lâmina começou a sangrar e uma maré de sangue pareceu varrer toda a terra até Myrddion achar que se afogaria no viscoso dilúvio vermelho.

Uma bota nas costelas despertou-o do transe antes de o sol nascer. Rhedyn entregou ao mestre uma tigela de ensopado frio e uma grande colher de pau. Enquanto o curandeiro comia a maçaroca cinzenta reflexivamente, viu que seus aprendizes já tinham atrelado os cavalos e se posto em movimento.

Myrddion suspirou e lavou o rosto com a água do odre de couro pendurado na lateral da carroça. A água fria sacudiu-lhe o entorpecimento, substituindo-o por algo semelhante à ordem e à ilusão de limpeza. A pior parte de qualquer jornada longa, do ponto de vista dele, era a dificuldade para a higiene pessoal.

A cidade de Châlons localizava-se à margem de um grande rio fluindo pelas amplas planícies férteis para a lavoura e o comércio. Água abundante, um clima suave, solo rico e longas fileiras de choupos e vinhas haviam criado ali um ordenado Éden terreno. Algumas poucas colinas baixas anunciavam uma região campestre plana, em sua maior parte, exceto pelas dobras esculpidas por muitas correntes e rios fluindo lentos na paisagem idílica. Nesse mundo estrangeiro de verdes, azuis, beges e ouro, Myrddion ansiou pelos enevoados cinza e pelos carvões de sua própria terra montanhosa.

Châlons exibia o obrigatório muro de pedra de qualquer cidade próspera, e punhados de pequenos povoados em seus arredores. Lanças verdes de árvores frutíferas e oliveiras testemunhavam cuidados zelosos, e legumes de todos os tipos cresciam em nítidas fileiras em torno dos chalés simples dos trabalhadores, parecendo canteiros de flores em sua beleza uniforme e viçosa.

As estradas e atalhos levando a Châlons eram bem movimentados. Sacerdotes cristãos arianos vestidos de um branco sujo e católicos com empoeiradas túnicas negras caminhavam lado a lado com camponeses levando cestas cheias de mercadorias para vendê-las no mercado. Repolhos crocantes do tamanho da cabeça de um homem, bolsas de nabos frescos, os primeiros legumes da primavera e cestas de ovos marrons de fazenda aninhados em palha competiam com cordeiros recém-nascidos, bezerros e galinhas carregadas em gaiolas de vime, à medida que a produção das comunidades rurais se encaminhava ao principal mercado da cidade. Homens de togas sujas, visitantes elegantemente ornamentados e filas de príncipes menores dirigindo-se à corte de Merovech e dos lordes visigodos disputavam espaço com camponeses no cascalho empoeirado e congestionado.

Os cavaleiros francos abriam caminho com relativa facilidade, forçando uma rota para as carroças através da multidão, até que finalmente Myrddion avistou os portões de Châlons diante eles.

– Eu não apostaria muito em nossas chances aqui se os hunos atacassem – murmurou Finn para Myrddion enquanto conduzia os cavalos pelos pesados portões de madeira. – Onde será que esses diabos estão? Pelo que aconteceu aos habitantes das cidades que vimos, prefiro dormir ao ar livre.

Myrddion assentiu com a cabeça e apontou para as muralhas de madeira construídas no interior das fortificações de pedra.

– Pelo menos há guerreiros guarnecendo as muralhas, o que é uma melhora em relação às defesas de Tournai e Cambrai.

Finn examinou os homens de manto vermelho vistos em intervalos regulares ao longo do muro, os olhos disciplinados esquadrinhando o campo ao redor à procura de sinais de alguma atividade incomum.

– Sim, Châlons sem dúvida não é como Tournai. Esta cidade não será tomada sem aviso; devemos ser gratos por essa pequena graça.

– Sim, devemos ser gratos – resmungou Myrddion entre dentes, enquanto as carroças avançavam por estradas tão estreitas que quase raspavam o estuque das construções margeando o caminho. – Talvez os deuses protejam os ignorantes.

Um silêncio pouco natural envolvia as ruas quietas e, à medida que passavam, as mulheres olhavam de relance para Childerico, baixavam respeitosamente a cabeça e, a seguir, arrastavam os filhos recalcitrantes para dentro de portas pintadas de cores vivas fechadas firmemente atrás delas.

– Seja lá o que for Châlons, sua população é leal ao rei e a seu aliado romano – acrescentou Myrddion, pensando na conversa com Gwylym na ponte banhada de luar.

Nenhum dos homens falou até a cavalgada chegar a um pequeno beco de pedra e construções de madeira com janelas dotadas de venezianas. Tais construções tinham uma frente estreita e se abriam diretamente para um caminho de pedras redondas onde uma guarda de guerreiros de mantos vermelhos afastava os pedestres da sede do poder, encaminhando-os para ruas menos importantes.

– Vocês vão ser abrigados nos alojamentos dos guardas até que Merovech e os reis aliados estejam prontos a recebê-los – explicou Gwylym, enquanto Myrddion descia do banco alto da carroça. – Não tema pelos seus bens. Como pode ver, os guardas estão sempre alertas e ninguém ousaria surrupiar coisa alguma de um convidado do rei.

Myrddion assentiu com a cabeça, mas pegou sua sacola e um pequeno pacote de objetos pessoais, fitando as estreitas construções que pairavam em torno. Os andares de cima, onde os curandeiros iam dormir, eram de madeira. Conforme Myrddion e seus seguidores enveredavam por um conjunto de escadas estreitas, as narinas deles foram assaltadas por um cheiro misto de peixe seco, repolho cozido e suor masculino. Myrddion fez uma careta.

– Se quiser tomar banho, há um poço atrás desse edifício – acrescentou Gwylym do térreo. – Acho que nenhum epicurista romano mora em Châlons. – A seguir, desapareceu no obscuro interior, a risadinha áspera flutuando atrás dele como um insulto.

Myrddion examinou o triste aposento com apreensão. Diretamente abaixo do telhado, o local não permitia que o curandeiro ficasse em pé sem bater a cabeça nos caibros e cavilhas do telhado. Havia palha para colchões, mas os camundongos as tinham encontrado primeiro, e os recessos mais escuros do quarto fediam a urina e a bolor de insetos há muito mortos. As paredes de madeira crua não eram pintadas, e podia-se ver o chão escorregadio de gordura onde a luz o revelava.

Apenas algumas peças de mobília forneciam uma débil promessa de conforto. Dois banquinhos altos de fabrico doméstico que se inclinavam alarmantemente no centro, uma mesa com pernas grosseiras, desiguais, e um oleado pregado na única janela para manter o tempo inclemente do lado de fora completava a deprimente lista do mobiliário.

– Rhedyn, descubra onde a comida é preparada, está bem? – disse Myrddion assim que as mulheres entraram com hesitação em seus novos alojamentos. – E vamos precisar de água, Finn! Você sempre sabe onde desencavar baldes. – Correu os olhos pelo quarto abafado, constatando a medonha falta de limpeza e higiene. – Cadoc, procure uma vassoura ou qualquer coisa que nos ajude a limpar este chiqueiro. O lugar fede a mijo e suor.

As viúvas Brangaine e Bridie logo se puseram a trabalhar, esfregando o chão para livrá-lo do feno malcheiroso, assim como as tábuas de madeira, a mesa e os bancos com escovas duras feitas de cerda de javali. O ar se tornou dourado quando as traças do feno, a poeira e a sujeira acumulada de anos começaram a flutuar pelo aposento. No momento em que Brangaine correu atrás do camundongo brandindo a vassoura e Willa começou a rir da confusão, Myrddion decidiu explorar o pequeno beco até que as viúvas tivessem posto em ordem os alojamentos.

Quando chegaram, Myrddion notara que as construções na pequena rua de pedras redondas eram de estilo romano, mas o gosto local tinha coberto as estreitas fachadas de pedra com uma aparência exótica, puramente gaulesa. As venezianas de madeira davam às janelas uma aparência esquisita, cega e estranhamente inquietante. Mais surpreendente para Myrddion, acostumado às construções de pedra dura e cinzenta de sua terra, era o uso de pigmentos coloridos aplicados nas pedras com argamassa em tons esmaecidos de amarelo, vermelho-tijolo e uma peculiar tonalidade de cinza-carvão. As venezianas eram pintadas com cal de um branco brilhante que acrescentava contraste a essas esquisitices arquitetônicas. Grandes potes feitos à mão e cheios de terra sustentavam florescentes limoeiros jovens já pesados de minúsculos frutos.

Com os olhos muito abertos, Myrddion contemplou as construções suavemente coloridas. Uma série de portões grosseiros feitos de madeira lavada a cal fechava os estreitos becos entre si. Curioso, Myrddion empurrou o portão que separava a estrutura maior do quartel onde eles estavam abrigados e, para sua surpresa, o portão cedeu com um gemido enferrujado. A aleia obscura prometia sombras frescas depois do sol ofuscante do beco.

Com a curiosidade atiçada, Myrddion entrou no túnel estreito e escuro entre as construções de pedra.

A ausência de sol fizera crescer ali musgo e viçosas samambaias onde a água era coletada nas reentrâncias de pedra das paredes. O súbito frescor, depois de tanto sol, representava um bálsamo para Myrddion, cego pela claridade. As pedras redondas, cobertas de limo escuro, eram escorregadias. Andando pelo meio do caminho por segurança, ele escolheu um atalho em direção à retaguarda das construções.

Enquanto caminhava hesitante pela rua, o curandeiro notou não haver janela alguma ameaçando a segurança da casa de nenhum lado.

Aberturas estreitas nos andares de cima eram fechadas com tiras de ferro de formato estranho, aparafusadas com segurança na pedra. Entrar nos edifícios pelo beco era impossível.

– Alguém preza muito a segurança – murmurou Myrddion para a rua vazia, deslocando-se em direção ao brilhante jorro de sol que assinalava o final do estreito túnel. – Ah! – respirou ele ao sair do espaço fechado que desembocava na casa de guarda e na construção vizinha. Tal surpresa teria provocado riso se alguém estivesse ali para ver sua boca aberta e os olhos espantados com a cena diante dele.

A aleia abria-se para uma série de amplos terraços que se erguiam, limitados por muros altos de pedra. Dentro dessa área fechada, uma grande estrutura protegia um poço para cozinhar, com assadeira, vários fornos de tijolo e uma lareira menor construída para o preparo de refeições mais leves. Duas paredes de pedra serviam de abrigo a essa cozinha ao ar livre, enquanto uma alcova servia como depósito para uma arrumada pilha de lenha.

Atrás da construção mais imponente das duas, flanqueando a aleia, via-se um poço no centro do terraço mais baixo. Ao lado dele, plantaram várias árvores frutíferas decorativas, cujas flores já caídas davam lugar a pequenos cítricos formando-se nos galhos. Myrddion tentou imaginar o tamanho, a forma e o sabor do fruto maduro; contudo, como jamais tinha visto uma laranja, pôde apenas maravilhar-se com o perfume agradável das folhas aos amassá-las entre os dedos.

Uma série de bancos de pedra tinha sido colocada ali para que se pudesse sentar à sombra da construção e usufruir os salpicos do sol brilhante, o verde profundo de pinheiros estreitos e uma cascata de vívidas flores escarlates que criavam uma mancha colorida sob o céu extremamente azul. Contrariando sua prudência habitual, Myrddion encostou-se à parede e respirou profundamente o ar perfumado.

– Quem é você que aproveita os prazeres do meu jardim sem permissão? – Uma voz profunda penetrou nos devaneios do curandeiro, estilhaçando sua sensação de paz e bem-estar. Ele ergueu os olhos. A moça de pé no terraço era esbelta e muito alta, quase da altura de Myrddion. No rosto colorido, os lábios cor de romã, cheios e voluptuosos, brilhavam sobre dentes grandes e bonitos, um contraponto incongruente à voz imperiosa, paternalista. – Espero uma boa explicação, palerma – continuou ela em perfeito latim. – Ou devo chamar meus guardas para lhe darem uma lição de boas maneiras?

Totalmente confuso, Myrddion via diante de si olhos que fixavam o interlocutor diretamente de modo pouco feminino. Isso o abalou. O rosto da mulher tinha uma bonita e aristocrática estrutura óssea, envolto por cabelos de tons ricos que iam do vermelho-cenoura ao bronze dourado. Era obviamente obstinada e impetuosa por natureza, os traços aquilinos sugerindo encanto e temperamento em medidas iguais.

Consciente das roupas grosseiras que vestia e de seu cabelo empoeirado, Myrddion curvou a cabeça numa profunda reverência de corte.

– Perdoe-me, senhora. Sou Myrddion de Segontium, da Grã-Bretanha. Estou alojado na casa da guarda junto a esse edifício, sob as ordens do Príncipe Childerico, e aguardo uma audiência com seu pai. Sou curandeiro e vim para estas terras com meus auxiliares buscando obter mais conhecimento para a prática da minha profissão.

A moça ergueu ceticamente uma sobrancelha castanha, e Myrddion percebeu nela uma peculiaridade rara. Agora que recobrara o sangue-frio e pudera examiná-la direito, notou que seu olho direito, de um azul ártico do norte, era diferente do esquerdo, verde-claro com uma borda escura.

– Você é jovem demais para ser um mestre de homens e um erudito. Se mentir para o Rei Merovech, ele o assará como um porco. Ele é meu padrinho e está com um mau humor horrível por causa do saque de Cambrai, cidade que foi conquistada pelo pai dele, Clódio, nas grandes guerras. Se eu fosse você, pensaria com cuidado ao responder a seus superiores no futuro. – Com o pé estreito envolto por uma sandália dourada, ela bateu impaciente no chão. Apesar da rudeza arrogante da moça, Myrddion sorriu. – Não fique aí parado, idiota! Ajude-me a sentar! Não! No sol não! Que os deuses me defendam dos tolos! Quero sentar-me à sombra para minha pele não ser prejudicada. Agora veja se acha minha criada.

Enquanto Myrddion tentava cumprir as exigências, pensava que o orgulho daquela moça era tão enraizado e absoluto que ela não podia imaginar que a desconhecessem. Hesitante, ele limpou a garganta. Ela esperava, erguendo mais uma vez uma sobrancelha interrogativa; os olhos eram frios e desdenhosos.

– Como anunciar que precisa da criada, minha senhora? Preciso saber seu nome. Sou um recém-chegado a estas terras, portanto, ignorante da honra que me concede ao se dirigir a mim.

A moça suspirou com impaciência, altiva demais para perceber a ironia nas palavras falsamente humildes do curandeiro.

– Sou Flávia Minor, filha mais nova do grande General Flávio Aécio, Senhor do Oeste, que mantém estas terras por favor do Imperador Valentiniano.

– Senhora Flávia, obedecerei imediatamente.

Dois francos altos com o mesmo uniforme da casa da guarda estavam parados nas sombras junto a uma porta comum. Myrddion abordou-os cautelosamente, as palmas das mãos para cima para que vissem que não trazia armas.

– A Senhora Flávia está chamando sua criada – disse aos homens, vendo o guarda mais velho fazer uma careta de zombaria. As instruções dadas ao colega na língua franca foram rápidas demais para que Myrddion tivesse algum indício de seu significado. O tom, porém, sugeria uma cansada paciência. Impassível, seu companheiro entrou na penumbra fria do edifício.

– É melhor voltar à Senhora Flávia, Mestre Myrddion, ou nenhum de nós terá paz. Ela requer diversão constante.

Myrddion virou-se para obedecer, mas parou de repente.

– Como sabe meu nome, senhor? Não me consta tê-lo conhecido antes.

O guerreiro alto e de traços marcados sorriu largamente, expondo um canino podre.

– Seu grupo já causou muita especulação e curiosidade em Châlons, mestre. O senhor parece jovem demais para ser curandeiro, e conseguiu conquistar a desconfiança de Gwylym, o celta. Conseguiu também passar incólume pelo exército do Huno. Os homens estão fazendo apostas de quanto vai demorar para que o rei ordene que sua cabeça seja separada do corpo. – O guarda cuspiu no chão para mostrar sua desaprovação a estrangeiros pouco confiáveis.

Apesar de uma ferroada no estômago, Myrddion sorriu para o guerreiro com afoita provocação.

– Até o Rei Merovech vai descobrir que sou difícil de matar. Outros reis tentaram me sacrificar no passado, mas eu ainda estou aqui, como vê. Em que você está apostando?

– Eu? Nunca julgo pelas aparências, mestre. Apesar de a maioria dos homens descartá-lo por sua juventude, acho que o senhor não é um garoto que se gaba. Então deve ter um talento extraordinário. Aposto que vai viver. Assim, vou ficar muito desapontado se me contrariar.

Uma imperiosa voz de mulher interrompeu a conversa murmurada.

– Myrddion de Segontium! Por que está conversando com Captus enquanto eu estou torrando neste calor? Alguém precisa me abanar, e, na ausência de minha criada preguiçosa, dependo de você. Pare de falar essas bobagens de homens e aja como um cavalheiro.

Captus sorriu pesaroso e se afastou para que Myrddion pudesse obedecer à ordem autoritária, insolente e rouca. O curandeiro pensou que a voz atraente da moça lembrava mel derramado sobre conchas esmagadas.

Myrddion inclinou-se para Captus e falou muito baixo para que Flávia não ouvisse:

– Esse dente deve doer muito. Ele está morrendo, e o senhor se arrisca a ter úlceras e humores ruins na boca se ele não for removido. Venha me ver amanhã, e eu o extraio antes que enfraqueça sua saúde. – E continuou: – Então, minha senhora, onde está o seu leque? Talvez fique mais confortável debaixo dos pinheiros? É uma pena que as brisas frescas do rio não cheguem até aqui.

A pele dela era pálida como alabastro, e Myrddion podia ver facilmente as veias azuis sob sua superfície. Embora estivesse vestida formalmente com um peplo rosa-claro de tecido leve, este aderia de modo sugestivo aos seios cheios e aos quadris arredondados. Myrddion sentiu um pequeno nó quente formando-se na boca do estômago.

Seria isso luxúria? Mas anos de prática despiam-lhe a expressão do tumulto pouco familiar que estava sentindo. Flávia abalava tremendamente o lado racional dele, com sua boca apaixonada, a voz rouca e profunda e a deliciosa sugestão de um mamilo sob o leve tecido cor-de-rosa. Myrddion não desconhecia totalmente o prazer que podia ser obtido num corpo de mulher, livre e generosamente dado, mas nunca sentira até agora a força estonteante da atração sexual, nem imaginava que seu agudo cérebro respondesse tão irracionalmente aos desejos do corpo.

Que estranho, pensou. *Então as canções sobre a loucura do amor são verdadeiras. Se eu quiser me manter sob controle, essa mulher precisa ser evitada.*

– Nunca sofro por aquilo que não posso ter – respondeu ela em resposta ao comentário de Myrddion sobre a brisa do rio. Confuso e desorientado, ele precisou de um momento para lembrar o fio da conversa. – Acho que existe muito desperdício de esforço em desejos infrutíferos. Além disso, há bem poucas coisas que não posso ter, se me concentrar em obtê-las.

– Então a Senhora Flávia é uma moça de sorte, e a deusa deve favorecê-la na Roda da Fortuna. – A resposta murmurada de Myrddion foi tão cortês que Flávia ergueu mais uma vez as sobrancelhas.

– A sorte nada tem a ver com isso, rapaz. Para realizar os desejos, só é necessário um pouco de planejamento, perseverança e determinação a fim de se fazer o que deve ser feito.

Enquanto Myrddion continuava a manejar o leque simples de pele de galinha pintada e madeira dourada, a moça alisava os cachos e tagarelava sobre as deficiências de Châlons na questão das reuniões sociais. A conversa unilateral levou inexoravelmente ao desejo de Flávia de voltar às delícias da sofisticada Ravena, de onde fora tirada pelo pai três anos antes, depois da morte da mãe. O egocentrismo da moça revelava-se conforme falava do status de Flávio Aécio, do dote que iria com ela quando se casasse e de sua insatisfação com a vida na Gália. Mal parando para respirar, Flávia expôs também sua ignorância do mundo com cada palavra; Myrddion percebeu que o verniz de cinismo demonstrado por ela não era profundo. Embora fingisse ter experiência, Flávia era uma donzela romana bem-educada mantida longe dos homens por toda a juventude. Nenhum grande general como Flávio Aécio aprovaria que a filha frequentasse eventos sociais, por mais liberal que fosse sua educação.

Ela mente!, pensou Myrddion divertindo-se, ignorando o apelo da voz rouca e íntima da moça que quase compensava a condescendência paternalista das palavras dela. Quase... mas não muito.

Mesmo assim, o olhar de Myrddion era atraído para o vestido de pétala de rosa, que complementava os olhos extraordinários de Flávia. A reação do curandeiro a ela fazia com que o cérebro do jovem parecesse grande demais para o próprio crânio, e lhe enviava uma onda de calor pelo corpo. Por menos que tais emoções lhe fossem familiares, Myrddion sabia instintivamente que Flávia era um perigo para a paz de espírito dele, agora que estava prestes a se tornar um adulto. Começava finalmente a entender a carnalidade.

– Está me ouvindo, rapaz? Ou você é maluco, em pé como um bloco de madeira, com ar de bobo?

Myrddion deixou cair o leque no banco de pedra e olhou os dedos trêmulos.

– Tenho que ir, senhora. Já estou longe do meu pessoal há muito tempo.

Como todas as mulheres, Flávia sabia despertar atração sexual. Ela riu, e foi o som de seu rouco bom humor que o seguiu pela porta de trás da casa da guarda, à medida que ele subia a escada pouco firme e voltava a um lugar relativamente em ordem.

Cadoc ergueu os olhos da grande tigela de água que vinha usando para lavar as mãos e o rosto e mirou as mãos empoeiradas de Myrddion, sua roupa manchada de suor.

– Fomos convocados, mestre. O general e seus aliados chegaram, e recebemos ordem de ir ao encontro de Aécio e Merovech no Salão da Justiça, seja lá o que isso for!

Sem perder tempo com palavras, Myrddion pôs-se a vasculhar na bagagem até encontrar sua melhor túnica negra, os calções mais macios de pele de corça, as melhores botas e o pente de osso. Tomando o lugar de Cadoc junto à bacia de água, despiu a roupa suja e expôs um torso macio e sem pelos, bonito e andrógino em sua brancura.

– Mestre? – disse Cadoc suavemente. – Devemos ter medo desse Merovech e do general romano?

– Devemos sim. Pelo que eu soube, o General Aécio é um homem esperto e impiedoso que fará o que for preciso para proteger os interesses do imperador na Gália. Os séculos de poderio de Roma talvez tenham acabado, mas homens como Aécio nos lembram por que os romanos governaram o mundo. Ele vai nos usar e depois nos jogar fora como odres velhos se houver nisso alguma vantagem para Ravena.

– Esse Merovech não é apenas mais um rei bárbaro? Nós sobrevivemos a Vortigern e seus filhos, e conseguimos evitar cruzar espadas com Ambrósio e Uther. Então por que temeríamos um rei menos importante?

– As paredes do lugar têm ouvidos, Cadoc, e esses francos não pensam como nós. Merovech acredita que é filho de um demônio do mar; está muito confiante em seus próprios poderes. Mas ele não é nossa preocupação maior. Os visigodos, os alanos e um punhado de outros senhores tribais também ameaçam nossa saúde. Precisamos ser prudentes ao falar, meu amigo, pois não conhecemos os homens que nos aguardam nem que armadilhas vão estender para nos pegar.

Finn avançou até a luz que ia se apagando nas estreitas janelas. Vestira a melhor roupa que tinha e untara o longo cabelo com óleo, trançando-o em madeixas laterais à maneira guerreira antes de prender as pontas com fechos de bronze esculpidos em detalhes intrincados. Os couros cintilavam na luz empoeirada.

– Soube que esse rei foi criado em Roma para obrigar seu pai a manter a paz. O General Aécio apoiou a reivindicação de Merovech ao trono do Rei Clódio, e na Gália ninguém ousa respirar sem a permissão do general. Merovech é seu protegido.

– Como sempre, Finn, você me mantém informado até antes que eu saiba o que perguntar. Esses dois homens são armas perigosas, e nós somos peixinhos de água doce nadando no lago deles. Portanto, cuidado; fique de boca fechada, como eu também vou fazer.

– Se o deixarem fazer isso, mestre – murmurou Finn.

Myrddion se lavou até ficar brilhando antes de pôr as roupas limpas. Enquanto mastigava um pedaço de carvão para limpar os dentes e adoçar o hálito, Rhedyn o penteou até que os cachos de ébano cintilassem. Como não tinha direito de usar as tranças de guerreiro, Myrddion deixou o cabelo solto até a cintura. Enxaguou com cuidado a boca pela última vez.

– Bem, estamos tão apresentáveis quanto possível. Então vamos descobrir que homens são esses governantes, e como tratam os visitantes em suas terras.

Desarmados e escoltados por três francos enormes, os três curandeiros saíram da casa da guarda e mergulharam no estreito edifício de pedra ao lado. A primeira impressão de Myrddion foi de muitos corredores escuros e pequenos aposentos sem destinação clara. Notou a falta de ornamentação e luxo por ali. A seguir, entraram num apartamento maior, de paredes de pedra, nos fundos do edifício. Esse aposento era obviamente um local de reunião para grandes grupos, a julgar-se pelos compridos bancos construídos no interior das quatro paredes, pelo tablado que recebia luz de janelas altas, estreitas e com barras, e por mais bancos arrumados atrás dos tronos no centro do tablado.

Acompanhados pela guarda de guerreiros, os curandeiros tiveram de esperar a chegada dos nobres inquisidores. Enquanto estavam diante do tablado, Gwylym entrou na sala da audiência e assobiou de leve ao notar o cabelo longo e brilhante de Myrddion. O maduro celta passou em volta dos três homens, observando a tentativa de elegância antes de sussurrar ao ouvido de Myrddion:

– Está muito bonito, curandeiro. Se estivesse em Roma ou Ravena, você não correria risco com os nobres. Os cidadãos do império cultuam os jovens machos.

– Argh! Pederastas me dão nojo – murmurou Myrddion.

Gwylym riu.

– Como você é intolerante.

– Talvez – disse o curandeiro, e Gwylym se afastou assobiando.

Ladeado pelos amigos, Myrddion evitava demonstrar inquietação no centro do aposento, encarando os bancos vazios. Cinco minutos se passaram antes que uma porta se abrisse cerimoniosamente para cinco homens que irradiavam o poder que só os reis conseguem exibir.

O homem mais velho subiu no tablado e sentou-se com bastante cuidado, como se os ossos lhe doessem. Tinha uma cabeleira espessa e branca cortada ao estilo militar, bem curta dos lados, embora a frente da cabeça fosse calva. Das botas militares amarradas à imaculada toga branca, o guerreiro era a epítome de um soldado romano. Contudo, ainda havia algo estrangeiro nos olhos levemente enviesados e nos malares altos que se projetavam através da pele do homem como lâminas de uma faca.

O segundo homem, muito claro, parecia ter uns quarenta anos. O cabelo não cortado e o grande e viçoso bigode eram de um amarelo-trigo. Um perfil inesperado acompanhava esse típico colorido franco, com os olhos de um azul pálido: o nariz forte, aquilino, com narinas móveis. Em contrapartida, tinha uma boca fina e quase cruel. Os cantos virados para baixo combinavam com as linhas profundas correndo de cada narina até quase o maxilar. Por sua vez, os olhos castanho-escuros, pequenos e profundamente enterrados do Rei Merovech sugeriam que, sob uma convencional boa aparência franca, era um homem orgulhoso, obstinado e de vontade inflexível e caprichosa.

Os três reis que os acompanhavam se sentaram atrás de Aécio e Merovech, recolhendo os mantos em torno de si como se temessem ser contaminados se tocassem nos outros. De meia-idade, vestiam-se com a rica magnificência bárbara. Todos exibiam um rosto acostumado ao poder, à ferocidade e à implacabilidade. Posteriormente, Myrddion soube que eram o Rei Sangiban, dos alanos, o Rei Teodorico, dos visigodos, e o rei dos burgúndios. Em outro ponto da sala, senhores da tribo Alana, os saxões do norte, armoricanos e sármatas repousavam em almofadas macias, tentando esconder a crescente preocupação com a derrota nas batalhas vindouras.

Havia outro homem presente, respeitosamente em pé, à esquerda de Myrddion. De sua posição, ele podia observar as reações de cada um na sala. Alto e de aparência quase cadavérica, vestia-se com exótica opulência em sedas brilhantes azuis e verdes. Myrddion nunca vira joias como as do homem, requintadas, quase femininas, que incluíam brincos de ouro batido de fino lavor e pedras preciosas vermelho-sangue. Pela primeira vez, o curandeiro contemplava o rosto de Cleoxenes, o enviado de Teodósio, imperador de Constantinopla e governante único do Império Romano do Oriente.

Aécio tossiu brevemente e todos os olhos se voltaram para ele.

– Estamos aqui para considerar questões importantes, inclusive as incursões de Átila nas terras dos francos sálios, visigodos e burgúndios. Também discutiremos o cerco dele a Aurelianum, que vocês chamam de Orléans. Mas, antes de começarmos nossas deliberações, precisamos decidir o destino desses viajantes que entraram em nossas terras sem nossa aprovação expressa. Consideramos suspeito que tenham seguido uma ala do exército de Átila de Tournai até quase os portões de Aurelianum. – Virou-se diretamente para Myrddion. – Como se chamam e por que entraram em nossas terras?

Nos olhos castanho-esverdeados e gélidos de Aécio não havia piedade ou empatia ao esquadrinharem o rosto de Myrddion e o de seus aprendizes num exame desapaixonado que não deixava escapar qualquer detalhe.

Myrddion avançou alguns passos cautelosamente. *Ninguém nos informa seus nomes*, pensou de modo irrelevante. *Presumem que todos aqui conhecem quem são. Tal pai, tal filha.*

Tossiu como se pedisse desculpas.

– Sem dúvida já souberam que eu sou Myrddion de Segontium, na Grã-Bretanha, e esses homens são meus aprendizes, Cadoc ap Cadwy e Finn ap Finbarr, também conhecido como Narrador da Verdade. Somos curandeiros, e viemos à Gália em busca de conhecimento para aperfeiçoar nossa profissão.

Aécio deu um pequeno estalo com os lábios, o que parecia habitual nele quando refletia. Como a voz da filha, a sua também era rouca e imperiosa, e com uma borda afiada que ia diretamente aos nervos do ouvinte.

– Isso não explica por que estavam seguindo o exército huno, a não ser que estejam sendo pagos por ele.

– Não, senhor, não estamos a serviço de ninguém. Escolhemos essa rota porque nos disseram que ela nos manteria longe dos combates. Nosso destino é Ravena. Tendo servido a Vortigern, o Alto Rei dos britânicos, não temos vontade de servir a nenhum outro rei.

– Como é arrogante! – rebateu Aécio. – Quem é você para escolher a quem servir? Sua explicação também não me satisfaz, portanto, repito a pergunta: por que seguiram na trilha do exército de Átila?

Em sua agitação, Myrddion avançou um curto passo. Ouviu imediatamente o silvo de uma espada deixando a bainha pela mão de um dos guardas. O curandeiro estacou.

– Não sabíamos bem onde estávamos na maior parte do tempo. Tinham nos dito para seguirmos a velha estrada romana; desse modo, fizemos isso. Então encontramos refugiados de Tournai e percebemos que de fato estávamos no caminho tomado por Átila.

Aécio virou-se e encarou o Rei Merovech.

– Você tem alguma pergunta, Merovech, antes de tomarmos uma decisão?

– Sim! Fale-me de seu pai, Myrddion ap Ninguém.

Os olhos do rei eram duros como lascas de gelo sob o sol do norte. Myrddion achou melhor não mentir, pois obviamente Childerico contara a Merovech sobre o nascimento demoníaco do curandeiro. Contudo, ser totalmente honesto sobre o pai poderia ser perigoso. Myrddion decidiu então falar obedecendo ao espírito da verdade em seu sentido mais amplo.

– Seu filho deve ter relatado minhas palavras, grande rei. Sendo assim, vou lhe dizer a verdade como me foi contada: meu pai, um demônio do caos, violou minha mãe, que me gerou em sua jovem e inocente carne. Como era uma princesa da tribo Deceangli e filha da Alta Sacerdotisa da Mãe, foi-me permitido viver. Não posso confirmar a verdade desse nascimento. Só posso repetir o que minha mãe confessou serem as circunstâncias de minha concepção.

Merovech franziu a testa. Myrddion viu que o rei ruminava o conhecimento de que outro homem, além dele, partilhava um nascimento extraordinário.

– Uma princesa! Sua família tem sangue real? – Merovech agarrou-se ao único detalhe que podia ligá-los e sublinhar sua superioridade em relação ao grupo de homens comuns.

– Sim, meu senhor. Meu bisavô foi Melvig ap Melwy, rei da tribo Deceangli de Cymru. Ele me deixou sua espada quando morreu.

– Mostre a espada! – Merovech exigiu peremptoriamente. Logo ele e o general romano examinavam, com um interesse de guerreiro, a lâmina curta e eficaz, e os padrões gravados no punho de ouro com sua única pedra esculpida. – Sim – decidiu Merovech. – Certamente é a espada de um rei. Mas como vou saber se fala a verdade? Você poderia ter roubado a arma de um de seus senhores.

– Mas, no fundo do coração, o senhor sabe que não a roubei, Rei Merovech. Nasci de um demônio, portanto, tenho as habilidades de meu genitor, embora preferisse me libertar delas. Às vezes, vejo o que vai ocorrer no futuro com tanta clareza como se vê o passado. Como se passado e futuro fossem um pergaminho que eu pudesse desenrolar e ler.

Duas manchas de rubor tingiram as faces de Merovech. Cerrou os maxilares e projetou-os agressivamente, o que fez Myrddion estremecer. Obviamente o rei não tinha a visão. O curandeiro torceu para não ter forçado a mão além do que deveria.

– Você é vidente? – rosnou o rei, ameaçador. – Então sabia que ia ser capturado.

– Não, meu senhor. Quando profetizo, não me lembro de nada do que disse, embora às vezes possa ter vislumbres dos perigos no ar à minha volta. Se eu pudesse, certamente me livraria deste maldito dom.

Até Aécio, que acreditava muito pouco no que lhe diziam, foi obrigado a admitir para si mesmo que Myrddion parecia sincero. Os olhos do rapaz mostravam as primeiras faíscas de emoção desde que o interrogatório começara. Como bom romano, Aécio cultuava formalmente muitos deuses e participava dos rituais invocando as bênçãos de Mitra, deus dos soldados. Mas seu dever exigia que vinculasse os pagãos do norte à causa de Roma; assim, o pragmatismo e um ceticismo natural o mantinham distante de todas as religiões.

– Mas você deve ter alguma indicação sobre o futuro – disse ele com uma careta irônica. – Então diga o que seu demônio lhe sussurrou quanto ao resultado dessa guerra, se ousa!

– Senhor, não pergunte – murmurou Myrddion. Mas viu Aécio abaixar as sobrancelhas e notou, pelo torcer dos lábios dele, que sua estratégia tinha falhado. Fora arriscado mencionar seus acessos de profecia, mas jogara com isso para salvar a vida de todo o seu grupo, numa tentativa de impressionar Merovech e Aécio com o relato de seus poderes demoníacos. Mas, ao contrário disso, os curandeiros estavam agora em grave perigo.

– Você tem medo de demonstrar seu dom? Ou mente para nós porque acha que somos bárbaros crédulos que acreditarão em qualquer coisa que diga? Talvez precise ser persuadido. – Merovech fez um gesto e um guarda deu um passo à frente. – Escolha um dos aprendizes e corte sua garganta. Então talvez esse jovem charlatão recupere os poderes.

– Não, meu senhor! Não! – exclamou Myrddion. – Vou tentar. Mas, pelo amor da Mãe, retire sua ordem.

– Muito bem, curandeiro. Então nos entretenha! Mostre como o filho de um demônio pode dominar a fita do tempo. – O rosto bonito e marcado de Merovech estava rígido de desprezo. – Mostre por que você não é um homem comum. E rápido, porque estamos esperando a diversão com impaciência.

Com a mente disparada e o coração bombeando no peito como se tivesse terminado uma corrida exaustiva, Myrddion fitou cada um dos reis bárbaros. Nos muitos olhos fixados nele não viu simpatia alguma, mas reconheceu uma ávida curiosidade e uma fome de diversão sangrenta. Cadoc e Finn se voltavam para Myrddion com todas as forças, mas o curandeiro nada podia fazer. Seus acessos não surgiam pela solicitação de um mero rei nem seu dom respondia a qualquer tentativa, mesmo vindo de si próprio.

Com a boca seca, Myrddion fixou atentamente a estreita faixa de luz que se arrastava pelas lajes do chão enquanto ele tentava invocar a maldição de seu nascimento. A luz morria aos poucos na tarde caminhando para a noite. Os rostos dos reis já tinham profundas sombras em volta dos olhos e das bocas, como se a caveira de cada um tentasse irromper da pele.

Myrddion sentiu a antiga e odiada escuridão surgir aos poucos através da faixa luminosa até que a sala em Châlons começasse a encolher mais e mais, tornando-se cada vez menor, virando apenas um ponto de luz na escuridão de sua mente. Com uma sensação de queda, a consciência dele foi varrida por grandes asas obscuras.

A seguir, Myrddion nada mais soube.

Capítulo 5

O cantor e a canção

Romanos, góticos, hunos
E a força da cavalaria cita, que palmilham
A gelada costa escandinava ou qualquer terra distante
Que beba inóspita as enchentes cimérias,
Chefes francos, saxões, suevos e sármatas,
E quem da verde Armórica ou Espanha
Acorresse para o trabalho de morte.

Herbert, *Átila*, Livro 1

Quando Myrddion abriu as pálpebras coladas, horas depois, viu-se numa escuridão negra como tinta. À medida que os olhos se ajustavam pouco a pouco à falta de luz do aposento, os dedos percorreram a superfície do lugar onde o tinham deitado quase como um cadáver. Estava sobre um colchão guarnecendo uma estrutura de madeira presa com corda sólida, e alguém jogara um cobertor de lã sobre seu corpo. O curandeiro reconheceu o inequívoco cheiro de cavalo.

Então a lembrança da situação voltou numa maré desconfortável. O que teria dito? Onde estavam Cadoc e Finn? Ele tornara a situação pior ou conseguira a sobrevivência deles? Gemeu alto em sua aflição, e se agitou na cama até ouvir uma queixa da corda esticada.

Subitamente uma forma se destacou da obscuridade. Com os olhos arregalados, Myrddion percebeu um criado silencioso ao lado do que agora via ser uma porta com barras. Uma fagulha se acendeu; uma tosca tigela de cerâmica com óleo iluminou debilmente o aposento.

– Disseram para lhe dar uma bebida fortificante, mas você precisa continuar deitado, pois pode sentir náuseas – falou a voz empertigada e incorpórea.

Myrddion sentiu-se como uma criança que sujara a fralda e era censurada com firmeza.

A forma escura deslocou-se para a porta, e uma fatia de luz forneceu visibilidade suficiente para Myrddion enxergar a parede em frente de um pequeno quarto sem janelas. Então a porta foi fechada mais uma vez e a parede sumiu na escuridão. Pouco depois, o criado voltou, trazendo um chifre cheio de leite quente misturado a uma poderosa bebida. Myrddion tossiu quando o álcool atingiu sua garganta, mas a sensação de ardência inicial foi logo substituída pelo calor irradiando-se de seu estômago.

A lamparina mostrava agora detalhes do quarto com mais precisão. Limpo e espartano, ele oferecia poucos confortos e nenhuma sugestão sobre a personalidade de seu ocupante. A única pista era uma grande cômoda de madeira reforçada com tiras de ferro.

Myrddion bebericou o líquido poderoso e tentou pensar. A presença de um criado qualificado sugeria uma marca de favor, mas o quarto parecia nitidamente uma cela, o que cheirava a aprisionamento. Sentiu-se confuso.

– Então, curandeiro, você pôs tudo de pernas para o ar, não é?

– Senhora Flávia – murmurou Myrddion quando a filha de Aécio entrou no quarto, erguendo meticulosamente as saias do chão como se temesse sujá-las no local. Uma sugestão de perfume almiscarado entrou pelo nariz dele e abalou-lhe os sentidos. – Não devia estar aqui desacompanhada.

– De que outro modo eu poderia descobrir alguma coisa nesta casa de segredos? – O que havia de especial naquela mulher brusca e rude? Que qualidade em sua personalidade obrigava os olhos de Myrddion a seguir cada um de seus movimentos e fazia o coração dele bater loucamente? – O gato comeu sua língua, Myrddion? Achei que estaria interessado em sua situação quando acordasse do transe, mas você fica aí de boca aberta, como um pateta. Não tem um pingo de curiosidade sobre suas profecias? Afinal de contas, deve sua vida a elas.

– Estou apavorado com o que possa ter dito no meu acesso. Acredite, Senhora Flávia, esse dom é uma maldição. Eu me livraria dele prontamente.

– Ah, que bobagem, curandeiro! Posso ver muitos modos de se aproveitar de seus *acessos*, como você os chama. Nunca herdei nada tão útil de meu pai, a não ser um nariz tremendamente grande.

Em dúvida, Myrddion olhou para o traço ofensivo. O nariz de Flávia era aquilino e fino, com narinas moldadas com delicadeza, as quais se moviam sedutoramente quando ela se animava. Talvez fosse um pouco longo demais para ser de fato bonito, mas, traço por traço, o rosto de Flávia era incomum e atraente. Quando vista em conjunto, o que podia perturbar isoladamente se tornava na verdade encantador. Mais uma vez, Myrddion sentiu o adejar pouco familiar nas costelas.

– Então me conte a verdade, senhora, pois estou ansioso para saber de meu destino.

– Eu não estava presente; essas audiências são só para os homens – provocou Flávia, os olhos dançando travessos. – Uma exclusão enfadonha e injusta, mas não consigo convencer meu pai a me deixar assistir às reuniões com os reis. – Suspirou impaciente, convencendo Myrddion de que brigara com o pai sobre o assunto em muitas ocasiões. – Mas Castor aqui estava presente, pois servia a meu pai. Talvez possamos convencê-lo a descrever o acesso e o resultado dele.

Castor deslocou-se para onde Myrddion pudesse vê-lo com clareza.

– Acredito, Senhora Flávia, que seu honrado pai ficaria desapontado com a displicência com que a senhora aborda questões tão sérias. Mas vou relatar o que ocorreu para o curandeiro, pois creio que tal era a intenção de meu senhor. Mas eu asseguro que o que vi e ouvi não era assunto de pilhéria.

– Você está tão orgulhoso de sua importância, Castor! – Os olhos de Flávia cintilaram de irritação. – Pelo amor de Fortuna, diga logo o que tem a dizer sem todo esse palavreado.

– Muito bem, senhora, vou tentar.

Sob as maneiras formais e rígidas, Castor era um narrador nato que apreciava ficar no centro do palco. Ele traçou um quadro tão vivo que Myrddion pôde visualizar claramente o que ocorrera.

Os olhos do curandeiro tinham rolado para dentro das órbitas, provocando comentários alarmados dos governantes. Com o corpo rígido, ele fechou as mãos bem apertadas.

– Fale, curandeiro, e descreva o que vê – ordenou Aécio numa voz sem tremer e despida de qualquer sugestão de medo.

Myrddion abriu os olhos bruscamente, e as pupilas ficaram visíveis. Todos os homens presentes, porém, viam que não estava lúcido.

– Desgraça para o Ocidente se os hunos tiverem sucesso em sua busca fora de Buda. Desgraça para o Ocidente se o fratricida cumprir a lenda de Rômulo, pois o último abutre voou.

Aécio engoliu em seco, apesar da severa recusa em admitir a possibilidade do dom da profecia. Apoiado na parede, o nobre Cleoxenes se encolhera e se persignara com um movimento rápido. Vários reis godos e francos ficaram intrigados com a consternação de Aécio. Contudo, antes que pudessem fazer perguntas, Myrddion recomeçara a falar:

– Ataquem enquanto os hunos estiverem saqueando Aurelianum! Se vocês forem rápidos, eles serão forçados a recuar para seu grande acampamento nos Campos Cataláunicos. O destino da Cidade das Sete Colinas, e o de outras mais, repousa na velocidade de vocês. Na batalha, um grande rei morrerá e não vão poder salvá-lo, por mais que se esforcem, pois os próprios cavaleiros dele o empurrarão para o abismo. Ainda assim, sua sorte se manterá, romano, embora seu sangue esteja mais próximo dos hunos do que de Roma. Cuidado com o orgulho desmedido, Aécio. Embora seu filho vá sentar-se aos pés do trono dourado de Ravena, general, suas próprias ambições o trairão, a não ser que mude os planos. E precisa ter cuidado com um criado de alto nascimento que se virará contra você.

– Se busca meu favor, curandeiro, saiba que uma profecia dessas certamente conquistará minha inimizade. Vou repetir a pergunta, Myrddion-sem-nome: derrotarei o Huno?

– O Terror do Mundo tomará o terreno alto, mas você terá o mais alto. Quando puser o último grande rei para repousar, faça isso onde ele cair, como uma dádiva para os seus deuses, e talvez o último abutre se retarde um pouco. Não posso ter certeza, pois sou apenas um mensageiro, e não tão amado dos deuses para conhecer todos os seus segredos. Contudo, posso dizer com liberdade que você derrotará o Terror do Mundo. Você é o último dos grandes generais de Roma e, embora lhe falte a força de armas necessária para dobrar Átila, você vai barrar as ambições dele. A princesa Honória chorará pelas chances perdidas.

Aécio se apoiou em sua cadeira dourada com um profundo suspiro de satisfação. Embora tivesse pouca fé em adivinhos, entendeu que os detalhes daquela profecia logo se tornariam um boato comum e lhe dariam crédito ante as tropas e os aliados supersticiosos. Além disso, o celta parecia conhecer detalhes que não eram óbvios, mesmo para os reis godos.

– Sangue e morte! Tudo que posso ver são pilhas de carniça. Os rios tintos de sangue.

– E qual será meu papel nessa batalha? – perguntou Merovech avidamente, inclinando-se para frente.

Um curto silêncio se seguiu antes de Myrddion continuar suavemente:

– E lá está você, Merovech, na linha de frente dos reis que forjarão essas terras numa grande nação. Em tempos futuros, falarão de você com respeito e admiração, quando as fundações de uma grande dinastia e a glória amortalharem as lendas que rodeiam seu nome.

– Maravilhoso! – Merovech respirou, o rosto brilhando de reverência e esperança. – Você me oferece a eternidade.

– Mas ela precisa ser paga com sangue e sofrimento. – A voz de Myrddion adquirira o tom sombrio de um sino funerário. – Você vai morrer antes de seu tempo com a espada na mão, mas seu filho conquistará gloriosas vitórias em seu nome.

– Então o que importa uma morte prematura? Eu terei a eternidade... e isso é suficiente.

A voz do jovem curandeiro tornou-se mais lenta, parecendo emergir de um lugar úmido e escuro de seu corpo. Os ouvintes invocaram seus deuses com temor supersticiosos ante o tom e o conteúdo da última profecia.

– Esta terra já está ensopada de sangue e assim permanecerá por 2 mil anos futuros. Os mortos de Tournai não serão nada perto dos milhões de homens, mulheres e crianças que morrerão nesta terra amaldiçoada em conflitos que virão. Grandes nações entrarão em luta, mas sangrarão tanto que vão morrer, uma a uma. O que César começou com sofrimento e melancolia nunca terminará até o solo estar satisfeito e seus violadores receberem uma retaliação total.

Aécio bufou de raiva quando o curandeiro acusou o grande Juliano de ser a causa de tanto sofrimento. Os olhos de Myrddion quase entraram em foco nesse instante, mas, a seguir, um pesado véu caiu sobre o rosto do curandeiro e os olhos escureceram de novo.

– Fique calado, Aécio, o patrício, pois o rio dos tempos é claro e você é apenas mais um romano capturado em suas marés. Nesse dia, você decidirá lançar o dado que salvará a terra dos profanadores, e terá êxito porque os deuses fortalecerão o seu braço. Mas procure não estimular o poder de sua família além do bom senso ou da segurança pessoal. Você colocará as facas nas mãos de seus assassinos por orgulho desmedido. Talvez queira governar Ravena, ou talvez esteja ávido para que um filho seu reine por tempo integral. Tenha certeza de que tal ambição não se concretizará. E, com sua morte, o último golpe será desferido no Império Romano. O cisma rasgará qualquer pretensão de que as glórias passadas voltem e somente o Trono Dourado de Constantinopla vai permanecer, durante um tempo! Seus assassinos, general, cortarão o forte braço direito de Roma, mas os homens são tolos e infinitamente frágeis. Não avaliarão os custos até que seja tarde demais. Você poderia mudar o seu destino, Aécio de Ravena, mas não vai escolher o caminho mais seguro. As planícies citas estão em seu sangue, portanto, a mancha da inveja jaz profundamente encolhida em sua mente. Como minhas palavras serão esquecidas, seu destino está selado.

– Chega, curandeiro – interrompeu Aécio. – Não quero mais ouvir sua voz maldita. Não apareça na minha frente de novo. – O rosto do general estava congestionado de raiva e os punhos, cerrados. Teria golpeado Myrddion naquele momento, mas Merovech o impediu, agarrando-lhe a toga.

– Não temam, meus senhores. Se acham minha mensagem lúgubre e injusta, viro o rio do tempo contra mim mesmo também. Serei obrigado a servir-lhe por um tempo, grande general, e sua casa me fará pagar por este dia de profecia por anos incontáveis. Viverei sozinho, lutando para mitigar minhas falhas e salvar meu próprio mundo do desastre. Eu também conhecerei o orgulho desmedido e vou me intrometer nos assuntos dos deuses. Sou um instrumento deles, assim como vocês, e quem pode saber o que planejam para nós? Vou falhar tão completamente como vocês, pois todos somos servos da Mãe e do novo deus que vem do Oriente. Ninguém pode escapar do destino que o tempo mapeou para nós.

A seguir, Myrddion virou para a esquerda com pernas que pareciam controladas por um gigante invisível, como um boneco de madeira nas mãos de uma criança monstruosa, até pousar seu olhar ardente e introspectivo sobre Cleoxenes, o emissário do imperador de Constantinopla.

– Você, Cleoxenes, viu os Hungvari, a que chama de hunos. Seu senhor, Teodósio, pagou um enorme resgate para proteger suas terras da pilhagem na inexorável marcha deles para o Ocidente. Não tema! Constantinopla vai sobreviver muito tempo depois que Roma, Ravena e suas obras serão pálidas lembranças de colunas destruídas e templos estilhaçados. As paredes ficarão de pé e uma grande igreja emergirá além dos ventos do tempo e guerra, mas o Chifre de Ouro verá você varrido pela cimitarra. Lembre-se de mim, Cleoxenes, quando eu chegar a seus domínios.

Cleoxenes avançou involuntariamente um passo, mas Myrddion já tinha se virado, incapaz de se curvar. O enviado praguejou num latim perfeito, sua pureza tornando mais chocante ainda a palavra crua que saiu de seus lábios. Então Cleoxenes persignou-se mais uma vez, e os lábios se moveram numa prece silenciosa ou num encantamento contra o mal.

Dentro das paredes de Merovech, a respiração entrecortada de Myrddion era o único som que quebrava o silêncio. Então, exatamente quando o rei se moveu preparando-se para falar, o curandeiro soltou um grande grito, os olhos fechados e os joelhos cedendo sob o corpo. Sua cabeça bateu no chão com um som seco e um filete de sangue deslizou para o piso.

– Então o meu senhor me mandou fazer um curativo na sua cabeça e colocá-lo num dos quartos de hóspedes – concluiu o criado. – Como está vendo, fiz o que ele ordenou.

Myrddion tateou a parte de trás da cabeça, onde havia um pequeno corte na pele.

– Você é um narrador preciso e talentoso, Castor. Quase consegui ver a audiência enquanto você falava. Obrigado por cuidar de mim. Infelizmente não tenho ideia do que boa parte da profecia significa. Acho que minhas palavras eram puro delírio.

Flávia ouvira na outra extremidade do quarto, onde as sombras escondiam as expressões que lhe perpassavam a fisionomia inconstante, mas, quando Castor foi embora, ela se deslocou para a luz.

– Suas profecias têm alguma verdade ou são apenas delírios de um cérebro idiota afetado pela doença? – perguntou ela, o rosto impassível como uma estátua de mármore.

– Como posso dizer, minha senhora? Nunca me lembro do que disse depois desses acessos. Nem cortejo essas visões. Merovech e Aécio me forçaram a falar ou eu morreria. Não sou um idiota afetado por doença e não desejo nada além de viajar para Ravena em paz. Em relação ao fratricídio e aos abutres, estou tão intrigado quanto a senhora.

Flávia riu suavemente, mas sem alegria.

– Se Castor relatou suas palavras com exatidão, essas referências são claríssimas para qualquer romano. Certamente você conhece a história de Rômulo e Remo.

– Foram os gêmeos que fundaram Roma – respondeu Myrddion sem expressão. – Desculpe, senhora, mas ainda não entendo.

– Rômulo matou o irmão e os deuses lhe concederam uma visão. Então ele sonhou com doze abutres que simbolizavam as eras que duraria o poder de Roma. Sim, a melhor parte de doze séculos se passou desde que Rômulo se tornou fratricida, e os adivinhos procuram sinais de que o fim do império está chegando.

Flávia estava séria e tão perturbada que Myrddion teve de sufocar um riso.

– Entendo a referência aos abutres, mas o que tem Rômulo a ver com Átila? Minhas palavras foram um delírio sem importância.

– Não! Romanos piedosos tremerão ante sua profecia. Eu escuto atrás das portas quando meu pai recebe visitas, portanto, posso confiar na notícia de que Átila matou seu irmão Bleda. Do mesmo modo que Rômulo matou Remo para conseguir doze séculos de poder para Roma, Átila começou a criar um mito para seus próprios objetivos. Ora, não consigo imaginar, pois sou apenas uma mulher, mas meu pai fica sozinho no terraço e rumina sobre sua profecia, pois você falou do maior medo de Valentiniano, chefe do Império Romano do Ocidente. – Ela riu, emitindo um som que lembrou a Myrddion o tilintar de sinos. – Ah! Talvez você não seja bobo de todo, e sim um homem que tece a meada do poder, e se arrisca numa corda que amarraria até o maior dos homens para se proteger. Talvez valha a pena cultivá-lo.

Ela teria continuado, mas Castor voltou ao quarto silenciosamente e tomou o recipiente dos dedos de Myrddion.

– O Senhor Aécio pediu para informá-lo de que o senhor agora está a serviço do Rei Merovech, que acolheu sua profecia. Quando estiver totalmente recuperado, deve se aprontar a fim de partir para um local ainda não revelado. O General Aécio agradeceria se o senhor evitasse a presença dele de hoje em diante.

– Agradeça a seu senhor, Castor, mas não pretendo servir ao rei dos francos sálios – rebateu Myrddion com um súbito rubor no rosto. Evitando os olhos do criado, sentou-se cautelosamente na cama e pôs os pés no chão.

– Como meu senhor esperava essa resposta, um guarda vai assegurar que as ordens dele sejam cumpridas. Sua profecia é perigosa tanto para Merovech quanto para Aécio, pois Átila a usaria para convencer os ingênuos e os supersticiosos de que o Império Romano está condenado. Quando sair deste quarto, o senhor será escoltado de volta à casa da guarda. Aécio deixou implícito que seus aprendizes e criados serão mantidos como reféns para assegurar sua cooperação.

– Merda! – exclamou Myrddion mordazmente no celta dos soldados. Flávia riu, embora o curandeiro ficasse espantado com a reação dela a essa palavra chula. – Sendo assim, vou pedir licença – acrescentou ele rigidamente. – Perdão, senhora, se minhas profecias lhe causaram sofrimento. – Esboçou uma reverência na direção de Flávia e mancou para fora da sala com as botas na mão.

A audiência terminara.

Quando Myrddion entrou no aposento superior da casa da guarda com um guerreiro franco carrancudo, cinco pares de olhos preocupados pousaram nele com vários graus de surpresa e prazer.

– Está vivo, mestre! – exclamou Cadoc com alegria, levantando-se de um pulo e abraçando o curandeiro.

– É óbvio, Cadoc. Já souberam das nossas ordens?

– Sim, mestre – disse Finn Narrador da Verdade erguendo-se lentamente para examinar a atadura na cabeça de Myrddion. – Até que voltasse, ficamos com medo de nunca mais vê-lo.

– Então precisamos arrumar as coisas para partir logo?

– Sim. Os preparativos estão feitos; só estávamos esperando o senhor – explicou Cadoc, os olhos brilhando de alívio. – Esse Merovech se mexe rápido quando quer, e só precisamos atrelar os cavalos.

– Lamento que tenhamos chegado a esse ponto por causa da minha aflição. Com sorte, Merovech vai nos libertar depois de o Huno ser expulso para as terras de onde veio. Já estou louco para me livrar de Aécio e dos reis aliados.

– Pelo menos está vivo, mestre – respondeu Finn em voz baixa. – Nunca tinha visto seus transes e não quero vê-los de novo. Fiquei apavorado quando o senhor desafiou o general e disse que ele vai provocar o próprio assassinato. Achei que Aécio ia matar o senhor ali mesmo.

Myrddion fez uma careta sentindo a raiva agitar seu estômago como vinho azedo.

– Talvez nossos novos senhores sejam homens honrados; talvez não. Só o tempo dirá a verdade. Enquanto isso, Merovech, Aécio e os reis tribais pretendem entrar em guerra; portanto, haverá trabalho duro para nós. Gostaria que o resultado fosse melhor, mas mendigos não podem escolher. Os generais têm nossas vidas nas palmas das mãos.

Depois de Narrador da Verdade ter se convencido de que Myrddion não sofrera qualquer dano maior, o grupo desceu a escada e esperou que os cavalariços atrelassem os cavalos nas carroças antes de subir nos veículos. Os guardas francos já estavam montados nos cavalos grandes e inquietos, mas todo o grupo foi obrigado a esperar quase uma hora até que Merovech, o filho e um contingente da guarda pessoal do rei se juntassem a ele. Os guerreiros estavam imaculadamente vestidos, e até Gwylym polira sua couraça de couro reforçada com metal até que este, com gravuras em relevo, brilhasse como ouro.

Comparado com seus homens, Merovech era uma figura menos impressionante. A couraça que usava era obviamente de estilo romano, inclusive o saiote de couro revestido de chapas de metal que lhe protegia a frente e os quadris. O rei poderia ter cedido à vaidade com dourados, mas ferro pesado lhe servia bem, sem a necessidade de ostentar elegância. Uma camisa de finos elos de metal protegia-lhe os braços sob a couraça, e placas de ferro tinham sido afiveladas sobre os calções de couro.

Somente o cavalo indicava a posição régia de Merovech, com uma vistosa cor cinza mosqueada brilhando de bom trato. Seus finos jarretes não tinham a franja longa geralmente associada a animais com força e tamanho semelhantes. Os arreios, também práticos, eram enfeitados com rosetas de latão e bronze.

O rei lançou um olhar a Myrddion sentado no banco alto da carroça. Um sorriso de reconhecimento e prazer movimentou-lhe o rosto sombrio.

– Então, curandeiro, ainda está conosco, embora a noite voasse enquanto esperávamos sua recuperação. O exército aliado avança, exatamente como você previu. Aécio vai liderar as legiões; os alanos e borgúndios bloquearão Átila caso ele tente a retirada. Aos francos e visigodos está reservado o privilégio de levantar o cerco de Aurelianum. Esse velho nome romano quase nunca é usado agora; a maioria das pessoas prefere chamar a cidade de Orléans. Sabia?

– Sim, meu senhor, ouvi falar de Aurelianum, apesar de não saber que estava sendo assediada. Teríamos caído bem no ninho de marimbondos dos hunos se seu nobre filho não tivesse nos trazido ao senhor.

Merovech sufocou um riso.

– Verdade, curandeiro! E acho que teríamos perdido, se Childerico não fosse um servo tão inteligente de seu pai. Eu não teria ouvido suas profecias, Semente do Diabo, e ficaria mais pobre com esse silêncio. Para onde estamos indo haverá necessidade de seu dom, pois a profecia de sangue está prestes a se realizar. Por falar nisso, chegaram mensageiros avisando que o Rei Teodorico pretende se juntar a nós em Aurelianum.

Myrddion pestanejou, surpreso.

– Por que o governante do Império Romano do Oriente virá de Constantinopla até aqui, meu senhor? Não entendo.

Merovech riu, dando um tapa tão forte na própria coxa que seu garanhão cinzento dançou inquieto, os olhos arregalados de nervoso.

– Você está confuso, rapaz. Esse Teodorico é o rei dos visigodos e governa vastas terras no sul e Hispânia adentro. Ele não é o imperador do Oriente, embora tenham nomes semelhantes. Sem dúvida, o pai do Rei Teodorico tinha grandes ambições para o filho.

Myrddion enrubesceu constrangido.

– Vou rezar pela segurança do rei, então – respondeu tranquilamente, embora com um aperto no coração. – Fui informado de que parte da minha profecia fala da morte de um grande governante, apesar de eu ter pouco conhecimento dos visigodos.

– Teodorico e seus guerreiros são nossos maiores e mais valiosos aliados. Sem eles, Átila depenará a Gália e nos tornará seus vassalos. – Taciturno por um momento, a efervescência natural do rei rapidamente voltou. – As tropas foram dispostas em linhas de batalha, mas no momento Aurelianum é o nosso alvo, como você sugeriu. Vamos avançar depressa seguindo Aécio, que já partiu com as legiões. Que os deuses o mantenham em segurança, curandeiro, pois é de importância vital para nossos planos. – Então, com um gesto imperioso, Merovech e sua guarda afastaram-se galopando na escuridão que recuava rápido ante uma nova manhã.

O campo a oeste de Châlons era belo. Pela primeira vez, Myrddion relaxou no banco da carroça e usufruiu o panorama em volta. Uma nuvem de poeira, ainda distante, indicava que grande força de cavalaria e infantaria estava em movimento. Longas fileiras de choupos, como dedos verde-dourados, apontavam para o vívido céu da manhã. A terra era rica e civilizada, mas vazia, pois os camponeses tinham desaparecido aos primeiros sinais de guerra iminente.

Deslocando-se muito mais devagar do que os ágeis contingentes de cavalaria e soldados infantes, as carroças eram ultrapassadas na estrada levando ao oeste, na direção de Aurelianum. Para proteger o pequeno comboio de saqueadores hunos, Merovech ordenara que um destacamento da cavalaria franca acompanhasse os curandeiros. Com prazer, Myrddion reconheceu o chefe da guarda, Captus. Na pausa que fizeram no alvorecer para que os cavalos bebessem água, Myrddion se aproximou do grande e ossudo franco.

– Não esqueci o seu dente, Captus. Vamos arrancá-lo quando descansarmos à noite. Está doendo?

O guerreiro mexeu-se na sela com desconforto, e Myrddion reconheceu a ansiedade dele. Mesmo muito corajosos, a maioria dos homens temia mais a extração do dente do que a dor causada pelo dente doente.

– Está. Mas não quero perder o cerco de Aurelianum por causa de uma dor de dente.

– Mais motivo ainda para ele ser arrancado antes que a infecção envenene você. – Myrddion sorriu, cativante, adivinhando a verdadeira origem do desconforto. – Não se preocupe, Captus, não sou um feiticeiro ou demônio que vai enfeitiçá-lo com encantamentos. Sou um curandeiro, e sei que alguém com dor de dente não é eficaz no campo de batalha. Um pouco de dor agora vai salvá-lo de maiores agonias depois.

– Não tenho medo de arrancar o dente – Captus rebateu, insultado na sua hombridade pela insinuação de Myrddion.

– Ótimo! Então apareça quando escurecer, Captus.

Cadoc sacudiu as rédeas nos flancos dos sólidos cavalos e a jornada recomeçou.

Ao entardecer, às margens de uma corrente que fluía devagar, Captus aproximou-se das carroças como um prisioneiro indo para a execução. Não chegava a arrastar os pés, mas os ombros encurvados e os olhos assustados mostravam melhor a relutância em se submeter ao tratamento do que qualquer palavra. Myrddion reprimiu um sorriso. Entregou ao guerreiro uma taça de vinho na qual tinha pingado algumas gotas de suco de papoula.

– Não desconfie da minha poção, Captus; não preciso de venenos. A bebida é só para amortecer a dor e fazer você dormir profundamente depois. Agora Finn e Cadoc vão imobilizá-lo. Sente-se nesse banquinho.

Captus suportou a extração do dente como um verdadeiro guerreiro, embora com os olhos arregalados e apreensivos ante o tamanho do boticão de Myrddion. Felizmente a raiz do dente não se estilhaçou nem quebrou, e o curandeiro não teve de cortar a gengiva para removê-la. Com um súbito jorro de sangue, o canino soltou-se. Myrddion apertou uma atadura limpa de algodão sobre o buraco vazio.

– Enxágue a boca com água e sal. Isso deixa a ferida limpa até fechar daqui a alguns dias. Um copo ou dois de vinho também não lhe farão mal, desde que você enxágue a boca depois.

Captus fixou o curandeiro com uma expressão de tremendo alívio.

– Meus agradecimentos, Mestre Myrddion. Minha boca quase não está doendo. Água salgada? Bem, quem pensaria numa coisa tão comum? Vou seguir seu conselho.

Por mais três dias, os curandeiros continuaram a viagem em direção a Aurelianum, enquanto a fumaça no horizonte sugeria que uma batalha estava sendo travada à frente deles. Na manhã do quarto dia, com Aurelianum quase à vista, uma enorme nuvem de poeira ao norte demonstrava, em silêncio, o movimento de um grande contingente de cavaleiros.

– Hunos ou francos? – perguntou Cadoc, mas Myrddion sacudiu os ombros. Só podiam descobrir o que acontecia chegando a Aurelianum rapidamente. Pela primeira vez, Myrddion ficou impaciente com o ritmo lento das carroças: a vaidade o deixava curioso quanto à exatidão de suas previsões.

Aurelianum apareceu numa névoa de densa fumaça negra quando o meio-dia ofuscou os olhos do grupo. Uma cidade de bom tamanho, situada na confluência de rios numa larga planície verde, e que fora assediada por mais de duas semanas. Entretanto, as muralhas eram fortes e havia abundância de água dentro de seus limites. Mais importante ainda, seus cidadãos sabiam que destino os esperava se fossem derrotados, se se rendessem ou se lutassem. Tal conhecimento os endureceu. Um grande contingente de francos sálios também estava preso dentro dos muros de Aurelianum, e a presença desses combatentes treinados dera ânimo à população. Pela primeira vez, Átila enfrentou um inimigo determinado, bem treinado e entrincheirado.

Fora dos muros, Myrddion viu as sobras de um grande acampamento onde milhares de cavaleiros tinham deixado a relva pisoteada, esterco, detritos e fogueiras para cozinhar apagadas. A força se estabelecera ali para um cerco prolongado. O curandeiro varreu com os olhos a grande faixa de danos causados pelas longas linhas de piquetes de um exército que superava facilmente em número as forças de Merovech e Aécio.

Enquanto fixava a estrada, Myrddion viu abundantes evidências de uma partida apressada. À direita, em uma série de fogueiras ainda havia panelas de ferro pendendo dos tripés. Nenhum guerreiro abandonaria voluntariamente utensílios tão essenciais na vida da cavalaria. Apertando os olhos contra a claridade, Myrddion pôde ver uma grande faixa de terra revolvida onde muitos homens montados tinham entrado em forma e partido na direção nordeste. Imaginou com facilidade o recolhimento rápido da comida e das bolsas de alimentos que podiam ser penduradas rapidamente nas selas. No entanto, apesar da velocidade evidente em cada pegada humana e nas marcas de cascos de cavalo, a retirada fora disciplinada e ordeira.

Os hunos tinham finalmente conseguido penetrar na cidade usando aríetes, mas os francos sálios e os burgúndios haviam contra-atacado, surpreendendo os guerreiros hunos presos nas ruas e nos becos. Dessa vez, o combate fora travado com soldados bem treinados, e não com mulheres, velhos e crianças que tinham defendido as cidades atacadas anteriormente por Átila. Aurelianum não era Cambrai, que fizera um esforço simbólico para se proteger. Aurelianum sabia que a derrota resultaria em morte medonha.

Seguiu-se então uma batalha perversa, duramente disputada, embora faltassem soldados francos em número suficiente para esmagar totalmente a horda huna. Após uma luta corporal feroz nas aleias estreitas da cidade, a maior parte da força de Átila conseguiu escapar da armadilha. Então, novamente transformados numa força disciplinada e perigosa, retiraram-se estrategicamente na direção leste para ligar-se à outra metade do exército de Átila, que já tomara Treviri, Divodunum, Reims e Worms. Em algum ponto ao norte de Châlons, Átila, o Terror do Mundo, esperava agora os exércitos de Aécio.

Instintivamente, Merovech sabia que Aécio e seus aliados estariam com pressa de derrotar Átila assim que as forças deste estivessem reunidas. No momento, entretanto, os aliados podiam celebrar uma miraculosa vitória. Aurelianum fora salva da aniquilação, e os hunos tinham se mostrado humanos e falíveis.

As tendas dos curandeiros foram erguidas tão rapidamente fora dos portões da cidade quanto a guarda franca pôde montá-las. Cadoc acendeu as fogueiras para ferver os instrumentos cirúrgicos, enquanto Captus organizava os homens para transportar os feridos ao hospital improvisado. Mas, antes de as primeiras vítimas chegarem, Merovech apareceu e saudou Myrddion alegremente. Childerico, coberto de fuligem e com um feroz sorriso branco animando-lhe o rosto, acompanhava-o.

– Aurelianum é nossa, embora tenha nos custado muitos homens bons. De qualquer modo, Átila foi avisado de que não vamos ficar olhando enquanto ele viola nossas terras. Capturamos parte do equipamento huno e o ouro saqueado de nossas cidades, portanto, essa batalha prejudicou mais a ele que a nós. O dia que trouxe você de Châlons foi de sorte, e deu ânimo a nossos guerreiros.

A expressão de Myrddion deve ter mostrado confusão. Assim, Childerico explicou que Aécio reunira as tropas aliadas e revelara que os deuses tinham prometido uma vitória aos romanos e francos. A notícia, vinda de um general tão pragmático e experiente, espalhara-se entre os guerreiros como fogo grego, firmando a coragem deles e fortalecendo-lhe os braços.

– Não se surpreenda se meus homens o tratarem como o filho de um deus. Afinal, alguém capaz de prever corretamente o fracasso de um líder tão temível quanto Átila é um verdadeiro mago aos olhos dos homens comuns. – Merovech deu uma palmada nas costas do curandeiro com tanta força que fez Myrddion cambalear alguns passos, deixando o som de um animado assobio atrás dele.

Depois de uma pausa, Childerico acrescentou em voz baixa:

– Fique longe de Aécio, curandeiro. Há boatos de que o general quer arranjar um casamento vantajoso entre seu filho Gaudêncio e a filha de Valentiniano, Placídia. Mesmo que algo enfraqueça a reputação de Aécio, as ambições dele só serão abaladas por um curto período. O general é um homem paciente. E está muito irritado com você por revelar ao conhecimento de todos os planos secretos que ele tinha.

– Vou ter cuidado, meu senhor, do mesmo modo que seu nobre pai também deve ter. Não quero que dano algum lhe aconteça. Na verdade, não sou responsável pelo que digo quando tenho um de meus acessos. Eu não conquistaria a inimizade de sua casa por preço algum.

Childerico franziu brevemente a testa e, a seguir, assentiu com a cabeça.

– Meu pai prefere uma vida curta e gloriosa a uma existência enferrujando-lhe até a velhice. O que virá, virá.

– É um homem generoso, meu senhor – respondeu Myrddion com uma reverência profunda e diplomática.

– Faça o seu trabalho, curandeiro. Eu ficaria contente se salvasse o máximo de homens possível.

Enquanto Childerico se afastava impassível, o corpo rigidamente ereto, Myrddion imaginou o peso que o rapaz carregava nos ombros. Notou que o príncipe entendia que juventude e liberdade terminariam para ele no momento em que o pai morresse.

No decorrer do longo dia e nos que se seguiram, Myrddion foi grato ao extinto Vortigern pela experiência nos ferimentos de batalha que seu grupo tinha adquirido nas guerras do rei. O batismo de fogo em Tomen-Y-Mur e Glevum vinha sendo muito útil em Aurelianum. Desde o momento em que a primeira vítima foi levada às tendas de couro, três curandeiros e três enfermeiras trabalharam como uma equipe. Mesmo assim, era uma luta tratar mais de duzentos homens seriamente feridos, e um número bem maior com ferimentos menores. Teria sido impossível atender o fluxo contínuo de pacientes nas macas e os feridos que cambaleavam para as tendas se não fossem os esforços de Captus e da guarda. Captus convocou várias mulheres de Aurelianum, habilidosas no conhecimento de ervas; pediu, pegou emprestado ou roubou os ingredientes necessários aos unguentos, cataplasmas e poções; pôs seus guardas para trabalhar: cortar lenha, alimentar as fogueiras, cortar relva para forrar colchões, preparar refeições e fornecer o trabalho braçal que assegurava a eficiência do hospital.

Myrddion trabalhava com o torso nu, protegido por um grande avental de couro. Mesmo assim, logo estava banhado de sangue. Sempre escrupuloso, lavava-se após cada cirurgia, e se recusava a usar seus pequenos bisturis e agulhas em pacientes sucessivos. Embora Captus ficasse impaciente diante das longas filas de homens e mulheres à espera de serem atendidos, bastava olhar para os olhos negros de Myrddion, sempre determinados a salvar as vidas e os membros dos que esperavam, para se curvar à maior experiência do rapaz. Em pé na terra logo ensanguentada, o curandeiro mostrava destreza, obstinação e empatia impressionantes.

– Já trabalhou bastante, Mestre Myrddion! – Captus declarou prontamente quando a luz do dia acabou e os lampiões tornavam as cirurgias uma tarefa lenta e difícil. – Suas operações não podem ser bem-sucedidas se estiver meio cego de cansaço.

– Posso dizer àquele rapaz com uma flecha enterrada na perna que ele corre o risco de gangrena porque eu preciso descansar? – perguntou

Myrddion bruscamente antes de sorrir. – Agradeço sua ajuda, Captus, não teríamos conseguido sem você e os seus homens. Mas não vou descansar até que os feridos mais graves sejam tratados. Eles precisam de minha atenção neste momento. Posso dormir depois.

– De qualquer modo, a maioria deles vai morrer mesmo – murmurou Captus. Então cedeu. – Pelo menos me deixe ajudá-lo. Já abati muitos animais nas terras do meu pai antes de entrar para o serviço de Clódio. Posso ser útil.

Myrddion sorriu, os ombros derreados de exaustão.

– Está dizendo que meu ofício é pura matança? – brincou. – Acho que nossos dois ofícios trabalham com sangue. – Então, como voluntários eram muito valiosos, ele concordou, apontando para a mancha de luz emitida pelo lampião onde os aprendizes enfaixavam ferimentos sem gravidade. – Auxilie Cadoc e Finn, por favor. Os dois são competentes. Você pode ajudá-los a dar pontos e colocar cataplasmas nos ferimentos. Mãos extras são sempre úteis. – Então, sem tirar os olhos da ferida no peito de um jovem guerreiro da qual ainda fluía sangue, Myrddion interrompeu Captus: – Não vi huno algum ferido. É estranho que Átila tenha retardado a retirada para recolher os feridos.

– Foram deixados para trás, o que não é o hábito dele – Captus respondeu, seco. – Nós os matamos. Não podíamos permitir hunos recuperando-se livremente aqui, pois cortariam nossas gargantas assim que pudessem. E os aliados deles? São muito piores que os hunos. Não chore por godos ou burgúndios traiçoeiros, porque homens que levantam a espada contra seus irmãos merecem morrer. E fomos piedosos; não torturamos ninguém para conseguir informação.

Myrddion fez uma careta, mas não protestou. Entendia as realidades da guerra segundo as quais prisioneiros podem ser um risco para os captores.

A ferida do guerreiro borbulhava sangue; ele lutava para respirar. Myrddion colocou uma atadura sobre o corte feio e mandou Bridie preparar suco de papoula.

– É ruim, Mestre Myrddion? – sibilou o rapaz com os lábios azulados.

– Não é tão ruim como ferimento, rapaz. Já vi outros bem piores. Espero que possa repousar logo.

Captus viu que Myrddion estava muito triste e percebeu a ambiguidade de suas palavras. O paciente ia morrer. Então, fitando o jovem, que suspirara satisfeito com a promessa de Myrddion, entendeu que os curandeiros sofrem tanto quanto qualquer soldado.

Quando Myrddion finalmente foi para a cama, bem depois da meia-noite, Captus ainda enxugava mesas e fervia instrumentos. Os gemidos dos feridos e moribundos perseguiam o curandeiro no sono. Porém sua exaustão era tanta que até os gritos de dor eram acalentadores como as canções suaves de Finn. Afogando-se no langor sem memória à beira do esquecimento, Myrddion mergulhou mais fundo até ser engolfado pelo nada.

Registro de Myrddion, como testemunha ocular, da Batalha dos Campos Cataláunicos

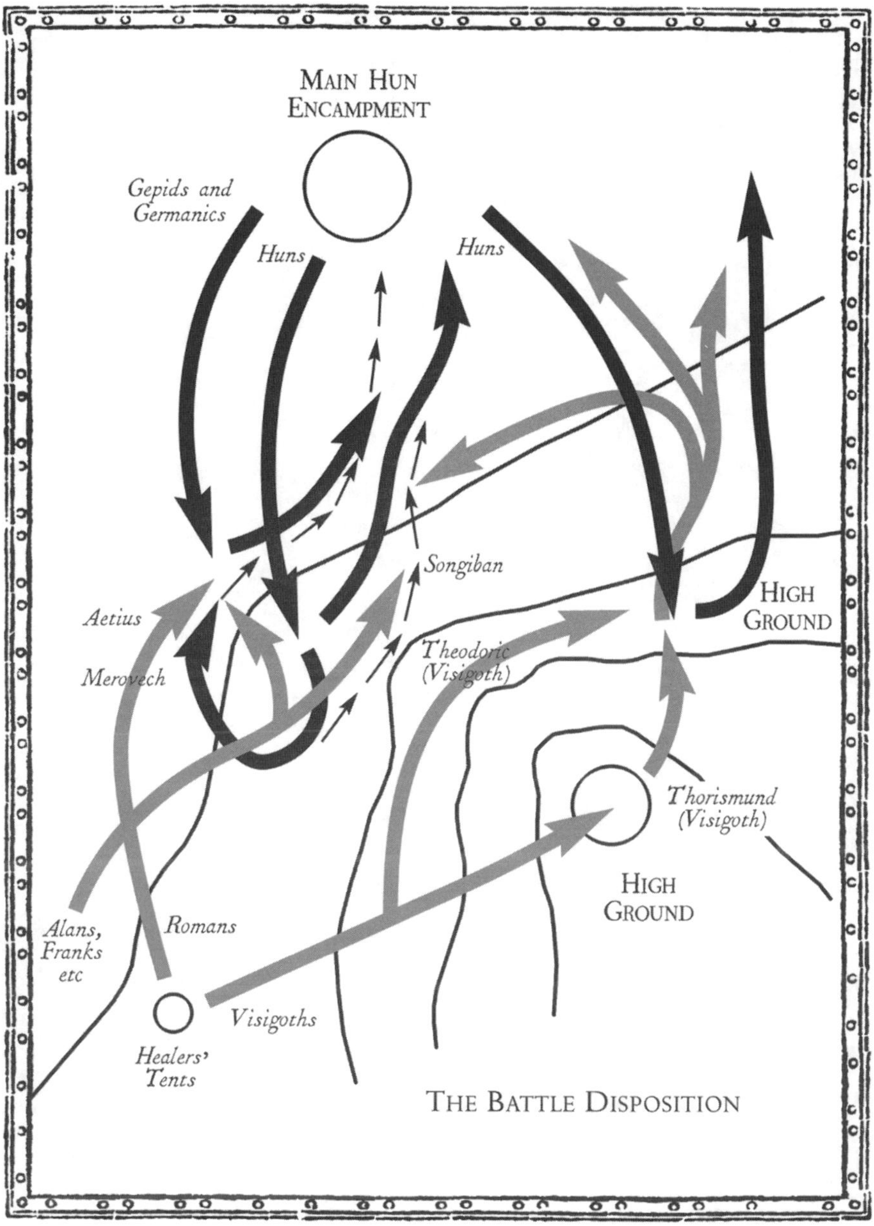

Capítulo 6

Os campos cataláunicos

Aqueles cujos ferimentos os levaram a mitigar a sede avassaladora beberam água misturada a sangue. Em sua terrível situação, foram obrigados a tomar o que pensavam ser o sangue de suas próprias feridas.

Jordanes, *Getica*, 40.208

Cadoc sacudiu o ombro de Myrddion assim que a seta de luz do sol surgiu por entre árvores e atingiu os olhos do curandeiro, que se abriram. Este deu uma palmada no ar, como se o súbito ofuscamento fosse um inseto importuno.

– O Rei Merovech está aqui com o Rei Teodorico dos visigodos para ver o senhor, mestre. Eles partem hoje ao encontro de Aécio nos Campos Cataláunicos. Recebemos ordens para encerrar o tratamento dos feridos aqui e providenciar para que o povo de Aurelianum cuide deles. Nossas ordens são claras: desmontar as tendas e seguir o rei com a maior velocidade possível. Aécio precisa de nós.

As palavras eram uma mixórdia na cabeça de Myrddion. Levou muito tempo para decifrar o significado delas, o que não era seu hábito. Embora tivesse dormido por quatro horas, profundamente e sem sonhos, sentia os olhos arenosos e a mente incapaz de reter qualquer informação complicada.

– Apenas um momento, Cadoc. Merda, sinto como se tivesse sido atropelado por uma carroça. Tem água fria? Talvez eu me recupere se enfiar a cabeça na água.

– Se não se esgotasse trabalhando noite adentro... Ah, espere. Vou buscar a água e tentar retardar Merovech alguns minutos.

Cadoc saiu correndo, e Myrddion levantou-se cambaleando. Com uma exclamação de desgosto, notou sangue seco entre os dedos dos pés, as unhas cobertas de uma pasta vermelho-escura exatamente como lama seca. Lavara as mãos cuidadosamente antes de cambalear para o colchão, mas estava exausto demais para um banho completo. Agora via manchas de sangue na parte inferior do corpo, a qual permanecera desprotegida do avental de couro.

Assim que Cadoc trouxe a água, Myrddion derramou metade sobre a cabeça e, a seguir, mergulhou os dois pés no balde de couro. Com um trapo, pôs-se a esfregar e esfregar. Logo a água estava de uma cor marrom-ferrugem.

– Mestre, há dois reis esperando-o. Pode se lavar depois?

Sem se dar ao trabalho de responder, Myrddion terminou de esfregar os pés e as pernas e enxaguou-os com o que sobrara da água. A seguir, enxugou-se o mais rápido possível, com a ajuda de Cadoc, vestiu uma túnica limpa, calção, e passou rapidamente um pente no cabelo comprido antes de prendê-lo com uma estreita tira de couro junto à nuca.

– Será que passo na inspeção?

– Bem, pelo menos está acordado.

Culpado, Myrddion lançou um olhar para a tenda onde os pacientes feridos com gravidade se abrigavam. As viúvas já trabalhavam arduamente, alimentando os feridos e incentivando-os a beber um pouco de água.

– Como estão os doentes? Pode lidar com eles por um tempo?

– Sim, mestre! Por que pergunta?

Com a sensação de ter de algum modo insultado Cadoc, Myrddion agarrou o ombro do aprendiz num gesto de agradecimento, antes de deixar a carroça e correr até o Rei Merovech, impaciente e na companhia de um homem alto de aparência ascética, com uma túnica de lã finamente tecida sobre uma armadura de requintado artesanato bárbaro. Antes de dirigir-se aos visitantes, o curandeiro dobrou o joelho numa reverência.

– Como posso servi-lo, meu senhor?

– Levante-se, Myrddion de Segontium – ordenou Merovech. – Não podemos falar com um homem sem ver o seu rosto.

Myrddion obedeceu e examinou veladamente as expressões dos governantes. Merovech parecia quase juvenil em seu entusiasmo, ansioso para partir na perseguição dos hunos até serem expulsos de suas terras, limpando assim sua honra manchada pelas derrotas de Cambrai, Tournai e de outras cidades destruídas. Os olhos fulguravam-lhe, a pele florescendo da saúde e juventude que desmentiam seus quarenta anos.

O Rei Teodorico, entretanto, era completamente diferente. Nem velho, nem jovem, nem gordo, nem especialmente esbelto, Teodorico via o mundo com cansaço e cinismo. Sua elaborada armadura podia ser dourada e polida, brilhando como espelho, mas, surpreendentemente, ele parecia desconfortável com a enorme espada pendendo-lhe da cintura. Myrddion tinha ouvido que Teodorico era um guerreiro muito hábil e um estrategista brilhante, com um selvagem veio de coragem. O homem examinando o acampamento, porém, parecia introvertido e comedido demais para tal reputação. Os olhos profundamente enfiados nas órbitas cintilavam com uma aguda inteligência. Myrddion esquadrinhou o rosto fechado do rei com uma curiosidade de curandeiro. Desapontado, notou sinais de dissipação na pele de Teodorico, os vasos ligeiramente dilatados dos que abusam do álcool. O visigodo sustentou o escrutínio de Myrddion com o cansaço de um homem que tinha sido avaliado com grandes expectativas por toda a sua vida adulta.

– Meu Senhor Teodorico – começou Myrddion, sem saber ao certo como dirigir-se a um rei tão importante. – Que possa continuar com ótima saúde e governar seus súditos bem, livre do flagelo de Átila e de sua tribo.

– Seja lá o que for, você é um mestre da frase bonita e do cumprimento elaborado, curandeiro. Talvez isso explique por que alguém tão jovem tenha capacidade para dirigir um hospital de campo. Que me mostre suas tendas, para que eu possa julgar sua capacidade por mim mesmo.

Myrddion resmungou internamente, e Merovech sufocou um murmúrio de impaciência. Por mais aborrecidas que fossem tais visitas, os dois sabiam que o maior aliado de Aécio teria sua vontade atendida. Estava flanqueado por um pequeno contingente da temida guarda visigótica, soldados que protegiam zelosamente seu rei, e mataram muitos traidores ao longo dos anos, pois Teodorico controlava um vasto território da Gália à Hispânia, extensão que levara frequentemente os pretendentes a tentar a sorte com o assassinato. Aécio apoiaria Teodorico de Hispânia em quase qualquer empreendimento, tão importante era o visigodo como aliado. Nem Merovech nem outro rei bárbaro ousariam falar contra Teodorico ou insultá-lo de algum modo.

– É só pedir, meu senhor, que lhe obedecerei com prazer. Meus aprendizes, criados e a guarda estão cuidando de nossos pacientes enquanto conversamos. Eu normalmente estaria tratando os ferimentos e avaliando o status de cada homem a nossos cuidados.

– Não vamos afastá-lo de seus deveres por muito tempo – replicou Teodorico suavemente. – Você trabalha muito, se suas olheiras são uma indicação de zelo. Até que horas trabalhou naquela mesa? – Apontou o banco de dobrar manchado de sangue construído para poupar a coluna de Myrddion. A madeira tinha sido lavada de sangue tantas vezes que, por mais que Bridie ou Brangaine a esfregassem, não conseguiam remover a pungente tinta vermelha.

– A Lua estava baixa quando o último paciente foi posto na cama, meu senhor.

– Então ele sobreviveu aos seus cuidados. Raro! Muito raro! Tenho visto trabalhos como o seu mais vezes do que posso lembrar. Somente um curandeiro me deu verdadeira confiança, um judeu chamado Isaac e que agora serve Valentiniano em Roma. Se algum dia você o encontrar, pode usar meu nome. Isaac salva tantos quantos mata, embora não se importe com a aclamação do mundo.

Myrddion sentiu um formigamento na mente e guardou o nome na ampla memória.

– Obrigado pela recomendação, meu Senhor Teodorico. Estou a caminho do mar do Meio em busca do conhecimento de curandeiros como Isaac.

– Quantas pessoas você tem à disposição?

– Dois aprendizes que auxiliam nas cirurgias e tratam ferimentos menores. Três viúvas para cuidar dos pacientes quando eles começam a se recuperar. Todos os cinco são leais e capazes, mas estamos pressionados a ponto de quebrar, meu senhor. Se batalhas futuras e maiores precisarem de nossos serviços, muitos guerreiros morrerão porque somos poucos para salvar a quantidade de feridos.

Os olhos de Teodorico se estreitaram e até o bem-humorado Merovech bufou irritado. Servidores não acusavam seus senhores de insensibilidade, especialmente quanto à difícil situação das vítimas no campo de batalha. Como o garoto que ainda espreitava sob o jovem adulto, Myrddion viu-se engolindo em seco pela temeridade.

Teodorico esquadrinhou as tendas e visivelmente contou os cerca de cem homens deitados ou sentados em vários estágios de recuperação. Depois de fixar as botas enlameadas por um momento, ofereceu a mão ao desconcertado curandeiro.

– Aqui está minha mão, Myrddion de Segontium! Vou mandar meu médico pessoal, Vechmar, às suas tendas para ajudá-lo, juntamente com seus criados e mulheres. Como você, ele utiliza viúvas e seguidoras de acampamento para o trabalho básico. Confio que o Rei Merovech também vá ajudar com os recursos em seu poder. – Um rápido olhar sob as pálpebras abaixadas e pesadas arrancaram uma concordância imediata do rei franco. – Agora que suas necessidades imediatas foram atendidas, pode me mostrar como salva tantos quanto mata.

Por mais que quisesse, Myrddion não sabia se o rei hispânico estava brincando ou não. Um pouco confuso, guiou os reis e seus suspeitosos corpos de guarda para a tenda maior. Os aprendizes já tinham suspendido as abas laterais de couro para permitir a livre circulação do ar e da luz.

Portanto, os guerreiros espertos perceberam logo a natureza e a qualidade de seus visitantes num relance. Homens se curvaram ou se abaixaram, onde era possível, e ar ficou subitamente denso com o barítono de vozes masculinas murmurando.

Cadoc veio na direção deles levando uma grande cesta de ataduras secas; Bridie parecia não ter dormido até que cada trapo usado no hospital de campo estivesse fervido e pendurado para secar em qualquer moita disponível. De reações rápidas, Cadoc descartou a carga e dobrou os joelhos em respeito aos visitantes reais.

– Levante-se, meu bom homem; continue seus deveres – ordenou Teodorico rigidamente. Myrddion cogitou se ele estaria embaraçado com tantas reverências e servilismo. – Esse rapaz é um de seus aprendizes? – perguntou o visigodo. Sua voz parecia menos vibrante agora que não estava ao sol, e sim na obscuridade da tenda, como se algum elemento vital o tivesse abandonado.

– Sim, senhor, Cadoc ap Cadwy tem sido meu leal assistente há dois anos. Nós nos conhecemos no acampamento do Rei Vortigern, Alto Rei dos britânicos, depois de uma feroz batalha com o filho do rei. Como pode ver, cicatrizes de queimadura contraíram os tendões do ombro dele e restringiram-lhe os movimentos do braço. Esses ferimentos encerraram sua carreira de guerreiro, mas Cadoc se tornou meu valioso braço direito. Está fazendo grandes progressos. Em breve ele mesmo será um curandeiro.

– As terras dos britânicos parecem muito com as minhas: filhos se levantam contra os pais. Os laços de sangue importam pouco quando um trono está em jogo – murmurou Teodorico, tão baixo que Myrddion se esforçou para ouvi-lo. A voz do rei era taciturna, mas os olhos cínicos exibiam um brilho vulnerável e triste ao mesmo tempo. Um reino vale essa dor e perda de confiança? Obviamente Teodorico não tinha fé em ninguém, pensou o curandeiro, e bebia em excesso para manter seus demônios a distância nas longas vigílias noturnas. Essa meia-vida valia alguma coisa? – Suas cicatrizes doem, Cadoc ap Cadwy? – perguntou Teodorico, voltando desconcertantemente sua atenção do mestre para o aprendiz. – Dão a impressão de que sim, mas eu nada entendo de cura. Posso examiná-las?

Cadoc deixou que Teodorico passasse uma palma hesitante nas cicatrizes em relevo que lhe cobriam o ombro e o pescoço. Embora o rei recuasse ante a pele retalhada e sem pelos, pediu a Cadoc que movesse o braço para poder avaliar a extensão de sua incapacidade. Então, num gesto muito humano, ele puxou a manga de Cadoc, cobrindo-lhe as cicatrizes.

– Você lamenta não poder mais lutar, Cadoc ap Cadwy?

Os olhos de Cadoc não deixavam o rosto pálido do rei, embora um breve ondular de constrangimento o perturbasse.

– No passado, eu desmembrava corpos para ganhar meu pão, meu senhor. Agora estou aprendendo a juntá-los. Que tarefa é mais justa para um homem? Tenho orgulho de servir ao curandeiro mais capaz da Grã-Bretanha.

Teodorico assentiu brevemente ante o orgulho de Cadoc, mas o véu cínico lhe toldou os olhos mais uma vez. Myrddion surpreendeu-se de que um homem com tanto poder considerasse que sentimentos de solidariedade fossem um sinal de fraqueza.

Por uma hora, Teodorico conversou com os pacientes, fazendo perguntas pertinentes sobre cataplasmas, analgésicos e acerca da obsessão de Myrddion com a limpeza. O curandeiro deu respostas detalhadas e ponderadas a cada pergunta, conquistando a gratidão de Merovech por sua cortesia e pelo cuidado em explicar totalmente seu ofício.

– O que são esses humores ruins que você descreve de modo tão vago, curandeiro? Certamente algo que não pode ser visto não tem poder para prejudicar um homem saudável.

Myrddion ponderou com seriedade e respondeu o mais cuidadosamente que pôde, embora mal soubesse a resposta.

– Também gostaria de saber, meu senhor. Se eu soubesse, seria o maior curandeiro do mundo, e teria descoberto meios de derrotar a própria morte. Mas, no atual estágio da minha profissão, só sabemos que algo causa praga, doença do pulmão, gangrena e doença mental, e que essas maldições são sempre fatais. Mas não podemos ver a olho nu o que desencadeia esses males. Usamos a expressão "humor ruim", mas somos ignorantes demais para saber se essa descrição é precisa. Só sei de fato que, no caso de feridas abertas, a limpeza aumenta as chances de sobrevivência do paciente, mesmo que eu não entenda por quê.

Teodorico assentiu pensativo.

– Às vezes, basta saber que uma estratégia funciona, mesmo se desconhecemos os motivos de seu sucesso. Os antigos construíram pontes sobre grandes rios em feitos de engenharia notáveis. Hoje, as habilidades dos construtores estão esquecidas, mas ainda usamos as estradas e pontes livremente. E, falando em estradas, curandeiro, seus serviços logo serão necessários em outros lugares. A hora de você partir se aproxima rapidamente. Eu lhe prometo que seus pacientes receberão cuidados em Aurelianum, e pode esperar que meus criados comecem a transportá-los dentro de uma hora. Você vai dizer que é necessário aqui, mas a batalha que se aproxima deixará pequeno tudo que já viveu no passado. Sim, alguns desses homens morrerão porque você vai deixá-los, mas um grande número de outros morrerá sem os seus cuidados depois que enfrentarmos Átila nos Campos Cataláunicos. Lamento que você não tenha escolha nessa questão, mas reis não podem governar com o coração. Só com a cabeça e os músculos. Vamos partir ao meio-dia. Prepare-se para se juntar ao nosso setor de equipamento.

– Mas preciso de mais suprimentos, mais ataduras, mais tudo para ser eficaz.

– Mande Cadoc à minha guarda com sua lista, e eles depenarão Aurelianum para lhe fornecer o necessário. Meu médico e seus assistentes acompanharão você em pouco tempo. Estou me lembrando de outra questão, e espero que não se ofenda com minhas palavras. Acredito que você precise de um nome para instilar confiança nos que lhe servem. A falta de um pai em seu nome não o envergonha ante meus olhos, mas eu não sou o mundo. O local de nascimento serve para exibir sua herança espiritual, mas eu preferiria que você escolhesse um nome que lhe desse mais dignidade. Você é o curandeiro dos Aliados do Ocidente, e seu nome deve refletir seu status entre nossos guerreiros.

Então Teodorico se virou e se juntou de novo a Merovech.

Constrangido e confuso, Myrddion ficou sem palavras.

A jornada de volta a Châlons foi longa e tediosa. As carroças gemiam ao peso de ervas, ataduras, unguentos e poções que Aurelianum doara alegremente aos reis. Myrddion preferia fazer seus próprios suprimentos, mas o tempo era agora um recurso escasso; portanto, sabia que precisava aproveitar o que quer que estivesse à mão. Já havia grandes feixes de ervas frescas pendurados nos suportes de madeira da carroça, oscilando e secando a cada solavanco das enormes rodas de madeira.

Três outras carroças tinham se juntado às primeiras. Vechmar e seus criados haviam chegado ao acampamento enquanto Myrddion se preparava para partir. O celta olhou o médico pessoal de Teodorico com curiosidade.

Vechmar era moreno e esbelto, embora fosse impossível adivinhar-lhe a raça pelo rosto sombrio. O recém-chegado falava muito pouco, mas uma olhadela superficial a suas mãos meticulosamente limpas apaziguou a preocupação de Myrddion. Vechmar, porém, teve o cuidado de explicar que a aliança deles era só temporária, pois se devotava a Teodorico e pretendia servir à casa do rei a vida inteira.

– Entendo, Vechmar. Embora eu não sirva a nenhum senhor voluntariamente, aplaudo uma devoção como a sua. Juntos salvaremos muitas vidas.

Os lábios de Vechmar torceram-se com desprezo evidente, levando Myrddion a imaginar o que teria feito para ofendê-lo.

– Obedeço a meu senhor, mas digo honestamente que estou embaraçado em trabalhar com um jovem imberbe. Contudo, vendo o que já fez, espero que possamos juntar as forças para a batalha vindoura. Depois, nossos caminhos não precisam se cruzar. Estou falando francamente porque você merece conhecer minha capacidade e meus sentimentos. Na verdade, estou envergonhado que meu rei deposite uma confiança tão grande num estrangeiro sem posição alguma nestas terras. Eu tratarei os homens que vêm comigo do meu modo, e você está livre para fazer o mesmo.

Myrddion ruminou essa rude avaliação e decidiu que não era obrigado a gostar do curandeiro espanhol; apenas trabalharia com ele.

– É justo. Ajuda extra é vital, e um hospital de campo único trabalhará melhor do que dois.

Enquanto a estrada se desenrolava diante deles, Myrddion voltou a pensar na sugestão de Teodorico acerca do nome. A opinião de Vechmar sobre o curandeiro fora um aguilhão na sua sensibilidade. O jovem aceitava que Teodorico entendesse o jeito de homens falíveis com muito mais clareza que ele. Assim, enquanto as rodas de madeira forneciam um pano de fundo soporífero a suas deliberações, Myrddion inventou e descartou um nome atrás do outro: todos tolos ou pretensiosos. Finalmente, como reconhecia que sua verdadeira vida começara quando Vortigern tentara sacrificá-lo em Dinas Emrys, sob as sombras marrons das montanhas de Cymrus, ele decidiu escolher um nome que duraria o resto de sua vida, ou até que escolhesse outro.

– Cadoc, resolvi aceitar o conselho do Rei Teodorico e adotar um nome mais imponente do que o de agora. Decidi assumir o nome de Myrddion Emrys de Segontium. Aos dez anos de idade, enquanto prisioneiro do Rei Vortigern, percebi o homem que me tornaria naquele lugar amaldiçoado. Então é justo que ele permaneça comigo para sempre.

Cadoc estremeceu, pois se lembrava muito bem da fortaleza varrida pelo vento, escurecida pela chuva e pelo sangue seco. Mas se o mestre decidisse chamar-se de pequeno deus ou mesmo de tolo, Cadoc aceitaria a decisão.

Enquanto a cansativa jornada rumava para o encerramento, as carroças juntaram-se ao setor de equipamentos de um imenso exército que inchara com as legiões, Aécio, a cavalaria dos Alanos e os inexperientes guerreiros sármatas. Boatos entre as tribos sugeriam que Aécio não confiava no rei sármata Sangiban, pois este tinha a reputação de mudar de lado sempre que havia proveito nisso. Naquele exército, todos os homens sensatos estavam cansados dos guerreiros sármatas.

A visão dos soldados romanos fascinava Myrddion sempre que os via em marcha forçada para o ponto de organização a norte de Châlons.

Jovem demais para ter lembranças das legiões na Grã-Bretanha, tentara imaginar a aparência desses temíveis e quase invencíveis guerreiros. Descobriu que a realidade era muito insatisfatória. Cem soldados romanos liderados por um calejado centurião passaram pelas carroças não longe de Châlons, dando a Myrddion a primeira visão da famosa disciplina de Roma. Para surpresa dele, os legionários eram muito morenos, baixos e carnudos sob a assustadora bagagem que carregavam às costas. Usavam um escudo retangular como base para cada mochila, que consistia de um saco de dormir, pá, odre de água, um pequeno suprimento de alimento, a tradicional pederneira, material inflamável e pedra de amolar. Myrddion maravilhou-se novamente com a organização romana que tornava cada homem autossuficiente.

Individualmente, pouquíssimos soldados mediam mais do que um metro e setenta, e muitos eram mais baixos. A durável armadura e a proteção de couro fervido que vestiam pesavam, assim como a lança compacta, a adaga estreita e a espada, que acrescentavam um peso considerável a cada homem. Myrddion se intrigava com aquelas espadas sem a cruzeta das armas tribais, mas mais longas que as lâminas romanas com que se familiarizara na Grã-Bretanha. Quando externou sua surpresa ante as armas a Cadoc, este sacudiu os ombros com cinismo de soldado.

– Os romanos nunca desperdiçam nada, mestre. Menos ainda armas úteis. A espada curta provavelmente é antiga, já que o império mudou, mas uma arma é uma arma, e o exército não vai jogar fora uma peça útil. Por que enviariam novas espadas à Grã-Bretanha? Qual é a importância disso, de qualquer modo?

– Nenhuma, mas mesmo assim fiquei curioso.

– A curiosidade vai acabar liquidando o senhor – brincou Cadoc.

– Duvido, meu amigo. Ela tem me deixado vivo mais vezes do que posso contar.

– Eles são uns tampinhas, mestre! Como podem valer alguma coisa contra a selvagem cavalaria dos hunos? Uma brisa forte derruba esses sujeitos – acrescentou Cadoc com desdém.

– Não sei não. Olhe as pernas deles. Puro músculo! Veja o ritmo com que se deslocam. Pelo sol, estão marchando há umas cinco horas nesse passo, mas mal transpiram. E marcham em formação, comendo e bebendo enquanto andam. Se esses homens indicam alguma coisa, explicam por que César conseguiu reunir suas legiões com mais rapidez que os inimigos.

– Mas são tão baixos! – repetiu Cadoc, a voz aguda de descrença.

– Essas espadas e lanças dependem de contato próximo, e nesse caso a altura não importa. O tamanho dos escudos é interessante também, pois estes cobrem a maior parte do corpo numa posição defensiva, enquanto as espadas mais compridas dão a eles um alcance maior. Percebo agora por que os romanos governaram o mundo.

– Bem, ainda não estou convencido – disse o outro numa voz emburrada, como se o elogio de Myrddion aos romanos fosse um insulto aos feitos dos celtas. Myrddion lamentou ter de abandonar a conversa.

O verão chegara, juntamente com dias ensolarados tão brilhantes e cheios de poeira que ofuscavam os olhos de Myrddion. Os caules de grãos amadurecendo erguiam as cabeças, e os girassóis acompanhavam o sol com grandes faces amarelas cheias de sementes em seus centros de veludo negro. Não se via gente ou animais de criação no ocasional punhado de chalés pelo caminho. Um silêncio sinistro dominava a terra.

A planície cataláunica era ampla e quase totalmente achatada, exceto por uma longa crista cujo cume, mesmo não sendo alto, estendia-se pela terra lavrável abaixo dele. Riachos cruzavam a crista, alguns secos nos dias mais quentes. Quando a noite caiu, os exércitos aliados acenderam fogueiras para cozinhar. O vasto número de homens, quase 30 mil no total, criou um cobertor escuro pontilhado de incontáveis pequenas chamas.

Num ponto alto abaixo do chifre esquerdo da crista, os reis aliados reuniram-se para ouvir o general romano falar sobre o plano de ação. Nenhum dos reis desafiava seriamente Aécio pelo controle total da batalha próxima. Sólido, imperturbável e profissional, Flávio Aécio irradiava a calma, a capacidade e a autoconfiança de um homem que ganhava a vida lidando com a morte. Além disso, o general tinha uma sorte quase sobrenatural. Nos anos de enfraquecimento de Roma e do aparecimento das mentes de segunda categoria, Aécio flamejava como um cometa com seu brilho, intelecto e eficácia em estratégias-relâmpagos que devastavam qualquer inimigo tolo o bastante para arriscar-se a combater o general mais bem-sucedido do império.

Contemplando a crista de montanha, Aécio viu com decepção que o Huno dominara parte do terreno elevado. Apontou para as luzes das fogueiras, nitidamente visíveis no lado direito da crista.

– Está vendo? Átila tem sempre a sorte do senhor do caos, e também, para ser honesto, a competência de se aproveitar de qualquer terreno na batalha iminente. Olhe o norte! – Apontou para o local onde as forças inimigas estavam reunidas. – Aquele é o principal acampamento do Huno. Ele espera que entremos rugindo nos Campos Cataláunicos como novatos, para então desfechar um ataque das alturas contra nossa retaguarda. Se fôssemos tolos e agíssemos impetuosamente, ele nos esmagaria como um piolho. – Aécio começou a amadiçoar como um soldado. – Infelizmente chegaram primeiro à crista; que os deuses torturem os desgraçados. Mas não é um desastre para nós. Graças ao equívoco de Átila em se concentrar só numa parte do terreno elevado, ainda podemos aproveitar seus erros.

Sorriu e voltou-se para Teodorico.

– Meu senhor?

– Sim, general – respondeu o rei fixando a escuridão com um sorriso secreto já abrindo no rosto. – O que deseja que eu faça?

– Por favor, assuma a elevação esquerda da crista, se possível em silêncio. Vamos mandar um contingente para se juntar ao senhor, assim como Sangiban e Merovech. O grosso de sua cavalaria e os soldados da infantaria esperarão atrás da crista. Vamos dar uma preocupação a Átila. – Aécio sorriu como um rufião, mostrando os dentes gastos, amarelados, de um cavalo velho e sólido.

– Já que me foi ordenado tomar a crista, é como se ela já estivesse tomada – disse Teodorico suavemente. – Mas por que à noite? As alturas são tão vantajosas para nós, general? – Naquele cenário Teodorico finalmente se sentia à vontade. A seu lado, estava o filho Thorismund, enorme e ameaçador.

– Sim. Um ataque de surpresa, uma tomada silenciosa de infantes no lado oposto da crista, se feita com rapidez depois de termos chegado à cena, será totalmente inesperada. Átila não é infalível como seus homens pensam. O Huno não espera essa tática, já que nem o senhor nem ele gostam de lutar à noite. Ele permanecerá no acampamento atrás da crista enquanto nós ficarmos diante dela. Quando alvorecer, atacaremos os hunos na elevação direita, tirando-os da equação da batalha.

Olhou os que ouviam e viu que começavam a assentir concordando com seu plano.

– Sim! – Aprovaram os reis com firmeza, inclusive a voz mais aguda de Sangiban.

– Obrigado, meus amigos, pois nascemos para este momento. Que Mitra nos proteja!

– Um momento, Flávio Aécio – interrompeu Sangiban. As sobrancelhas brancas do general se ergueram. – Por que Átila não tomou o cume da crista? Na posição dele, eu não hesitaria em fazê-lo, e gosto de conhecer os motivos de meu inimigo antes de me envolver por completo.

Flávio Aécio sorriu suavemente. Todos os homens presentes perceberam que o sármata pagaria por essa interrupção.

– Tenho certeza de que sim, Rei Sangiban. Também penso sobre a motivação dele. O que sabemos dos hunos, na verdade?

– Gostam de atacar a cavalo com dureza e rapidez para provocar o máximo de dano sem se prejudicarem muito – respondeu Childerico cuidadosamente, alisando o bigode.

– Ótimo, Príncipe Childerico. Ótimo. O Huno prefere lutar a cavalo; portanto, quando é possível, deixam as lutas a pé para seus aliados. Acho que uma batalha decisiva no terreno elevado não é parte dos planos de Átila e apenas o retardaria. É uma falha de sua estratégia, e podemos usar essa fraqueza para nossa vantagem. Se tomarmos o terreno elevado, a vantagem numérica de Átila será neutralizada.

– Não pode ser tão simples – rebateu Sangiban, os olhos buscando rapidamente uma resposta mais complexa e satisfatória.

– Posso entender a estratégia de Átila – concluiu Teodorico. – Ele espera que ataquemos furiosamente após seu ataque malogrado em Aurelianum. Acha que encaramos sua retirada de lá como uma vitória e que agiremos com imprudência para tentar liquidá-lo.

– Mmm... É bem possível – concordou Aécio. – Mas os motivos dele têm importância? Capturando o terreno elevado, tomamos a iniciativa dele. A guerra é um jogo, meus senhores, e a vantagem, real ou imaginária, pende a nosso favor. Amanhã podemos lutar de uma posição de relativa força com o terreno alto protegendo nossa retaguarda. Os legionários, junto com Merovech e Childerico, anularão a força de Átila no centro da planície, enquanto Thorismund e o Rei Teodorico controlarão o terreno elevado e envolverão os hunos. Podemos ir ao encontro da horda huna sabendo que seria praticamente impossível ela nos cercar. Transmitam esses fatos a seus homens para lhes dar ânimo. Contem a eles também a profecia do curandeiro de que ganharemos esta batalha no campo. Não acredito em adivinhos, mas vou usar qualquer coisa que nos dê vantagem. – O general varreu com o olhar os reis reunidos. – Mais alguma pergunta? – Os reis permaneceram em silêncio. Afinal de contas, pouco sobrara para ser dito. – Então vamos em frente. E que os deuses abençoem nosso esforço até nos encontrarmos de novo depois da batalha.

Myrddion observou um contingente de francos sálios abandonar suas fogueiras, montar e desaparecer na escuridão, deixando o fogo se extinguir na noite. Os ouvidos treinados do curandeiro se esforçaram para ouvir o som de uma grande tropa de cavaleiros visigodos movendo-se na escuridão, mas só escutou o murmúrio de outros soldados que permaneciam no acampamento.

– Eles se deram ao trabalho de abafar os cascos dos cavalos – explicou Finn desnecessariamente. – Mas não de avisar quais são as intenções deles.

Ao anoitecer, quando os curandeiros se aprontavam para outra noite de sono sob as carroças, um mensageiro chegou para informá-los de que deviam se reunir no hospital de campo pouco além da elevação esquerda da crista. Myrddion protestou que tarde da noite não era hora de levantar acampamento. O mensageiro o encarou impassível e lembrou que o General Aécio, que estava no comando, decidira reposicionar seus curandeiros.

– Discuta com ele, se for estúpido a esse ponto – disse o homem friamente. – Os planos dele vão muito além dessas questões triviais.

– Muito bem. Pode informar ao general que as ordens dele serão cumpridas – disse Myrddion. Vechmar fez uma careta irritada. Então, cansados, os dois homens acordaram os auxiliares.

Resmungando, descontentes, sentindo-se pouco apreciados, os curandeiros puseram as bagagens nas carroças, atrelaram os cavalos e, com tochas feitas de galhos pesados embebidos em trapos com óleo, partiram para o local indicado. De repente, Captus e sua guarda surgiram da escuridão e se juntaram à cavalgada. O franco estava silencioso, o que era pouco habitual.

– Pensei que você ia participar da batalha e não ser nossa babá – murmurou Myrddion.

– Eu também, curandeiro. Eu também!

Zangado, Captus mantinha o nervoso cavalo em rédea curta. Myrddion podia ver a silhueta do capitão contornada pela chama da tocha, apertando os lábios, demonstrando desapontamento e contrariedade.

– Desculpe, Captus. No que diz respeito a nós, você está liberado do dever de nos proteger.

Captus ergueu a cabeça do cavalo num movimento cruel. O animal guinchou e parou totalmente, enquanto o guerreiro encarou com ferocidade Myrddion no banco alto da carroça.

– Você não tem qualquer autoridade para me dar ordens, curandeiro. Sou homem de Merovech, e ele está ocupado organizando um ataque frontal enquanto Thorismund toma a crista sobre nós. Esse perigo é só o começo, pois meu senhor vai enfrentar a ira de Átila esta manhã. Eu serviria como o arqueiro menos importante de seu exército se pudesse escolher, mas meu senhor deposita em você um valor muito maior do que minha honra, ou a longa lealdade de minha tropa a serviço dele. Sim, lamento a ordem que recebi. Você tirou mais do que o meu dente, curandeiro, tendo intenção ou não.

– Então vá, Captus, porque não vamos denunciá-lo. Sua ajuda foi valiosa demais para nós para que seja exposto a um comportamento indigno. Aperte minha mão. Eu lhe desejo rapidez, pois sei como a gente se sente quando é afastado do próprio ofício.

A boca de Captus se contorceu com amargura, e ele ignorou a mão de Myrddion. O jovem, porém, não ficou ofendido, pois via que Captus se dividia entre o juramento que fizera e o desejo de acompanhar seu senhor na batalha. Captus não queria insultá-lo.

– Verdadeiramente, Mestre Myrddion, se eu fosse um homem sem honra, agarraria seu oferecimento com as duas mãos. Mas sou homem do Rei Merovech. Se ele morresse amanhã, suas ordens ficariam entre mim e ele, mas eu saberia para sempre que lhe desobedecera. Jurei obedecer a ele, e vou fazer isso, mas não pense que eu goste de ficar em segurança.

– Algo me diz, amigo Captus, que ninguém estará seguro amanhã, portanto, não se torture. Se resolver ficar, então fique de boa vontade ou siga seu caminho. Em nossa atividade, um homem trabalhando de má vontade é um risco.

As carroças dos curandeiros avançaram lentamente, passando por sombras indistintas na escuridão, quando Sangiban e seus guerreiros começaram a se colocar em posição para a ofensiva principal na planície. Na escuridão, os visigodos se deslocavam como fantasmas na direção da crista, ou assumiam posições imediatamente abaixo dela, prontos para uma rápida ofensiva. Esses homens dormiriam depois de comer carne-seca e beber água, sem o conforto de um fogo aceso durante a noite.

Intrigado, Myrddion fitou a estrada improvisada lá embaixo e viu as formas impassíveis das legiões de Aécio, algumas subindo, mas a maioria reunida na planície, prontas para chegarem ao centro da batalha. Os combatentes evitaram a luz do luar até alcançarem o topo do platô à beira da planície. Somente a cavalaria – muitos milhares de soldados – permanecia de reserva, posicionando-se nas laterais da crista. Aécio estava quebrando regras táticas de combate há muito seguidas ao enviar seus aliados na perigosa escuridão, pois guerreiros eram vulneráveis em terreno invisível e traiçoeiro. Myrddion esperava as primeiras baixas antes do alvorecer: cabeças e membros quebrados por quedas nos declives de pedrinhas soltas. À luz de uma lua intermitente, percebia com pouca nitidez o ponto central e mais alto da crista que, por enquanto, não fora tomada por exército algum. Cogitou, então, se ela seria a chave da batalha que viria quando a luz começasse a manchar o céu.

– Faremos nosso acampamento no primeiro pedaço de terra plana à margem da crista, amigo Captus. Sei que essa posição nos coloca em perigo e podemos ser sobrepujados por qualquer contingente de cavalaria. Mas meu palpite é que haverá uma montanha de feridos no fim do dia de manhã. Temos que ficar no alto e bem visíveis se quisermos ser de alguma utilidade. Por favor, Captus, veja se encontra água limpa, um abrigo sob as árvores e uma posição próxima ao provável campo de batalha. Parece que nenhum de nós vai dormir, mas, se trabalharmos a noite inteira, podemos ficar prontos para o banho de sangue.

Captus encarou com severidade o tom ressentido de Myrddion; estendeu o punho coberto de malhas de ferro e agarrou o queixo barbeado do rapaz para encarar o curandeiro na obscuridade.

– Você não é guerreiro, Myrddion Emrys, e tem tão pouco conhecimento do campo de batalha quanto uma criança. Seus lamentos por trabalhar a noite inteira são grosseiros. O general espera que o ataque seja ao alvorecer... e geralmente está certo. Sim, temos que trabalhar a noite inteira, e você precisa estar preparado para cumprir as exigências de Aécio. Seu choramingo não o honra!

Constrangido, Myrddion enrubesceu. Agradeceu à escuridão por esconder-lhe o rosto vermelho.

– Tem razão, Captus. Fui um garoto que decidiu as próprias ações por muito tempo. O orgulho provocou minhas queixas. Desculpe.

Em vez de deixar Myrddion ruminando sobre suas falhas, Captus emparelhou o cavalo com a carroça.

– O que está pressentindo, curandeiro? Vamos fracassar amanhã? Jurei protegê-lo para que salve os que puderem viver, mas muito depende de nosso plano de batalha.

– Vamos aguentar... Vencer... E Átila sentirá a morte chegando. Suas linhas de abastecimento são distantes demais e suas ambições estão desaparecendo nos ventos da noite. Confie em Aécio e nos reis, e o dia será seu. – Myrddion viu Captus empalidecer um pouco e sufocou uma risadinha. – Não, isso não é uma profecia. É simples bom senso.

Aliviado, Captus também riu.

– Vou encontrar o lugar de que você precisa para as tendas. Se tenho que servir nessa tarefa, acharei a melhor posição para proteger os homens. E, enquanto faço isso, quero encontrar um lugar para que possamos ver a disposição das linhas de batalha quando forem travadas. Vou me certificar também de que haja espaço suficiente entre você e o velho espanhol vaidoso.

– Já que a honestidade parece estar na ordem da noite, Captus, explique-me por que reis tão poderosos como Merovech e Teodorico cedem seu poder a um velho general romano que compreende pouco seu pessoal ou não se importa com isso? Não entendo. Teodorico governa uma extensão muito maior do que toda a Itália, e as terras de Merovech são quase tão ricas e grandes. Mas abrem mão do comando para um tirano autocrata e baixinho, como se fossem meninos.

Captus ficou vermelho, e Myrddion viu o grande punho do franco fechar-se. Por um momento, o curandeiro preparou-se para se esquivar de um soco, mas o bom senso de Captus prevaleceu ao perceber que Myrddion não tinha querido ofendê-lo. Então, cuidadosamente, tentou explicar a estranha política da antiga Gália.

– Flávio Aécio merece respeito. Não porque reverenciamos os romanos, e sim porque o general realmente é um *magister militum*. Sabemos que o império está quase morto, mas Aécio é um mestre da batalha, um senhor da carnificina, com uma visão aguda e instinto para o conflito que faltam nos reis tribais. Eles admitem que são inferiores nesse aspecto. E porque nenhuma tribo, nem os próprios romanos, tem força para repelir os hunos sozinha, precisamos nos unir para repelir o inimigo comum. Nenhum exército pode ter cinco ou seis chefes ou, como a hidra, agitar-se sem rumo até que cada cabeça seja cortada. Um exército composto de muitas partes precisa ter uma só cabeça. Quem melhor do que Flávio Aécio?

Myrddion mordeu pensativamente o polegar; o que Captus dizia fazia sentido. Entretanto, o curandeiro continuava intrigado pela deferência que esses reis temíveis ofereciam voluntariamente ao romano.

– Mas por que ele? Certamente o império tem generais menos venais, mais tratáveis?

Captus bufou num humor reprimido.

– Você não gosta de nosso nobre romano, não é? Ele é o melhor que sobrou. O mais astuto, o mais ambicioso e o mais determinado a ter êxito. O império está cheio de mentes de segunda categoria, cobiçosas, que agarrariam o poder com as mãos sujas do sangue de emboscadas, mas Aécio é um homem que enfrentará o inimigo cara a cara. A mente que não teme a escuridão antes da batalha pode derrotar Átila e as hordas hunas.

– Espero que ele me enfrente cara a cara se resolver me varrer do caminho.

Captus riu baixo na noite silenciosa. Homens perigosos podiam estar ouvindo.

– Ele avisou você, não é? Mas não vai incomodá-lo, a não ser que ache que você leu a mente dele. Precisa aprender a abaixar a cabeça, curandeiro. Meu senhor o admira, mas, se houver uma competição de forças, ele seguirá Aécio em qualquer coisa até que o romano não seja mais útil. – Captus sacudiu os ombros. – Não fique tão espantado e preocupado, Myrddion. Seus temores podem não se concretizar.

– Pelos deuses, Captus, eu agradeço. Acho que finalmente começo a entender meu lugar no quebra-cabeça desta terra estranha. Parece que estamos todos nas mãos dos deuses, independentemente de quem sejam. Confio em minha perícia e em minha capacidade para me manter fora do caminho do general. Felizmente herdei uma sorte diabólica de meu pai. – Myrddion sorriu, e a tocha presa na lateral da carroça lhe iluminou os olhos com um tom de sangue ou fogo. – Prometo que vai conquistar a glória, Captus, embora você ache que lhe será dado um papel menor na batalha. Isso não é uma profecia, e sim raciocínio. Será até mais importante do que acha que poderia ser, pois os que servem com um coração puro nunca se esforçam em vão.

– Perdoe minhas dúvidas. Agora tenho que cumprir as ordens de meu senhor. – Vermelho de embaraço, Captus partiu num trote e desapareceu, deixando atrás de si o som de cascos abafados e cascalho deslizando.

– Mesmo com essas peles cobrindo os cascos dos cavalos, não acredito que o Huno possa ignorar o deslocamento de tantos homens. Aécio está apostando alto – murmurou Cadoc, batendo de leve com as rédeas nas ancas da parelha e fazendo-a trotar.

Myrddion não respondeu. Pensava na descrição que Castor fizera das profecias. Ele falara da morte de um grande homem; esperou que nesse caso estivesse errado.

E, assim, viajaram sob uma lua que morria até chegarem a um pequeno platô elevado à esquerda da linha da crista, posição que permitia alguma compreensão visual da planície abaixo.

Quando Captus encontrou a elevação e considerou-a adequada, postou uma guarda para assegurar o acampamento que logo seria levantado ali. Assim que o grupo de Myrddion chegou, os guardas remanescentes e os ajudantes do curandeiro puseram-se ao trabalho, cortando relva para forrar colchões e levantando as enormes tendas de couro. Os aprendizes de Vechmar mergulharam nas tarefas como peças de uma máquina bem lubrificada, e as viúvas e seguidoras de acampamento enviadas por Teodorico logo passaram a trabalhar firme, recolhendo água e estocando-a em grandes recipientes de couro facilmente dobráveis quando vazios. Bridie, Brangaine e Rhedyn gostaram de mandar as novas mulheres completar as mais onerosas tarefas, como cortar ervas e raízes e prepará-las para uso. Embora recebessem ordens de fazer silêncio, as mulheres mexericavam entre si em murmúrios, enquanto diziam às recém-chegadas que tarefas lhes caberiam pela manhã. Com alívio, Brangaine entregou a cozinha a uma mulher ossuda e comum que dizia preferir ver comida a sangue, o que "nenhuma pessoa decente devia ver". A própria Brangaine se pôs a triturar ervas num pilão para que os remédios ficassem prontos para as baixas que viriam. Willa pendia de um pano pendurado no pescoço, dormindo ou choramingando para chamar a atenção da mãe adotiva. Imperturbável e paciente, Brangaine continuava trabalhando, fazendo infusões de *triosteum* com água fervendo e criando uma fedorenta mistura de pasta de rabanete em jarros de cerâmica.

Cadoc realizava maravilhas desfiando grandes pedaços de pano limpo fornecidos pela grata população de Aurelianum e cortando-o em faixas para bandagens. A seguir, ele as ferveu em fogueiras escudadas por ramos de árvores para evitar a chance de serem descobertas da crista acima. Quando a luz do dia penetrou na escuridão, o acampamento moldava-se rapidamente aos velhos padrões do curandeiro.

Agora começava de fato o tempo de espera.

Acompanhado de Captus, Myrddion se afastou das carroças e fixou a crista lá em cima onde o destino do Ocidente seria decidido.

A crista era comprida e com um formato de foice. Embora não fosse alta, levaria qualquer guerreiro determinado a pensar duas vezes antes de atacar-lhe os traiçoeiros declives, entrecortados por cursos de água secos e estreitos. Pedrinhas soltas, a falta de cobertura espessa e a constante ameaça de um inimigo acima criavam um arriscado campo de combate. Qualquer garoto com um estilingue, ou com força para mover rochas de tamanho médio, poderia manter uma dúzia de homens longe durante algum tempo, causando dano com os deslizes de terra que podiam ser facilmente provocados. Acima deles, embora não visíveis aos curandeiros lá embaixo, Thorismund e seu pai sustentavam o cume da crista. Os romanos e os francos haviam se colocado em posição na planície durante a noite, e suas bandeiras desfraldavam-se agora contra o céu; os estandartes negros de Átila enfileiravam-se contra as águias de Aécio; acima dos campos de combate, a terra alta se mostrava vazia, nua, vulnerável. Seu pico tentadoramente próximo era um prêmio a ser conquistado, a promessa de vantagem numa batalha que ameaçava ser longa, dura e cruel.

Myrddion avistou uma estreita pluma de fumaça a distância.

– O que é aquilo? Quem mais está na planície?

– Aquilo é o acampamento do grande Átila – respondeu Captus. – Você pode ver tudo com nitidez agora. Veja as tropas que esperam nas alas ao norte. E há movimento ali, Mestre Myrddion! Está vendo? Teodorico começa a cercar a posição de Átila no terreno alto, enquanto os visigodos de Thorismund estão atacando colina abaixo. As tropas de Átila vão correr para bloqueá-los.

– O sol mal nasceu e já começou – exclamou Myrddion. – Aprontem-se, porque a batalha está prestes a começar.

– Olhe a planície! – exclamou Captus. – Aécio mandou Sangiban avançar pelo centro. Macacos me mordam! O general romano é esperto. Só um tolo cego e surdo confiaria naquele patife sármata, e Aécio o coloca onde ele receberá o choque frontal da cavalaria de Átila. É um modo de resolver o problema, especialmente quando Merovech comanda o outro flanco.

– Por que Aécio está se arriscando tanto, Captus? Qual é a vantagem de enviar um traidor em potencial para atacar o centro de Átila?

Captus sorriu como uma raposa.

– O general está jogando seu elo mais fraco num ponto onde ele não pode correr, e no lugar mais perigoso.

Como se obedecesse a uma deixa, Átila desfechou um ataque de sua cavalaria.

Da saliência do terreno, Myrddion via a massa de cavaleiros, os braços nus para maior mobilidade, atacarem as posições mantidas por Sangiban e Merovech. Bandeiras longas e compridas sublinhavam a luz avermelhada da aurora. Enquanto isso, uma luta corporal se travava entre as tropas de Teodorico e outro contingente dos guerreiros hunos, pouco visível entre a movimentada poeira. Os visigodos, de maior estatura, avançavam inexoravelmente até que Myrddion viu uma figura a cavalo e mais alta no ponto mais elevado da crista. O guerreiro girou a espada numa grande parábola de luz e os guerreiros visigodos avançaram.

– Aiiee! – gritou Captus, apontando outra parte do campo de batalha. – Olhe! Os demônios estão quebrando as costas no quadrado romano.

Myrddion seguiu o braço estendido de Captus.

A silhueta de uma tropa de visigodos ainda mantinha o flanco esquerdo da crista. Enquanto isso, francos sálios e romanos tinham avançado para o centro da planície, inclinando-se completamente à esquerda para impedir as tribos germânica e gépida de flanquear os homens de Sangiban, agora engajados num feroz combate corpo a corpo. Teodorico também se movia, lutando através da muralha de hunos para chegar ao filho Thorismund, que atacara as tropas hunas de Átila nas alturas.

A batalha resumia-se agora a dois enormes confrontos.

Na planície cortada por cursos de água, a infantaria de Aécio defrontou-se com a força gépida diretamente em frente ao acampamento deles. À direita, Merovech e Sangiban sentiam o poderio da força huna a pleno vapor com um choque que quase doeu nos ossos de Myrddion. O confronto inteiro transformou-se numa luta corporal e morreu em grandes faixas da terra encharcada de sangue.

No segundo confronto, as forças visigodas divididas em alas conduzidas por Teodorico e Thorismund esmagaram os hunos e os perseguiram nas alturas. Myrddion viu os visigodos virarem e mergulharem por trás dos hunos que estavam na planície, cercando-os e prendendo a força principal num anel de aço.

Como ondas do mar, os gépidas e os hunos, vestidos de preto, muitos meio nus, galopavam desesperadamente para os quadrados romanos. Como o choque do mar contra uma praia rochosa, Myrddion sentiu o estrondo escorrer por seu corpo até os dedos dos pés. Cavalos relinchavam quando as lanças romanas lhes cortavam os ventres, hastes deslizavam das mãos dos legionários enquanto animais eram derrubados, os cascos agitando-se no ar vazio. E a linha, com cinco guerreiros atrás de seus escudos unidos, oscilava... e aguentava. Os mortos começavam a se empilhar como tocos de madeira, enquanto os hunos investiam contra os romanos, de novo e de novo. Os quadrados, porém, mantinham sua posição.

– Céus – ofegou Myrddion, tentando visualizar a amplitude do morticínio. No centro, Sangiban fora paralisado pela cavalaria huna que ameaçava romper a linha defensiva aliada.

– Merovech viu os hunos! Está indo! Está indo! – Captus gritou, os olhos ferozes.

Os francos arremeteram contra uma ala da cavalaria huna quando esta se posicionava para atacar um posto avançado isolado de aliados germânicos. Com os mantos vermelhos esvoaçando e as longas espadas e lanças cintilando ao começarem a colheita de almas, os francos atacaram os hunos pelo flanco. Na confusão que se seguiu, Myrddion viu mantos negros e vermelhos caírem como feixes de trigo.

Semelhantes a monstros de muitas cabeças, os exércitos lutavam numa série de combates individuais onde amigos e inimigos se confundiam. Germânicos lutavam contra germânicos e visigodos lutavam com ostrogodos. Myrddion ficou tonto com a grande escala da batalha, incapaz de perceber um padrão no emaranhado de soldados de infantaria e cavalaria.

Captus, com mais experiência, entendia o quadro. Explicou pacientemente como a vantagem numérica de Átila se dissolvera com a superioridade tática e estratégica de Aécio e Merovech no campo de batalha. Sob a tutela conhecedora do capitão, Myrddion viu a maré da heroica competição descer e subir através de olhos mais conhecedores. Ficou impressionado, sobretudo, com a intimidante obstinação e disciplina das tropas romanas, que não cediam um centímetro, por mais guerreiros que fossem jogados contra elas.

No dia longo e quente, Myrddion não conseguia imaginar como se podia lutar com eficácia sob o peso da armadura. Mesmo a distância, o curandeiro via que o momento certo dos hunos havia passado. Os visigodos os tinham levado a um impasse. Quando os primeiros raios da tarde começaram a descer oblíquos sobre o campo, o exército huno mudou de direção e recuou, dirigindo-se à segurança do acampamento de Átila. Enquanto se retiravam para o nordeste ao longo dos declives da crista, deixavam em sua trilha mortos e moribundos, homens e cavalos. As aves carniceiras chegaram, como sempre fazem, convocadas pela estranha telepatia da espécie, para banquetear-se com os detritos da guerra. Quando Myrddion viu os corpos desajeitados de abutres e as formas negras e luzidias de corvos se plantarem sobre os montes de mortos, o curandeiro se mexeu.

– Traga os homens, Captus. Precisamos começar a tirar os vivos deste abatedouro e mandá-los para as minhas tendas. Deuses... Há tantos que não sei por onde começar.

Os cavalos de carroça e os de guerra logo estavam sendo utilizados para carregar os que ainda viviam para as tendas de Myrddion, enquanto Vechmar, Myrddion e Cadoc começaram os preparativos para cirurgia.

Na verdade, havia bem poucos sobreviventes. A maioria dos feridos caídos pela manhã já tinha sangrado até a morte quando os homens de Myrddion chegaram a eles. Guerreiros inimigos e aliados eram todos iguais para o jovem celta, e alguns hunos foram transportados também para as tendas do hospital. Captus, mantido sinistramente ocupado, logo estava coberto de sangue. Cada passo dos homens de Myrddion era dado no meio do sangue até desistirem de encontrar soldados inteiros.

Então, quando os últimos raios sangrentos do sol banhavam a enorme planície, Childerico cavalgou por entre os estragos do campo de batalha com pouca preocupação com os corpos que os cascos de seu cavalo pisoteavam até encontrar Myrddion, borrifado com a tinta de seu ofício.

– Venha, Myrddion! Como você previu, o Rei Merovech está muito ferido e provavelmente vai morrer mesmo com os seus cuidados. Mas não vou conseguir dormir se não tentarmos salvá-lo. Além disso, ele está chamando você.

– Está bem – disse Myrddion, triste. – Mas vou levar algum tempo para chegar até ele.

– Pode vir na minha garupa. Merovech não tem tempo.

Enxaguando o corpo com água limpa e pegando sua sacola, Myrddion deixou a tenda. Estava meio nu, molhado e cintilando como uma foca pálida e luzidia. Childerico estendeu o braço, e Myrddion pegou-o. Com um movimento ágil dos ombros do príncipe, o curandeiro se viu na garupa do cavalo de raça de Childerico. Mal teve tempo de se agarrar ao cinto do príncipe antes que o enorme cavalo fosse esporeado e desse um salto para frente.

Quando Childerico deteve abruptamente o animal e os dois homens desmontaram, o rei dos francos sálios jazia na terra nua, apoiado numa sela, com vários mantos vermelhos sob a cabeça para facilitar-lhe a respiração. Merovech não parecia mudado, especialmente no rosto: os olhos continuavam inquietos e de certo modo felizes. Ele sorria, embora um filete de sangue escorresse por seu queixo. Myrddion se ajoelhou ao lado do rei e afastou-lhe a malha de ferro, que devia ter se erguido acima da cintura quando ele desfechou um golpe na cabeça de um inimigo, pois o ferimento se localizava abaixo dos elos de ferro.

– Foi gravemente ferido, meu senhor – murmurou Myrddion de modo suave ao examinar o pequeno furo no lado direito de Merovech. A arma perfurara a camisa e um pesado blusão de couro do rei; de um furo azulado com bordas enrugadas, saía uma quantidade de sangue enganosamente pequena. – Há quanto tempo aconteceu isso?

Myrddion afrouxou as pesadas calças de couro do rei, notando que Merovech se encolheu e suspirou quando o cinto foi aberto. Os delicados dedos do curandeiro exploraram a pélvis do rei e sentiram um espesso inchaço no abdômen a centímetros de distância abaixo do ferimento.

Myrddion não tinha ideia de como deter o fluxo invisível, inexorável, da hemorragia interna de Merovech. Sabia que lhe faltava conhecimento para reparar órgãos internos rasgados pela lâmina de uma arma. O rei enfraqueceria cada vez mais e morreria em breve.

Tirando a sacola do ombro, Myrddion encontrou um pequeno recipiente de chifre com sementes de papoula e outros ingredientes analgésicos. Como último recurso, o curandeiro só podia oferecer isto: uma substância anódina contra a dor. Merovech entendeu quando Myrddion pediu um pouco de vinho. Então colocou a própria mão suja de sangue nos dedos finos do curandeiro.

– Não pode me oferecer nada melhor, Myrddion sem-nome? Nada para lancetar? Nenhuma cirurgia? Não tem importância! Meu ferimento dói, na verdade, mas não quero passar minhas últimas horas dormindo. Tenho muito a explicar a meu filho.

– Se quiser, posso lhe dar uma beberagem que melhore sua dor e o deixe consciente.

– Quero. Não desejo que a morte venha sorrateira quando eu não estiver olhando. Melhor encará-la. Lutar por meu último suspiro. Mas ficaria grato se aliviasse a minha dor, amigo curandeiro. Foi um bom dia aquele em que Childerico o trouxe a mim.

Myrddion colocou um pouco de pó no vinho tinto e mexeu até que se dissolvesse. A seguir, entregou a caneca a Childerico, que se pôs a cheirá-la com suspeita. Merovech agarrou o pulso do filho com as últimas forças.

– Não, rapaz. Confie no jovem curandeiro; ele não vai me matar. – O rei riu penosamente e então começou a tossir, um som cavo e cru como pés pisando cascalho. – Já sou um homem morto. Um patife huno tratou disso. Quero beber a poção de Myrddion e está encerrado.

O curandeiro não tinha tempo para esperar o rei morrer. Os sobreviventes sofriam nas tendas e sua presença era necessária onde a perícia valia alguma coisa. Mesmo assim, não conseguia se afastar do moribundo cujo espírito parecia tão incandescente à luz da tocha.

– Fique em paz, Rei Merovech. Que a Mãe o acolha em seus braços tépidos e que o meu senhor durma no seio dos deuses por tanto tempo quanto os homens recordarem seu nome.

– Você me prometeu que eu viveria para sempre. – Merovech riu, embora numa alegria que soou oca.

Childerico abaixou a cabeça e chorou silenciosamente.

Enquanto Myrddion voltava pelo caminho de onde viera através do campo de batalha, viu guerreiros francos matando os últimos feridos hunos. Desviou o rosto da carnificina, sem querer registrar a feia realidade da derrota. Mesmo assim, enquanto avançava cuidadosamente pelos sinistros detritos da matança, percebeu que não ouvira um único huno implorar pela vida ou chorar antes que uma lâmina ou um machado pusesse fim à sua agonia. Talvez esses guerreiros sejam mais sábios do que eu, que só procuro o melhor ou o pior nos homens, pensou Myrddion ao entrar na tenda dos curandeiros e no sangrento ofício de salvar vidas.

O trabalho continuou noite adentro, enquanto os mortos eram arrastados para trincheiras profundas ou para fogueiras, restando poucos sobreviventes para ser tratados no hospital de campo. Quando o alvorecer se aproximou, Vechmar, Myrddion, Cadoc e os criados continuaram a trabalhar como se a medonha noite não tivesse fim.

Capítulo 7

Terra sagrada

O cavalo relinchou agudamente como uma criança abandonada, só uma vez, enquanto as pernas cediam e um grande jato de sangue arterial manchava o luzidio pelo negro. Sua bela carne morta desmoronou no buraco cavado para ele, jazendo como uma massa de músculos imóveis, crina e cauda enfeitadas de ouro, um brinquedo jogado fora por gigantes. Os arreios de um valioso cavalo de guerra tinham sido depositados a seu lado, cerimoniais e pesados graças aos fios de ouro e às gravações em relevo. A seguir, Flávio Aécio se destacou do grupo de notáveis que assistiam à cerimônia com rostos inexpressivos e inescrutáveis.

– Cruz de seu senhor, descanse aqui até que as mãos dele busquem suas rédeas, e as pernas dele anseiem por senti-lo, ansioso para o combate. Embora o tenha deixado ferido e a pé no auge da batalha, nenhuma censura recai sobre você, seu amado servo de pernas velozes. Entre com seu senhor na morada dos heróis.

Num choro destinado tanto a honrar o rei morto quanto a enregelar os nervos dos ouvintes, as mulheres pranteavam. À moda romana, Flávio Aécio contratara camponesas e seguidoras do acampamento para rasgar as próprias roupas e arranhar o rosto, a fim de que parecessem chorar sangue em vez de lágrimas. O estridente ulular da dor comprada dava à cerimônia o drama de uma tragédia grega.

Myrddion ergueu os olhos para o céu e sentiu a brisa da manhã refrescar-lhe os olhos febris e irritados. Logo depois do campo, corria um rio com uma aldeia amontoada à sua margem. Mas poucos lavradores e gente bucólica tinham vindo espiar os procedimentos. O ar estava carregado demais com sofrimento e desespero para que homens comuns quisessem se envolver. A longa relva assobiava e sussurrava ao vento leve, irmanada aos sons das pranteadoras para enfatizar que a terra e todas as coisas que viviam nela sentiam a perda do grande rei.

À direita do cavalo caído, outro imenso túmulo fora cavado no solo. Quatro vezes o tamanho de um túmulo normal, a cova fora feita com muito esforço e com um respeito maior, pois quem repousaria ali sob o pesado sol dos Campos Cataláunicos não era um homem ordinário.

Enquanto os lamentos das pranteadoras aumentavam de ritmo e volume, seis guerreiros carregaram até o túmulo uma padiola coberta por lã pesada rapidamente tingida de um preto enferrujado. Thorismund andou ante o ataúde, os passos medidos e solenes, o rosto áspero e subitamente mais velho, como se sua juventude tivesse sido sugada dele por um invisível punho fechado. Sua armadura cintilava de polimento e ornamentação, o elmo tão brilhante que ofuscava à luz do meio-dia. O guerreiro tinha o cabelo trançado, tratado com óleo e com prendedores nobres de prata e âmbar. No pescoço, o colar indicava seu status de príncipe dos visigodos; na testa, a faixa nova de sua realeza. Entretanto, por mais forte e vital que fosse, Thorismund era uma pálida imitação do poder real. O cadáver de seu pai, Teodorico de Hispânia, ainda irradiava a inescrutável e magnética aura de um deus. Sob a armadura fabulosa e limpa, jamais usada na realidade do combate, o corpo do rei estava esmagado e quebrado pelas patas de sua própria cavalaria, como sabia Myrddion, mas nada disso era visível no rosto imóvel. O acaso, ou algum último instinto de sobrevivência, fizera Teodorico encolher-se para frente enquanto os cavalos passavam sobre ele, esmagando-lhe o crânio e empurrando seu rosto para a lama do campo de batalha. Agora, lavado e perfumado, seus traços estavam quase ilesos; o rei poderia estar dormindo na pesada padiola negra na qual deitava. Como em vida, seu rosto expressava segredos e um cuidadoso controle; Myrddion buscou em vão um traço da personalidade que incendiava os traços angulosos do rei.

Com um respeito tão profundo e palpável que nenhum homem duvidaria de sua veracidade, os seis senhores visigodos baixaram o ataúde no túmulo antes de ajoelhar e tocar a terra com a testa. Então, sem se preocupar com a poeira que lhes sujava os joelhos, os rostos e as mãos, levantaram-se e se afastaram de seu senhor, tomando posição à beira do túmulo, ainda em guarda, embora o rei tivesse partido para um local onde não poderiam segui-lo ou protegê-lo.

Aécio aproximou-se do túmulo e, cerimoniosamente, rasgou o colarinho da túnica com a mão forte e nodosa. O simples gesto, tão comum para pranteadores do mar do Meio, estava imbuído de mais do que respeito por um aliado morto. Com sua costumeira deliberação, Aécio honrava Teodorico como um guerreiro romano, o mais alto elogio que o general podia fazer.

– Olhem pela última vez Teodorico dos visigodos, rei e homem, ido para a companhia dos deuses para que Átila fracasse em suas ambições. Os sacerdotes nos contam que Fortuna exige um preço por qualquer grande vitória, e Teodorico foi o custo de nosso sucesso, derrubado por um acaso cruel depois de ter visto que o combate estava quase ganho. Nosso forte braço direito desapareceu! Nosso nobre rei e conselheiro se foi! Nosso maior aliado foi sacrificado para nos salvar dos hunos. Ave, Teodorico, homem e rei! Ave!

O discurso foi comovente, e os senhores visigodos responderam com um retumbante grito de triunfo e dor, mas Myrddion se afastou para evitar qualquer contato visual com Aécio por cima do túmulo entre eles. O general não podia ter visto o curandeiro nas fileiras de pranteadores, mesmo se fizesse questão de ver a reação de Myrddion. Mas o rapaz temia que seu rosto atraísse os olhos do general. E não podia enganar Aécio.

Myrddion sabia que as bonitas palavras do general eram apenas uma exibição. Sim, sem Teodorico e os visigodos, toda a Gália teria caído nas mãos de Átila. Os números tinham mudado a sorte dos hunos. Sim, Teodorico fora um estrategista esperto e um combatente brilhante, e derrotara a horda repetidamente enquanto Átila tentava escapar da armadilha de Aécio. Mas, como Teodorico, Myrddion entendia que Aécio não se importava nem um pouco com o rei visigodo, exceto pelo fato de que sua morte causava um problema. Thorismund não tinha a fria inteligência e a paciência racional do pai, mas o rapaz se mostrara um herói.

A seguir, o novo rei ungido tomou o lugar de Aécio ante o túmulo do pai, carregando nos braços duas espadas nuas.

A primeira arma era um objeto comum, uma lâmina de aço que parecia ondular ao sol do meio-dia. O punho da espada era destituído de enfeites exceto uma cobertura de pele de tubarão para impedir que a mão do guerreiro escorregasse por causa do sangue. Teodorico usara aquela arma soberba em batalha, mas muitos homens seduzidos por valores superficiais teriam rejeitado sua beleza utilitária.

– Meu pai não precisa de palavras bonitas para elogiar sua coragem ou sua lealdade – começou Thorismund com uma economia de soldado. – Ele compreendeu que Átila e seus bárbaros eram a maior ameaça a seu trono. Portanto, serviu ao Império Romano porque sabia da necessidade de ação combinada com aliados bons e confiáveis.

Um som surdo de concórdia seguiu-se a esse início de um discurso. Myrddion, no entanto, sentiu que havia nele mais uma ameaça a Aécio do que uma simples rapsódia elogiosa ao poder de um pai.

Thorismund ergueu a segunda espada, agarrando-a pelo centro da lâmina sem preocupar-se de cortar os dedos. A espada cerimonial era bela, com gemas lapidadas e pérolas montadas em ouro trabalhado. A lâmina revelava um trabalho de artesão, pesadamente ornamentada com animais caçando. Myrddion duvidou que servisse para qualquer outra coisa exceto para ser exibida.

– Esta lâmina é o sinal da realeza de meu pai, herdada de seu pai e de seu avô como prova tangível de seu direito de reinar. Que ela vá para o túmulo de meu pai para que os deuses a reconheçam quando o rei se unir a eles nos banquetes do céu.

Respeitosamente, um dos guardas pegou a espada cerimonial, pulou dentro do túmulo e depositou a arma ao lado esquerdo de Teodorico.

– Eu conquistarei minha própria espada para que meu pai saiba que honro sua sombra, e obterei minha própria reputação. – Sob as espessas sobrancelhas, Aécio observava Thorismund enquanto os guerreiros visigodos rugiam sua aprovação. – Mas essa lâmina era o orgulho de meu pai, apesar da falta de gemas ou de sua aparência comum – exclamou Thorismund, erguendo a primeira arma para que ela fulgurasse brevemente à luz do meio-dia. – Tecelão do céu é o seu nome, e sua lâmina cortará até mesmo o ar invisível. Com essa arma, meu pai conquistou e manteve um império que rivaliza em tamanho e força com a própria Roma.

Os visigodos uivaram em aprovação, e Myrddion sentiu uma profunda e antiga inimizade em relação a tudo que significasse Roma ainda sobrevivendo sob os tratados e os polidos cumprimentos dos aliados.

– Esta lâmina nos lembra do compromisso de Teodorico com os godos, com seus ancestrais e com a ascendência de nosso povo. Sua espada de batalha representa aquilo que nosso rei defendeu, uma terra forte e livre das exigências de estrangeiros como senhores, embora ainda honrando os tratados que nos dão segurança e poder. Esta lâmina precisa ir para o solo com ele, mas farei outra para que o poder de nenhum outro povo nos escravize ou nos exija vassalagem, sem honra ou deferência. Salve Teodorico, rei dos visigodos.

Desta vez, enquanto a arma era colocada na mão de Teodorico, os visigodos reunidos não gritaram sua aprovação. Algo mais profundo e primordial enrijecia as bocas e os músculos. Aécio franziu a testa, e Myrddion viu um o general fechar os punhos brevemente.

Thorismund está entrando em terreno perigoso, mas Aécio também, pensou Myrddion. *Entretanto, será Thorismund outro Teodorico para conseguir evitar as armadilhas que o general romano estenderá para ele?*

Quando os ornamentos de ouro e cofres de madeira com objetos preciosos juntaram-se a Teodorico em seu último sono, o grupo deslocou-se pelos campos relvados à margem do rio. Imperceptivelmente, o estado de ânimo tinha mudado. Aécio devia sentir a fria lembrança de velhos tratados quebrados de ambos os lados. Então, enquanto os primeiro torrões de terra começaram a encher os túmulos, o general puxou a toga para junto de seu corpo e inclinou-se para Thorismund antes de deixar o campo.

Myrddion observou o contingente romano partindo e ficou surpreso ao ver várias mulheres com mantos pesados serem levadas de volta ao acampamento romano em liteiras. Um relâmpago de cachos vermelhos surgiu sob um capuz fechado: quando a mulher virou a cabeça para os túmulos, um par de olhos brilhantes buscou Myrddion.

O olhar, tão rápido e intenso, tocou tão visceralmente o rapaz que, por um momento, o sol deixou de brilhar e a brisa cessou, embora pudesse sentir ainda o toque deles em seu rosto. A fugidia intimidade compartilhada do olhar agitou mais o romantismo do jovem curandeiro do que um toque sexual ou um pensamento lascivo. O significado de sua comunicação silenciosa estava oculto para ele, mas Myrddion reconhecera Flávia pelos olhos diferentes e pela imediata resposta de seu próprio corpo à presença dela. "Isso é amor?", murmurou para si mesmo. Então agradeceu o fato de ninguém ter ouvido sua tolice.

De volta ao hospital de campo, havia trabalho a ser feito, embora quatro dias tivessem passado desde a batalha da Campos Cataláunicos. Muitos pacientes haviam morrido, pois o conflito fora mais sangrento do que qualquer outro a que Myrddion assistira ou que imaginara. Mesmo os moribundos tinham cortado uns aos outros, usando dentes e unhas quando não tinham outras armas, e a pura escala do ódio exposto no campo de batalha deixara no corpo humano feridas que o curandeiro jamais vira antes. Soturnamente, reconheceu que aprendera mais sobre os segredos da carne naquele dia sinistro e nos dias seguintes do que em todos os anos de aprendizado. Tinha muito a pensar sobre o assunto.

Merovech morrera passado meio dia de seu ferimento. Myrddion soube que o fim fora quieto e sem dor, enquanto o rei dos francos sálios afundava lentamente num sono profundo do qual não despertaria. Childerico cobrira os olhos vermelhos ao relatar a morte do pai a Aécio, e Myrddion experimentara a amargura familiar do profissional que não consegue dominar seus instrumentos.

– O que o Rei Childerico vai decidir, agora que Merovech foi para os ancestrais? – Myrddion perguntou a Captus numa voz sombria. – E o que fará Aécio agora que um de seus mais leais e entusiasmados generais morreu? Childerico é um homem de mente calculista e fria; não vai se curvar como Merovech. Não me olhe assim, Captus! Merovech nunca foi um cão de estimação, e jamais um cão de Aécio. Mas foi educado em Roma como refém para assegurar a concordância de Clódio. Seu senhor tinha um vínculo com Roma, mas cuidou para que o filho não tivesse nenhum.

O rosto afrontado de Captus relaxou lentamente.

– Como você chegou a entender os emaranhados pactos dos grandes é um mistério para mim, curandeiro, mas tem razão. Merovech fez questão de que Childerico nada devesse a ninguém. Nem na morte meu senhor seria um vassalo de Roma. Aposto que meu novo rei levará Merovech para casa, independentemente do que Aécio pensa, assim que Átila for expurgado de nossas terras. Nenhum elogio romano mandará Merovech a seus deuses.

– Quanto ódio, Captus! Mas você explicou claramente por que Aécio foi o único líder dessa campanha. Os trâmites complicados entre vocês, francos, e seus senhores são quase tão torcidos quanto os nossos em Cymrus. – O rosto de Myrddion se franziu num breve sorriso sem alegria. A batalha fora gigantesca demais e custosa demais provocar até mesmo uma só centelha de diversão ou triunfo, pois homens-deuses haviam perecido. Como sempre, apenas os espertos e os frios tinham sobrevivido para matar de novo.

– Roma acabou e nosso tempo está chegando. Você fez uma promessa a Merovech, e eu ouvi sua profecia com meus próprios ouvidos. Meu rei morreu convencido de que mesmo o sacrifício final não era nada diante da ascensão dos francos. Quando Aécio for poeira, Childerico governará essa terra encharcada de sangue e essa batalha se tornará matéria das lendas. Vivi para ver uma grande mudança, curandeiro, então por que precisamos da pompa e cerimônia romanas? Childerico vai enterrar seu pai, e meu senhor, a nosso jeito e em nosso solo.

No dia seguinte à batalha, Aécio convocou todos os reis aliados, e Myrddion resolveu assistir ao encontro, postado no final da multidão. Curvando-se com dor, mas com o coração gelado, Childerico e Thorismund chegaram para tomar os lugares dos pais no comando de seus exércitos. Com a ironia da guerra, Sangiban sobrevivera quase sem um arranhão. Após um dia lambendo suas respectivas feridas, os dois exércitos tinham readquirido o prumo, prontos para recomeçar as hostilidades.

– Soube de uma crise no acampamento de Átila por um guerreiro gépida – disse Aécio. – Como qualquer outra batalha enfraqueceria todos nós, você precisam participar de minha decisão. Primeiro, porém, tragam o traidor. – Essas últimas palavras foram ditas com desprezo, sublinhando o desagrado de Aécio por vira-casacas de onde quer que viessem. O guerreiro gépida foi arrastado para perto do fogo em correntes, embora mostrasse uma notável falta de humildade, considerando que desertara do rei que servia a seu senhor. – Por que está aqui, traidor, quando seu rei ainda serve a seu senhor lealmente?

– Não por muito tempo, Flávio Aécio, *dux et patricius, magister militum* da Gália. Estou aqui sob ordens expressas de meu senhor Ardarico. Meu rei pede salvo-conduto por suas terras para que possamos voltar para casa. Minha tarefa é oferecer informações ao senhor para que possa usá-las como quiser.

– Por que o Rei Ardarico não vem até mim como um homem, se está querendo tanto mudar de lado? – A voz de Aécio estava cheia de desprezo, mas o gépida permaneceu impassível. Os olhos azuis se tornaram duas lascas de gelo glacial enquanto varria com escárnio a baixa estatura do general romano.

– Eu esperava mais do *magister militum*, que devia ter alguma compreensão da realidade estratégica sob as quais vivemos. Meu Senhor Ardarico governa uma terra que tem estado sob o controle dos hunos por anos. Lutamos para reter a honra gépida a cada dia de nosso cativeiro. Meu rei agiu de acordo com seu dever para com os súditos quando me enviou ao senhor. Ele não escolhe se aliar com o senhor, pois fazer isso quebraria o juramento a Átila. Mas não deseja que seus guerreiros sejam mortos numa luta infrutífera contra um inimigo que é nosso irmão de raça e história. O senhor fala com desprezo, romano, mas os outros reis aqui entenderiam a realidade da vida gépida.

Thorismund assentiu com a cabeça, um instante rápido demais para ter considerado o argumento do gépida, mas Childerico, Sangiban e vários senhores menores inclinaram lentamente a cabeça concordando, pois é tarefa de um rei manter seu povo vivo o melhor que puder.

– Diga ao povo de Tournai, Cambrai, Worms, Mainz e Amiens que Átila entenderá se um rei escolher desobedecer-lhe. Posso ouvi-lo rindo além das sombras. – O guerreiro gépida ergueu as mãos algemadas. – Sou Erikk Quebra-Cavalos, senhor de muitos acres, e não um escravo para ser tratado como um cão faminto roubando comida de sua casa. Ouça minhas palavras e decida o que elas valem. Mas você prejudica sua honra, Flávio Aécio, ao me tratar como um cão.

– Libertem-no – rebateu Aécio, tenso. Sensível ao ânimo de seus aliados, não podia ignorar a solidariedade ao guerreiro gépida existente entre eles, mas detestava ser obrigado a dar uma contraordem, mesmo partindo de si mesmo. Se as tribos gépidas caíssem sob sua esfera de influência e ele pudesse prejudicá-las sem dano para si mesmo, Ardarico seria lembrado do motivo de os romanos governarem o mundo.

– Temíamos a derrota mesmo antes de a batalha ter começado. Átila ordenara a seus adivinhos que sacrificassem uma ovelha para que suas entranhas fossem lidas. Quando isso foi feito, Átila tentou esconder o resultado, mas os boatos logo vazaram dizendo que o presságio era ruim, e você sabe como os boatos se espalham. – Erikk sacudiu os ombros de um modo totalmente estrangeiro, enquanto Aécio e os outros reis esperavam com impaciência que a profecia dos adivinhos fosse revelada. – Um desastre estava destinado aos hunos, e sugeriu-se a Átila que mudasse o local do combate ou se retirasse de vez, atacando Châlons em seu lugar. Ninguém queria lutar uma batalha feroz naquela crista amaldiçoada. Somente um detalhe da profecia dava esperança aos hunos: uma previsão de que um dos grandes chefes aliados morreria no conflito. Átila enviou seus homens para a luta com pleno conhecimento de que estavam condenados, esperando que o senhor, Flávio Aécio, fosse o chefe a morrer na batalha dos Campos Cataláunicos.

Aécio ergueu as sobrancelhas, e Thorismund soltou uma exclamação que era em parte um grito de dor e um rosnar de fúria ante os caprichos dos deuses da guerra. Erikk Quebra-Cavalos dirigiu-se a ele:

– Sim, sabemos que o Rei Teodorico dos visigodos está morto, pois meu rei e eu o vimos perecer. Ele lutou até o último momento, mas foi morto acidentalmente por seus próprios amigos.

– Como! – rugiu Thorismund.

– Depois de o Rei Merovech derrotar Ardarico na noite antes da batalha principal, já estávamos desgastados como força. O Rei Merovech e seu valente filho Childerico foram responsáveis pela perda de pelo menos 5 mil dos nossos. Sim, 5 mil guerreiros gépidas morreram com a aposta do canalha huno. Nós que ficamos estávamos acostumados a engrossar as tropas do rei germânico Valimir, mas já batíamos em retirada quando Teodorico caiu. Tive a clara visão de um túmulo de pedra por trás da linha de frente de Átila. Rei Thorismund, seu nobre pai, estava à frente da carga contra o Rei Walimir, que tentava remover suas forças do campo. Um dardo atingiu o Rei Teodorico, derrubando cavaleiro e cavalo. Vi Teodorico levantar-se exatamente quando seus próprios visigodos o derrubaram, pois não conseguiram deter a arremetida. Seu pai ergueu espada e brandiu-a ao sol, como se ordenasse que a cavalaria avançasse, mesmo significando seu próprio fim. Então, ele caiu! Sim, seu pai teve uma boa morte. Eu desejaria o mesmo para mim.

– Pode ser útil saber como nosso nobre aliado morreu – interrompeu Aécio –, mas não vejo como isso teve relação com os planos de Átila.

Aha!, pensou Myrddion. *A diplomacia do general está escorregando tremendamente. Talvez a velha raposa esteja com medo.*

Erikk Quebra-Cavalos curvou-se irônica e profundamente demais para uma cortesia autêntica, fazendo as denunciadoras sobrancelhas de Aécio se agitarem.

– Quando a noite chegou, fomos atacados por um pequeno contingente da cavalaria visigoda. Acredito que o senhor a chefiasse, Rei Thorismund.

O senhor foi forçado a libertar-se do embate com grandes perdas de vida, mas Átila estava exasperado por seu acampamento base ser invadido tão facilmente. O Terror do Mundo, como ele próprio se chama, esperava um ataque mais extenso e com maior retaliação. Assim, seus guerreiros foram obrigados a ficar acordados por longas horas até a manhã. Átila é um pouco maluco! Nas primeiras horas da manhã, ele ordenou que as selas dos mortos fossem amontoadas como uma torre, como uma pira funerária, no caso de o acampamento cair. Então, sentou-se no alto da pilha. Ante todos nós e sob os incessantes jorros de flechas, Átila jurou que nenhum inimigo o capturaria vivo, o que aterrorizou os aliados que supostamente morreriam com ele. Nenhum outro rei tem determinação suficiente para suplantar Átila. Nós o tememos tanto quanto os senhores o temem.

– Então, quais são os seus planos agora? – perguntou Aécio rapidamente. – Diga, gépida, pois a vida de muitos homens depende de sua resposta.

– Pela primeira vez, vimos medo nos olhos de Átila. Ardarico olhou para ele sentado no alto da pilha de selas e pôde ver claramente que o fim de uma longa tirania tinha chegado. Os últimos intestinos de ovelha falam de mais desastres, e Átila será obrigado a se retirar.

Aécio andou em torno do fogo enquanto os reis aliados e Erikk Quebra-Cavalos esperavam em silêncio. A luz flamejante dos troncos queimando delineavam os altos pômulos do romano e transformavam-lhe os olhos fundos em dois poços negros. Ele sugou os dentes, cuspiu e tomou uma decisão.

– Perdemos milhares de homens e a contagem levará muitas semanas. O Rei Merovech está morto, e o Rei Childerico deseja levar o corpo dele para ser enterrado no norte, enquanto o Rei Thorismund enterrou nosso nobre aliado Teodorico no lugar onde ele caiu, arremetendo contra o inimigo. Vamos deixar Átila decidir nosso curso de ação!

Os reis aliados pareciam intrigados, e o gépida teria protestado com o general se Aécio não tivesse silenciado a todos com um olhar.

– Ouçam! Se Átila se voltar em direção a Buda e suas terras, ele pode passar em paz. Tenho medo de que nos falte a força para derrotá-lo tão facilmente numa segunda ocasião. Se ele é tão pouco sábio de se voltar para o sul, precisamos atacá-lo. Não teremos escolha. Childerico, certifique-se de que uma nuvem de flechas atinja diretamente o acampamento nas noites seguintes. A pontaria não importa muito, pois é seu impacto sobre os nervos de Átila que buscamos. Ele nunca experimentou a derrota. Vamos fazê-lo sentir esse gosto na garganta até sufocá-lo. – A seguir, Aécio voltou a atenção para Erikk Quebra-Cavalos. – E você, gépida, pode dizer a seu senhor que ele tem liberdade para voltar para sua terra natal sem nenhum obstáculo da nossa parte. Mas escute, Erikk seja-lá-como-se-chama. Não cruze o meu caminho de novo, pois não gosto de suas maneiras, de seu rosto e de sua presunção. Você ficará além do rio Reno e concordamos em deixar um ao outro em paz. Thorismund! – O visigodo respondeu com um olhar de puro desprezo. – Há assuntos que precisamos discutir.

Erikk Quebra-Cavalos riu quietamente na direção de Myrddion enquanto as proximidades do fogo lentamente se esvaziavam.

– Bem, bem, bem! – sussurrou suavemente. – Thorismund vai ter que esconder com mais cuidado o que sente no futuro. Acho que os dois não se amam!

– Você falou comigo? – perguntou Myrddion, imperioso em sua túnica negra, e estrangeiro naquele lugar distante e violento.

– Sim – respondeu Erikk. – Além dos gigantescos visigodos que me trouxeram aqui, você é único ao alcance de minha voz. Seu amigo romano mira alto demais, e nesse ritmo vai cair da sela mais rápido do que Átila.

Myrddion parou para afastar a borda da túnica de um tronco queimando que rolara para longe do fogo.

– Cuidado com o que diz, Erikk, pois Aécio ainda pode recusar sua volta incólume para o seu rei. Talvez esses guerreiros possam escoltá-lo até a beira do acampamento e lhe dar um cavalo, só para se certificarem de que as ordens de Aécio sejam fielmente obedecidas. E, se eu fosse você, ficaria atento para que minhas costas não fossem flechadas até estar bem longe a caminho de meu senhor.

O capitão da guarda visigoda sorriu como um peludo lobo do norte. Aqueles homens entendiam a natureza de seus senhores romanos. E não aprovavam promessas quebradas, mesmo para com os antigos inimigos.

– Vou organizar uma pequena escolta para ter certeza de que o gépida vai evitar as garras escondidas do general. Afinal de contas, estamos apenas obedecendo a ordens. O Rei Teodorico teria apreciado a ironia desse subterfúgio. – O visigodo chutou a acha de volta ao fogo com um breve chuveiro de fagulhas.

– Eu ficaria grato pela escolta – respondeu Erikk, e curvou-se para seus captores com respeito genuíno.

Com o fogo já deserto, Myrddion sentou-se pensativo por ali. Sabia que situação no hospital de campo estava sob controle e podia se ausentar por uma ou duas horas.

Aécio é um romano da velha escola, pensou o curandeiro, mas lhe falta a essência moral que os antigos possuíam. Afinal de contas, ele é meio cita, lembrou Myrddion, *e no modo de pensar os citas estão mais próximos de Átila do que dos velhos senadores romanos. O general mataria Erikk imediatamente sem pestanejar por se sentir insultado.*

Estava ainda profundamente pensativo quando Thorismund surgiu na escuridão, vindo da tenda de Aécio. Resmungava ferozmente entre dentes.

– Ah, é você, curandeiro! Onde está o gépida?

– Mandei-o embora protegido por sua guarda. Espero que o senhor não se zangue com minha decisão. Temi que ele não chegasse vivo à periferia de nossa posição sem uma escolta.

Thorismund riu secamente.

– Bem pensado, curandeiro! Estou vendo por que meu pai tinha tanta confiança em você. Mas devo avisar que Vechmar não compartilha a opinião de meu pai, como se a opinião de Vechmar importasse! O que acha que Aécio devia fazer?

– Esmagar Átila enquanto pode – respondeu laconicamente Myrddion.

– Concordo, mas ele não vai fazer isso. Disse que queria me aconselhar em minha frágil posição como herdeiro do trono. Sim, curandeiro, no meio de uma guerra, Aécio quer me aconselhar sobre a segurança de minha sucessão. O que acha disso?

– Que o senhor não devia estar falando comigo – respondeu o curandeiro. – Ou com qualquer pessoa em quem não confie totalmente. O senhor precisa ser muito prudente o tempo todo daqui em diante.

– Francamente, Myrddion Emrys, você não tem importância suficiente para ser ameaça ao sucesso ou fracasso da aliança. Se eu pedisse conselho a alguém, você seria a melhor escolha, pois ninguém o escutaria se você me delatasse. – Myrddion concordou com a avaliação tortuosa, mas correta, de seu valor naquele lugar. – Eu estava perdido quando entrei no acampamento de Átila. – Thorismund riu sarcasticamente. – Procurava meu pai e não tinha ideia de onde estava. Agora Aécio pensa que sou um cabeça-quente e uma ameaça! Ele preferiria abrir mão de seus aliados a ter os visigodos rosnando às suas costas. Acredite ou não, ele me teme porque me perdi na escuridão. O homem está tão acostumado a pensar de modo traiçoeiro que espera esse comportamento de todo mundo.

– Explicou o equívoco a ele?

– Por acaso sou maluco, curandeiro? Claro que não! Quando você dorme com lobos como Aécio, é melhor que seus dentes sejam muito afiados, como meu pai dizia. Deixarei o romano pensar que sou mais audacioso e corajoso do que de fato sou. – Myrddion assentiu. – Quanto à situação em casa, Aécio está meio certo. Meus irmãos podem ficar tentados a levantar armas contra mim. Talvez! Fico com Aécio e espero levar uma faca nas costas no meio da noite? Ou volto para Tolosa e asseguro meu trono?

Myrddion pôs o dedo no centro do problema.

– Átila pode prejudicar os visigodos agora?

– Não. Ele não pode reter essa parte da Gália mesmo se vencer a batalha de amanhã. Deve estar quase sem suprimentos para aquela vasta horda. Não pode prejudicar os visigodos mais do que já fez.

– Os romanos podem prejudicar os visigodos?

– Ah, agora você resumiu a questão. Se eu morrer, meus irmãos lutarão pelo poder como cães, e meu filho terá pouca chance contra eles. Preciso de tempo!

Myrddion sorriu para o interlocutor e pôs-lhe a mão no ombro encurvado.

– Então conhece a resposta, meu senhor. O sangue derramado em nome da ambição é o mesmo por todo o mundo. Sua posição deve ser consolidada em fundações de pedra. Mas primeiro seu pai precisa ser enterrado, assim como seus muitos mortos. Portanto, deixe sua decisão para depois. Aécio seguirá sua própria estrada, independentemente do que eu ou minhas profecias possam prometer-lhe.

Thorismund ergueu a cabeça e sorriu ferozmente.

– Sim. Você estava certo em cada detalhe de suas malditas previsões. Eu devia odiá-lo, Myrddion Emrys, mas como pode um homem odiar o vento que traz a promessa de uma tempestade? Melhor ser seu amigo do que seu inimigo. Se passar por minhas terras e precisar de ajuda, venha a meu encontro. Lembrarei a bondade que mostrou a meu pai quando não lhe contou que ia morrer. Meu pai não era nenhum Merovech que cortejava assiduamente a morte. Então, seu silêncio foi generoso.

– Seu pai era um homem reservado a quem só o dever atormentava. Como eu poderia aumentar suas preocupações? Meu senhor, não me atribua uma generosidade principesca. Só silenciei porque o fardo de preocupações de seu pai já era grande. Além disso, acho que ele já sabia de seu destino.

Thorismund suspirou, o amor pelo pai nitidamente inscrito no rosto.

– Sim, ele foi o centro de poder por anos demais para chegar a dormir profundamente. Gostava de coisas bonitas, sabe, e se preocupava com cada homem que lhe dava lealdade; a morte deles o afetava profundamente. Sua vida foi dura, e ele temia a morte. Talvez até conhecesse seu destino no interior de seu coração secreto, mas suspeitar e receber a notícia com certeza são coisas bem diferentes. Não; você foi generoso.

Silenciosamente, Myrddion assentiu com a cabeça e foi embora do acampamento, deixando o novo rei ponderando sobre brutalidades e alianças quebradas.

No alvorecer vermelho do segundo dia depois da batalha, Átila ruminava em seu acampamento, enquanto Aécio andava pela tenda elaborando estratégias que salvariam a Gália para o império. Os Campos Cataláunicos fumegavam, pois os exércitos queimavam seus mortos. Myrddion temia mais as doenças do que a Átila; então saudou a fumaça acre e o fedor de carne queimada.

Se Átila fosse destruído, os visigodos seriam os governantes incontestes de toda aquela ampla terra, e Aécio sabia que lhe faltava poder para impedi-los de consolidar seu controle. Se servisse a seus objetivos, ele mataria Thorismund e empurraria os visigodos de volta à sua ratoeira em Tolosa. Que pudesse poupar o Terror do Mundo, um homem responsável por milhares de mortes, tinha pouca importância para Flávio Aécio, *magister militum* e criador de reis. O equilíbrio do poder tinha de continuar a favor de Roma.

– Tem que continuar! – exclamou Aécio no silêncio de sua tenda de campanha – Tem que continuar!

Myrddion entendia o fio de pensamento do romano, pois se lembrava de seu próprio transe, uma estranha sensação posterior que lhe avisava ser Aécio um homem realmente perigoso e implacável, que sequer tinha a justificativa do patriotismo. O general buscava elevar sua família ao trono do Império Romano do Ocidente. Se deixar o Huno viver facilitasse esse caminho, não se importaria se mais um milhão de homens morresse no altar de seu desmedido orgulho.

Myrddion percebeu que o Rei Vortigern não tinha sido tão mau, afinal de contas. Ele buscara conquistar e conservar o poder sobre seus vassalos, mas governara bem por muitos anos. Vortimer, Ambrósio e até mesmo Uther eram celtas ou romano-celtas devotados à sua terra e aos súditos, cada qual a seu modo. A obsessão de Aécio, porém, era adquirir poder pessoal e a elevação social de sua família, mesmo se o império fosse destruído no processo. Myrddion vasculhou o coração e a memória para descobrir esses motivos nos grandes homens que conhecera, mas não conseguiu.

– Estou aprendendo o que é a verdadeira maldade, Cadoc. E não é sempre encontrada na crueldade ou no assassinato. Às vezes, a maldade pode usar um rosto bonito e razoável e jurar que luta pelas vidas e pelo bem-estar de todos. A verdadeira maldade não pode notar a diferença entre a mentira e a verdade.

– Está bem, mestre – respondeu o aprendiz inexpressivamente. Às vezes, Myrddion falava por enigmas, e Cadoc, sendo um homem comum que lidava com o que entendia quando isso cruzava seu caminho, sempre adotava a linha de menor resistência.

No fundo do coração, Myrddion sentiu uma lenta raiva avolumando-se. Quando homens poderosos exerciam sua influência para prejudicar os que eram mais fracos, ou menos inteligentes ou mais sensíveis do que eles próprios, o curandeiro sentia seu peito incendiar-se. Vira violência demais e crueldades sem justificativa para não se comover com a morte de um único homem.

No dia seguinte, realizou-se o funeral de Teodorico. Então, com dor, Thorismund pôs sua nação em primeiro lugar e conduziu seu exército para fora do acampamento, partindo para o sul em direção a Tolosa. Vechmar foi com eles, juntamente com suas carroças e os visigodos feridos.

Naquela noite, quatro dias depois da batalha dos Campos Cataláunicos, o Príncipe Childerico convocou Myrddion ao acampamento dos francos sálios. O curandeiro vestiu-se cuidadosamente para a ocasião, pois planejava despedir-se de Merovech. O rei morto era o seu senhor expresso, involuntário, mas, mesmo assim, seu senhor.

Antes de falar com o curandeiro, o Príncipe Childerico levou Myrddion a uma tenda numa pequena elevação a certa distância do acampamento. Quatro guerreiros guardavam o terreno fora da tenda, representando os quatro cantos do mundo, e cada qual usando um cachecol de lã na boca e no nariz.

Myrddion sentiu o fedor verde e ácido da corrupção muito antes de chegar à elevação, quando o vento trouxe o odor diretamente a eles. Childerico observou com atenção as reações do curandeiro; este sabia que estava sendo avaliado. Mas seu ofício era lidar com a morte diariamente; assim, aprendera a respirar pela boca para não ficar enjoado com a decadência da matéria. Bem pior do que o cheiro dos mortos era o mesmo odor mortal vindo da carne dos vivos.

Merovech jazia num sarcófago de madeira que os ferreiros de Childerico tinham forrado de chumbo para minimizar os sinais externos da podridão. A tampa estava colocada ao lado, pronta para ser pregada no lugar quando o novo rei desse tal ordem.

Lavado, vestido e com os cabelos recém-untados de óleo, Merovech parecia surpreendentemente jovem sob a impassibilidade cinzenta da carne. O corpo estava inchando sob a rica armadura, e as unhas roxas dos dedos no punho da espada pareciam se soltar. Childerico e Myrddion observavam com partilhada melancolia o inquieto rosto masculino de uma beleza acentuada e especial.

– Não conheci bem o seu pai, mas sei que era um homem honesto e um governante sábio e capaz – disse Myrddion enquanto contemplava o corpo. – Ele me pedia muito pouco e me tratava com respeito.

– Sim, curandeiro. Ele passou seus deveres para mim, mas teria apreciado quaisquer palavras ou preces que você pudesse oferecer para apressar o caminho dele. Ele acreditava que, sob a pele, você era seu irmão.

Myrddion vasculhou a memória em busca das preces de sua avó para a Mãe, e entoou uma invocação à Senhora do Inverno da meia-noite que preside quando o Velho Rei perece e é substituído pelo Rei da Primavera.

– Que a Mãe que ama a todos nós guie a jornada desse homem bom para a morada dos deuses. Possa ela pegar sua mão na escuridão e conduzi-lo pelos atalhos obscuros até a próxima vida, para que os pés nunca fraquejem nem tropecem, e ele chegue finalmente ao Pai e às grandes moradas do Outro Mundo. Possa ele, além da morte, abençoar seu filho e ajudá-lo a governar sabiamente para que os francos vivam em paz e prosperidade nesta terra que Merovech ajudou a salvar. Como a Mãe desejar, assim será feito.

Se Childerico se sentiu insultado por essa mágica de mulheres, não deu sinal disso. Chamou a guarda para dentro da tenda, mandou-os fechar a tampa do sarcófago e colocá-lo na grande carroça que o esperava. Então, quando os carpinteiros vieram pregar o caixão e tapar todas as frestas com piche, Childerico levou o visitante novamente para sua tenda, onde vinho, frutas e nozes os aguardavam.

– Você deve estar se perguntando por que o chamei, Myrddion, agora chamado Emrys. Primeiro, libero-o de seu serviço a minha casa. Meu pai jamais gostou de constrangê-lo, mas precisava de sua perícia, mesmo culpado por forçá-lo a obedecer. Acredite, nós conversamos sobre isso nas horas antes de ele morrer.

– Agradeço-lhe, meu senhor. Sou grato por minha liberdade, como pode imaginar, embora duvide que Aécio me deixe ir com tanta facilidade. – Myrddion sorriu. Childerico riu tristemente, concordando. – Como morreu seu pai, meu senhor? Sei que previ a morte dele, mas os pergaminhos do tempo são imprecisos e confesso minha curiosidade.

– Os alanos e os germânicos estavam sendo atacados, e meu rei comandava uma tropa de cavalaria para aliviar a pressão sobre eles. Meu pai matou muitos homens com sua espada, mas foi atingido por um golpe exatamente quando matava o homem que o liquidou. Contudo, estava satisfeito de morrer, acreditando na profecia de que fundara uma dinastia de reis. Você disse a verdade?

Myrddion respirou um ar estranho e lembrou-se das raras vezes em que falara conscientemente de sentimentos que não entendia. Então lutou para descrever com precisão as imagens meio formadas que corriam por sua mente.

– Eu disse a verdade, Childerico. Você morrerá velho e será conhecido como líder de um grande povo. Lutará em inúmeras batalhas, e eu o vejo servindo ao Império Romano do Ocidente por um tempo, embora também veja um pergaminho rasgado ao meio como um tratado rompido. Então você servirá ao imperador do Oriente em Constantinopla, com uma boa vontade maior.

– Mas o povo franco? Vai aguentar?

– Toda esta terra levará o nome de sua tribo, Childerico, por mais de 2 mil anos. Não se desespere nos duros tempos que virão. Seu filho trará eclipse para você e seu pai, e forjará um grande trono do caos. Mas precisa ter fé em seus deuses. Eu não minto, apesar de não saber se falo totalmente a verdade.

– Obrigado. Agora beba, e serei um homem comum por mais uma noite. Amanhã partirei para o norte. Verdade ou não, sua visão me dá ânimo, pois governar os homens é de fato uma estrada dura, e eu não a escolheria de bom grado sem alguma confiança no futuro.

Quando Myrddion finalmente deixou as tendas dos francos sálios, cambaleou um pouco devido ao cansaço e ao bom vinho franco que consumira. Embora esgotado e enjoado de participar dessa batalha tão sem sentido, pegou um torrão de terra úmida e esmagou-a entre os dedos.

– A batalha dos Campos Cataláunicos deveria ser uma grande vitória, mas, com a partida dos francos sálios e visigodos, Aécio deve deixar Átila escapar. Portanto, a carnificina foi em vão. Esta terra ficou vermelha com o sangue de incontáveis guerreiros, e o que resultou disso? – Myrddion falara em voz alta, conforme seu coração nauseado exigia. A seguir silenciou, sentiu o cheiro da relva aquecida pelo sol e observou as estrelas acima dele, girando em estranhos padrões que não conseguia ler. *Somente o tempo mostrará se todo esse sacrifício tem algum propósito,* concluiu. Então, sobressaltou-se com o pio de uma coruja vindo de um pequeno arvoredo.

– A caçada – murmurou para si mesmo. – Sempre a caçada!

Em seguida, bêbado e cansado de pensar, cambaleou até aninhar-se no leito da doce relva verde.

Capítulo 8

O caminho romano

Gorlois cavalgava pelos campos de verão, pesados de grãos e frutos maduros. Até mesmo a linha de arbustos plantados ao longo da estrada exibia uma abundância de frutinhas vermelhas sob um céu limpo que parecia a anos de distância do frio do inverno. No entanto, embora o sol aquecesse a jaqueta de couro do rei e o suor lhe despontasse nos braços nus, sentiu um calafrio percorrer-lhe a espinha.

Desde que Ygerne sofrera um aborto natural, ela não florescia mais. Torturada pela ideia do filho perdido, a rainha afundara num abatimento profundo por meio do qual seus terrores noturnos tinham voltado. Por anos, a harmonia da casa de Gorlois ficara livre das fantasias assustadas e persecutórias de Ygerne, mas agora sua imaginação lhe trazia imagens de bebês ensanguentados e cadáveres empilhados como tocos de madeira. Cada vez mais, a rainha buscava significado num universo aparentemente louco, e apenas um sacerdote itinerante lhe trouxera um breve período de paz.

Assim, o pagão Gorlois, ainda fiel aos deuses de sua casa, dirigira-se a Glastonbury, lugar reverenciado por mil anos e mesmo no tempo anterior já esquecido, quando deusas caminhavam pela relva e cantavam junto aos doces riachos, a fim de implorar a um dos santos homens do deus cristão para que fosse a Tintagel socorrer a rainha.

Nunca sozinho, pois a terra ainda era selvagem, perigosa e distanciada da lei, Gorlois conduziu o destacamento de seis homens para as construções de madeira que se amontoavam junto aos flancos da pequena colina rochosa. Fontes corriam pelos lados da colina, e o rei escutou o murmúrio subterrâneo de um rio. Notou que a água jazia em fossos profundos ao lado de campos verdejantes, fazendo com que a terra parecesse pespontada com fios prateados. Bem antes de o grupo chegar às construções de madeira, várias figuras encapuzadas em túnicas domésticas caminhavam serenamente para a estrada dando-lhes boas-vindas.

– Quem perturba a paz de Glastonbury? – murmurou um homem compacto, as mãos enterradas nas mangas da túnica.

– Sou Gorlois, rei da tribo Dumnonii. Somos vizinhos. Procuro um padre para aconselhar minha rainha, triste pela perda de um filho.

O homem abaixou quietamente o capuz. Gorlois percebeu uma cabeça romana, bonita e austera, sobre um corpo muito musculoso que parecia deslocado na túnica doméstica. A mão forte, calosa e pesada convidou o rei a entrar na construção tosca como um celeiro onde visitantes e penitentes eram abrigados. Gorlois avaliou o sacerdote num olhar: o homem diante dele teria ficado à vontade brandindo uma espada curta. *Um ex-soldado,* pensou. *E dedicado às estratégias e às artes da guerra.*

Nos olhos escuros e dignos, de íris castanhas, o rei via conhecimento e um profundo poço de tristeza. O cabelo grisalho cortado rente parecia implorar um elmo.

– Se me permite o atrevimento, padre, como se chama? O senhor serviu nas legiões? – Gorlois sabia que tais perguntas eram impertinentes, mas reis podem encobrir as gafes sociais com o manto de sua posição. Sorriu com encanto inconsciente, e o padre logo lhe perdoou.

– Sou Lucius, um humilde servo do Deus único. No passado fui soldado, há muito tempo e numa outra vida. Naqueles dias distantes, lavei as mãos em sangue até minha mente adoecer, mas agora trabalho nos campos para expiar meus muitos pecados.

Toda guerra um dia acaba, assim como os pensamentos mais sombrios. Childerico já deixara o acampamento, dirigindo-se à estrada para o norte. Envolvidas por uma grande nuvem de poeira, suas tropas cavalgavam protetoramente à volta da carroça que conduzia o corpo de Merovech, prestando as últimas homenagens a um nobre rei. Então, quando o acampamento tinha sido esvaziado de seus aliados mais fortes, chegaram notícias de Átila e da horda huna.

Naquele alvorecer, o mal-estar tomou Myrddion logo que Captus viera até ele nas primeiras luzes colorindo o céu.

– Acorde, curandeiro. Vamos, homem! Está precisando de um banho de água fria?

O rapaz abriu um olho vermelho e notou que seu coração batia forte pelas quatro canecas de vinho tomadas em honra ao rei franco morto. Mentalmente, Myrddion aboliu o consumo excessivo do álcool para sempre. Então, levantou a cabeça do colchão e viu que o sol estava nascendo. À sua volta, o hospital de campo se agitava, e francos feridos eram colocados nas carroças com o maior cuidado possível.

– Que droga, Captus! Estive com o Príncipe Childerico até mais de meia-noite, e bebi mais vinho do que costumo. Agora estou pagando o preço. Fale baixo, por favor.

O outro se acocorou ao lado do colchão simples, mas levantou-se de novo com um ranger de protesto dos joelhos.

– Ficando velho, amigo Captus? – disse Myrddion acidamente, usando o dorso da mão para bloquear o sol cada vez mais visível. – Que lhe sirva de lição por me acordar.

– Se está querendo ser desagradável, vou embora sem me despedir – Captus reagiu, meio brincando.

– Desculpe, Captus, você está indo embora? Claro que está! Como sou idiota. Vai acompanhar o novo rei levando Merovech para ser enterrado. – Myrddion sentou-se no colchão, firmou as pernas e se ergueu com a fluida flexibilidade da juventude. Captus sentiu uma ferroada de inveja ante a capacidade de recuperação do jovem.

– Droga! Nem tirei a roupa ontem; estou me sentindo sujo e empoeirado. – Myrddion se sacudiu como um cachorro ou um menino. – Vou sentir sua falta, amigo. Você tornou minha tarefa infinitamente mais fácil, de muitas formas. Também se deu ao trabalho de me explicar a batalha.Não vou esquecer suas aulas, Captus, pode ter certeza.

O capitão franco puxou a espada no antigo gesto de amizade entre guerreiros. Os dois homens agarraram o pulso um do outro, e Captus mostrou surpresa ante a força dos dedos finos de Myrddion.

– Você me viu trabalhando, Captus. Sabe a força que é preciso para colocar um membro no lugar ou retirar uma ponta de flecha enfiada no músculo. Os curandeiros precisam ser fortes; não da mesma maneira que os guerreiros, que necessitam de musculatura pesada, mas fortes como corda de chicote e arame. – Fez uma pausa e sorriu para o amigo. – Mas estou discursando para você, o que virou um grande defeito meu.

– Vou sentir falta de suas arengas, Mestre Myrddion. Aprendi coisas que nunca achei possível. Tratarei de manter seus pacientes vivos até chegarmos ao norte. Cadoc me deu ataduras limpas e prometi fervê-las depois de cada uso. Deu até um pouco de seu precioso unguento para cicatrizar, e sei o que fazer com os rabanetes. Não vou mais comê-los; uma pena, pois eu gostava deles.

– Cuide de você e de seu novo senhor, Captus. Ele vai precisar de servidores leais e com boas cabeças.

Embaraçado, Captus puxou um pequeno pacote da bolsa de couro na cintura.

– O presente não é lá grande coisa, acho eu, mas homens que lutam não têm tempo para adquirir bens. Disseram que veio de Constantinopla e, como você quer visitar o coração do Império do Oriente, acho adequado levar isso de volta à terra natal dela. Quando usá-la, lembre-se de Captus, que o serviu bem, apesar de se queixar o tempo todo.

– Não é verdade, Captus. Você quase não se queixava. – Myrddion desembrulhou o pacote envolto em lã e viu uma delicada faca de comer enfeitada com um desenho intrincado.

O cabo era enfeitado com pasta de vidro cozida num forno em alta temperatura. O artista gravara nos dois lados a imagem de um pássaro caçando: um com as asas abertas e as garras estendidas para uma presa invisível; outro em repouso, mas com as garras enterradas num coelhinho morto. Um inteligente dispositivo fazia com que a faca dobrasse, deslizando para dentro do cabo quando não estava em uso. Ao ser aberta, a lâmina se trancava na posição, tornando-se um brinquedo malvado, de lâmina dupla, para descascar uma fruta ou comer carne. Mas podia também ser enterrada no olho de um homem e matar.

– Que coisa bonita, Captus. É valiosa demais para ser dada. Por favor, fique com ela, realmente não posso aceitar um presente tão principesco. Nunca vi nada igual.

– Pode me imaginar segurando um brinquedo desses com as minhas patas desajeitadas? Não, Mestre Myrddion. Fique com ela, com meus votos de felicidade. E lembre-se de mim sempre que usar a faca.

Myrddion percebeu que insultaria o franco se insistisse na recusa. Além disso, as mãos coçavam para examinar o mecanismo inteligente que fazia da faca um milagre de engenho, suficientemente pequeno para caber numa bolsa de cinto e sem necessidade de bainha.

– Está bem. Vou levá-la para Constantinopla, contente e agradecido. Muito obrigado, amigo.

Myrddion levou o capitão até o cavalo e ajudou-o a montar.

– Mais uma coisa, mestre – acrescentou Captus. – Fique de olho no canalha do Gwylym. Sei que ele é celta, mas é bretão e dá vivas à Bretanha, que os romanos chamavam de Armórica. É um povo estranho, espinhoso. Childerico jamais gostou muito dele, mas Gwylym poderia ter continuado a servir-lhe pelo resto da vida se quisesse, pois foi um bom servidor de Merovech. No entanto, o canalha foi comprado pelo General Aécio para cumprir uma tarefa desconhecida. Uma coisa é certa: seu compatriota não gosta muito de você.

Myrddion sacudiu os ombros.

– Gwylym me disse que veio da Britânia há trinta anos.

– Então mentiu ou teve que sair da Bretanha correndo, porque eu sei onde ele nasceu – Captus disse, azedo.

– Ele não tem motivo algum para me fazer mal – murmurou Myrddion. – Duvido que nossos caminhos se cruzem de novo.

– Apenas se lembre disso, rapaz. Sempre achei que não se deve confiar num homem cuja lealdade pode ser comprada. – Captus olhou em torno e viu que o último paciente tinha subido à carroça; então, assobiou agudamente e a cavalgada deixou o hospital de campo. Lamentando sua partida, Myrddion ficou ali até que a poeira que levantavam se dissipasse na brisa da manhã.

No rastro da partida dos francos, chegou a notícia de que Átila estava se movendo. A poeira indicava a passagem de muitos cavalos, e um esforço simbólico de queimar o acampamento lançava plumas de fumaça no céu, retalhadas pela brisa. Aécio dera ordens para não impedirem a partida do Huno, embora os reis tribais menores que ainda permaneciam discutissem os méritos dessa estupidez grosseira. Até Finn Narrador da Verdade deu opinião sobre a decisão de Aécio, e Finn raramente se preocupava em expressar o que lhe ia na mente, preferindo manter seus pensamentos bem guardados.

– Dizem que esse general é o estrategista mais hábil do Império Romano do Ocidente. Então, por que permite que a maior ameaça ao ocidente vá embora? O homem é doido!

Myrddion sacudiu os ombros, mas Narrador da Verdade tinha razão.

– Não posso acreditar que Aécio não saiba exatamente o que está fazendo. É astuto demais e bom demais em estratégia para não compreender as implicações de deixar Átila livre. Javalis selvagens não viram porcos domésticos de repente. Continuam selvagens. Aécio sabe que o Huno vai voltar com um novo exército.

– Verdade, mestre. Em suma, ele podia ter matado Átila e não matou. Ou é um traidor ou há alguma vantagem para o general em deixar o Huno livre.

– Sim. Aécio é impelido pela cobiça ou pela admiração. Eu me pergunto qual delas causou isso.

Antes de a metade do dia terminar, Myrddion descobriria parte da motivação por trás da inatividade de Aécio. Um centurião romano chegou ao hospital de campo em meia hora. A poeira de Átila mal tinha assentado, e fumaça negra pairava ainda sobre o local de acampamento huno.

– Procuro Myrddion de Segontium, às vezes chamado Emrys – disse o calejado veterano. Era mais alto que o guerreiro romano comum, e o rosto, sob o cabelo cortado rente para acomodar o elmo, mais godo que itálico na forma e na estrutura óssea. Muitos soldados romanos, senão todos, eram auxiliares denominados *librones*, guerreiros de sangue mestiço que tinham sido soldados comuns no passado, mas agora eram convocados em tempos de necessidade, na falta de soldados.

– Eu sou o curandeiro Myrddion Emrys que está procurando. Como posso ajudá-los, centurião?

O romano foi obrigado a encarar Myrddion, uma experiência que obviamente achou insuportável, pois mordeu os lábios e fechou os punhos.

– Recebi ordens de levá-lo ao acampamento huno caso baixas ainda vivas tenham ficado para trás. Rápido! Há um cavalo pronto para você, se sabe montar.

– Um momento – murmurou Myrddion. – Preciso de meus instrumentos. – O rosto de Finn enrijeceu com o insulto.

– Mestre, tem certeza de que quer ir com esse... essa pessoa... de olhos fechados? – sussurrou Finn. – Por que Aécio ia querer salvar as vidas de hunos feridos? Depois da batalha, os romanos matam todos os prisioneiros.

Myrddion sorriu para o centurião.

– O *magister militum* não pretende me fazer mal algum, não é, centurião? Ele é um general inteligente e capaz que nunca feriria publicamente um não combatente, mesmo se tivesse algum problema comigo. E não tem, não é?

– Claro que não – respondeu azedamente o centurião.

– Está vendo, Finn? Claro que não! Logo estarei de volta. O general só está preocupado com os homens feridos que possa ter deixado para trás sem querer. – Levando a sacola, Myrddion seguiu o centurião até dois cavalos amarrados a um pequeno arbusto. Para se pavonear, afrouxou as rédeas e montou com um salto, imobilizando o movimento instintivo do animal sem a menor dificuldade. – Como vê, centurião, alguns celtas sabem montar. – Então, sem sequer dar um olhar para trás, como se despreocupado, Myrddion pôs o cavalo a galope na direção do acampamento huno. Suspeitava que Aécio estava exercendo seu poder no hospital de campo simplesmente para desperdiçar o tempo de Myrddion e demonstrar a superioridade romana.

Se o plano é esse, o general está sem sorte, pensou o curandeiro, *pois morro de vontade de ver como os hunos organizam seu acampamento.*

O fedor de corpos não queimados era enjoativo, um horrível cheiro esverdeado que penetrava nos poros da pele e nas dobras das roupas. Átila tentara retardar a perseguição deixando um muro de mortos rodeando o enorme acampamento. Mesmo agora, os guerreiros aliados usavam cavalos para arrastar os corpos apodrecendo em pilhas altas nas carroças, nos trenós e em outros veículos improvisados. A seguir, atiravam os cadáveres num córrego seco a certa distância, antes de queimá-los. Só o fogo poderia matar a ameaça de doença.

– Duvido que a gente encontre alguém vivo neste abatedouro – resmungou Myrddion para o centurião. Mas sua curiosidade para ver a disposição do acampamento inimigo persistia. – Pela impressão que dá, vocês estão queimando os corpos dos hunos há semanas.

Átila fugira deixando tudo para trás, concluindo que a vida de seus guerreiros valia mais do que o ouro e a riqueza das cidades pilhadas nas campanhas anteriores. Esse grande acúmulo de riqueza, amontoada em enormes carroças, só teria retardado a retirada.

Com desagrado visível, Myrddion observou uma equipe de *librones* romanos obviamente treinados como escriturário que desempacotava, contava e empacotava de novo paramentos sacerdotais, relicários, porta-joias e pinturas preciosas saqueados das igrejas cristãs do Oriente. Em outros cofres, reforçados com ferro batido, mas abertos para a contagem, o curandeiro viu moedas romanas, joias e enfeites de ouro misturados numa riqueza inimaginável. Mais escravos recolhiam baús de madeira de cânfora do Oriente com tecidos de qualidade, sedas, lã pura e linhos tingidos quase tão finos quanto teias de aranha. Capturado o tesouro de Átila, Aécio evitara partilhá-lo com os visigodos e os francos sálios, seus maiores aliados. Por isso os tinha incentivado a deixarem a planície.

– Será que tanta riqueza comprará um trono? – Myrddion perguntou maliciosamente para o ar. O centurião encarou-o, azedo, mas nada disse.

Como lhe fora ordenado, o curandeiro cavalgou pelo enorme local do acampamento procurando feridos, mas Átila não deixara nada vivo para trás, nem um cão perdido sequer. Os fogos para cozinhar estavam frios, e a comida perigosamente escassa no momento em que a retirada fora decidida. Myrddion sentiu-se feliz por não ter ficado no caminho da horda huna e de seus aliados, que estavam longe de suas casas e quase sem suprimentos.

Uma lembrança da presença de Átila fora abandonada intacta, como um dedo atrevido espetando-se da paisagem vazia: uma torre de selas, louca e oscilante afronta aos Campos Cataláunicos e aos milhares de homens mortos ali.

– Aquela... coisa devia ser derrubada e queimada – exclamou Myrddion, apontando a torre ofensiva. – Átila deixou aquilo como um insulto.

O curandeiro perguntou-se: *O que estou fazendo aqui se Aécio não pretende me matar? Esta vinda ao acampamento é apenas para me humilhar?*

Um som de vozes altas estilhaçou repentinamente o opressivo calor do meio-dia. Myrddion olhou em torno.

– Acabou, curandeiro? – perguntou o centurião. – Não há feridos para tratar, então não temos necessidade de você.

– Um momento!

– Vamos partir imediatamente. O dia não vai esperar que você decida o que deve ser feito por seus superiores.

Mas Myrddion sofreou o cavalo no aclive suave.

Travava-se uma discussão no mais puro latim nas sobras queimadas da tenda de Átila. As vozes eram ouvidas facilmente por eles, embora o centurião se mostrasse indiferente aos gritos. O celta reconheceu de imediato que uma das vozes acaloradas era do *magister militum*, embora não conhecesse a outra. Imóvel no lugar, Myrddion escutava a altercação. Apesar de seu status de oficial romano, o centurião não parecia entender o que Aécio e seu companheiro diziam. Então o rapaz lembrou que a maioria dos homens da Gália falava um dialeto abastardado, uma combinação de gótico, franco e latim unidos pela conveniência. O grosso da população também falava gaulês, uma língua muito parecida com a celta. *Ainda bem que Aécio não sabe que falo latim*, pensou Myrddion.

Na tenda meio queimada, os dois homens estavam furiosos.

– Você pretende roubar a parte do tesouro de Átila que cabe aos dois impérios? E olhe que já tem mais do que o suficiente, pois tirou visigodos e francos do acampamento.

– O que eu faço com os despojos de guerra não é da sua conta, enviado. Valentiniano me encarregou de salvar a Gália das hordas de Átila. Eu fiz isso. Portanto, gostaria que você se metesse em seus próprios assuntos.

– Como *magister militum* e o maior general de sua época, eu esperava mais de você, Flávio Aécio. Deixou Átila partir incólume depois de ele ter matado milhares de camponeses e civis inocentes. Quantos outros inocentes não sentirão o chicote dos hunos para que os escriturários de Aécio possam contar o tesouro de Átila? Em Constantinopla, conhecemos bem o Huno. Os ícones sagrados vieram de nossas igrejas, e nossos padres foram imolados nos altares. Átila deve estar pensando em recuperar seu butim na primavera, provavelmente à custa de nosso couro.

A voz de Aécio foi cortante.

– Átila não pararia até alcançar o oceano se eu não o tivesse derrotado aqui. Fui eu que detive o seu avanço, não o Imperador Teodósio, seu senhor em Constantinopla. Detive-o para avançar a causa do único imperador verdadeiro, Valentiniano de Roma e Ravena. Ao vencedor, o espólio, embora você possa ficar com os quadros sagrados como meu presente para o seu imperador. A meu senhor, Valentiniano, será dada a maior porção.

– Suas palavras são muito reconfortantes, Aécio. Mas ouvi a profecia do celta em Châlons e vi como era... esclarecedora. O jovem curandeiro é inteligente, mesmo se for um charlatão. Teodorico, rei dos visigodos, o tinha em grande consideração após um breve conhecimento, assim como Merovech, seu protegido. Eles lutaram na parte frontal da batalha, enquanto você estava no flanco. Os bárbaros suportaram o mais pesado do combate e mereciam parte do espólio. Não me olhe assim, Aécio. Há muito tempo não vejo seu rosto gelado registrar uma emoção. Bem, acolho qualquer sinal de que ainda é humano. Vou levar os ícones dourados contente, por mais que sejam uma recompensa pequena, mas posso garantir que o estão observando no Oriente. Você não deveria morder mais do que pode mastigar.

De repente, Myrddion percebeu que ouvir uma conversa particular entre os poderosos poderia fazer mal à sua saúde. Virou o cavalo com um puxão, ignorando a resistência do animal.

– Obrigado pelo passeio, centurião. Como já não sou necessário, vou voltar para o hospital onde posso ser útil. Mando o cavalo de volta por um criado. – E, antes que o centurião tivesse tempo de reclamar, Myrddion meteu os calcanhares nos flancos do animal e se afastou a galope.

Cleoxenes saiu da tenda destruída, os olhos estreitos divisando o contorno de Myrddion que se retirava. Em meio à nuvem de poeira levantada pelo cavalo, o enviado de Teodósio ainda pôde ver o cabelo comprido do jovem ao vento como uma bandeira negra. Torceu estranhamente a boca.

Ele escutou nossa conversa, concluiu Cleoxenes, *mas será que entende latim? Esse jovem celta merece um estudo mais atento, especialmente por não ser criatura de Aécio. Pergunto-me se ele seria útil. E aqueles olhos! Devo dizer o que penso em alto e bom som?*

Sem saber que seu destino pairava na mente de dois grandes homens, pois Aécio ainda o detestava, Myrddion ocupou-se nos dois dias seguintes com as tarefas mundanas de ferver, lavar, coletar ervas, fazer cataplasmas e secar raízes, as quais precisavam ser feitas para que os curandeiros continuassem a trabalhar em paz.

A cada dia esperava impaciente a notícia de que podia deixar a crista dos Campos Cataláunicos, e a cada dia ficava desapontado quando, um por um, os aliados romanos levavam o butim destinado a eles por Aécio e partiam para suas terras. O verão foi cruel, e a paciência de Myrddion às vezes se esgotava. Temendo desagradar mais ainda ao general se o abordasse pessoalmente, Myrddion escreveu-lhe com extremo cuidado uma carta e a enviou pela viúva mais inofensiva de todas, a bonita Bridie de olhos arregalados.

Na carta, escrita em latim por inúmeros motivos, Myrddion pedia a Aécio para liberá-lo de novas obrigações a fim de que pudesse continuar sua busca de conhecimento. O curandeiro assegurava ao general, modestamente, que se certificaria de que todos os pacientes ainda presentes fossem levados para se recuperar em Châlons.

Embora consciente do efetivo desagrado de Aécio por ele, o celta não esperava a reação que se seguiu. O ar pesado com o cheiro de podridão incentivava a doença, e Myrddion imaginou que o general ficaria feliz em nunca mais ver os curandeiros e seus pacientes.

O rapaz só percebeu que Bridie voltara quando esta mancou para as tendas dos curandeiros várias horas depois, chorando o mais silenciosamente que podia. Então notou as vozes abafadas. Pegou uma lamparina e foi à tenda menor onde as viúvas cuidavam dos doentes e dormiam à noite.

– Por Hades, o que aconteceu? – sibilou ele quando viu as outras duas mulheres ocupadas em cuidar de um corte cruel na parte de trás do joelho de Bridie. Brangaine lavava cuidadosamente o ferimento com água quente, enquanto Rhedyn usava trapos limpos para estancar o constante fluxo de sangue que escorria pela perna da moça e manchava-lhe a roupa.

– Bridie não queria perturbá-lo, mestre – sussurrou Brangaine, enquanto Willa, sentindo a tensão, começou a chorar.

– Mostre aqui, garota boba. Fui eu que a enviei ao general, portanto, qualquer ferimento que lhe causaram é minha culpa. Foi atacada ao voltar ao acampamento? Eu devia ter mandado um dos homens com você. – A atenção de Myrddion estava fixada no joelho ferido de Bridie. Com um aperto no peito, ele percebeu que um tendão tinha sido cortado, virando o pé dela em uma posição anormal. Tão assustado ficou com a impossível tarefa de religar o tendão, retraído para dentro da coxa, que não ouviu a resposta da moça. – O que disse, Bridie? – perguntou com os dedos ensanguentados pelo escorregadio tendão. – Quem deu a ordem para feri-la?

Bridie soluçou de dor.

– O senhor vai ficar zangado, mestre.

– Então você sabe quem fez isso. Diga imediatamente quem foi para eu conseguir algum tipo de reparação.

Bridie chorava agora francamente, com grandes soluços de infelicidade e sofrimento que estremeciam seu corpo como um acesso de malária. Escondeu o rosto no colchão e sacudiu a cabeça.

– Ela não quer dizer, Mestre Myrddion – disse Brangaine com abatimento e fúria reprimida. – E o senhor não pode fazer nada. Brindie acha que, se o senhor reclamar, eles matam o mestre.

– Como?

– O General Aécio Flávio ficou furioso quando leu a sua carta. Mandou Bridie de volta com esse corte para lembrar que o senhor está aleijado sem ele.

Myrddion sentiu um jorro visceral de fúria tão primeva que não conseguiu falar. Podia entender o problema de Aécio com ele, pois denunciara o romano com uma profecia que punha a nu suas mais secretas ambições, e não tinha sido um servidor voluntário ou obediente. Mas aleijar uma mulher inofensiva, mandada à luz do dia para entregar uma carta, manchava a honra de Myrddion de modo tão devastador que o rapaz não poderia viver com aquela vergonha.

– Você... foi ferida de outros modos? – perguntou Myrddion. – Não sacuda a cabeça, Bridie, ou juro que vou tirar minhas conclusões.

Bridie gemeu, fazendo Rhedyn lançar-lhe um olhar ao mesmo tempo reprovador e feminino no seu cansaço.

– Eles disseram que pouco importava o que faziam com ela já que era apenas uma seguidora de acampamento. Com menos importância ainda porque os celtas não têm mais posição alguma, agora que o império perdeu a ilha da Grã-Bretanha.

– Quem disse isso? – silvou Myrddion entre dentes.

– A guarda. Os *librones* – sussurrou Bridie, levantando o rosto. Myrddion viu então um feio machucado formando-se na face dela. – Não tem importância, não tem mesmo, mestre. Acho que virei uma seguidora de acampamento depois de perder o meu Llywarch quando ele lutava pelo Rei Vortigern. Já estávamos juntos havia um ano mais ou menos, e eu me considerava esposa dele, mas...

Então Bridie começou a soluçar forte, e Rhedyn, com seu bom coração, pegou-a nos braços e acalentou-a como se fosse uma criança.

– Essa história está cada vez pior! – exclamou Myrddion com ódio. – Alguém precisa pagar por isso. E alguém vai pagar! Cadoc! – rugiu ele. O aprendiz veio correndo, chamado por uma voz crua e violenta demais para ser a do curandeiro. – Costure o ferimento de Bridie para mim. Tentei pegar o tendão na bainha do músculo onde ele entrou, mas não consegui. Faça o que puder com o fórceps, porque preciso ir a outro lugar.

– Mestre, leve Finn aonde está indo, por favor!

As palavras de Cadoc foram afogadas na maré de fúria que toldava qualquer racionalidade em Myrddion. Sem refletir ou considerar a distância a andar, ele mergulhou na escuridão. Os dias ficavam cada vez mais curtos, e logo o outono envolveria a planície em vermelho, ouro e açafrão. Mas o rapaz não estava prestando atenção ao cheiro das frutas amadurecendo ou ao perfume tépido das relvas soprado pelo vento. Seu combustível era a fúria, e a piedade por Bridie, que nunca mais andaria direito.

As marcas físicas do estupro iam desaparecer um dia. Mas, ao contrário da maioria dos homens, Myrddion entendia como o coração e a mente das mulheres que sofrem essa provação ficam aleijados. O fato de que mulheres sozinhas fossem presa fácil para muitos guerreiros nunca lhe ocorrera, afinal, suas auxiliares tinham sido sempre tratadas com respeito. Agora, de olhos abertos, sentiu um enorme desprezo pelo sexo a que pertencia.

A tenda de Flávio Aécio era um suave fulgor dourado em meio a fulgores menores indicando fogueiras escavadas no solo. Myrddion passou rapidamente pelas carroças, com suas altas pilhas de cofres cheios de saque, e a atenção dada a esses objetos inanimados o fez sentir-se ainda mais nauseado de ódio. A paixão de Aécio por ouro e tesouros era maior do que seu cuidado com o falecido Teodorico, com seu leal Merovech ou com qualquer mulherzinha sem importância enviada como mensageira.

Sem deter os passos velozes, Myrddion irrompeu pela tenda de Aécio, suspendendo a aba parcialmente fechada.

Dois homens da guarda do general estenderam o braço para detê-lo, mas o curandeiro foi mais rápido. O mais alto deles, o centurião que o acompanhara ao acampamento de Átila, levou um soco de Myrddion no maxilar. Surpreso com a força do golpe, o guerreiro caiu, os olhos vazios. O outro soldado começou a puxar a espada, mas Myrddion virou as costas para ele e fixou os furiosos olhos negros no rosto espantado de Aécio.

O general quase se levantara quando o celta o agarrou por cima de uma mesa baixa com longos dedos de ferro, curvos como garras, mirando certeiro a garganta do *magister militum*.

Se Myrddion sucumbiria à sua fúria assassina ou se recuperaria a lucidez não se sabe. Dois braços fortes forrados de seda o agarraram por trás com tanta força que ele não pôde se mover, por mais que lutasse.

– Levem esse homem para fora e cortem a garganta dele – ordenou Aécio. Os dois guardas teriam obedecido se uma voz educada não os fizesse estacar.

– Parem neste minuto. Esperem aí fora até que eu chame vocês. Obedeçam, soldados! Sou Cleoxenes, enviado do Imperador Teodósio, supremo senhor do Oriente, e também seu estrategista pessoal. Como nobre romano cujos ancestrais navegaram pelo Tibre com Eneias, exijo que se afastem e esperem.

– Dei uma ordem a vocês – gritou Aécio raivosamente, emborcando a pequena mesa. As sobras de uma refeição e alguns pratos de cerâmica caíram na terra batida; a terracota partiu-se com um som de velhos ossos triturados por botas pesadas.

– Vocês vão me obedecer. – A voz urbana do captor de Myrddion não havia aumentado de volume. – Eu também sou ouvido pelo Imperador Valentiniano, que não vai querer desagradar a seu irmão imperador e parente em Constantinopla, por mais que você seja valioso para ele. Afinal de contas, como destacou, você já expulsou o Huno. Essa tarefa está terminada.

Com relutância, os dois guardas saíram da tenda, deixando para trás a cena perigosa de três homens parados entre os destroços de uma refeição.

– Sente-se, general, por favor. O senhor quer que esses rufiões o escutem, gritando furioso com um curandeiro desarmado e inofensivo? Nem sua reputação está a salvo de fofocas nocivas, meu amigo. Além disso, gritar e fazer ameaças de violência é grosseiro, vulgar e desnecessário. Nunca pensei em você como um desses bufões que querem silenciar qualquer oposição com uma violência imprudente e pouco ponderada.

Mesmo através de sua fúria, Myrddion ficou surpreso quando Aécio levantou a cadeira de campanha derrubada e sentou-se.

– E agora você, jovem idiota – disse Cleoxenes com tranquilidade. – Claro que tentar atacar seu senhor não é parte de sua profissão. Li os textos de Hipócrates e tenho certeza de que ele escreveu enfaticamente contra qualquer forma de violência.

– Primeiro, não cause dano! – silvou Myrddion, tentando encher de ar os pulmões presos.

– Exatamente – murmurou Cleoxenes, como se o celta fosse um escolar brilhante recitando a lição. – Portanto, jovem curandeiro, se eu soltá-lo, promete não agredir o general? Está armado? Posso despi-lo e revistá-lo caso ache que está mentindo.

– Prometo. Não, não estou armado – rosnou Myrddion, raivoso demais para ser grato à intervenção do enviado. – Não vou tocar nele, mas quero saber por que um homem com os ancestrais do general aleija uma mulher que não o ameaçava de modo algum. Foi só um capricho, ou ele é uma imitação de homem? E depois entregá-la aos soldados para brincarem com ela... Isso não é comportamento de um romano honrado.

– Uma pergunta razoável e, se verdadeira, tudo isso é muito desagradável. Mas não tenho ideia do que está dizendo. – Não havia nenhum traço de raiva, desagrado ou ansiedade na voz de Cleoxenes.

– Mandei uma carta ao General Aécio pedindo-lhe permissão para deixar os Campos Cataláunicos e recomeçar minha jornada para encontrar um novo senhor. Não sou mais necessário aqui, e a praga ou as doenças provocadas pelos humores ruins neste lugar poderiam matar os poucos pacientes que permanecem, se nós não os levarmos para Châlons.

– E o que mais?

– Minha criada Bridie, uma viúva, veio trazer a carta ao general. Eu a escolhi porque ela não entende latim, é afável e gentil, incapaz de rudeza ou insolência. Sei o quanto o general não gosta de mim, embora eu não represente ameaça para ele. Também não sou responsável pelos meus delírios quando estou em transe. Enviei meu pedido de boa-fé, usando uma mensageira porque o general me avisou para ficar longe dele. Se eu soubesse o que ia acontecer...

– Conte tudo – ordenou bruscamente Cleoxenes. – E sem comentários supérfluos e dramas. É irritante.

Vermelho, Myrddion respondeu com simplicidade:

– Bridie voltou ao hospital com o tendão do joelho cortado por alguma arma. Nunca mais vai andar direito, apesar de minha habilidade em tratar de ferimentos. – Cleoxenes estalou a língua. – Assim, com tal gesto, a mensagem enviada a mim pelo general é a de que sou aleijado sem o apoio do *magister militum*, que se apresenta como nobre romano. Se esse é o modo de agir da aristocracia romana, talvez o governo de Átila fosse menos doloroso e mais honrado.

Cleoxenes libertou Myrddion de seu severo e doloroso abraço.

– Palavras combativas, rapaz. Está dizendo que o General Aécio aleijou sua criada?

– Não; imagino que o general mandou a guarda fazer isso. Não sei se o estupro grupal foi parte da recomendação, mas ela também sofreu essa indignidade.

A expressão do enviado não mudou. A se julgar pelo rosto impassível dele, Myrddion poderia estar falando sobre a beleza de um poente. A angústia do rapaz explodia no peito, e ele se preparou para a morte iminente.

– Mate o celta e acabe com isso, Cleoxenes! – rosnou Aécio. – Ou é melindroso demais para ver sangue?

– Você sabe que não sou nem um pouco melindroso, meu amigo, mas detesto desperdício. O rapaz é uma vantagem para nós. Uma vantagem difícil, é verdade, mas poderia ser um instrumento útil para você, ou para providenciar algum serviço ao Imperador Valentiniano. Reluto em desperdiçar um homem assim porque ele se descontrolou. Um homem inferior teria simplesmente envenenado a água que o general bebe.

Apesar do rígido controle, Aécio empalideceu. Curandeiros tinham um amplo conhecimento de venenos, como todos sabiam, e Myrddion poderia ter exercido sua vingança de vários modos terríveis.

– Quanto a você, Myrddion Emrys, nunca o achei um tolo, mas talvez mude de ideia. Não posso falar pelo general, mas os guardas pensam numa mulher desprotegida como um bocado saboroso a ser usufruído à vontade. Os generais não podem ser acusados pelo comportamento grosseiro de seus homens na perseguição de uma mulher sozinha. Entretanto, agora você informou ao general que sua criada foi violada. Então ele, como um comandante honrado, tomará medidas contra os homens que fizeram isso. Flávio Aécio é um homem honrado. – Myrddion bufou e, sub-repticiamente, Cleoxenes pisou com força o pé do celta. O curandeiro mal pôde reprimir um grito de dor. Aécio continuava sentado como uma efígie de pedra; apenas os olhos pareciam vivos no rosto cheio de maldade. – Como entendemos que sua raiva seja natural ante o tratamento dado à criada – continuou Cleoxenes –, permitiremos que fique livre e não seja punido, desde que se comprometa solenemente a jamais levantar de novo a mão contra o general e jure servi-lo lealmente enquanto você for vivo ou até o general o liberar do juramento. Ouviu?

Numa voz rouca de raiva, Myrddion concordou com a promessa exigida. Estava assustado com o fato de ele e de seus auxiliares, que valorizava tanto, terem chegado tão perto da morte. Pela primeira vez, a sede de sangue atenuou-se dentro do curandeiro, e ele começou a pensar com clareza.

O enviado tinha uma aparência tão sedutora e delicada que Myrddion parecia ser o mais vigoroso dos dois. Contudo, Cleoxenes o imobilizara como a um menino. Parte da mente de Myrddion começou a pensar imediatamente em treinar para se defender, enquanto a outra parte era dominada pela admiração ante a ginástica estratégica e manipuladora do diplomata.

– Então, Aécio, meu amigo. O curandeiro está ligado a você pelo resto da vida. Ele não pode afetá-lo de modo algum a partir de hoje. Você seria um tolo de esmagar a casca da noz e o miolo, quando, com uma pequena reflexão, poderia comer a noz.

Aécio não estava convencido, mas via que a raiva de um momento podia destruir seus planos de um casamento vantajoso para o filho, se o assunto chegasse aos ouvidos de Valentiniano. Boatos de brutalidade desnecessária, mesmo contra uma seguidora de acampamento, poderiam fazer o general parecer incapaz de controlar as próprias tropas. Seria melhor que o curandeiro morresse num acidente totalmente desvinculado das questões com Aécio.

Myrddion, porém, ainda não conseguia deixar o assunto de lado.

– A honra romana não significa nada se uma inofensiva camponesa pode ser estropiada ou brutalizada a mando de um general. Ela não é uma escrava, mas essas são punições aplicadas a escravos. Ela não é ladra, mas o tratamento que recebeu é o castigo de um ladrão. Ela é apenas uma mulher que limpou a merda, o mijo e o sangue de soldados romanos. Ela os ajudou a beber água quando estavam sedentos e limpou o pus de suas feridas. É apenas uma celta, mas é livre e honesta, e dá conforto aos moribundos. Devido à raiva e ao orgulho romano, não vai poder andar sem a ajuda de alguém pelo resto da vida. Ela merece uma reparação.

Aécio se acalmara, mostrando-se agora inflexível em seu desdém. Mas Cleoxenes era um homem inteiramente diferente; pela primeira vez demonstrou que seguia Cristo fazendo o sinal da cruz.

– Sou de linhagem romana quase pura, embora meu nome fale de origem grega. Pagarei ouro vermelho para que essa viúva não sofra necessidades por ter sido incapacitada, pois meu senhor Jesus espera que eu socorra aqueles cujo fardo é pesado ou estão dobrados pelo sofrimento. Se o General Aécio desejar contribuir, seu ouro será acrescentado ao meu.

Cleoxenes empurrou Myrddion para frente, pois o rapaz estava confuso com a conversa entre os dois romanos.

– Agora você pedirá perdão ao General Aécio, curandeiro, pois não tem direito algum de levantar a mão contra seu senhor, por mais compaixão que sinta por sua criada. Peça! – ordenou o enviado ante a lentidão de Myrddion em obedecer. Hesitante e de má vontade, o curandeiro conseguiu finalmente pedir perdão. – Vou despachar esse jovem tolo – murmurou Cleoxenes para Aécio. – Espere por mim, general; não vou demorar.

– Fora da tenda e longe dos guardas, Cleoxenes sacudiu Myrddion como uma raposa faz com um coelho. – O general vai fazer você sofrer um acidente, a não ser que parta agora. Não se retarde com os pacientes; eu providenciarei que sejam devolvidos a Châlons. Você deve ir para o sul tão rápido quanto suas carroças possam se mover. Aécio não vai tentar detê-lo, pelo menos não abertamente. Está ouvindo?

– Estou – respondeu Myrddion. – Mas vou para onde? E por que se preocupa em me ajudar?

– Depois de Châlons, continue para o sul até chegar à cabeceira do rio Sequana. Atravesse o rio e continue rumo ao sul até chegar a Alésia. De lá, verá um pequeno vale entre montanhas baixas que o levará ao rio Rhodamis. Lugdunum é a primeira grande cidade que vai alcançar. Siga o Rhodamis na direção sul até chegar a Arelate, e continue pela costa para o porto de Massilia. Quando chegar ao mar, não tome um barco, está ouvindo, Myrddion? Não tome um barco! Flávio Aécio vai achar que você irá para Roma pela rota mais rápida, e seus espiões o encontrarão e o matarão. Em vez de ir por mar, siga a faixa costeira até a Itália e continue para o sul. Todas as estradas levam a Roma, mas evite Ravena no momento.

– Por que devo fugir como um cão assustado? – A voz de Myrddion era emburrada e penosamente jovem.

– Aécio está ofendido e vai querer se vingar de você e de seu grupo. É claro que ele deu a ordem para estropiar a mulher, embora eu o absolva da cumplicidade no estupro. Para Aécio, Bridie não é real. É apenas uma peçazinha num jogo de xadrez. Acredite ou não, ele fez aquilo para irritar e assustar você. Duvido que esperasse sua reação. Mas, se eu não estivesse jantando com ele, você teria sido morto imediatamente para remover-lhe esse incômodo da mente. É tudo que você é: um incômodo. Bridie tem menos importância ainda. Quando os planos de Aécio se concretizarem, como provavelmente acontecerá, ele vai esquecer você, se não estiver no caminho dele. – Myrddion nada disse diante da lúcida análise da situação por parte do enviado. Nada havia a dizer. – Confie em mim para obter alguma justiça em seu benefício. Vou deixar claro para Aécio que, em consideração às aparências, os guardas culpados devem ser chicoteados publicamente. Isso o satisfaz?

– Acho que devo aceitar.

– Deve. Providenciarei os detalhes da reparação. Alcanço você na estrada e vou prover o futuro da viúva. Não me falhe, Myrddion Emry, pois tenho planos para você.

– Por que está me ajudando? – repetiu Myrddion. – O que tem a ganhar salvando nossas vidas?

Cleoxenes riu silenciosamente.

– Macacos me mordam se sei. Algo me diz que, se eu o mantiver vivo, estou fazendo o meu trabalho e o de meu Deus. Pense que meu Deus fala comigo do mesmo modo que o seu fala com você. Mas, pelo amor dos que dependem de você, rapaz, precisa ser mais diplomático! É triste, mas muitos romanos são muito piores do que Flávio Aécio. À sua maneira, ele é nobre e inacreditavelmente corajoso. O império depende dele.

Myrddion olhou para o céu; as estrelas pareciam mais distantes do que nunca. Seu esquema doido de encontrar o pai arrastando os fiéis auxiliares por aquela terra estrangeira só lhe trouxera problemas. E agora Bridie pagara a relutância dele em enfrentar Aécio homem a homem.

– Eu é que devia ter entregado a carta ao general – murmurou. – Bridie está aleijada pela minha covardia.

Cleoxenes sentiu um enorme remorso naquela frase, e deu um tapa no rosto de Myrddion. Um tapa de leve, quase a carícia de um amante.

– Se tivesse feito isso, estaria morto agora, então aprenda com a dor de Bridie. Jesus teve algum motivo para testá-lo, mas não olhe para mim em busca de respostas. Sou velho demais para ter certeza de alguma coisa.

– Mas não tenho fidelidade alguma a seu Jesus. Sou devoto da Mãe e de Ceridwen, minha ancestral.

– Às vezes, o Senhor precisa de nós, independentemente de sermos pagãos ou cristãos – disse Cleoxenes. – Eu seria um santo se entendesse totalmente os caminhos do meu Deus, mas, como você sabe, não sou um santo. O tempo revelará o objetivo que o céu destinou a todos nós. Mas caminhe com cuidado, rapaz, pois nem todos os grandes homens têm a alegria de viver de Merovech ou o amor por seu povo de Teodorico. Os reis são apenas homens, tão falíveis quanto você e eu.

Myrddion se afastou, os ombros curvados de desespero, e Cleoxenes suspirou de irritação. Precisava falar com Flávio Aécio e avisá-lo de que seria uma grande perda se levantasse a mão contra o curandeiro e seu grupo. Como ameaças podiam não funcionar, o enviado já procurava palavras doces de aviso, as quais um estrategista sofisticado como Flávio Aécio reconheceria. Se tudo o mais falhasse, Cleoxenes seria rude e daria a Aécio uma inequívoca avaliação da situação. A galinha e os pimentões que havia comido com gosto fazia uma hora se revolviam no seu estômago, prometendo um acesso de vômito quente e salgado. A vida inteira Cleoxenes conseguira cruzar lanças com ímpeto natural, mas seu estômago o fazia sofrer frequentemente, além da feroz dor de cabeça por estresse que o deixava de cama.

O vento mudou de direção. O enviado do imperador suspirou novamente quando o odor de corpos ardendo chegou até ele em lufadas. Encolheu o nariz ante o agudo e nauseante cheiro de porco.

– Ah, como seria bom estar em companhia civilizada, num lugar o mais distante possível daqui – sussurrou em grego, sabendo que nenhum ouvinte ocasional o entenderia se o estivesse espionando. Aécio era capaz de qualquer traição, até mesmo da morte acidental de um enviado do imperador, por mais nobre que fosse. – E agora vamos assustar a raposa velha – murmurou. – Se tudo o mais falhar, vou lembrar ao patife que sei que viveu com os hunos por anos, primeiro como refém, mas depois como amigo. Sim, general, lembro-me dos dias em que você considerava os hunos um povo admirável. Está jogando dos dois lados como habitualmente? Ou apenas fazendo um último movimento em direção ao poder antes que seja tarde? Tudo é possível, seu vira-casaca. Até em grego suas ações parecem desprezíveis.

Então Cleoxenes entrou na tenda em desordem de Aécio com a presumida autoconfiança de um rei.

Mapa da Jornada de Châlons a Massilia feito por Myrddion

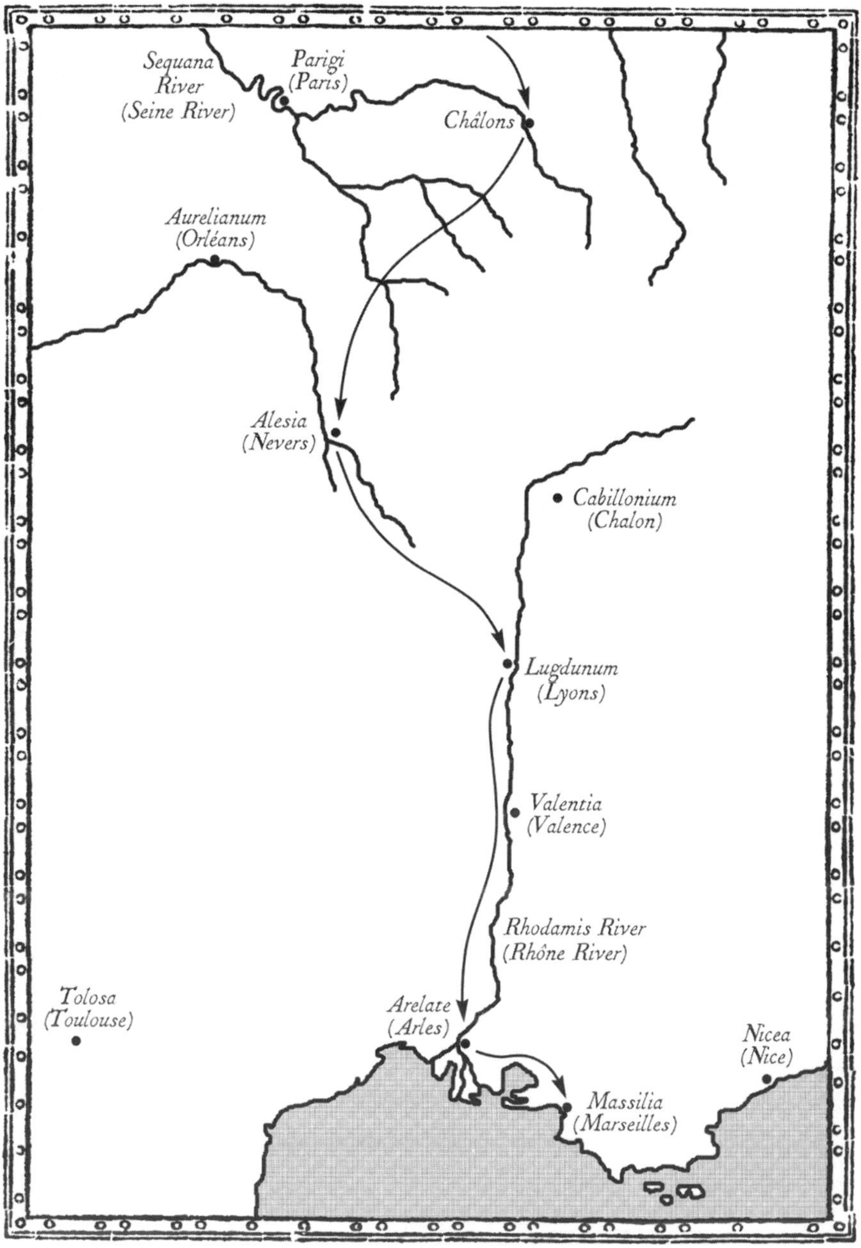

Capítulo 9

A estrada sem fim

A urgência impulsionou Myrddion à ação.

Obedecendo a seu acordo com Cleoxenes, mandou que Finn Narrador da Verdade, Rhedyn e Brangaine começassem a desmontar a tenda maior e se preparassem para uma partida imediata. Assim que Cadoc acabou de dar os pontos na perna de Bridie e cobriu o ferimento com pasta de rabanete e unguento para impedir a infecção, Myrddion convocou o calejado aprendiz para tirar o último paciente da tenda menor.

A noite ia bem avançada. A umidade deixava o ar espesso e abafado, e o grupo suava no calor opressivo. Em algum ponto distante, um trovejar anunciou uma tempestade aproximando-se. O curandeiro observou os insetos de calor adejando para o lampião, atraídos pela chama, até que as asas se queimassem e eles morressem num súbito fulgor dourado.

– Vamos partir antes do alvorecer ou estaremos mortos. Gostaria de não ter saído da Grã-Bretanha.

Voltando de alguma tarefa a tempo de ouvir o murmúrio, Cadoc teve vontade de dizer: "Eu lhe disse isso", mas um rastro de dor na voz de Myrddion conteve sua língua. Exausto, o curandeiro carregava um fardo excessivamente pesado para alguém da sua idade.

– Mas saímos, mestre. Agora é sacudir a poeira deste lugar maldito das roupas e dos pés o mais rápido possível. – Pegou uma cesta de ataduras e trapos limpos. – Para onde vamos?

Apressado, Myrddion colocava montes de ervas secas num recipiente. Em sua urgência, pôs a tampa no lugar com tanta força que Cadoc ouviu vários caules secos dos juncos quebrarem.

– Para Roma. Vamos viajar pela Gália e por boa parte da Itália.

– Mas isso vai levar meses. Ou até um ano, com o clima ruim – protestou Cadoc. – Por que não voltamos para o norte onde a vida é mais segura?

– A Gália praticamente pertence a Aécio; nenhuma parte dela, principalmente o norte, está livre do peso da mão do general. Ele nos pegaria e nos mataria antes de alcançarmos Parigi. Não; Cleoxenes está certo. Temos que ir para o sul e para longe da influência de Aécio rapidamente. Sem dúvida, ele vai querer chegar a Ravena logo, mas com sorte os tesouros que carrega o retardarão e nos darão tempo de escapar.

Uma luz fulgurou ao longo da crista das colinas. Myrddion viu que a tempestade estava cada vez mais perto, embora ainda houvesse um curto intervalo entre os relâmpagos e o rolar dos trovões. O calor sufocante parecia aumentar, e o sinistro silêncio que antecede a tempestade pairava sobre a planície como um cobertor denso.

– Por favor, mestre, prometa que não vamos de navio para essa Itália. Não aguento outra viagem por mar.

– Está com sorte, Cadoc. Cleoxenes insistiu para viajarmos de carroça o caminho inteiro. Talvez possamos roubar alguns cavalos extras. Os céus sabem que há muitos animais abandonados correndo por aí neste momento.

Cadoc sorriu na escuridão.

– Posso roubar quantos cavalos quiser, contanto que a gente fique longe do mar. Uma parelha a mais apressaria a viagem, principalmente se nós, homens, tivéssemos cavalos para montar. Menos peso para puxar.

– Então mãos à obra, Cadoc. Mas não seja pego, por favor. Duvido que os romanos notem a falta de meia dúzia de animais. Se quiser selas, roube algumas da torre infernal de Átila.

Cadoc quase riu de alegria. A possibilidade de roubar dos romanos era um bônus que vinha com seu alívio em partir e deixar o fedor e o perigo do hospital para trás. Nessas circunstâncias, os deuses perdoariam qualquer roubo. Sem esperar pagamento por seus serviços e com a inimizade declarada do general, fugir da planície era um ótimo plano para ele.

– Vou buscar Finn para começarmos logo a missão – disse ele, um sorriso ainda lhe animando o rosto. – Pode terminar aqui depois que a tenda estiver guardada? Consegui umas tendas menores que os soldados usam para os pacientes, já que agora são poucos. E temos umas doze mulheres para cuidar deles até que Cleoxenes os mande para Châlons.

– Sei que temos que sair correndo, mas não gosto de deixar os doentes para trás – disse Myrddion.

– Por favor, mestre. Cleoxenes organizou tudo. Como acha que consegui as tendas?

Myrddion olhou o aprendiz com um escárnio amigável e suspirou de alívio enquanto Cadoc desmontava a tenda em várias partes, que ia desamarrando. Em pouco tempo, as hastes eram levadas por partes à carroça de suprimentos, enroladas em pacotes transportáveis e amarradas com correias. Então, num passo ágil e com um sorriso no rosto marcado de cicatrizes, Cadoc abordou Finn quando este guardava uma caixa de unguentos. Sussurrou ao seu ouvido, gesticulando muito antes de se esgueirarem furtivamente para a escuridão.

Myrddion, Rhedyn e Brangaine acomodaram os pacientes no novo alojamento com uma suave economia de movimentos, afirmando que teriam assistência até se recuperarem. Quando a tarefa estava quase completa, Myrddion pediu que as duas viúvas colocassem Bridie na segunda carroça, com a pequena Willa aninhada ao lado dela.

Myrddion fora educado para ser escrupulosamente honesto, e rejeitaria a ideia de roubar comida de seu senhor, ato que consideraria desonesto e sem hombridade. Mas o juramento feito ao Rei Merovech tinha sido rompido com a morte do rei, e a humilhação de Bridie mudara tudo. Nada devia a Flávio Aécio, nem lealdade nem honestidade, e levaria o pagamento de seus serviços em comida e suprimentos. Não que esperasse algum pagamento de Aécio pelos serviços prestados. O romano podia ser um general habilidoso, mas faltava a ele a *dignitas* e os escrúpulos essenciais à sua classe.

A meia-noite chegara e se fora. Nenhum luar revelou a volta furtiva de Myrddion ao quarteirão romano do acampamento vazio. Nuvens obscureciam as estrelas e a densa umidade podia ser cortada com uma faca. Trovões intermitentes, cada vez mais próximos, rosnavam pelo ar pesado. Myrddion sentiu os pelos de seus braços se levantarem. *Ótimo*, pensou. *A chuva e o vento apagarão nossas pegadas. Só preciso encontrar o máximo de suprimentos que puder carregar.*

Quando chegou à tenda de depósito, percebeu que Aécio se tornara confiante demais. Nenhuma sentinela guardava o local. Agora que os hunos tinham se retirado, a quem mais temer? Tendas minúsculas de dois homens rodeavam os suprimentos, mas a noite estava quieta e muito parada. Até as fogueiras tinham se extinguido, o que ajudava Myrddion a não projetar qualquer sombra ao se deslocar de uma poça de escuridão para outra.

No ponto mais alto da crista, a tenda de Aécio estava em total escuridão. Embora guardas patrulhassem o perímetro, o principal objetivo era proteger as várias carroças carregadas de saques. O curandeiro sorriu; que Aécio ficasse com seu precioso tesouro. Ele próprio preferia grãos e carne-seca.

Silenciosamente, cruzou o solo vazio até a pesada tenda de lona. Em vez de se arriscar pela frente, foi abrindo caminho para a retaguarda onde havia um pequeno buraco na lona pesada. Levou cinco minutos aumentar a brecha na base onde a lona já estava enfraquecida. Com sorte, se deslocasse alguns barris em frente ao rasgão, o encarregado nunca notaria o saque. Myrddion precisava colocar a maior quantidade de quilômetros entre ele e os Campos Cataláunicos antes de sua ausência ser descoberta.

Na primeira incursão, pegou uma pesada bolsa de trigo, pendurou várias voltas de salsichões no pescoço e um grande pedaço de carne-seca de cabra no outro ombro. A seguir, tão silenciosamente como tinha vindo, deslizou novamente para as sombras. Deixou a carga sob arbustos magros, abrigada do vento, e fez mais duas viagens, pensando que moveria o lote com mais facilidade depois do roubo inteiro.

Para terminar, Myrddion surrupiou peixe seco, uma réstia de cebolas, um saco de maçãs secas e um pouco de carne-seca, assim como três sacos de grãos da tenda de suprimentos. Figos secos, um jarro de mel e uma ânfora de azeite completavam as provisões necessárias para ajudar o grupo a sobreviver na jornada para a Itália. Com uma pausa para rearranjar a enorme pilha de suprimentos na tenda a fim de disfarçar o roubo, Myrddion saiu do acampamento romano tão quieta e audaciosamente como chegara. Agradecendo o terreno seco e duro como rocha, o curandeiro não deixou pegadas ao fazer o árduo transporte do butim ao local do hospital. Depois dos suprimentos guardados na primeira carroça, Myrddion ficou confiante de que seu grupo poderia sobreviver por semanas sem precisar roubar para comer.

Os olhos de Brangaine arregalaram-se de alegria quando Myrddion estocou os alimentos na carroça maior. Exclamou de contentamento ante a cevada e as maçãs, embora ficasse intrigada com a escolha dos figos. Mas entrou no espírito do roubo; guardou cuidadosamente os jarros quebráveis para que nada fosse deixado solto, submetido aos solavancos das carroças na estrada.

A seguir, os dois conduziram, com o mínimo de ruído, os cavalos sobre os rastros da carroça maior, embora não houvesse guarda algum observando os preparativos. Myrddion teve de usar toda a sua força para manter em posição os cavalos, inquietos com o avanço da tempestade. Então, enquanto esperavam a volta de Cadoc e de Finn, Myrddion e as viúvas aproveitaram para dar uma espiada final nos pacientes.

Para o curandeiro, a hora que esperaram ao lado das carroças foi a mais difícil e enervante de todo o dia. Imaginou inúmeros desastres, desde a captura de Cadoc e de Finn durante o roubo até acidentes por falta de sorte na escuridão. Assim que gordas gotas de chuva principiaram a cair, Myrddion achou que mandara os auxiliares para a morte.

Então, quando a intensidade da chuva era como o som de um tambor ao se chocar contra a terra seca em rajadas contínuas, uma série de formas escuras se destacou na crista da colina, tendo contornado o acampamento romano para não serem detectadas. À medida que Myrddion as fixava, as figuras se tornaram mais nítidas: uma fileira de dez cavalos, três já com selas. Os outros estavam amarrados juntos em longas trelas e os dez tinham os cascos forrados de peles para abafar os sons que produziam.

Myrddion correu para os dois auxiliares e agarrou a mão de Cadoc, agradecido, antes de pular na sela de um dos cavalos.

– Atrele uma parelha à carroça menor e amarre os outros três na retaguarda – gritou sobre o martelar do aguaceiro. – Brangaine, pegue as rédeas da carroça da frente. Rhedyn pode conduzir a segunda. Bridie toma conta de Willa para você, Brangaine, assim ela fica ocupada durante a viagem. Vamos embora logo enquanto está chovendo. Com sorte, a água poderá apagar nossos rastros.

Foi assim que, pela primeira vez na vida, Myrddion roubou outro homem.

Com duas parelhas de cavalos, o grupo pôde viajar rápida e vigorosamente nos primeiros dois dias até deixar Châlons bem para trás. Só então Myrddion permitiu que todos parassem para um verdadeiro descanso. Nas últimas 36 horas, tinham feito uma pausa suficiente apenas para comer, dar de beber aos cavalos e atender às necessidades fisiológicas. Portanto, na segunda tarde, quando Myrddion mandou que as carroças parassem ao lado de um rio correndo lentamente, as mulheres estavam exaustas. Finalmente podiam dormir, preparar uma refeição quente e tratar os pequenos ferimentos que o grupo sofrera na estrada.

Ao examinar o curativo de Bridie, Myrddion viu que ele não cicatrizara adequadamente. Talvez os solavancos da carroça ou o estresse de não poder descansar como deveria tivessem causado a abertura supurante que começava a se formar numa ponta do corte. O curandeiro cheirou cuidadosamente o ferimento, mas o odor característico e adocicado da putrefação não estava presente. Com um suspiro de alívio, ele começou os preparativos para reabrir a ferida.

Cadoc esterilizou os instrumentos enquanto Finn preparava as ervas e o suco de papoula necessários. Os dois aprendizes estavam bem treinados; Finn já absorvera todo o conhecimento de ervas que Annwynn transmitira a Myrddion havia muito tempo, enquanto Cadoc adquirira perícia com a faca e a agulha. Assim, como uma equipe afiada, prepararam um lugar para a intervenção de Myrddion, evitando os olhos preocupados das viúvas. Cirurgia a céu aberto nunca era a opção ideal, mas o dia estava claro e sem sinal de chuva, embora a luz da tarde se encolhesse com a aproximação da penumbra. Se Myrddion ia tratar da infecção de Bridie num terreno seguro, aquele momento seria tão bom quanto qualquer outro.

Finn fez a paciente tomar uma dose de tintura de papoula. Bridie adormeceu logo, permitindo que Myrddion trabalhasse com uma chance pequena de ela acordar. Mas o rapaz era um curandeiro superior exatamente porque evitava contar com o acaso. Com o rosto virado para lhe assegurar uma respiração livre, Bridie foi delicadamente colocada de barriga para baixo e amarrada à mesa de operação. Depois do membro imobilizado, Myrddion respirou fundo e cortou os pontos com um rápido movimento da faca mais afiada. Somente três dias tinham se passado desde a primeira cirurgia, mas a maior parte do ferimento parecia estar cicatrizando.

O curandeiro reabriu, então, metade do longo corte. Uma feia exsudação de pus começara a se formar numa das extremidades da ferida; Cadoc debruçou-se para enxugá-la com trapos limpos.

– Queime esses trapos e lave bem as mãos com água quente antes de tocar nela de novo – ordenou Myrddion bruscamente, usando seu frasco de conhaque de fruta, agora já esvaziado, para lavar a cavidade que abrira. Então, enquanto Cadoc e Finn observavam atentamente, removeu parte da carne em volta do abscesso até que do tecido cor-de-rosa fluísse um sangue fresco e limpo.

– Vou cobrir a ferida com trapos embebidos numa pomada especial. Sabe qual é, Finn? Temos pasta de rabanete suficiente? Ótimo. Não use as mãos. Sei que você nada faria para prejudicar Bridie, mas estou preocupado. Não vou fechar o abscesso; só cobri-lo, para ele liberar os venenos que podem nascer lá dentro de novo. Não sei se a cirurgia vai funcionar, então acho que devemos imobilizar a perna dela com uma tala. Se Bridie não puder se mexer, talvez cicatrize mais rápido.

Os aprendizes se moveram rapidamente para obedecer ao mestre. Myrddion sentiu um momento de orgulho pela eficiência deles, antes que sua ansiedade por Bridie expulsasse todos os outros pensamentos.

– Brangaine! Rhedyn! Façam uma cama macia na carroça dos suprimentos médicos. Bridie não deve ser perturbada. Então tirem o que for necessário para o tratamento dos aldeões debaixo do colchão dela. Quero que ela fique numa posição reclinada no mínimo por uma semana, para a ferida ter tempo de cicatrizar. Ela não deve se mover, estão ouvindo? Precisa ficar deitada de lado ou de barriga para baixo; vai precisar de almofadas para pôr entre a perna boa e o joelho ferido. Estão entendendo?

– Sim, mestre. – Embaraçada, Brangaine tossiu e expressou o que as duas mulheres estavam pensando. – E para fazer as necessidades? Para ir à privada?

Myrddion sorriu do constrangimento delas.

– Procurem um recipiente velho, senhoras. Bridie vai ter que ficar na carroça por mais que isso seja constrangedor. Não será agradável para ela ou para vocês, mas já fizeram isso antes com os feridos. Sei que cuidarão dela; sei que lhe darão banho e vão deixá-la confortável. Finn ficará encarregado de fazer os curativos pelo menos duas vezes por dia. Reconheço que isso parece excessivo, certamente é mais do que o comum, mas não quero me arriscar. Quanto a Willa, ela vai ter que viajar com você, Brangaine. Pode usar a tipoia, apesar de a criança estar bem instalada a seu lado. Mas não quero que Bridie se ocupe com nada que possa prejudicar-lhe a perna. Nem cuidar de uma criança.

A pequena Willa tinha se recuperado lentamente, e Myrddion trabalhara duro para diminuir as cicatrizes da criança. As feridas da mente, no entanto, eram mais profundas e duradouras que a dor física, e Willa era silenciosa e carente. Gostava de viajar no colo de Brangaine porque ansiava por contato com sua salvadora, embora isso tornasse a tarefa de conduzir a carroça mais difícil.

– Lamento dificultar suas tarefas, Brangaine, mas Bridie pode perder a perna e até morrer se não tivermos cuidado. – Triste, Myrddion despenteou distraidamente o cabelo negro de Willa. Brangaine franziu o sobrolho para ele.

– Como posso me queixar se o senhor salvou minha filha da morte? Claro que a nossa preocupação principal tem que ser a Bridie, e Willa vai gostar de observar os cavalos, não é, docinho? Está vendo? Ela concordou. Minha garota não será um problema, não é, querida?

A criança assentiu de novo, contemplando Brangaine com olhos verdes brilhantes de adoração. *Um problema resolvido*, Myrddion pensou, enquanto sua mente acolhia o próximo.

Virou-se para Cadoc.

– Pode encontrar mais ervas e rabanetes crus? Ah, e um pouco de conhaque ou alguma bebida desse tipo? Nosso estoque está baixo e preciso checar a ferida com regularidade até que comece a cicatrizar naturalmente.

– Ela vai fechar direito se não for costurada, mestre? – perguntou Cadoc.

Myrddion sacudiu os ombros.

– Não sei, mas, se eu costurar o corte, vou trancar o veneno lá dentro. Tenho certeza de que Bridie prefere uma cicatriz feia, desde que continue com a perna.

Demoraram à margem da estrada por um dia, ainda que não pudessem perder tempo. Bridie precisava de uma chance para se recuperar e, embora choramingasse por retardar a partida e colocar o grupo em perigo, Myrddion insistiu que compensariam as horas perdidas com os cavalos descansados.

Cadoc pegou um cavalo e foi a uma comunidade isolada onde uma curandeira forneceu-lhe as matérias-primas que buscava para seus remédios. Como contou a Myrddion, a mulher não era muito limpa; os dentes negros e as unhas sujas inspiravam pouca confiança, mas ervas e rabanetes podiam ser lavados. E a potente bebida fermentada feita com uma raiz pela mulher deixou Cadoc lacrimejando quando a experimentou.

Após um curto descanso e alguma labuta para terminar as tarefas tediosas, mas necessárias para manutenção das carroças, o grupo continuou a viagem. Finn tratava constantemente a perna de Bridie. Quando Myrddion examinava a ferida a cada noite, ficava feliz ao ver a nova carne nascendo, rosada e saudável. Finn dava um jeito de passar seu tempo de folga na carroça médica. Myrddion o ouvia contando histórias a Bridie ou cantando para ela até tarde da noite, quando a moça não conseguia dormir. Contente, ele percebia um fulgor novo no rosto pequeno e comum da viúva sempre que via Finn se aproximar da carroça.

Com relação a Finn, o celta parecia tão feliz quanto sua natureza permitia. Carregaria sempre dentro de si a memória da vingança de Hengist na Noite das Facas Longas, a profanação de Horsa. Conquistara o título de Narrador da Verdade por levar a Vortigern a terrível notícia da morte do filho. E, como não havia escapatória, Myrddion o aconselhara a abraçar o nome e viver o resto de sua vida à altura da exigente descrição. Até agora, Finn permanecera à altura da grande responsabilidade do título em cada aspecto de sua vida, e não só na cruel exigência de Hengist de que ele descrevesse a vingança saxã em pagamento de sua vida.

A fita dos dias desenrolava-se contínua em aurora, meio-dia, poente e noite, e o tempo se tornava mais frio; o rumo sul, porém, os levava para climas mais suaves, quando o outono abençoava a terra com frutos maduros e campos pesados de grãos. Frutinhas vermelhas pontilhavam em abundância as moitas, manchando geralmente a boca de Willa com o sumo vermelho e púrpura sempre que paravam para alimentar os cavalos ou no descanso noturno. Maçãs pequenas e nozes rechonchudas eram colhidas no caminho, e os curandeiros aumentavam suas rações secas com a plenitude daquela terra fecunda. A região não era muito povoada, e a estrada, pouco mais que um sulcado caminho conduzindo-os de um povoado a outro, todos pequenos e cautelosos com os recém-chegados.

Naquela terra, encontrava-se uma beleza que, em vários aspectos, não existia na Grã-Bretanha. Ali, a cor do ouro parecia cobrir cada superfície, diferente do cinza-pombo e dos tons de carvão de Cymru. Álamos cresciam profusamente como dedos dourados. A relva longa tinha um toque de ouro, e até mesmo o ar parecia beijado pela poeira dourada de um deus benevolente. Os celtas podiam entender por que aquela terra conhecera tantos invasores, pois seu solo rico e águas doces falavam de lavouras que não podiam fracassar. Mas anos de tumulto e o movimento dos que buscavam novos pastos haviam criado populações nervosas e desconfiadas, divididas por diferentes lealdades tribais. Como lavradores e pastores pelo mundo afora, eram pragmáticos e isolados, preferindo evitar estrangeiros. Estranhos não tinham lugar naquela quieta existência.

No entanto, os curandeiros forneciam um serviço mais precioso do que ouro para os que viviam num mundo em que um membro quebrado podia significar morte, e uma simples doença infantil podia aleijar ou matar. Na maioria das comunidades, havia uma curandeira que conhecia parcialmente as ervas, mas tais mulheres serviam no isolamento de suas comunidades, sem a experiência mais ampla sobre doenças e ferimentos, a qual Myrddion e seus aprendizes haviam conquistado em abundância nos campos de batalha e nas longas viagens. Embora os habitantes desses povoados enfrentassem poucos acidentes maiores, Myrddion ficou surpreso com a quantidade de doenças crônicas que chegava à sua carroça.

Nos meses da cansativa jornada, o curandeiro sentiu repetidamente as falhas emocionais de seu ofício. Ao fim de cada dia desanimador, quando não conseguia ajudar os que o procuravam, lastimava de novo sua ignorância sobre as doenças que zombavam de seu aprendizado e o deixavam com um senso de impotência cada vez maior. O que dizer aos pais de uma criança cuja mente fora danificada no parto? Se o destino tivesse sido mais bondoso, o bebê, que seria incapaz de falar, andar ou até mesmo se alimentar sozinho, teria morrido na infância. Myrddion sabia que alguns pais matavam essas crianças, mas seu coração ia para as mães que não se submetiam à maldição da Fortuna e lutavam para manter os filhos vivos, mesmo nas garras da doença. Quando os pais lhe traziam uma criança babando, com olhos rolados na direção da cabeça, era obrigado a lhes dizer que nada podia fazer, apenas ver a esperança apagar-se naqueles rostos. Rezava à Mãe para erguer os espíritos dessas crianças e de seus sofridos pais. Mas o seu próprio ânimo ficava combalido.

A lepra era ainda mais cruel, embora fosse uma doença rara e Myrddion tivesse viso apenas três casos antes de chegar à Gália. Agora deparara com dois casos, cada qual num estágio diferente. Um deles era o de um menino que não parecia ter sido tocado pela doença, exceto pelos nós dos dedos inchados e a perda de sensibilidade nas mãos, nos pés, no nariz e nos lábios. Abatido, Myrddion foi obrigado a dizer ao pai viúvo que o filho mais velho fora atingido pela maldição. Com dez anos de idade, o menino feliz logo conheceria o isolamento; caso contrário, a doença se espalharia por outros membros da comunidade. Pelos ombros derrotados do pai e pela expressão desesperada nos olhos castanhos, Myrddion soube que desfechara um golpe mortal no pobre homem. Mais tarde, o curandeiro confidenciou a Cadoc que o pai provavelmente mataria o filho para interromper-lhe a infelicidade.

O outro caso de lepra fora o de uma mulher idosa que vivia à beira de um bosque em abjeta pobreza, mantida apenas pela comida deixada perto de sua cabana por um sacerdote e um pequeno grupo de piedosos cristãos. Myrddion visitou-a na cabana, mantida em pé por lajes de madeira podre pregadas umas nas outras. A pobre habitação era tão limpa quanto a mulher podia mantê-la com as mãos entorpecidas e danificadas. Os miseráveis bens que ali havia deixaram Myrddion arrasado de tristeza. Quando notou um vaso rachado de cerâmica grosseiramente colado com resina de pinheiro e cheio de flores do campo, a corajosa tentativa de embelezar a casa fez os olhos do curandeiro se encherem de lágrimas. A pobre mulher caminhava com a ajuda de muletas, embora cada passo dos pés destruídos, supurantes, lhe causasse uma dor cruel. As mãos ainda tinham os polegares e pelo menos outro dedo, o que lhe dava alguma destreza. Apesar de saber que estava sendo covarde, o curandeiro ficou vergonhosamente aliviado quando ela cobriu o rosto.

Com um orgulho simples, a dona da casa mostrou a Myrddion sua horta recentemente limpa de ervas daninhas. Ao lado da cabana, uma velha macieira ainda tinha frutos num galho, mas a mulher era obrigada a esperar as frutas caírem no solo por não ter forças ou destreza para colhê-las. Para toda parte que olhava, Myrddion via evidências de que o coração de um guerreiro se escondia no corpo da mulher deformada.

– Fui bonita no passado – disse ela, numa voz tão rachada e rouca pela doença e pela falta de uso que mal podia ser entendida. – Não espero que o senhor me toque, pois sei que estou impura. Só lhe peço um pouco de unguento para aliviar a dor das minhas juntas e alguma coisa para retardar o apodrecimento dos meus pés. – Enquanto ela movia o corpo desajeitado para aliviar a pressão dos pés, o pesado sino em seu pescoço tilintou roucamente. Myrddion se aproximou para tratar as lesões, mas ela se retraiu ante a bondade dele. – Não, mestre. Não vou passar esse flagelo para o senhor. Posso cuidar de minhas próprias feridas se tiver os unguentos e ataduras. Qualquer conselho que puder me dar também ajudaria. Fui obrigada a cortar meus próprios dedos das mãos e dos pés, mas na verdade não doeu muito. Mesmo assim prefiro ficar com o que resta dos meus membros.

A mulher era obviamente inteligente e responsável. Myrddion voltou às carroças e escolheu uma coleção de seus unguentos e o estoque de pano obtido em Aurelianum. Também explicou a utilidade de rabanetes e outras plantas, e aconselhou-a a plantar ela mesma esses vegetais para poder usá-los.

Antes de ir embora, o curandeiro lhe deu uma pequena quantidade de sementes de papoula amarradas num trapo.

– Se sua mobilidade ficar seriamente prejudicada, essas sementes trarão uma morte rápida – explicou com tristeza. – Prometo que não vão lhe provocar dor se moê-las com cuidado. As sementes de papoula são muito amargas e podem causar vômito. Então, deve misturá-las com a comida para evitar náuseas. Perdão por me faltar conhecimento para ajudá-la de outro modo. Vou rezar para a Mãe ter piedade de alguém tão corajosa e nobre como você.

– Sou cristã, mestre, e o padre me disse que é errado tirar minha vida. – Suspirou com tristeza. – Mesmo assim, aceito o seu presente. Sei o que o destino reserva para mim quando minha doença avançar. Possa Deus abençoá-lo e protegê-lo para sempre, meu senhor.

E assim Myrddion aprendeu que muitas doenças ele não podia curar, e jurou ser humilde sempre que expulsasse a morte de uma habitação.

Seus pacientes raramente lhe pagavam com dinheiro. Davam-lhe legumes frescos, ovos, frutas e até mesmo a estranha galinha foi parar nas panelas. O rosto de Bridie logo começou a mostrar um brilho saudável. Mesmo com a perna mal suportando seu peso e precisando de uma muleta para andar, o ferimento começava a cicatrizar com os bons cuidados e a comida sadia. A pequena Willa também florescia, com uma camada gorducha sob a pele macia; no entanto, continuava silenciosa. Ocasionalmente, quase dormindo, a criança sussurrava para Brangaine em gaulês, embora sua nova mãe relatasse a Myrddion que a menina aprendia celta tão rápido que parecia entender tudo que lhe era dito.

Enquanto o inverno avançava, com gelo e um vento cortante, os curandeiros chegaram ao mar do Meio, prosseguindo na direção do grande porto de Massilia. Havia meses viajavam pela Gália sem registrar sinal algum de perseguição; Myrddion, porém, não esquecera a advertência de Cleoxenes e não baixava a guarda. A inimizade dos grandes homens não se dissipa rapidamente, pois eles se tornam poderosos devido à disposição de esmagar os que ficam em seu caminho. Myrddion ordenou cautela à sua pequena família quando chegaram a Massilia; assim, acamparam nos arredores da cidade, perto de um poço onde um grupo de álamos erguia os braços nus para o céu cinzento.

O antigo porto, uma entrada para a Gália e o Ocidente, era maior do que qualquer cidade vista até então pelos celtas. Consideravam Londinium grande, mas esta era uma mera aldeia comparada a Massilia. O porto estava cheio de galeras romanas, birremes gregas, esbeltos barcos do Egito e navios fenícios de velas quadradas. Ao caminharem pelos cais movimentados, os celtas tinham a impressão de que povos de todas as raças, cores e credos se acotovelavam, gritavam, carregavam fardos e limpavam os conveses dos navios ancorados por ali. O mundo inteiro ia e vinha de Massilia, contribuindo para sua vivacidade e exótica beleza.

Myrddion maravilhou-se com os africanos, núbios de sedosa pele negra e cabelo crespo cortado rente à cabeça. Seus colares de contas esmaltadas e cordões de sementes e conchas sacudiam-se e soavam como sinos pequenos. Outros homens tinham pele amarela e olhos enviesados; vinham da Ásia ou do Oriente Médio, como Myrddion aprendeu depois. As roupas deles eram tingidas em cores vivas, quase ofuscando os olhos dos celtas com a força e o contraste das cores. Enquanto trabalhavam, os egípcios coçavam as rígidas perucas feitas de crina de cavalo, ou expunham as cabeças raspadas, brilhando de óleos perfumados, ao mesmo tempo que barganhavam. As roupas eram feitas de um algodão superfino, quase transparente de delicadeza, e as tangas, túnicas e saias, magníficas, pregueadas, só rivalizavam com os largos colares e peitorais de calcedônia, lápis-lazúli, ametista, malaquita, cristal de rocha e esmaltes montados em ouro e âmbar.

Mas o barulho era o traço mais presente. Uma cacofonia de línguas diversas, chamados de artistas de rua, incentivos gritados de barraquinhas de mercadores, e o vozerio, o estrépito, o baque e o choque causados pelo movimento e pelas montanhas de mercadorias comerciadas. A essa inacreditável mixórdia de sons se acrescentava o mugir de bois, os gritos de pássaros exóticos em gaiolas e até mesmo o rugir de um leão de juba preta, numa gaiola segura, destinado às arenas. Os olhos de Cadoc estavam tão arregalados de surpresa que Myrddion riu de excitação na atmosfera de carnaval.

– Detesto o mar e ele me detesta, mas retiro todas as minhas queixas sobre essa viagem. Tivemos nossos problemas e presenciamos coisas horríveis, mas valeu a pena ver Massilia. Ninguém em Cymru acreditará em mim quando eu contar essas maravilhas. Quem imaginaria que os homens podem ser negros como madeira velha, de olhos amarelos e lábios cheios da cor que a amora deixa na boca? É fantástico! – Cadoc abriu os braços para abarcar o porto que cintilava ao sol de inverno e a multidão ruidosa passando em torno deles.

– De fato é uma maravilha, Cadoc – murmurou Myrddion. – E o que vamos encontrar em Roma e Constantinopla? Mas é só uma pequena parte de um mundo muito maior do que celtas ou saxões podiam imaginar.

– Nunca pensei que veria homens de pele tão branca e de sardas vermelhas como o meu amigo Cadoc – Finn sussurrou para Myrddion com um raro sorriso. – Como essa gente de lugares distantes é extraordinária. – Apontou uma mulher embrulhada em túnicas diáfanas que lhe deixavam o peito e o ventre nus, nos quais se enroscava uma serpente de desenho vivo. Os cabelos compridos tinham a cor do sangue fresco, e pequenos sinos de bronze tilintavam de uma corrente adornando-lhe a cintura. Enquanto dançava para entreter um grupo de pessoas que começava a se juntar, comentários obscenos sobre o que ela devia fazer com a serpente eram gritados de homem a homem; ao mesmo tempo, um engordurado fenício entregava ao grupo pequenas tabuletas anunciando uma casa de diversões.

– Olhe o cabelo dela, Cadoc. Eu achava que o seu era vermelho, mas perto do dela é uma pálida imitação – brincou Finn, embora acariciasse, com os olhos, os seios atrevidos da mulher e a concavidade de seu ventre.

– Talvez o cabelo dela não seja verdadeiro – brincou Myrddion, tentando não olhar demais para a carne madura da mulher.

– Só há um jeito de verificar – disse Cadoc cruelmente, e fixou a mulher com deleite. Ela piscou o olho para ele e o rosto do celta se avermelhou.

Enquanto seus companheiros observavam os quadris ondulantes da mulher, Myrddion examinou a roupa do comerciante fenício. Com a curiosidade despertada por uma adaga na bainha ornamentada que pendia da cintura do homem, ele o abordou. Este, sorrindo, permitiu que observasse a arma mais de perto. Em formato de folha, ela era exatamente como a gravura do grande trilítero na Dança do Gigante. A mente sempre curiosa de Myrddion guardava a informação de que os fenícios tinham vindo para a Grã-Bretanha em algum momento do passado, e pensou nas vastas distâncias cobertas em nome do comércio.

De toda a aglomeração passando diante deles, um grupo do norte que desembarcou de um primitivo barco de madeira era o mais exótico. De pele branca e cabelos pálidos, com olhos tão azuis que muitos supersticiosos se afastavam do caminho, o grupo caminhava pela multidão como se esta fosse invisível.

– Quem são esses brutos enormes? – perguntou Cadoc num respeito nervoso pela altura dos nortistas. – Devem ser centímetros mais altos que o senhor, mestre. E olhe o tamanho das mãos e dos pés deles.

Myrddion fez a mesma pergunta ao dono de uma barraquinha vendendo castanhas assadas. Apesar de o homem baixo e moreno franzir a testa ante o latim de Myrddion, ele respondeu com muitos gestos e animação.

– São jutos, de um país chamado Jutlândia – explicou Myrddion a Cadoc. – Raramente vêm para o mar do Meio, mas são excelentes marinheiros e pescadores. E uma grande ameaça para o norte da Grã-Bretanha, pois deram para atacar na primavera. Os céus nos acudam se fizerem acordos com os saxões e invadirem de verdade.

– Merda! E pensei que os saxões eram grandes – murmurou Cadoc, enquanto uma mortalha caía temporariamente sobre o brilho do dia.

Massilia tinha um grande tribunal de mármore e diversos edifícios romanos, inclusive um hospital para os auxiliares romanos que mantinham a paz. Armazéns, estalagens, lojinhas de todo tipo, curtumes, abatedouros e os cortiços dos pobres faziam de Massilia um porto de grande beleza e feiura, com uma vivacidade que lembrava a Myrddion um gigantesco corpo humano estourando de vida.

Depois de comprar coisas essenciais nos mercados ao ar livre, os três homens voltaram aos arredores da cidade onde tinham erguido sua grande tenda e se estabeleceram para ganhar algum dinheiro oferecendo seus conhecimentos ao público. As viúvas estavam impressionadas com as histórias sobre os homens do cais, os legumes frescos que tinham sido comprados e um presente de Myrddion composto por castanhas assadas e estranhos doces feitos com farinha, mel e amêndoas. Com dedos grudentos e sorrisos felizes, elas se puseram a preparar a refeição da noite.

Após três dias em Massilia, o cofre de Myrddion estava novamente cheio. Por várias vezes fora chamado para se apresentar nas mansões dos ricos, onde sua limpeza, seu latim puro e sua beleza masculina conquistaram aprovação rapidamente. Ao lancetar o ferimento infectado de um rapaz que fora tratado por um charlatão interessado em enganar um comerciante rico, Myrddion se viu alvo de grande demanda. Mestre e aprendizes descobriram que o dia não continha horas que bastassem para atender as filas de pacientes pobres e os novos clientes ricos.

Myrddion já começava se sentir inquieto com a atenção que atraía e, assim, a possibilidade de fornecer um rastro para Aécio quando o destino conspirou para mudar mais uma vez seus planos. Os curandeiros estavam prestes a fazer a refeição noturna, composta de um rico ensopado, pão quente recém-assado e frutas no momento em que vários homens entraram no acampamento.

– Quem vem lá? – gritou Cadoc, enquanto Finn puxava a espada atrás de seu banco.

– Venham até a luz para que possamos ver vocês – gritou Myrddion.

Dois criados portando tochas vieram primeiro, seguidos por dois musculosos guardas armados de longos bastões de madeira. O último a se aproximar foi Cleoxenes, que foi até o cone de luz rodeando o fogo e passou os olhos pelo acampamento com interesse.

A atitude do enviado não tinha mudado, embora sua roupa estivesse mais desalinhada que o habitual e as botas imundas com a poeira de uma longa jornada. O rosto estreito e inteligente tinha a mesma indolência de antes, mas havia uma urgência nova sob o exterior de cortesão.

– Muito bem, amigo Myrddion. Vejo que continua a exercer sua profissão e está indo muito bem nela. Pelo menos foi o que me disseram. Eu trouxe a reparação que prometi a Bridie e vim também para avisá-los das mudanças que ocorreram no mundo desde que nos vimos.

Myrddion levantou-se de um pulo, o rosto abrindo-se num sorriso de boas-vindas. Segurou a mão do enviado com afeto.

– Estou contente de vê-lo, Senhor Cleoxenes, e grato por ter se lembrado de sua promessa. Sim, Massilia tem sido uma cidade muito lucrativa para o nosso ofício. Mas comecei a achar que estamos chamando muita atenção e quero partir para a Itália. Um dia a mais e não nos encontraríamos.

Cleoxenes sorriu segurando o ombro de Myrddion. O rapaz notou a brancura dos dentes do enviado. Quando este foi apresentado às mulheres, beijou a mão de cada uma, gesto que as embaraçou e provocou-lhes risinhos. Bridie, especialmente, foi tratada com uma tocante galanteria quando Cleoxenes colocou uma bolsa de couro com cordões nas mãos da moça. Assim que esta a abriu, uma cascata de moedas de ouro caiu em seu colo. Ela engoliu em seco com surpresa e prazer.

– Obrigado, Senhor Cleoxenes – disse Myrddion. – Com essas moedas Bridie não precisa temer seu futuro.

– Só paguei o que era devido. Fico ofendido com a crueldade desenfreada, portanto, não me agradeça por cumprir meu dever. A Fortuna favorece a nós dois, embora eu prefira pensar que meu senhor, o Cristo, me ajudou a encontrá-lo num momento em que precisamos conversar com urgência. A situação política é grave. Temos que mudar nossos planos iniciais e tomar o primeiro navio disponível para Roma.

Myrddion franziu a testa.

– Por quê? O que aconteceu para causar uma mudança dessas? Deixaremos um rastro claro se navegarmos para Roma.

– Flávio Aécio tem mais preocupações na cabeça do que o destino de um curandeiro celta, por mais irritante que possa achá-lo. Tudo o que temíamos se concretizou, pois Átila não voltou a Buda. Ele incendiou todo o norte da Itália e agora ameaça o coração do império. Sim, Myrddion. Vamos enfrentar uma nova guerra mortal.

Mapa da viagem de Massilia a Ostia feito por Myrddion

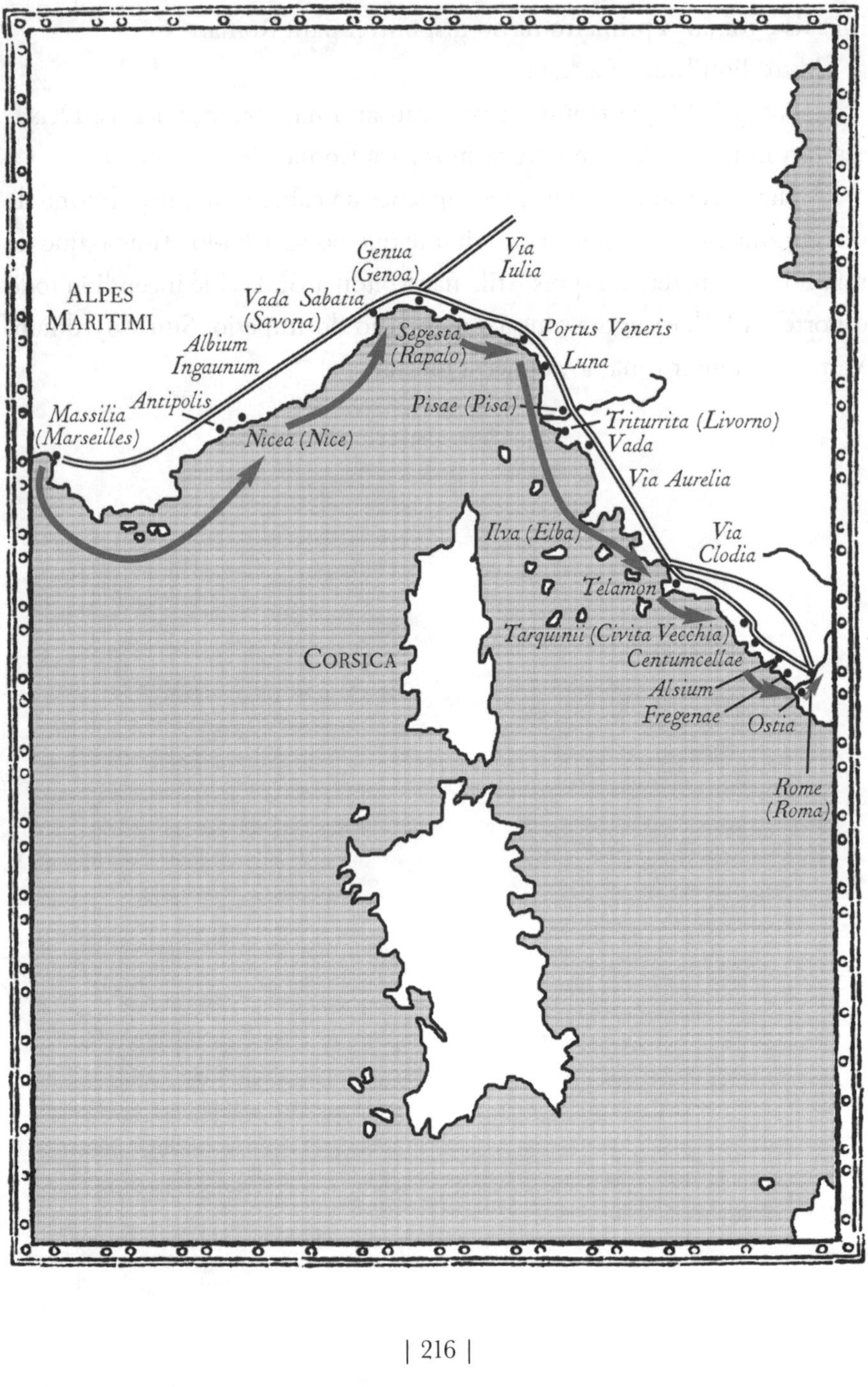

Capítulo 10

No império do ocidente

— Por que se tornou sacerdote, Padre Lucius? O senhor é um homem instruído e culto, e às vezes me faz sentir como uma selvagem ignorante. Como veio parar na Grã-Bretanha?

A Rainha Ygerne sorriu, os lábios erguendo-se numa curva bem torneada. Sabia que estava sendo invasiva. Contudo, durante o tempo que o padre passara em Tintagel, nos meses de outono agora a caminho do inverno, ela derramara o coração para ele e lhe expusera os medos mais profundos. Uma curiosidade natural a dominava, agora que sua mente começava pouco a pouco a cicatrizar.

Lucius também sorriu, fitando as próprias mãos frouxamente enlaçadas como se algum mistério se escondesse nelas. O sacerdote era um homem de emoções intensas e contidas, pouco habituado à dor da memória. Havia vinte anos ele fugira do passado como de uma praga.

– Lembrar o homem que fui outrora me faz lastimar um terço de minha vida – começou ele embaraçado, sem a calma costumeira. Mas, como os olhos da rainha estavam úmidos de simpatia, ele sufocou o próprio orgulho e continuou a falar: – Ouvi os seus segredos, Rainha Ygerne, e devo retribuir sua honestidade com a minha franqueza. Cresci onde as Sete Colinas se erguem para o céu azul da Itália. Minha família era muito antiga e cheia de arrogância, pois seus rebentos enriqueceram Roma e a si mesmos na república e no império. Não vou lhe revelar minha linhagem, pois ainda devo algo a minha família e não desejo arrastar seu nome na lama da minha própria insensatez. Mas posso lhe assegurar que cônsules e senadores preenchem suas máscaras mortuárias, e nossa história remete aos primeiros dias da república.

– Entendo, Padre Lucius, ou pelo menos tanto quanto qualquer mulher que pode reivindicar nove gerações de britânicos entende. Nome de família é um grande fardo, não?

Lucius assentiu com uma careta fatigada de autoconhecimento.

– É, embora eu tenha usufruído uma infância de privilégio e poder como primogênito. Estaria mentindo se negasse a arrogância displicente que meus direitos me permitiam. Bebi e conheci mulheres como todos os rapazes, usei a espada no Campo de Marte e pensei pouco no futuro, entendendo os deveres que minha posição exigia. Estava louco para conquistar honras no campo de batalha. Então, meu pai me mandou para o Oriente, onde servi sob vários comandantes de Constantinopla. Nunca entendi realmente o que significava ser um nobre romano até matar meu primeiro homem.

Ygerne viu as sombras escuras de uma lembrança agrupando-se nos olhos de Lucius e lamentou que a curiosidade que demonstrara causasse dor ao padre. Ele a ajudara a compreender seu lugar no mundo e a agradecer o amor que animava sua vida. As doações mais sombrias eram suplantadas pela devoção do marido e das filhas. Assim, Ygerne pusera de lado o luto que aterrorizara sua família. As orações lhe tinham trazido serenidade e aberto os olhos dela para uma vida além do frágil invólucro da carne. Sob o olhar suave do Padre Lucius, explorara a promessa do céu e a bondosa natureza do Cristo.

– Foi erro meu despertar-lhe lembranças dolorosas, padre. Na verdade, também conheço os privilégios e desvantagens de nascer numa classe elevada. Tive uma sorte imensa de meu pai, Pridenow, ter-me entregado a um homem que me amava muito. Portanto, minha vida tem sido abençoada.

– Você teve sorte. Muitas mulheres, inclusive minhas irmãs, foram prometidas a homens mais velhos a quem nunca amaram. – Mais uma vez Padre Lucius exibiu uma expressão atormentada. – De qualquer modo, segui as marés da guerra através do império e aprendi o que era ser um líder de homens. A morte de meus soldados me afligia de um modo que nunca teria podido imaginar. Na Gália, entretanto, soube o que a guerra realmente significava quando lutamos contra os vândalos, mergulhados na carnificina até o pescoço. Ela nos transformou em espantalhos banhados de sangue e miolos, e nenhum soldado que sobreviveu a essas batalhas foi o mesmo depois. Ainda tento lavar do rosto e das mãos a memória da culpa quando me levanto ao alvorecer. E ainda luto contra meus inimigos sem rosto nas horas escuras da noite até minha mente se aquietar. – Ygerne escutava calada, como se seus papéis tivessem se invertido e ela fosse o sacerdote ouvindo uma confissão. – Fui ferido na cabeça nos arredores de Tolosa há vinte anos, e isso afetou minha mente. Os cirurgiões não puderam fazer nada por mim: eu corria selvagemente, como um lunático, enjoado pela matança de que participara. Não consigo explicar esse período de loucura, ou sequer me lembrar bem dele. Mas fugia dos meus deveres e da minha vida como um covarde, envergonhando a mim e à minha família para sempre.

– Mas o senhor estava doente; não era covardia – protestou Ygerne, consternada.

– Mesmo não estando no meu juízo perfeito, era um desertor. Se não tivesse sido acolhido por um grupo de penitentes a caminho da Britânia, eu teria sido executado, para vergonha final de minha família. Assim, levaram-me a Glastonbury, onde me trataram até minha recuperação, dentro dos sagrados limites da igreja. Em algum momento, nesses anos perdidos, Deus me encontrou e me deu um novo objetivo. Abandonei os deuses estéreis da minha infância para seguir os suaves passos do meu Senhor. Com isso, substituí a espada pelo trabalho nos campos como os escravos que minha família tinha no passado. Reencontrei-me por meio da nobreza do suor e da labuta. Fui redimido na contemplação do verde e das coisas que cresciam, e meus dias agora são plenos e felizes. Mas chega de lembranças tristes. A senhora está bem novamente, e meu coração se alegra com a sua felicidade. Já é hora de eu voltar ao mosteiro em Glastonbury, mas minha senhora pode me chamar de novo se precisar de consolo. Acredito que Cristo a tocou, e o propósito Dele trabalha de um modo misterioso e inescrutável. Não posso dizer se suas filhas, um filho ainda não nascido ou a senhora mesma, como rainha de um povo corajoso, são instrumentos Dele. Mas posso sentir Seu toque na senhora e em seu destino. Que Ele a proteja de todo o mal e lhe traga Sua própria paz inefável.

Embaraçada, Ygerne ajoelhou-se e rezou.

Quietos, no terraço calçado de pedras quadradas, os dois mergulharam em seus próprios pensamentos enquanto o dia avançava para outra noite fria.

Lá em cima, os pássaros de Tintagel giravam, gritavam e caçavam como todas as coisas selvagens.

A galera abraçou a praia arenosa, mantendo-se longe dos dentes de pedra que se esticavam mar azul adentro em longas mandíbulas com suas presas. Sempre com a terra à vista, o grande ventre enfunado do barco capturava cada lufada da brisa, raramente recorrendo aos remos que podiam impelir a pesada embarcação a uma velocidade surpreendente.

Com mais prática por sua experiência do ano anterior, Cadoc vendera em Massilia as parelhas de cavalos e as carroças do grupo com um bom lucro. Cleoxenes providenciara a passagem deles no modo fácil do homem acostumado a exercer poder e encanto para obter o que queria. Quase sem esforço, tinham embarcado na longa viagem marítima.

A jornada deixava Myrddion impaciente. Mapas toscos da terra entre Massilia e Roma mostravam que uma linha reta a partir da costa era a rota mais rápida. Poucos capitães, porém, ousavam se arriscar nos perigos das águas abertas.

– Mas por quê? – perguntou o curandeiro a Cleoxenes, intrigado. – Quando seguimos a costa, estendemos tremendamente a viagem e demoramos a alcançar Roma. Neste nosso ritmo, Átila vai tomar a Cidade das Sete Colinas antes de chegarmos lá.

– Capitães sensatos têm medo de se afastar da terra. O mar do Meio é caprichoso e uma tempestade pode confundir o rumo mesmo para um navegador experiente. Corre-se o risco de ficar perdido para sempre. Na *Odisseia*, o grande escritor grego Homero descreve como Ulisses se extraviou por anos ao viajar pelas ilhas gregas. Os marinheiros se guiam pelas estrelas quando viajam à noite, mas essa orientação não é muito precisa. Quer morrer de sede?

Myrddion nunca ouvira falar da *Odisseia,* de Homero, embora tivesse lido a *Ilíada* em latim; guardou a informação como uma valiosa fonte de conhecimento. Contudo, a noção de que os navios não tinham meios para navegar pelo mar do Meio foi uma revelação para ele. Os mapas, cartas rudimentares, raramente eram usados, exceto pelos marinheiros mais instruídos.

– Então, como os homens do Norte atravessam os mares gelados e ermos para virem à Grã-Bretanha?

Cleoxenes sacudiu os ombros.

– Não tenho a menor ideia dos métodos dos bárbaros. Só posso explicar por que nenhum capitão cruza os mares entre este ponto e as ilhas da Córsega e Sardenha.

Os nomes significavam pouco para Myrddion, mas novamente ele os guardou como lugares de interesse caso os descobrisse em qualquer mapa que pudesse encontrar. No entanto, foi obrigado a aceitar e explicação de Cleoxenes e mitigar a curiosidade desenhando seu próprio mapa da rota costeira de Massilia à Itália.

Cadoc sofreu de enjoo por vários dias até que, milagrosamente, se acostumou ao movimento do navio e a náusea passou. Os marinheiros bronzeados de sol riam dele, gracejando que finalmente ele conseguira "pernas de mar". Com seu velho senso de humor, o celta passava o dia inteiro no convés e ficara muito bronzeado, especialmente nas áreas lustrosas e danificadas das cicatrizes. Entretanto, além de uma nova série de sardas no nariz e no rosto, não fora prejudicado pelo tépido sol da primavera.

Os portos e cidades deslizavam dia a dia, ligados pela estrada costeira romana ainda mantida como uma rota para o oeste. Antipolis, Albium Ingaunum, Vada Sabatia, Genua e Segesta passaram enquanto o navio avançava ao leste. Acima das cidades e estradas, as montanhas dos alpes Marítimos erguiam os cumes escarpados para o céu. Myrddion ficou fascinado com a altura e a imponente beleza das montanhas, que o faziam lembrar-se de casa. Segundo os marinheiros, tais picos eram parte de uma cadeia mais alta formando uma barreira quase impenetrável para se chegar aos tributários do rio Padus que cruzavam a Itália e derramavam suas águas no mar Adriático.

Quando pararam em Portus Veneris para se abastecer de água fresca, Cleoxenes desceu à cidade a fim de se informar sobre os problemas do Norte. Voltou mordendo os lábios e franzindo a testa, as sobrancelhas escuras unindo-se na testa geralmente imperturbável.

– As notícias sobre Átila são ruins... muito ruins... bem piores do que eu esperava. Também tive notícias inquietantes de Constantinopla, as quais podem ser verdadeiras ou não. Rezo para serem falsas.

– Conte as piores, então, Senhor Cleoxenes. Podemos não entender tudo que diz, mas a ignorância é ainda mais perigosa do que um pouco de conhecimento – incentivou-o Myrddion, alarmado pela tristeza do enviado.

– Chegaram boatos de que meu senhor, o Imperador Teodósio, está morto e foi sucedido pelo Imperador Marciano. Fiquei ausente da bela Constantinopla por tempo demais.

– A mudança de imperador significa problemas, senhor? – perguntou Myrddion. Sua solidariedade aumentava ante a perturbação visível de Cleoxenes.

– Não. Definitivamente não. Mas Teodósio era um homem bom e corajoso. Foi o primeiro a tentar deter as ambições do Flagelo de Deus, ou Átila, como vocês do Ocidente o chamam. Se os boatos são verdadeiros, lamento a morte do imperador. – Myrddion manteve no rosto apenas um polido interesse. Cleoxenes não gostaria de uma solicitude expressa. – Átila contra-atacou e agora domina todas as terras italianas até o rio Padus. O Norte é dele, e Aécio vai ter que montar ataques defensivos contra os batedores hunos. O general só pode retardar o avanço huno; não detê-lo, pois não tem as tropas necessárias para enfrentar Átila numa guerra aberta. Certamente deve lamentar o tratamento rude que deu aos visigodos e francos. Se Roma quiser sobreviver a outro incêndio, vai precisar de seus aliados.

– Essa reação era inevitável – murmurou Myrddion. – Pela torre de selas que vi nos Campos Cataláunicos, claro que Átila ia se vingar.

– Átila é tão orgulhoso que, mesmo sentado naquela pilha de couro, desafiou Flávio Aécio a atacá-lo. Como o mundo bem sabe, ele não está acostumado à derrota. Devia estar furioso cavalgando para o nordeste e contornando as montanhas até a estrada romana que corta os alpes Carnicae. Virar para o sul em vez de rumar para o norte seria o único modo de vingar as perdas nos Campos Cataláunicos e retomar seu poder e sua posição. Trouxemos o Huno direto para cima de nós quando nos submetemos à cobiça do general.

– Não se censure, meu senhor. Vamos saber quando chegarmos a terra da próxima vez, pois aposto que as cidades da Itália só estão falando disso.

As viagens marítimas parecem nunca terminar quando os viajantes anseiam por notícias que vão modificar suas vidas. A estibordo, os curandeiros podiam ver as águas sempre azuis do mar do Meio estendendo-se impecavelmente até o horizonte, sem mudanças. Cadoc pensou que fitar o oceano era monótono, apesar de já ter superado o enjoo.

– Quando o assunto principal são os pássaros, significa que nada há para nos distrair – queixou-se.

– Pode se distrair ajudando Finn a cortar as ervas que compramos em Massilia – rebateu Myrddion. – Ao desembarcarmos, teremos que estar prontos para ganhar a vida.

Mas intimamente concordava com Cadoc. Preferia ficar voltado para a terra, onde o escudo de montanhas começava a ceder às amplas planícies verdes. A cidade romana de Luna passou por eles, e pequenos barcos pesqueiros rodearam o navio como um grupo de insolentes pardais provocando um corvo. Enxameavam e investiam ao redor do navio, perseguindo cardumes prateados, enquanto homenzinhos de pele escura, meio nus, jogavam suas redes e sorriam para os marinheiros, trocando rápidos gracejos irreverentes.

Pisae deslizou ante eles a bombordo, e a ocasional embocadura de rio derramava as águas lodosas e os detritos de habitação humana no mar do Meio, manchando de marrom o mar impecável. As montanhas haviam recuado, e o navio guinara para o sul seguindo a linha da costa. Triturrita e Vada passaram; os olhos jovens de Myrddion avistaram a larga Via Aurélia quando esta coleou pela costa como uma serpente antes de desaparecer no interior.

Dos dois lados do navio, viam-se manchas de terra assim que a grande ilha da Córsega se destacou com os cumes montanhosos. A embarcação deslizou entre a ilha de Ilva e a costa. Cleoxenes informou ao curandeiro que o capitão ia se reabastecer de água fresca em Telamon, pouco mais que um sujo de mosca na massa de terra italiana e sem um porto decente.

– Por que paramos então? – perguntou Myrddion, já adaptado ao ritmo de vida no mar. – Por que não pegamos água num local melhor?

– Na verdade, nem vamos parar exatamente. O capitão recebeu mensagem de um barco pesqueiro dizendo que uma importante pessoa precisa de transporte até Roma e virá para cá no barquinho que vai nos entregar a água.

– Quem em sã consciência navegaria para o sul quando as estradas romanas levam diretamente à capital de modo muito mais rápido do que a vela ou a remo? No lugar dele, seja quem for, eu teria ido a cavalo.

– Eu também – respondeu Cleoxenes com um sorriso secreto. – Mas ele deve achar que o mar é mais seguro que a terra. Pode ser que a viagem fique animada com a companhia de mais um ou dois.

Quando o navio embicou para terra, os passageiros viram que a aldeia era um grupo de construções brancas e rosa agrupadas acima da linha costeira. Assim que o navio ancorou, um pesqueiro deixou o tosco cais e avançou para a arrebentação, empurrado pela brisa da terra. A tripulação do navio amontoou-se no convés fixando a costa, tratando a inesperada pausa como um feriado na invariável monotonia de seus deveres.

No meio dela estavam os curandeiros, ansiosos para se distraírem com qualquer mudança no ritmo previsível da vida num barco. Até Bridie deixou a cabine das viúvas e se juntou a eles, apoiada numa elaborada bengala que Finn fizera durante a viagem. Ele estava tremendamente orgulhoso de seu presente, enfeitado com serpentes do mar, peixes esculpidos e pedaços de concha num fulgurante rosa e branco.

Quando uma escada de corda foi lançada sobre a lateral encaroçada do navio, Myrddion sentiu-se contente por não ter de subir nos degraus de sisal, oscilantes e torcidos. O primeiro a se içar para o navio foi um militar numa armadura romana ricamente decorada de relevos e dourados, com um manto de lã vermelha.

– Parece que os visitantes são pessoas importantes – informou Cleoxenes aos curandeiros. – O tédio da viagem pode estar acabando.

Myrddion olhou para a escada de cordas e viu apenas as cabeças cobertas de duas mulheres que lutavam com suas roupas e peplos, enquanto se agarravam às cordas com dedos cheios de anéis. Um dos pescadores ajudava-as de baixo, enquanto um ágil marinheiro descia para ajudá-las com um braço bronzeado e forte. A riqueza dos novos passageiros era tão óbvia que os marinheiros, amontoados nos cordames e na amurada, resistiam ao habitual impulso de fazer comentários obscenos, mesmo quando uma rajada de vento revelou uma panturrilha ou coxa. As mulheres mal tinham alcançado o convés no momento em que pescadores escuros, ágeis como macacos, começaram a descarregar baús de pertences e barris de água vedados com resina de pinheiro.

Cleoxenes e Myrddion examinaram os recém-chegados com franca curiosidade. Até os aprendizes e as viúvas disfarçaram seu assombro com as duas mulheres, que escondiam os rostos dos olhares plebeus sob mantos com capuzes. O capitão logo apareceu, curvando-se respeitosamente, ainda a distância, para os ricos clientes. O oficial romano exigiu as melhores cabines para alojar as senhoras. Como Cleoxenes tinha ficado com a melhor de todas e Myrddion dividia a outra grande com Cadoc e Finn, o único espaço disponível era o inadequado alojamento das viúvas ou a malcheirosa cabine do capitão, com traços de peixe. Myrddion suspirou.

– Acho que temos que desistir de nossa cabine se não quisermos que as viúvas durmam no convés aberto.

O capitão do navio chegara à mesma conclusão. O nobre oficial romano foi induzido a compartilhar a cabine de Cleoxenes, um arranjo que nenhum dos dois desejava. Desse modo, os curandeiros guardaram os poucos pertences e se instalaram num lugar à popa do barco, onde ficariam protegidos do clima. O capitão lhes ofereceu espaço nos alojamentos da tripulação bem abaixo do convés, onde os seguranças e o criado de Cleoxenes ocupavam as melhores redes devido a seu tamanho e gênio irritadiço, mas os curandeiros já tinham experimentado os cheiros ruins e a escuridão do submundo de tais alojamentos. Myrddion anunciou que um pouco de chuva seria muito melhor para a saúde dos três do que redes enfileiradas sob um teto baixo e baldes transbordantes de fedor sugando o pouco ar de que dispunham.

Se tivessem esperado um agradecimento por sua generosidade seria inútil. As duas mulheres sequer olharam na direção dos curandeiros quando eles se deslocaram rapidamente para o novo lugar.

– Elas não vão gostar muito da cabine – previu Cadoc secamente.

– Vão gostar menos ainda dos beliches – acrescentou Finn. – Juro que há piolhos ali. – A lembrança o fez coçar o braço; Myrddion e Cadoc começaram imediatamente a se coçar.

– Talvez eles tenham algumas notícias para nós – disse Myrddion, curioso com a chegada do grupo romano. – Onde estará Átila agora? Sabemos da rapidez com que o exército huno se desloca. Podem até já ter tomado Roma.

– Pela cordialidade que demonstram, os romanos não vão falar conosco – disse Cadoc. – Duvido que até Cleoxenes consiga muita informação daquele saco de vento com armadura. Cleoxenes pode ser nobre, mas ficou muito bronzeado e não é mais tão exigente com suas roupas como no começo da viagem.

Myrddion concordou. Considerando a diferença de status, achava Cleoxenes uma companhia encantadora e erudita a quem devia muito. No mínimo a vida. Mas semanas no mar tinham relaxado o apuro no vestir do enviado, assim como deixado suas maneiras menos formais do que nos primeiros encontros. De fato, era possível que Cleoxenes fosse julgado abaixo da consideração romana, a não ser que se vestisse como na corte imperial de Constantinopla.

– Talvez estejamos criticando os romanos com muita dureza – murmurou Myrddion sem grande convicção.

– Duvido, mas pode ser que o mestre esteja certo – disse Cadoc, também nem um pouco convencido.

Os curandeiros tinham muito que fazer agora que Ostia, o porto de Roma, estava a poucos dias de distância. A roupa de Myrddion ficara decididamente surrada; então, as viúvas tinham comprado tecidos de lã e linho em Massilia, com o objetivo de confeccionar novas vestimentas para o mestre durante a viagem. A costura fora acompanhada de muitos risinhos, pois o pano era escondido sempre que Myrddion se aproximava delas. O rapaz não sabia o que fariam para ele com os tecidos preto, cinzento e branco, mas, até que os dedos ágeis terminassem o trabalho, tinha de se virar com a roupa puída, muitas vezes lavada e que viajara com ele desde Cymru. Ainda era jovem o suficiente para se envergonhar de sua aparência mal-ajambrada, e esperava mostrar melhor aspecto quando chegasse a Roma.

Decidira procurar Isaac, o curandeiro judeu a quem o falecido Teodorico tinha elogiado naquela fatal conversa nos arredores de Aurelianum. Até então, em sua busca do pai, não ganhara conhecimento nem ouro que legitimassem tal tumulto em sua vida. Talvez Isaac os aceitasse como aprendizes e partilhasse seu conhecimento com eles. A animação percorreu-os brevemente como um rastilho, logo substituída pela autodepreciação. Mais conhecedor do mundo romano agora, Myrddion duvidou que três celtas mal-ajambrados fossem aprendizes aceitáveis para um homem famoso como Isaac, mesmo este sendo judeu e escarnecido pela nobreza romana, a não ser que precisassem com urgência dos serviços dele. Aparentemente, a respeitabilidade em Roma aumentava bastante de acordo com a utilidade da pessoa.

– Estou ficando tão cínico como você, Cadoc – disse Myrddion ao aprendiz naquela tarde, depois de lhe contar seus planos. Contemplava ociosamente o mar azul-cobalto passar por ele enquanto um bando de gaivotas seguia o barco, gritando pelas sobras que o cozinheiro lançava na água àquela hora do dia, quando os preparativos de outro ensopado de peixe tinham terminado.

– Nunca, mestre – respondeu Cadoc, distraído. Estava aprendendo a fazer redes de pesca de barbante com um estreito gancho de madeira; assim, era obrigado a se concentrar muito para não pular malhas e estragar a trama.

Antes que Myrddion pudesse responder, ele viu Cleoxenes andando agilmente pelo convés em companhia do oficial romano, que tirara o manto pesado, mas ainda usava a magnífica armadura. Cleoxenes tinha o rosto vermelho e inchado, e o suor manchava sua túnica.

– Myrddion! – ele chamou peremptoriamente, embora sem rudeza.

O curandeiro se enrijeceu, já que a relação deles jamais fora de senhor e serviçal.

– Sim, meu senhor. Como posso servir-lhe?

As sobrancelhas de Cleoxenes se ergueram, surpresas, ante a voz exageradamente servil do rapaz. *Estou sendo idiota*, pensou Myrddion. Com uma pontada de culpa, percebeu que o outro talvez não tivesse notado o tom autoritário da própria voz. Infelizmente, as maneiras romanas contagiavam com facilidade.

– Não ligue para meu tom, senhor – acrescentou. – Estou um pouco tenso, agora que a viagem está chegando ao fim. Peço perdão por qualquer falha de cortesia.

Cleoxenes ainda parecia intrigado, mas, como Myrddion sorria de modo costumeiro, o enviado não se preocupou mais.

– Este cavalheiro é Flávio Petrônio Máximo, senador de Roma, patrício e conselheiro do Imperador Valentiniano. Está acompanhando a Senhora Flávia, filha do General Flávio Aécio. A Senhora Flávia viaja com sua nobre parenta, Heraclea, filha de Thraustila Major, primo da terceira esposa de Aécio. – O tom do enviado era neutro, e ele explicou depois que Thraustila vinha de uma nobre família huna cujo ramo era leal aos interesses de Roma. Então se virou para o senador. – Permita que eu lhe apresente Myrddion Emrys de Segontium, um curandeiro de competência extraordinária. Esse rapaz está indo para Roma a fim de aperfeiçoar seus conhecimentos com os maiores médicos de nossa época. Myrddion serviu ao General Aécio com distinção na batalha dos Campos Cataláunicos, onde tratou de muitos guerreiros romanos e salvou inúmeras vidas.

Myrddion fez uma reverência elegante, com cuidado para não envergonhar seu amigo. Petrônio Máximo assentiu altivamente com a cabeça; Myrddion chegou à conclusão de que o grande homem ficaria irritado se o curandeiro apresentasse os aprendizes a ele.

Outro Flávio!, pensou Myrddion com irritação. *E esse é da idade certa, com alguns anos a mais ou a menos. É uma figura razoável, mas ninguém, absolutamente ninguém, jamais poderia dizer que é belo como um jacinto.*

Felizmente o romano não lia a mente de Myrddion.

– O nobre Cleoxenes me disse que você é adivinho além de curandeiro.

– Não é bem verdade, meu senhor. Às vezes, repentinamente, sou afligido por estranhos transes e faço profecias, mas esse estado está além do meu controle. Não posso sequer garantir a veracidade de minhas palavras. Nem me lembro delas.

– Myrddion é muito modesto, Petrônio. Ele profetizou nossa vitória nos Campos Cataláunicos em detalhes. E, de modo ainda mais surpreendente, previu a morte do Rei Teodorico dos visigodos. Myrddion também é instruído e fala e escreve latim com fluência.

Petrônio encarou-o ceticamente e pediu desculpas para continuar sua conversa particular com Cleoxenes. Quando este e o romano se afastaram, Myrddion pôde examinar Petrônio atentamente.

De meia-idade, Petrônio Máximo já devia ter vivido pelo menos cinquenta anos. A Fortuna lhe sorrira no nascimento, e ele era vigoroso, atlético e bonitão de um modo áspero e ostentoso, embora a boa vida lhe tivesse aumentado a cintura e acolchoado os ombros. Um pouco de papada e a suspeita de um queixo duplo prejudicavam seu rosto largo, bem barbeado, de traços regulares e benfeitos. Sob uma tonsura de cabelos claros, que constantemente tentava disfarçar, a aparência do romano era agradável, apesar do nariz curto. Os claros olhos cor de avelã, aos quais a luz dava uma enganadora profundidade, impressionaram Myrddion.

Ele é como Narciso, apaixonado pelo próprio reflexo, pensou o curandeiro quando Petrônio Máximo obviamente se referia a algo pessoal mais uma vez, tocando o peito com a mão com anéis. As mãos do senador, porém, tinham autoridade, e Myrddion notou os calos provocados por anos usando a espada.

Petrônio era fascinante. Myrddion, contudo, ficou surpreso com sua própria falta de reação quando soube que Flávia era uma passageira do barco. Não sentiu solavanco algum no coração nem as mãos tremeram. Ele sorriu de leve, pois temera que a filha do general romano ainda o escravizasse. Com sorte não precisaria vê-la nos dias finais a bordo da galera.

Quando o senador se afastou para ordenar uma refeição decente para as senhoras que o acompanhavam, Myrddion juntou-se a Cleoxenes, que franzia a testa sombriamente.

– Aquele Aécio desgraçado! Eu sabia que a fraqueza dele nos causaria uma perda de milhares de vida, e agora isso se comprovou. Os hunos queimaram o Norte. Cidades foram saqueadas e igrejas, reduzidas a ruínas fumegantes. Mas a pior notícia de todas foi a destruição total de Aquileia. Petrônio contou que Átila ordenou a construção de uma fortaleza da qual podia observar a cidade enquanto ela ardia com os sobreviventes cidadãos trancados nela. – Myrddion estremeceu. A vingança a sangue-frio de Átila causaria repulsa a qualquer homem correto. – Todo o norte da Itália está sob o domínio de Átila; agora nada mais há entre seu exército e a própria Roma. Valentiniano fugiu de Ravena. Os pântanos e as vias navegáveis da cidade não vão protegê-la dessa vez. Tão grave é a situação que Aécio enviou a filha para o Sul e, se Roma for ameaçada, ela será mandada para a Sicília.

– Se o Huno está tão próximo como Petrônio Máximo diz, faz sentido despachá-la para a Sicília imediatamente – resmungou Myrddion. – O campo de batalha não é lugar para uma mulher.

– O que é isso, mestre! – Cadoc tinha se juntado a eles. – Que seria de nós sem as viúvas? Acho que estaríamos mal alimentados e mortos de exaustão.

– Estou me referindo às mulheres da nobreza – disse Myrddion rapidamente.

– Cada vez pior, mestre. Está dizendo que o campo de batalha é bom para as pobres, as indigentes e as ignorantes? Ou que não é adequado que as filhas dos patrícios enfrentem o banho de sangue de uma guerra? Os filósofos podiam discutir com o senhor por essas opiniões.

– Ele ainda tem todo o ímpeto da juventude. – Cleoxenes sorriu para Cadoc. – Myrddion ainda acredita que as mulheres são criaturas gentis, quando sabemos que são impiedosas até os ossos, pelo menos quando se trata de amor.

Com o riso do aprendiz e o eco benévolo de Cleoxenes em seus ouvidos, Myrddion fugiu para o convés e para o seu manto de lã esfiapado. Finalmente, sob um cobertor de estrelas, mergulhou num sono profundo.

À medida que se aproximavam de Roma, a população ficava cada vez mais densa; a costa se desenrolava num pergaminho de aldeias e pequenas cidades amontoadas ao longo da estrada. Tarquinii passou, e Cleoxenes distraiu Myrddion com histórias dos guerreiros que construíram a cidade e governaram essa terra antiga muito antes de os romanos esticarem o nariz para fora de suas choças de lama. Centumcellae, Alsium, Fregenae... Nomes históricos, mágicos e cantantes. A galera, porém, logo deixou as cidades para trás até que, com um enorme arroto de água marrom e imunda, o rio Tibre se esvaziou no oceano e Ostia pairou à vista.

Com remos sincronizados, a galera manobrou em direção a um ancoradouro do porto; numa disciplina soberba, a tripulação remou para os postes de pedra aos quais o barco seria amarrado. Subitamente a remada foi invertida; o barco estremeceu e começou a dar marcha a ré. Os remos foram levantados. A galera deslizou suavemente para o lugar certo, e uma corda forte foi amarrada à argola de atracação.

Vestidas com elegância, Flávia e Heraclea correram para o convés. Myrddion fez uma profunda reverência esperando que o grupo romano desembarcasse rapidamente. Entretanto, algum capricho feminino fez Flávia jogar o capuz para trás, revelando os maravilhosos cabelos cacheados ao se aproximar do curandeiro com um ondular doce e sedutor dos quadris. Myrddion notou que as mãos elegantes da moça tinham sido avermelhadas nas palmas com hena, as pestanas e sobrancelhas, escurecidas com antimônio e a pele já pálida tornada mais branca para esconder as encantadoras sardas. Era difícil para ele equiparar essa bela criatura, numa pose tão equilibrada e autocrática, com a Flávia que conhecera em Châlons. A moça que tinha conhecido era composta de fogo, mel e vinho azedo, mas ela agora fora eclipsada. Só os extraordinários e descombinados olhos eram os mesmos, transbordando de vida e ferozes no desejo de experimentar tudo que Roma tinha a oferecer.

– Muito bem, Myrddion de Segontium. Imaginei várias vezes se estávamos destinados a nos encontrar de novo.

– Fico feliz de vê-la bem e de saber que tenha se mantido a salvo dos perigos no norte – murmurou Myrddion com cortesia formal.

– Vejo que ainda é um mestre nas palavras bonitas. Pode me dar os parabéns, curandeiro: estou noiva e me caso no final da primavera, quando meu pai despachar Átila de volta a Buda.

– Que tenha muitas alegrias em suas núpcias – respondeu Myrddion com um sorriso. – Posso perguntar quem foi o homem que teve a sorte de conquistar a mão da filha de Flávio Aécio?

A moça sorriu com faceirice enquanto sua prima Heraclea franzia a testa em desaprovação. Agora que Flávia estava proibida para ele, Myrddion sentiu a famosa pressão no estômago como se tivesse caído de um penhasco. Ele abaixou as pálpebras de pestanas longas, mais curvas do que as de uma mulher, tentando esconder sua expressão.

– Tive sorte – murmurou Flávia. – Vou me casar com Thraustila Minor, o irmão da Senhora Heraclea, dono de muitos e amplos acres ao norte do rio Padus. Ele é senhor de Durostorum, na Moésia Inferior. Sua família é ligada à nossa por várias gerações, e Thraustila e seus familiares são bons cidadãos romanos, além de fabulosamente ricos.

Ela não conseguia evitar. A voz era cheia de jactância como antes, o queixo erguido imperiosamente. Os olhos abarcaram o rosto bonito de Myrddion com o olhar avaliador que ele lembrava tão bem. Inquieto, sentindo-se sem equilíbrio, desajeitado, curvou-se profundamente para as senhoras enquanto Flávia cobria os belos cabelos e deixava-se arrastar dali. Junto à amurada do navio, a moça se virou e fitou Myrddion com os olhos estranhos.

– Espero que nos vejamos quando eu for senhora de minha própria casa em Ravena. – Flávia sorriu uma última vez. – Seja cuidadoso com a sua vida, Myrddion de Segontium. Sua morte seria um grande desperdício.

Então, ao lado de Petrônio Máximo e de sua acompanhante, Flávia chegou à prancha de desembarque e saiu da galera, deixando para trás o cheiro pesado e exótico de seu perfume almiscarado.

Finn assobiou.

– Que mulher, mestre! A melhor possível, e seu jeito demonstra as intenções dela em relação ao senhor. Só faltou arrastá-lo para a cama. O convite quase me fez cerrar os dentes... E olha que eu nem era o alvo.

Finn parecia tão desaprovador que Myrddion teve vontade de rir. Na verdade, o convite tácito de Flávia não era divertido. Como poderia se afastar se ela se insinuava para ele? Com gratificação e lástima, Myrddion resolveu ficar o mais longe possível do caminho da moça.

*

Muitas horas se passaram no disciplinado esforço de descarregar as tendas, suprimentos médicos e as preciosas coleções de ervas, poções e misturas, assim como as três viúvas e seus parcos bens. Willa agarrava-se à mão de Brangaine, com os olhos arregalados, silenciosa como sempre, avaliando os novos e estranhos lugares. Enquanto isso, Cadoc fizera sua mágica habitual e comprara duas carroças confortáveis, duas parelhas de cavalos e três montarias para os homens.

Ostia fora um porto de enorme importância desde que, segundo a lenda, Eneias de Troia viu pela primeira vez o Tibre e navegou pelo amplo rio até deparar com as sete colinas que se tornariam a cidade de Roma. A posição geográfica que ocupava era ideal, com o próprio porto situado na ponta da margem norte do rio, onde este fluía para o mar do Meio. Myrddion sentiu um arrepio de desgosto ante o enorme monturo de lixo varrido para a água, incluindo esgoto cru, resíduos que misturavam panos velhos, madeira e até mesmo vários corpos humanos e animais, inchados, irreconhecíveis, emaranhados em redes de deslocados jacintos d'água. Myrddion não era um novato no assunto. Sabia que seres humanos usam frequentemente rios para a remoção de lixo, em todos os sentidos da frase.

Ostia se agigantava em relação a Massilia, pois Cleoxenes sussurrara que uns cinquenta mil homens, mulheres e crianças a chamavam de lar. A maior parte dos cereais e mercadorias que posteriormente iam para Roma passavam primeiro pelos vastos armazéns de Ostia. Nada na Grã-Bretanha preparara o grupo para o tamanho, a complexidade e a capacidade dos cais. Embora muito depauperada, a base naval para o Império Romano do Ocidente localizava-se em Ostia. Cleoxenes explicava as diferenças entre as arrumadas fileiras de galeras de todos os formatos, tamanhos, armamentos e complexidade de bancos de remo usados para impelir os estranhos barcos. As figuras de proa dos barcos incorporavam enormes aríetes na linha da água, revestidos de ferro e enfeitados com esculturas de bronze em relevo.

– Ali estão as salinas que tornaram Ostia tão importante nos primeiros dias da república. Em determinada época, Ostia era o maior porto do império, mas... – Cleoxenes sacudiu os ombros, triste. – Agora que a cidade se afoga em seus próprios dejetos, navios carregando grãos vêm com menos frequência, e a malária traz doença e morte a cada verão.

– Não é de surpreender, se o famoso Tibre é um indício da situação. Ninguém ousaria beber a água dele.

– Ninguém bebe – murmurou Cleoxenes, rindo. – O império inteiro toma vinho, fazendo os iludidos cidadãos acreditarem que Roma ainda é tão vasta e poderosa quanto outrora.

Enquanto Myrddion ajudava as viúvas a levar seus pertences para o cais de pedra e madeira, Cadoc e Finn recarregavam as carroças com a eficiência de uma equipe bem treinada. O curandeiro observou os enferrujados ajustes de ferro e pedra que se esfarelavam: os armazéns gritavam por conserto, pintura e limpeza. Sim, Ostia estava visivelmente em declínio.

Agradecendo aos deuses por terem chegado no final da primavera, e não durante a virulência do verão, Myrddion montou o novo cavalo, um vistoso animal cinzento que mostrava jarretes fracos. Então procurou Cleoxenes, que se preparava para partir acompanhado de seus guarda--costas.

– Gostaria de lhe agradecer, Senhor Cleoxenes, por tudo que fez em meu benefício. Não tenho nada de valor para lhe dar, mas, se um cristão não se ofender com as preces de um pagão, implorarei à Mãe que o leve a salvo até sua casa.

Apesar de sua urbanidade, Cleoxenes ficou embaraçado com o gesto amigo do curandeiro. Mas aceitou os cumprimentos de Myrddion e prometeu procurar o rapaz em Roma antes de partir ao encontro de seu novo senhor em Constantinopla. A seguir, o enviado retirou um pacote embrulhado em tecido da bolsa de sua sela.

– Isto é para você, Myrddion. Vi como se iluminou quando falei na *Odisseia,* de Homero. Desembrulhe e veja. Sim, é sua, ponto. Aproveite o texto do mestre, ainda que Homero seja melhor no original grego.

O curandeiro baixou os olhos para o cilindro de pergaminho nas mãos do enviado. A dispendiosa gravação no recipiente indicava seu valor, e uma rápida olhada para o manuscrito indicava ser um belo exemplo da arte do escriba.

– Leio grego, meu senhor – respondeu Myrddion automaticamente. E, como os olhos estavam fixados no manuscrito, ele não viu o olhar atônito de Cleoxenes ante tal revelação. – Esse presente é valioso demais. E o senhor tem sido meu amigo e meu mentor, e os presentes são tão grandiosos que nunca poderei retribuí-los. Mas isso...? A *Odisseia*? Não posso aceitar semelhante generosidade.

– Ah, pelo amor de todos os santos, Myrddion! Diga só um obrigado que vou me sentir bem pago. Não! Não quero ouvir mais palavra alguma.

Então Cleoxenes foi embora, o cavalo trotando de lado num movimento nervoso.

Quando o enviado se afastou com seus vigorosos guarda-costas, Myrddion mergulhou numa profunda sensação de perda. Cleoxenes facilitara seu caminho de cem modos diferentes, mas seu displicente amigo tinha sido também muito paparicado. Anteriormente, Myrddion jamais tivera um verdadeiro companheiro de sua própria classe. Não que ele se preocupasse com berços. O fato é que Cleoxenes preenchera uma lacuna na mente do rapaz, e tinham compartilhado a camaradagem fácil de homens inteligentes, instruídos e curiosos.

Fóruns nobres, enormes casas de banhos de mármore, uma arena de espetáculos que deixou a cabeça de Myrddion girando pela complexidade dela e os edifícios de vários andares da Suburra evidenciavam uma cultura tão superior a tudo que o curandeiro conhecera que ele sentiu uma pontada de dor ante os edifícios abandonados, desmoronando. A cidade estava com raiva dos bandos de desempregados de olhos vazios, meio famintos, que frequentavam as lojas de vinho e perambulavam pelas ruas em busca de uma presa. Só o medo das espadas e adagas de Cadoc e Finn protegia os curandeiros de assalto, assassinato e violação.

– Ostia é uma cloaca que ainda é bonita por fora, mas já está podre por dentro – Myrddion disse aos aprendizes. – Estou louco pelo ar puro e pelo verde dos campos. Vamos expelir o fedor horrível deste lugar dos pulmões.

E assim Ostia foi ficando para trás.

Embora a tarde estivesse avançada, o pequeno grupo não se hospedou nas estalagens mais próximas, preferindo continuar ao longo da estrada bem construída até a cidade ser apenas uma lembrança. Quando a escuridão caiu e as construções de Ostia sumiam em bolsões isolados ligados por terrenos cheios de lixo ou lavouras desconexas e desalentadas, Myrddion finalmente respirou com prazer. Descobriu que preferia o campo de batalha banhado de sangue àquele mundo que parecia apodrecer com a gangrena do espírito, mesmo ainda vivo.

– Se Ostia é um cadáver não enterrado, como será Roma? O que podemos aprender num império caindo aos pedaços?

Cadoc virou a cabeça na escuridão, e Myrddion percebeu o desespero na própria voz. Sabiamente, os aprendizes ficaram em silêncio.

Mapa de Roma e de seus arredores feito por Myrddion

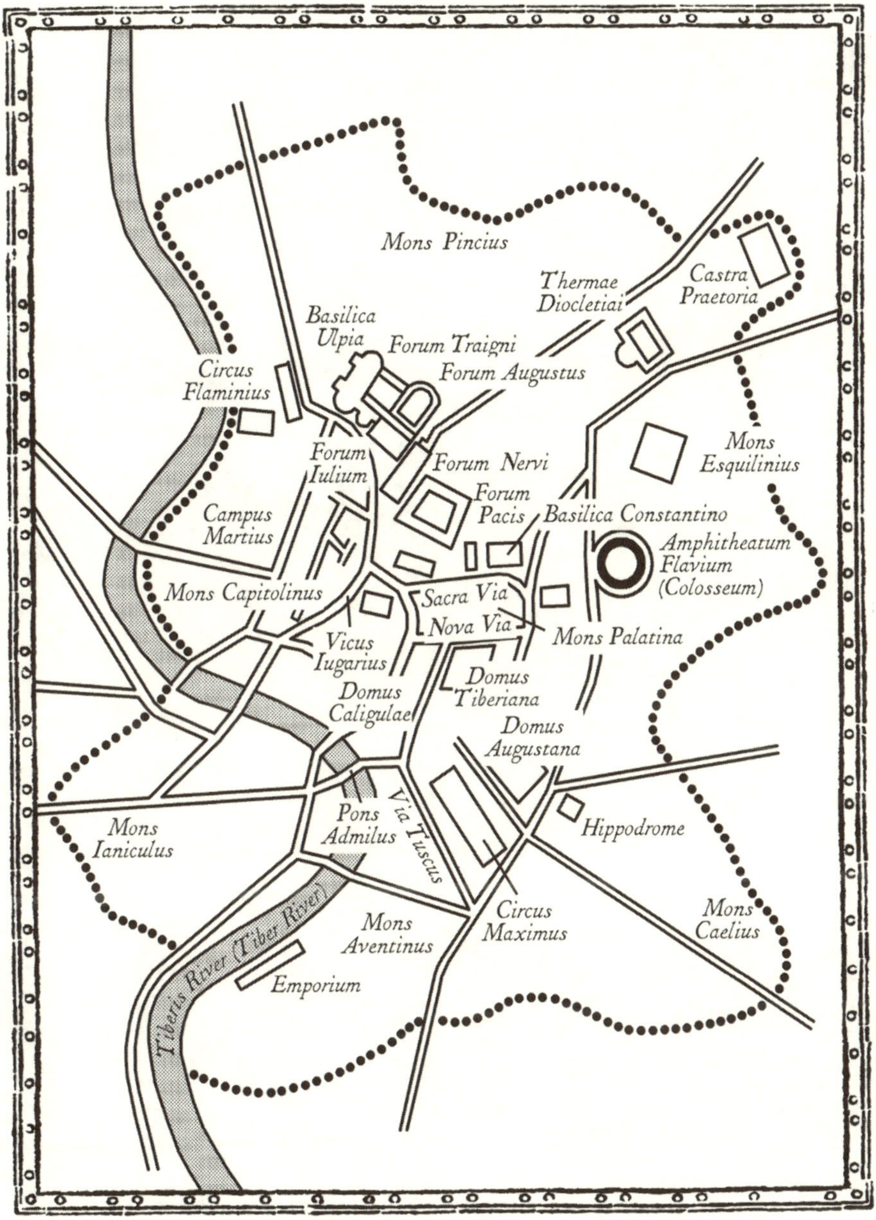

Capítulo 11

A cidade e a Suburra

Os curandeiros passaram a noite abrigados num bosque de oliveiras. Myrddion sentiu perigo no vento da noite, tão pungente quanto a fumaça de cadáveres e azedo como vinho ruim. Sem paciência com seus instintos, disse a si mesmo que meses de viagem o tinham deixado sobressaltado, com a ansiedade que alguém sente ao se aventurar em lugares estranhos. A aurora encontrou os companheiros acordados. O ar cheirava a ensopado de peixe requentado, a odor de azeitonas esmagadas e a uma doçura de canela que Myrddion não reconheceu. Naquele momento, já havia um peso abafado no dia, como se uma fina poeira permeasse a névoa quente.

A luz revelou um campo nu e exposto que parecia gasto demais para ter vida. Mesmo as velhas oliveiras pareciam cansadas e mal nutridas. Um vento inicial impeliu uma camada de poeira sobre um campo de brotos pálidos lutando para sobreviver.

– O que há de errado com esta terra? – perguntou Myrddion a Finn, que vinha de uma família de gerações ligadas ao campo. O celta acocorou-se e pegou um punhado do solo. Espremeu-o; em vez de se amalgamar, a terra escorreu-lhe por entre os dedos como areia.

– Está esgotada, mestre. Tudo que havia de bom nela foi sugado por anos e anos de cultivo constante. O solo precisa se alimentar para ser fértil de novo. De tantos em tantos anos, meu pai plantava uma safra só para colocá-la de volta no solo e assim nutrir os campos. Então deixava a terra descansando por uma estação. Se um lavrador fica muito mesquinho ou é necessitado demais, obriga a terra a aguentar mais do que pode. Isso acaba matando o solo.

Myrddion suspirou.

– Há centenas de anos os veteranos das legiões romanas vêm recebendo pequenos lotes de terra por toda a Itália como recompensa por serviços ao império. É triste ver uma terra que já foi fértil destruída pela ignorância. Homens treinados para lutar geralmente nada entendem de lavoura.

– Sim, mestre. Não é de espantar que Roma dependa agora do cereal de seu império. Do que sobrou dele.

– Já é hora de partirmos, Finn. E rápido! Ainda temos algumas rações valiosas, levando-se em conta a qualidade da safra diante de nós; Roma está próxima. Então, logo vamos ver o que aconteceu com o império.

Na cansativa viagem para Roma, apesar de se maravilhar com a imaginativa engenharia das estradas e canais para drenar a água da chuva, Myrddion viu também como a paisagem fora danificada. Enquanto as oliveiras ainda sobreviviam nos declives das colinas baixas, profundos sulcos de erosão rasgavam as planícies, expondo seu azedo subsolo. Cabras devoravam qualquer broto tenro que irrompia da terra cansada, e os cascos dos cavalos pisoteavam o chão seco transformando-o na poeira soprada pelo vento.

Os fazendeiros que os curandeiros encontraram na viagem pareciam cansados, de ombros curvos, derrotados pelos anos de luta. As pequenas propriedades tinham sido devoradas uma a uma por latifundiários ricos, fazendo com que os donos originais trabalhassem arduamente por moedas enquanto enriqueciam os nobres ausentes. O ressentimento brilhava nos olhos dos camponeses. Os grandes proprietários exigiam uma renda cada vez maior da terra esgotada, uma renda que os camponeses jamais viam. As mãos que tinham brandido espadas pela glória de Roma no passado se fechavam de raiva agora ante a passagem dos curandeiros. Embora os viajantes fossem mal-ajambrados, tinham cavalos, sendo por isso considerados ricos. Ninguém buscou tratamento médico. Ninguém falou.

Pela primeira vez desde que tinham deixado os Campos Cataláunicos, o grupo foi obrigado a tomar conta dos cavalos e das carroças enquanto dormiam naquela noite à margem da estrada. Os homens fizeram turnos para proteger o acampamento no caso de um ataque, e recearam acender uma fogueira, com medo de que seus rastros fossem descobertos. Myrddion entendeu, então, por que Cleoxenes viajara para Roma com guarda-costas bem armados.

– A Itália anda muito mais perigosa do que Cymru. A população está hostil e raivosa – disse a Finn na última manhã da viagem, embora seu companheiro estivesse consciente do perigo. Myrddion vinha lutando para entender a amargura dos camponeses na viagem pela terra esgotada. – O campo está mergulhado em ressentimento, e só podemos esperar que Roma esteja melhor do que isto.

No final do segundo dia, chegaram aos arredores de Roma. Resolveram acampar ali mesmo para entrar na cidade durante a relativa segurança do dia.

Naquela noite, foi mais difícil encontrar as estrelas no céu escuro. A cidade gerava sua própria luz através dos fogos para cozinhar, havendo mais lâmpadas a óleo do que se podia contar, assim como fogueiras acesas nas ruas para guiar os bandos perambulando à noite. À medida que os olhos do pequeno grupo podiam ver, pequenos fulgores de luz emolduravam janelas sem postigos ou revelavam sombras nas paredes, colunas e edificações de vários andares.

Sons também eram trazidos até eles pelo vento noturno, como se a cidade resmungasse profunda e guturalmente. Myrddion conheceu o feio zumbido composto de centenas de milhares de vozes, gritos, gemidos, falas, sons de amor ou de morte, assim como o latido de cães, o ruído do gado sendo preparado para os abatedouros e os sons de animais exóticos nas gaiolas abaixo das arenas.

Após ouvir por uma hora as pulsações da grande cidade, o rapaz adormeceu, sonhando com terra morta que oferecia os ossos de incontáveis vítimas sacrificadas em nome de Roma por mais de mil anos. Em seu sonho, os ossos envenenavam qualquer um que os tocasse, até que o próprio

rio se tornou uma corrente ácida de corpos inchados. Caveiras sorriam para ele com dentes estilhaçados, erguendo dedos ossudos que imploravam redenção.

Quando os horrores da noite finalmente o libertaram, Myrddion acordou com o gosto de cinzas e lágrimas nos lábios.

À primeira luz da manhã, Roma era mais estranha e exótica do que Myrddion poderia ter sequer imaginado. Por boa parte do dia anterior, a estrada romana abraçara o Tibre, com todos os seus cheiros; agora o grupo se aproximava da cidade pelo sul, numa mistura de excitação e temor. O avanço era lento na estrada apinhada de veículos de todos os tipos, lavradores carregando cestas de produtos para os mercados, cavaleiros e camponeses montados em mulas decrépitas. As carroças de Myrddion só podiam se arrastar por ali enquanto a multidão discordante gritava e xingava, forçando caminho para a cidade.

À frente, o pequeno grupo podia ver uma pequena cavalgada aproximando-se. Um personagem nobre reclinava-se num enorme divã dourado fechado, para privacidade, por cortinas de gaze. O sofá era carregado por oito escravos núbios pretos como carvão e acompanhados por guardas; em virtude das finas roupas e dos paramentos luxuosos, Myrddion imaginou que o viajante fosse alguém de considerável prestígio. Os celtas nunca tinham visto tal opulência. Assim, ficaram boquiabertos diante da ostentosa exibição até que um dos guardas chicoteou o cavalo da primeira carroça deles e os mandou sair do caminho num latim curto e grosso. Enquanto os núbios passavam trotando com sua pesada carga nos ombros quase sem suor ou esforço, os companheiros ficaram surpresos pela falta de cortesia, e pela preferência tácita outorgada ao homem que se reclinava no divã.

– Não é de espantar a raiva dos camponeses. Enfiam-lhes tanta riqueza da aristocracia debaixo dos narizes, enquanto eles trabalham tão duro e com tão pouco lucro – murmurou Myrddion afrontado, apesar de ter aceitado que os curandeiros não tinham status algum naquela cidade.

– Eu gostaria de jogar aquele saco de vento e seu traseiro gordo na estrada – disse Cadoc com um veneno pouco habitual. Ele raramente se aborrecia com as fraquezas da aristocracia, mas naquele momento ficara enojado pela indiferença mostrada pelo senhor e por seus escravos ante as necessidades de qualquer um que não fossem eles próprios.

– Como pode dizer que a criatura tem um traseiro gordo? Ela está totalmente invisível para que os camponeses não a contaminem com seu olhar. Mas sei como você se sente, amigo. Que arrogância! A Senhora Flávia é uma amadora diante de tanta pretensão.

O trivial incidente confirmou para Myrddion o grande abismo entre os ricos e os pobres. Entre celtas, saxões, francos e mesmo hunos, havia cidadãos ricos que exibiam arrogantemente seu status sobre o campesinato, mas na terra deles os camponeses e os pobres tinham algum recurso à justiça através de seus senhores. Em Roma, o pobre nada tinha; os nobres eram donos de tudo, até da alma de seus escravos. E, mais que qualquer coisa, ricos ou pobres, ser romano era tudo. Como forasteiros e não romanos, os curandeiros não tinham qualquer valor.

O que primeiro impressionou os viajantes em Roma foi o tamanho da cidade, uma vastidão que sobrepujava os conceitos deles sobre as necessidades de uma população tão grande. Tudo era enorme, abarcando e cobrindo as sete colinas de fama universal, brilhando à luz do meio-dia com mármores de todas as cores e tamanhos. O Circo Máximo era suficientemente grande para conter uma corrida de biga e muito mais. Pairando sobre ele, erguia-se o Palatino rosa, brilhante, com o Hipódromo, o Domus Augustana, o Domus Tiberiana – menor – e o infame Domus Caligulae. Os templos fulguravam com pátios de cintilantes colunas de mármore branco, enquanto palácios e mansões elevavam suas displicentes e ordenadas cabeças em direção ao céu.

Entretanto, para os que conseguiam ver abaixo da glória, da arquitetura e das maravilhas de engenharia, os mesmos sinais de negligência que afligiam Ostia estavam ali, expostos para o mundo. Cinquenta anos antes, os visigodos de Alarico tinham saqueado e incendiado Roma; mesmo agora, algumas construções ainda mostravam as cicatrizes daquele incêndio. A população da cidade diminuíra desde a pilhagem, e muitos prédios de alguns andares que cobriam a parte mais baixa estavam vazios e desmoronando, especialmente perto do rio e de seu odor nocivo. Só aqui e ali algumas árvores corajosas, fontes secas e mesmo uns punhados de flores silvestres mostravam que um prédio era pelo menos parcialmente ocupado.

Pouco depois, Myrddion parou diante de um dos prédios mais limpos, com uma escada caiada e ao lado de uma loja vazia. A evidência das grandezas passadas estava na largura da estrada, permitindo que as carroças passassem por ela sem bloquear o tráfego. Outras construções tinham três, quatro ou cinco andares, em vários estágios de dilapidação, mas vasos de terracota com vivos gerânios vermelhos descansavam nos parapeitos das janelas superiores de um dos prédios. Suas venezianas estavam em bom estado e, apesar do pigmento rachado e desbotado, traços de tinta vermelha, azul e ocre ainda podiam ser vistos contra o desgastado cinzento do reboco e pedra.

– Cadoc! Vamos ver quanto querem que paguemos aqui para alugar alguns cômodos.

– Se o senhor me permite, tenho certeza de que consigo um preço bom. O distrito está muito destruído em alguns lugares, e o aluguel não deve ser alto demais para inquilinos respeitáveis.

Os dois homens subiram os rasos degraus que levavam a uma grade de ferro funcionando como porta, mas que permitia o livre acesso da brisa. Uma campainha de bronze polida estava ligada à grade para que os visitantes se fizessem anunciar. Assim, foi uma surpresa serem confrontados por uma mulher rechonchuda, de cerca de um metro e sessenta de altura e com uma cintura quase do mesmo tamanho,

– Por que estão tocando minha campainha, jovens senhores?

A voz da mulher, melodiosa e bonita, transformava as palavras simples numa canção. Tinha traços meio exóticos, especialmente os olhos escuros amendoados, e as estreitas sobrancelhas que se erguiam nos cantos externos. Myrddion podia imaginar como aqueles olhos de ameixa deviam ser atraentes quando ela era mais jovem, pois, mesmo naquele momento, notou os próprios lábios movendo-se enquanto ela o encarava como uma animada cambaxirra. Os cabelos escuros estavam pincelados de fios brancos, e longas rugas lhe marcavam a pele dourada das narinas aos cantos da boca sorridente.

Cadoc sorriu com franqueza. Myrddion notou que o rosto da mulher se tornou ligeiramente sombrio ao perceber as cicatrizes que torciam um dos lados do rosto do amigo e desapareciam dentro da túnica.

– Senhora, eu sou Cadoc ap Cadwy, de Cymru, nas Ilhas Britânicas. Como pode imaginar, viajamos muitos e cansativos quilômetros até chegar ao centro do mundo. Este cavalheiro é Myrddion Emrys, curandeiro de perícia incomum, que é meu mestre e professor. Precisamos de um lugar para tratar os doentes e também de aposentos para morar. Como seu prédio parece superior a muitos outros da vizinhança, estamos aqui para saber seu preço.

A mulherzinha encarou os dois atentamente, fitando as roupas surradas que usavam. A dúvida pairava-lhe claramente nos olhos escuros.

– Não tenho preconceito algum contra estrangeiros – disse ela, e cruzou os braços sobre os amplos seios. – Mas vocês não parecem bem curandeiros. Têm certeza de que podem arcar com uma loja e um apartamento?

– Dependendo de seus preços, talvez dois apartamentos. Meu mestre tem dois aprendizes e três viúvas que trabalham para ele como enfermeiras. Nossas roupas estão esfarrapadas por meses de trabalho, sal do mar e pelas durezas de uma grande guerra. Não nos julgue pela aparência, boa senhora, pois somos exatamente o que estamos dizendo.

Cadoc podia encantar até os pássaros nas árvores quando queria, mas Myrddion imaginou que ele encontrara um páreo duro na proprietária. O olhar dela era vivo demais e esperto demais para que a dona fosse facilmente engabelada por lisonjas.

Myrddion curvou a cabeça e sorriu para a mulher. Quando falou, teve o cuidado de usar seu latim mais puro, em vez do dialeto falado por Cadoc.

– A senhora tem a minha palavra de que não vai se arrepender se confiar em nós, apesar de estarmos empoeirados e com essas roupas puídas. Vou trazer muitos pacientes à sua loja e prestígio à sua casa. Tenho referências de ricos protetores em Massilia, e posso conseguir uma recomendação de Cleoxenes, o enviado do Império Romano do Oriente. Não vamos enganá-la ou causar problemas à sua casa.

– Bonitas palavras – murmurou ela ante o sotaque dele e a óbvia educação de Myrddion. Então seu sorriso se abriu totalmente de novo, luminoso e com uma deliciosa promessa sexual para uma mulher cuja juventude ficara havia muito tempo para trás. – Muito bem, podem me chamar de tola, mas vou arriscar. Os deuses sabem que há poucos locatários. – Então mencionou um preço que Myrddion considerou muito baixo, mas Cadoc riu como se ela tivesse contado uma divertida uma piada. Com óbvio alívio, ele estava pronto para começar a pechinchar.

– Para locatários de qualidade, que não ficarão bêbados, barulhentos nem vão demorar a pagar? Eu vi o estilo da maioria de seus clientes. Talvez seja melhor a gente procurar outro lugar.

Virou-se para ir embora com o impotente Myrddion atrás dele quando a proprietária mudou de ideia.

– Vocês não vão encontrar nada melhor que a minha casa – disse ela. – Mas talvez eu possa abaixar um pouquinho o preço se alugarem os três apartamentos.

Depois de mais negociação, a Senhora Pulchria pediu um mês de aluguel adiantado, e Myrddion viu que sua bolsa se esvaziava bem menos do que ousara esperar. Os curandeiros dispunham agora de uma loja e dois apartamentos. Só faltava descarregar as carroças e encontrar um estábulo para abrigar e alimentar os cavalos, tarefa que Finn prometeu concluir antes da noite.

As viúvas chegaram ao prédio declarando que os aposentos ficariam muito melhor depois de uma boa esfregadela. Felizmente Pulchria não tinha ideia do que elas diziam ou ficaria mortalmente insultada. Com um olhar um tanto fixo nas mulheres celtas e na criança, ela se retirou para o corredor e conduziu os novos inquilinos por outra escada pequena levando a um nível mais alto em torno do átrio central, aberto para o céu. Os apartamentos, contíguos, não eram grandes, mas tinham mobiliário básico, um espaço azulejado adequado para se cozinhar e compridas janelas que deixavam entrar a luz do pátio. As portas e as venezianas podiam ser fechadas e trancadas, e as privadas públicas fora do edifício eram suficientemente limpas, embora com odor acre.

– Se quiserem tomar banho, o que eu recomendo a todos vocês, há banhos públicos a duas ruas de distância, os quais custam só uma moeda de cobre. O único grande pecado para a nossa comunidade é alguém ser sujo.

– Obrigado pelo conselho, proprietária – murmurou Myrddion, reprimindo um sorriso. – Vou explorar os banhos imediatamente. – Para ele, era uma ironia que os romanos dessem tanto valor à limpeza pessoal quando as ruas da cidade se mostravam cheias de refugo. Mas havia alguns romanos orgulhosos de suas casas, como Pulchria, que mandavam os criados ou escravos limpar os arredores de seus prédios. Grandes aquedutos traziam água limpa para a cidade. Assim, poços e fontes podiam ser encontrados na maioria das encruzilhadas importantes. Ninguém pensava em beber água do Tibre. Na verdade, a se acreditar em Pulchria, bem poucos romanos bebiam água.

A proprietária deu-lhes outros dois bons conselhos, embora Myrddion risse deles.

– Não levem as bolsas com vocês. E cuidado quando falar com outras pessoas nos banhos, rapaz. Você é bonito demais para viajar desarmado. – Ela se dissolveu em risinhos enquanto sumia escadas abaixo.

Myrddion informou aos aprendizes que ia sair e tomou a precaução de esconder uma estreita faca de cirurgião na bota. Então, com uma muda de roupa limpa na sacola vazia, aventurou-se pelas ruas ainda apinhadas, apesar da proximidade da noite.

O jovem curandeiro encontrou os banhos públicos sem dificuldade, e pagou uma moeda para entrar e outra por uma toalha limpa. Pouco habituado ao uso do óleo e da lâmina de esfoliação, observou uma fila de homens de todos os tipos e atividades se despirem sem embaraço e guardar as roupas em pequenas prateleiras de madeira, supostamente vigiadas por um escravo de olho atento. Pela primeira vez, Myrddion ficou grato por suas roupas esfarrapadas. Sub-repticiamente, colocou várias moedas na boca, guardando uma para o aluguel de uma lâmina de esfoliação muito gasta e um vidro de óleo rançoso. No vestiário, onde o chão era quente e o ar vaporoso, passou óleo no corpo e esfregou-o vigorosamente com o pequeno instrumento, enquanto mantinha um olho em seus companheiros de banho. Então, antes que perdesse a coragem em sua vulnerável nudez, mergulhou na piscina quente.

Inicialmente seu corpo parecia em fogo, mas, a seguir, ele se adaptou ao calor, os músculos começaram a relaxar, e os poros a se abrir. Mergulhou a cabeça e, em seguida, torceu o cabelo comprido na água corrente.

– Olhem, amigos, há uma mulher ali – uma voz áspera brincou no cru patoá latino das ruas. – Mas ela não tem peitos.

Myrddion se virou. Deparou com um homem corpulento bem mais baixo que ele próprio, de corpo musculoso marcado por cicatrizes antigas.

– Falou comigo, meu amigo? – perguntou Myrddion com uma sobrancelha levantada.

– Olhem só! Ele fala! Talvez seja um *castrato*, apesar da voz grossa. Então é um rapaz que dá o rabo e está por aqui procurando clientes. Eu sirvo, doçura? – O homem lhe mandou um beijo debochado, e Myrddion lhe virou as costas. – Estou falando com você, menino bonito. Não sou bastante bom para você?

A irritação de Myrddion começou a entrar em ebulição.

– Chega. Não quero brigar com o senhor; deixe-me em paz.

Com um mergulho suave e elegante na água quente, ele abriu caminho submerso até os degraus levando para fora da piscina. Escorregadio como uma foca, subiu os azulejos aquecidos com a água escorrendo-lhe dos cabelos pela cintura e cobrindo-lhe de gotinhas cintilantes a pele rosada. A altura de Myrddion, sua pele macia e suas belas proporções fizeram com que mais de um homem o olhasse de modo lascivo. Várias escravas também o aprovaram visivelmente, mas o curandeiro andou entre eles de cabeça erguida. No *frigidarium*, mergulhou na água gelada para fechar os poros da pele, sem se preocupar com os borrifos que lançou em vários jovens que riam e recebendo a dura desaprovação de vários homens mais velhos. Então, sem olhar para trás, andou até suas roupas como se estivesse vestido. Com o prazer da limpeza agora estragado, Myrddion mal se secou antes de vestir-se e sair dos banhos públicos.

Infelizmente o anão musculoso não encerrara a questão. O curandeiro tinha andado uns dois minutos quando uma larga mão com dedos de ferro agarrou seu ombro.

– Quem disse que podia me deixar plantado assim, rapaz? Você me insultou.

Sem equilíbrio, Myrddion foi girado e viu, com um suspiro de fatalismo, que enfrentava quatro homens, tão duros e maus quanto qualquer criatura em seus pesadelos. Seu perseguidor-chefe sorria como um sapo com finos lábios lascivos, e agitava a língua vermelha nos cantos da boca odiosa num gozo debochado e fingido.

– Não sabe quem eu sou, rapaz? Sou Ferreus, também chamado Barra de Ferro quando lutava pelo prazer da corte nojenta. Já devorei rapazes como você, por mais alto que seja. Acho que vou estragar esse rosto bonito para seus clientes não ficarem tão interessados em você.

Ele prefere falar a agir, pensou Myrddion, enquanto uma raiva ardente o ia escavando aos poucos com uma vida própria. Vendo que implorar ao agressor ou raciocinar com ele só daria prazer ao brutamonte, o curandeiro apertou os lábios e encarou o bandido como se este fosse uma barata.

Ferreus enrubesceu, as cicatrizes no rosto destacadas como uma crista branca. Então brandiu uma das mãos e atingiu o curandeiro com a outra, fazendo Myrddion balançar com o golpe. Sentindo uma costela quebrar-se, o curandeiro viu que Ferreus o mataria enquanto os que se amontoavam em torno riam, apreciando o espetáculo.

Outro golpe o atingiu quase no mesmo lugar. Myrddion percebeu que o lutador tentava liquidá-lo empurrando-lhe as costelas quebradas para dentro dos pulmões. Viu-se de joelhos, o peito ardendo. Algo lhe subiu pela cabeça como vômito azedo, obscurecendo-lhe a visão. Os dedos encontraram a faca na bota, e ele se levantou sem ligar para a dor nas costelas. A lâmina brilhou na meia-luz do começo de noite. Ferreus recuou com um estreito corte no peito.

– Seu merda! Seu covarde de merda!

O desprezo na voz do lutador disparou a fúria de Myrddion, e o cheiro de sangue fez sua cabeça girar.

– Você pretende me matar, Ferreus, mas eu afirmo que vai morrer primeiro. Cuidado com quem tenta matar, pois posso ver o estrangulador procurar você nas celas. Se tiver sorte, ele vai matá-lo logo. Mas, seja lá o que ele decidir, seu corpo, Ferreus, vai ser jogado de uma rocha no Tibre. Os homens nunca saberão que você algum dia viveu e morreu na vergonha. – Ferreus deu um passo atrás, alarmado com o fulgor real, vermelho, nos olhos do estranho, cuja altura pouco comum o enfurecera tanto instantes antes. – Eu o marquei para que os homens o reconheçam pelos sinais que faço no seu corpo. Quando você se aproximar, como fará, vou terminar o que comecei com facilidade. Eu, Myrddion Emrys de Segontium, prometo que os peixes lhe devorarão os olhos antes que outra semana tenha acabado.

Os amigos de Ferreus se dispersaram como fumaça na chuva, mas Ferreus vencera inúmeras contendas em belas mansões onde lutara por gordas bolsas de ouro. A coragem dele não tinha limite sempre que competia contra alvos fáceis, pois não podia imaginar perder quando sua força lhe dava uma nítida vantagem. O lutador avançou.

– Não tenho medo de sua laminazinha ridícula nem de qualquer ameaça idiota, rapaz que dá o rabo. Vou enfiar esse narizinho bonito para dentro do seu cérebro.

Correu para Myrddion, que sentiu um golpe terrível no ombro. Mas, mesmo enquanto o curandeiro se virava para minimizar o efeito do soco, ele conseguiu passar a lâmina no estreito ferimento acima das costelas de Ferreus, deixando uma grande e rasa cruz em sua trilha.

– A maior parte já está feita – Myrddion sussurrou para o outro. – Minha paciência chegou ao fim, do mesmo modo que seu destino. Já terminei com você.

– Mas eu não terminei com você! – gritou Ferreus. E Myrddion teria sido socado até morrer se um troncudo soldado não agarrasse o lutador, paralisando-o. Quando outros membros da guarda chegaram ruidosamente pela rua, Myrddion fugiu.

Chegou à Suburra sem ser perseguido. Agarrando um lado do corpo, tocou a campainha de bronze.

– O que aconteceu? Seu rosto está branco como neve de inverno. Entre! Entre! Perdeu sua chave? – Pulchria se agitou em torno dele como uma galinha. Depois que Myrddion entrou, ela examinou a rua e, a seguir, trancou a porta.

Myrddion se desculpou.

– Ainda tenho a chave, mas eu me esqueci de usá-la.

Sua respiração agitada e a mão nas costelas como se quisesse protegê--las fizeram Pulchria escancarar a porta interna e apoiar os ombros dele com uma mão rechonchuda. O curandeiro cambaleou pelo longo corredor segurando-se na parede.

– Pode chamar meus aprendizes, senhora? Fui pego numa briga de rua; espero que a guarda não apareça e perturbe a paz de sua casa. Perdão.

Pulchria engoliu em seco. Tinha tido filhos, mas fora uma escrava na juventude. Trabalhando numa casa de má reputação, poupara desesperadamente para comprar sua liberdade. Seus filhos tinham sido vendidos, como era o hábito do mundo. E agora esse homem-rapaz a olhava com os olhos magoados de uma criança. Ela se derreteu, embora dissesse a si mesma para manter a cabeça mais fria.

– Espere aqui. Vou buscar seus rapazes agora mesmo.

Afastou-se nos pés pequenos, subindo a escada na maior velocidade que seu volume permitia.

Cadoc e Finn surgiram num momento. Com alívio, o curandeiro apoiou a cabeça no ombro de Cadoc, enquanto seus aprendizes o pegavam e o carregavam para o apartamento deles e a cama recém-arrumada.

– Onde está ferido, mestre? – murmurou Cadoc ao ver os dedos ensanguentados de Myrddion.

– O sangue não é meu, Cadoc. Que Ceridwen me perdoe, mas eu marquei um homem desarmado com o bisturi. Mesmo assim, acho que ele me quebrou algumas costelas e um osso do ombro.

Finn cortou delicadamente a camisa e a manga rasgada de Myrddion, desnudando-lhe o peito. Sem ser notada, Pulchria tinha seguido os homens. Arquejou ao ver as marcas roxas dos punhos de Ferreus no ombro e no lado esquerdo do corpo de Myrddion.

– Céus! – exclamou ela. – Alguém que sabe o que quer tentou machucar o mestre. Já vi ferimentos assim antes, quando garota. A nobreza gosta de sexo e sangue com seu vinho. Ah, sim. Os homens lutam até a morte com as mãos nuas enquanto as senhoras e os cavalheiros comem frutas, tagarelam, ou fazem apostas. Se tivessem visto o que eu vi...

– O que aquele homem fez é mais do que suficiente – protestou Finn. – Mas por que alguém ia querer machucar o mestre? Pensei que o povo de Roma respeitasse os curandeiros e não os maltratasse.

Myrddion ficou vermelho, e Pulchria soube imediatamente o motivo dos ferimentos. Passou suavemente a mão pelo cabelo úmido do curandeiro e o afastou de sua testa.

– O mestre é bonito demais, rapazes. Ele causa inveja e luxúria apenas por existir. Acho que alguém que sabe lutar tentou feri-lo seriamente.

Os dedos rombudos de Cadoc encontraram pequenas fraturas em duas costelas de Myrddion, assim como no osso do ombro. Sacudiu a cabeça, incapaz de imaginar como a beleza de um homem podia acarretar semelhante punição.

– Como o senhor mesmo diz, mestre, vou ter que lhe causar um pouquinho de dor.

– Mas nada de papoula, Finn. Quero ver o que vocês fazem lidando com fraturas – silvou Myrddion, os dentes cerrados.

Com rapidez e eficiência, as costelas foram enfaixadas com precisão, já que não havia outro tratamento. O osso do ombro foi alinhado de novo, o braço de Myrddion amarrado junto ao corpo e depois apoiado numa tipoia. O rapaz gemeu quando Cadoc o machucou; Pulchria, contudo, sentiu a dor mais intensamente do que o curandeiro e chorou de solidariedade. Ela passara a gostar do curandeiro depois de apenas algumas horas em sua companhia.

– Eu cortei duas vezes Ferreus com meu bisturi. Fiz uma cruz com a lâmina, assim vou reconhecê-lo se tornar a vê-lo. Perdi a cabeça, Cadoc, e disse coisas horríveis a ele. Disse-lhe que seria jogado de uma rocha e os peixes do Tibre lhe comeriam os olhos dentro de uma semana. Como pude jogar essa profecia em cima de alguém?

– Ele mereceu – respondeu Finn sucintamente. – Agora, beba esta água com um pouco de papoula para dormir. Não, mestre, não aceito desculpas. Sou seu aprendiz de ervas; o senhor vai me obedecer.

Myrddion estava intrigado também, o que aumentava seu tumulto emocional. A maldição saíra dele com tanta facilidade que concluiu ter vindo do mesmo lugar de onde saíam as profecias. A diferença é que, nesse caso, ele se lembrava de cada palavra dita. Sua cabeça girava, confusa.

Engoliu a beberagem. Enquanto a droga o fazia adormecer, ele se afligia por não poder estabelecer sua reputação como curandeiro ao menos por um mês e meio, com o braço fora de ação. Felizmente não sonhou.

Quando acordou, além das viúvas, Pulchria também cuidava dele. Com a perna ferida, Bridie se limitava a pentear e trançar os longos cabelos de Myrddion e prendê-los com faixas de lã, ostensivamente, para impedir de se embaraçarem na nuca. Rhedyn limpava o apartamento dos homens com uma ferocidade que impressionou Pulchria. Brangaine, com Willa a reboque, apareceu com um ensopado e um pão milagrosamente preparados na simples lareira de ferro.

Pulchria se encarregou das fofocas. As ruas próximas já fervilhavam de mexericos sobre o incidente, embora uma luta sem importância já tivesse sido esquecida não fosse sua consequência trágica. Ferreus resistira à guarda, e aqueles punhos, tão acostumados a causar dano na carne humana, haviam atingido um centurião patrício, quebrando-lhe o pescoço. O oficial morreu instantaneamente e o lutador fora arrastado dali.

– Lamento que Ferreus tenha matado alguém, mas isso não é de espantar. Quando ele me socou, eu me senti atingido por uma barra de ferro. Pelos deuses, ele só me deu três golpes e a cada vez me quebrou um osso. Onde está o sujeito agora?

– A questão é essa, mestre. Sua profecia disse que ele seria jogado de uma rocha e os peixes lhe comeriam os olhos. Eu soube que ele vai ser executado na rocha Tarpeian à maneira antiga.

Myrddion estremeceu. Nunca ouvira falar da prisão Tullianum ou da rocha Tarpeian que pendia por cima do fórum, mas morrer desse jeito era terrível. Pulchria fitou o inquilino com afeição e temor reverente.

– O distrito inteiro não fala de outra coisa. Parece que temos um adivinho e curandeiro num só. Eles virão para cá aos magotes para ver como o senhor é.

Myrddion fechou os olhos com desagrado. Involuntariamente, a fúria destrancara algo em sua mente. *Bem, não importa*, pensou. *É tarde demais para lamentar.*

– Cadoc, arrume a loja com Brangaine. Ela é um gênio para pôr as coisas no lugar. Os primeiros clientes virão em breve, então temos que acolhê-los bem. Depois que me vestir, encontro vocês. Pode me ajudar, Rhedyn? Finn fica à porta. Bridie, veja se encontra uma roupa limpa para mim. O povo de Roma quer um espetáculo, então vamos lhe dar um.

Bridie vasculhou o aposento dele e encontrou um manto preto de lã com um colarinho de pele, uma túnica preta e uma vestimenta cinza. Orgulhosa, apresentou sua obra ao mestre. Myrddion agradeceu à moça com o respeito reverente e a gratidão de uma criança.

– Onde conseguiu a pele, Bridie? É linda.

– Agradeça a Finn e Cadoc por ela, mestre. Quando os aprendizes estavam roubando... ahm, *achando* os cavalos na noite em que saímos dos Campos Cataláunicos, encontraram o corpo de um oficial huno numa reentrância do solo. Devia ter sido ferido e arrastado para morrer ali. O que era mais um roubo... quer dizer, o que era encontrar mais uma coisa depois de tantas outras? Eles aliviaram o corpo de sua riqueza. Essa pele estava no manto dele.

A pele era espessa, macia, cor de mogno muito escuro. Myrddion alisou-a e colocou as novas roupas com dificuldade, depois que Bridie se afastou com seu estranho passo saltado para pegar as botas do curandeiro, recém-limpas. Com uma pontada de afeição, Myrddion percebeu que cada ponto em suas roupas novas tinha sido um ato de amor. Sentiu-se humilde.

Depois de ele se vestir, Bridie voltou com as botas e um cinto de couro pesado, com pequenas placas de bronze polidas que brilhavam como ouro. Unido a ele, havia uma bainha decorada com um gato em atitude de caça e, dentro dela, uma bela faca afiada.

– Não vai ter que usar suas facas de cirurgia no futuro, mestre.

– Mas, Bridie, esse cinto e a arma deviam ser de Cadoc e Finn, que os encontraram. Os despojos são deles.

– Não se preocupe com eles. Cadoc e Finn já têm a bolsa e as joias do guerreiro. Sei que não lhe contaram sobre esses bens porque o mestre é um pouco sensível quanto a roubar os mortos. Mas, se não fosse isso, o medonho Aécio teria acrescentado esses pertences ao tesouro dele... e já tem mais do que suficiente. Por favor, não se zangue com os aprendizes, mestre.

Bridie o fixava com tanta ansiedade que Myrddion se sentiu mal.

– Desculpe, Bridie. Seja lá o que Cadoc e Finn encontraram nos Campos Cataláunicos pertence a eles, pelas leis da guerra, desde tempos imemoriais. Agradeço o colarinho de pele. E Ceridwen sabe que preciso andar armado. Portanto, não estou nem um pouco zangado. Na verdade, fico comovido com os cuidados de vocês.

– Nós o amamos, mestre. Não sabe? O senhor cuidou de nós quando ninguém nos dava valor algum. E nos ensinou uma profissão. Confiamos no senhor. Agora chega de falação. Só falta um detalhe, e o senhor vai fazer todas as línguas de Roma se agitarem. Fique parado um momento!

– Ai! – berrou Myrddion de surpresa e dor. Bridie tinha lhe trespassado o lobo da orelha com uma agulha espessa. – Para que isso?

– Fique quieto, mestre; o sangramento já vai passar. Pronto... Bem quieto. Feito. Finn tinha razão. Ficou maravilhoso.

A orelha de Myrddion doía. Quando ele a percorreu com a mão, descobriu que Bridie a atravessara com algo de formato estranho. Em vez do anel habitual ou do botão que os homens usavam às vezes, o brinco de Myrddion era uma pequena seta de ouro, âmbar, marcada por lascas de rubi, com uma ponta que penetrava no lobo e se prendia atrás no alto. Quando Myrddion olhou seu reflexo numa tigela de água, estremeceu de prazer. Os olhos e os cabelos negros, juntamente com o brinco adornado pelas gemas, lhe davam uma aparência exótica e perigosa.

Sorriu. O rosto de Bridie se iluminou como uma lâmpada acendendo-se por trás da pele pálida.

– Gostou, mestre?

– Gostei, Bridie, apesar de estar doendo. Espero que tenha fervido o brinco e a agulha.

Bridie estava tão contente que lhe deu um soquinho de leve com a mão pequena. Então, vendo o que fizera, enrubesceu.

– Claro, mestre. Como podia servir ao senhor sem aprender o que faz?

Com uma pressa de se exibir muito nova para ele e o braço esquerdo descansando na tipoia branca, o curandeiro desceu para a loja, agora arrumada como uma clínica cirúrgica e uma farmácia improvisadas. A mesa de armar do hospital de campo estava em posição e as prateleiras mostravam os jarros de unguentos, cataplasmas e analgésicos. Os muitos ramos de ervas e baldes de raízes picadas e secas durante a viagem pendiam do teto ou se empilhavam em recipientes de junco numa mesa bamba. As cestas de rolos de ataduras estavam arrumadas e guardadas ao longo da parede, do mesmo modo que as caixas de trapos fervidos preparados nos meses anteriores.

O aposento tinha dois bancos de origem e firmeza duvidosas, mais uma mesa baixa usada por Cadoc para alinhar os instrumentos cirúrgicos e o precioso baú de pergaminhos de Myrddion. O chão cruamente ladrilhado fora varrido até não restar poeira alguma, e esfregado até brilhar. Inclusive as paredes meio encardidas tinham sido lavadas. Pouco iluminada, já que as grandes portas para o exterior ainda não haviam sido abertas, a sala cirúrgica do curandeiro estava tão limpa e profissional quanto as dedicadas mulheres podiam deixá-la.

Myrddion examinou seu pequeno reino com entusiasmo. Os dedos acariciaram os grandes jarros de cerâmica com água, e ele se perguntou onde Cadoc os teria encontrado. O aprendiz achara também um pequeno fogão de ferro e terracota que seria usado para aquecer água e limpar, com fogo, ferimentos. Embora o estoque das prateleiras fosse pequeno, a fértil imaginação de Myrddion encheu-as com fileiras e fileiras de muitas ervas e substâncias exigidas por seu ofício. Cheio de esperança, estava ansioso para comprar mais matérias-primas tão essenciais à profissão.

– Abra as portas, Brangaine, e vamos satisfazer a curiosidade de qualquer paciente que precise de nossos serviços. Hoje me sinto um rei nesta cidade estranha e perigosa, e ainda mais feliz do que fui em toda a minha vida. Estou com uma enorme dívida para com vocês, meu amigos, e não sei como retribuir. – Então sorriu largamente. – Mas tenho certeza de que vão pensar em algo.

Vermelhos, arrastando os pés e felizes, seus cinco companheiros aceitaram a gratidão do mestre com protestos de dever e devoção. Então Brangaine escancarou as duas portas deixando entrar o brilhante sol da manhã.

– Vamos começar – exclamou Myrddion com uma alegria quase tão incandescente quanto o rosto de Bridie e os grandes sorrisos brancos dos aprendizes.

Capítulo 12

O JARDIM DE DOR

Desde o momento em que as portas da primeira clínica de Myrddion se abriram, havia um grupo lá fora, com várias pessoas querendo dar uma olhada no bárbaro que profetizara a morte de Ferreus. Na Suburra, a notícia se espalhara como fogo de um lugar a outro. Os novos habitantes da casa de Pulchria eram muito mais interessantes que as monótonas rotinas da pobreza. Então, eles vieram, barulhentos – homens, mulheres e crianças – para examinar descaradamente o local com esperança de fuxicos, diversão ou, em alguns casos, para entender os motivos das muitas doenças que os afligiam.

Durante o dia inteiro, uma corrente contínua de pacientes, basbaques ou personagens importantes atravessaram a soleira de Myrddion. À medida que as horas avançavam, o curandeiro trabalhou até a exaustão, as costelas quebradas protestando cada vez que ele se curvava para examinar dentes podres ou pedia a uma criança para mostrar os cortes, as esfoladuras ou os membros danificados responsáveis por levarem os pais à clínica. Cadoc e Finn faziam o duro trabalho físico, lavando instrumentos e arrancando dentes. E até mesmo, sob a orientação de Myrddion, ajustavam simples ossos quebrados. Numa fila multicolorida e multirracial, os habitantes da Suburra enxameavam na pequena loja com todas as doenças que Myrddion conhecia e um número assustador de sintomas que ele desconhecia.

Vários membros da mesma família se apresentavam muito emaciados, embora houvesse comida. Os perturbados pais juravam que os filhos tinham perdido o apetite e só queriam comer doces, geralmente vomitados assim que ingeridos. As crianças eram apáticas, muito pequenas para a sua idade e lentas nas respostas.

Myrddion receitou-lhes uma erva purgativa e proibiu os pais de darem a elas os doces que desejavam, pedindo que as alimentassem com frutas, vegetais, ovos e carne. No entanto, o curandeiro sabia ser pouco provável que os pais pudessem seguir tais recomendações, já que, infelizmente, os pobres dispunham de pouco dinheiro para comprar o essencial.

Mais preocupante ainda eram quatro adultos queixando-se de que terríveis dores de cabeça os impediam de realizar as tarefas mais simples. Esses pacientes crônicos tinham ido a muitos outros curandeiros sem obter qualquer alívio duradouro dos sintomas. Depois de observá-los com atenção, Myrddion notou que os quatro doentes tinham uma aflição em comum: dificuldade para se locomover. O andar deles era vacilante, peculiar, com a frente do pé sustentando a maior parte do peso do corpo. Apresentavam também dificuldades semelhantes com as mãos; assim, Myrddion deduziu que algo lhes afetava os tendões. Ofereceu-lhes analgésicos para as dores de cabeça, mas a causa por trás dos sintomas continuava sendo um mistério. Franziu a testa, perplexo. Embora consultasse os pergaminhos até os olhos arderem com o esforço, não conseguia chegar a um diagnóstico para um grupo tão grande de pacientes. Um fracasso frustrante lhe caiu sobre os ombros.

Mesmo assim, os curandeiros aceitavam pagamento por seus serviços. Inicialmente a mesma quantia, mas logo depois adaptada aos diferentes recursos financeiros de cada paciente. Myrddion recusava-se a negar tratamento aos esfarrapados habitantes dos pardieiros, que não podiam pagar-lhe. Entretanto, como entendesse a natureza humilhante da caridade, concordava em aceitar qualquer pagamento por seus serviços quando os pacientes podiam dá-lo.

No fim do primeiro dia, os curandeiros haviam reunido um pequeno estoque de moedas de prata e bronze, vários ovos, um anel de latão, uma cesta de azeitonas maduras, uma pequena gema com um deus-lar esculpido e um passarinho amarelo numa gaiola. Já que a minúscula criatura morreria se libertada, e era pequena demais para ser comida, foi dada a Willa, para que esta o alimentasse e amasse.

Willa tinha agora pelo menos três anos, e cicatrizes de queimaduras bem parecidas com as de Cadoc. Mas a ela faltava a efervescência natural do aprendiz; a meninazinha continuava reservada e muda. Meses atrás, Myrddion chegara à conclusão de que nenhum dano físico impedira a criança de falar; seu silêncio fora provavelmente causado pelo trauma dos ferimentos e pela morte da mãe. Mas, assim que Willa viu o desanimado passarinho, seu rosto abriu-se num grande sorriso como o sol depois da chuva. Imediatamente foi buscar água para a pequena ave.

Após um segundo dia de trabalho duro, o estoque de moedas dos curandeiros tinha aumentado, assim como a perplexidade de Myrddion em relação aos pacientes não diagnosticados. Entre as formas de pagamento mais estranhas, constava um pequeno maço de rabanetes e pimentas e, inexplicavelmente, um pé de laranjeira num vaso. Era algo pequeno e mal nutrido, mas Myrddion aceitou-o com agradecimentos antes de dá-lo a Pulchria. Ela ficou encantada e prometeu plantá-la no átrio central, onde a árvore floresceria.

Os dias transcorriam no mesmo padrão invariável de doença e dor.

Myrddion descobriu que podia aliviar o sofrimento de muitos pacientes, mas a vida dos pobres de Roma era muito mais perigosa do que em qualquer outro lugar que conhecera. Enquanto o calor de verão martelava as ruas e as pedras redondas da cidade faziam doer as plantas dos pés, a doença florescia na Suburra, provocada pelas pilhas de lixo apodrecido e excremento espalhados pelas moscas que enxameavam os detritos de Roma. As crianças vinham a Myrddion com olhos supurando e feridas infeccionadas devido à má higiene. Para seu total desânimo, uma mãe histérica trouxe-lhe um bebê com mordidas feias pelo corpo. O curandeiro reconheceu logo as marcas de dentes dos ratos que haviam mordido a criança enquanto dormia.

À noite, à luz de seu precioso lampião, o curandeiro tomava notas das estranhas doenças que via diariamente. Mas observar e registrar não era suficiente. Em algum lugar daquela fervilhante massa humana, estava o homem que ele procurava: Isaac, o Judeu, embora ninguém na Suburra tivesse ouvido falar tal nome. Myrddion aguardava com impaciência, esperando que Isaac pudesse tomar conhecimento dele e, por curiosidade, procurar um colega curandeiro. Contudo, depois do primeiro mês nos alojamentos de Pulchria e sem ter notícias do elusivo judeu, o rapaz começou a perder as esperanças.

Myrddion também não se esquecera do pai, o misterioso Flávio que lhe dera a vida de modo tão brutal e negligente. Mas o *gens* Flaviano era enorme, e muitos rebentos da família se espalhavam pelo mundo romano. O mais sigilosamente possível, Myrddion buscava notícias de um homem chamado Flávio, na casa dos quarenta ou dos cinquenta anos. Porém, como não tinha informações, suas perguntas em nada resultavam.

Talvez Myrddion estivesse cansado da vida sórdida da Suburra e se sentisse inquieto com a excitação da vida na estrada e no campo de batalha. Desse modo, o destino bateu à porta do curandeiro mais uma vez quando dois homens vagamente familiares se apresentaram na entrada da loja no final de uma longa procissão de pacientes.

Myrddion tratava de um carbúnculo no pescoço de um fabricante de sandálias assim que dois homens vigorosos entraram com deferência pelas portas duplas. O fabricante de sandálias se encolheu ao ver os estranhos carregando bastões compridos. Logo que o curandeiro terminou com o inchaço de aspecto feio, chamou Finn para aplicar um cataplasma na ferida. Então, depois de lavar as mãos em água quente, ele se virou para enfrentar os visitantes.

– Quantos estão procurando meus serviços? – perguntou ele, encolhendo-se ao colocar de novo a tipoia que o aliviava quando não estava trabalhando.

– Servimos ao Senhor Cleoxenes, mestre curandeiro – disse um deles. – Ele está doente e precisa ser atendido logo. Pediu que o senhor fosse vê-lo assim que pudesse.

O homem despertou em Myrddion uma vaga lembrança de dois homens armados com bastões com ponta de ferro como os usados pelos guarda-costas de Cleoxenes em Massilia. O curandeiro assentiu com a cabeça e pegou sua sacola, sempre preparada para uma emergência.

– Então ele ainda não deixou Roma? Pensei que já tivesse embarcado para Constantinopla.

O guarda apenas sacudiu os ombros, pois os planos dos poderosos a quem serviam não interessavam aos que trabalhavam no perigoso, mas simples ofício de protegê-los.

Em silêncio, os três homens saíram e começaram a andar. Myrddion logo perdeu todo o senso de direção nas passagens confusas e ruas compridas cruzando-se, ainda que ordenadas em seu traçado. Enquanto se apressava atrás dos seguranças, percebeu que as ruas iam ficando mais limpas e mais iluminadas. Adivinhou que se aproximavam do Palatino. Casas maiores margeavam as ruas e o tráfego a pé era muito reduzido. Somente homens e mulheres que pertenciam àquele distrito, e seus criados anônimos, ousavam aventurar-se no sagrado coração de Roma. Diante de uma imponente vila iluminada no pórtico com tochas, os seguranças passaram o curandeiro para as mãos de um criado bem alimentado e autoritário, que usava uma túnica leve e limpa, de lã clara.

– Sou Myrddion Emrys, curandeiro chamado pelo Senhor Cleoxenes para tratá-lo – começou. O criado simplesmente fez um gesto imperioso e entrou na mansão silenciosamente. Myrddion não teve escolha senão segui-lo.

A vila parecia um palácio. Os dois andares eram profusamente decorados com afrescos e mosaicos de grande naturalidade e beleza. Myrddion fez força para não engolir em seco como um caipira ante as paredes pintadas com bosques de oliveiras e laranjeiras, ante as árvores vivas que cresciam no átrio e uma fonte que bombeava uma delicada névoa de água sobre abundantes ervas e moitas floridas no próprio centro da estrutura. O cheiro de óleos finos, nardo e limpeza perpassava pelos aposentos ecoantes.

O criado conduziu Myrddion a um quarto de certa opulência, com um pequeno balcão que se debruçava para o átrio e ligava-se ao corredor por portas com venezianas. Uma cama baixa de madeira, não esculpida, contudo polida a óleo e com um forte cheiro de limão, dominava o aposento, esparso mas elegantemente mobiliado com vários baús e bancos de madeira esculpidos cobertos de almofadas. Myrddion notou que não havia deuses-lares, que habitualmente ocupavam nichos nas paredes, em toda a casa. Cleoxenes sentava-se numa espécie de cama forrada de lã, segurando o braço enfaixado do pulso ao cotovelo.

– Saudações, meu senhor. Não esperava vê-lo novamente tão cedo; achei que já tivesse ido para Constantinopla. Em que posso servi-lo?

– Sente-se, Myrddion. Pincus vai trazer vinho para nós.

Enquanto o criado se preparava para sair, Myrddion o deteve com um olhar.

– Não quero insultar sua hospitalidade, Senhor Cleoxenes, mas prefiro água. Os vinhos de Roma são doces e pesados demais para o meu gosto.

Cleoxenes sorriu. Então se encolheu de dor ao mover o braço quando esqueceu momentaneamente o ferimento.

– Certamente. Também vou beber água, Pincus. Sem dúvida é melhor para mim.

Assim que o criado saiu e fechou as venezianas internas, Myrddion se aproximou da cama e pousou a sacola no chão ao lado da colcha.

– Então, o que aconteceu? Fiquei surpreso por me chamar já que Roma é famosa por ter os melhores curandeiros do mundo.

– Talvez. Mas um desses curandeiros sugeriu, a um preço exorbitante, que eu lavasse o braço nas águas do santo Tibre. Prefiro beber aquela água a mergulhar nela. O corte começou como um ferimento sem importância há uma semana e foi tratado imediatamente. Mas não cicatrizou, e agora estou começando a me sentir mal, febril...

Myrddion suspirou. O verão romano era uma estação especialmente perigosa para cortes abertos, fosse seu portador patrício ou plebeu. Então, abriu cuidadosamente as ataduras de linho que envolviam o ferimento, mas o pano aderira à ferida que supurava. A delicada tentativa do curandeiro de retirar as últimas camadas do tecido fez Cleoxenes morder o lábio até que uma mancha de sangue aparecesse no canto de sua boca.

– Pode relaxar, Cleoxenes. Não vou machucá-lo mais.

Pincus voltou com uma bandeja contendo duas finas taças e um jarro de metal coberto de gotas; enquanto o criado servia a água nas taças, Myrddion ouviu o nítido barulho do gelo. As sobrancelhas dele se ergueram.

– O gelo vem dos alpes Marítimos em carroças cheias de palha, e então é estocado em casas de gelo no subsolo, para podermos beber uma água pura, gelada – explicou Cleoxenes, com lábios e rosto pálidos.

– Pincus! – ordenou Myrddion, e Cleoxenes sorriu ante o tom autoritário do curandeiro. – Preciso de duas tigelas de água, uma na temperatura ambiente e uma que tenha sido fervida e ainda esteja quente. Entendeu? – Afrontado, o criado assentiu com a cabeça. – E preciso de uma chama, um lampião a óleo serve, e uma quantidade de trapos limpos rasgados em tiras. Não me traga nada que tenha sido usado. O pano tem que ser limpo, fervido em água quente e então seco ao sol. Você pode me fornecer isso?

– Claro! – A voz de Pincus era quase abrupta, mas anos como serviçal o ensinaram a guardar o que sentia para si.

– Por favor, traga isso rápido porque seu amo está sentindo dor. – Pincus desapareceu silenciosamente, e Myrddion viu Cleoxenes beber a água fria. – Não use o seu braço, meu amigo – avisou. – Vou molhar a atadura e retirá-la da ferida para ver exatamente o que está acontecendo. Não se preocupe porque nada farei sem lhe explicar primeiro. Confie no meu bom senso.

– Eu confio, Myrddion. Foi exatamente por isso que mandei chamá-lo. – O curandeiro bebeu um gole da água gelada e se maravilhou que uma cidade com tal sofisticação tivesse contrastes tão terríveis e injustos.
– Enquanto esperamos Pincus, vamos falar de outras coisas – murmurou Cleoxenes tentando sorrir. – O povo da Suburra soube das últimas notícias da guerra?

Myrddion percebeu que o enviado estava com muito medo. Os elegantes pés de Cleoxenes batiam no chão com um tique nervoso, enquanto sua mão boa se abria e fechava inconscientemente.

– O povo da Suburra mal menciona Átila. Seus inimigos são a fome e as doenças, que podem ser tão fatais quanto a flecha de um huno. Não, nada sei sobre a guerra. Nas minhas cinco semanas em Roma, estive tão distante da frente de batalha como se estivesse em Segontium, por tudo que me disseram.

– Então não se assustarão em saber que Átila está reunindo as tropas para um único ataque de cavalaria através do rio Padus até as portas de Roma. Ele pediu a mão de Honória em casamento, acreditando erroneamente que a tola irmã de Valentiniano vai lhe entregar Roma numa bandeja. Parece que Honória não está nada contente com o irmão por ter escolhido um velho senador romano para marido dela.

Myrddion estava chocado. Milhões haviam morrido porque a irmã do imperador não gostava do futuro marido? Seu rosto deve ter mostrado surpresa, pois Cleoxenes riu, esquecendo momentaneamente o braço.

– Sim, essa bagunça toda foi provocada por uma mulher rebelde e a mágoa de Átila por ter presenteado com um anão. Ridículo!

Pincus escolheu esse momento para que três criados entrassem trazendo o que Myrddion pedira. Puxando o banco até a cama e retirando-lhe a almofada, Myrddion mandou que a bacia mais fria fosse colocada nele para que Cleoxenes pudesse mergulhar o antebraço na água.

Novamente pálido, Cleoxenes continuou a falar enquanto Myrddion derramava a água sobre a atadura.

– O Papa Leão chegou à conclusão de que só Deus pode salvar a cidade. Está decidido a chefiar uma delegação de cidadãos importantes até o norte, a fim de convencer Átila de que suas ambições em relação a Honória são inúteis. Como represento o Império Romano do Oriente, fui convocado para receber o Huno juntamente com o Cônsul Avienus, o Prefeito Trigetius e vários patrícios ricos. Pretendemos partir daqui a dois dias para Mântua, no rio Padus. Portanto, não posso me dar ao luxo de ficar doente, Myrddion. Há coisas demais em jogo.

– Não se preocupe, Cleoxenes. – A voz de Myrddion era calma e autoconfiante. – A propósito, gostei muito da *Odisseia*. Homero escreve com muita vivacidade e espírito, mesmo que a maior parte da história seja absurda. Mas a constância de Penélope me afetou profundamente, e lastimei a morte do cão fiel.

– O animal estava velho e tinha vivido para ver realizado o seu maior desejo, a volta do dono. Você sabe que dizem que Homero era cego.

As mãos de Myrddion trabalhavam afrouxando e retirando as ataduras úmidas da carne vermelha e inflamada, mas sua voz não oscilou, continuando num tom uniforme e suave.

– Mas aposto que não nasceu assim. Ele escreve com imagens tão atraentes que posso ver o Ciclope de um olho só e ouvir a voz de Circe quando atraía os viajantes para sua condenação.

– Não é espantoso, Myrddion? Mil anos após a morte, Homero ainda vive pela magia de suas palavras.

O ferimento estava agora completamente descoberto. A conversa parou enquanto os dois homens olhavam para o corte lívido e supurante que ia do pulso ao cotovelo.

– Ah! – suspirou Cleoxenes. – Eu achava que o curandeiro romano era um charlatão. Só não esperava descobrir sua incompetência deste modo.

Uma linha vermelha subia do braço quase até o ombro denunciando a infecção. Myrddion emitiu um pequeno estalo com a língua e tirou o braço de Cleoxenes da água, apoiando-o cuidadosamente por baixo.

– Pincus – disse com calma. – Leve a tigela e as ataduras. Jogue as ataduras fora e não toque nelas para não se infectar. Mergulhe a bacia em água fervendo, lave-a e a traga de novo para mim, com água morna. – A ferida estava inchada, mas não aberta. Myrddion sentiu uma ferroada no peito. Normalmente pensaria em amputação como último recurso, e faria isso para o seu amigo. No entanto, apenas quando todos os outros caminhos falhassem. – Não vou mentir para você, Cleoxenes. A ferida infeccionada está envenenando o seu corpo. Talvez seja tarde para salvar o braço, mas não vamos desistir ainda. Preciso de Cadoc e Finn. Para aplainar qualquer dificuldade, por favor, diga a Pincus para me obedecer como se eu fosse você. E confie em mim, amigo, pois farei tudo que puder para salvá-lo, eu juro.

– Não posso perder o braço até a delegação encontrar Átila. Meu dever para com o imperador é mais importante que a minha vida, e ficarei envergonhado para sempre se colocar minha segurança pessoal acima das ordens que recebi.

Myrddion sacudiu a cabeça com irritação.

– Sua vida vale mais do que participar dessa delegação, mas, se é tão importante para você, farei a minha parte.

Pincus voltou ao quarto de dormir e colocou a bacia com água fervida em cima do banco. Myrddion já depositara nela seus instrumentos para esterilizá-los; a seguir, pediu a Pincus para colocar o braço do amo na nova tigela. Um tanto hesitante, o criado obedeceu.

– Pincus, como o curandeiro pode ter que me drogar, quero que você obedeça a tudo que ele disser, como se a ordem fosse minha. Entendeu?

– Claro, senhor. – O rosto do criado revelava muito pouco. Myrddion se maravilhava com a reserva e a dignidade dos escravos quando seus senhores eram tantas vezes grosseiros e ignorantes. Magro e ascético, com um rosto quase sem expressão, apenas os olhos cor de avelã de Pincus mostravam emoção, e brevemente, antes de ele reprimir o desagrado por Myrddion. Na verdade, Pincus mostrava mais nobreza que a maioria dos romanos encontrados pelo curandeiro. Este sorriu com o máximo de encanto que pôde, que foi bastante; depois de dar instruções a Pincus, agradeceu-lhe muito. À porta, baixou a voz para que Cleoxenes não pudesse ouvi-lo.

– Pincus, seu amo está gravemente doente. Então precisamos ter muito cuidado. Não tenho dúvida de que ele seja um bom amo. Já o conheço há algum tempo e sei que tem consideração por todos os homens, independentemente da posição que ocupam. Se ele parece brusco neste momento é porque teme falhar com o Imperador Valentiniano e com o Papa Leão. Então precisamos fazer tudo a nosso alcance para tranquilizá-lo. Dependo de você, Pincus, para continuar a dirigir a casa com a eficiência que vejo nela.

Pincus esboçou um sorriso azedo, e Myrddion esperou não ter exagerado nas lisonjas. O criado não era tolo.

– Vou mandar aqueles guarda-costas preguiçosos a sua casa para buscar seus auxiliares e as coisas de que possa precisar – disse Pincus. – Esses patetas ficam só jogando dados e bebendo, então podem servir para alguma coisa. Esta casa é alugada pelo Senhor Cleoxenes. Reconheço que é um amo generoso e nunca pune seus escravos. Sim, pode ter certeza de que farei tudo que puder por ele.

Contente com aquelas palavras, Myrddion voltou ao paciente e lhe explicou que estava usando o calor na água para puxar o veneno para fora. Cleoxenes não sentia muita dor, mas sua testa estava quente. Engoliu ansioso várias taças de água gelada como alguém sedento.

Quando Cadoc e Finn chegaram, a calma eficiência da equipe relaxou Cleoxenes, que notou neles habilidade e perícia. Os aprendizes não demonstraram a gravidade do caso nem por um pestanejar. Sem que lhe fosse mandado, Finn preparou um sonífero para que Myrddion pudesse abrir a ferida e averiguar até que ponto a infecção se espalhara. Assim que Cleoxenes começou a cochilar, suspenderam-lhe as pernas para a cama, e a mesa de campanha foi colocada ao lado dela. Cadoc cobriu a superfície da madeira com um pano limpo e esticou sobre ela o braço infectado do paciente.

– A coisa está ruim, mestre – disse com lástima. – O Senhor Cleoxenes deixou que a infecção fosse longe demais. – Como Myrddion, ele já vira muitas infecções assim e sabia que era difícil detê-las. Acabavam geralmente em amputação ou morte. – Podemos salvar a vida dele se cortarmos o braço.

Myrddion sacudiu a cabeça energicamente.

– Ele não quer. Está decidido a viajar para o norte em dois dias.

– Então vai se juntar aos ancestrais logo depois – acrescentou Finn. – Não vale a pena morrer por viagem alguma!

– Cleoxenes é inflexível. Diz que precisa acompanhar a delegação. Então vamos tentar salvar sua vida e seu braço, ainda que eu tenha que ir para o norte também, com ele numa liteira. Vamos deixar assim. – Myrddion não esperou resposta. Cadoc já limpara os bisturis numa chama, com vários trapos limpos à mão para estancar o sangramento. – Vou ter que cauterizar a carne limpa depois que remover a podridão. É inacreditável, mas um curandeiro tratou a ferida e sequer deu pontos nela. Ele deve ter causado a infecção ao lidar com o ferimento. Às vezes me pergunto como o Império Romano sobreviveu por doze séculos.

Cadoc aqueceu uma faca especial na chama até que ela ficasse de um vermelho-cereja. Finn aguardava diante dele. Myrddion fez uma incisão precisa acompanhando a extensão do corte e, com a mesma precisão, aparou as bordas da ferida, removendo a carne doente. De tempos em tempos, Finn enxugava o sangue e o pus com panos limpos, embora houvesse menos sinais de infecção do que Myrddion pensava.

De repente, a lâmina do curandeiro bateu em algo duro no interior do corte onde o ferimento era mais profundo.

– Cadoc, preciso de você! Finn, limpe o sangue! Estou sentindo um objeto estranho aqui.

Enquanto Cadoc esterilizava uma sonda longa com uma colher recurva na ponta, Myrddion alcançou o objeto. Um súbito jorro de pus saiu do ferimento.

– Vire o braço e deixe drenar diretamente para o pano – mandou. À medida que o pus escorria para o pano, a ausência de sangue limpo avisou aos curandeiros que ainda havia muito a fazer. Sondando com cuidado, Myrddion extraiu uma comprida lasca de madeira enfiada profundamente na carne quase até o osso.

– Como Cleoxenes se feriu assim? – perguntou Finn. Myrddion continuava a cortar a carne morta, deixando um feio buraco que expunha parte do longo osso do antebraço. – Foi um acidente de caça?

– Cadoc? Traga Pincus aqui, mas não toque em nada. Suas mãos têm que continuar limpas a qualquer custo. E seja educado com o homem porque precisamos da ajuda dele.

Cadoc convocou o criado gritando pelas venezianas até chamar a atenção de outro escravo da casa. Pincus abriu as venezianas e fechou os olhos por um momento diante dos panos ensopados de sangue no chão.

– Como posso ajudar, mestre?

Myrddion afastou-se do braço ensanguentado de Cleoxenes, e Pincus empalideceu ao ver o avental de couro e as mãos do curandeiro cobertas de sangue.

– Como é que seu amo se feriu, Pincus?

– Ele me disse que caiu de uma escada de madeira ao fechar um negócio. A escada devia estar frágil e uma lasca entrou no braço dele.

Os outros trocaram olhares de compreensão.

– Ouviu falar de um curandeiro judeu chamado Isaac? Tenho medo de que meus conhecimentos não bastem para salvar Cleoxenes. Dizem que esse Isaac é um curandeiro extraordinário.

– Meu antigo amo se tratou com o judeu quando pegou uma doença desagradável de uma prostituta – respondeu Pincus, dando um muxoxo de desaprovação. – Não sei onde Isaac pode estar agora, mas posso perguntar ao administrador da casa, Tullius. Tullius Triagula aconselhou meu velho amo a ver o judeu para melhorar da doença.

Myrddion suspirou com alívio.

– Por favor, Pincus, se puder me ajudar nisso, o Senhor Cleoxenes ficaria muito grato. Sei que pagaria qualquer gratificação a quem conseguisse a ajuda de Isaac para o caso dele.

Pincus saiu do quarto, e Myrddion continuou a remover a carne até ficar satisfeito com a limpeza da ferida. Finalmente usou seu estoque de bebida alcoólica para fazer a lavagem final.

– Muito bem. Vamos passar pasta de rabanete na ferida, pôr uma atadura, enfaixá-la e imobilizar o braço – disse Myrddion. – Agora é esperar. Precisamos limpar esse local e rezar para Pincus encontrar Mestre Isaac e ele concordar em sair da cama para ajudar um cristão que é um nobre bizantino. Cristãos e judeus raramente convivem bem.

Mestre e aprendizes terminaram tudo que podia ser feito e, a seguir, vigiaram Cleoxenes por turnos. O chão de madeira era duro, mas almofadas melhoravam o desconforto.

Myrddion se sentiu tão exausto que achou que podia dormir num leito de brasas. O ombro ferido ainda doía quando ele o usava, sobretudo se estivesse cansado. E aquele dia tinha sido especialmente longo.

Então, quando a noite ia muito avançada, Pincus voltou com Isaac, o Judeu.

As venezianas do quarto foram escancaradas por um braço firme, acordando Myrddion e Finn de um sono profundo, num sobressalto. Cadoc quase deixou cair o lampião, fazendo com que sombras dançassem loucamente na parede.

– Luz! – exigiu uma voz de trovão. – Preciso de mais luz para ver o que esses idiotas fizeram.

Pincus olhou para Myrddion por cima do ombro do homem como se pedisse desculpas antes de sair correndo.

– Quem são vocês? – a voz áspera perguntou a Cadoc. – Tenho mais o que fazer no meio da noite do que limpar a sujeira dos outros.

– Escute aqui, seja lá quem você for – começou Cadoc, andando combativamente na direção do estranho.

– Calma, Cadoc. Acho que esse é o curandeiro Isaac, e sobre ele tenho ouvido tantos elogios. Não precisa me defender; apenas aproxime a lâmpada. Nosso paciente Cleoxenes é o que importa, não uma avaliação equivocada que o curandeiro Isaac possa ter feito. Afinal, ele veio, a meu pedido, no meio da noite.

Cadoc recuou. Contudo seu maxilar cerrado avisava que não ia aceitar bobagens daquele estranho, pois mais extraordinário que fosse.

– Senhor Isaac, eu me chamo Myrddion Emrys de Segontium. Também sou curandeiro. Fui chamado esta noite para tratar uma infecção no braço do Senhor Cleoxenes por ele estar febril e com sintomas de envenenamento na ferida. Cleoxenes, o enviado do imperador, tem que participar de uma delegação que vai ao encontro de Átila em alguns dias. Assim, não quer me deixar de modo nenhum remover seu antebraço. Prometi a ele tentar todo o necessário para que participe da delegação. Venho fazendo tudo que meu conhecimento e experiência permitem. Então pedi ao administrador da casa para procurar o senhor.

– Concisão! Isso é uma virtude em Roma, onde a tagarelice passa por conversa. Vamos ver o doente – respondeu Isaac de modo impaciente. – Isto é, se alguém me trouxer luz para eu conseguir ver qualquer coisa!

Como se ouvisse suas palavras, Pincus e quatro criados entraram no quarto com lamparinas. Pouco mais que crianças, os rapazes esfregavam os olhos sonolentos e tentavam não bocejar, mas as lamparinas que carregavam imediatamente aclararam o aposento.

Myrddion imaginara o curandeiro Isaac como um homem ascético e pequeno, culto, com dedos hábeis. Ao contrário disso, o homem agora claramente visível era prova de que as aparências enganam. Myrddion sorriu dessa suposição tola. O homem parecia um ferreiro, e falava como tal.

O judeu caminhou desajeitado até o paciente e retirou a atadura solta sem tocar na ferida. Enquanto examinava atentamente o trabalho de Myrddion, os celtas, por sua vez, fixavam o homem com mais de um metro e oitenta. Tinha uma compleição robusta de lutador, especialmente os ombros largos, com mãos enormes, fortes e quadradas ligeiramente salpicadas de pelos negros. As sobrancelhas negras e volumosas quase se uniam sobre um nariz bulboso e achatado por ter sido quebrado várias vezes. A barba e o bigode eram igualmente viçosos, com fios grisalhos amarelados que acompanhavam os cantos da grande boca. Com alívio, Myrddion viu que as roupas e corpo estavam escrupulosamente limpos, e os instrumentos que mandara Finn tirar da bolsa que trouxera com ele cintilavam à luz e estavam obviamente bem cuidados.

O ferimento exposto à luz exibia uma carne muito inchada e vermelha, embora Myrddion notasse uma ligeira melhora em sua cor agora que boa parte do veneno fora drenado.

– Você cortou bem fundo. Por quê?

Isaac ainda não tocara no braço de Cleoxenes além de retirar o curativo. Myrddion sabia, contudo, que os olhos negros e estreitos do curandeiro já tinham avaliado cada elemento da cirurgia.

– Quando lancetei o olho do ferimento, retirei a pele e a carne mortas. Depois, procurando a fonte da infecção, encontrei uma grande lasca de madeira que guardei para o senhor ver. Tive que drenar o abscesso e remover toda a parte comprometida. Finn, mostre a Mestre Isaac o que foi tirado do braço do Senhor Cleoxenes.

Isaac assentiu distraído. Então examinou cuidadosamente o pedaço de madeira de aproximadamente sete centímetros.

– Como um fragmento deste tamanho não foi notado no primeiro tratamento?

O visível escárnio diminuiu a resolução de Myrddion de continuar calmo por mais insultante que o judeu fosse. Sentiu sua espinha endurecer.

– Não sei. Não tratei o ferimento original, que ocorreu há sete dias. Cleoxenes utilizou os serviços de um famoso curandeiro romano para limpar a ferida e cuidar dela. Acho que eu fui o último recurso do enviado quando percebeu que não estava melhorando.

– E onde diabos fica Segontium? – perguntou Isaac de modo irrelevante. O judeu obviamente não sabia como ser educado, ou pouco se importava em sê-lo. – Não tenho a menor ideia.

– Segontium fica em Cymru, Mestre Isaac, nas Ilhas Britânicas. Vim a Roma buscar mais conhecimento em meu ofício.

– Bem, não vai encontrar muita coisa nesse antro de iniquidade. Que negócio é esse na ferida? – Virou-se para Cadoc. – Remova-o, por favor. – O aprendiz obedeceu, ressentido.

– Uso pasta de rabanete para combater a infecção quando trato de ferimentos no campo de batalha. Neste caso, como o osso está exposto, resolvi não fechar a ferida, pois ela precisa ser drenada com frequência.

Isaac limpou a garganta, rabugento.

– Você não é um noviço total, Myrddion de seja lá onde for Cymru e as Ilhas Britânicas. Trabalhou como cirurgião militar?

– Sim, em Cymru e em outras partes da Britânia. Estive também na batalha dos Campos Cataláunicos.

– Humm! Parece que as baixas foram enormes naquele lugar infernal. – Com uma inteligência intimidadora, Isaac correu os olhos por Myrddion da cabeça aos pés. O celta se convenceu de que o outro o via agora pela primeira vez. Então, Isaac virou-se novamente para o doente. – Ah, agora estou vendo o que você fez. Trabalho muito bem feito... Uma limpeza competente. – Myrddion percebeu que tais palavras eram um grande elogio por parte do outro, e agradeceu. – Preciso de água fervendo e de uma pequena tigela. Você tem um pilão e uma mão de pilão?

– Não aqui, mestre. Finn, peça a Pincus para ferver água e pegar tudo de que Mestre Isaac precisar. Sempre uso água fervida e limpo nossos instrumentos com fogo; Pincus já está habituado a esses pedidos.

– Não precisa justificar seus métodos para mim, rapaz. – Isaac olhava fixamente o ferimento limpo depois que Cadoc removera o cataplasma de rabanete. – Esse cataplasma funcionaria se a ferida fosse recente, mas não consegue combater uma infecção tão feia. Prefiro uma mistura de algas marinhas e prata em ferimentos assim. O paciente teve sorte; a maior parte da infecção está no local do corpo estranho. Apesar de grande, o abscesso não comprometeu o osso. Se assim o fosse, querendo ou não, Cleoxenes teria um braço a menos. Mas vamos ver! Errei muitas vezes ao longo dos anos.

Finn voltou com um pilão molhado e uma mão de pilão, seguido por Pincus trazendo uma bacia de água fumegante e uma pequena tigela de cerâmica. Myrddion agradeceu ao administrador e prometeu informar seu amo de toda a ajuda de Pincus.

Isaac derramou um pouco de água quente na pequena tigela. Então despiu suas roupas externas e enrolou as mangas acima dos cotovelos. A seguir, tirou de sua bolsa uma escova estreita com cerdas muito rígidas, um recipiente de sal e uma pequena garrafa; pôs-se então a esfregar as mãos na bacia de água, usando um punhado de cristais de sal na pele e para escovar suas unhas. Myrddion observava avidamente cada um daqueles movimentos. Em seguida, o judeu pediu a Finn que lhe derramasse o líquido claro da garrafa nas mãos sobre a tigela de água. Finalmente, com o cuidado de não tocar em nada, deixou as mão secarem naturalmente.

– Finn, você vai encontrar dois jarros na bagagem que eu trouxe. Um contém algas marinhas secas. Moa as algas no pilão e depois as coloque na tigelinha de água quente. Evite tocar nas algas.

– Mestre, que líquido é esse que Finn lhe derramou nas mãos? – Myrddion sabia que o interrompia, mas desejava aprender os segredos do curandeiro.

– Raiz vegetal destilada e fermentada. Esse humilde tubérculo tem excelentes propriedades de limpeza e pode ser usado em diversos cataplasmas e poções. Acabou, Finn? Sim, esta é a consistência que desejo. Agora pegue uma colher de madeira dentro de uma caixa em minha bolsa. Lave-a muito bem, sem tocar na concavidade da colher, e a enxugue com um pano limpo. Então, retire uma colherada do pó do outro jarro. Não toque no pó! Coloque-o na mistura das algas até formar uma pasta rígida. Em seguida, traga a tigela para mim e fique segurando-a. Não quero tocar o recipiente ou qualquer outra coisa. Entendeu? – Fascinado, do outro lado da mesa para poder ter uma visão total do que ocorria, Myrddion seguia com os olhos cada movimento do judeu. Viu Isaac espalhar a mistura no buraco do ferimento usando a parte côncava da colher. – Muito bem, Finn! Agora você vai imobilizar o braço do paciente. Por mais desconfortável que seja, o braço tem que ficar imóvel. Então cubra a pele com uma atadura limpa e amarre. Mas frouxo, heim?! Quero ver o ferimento de cinco em cinco horas, para o caso de ainda ter que amputar o braço. Acho que você deve enfaixar o paciente na cama numa posição confortável. Por esse sono profundo, imagino que ele foi sedado com papoula. Ótimo. Preciso que o soporífero faça efeito pelas próximas seis horas pelo menos. Os corpos se curam melhor quando estão sem dor e imobilizados. Assim que ele acordar completamente, faça com que beba um pouco de água limpa, tanto quanto ele quiser, mas com uma pequena quantidade de suco de papoula numa segunda xícara. Ele vai urinar, portanto, as roupas de cama, bem como ele próprio, devem ser limpas cuidadosamente todas as vezes que se sujarem. Pode obedecer as minhas instruções, Myrddion Emrys de Segontium?

– Posso e vou! – respondeu Myrddion muito sério.

– Volto de madrugada e veremos como ele está – murmurou o judeu enquanto lavava as mãos cuidadosamente. Então, guardou seus pertences na bolsa. – Fizeram um bom trabalho, todos vocês. Foi uma pena que o paciente não o consultasse logo no início, Myrddion.

O elogio fez o rapaz enrubescer até a raiz dos cabelos, feliz.

– Agradeço a confiança em mim depositada, Mestre Isaac. Vamos seguir suas instruções cuidadosamente.

Então Isaac deu um sorriso torto que lhe transformou a fisionomia até parecer quase jovial.

– Algumas orações também não farão mal.

A seguir, tão abruptamente como chegara, o mestre curandeiro foi embora. De repente, o aposento pareceu maior depois que a poderosa personalidade do homem o abandonara. O silêncio era opressivo sem a voz de barítono, apaixonada e exigente, enquanto as sombras espreitando nos cantos se aprofundavam como se a má influência expulsa pela presença de Isaac tivesse retornado.

Por hora, só podiam observar e esperar. A noite seria longa.

Mapa da rota de Roma a Mântua feito por Myrddion

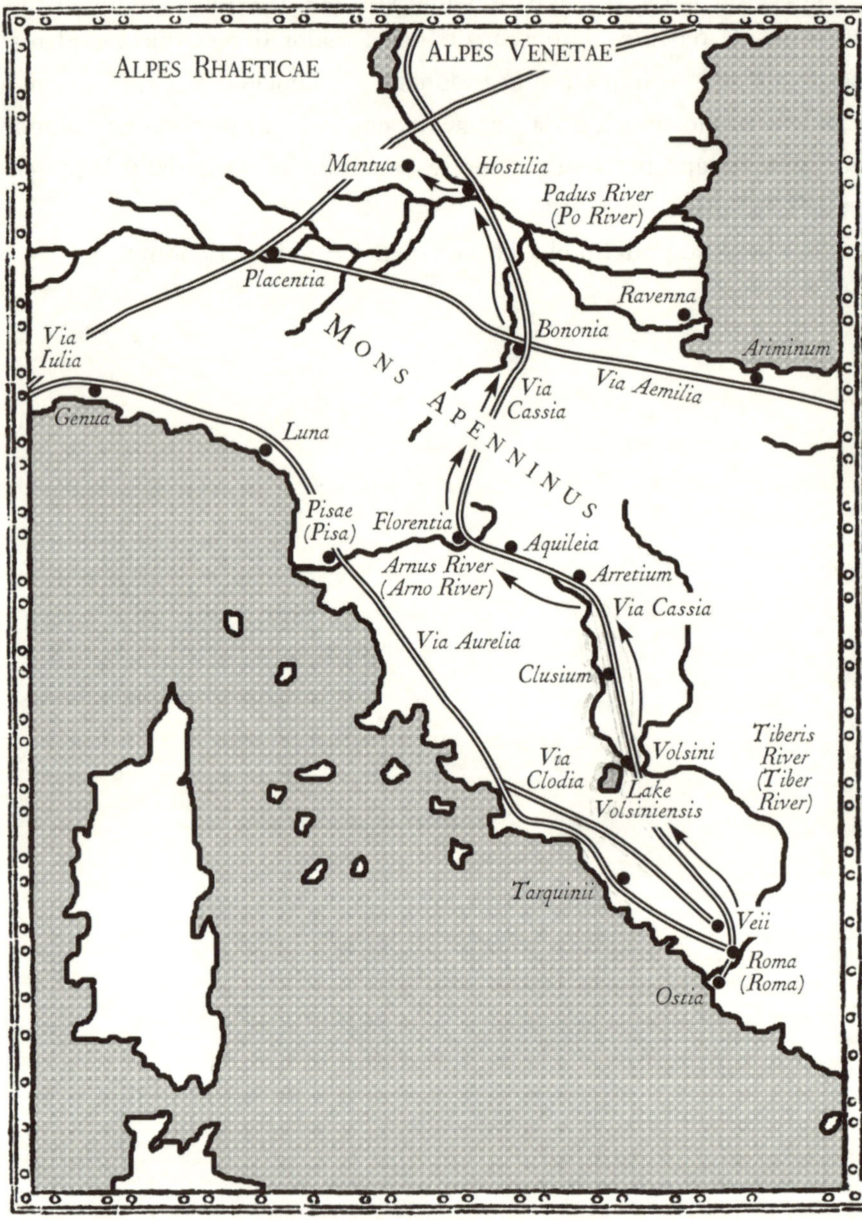

Capítulo 13

A cartada final

Com as venezianas abertas para deixar entrar a brisa da manhã, Myrddion examinou da janela a cidade escura lá embaixo.

Beleza, inacreditáveis camadas de lixo, contrastes grotescos e, acima de tudo, o mal-estar que emanava das pedras e envenenava aos poucos todos que viviam nas ruas antigas. Roma! A prostituta do mundo! Mesmo reconhecendo a natureza da cidade, Myrddion era obrigado a admitir a sedução de seus encantos.

A meia-luz era amável para os traços de uma Roma que envelhecia. Os veios de sangue do nascer do sol tocaram os pontos mais altos do Capitolino, avermelhando-lhe o contorno. Longos véus de gaze azul-escura, debruados de ouro, borravam os ângulos feios enquanto a noite e a aurora lutavam por vencer. Um leve nevoeiro erguia-se agora do Tibre, dando aos prédios a ilusão de beleza, suavizando a madeira crua, as portas vergadas e o ferro coberto de ferrugem.

Myrddion suspirou. A seguir aspirou profundamente e a ilusão foi quebrada: o ar com o cheiro de lixo distante, a comida apodrecendo, o fedor do rio e um traço composto de milhares de corpos suando, excremento e perfume enjoativo fizeram o curandeiro ter ânsias de vômito. As praias limpas de Segontium estavam longe, e o cheiro de fumaça de lenha e de folhas que vinha de Mona pertencia a uma época e a um lugar diferentes.

Como na primeira visita, Isaac empurrou as venezianas com a palma da mão, fazendo-as se chocarem contra as paredes do quarto. Finn e Cadoc acordaram do sono, esticando e flexionando os corpos com cãibra.

– Um novo dia, louvado seja o único e verdadeiro Deus – trovejou Isaac. – Como está nosso nobre paciente?

Depositou sua bolsa de curandeiro na mesa mais próxima. Então abordou a cama do doente com um sorriso contagiante e uma revigorada energia, quase indecentes nas atuais circunstâncias.

– Cleoxenes acordou há uma hora e o fiz tomar três taças de água gelada. Também dei a ele um pouco de suco de papoula para a dor. Urinou voluntariamente assim que a papoula fez efeito, então os órgãos internos estão funcionando bem. Ele foi lavado, trocamos a roupa de cama; a testa dele foi banhada em água gelada a noite inteira. Mesmo estando inquieto, as amarras aguentaram e o braço continuou imóvel. Seu corpo está um pouco mais fresco agora, o que pode ser um bom sinal.

– Você expôs o ferimento?

Myrddion riu, desalentado.

– Não, mestre, não estraguei o seu trabalho, apesar da minha ansiedade e curiosidade. Mas sei que, quanto menos o ferimento for tocado, mas rápido se cura.

Isaac deu uma risada por trás da barba como um lutador idoso, ainda que animado.

– Não estou testando você, Myrddion Emrys de Segontium. Mas, se estivesse, teria passado no teste. O paciente falou ou disse o que queria de algum modo? Ainda pretende viajar amanhã?

– Enquanto bebeu água, ele me perguntou como estava a infecção. Eu disse que o ferimento ainda podia lhe custar a vida e poderíamos ter que amputar o braço. Ele foi inflexível. Disse que cumprirá seu dever com a delegação do Papa Leão, e acha que a ameaça de Átila é muito mais mortal do que qualquer perigo pessoal que corra. Na minha opinião, ele não vai mudar de ideia.

– Um romano arrogante e teimoso, heim?

Myrddion ergueu a cabeça de repente. Os olhos negros cintilaram com uma fúria visível.

– Teimoso? Talvez. Romano, apenas pelos ancestrais. Mas arrogante? Nunca! – Lutou para dominar sua raiva. – Cleoxenes é desses homens raros e subvalorizados com um código de honra pessoal, o que, num lugar perverso como Roma, é considerado um anacronismo. Ele é meu amigo. Assim, também sou um anacronismo, mesmo que aos seus olhos eu seja um bárbaro, mestre. Farei o que ele quer porque este é o dever de um curandeiro e um amigo. Por favor, não brinque comigo, Isaac, pois isso está abaixo de seu talento e sua *digitas*.

Myrddion olhou para a fonte dessa crise de autoconfiança, um braço com a atadura frouxa. Cleoxenes era muito mais que um paciente. No quarto espaçoso de uma cidade opulenta e decadente, ele era uma coisa rara: um homem honesto.

– O que terá que ser, será. Nossos deuses vão decidir.

– Eu aguento ser corrigido, Myrddion. Gostaria de retirar o curativo?

– Sim!

Myrddion lavou as mãos, copiando de Isaac o uso do sal, a escovação das unhas e a bebida alcoólica para desinfetar. Foi pedido cortesmente a Cadoc que trouxesse uma tigela de água morna, e Pincus, que estava quieto num canto, imediatamente deslizou para fora sem que lhe pedissem, a fim de buscar o necessário. Usando fórceps, Myrddion retirou as amarras e soltou a bandagem, revelando um curativo de algodão manchado sobre a ferida aberta. A combinação de pus e sangue que empapara o tecido indicava que os venenos ainda saíam.

– É animador a infecção continuar vazando, mesmo se tivermos que molhar o curativo para tirá-lo.

– Sim, concordo – disse Isaac. – A pele do braço está um pouco mais fresca hoje, mas o problema ainda não foi resolvido. Você sabe que Deus exige algum tipo de pagamento para afastar os olhos de quem escolheu para se juntar a Ele – acrescentou, avisando delicadamente a Myrddion que o tratamento ainda podia terminar em lágrimas.

Os criados voltaram com mais panos limpos, um recipiente de água fervida e outro de água morna. Então, pedindo licença, desapareceram.

Depois que a atadura de linha secara a ferida, os curandeiros examinaram atentamente o braço.

– Mais drenagem? – perguntou Myrddion, pegando um bisturi esterilizado e encarando Isaac. – E Finn pode começar a preparar o cataplasma de algas marinhas, se o senhor quiser.

– Está bem. Mas tem que cortar com muito cuidado. Só queremos aparar a carne comprometida. – Myrddion começou, aliviado ao ver que a grande exsudação de pus diminuíra muito. A extremidade mais rasa do corte, no tecido macio do antebraço perto do pulso e do dedo mínimo, parecia saudável, embora aberta. – A parte final do ferimento já pode ser costurada antes de aplicarmos as algas – sugeriu Isaac. – Eu costuro, já que sou um velho chato e treinado em dar nós.

Myrddion bufou. Era difícil interpretar o que Isaac dizia quando estava sendo petulante. Preferiu então ficar em silêncio cada vez que o curandeiro fizesse declarações mais ultrajantes.

Isaac limpou as mãos e, usando um fio pouco comum, começou a dar pontos unindo as bordas da pele na metade inferior do ferimento. Diferentemente de Myrddion, ele criava pontos individuais com alguma distância uns dos outros. A seguir, a metade inferior do corte foi besuntada com mais unguento especial do curandeiro.

– Por que os pontos estão tão separados? – perguntou Myrddion, tendo observado cada movimento das mãos habilidosas do judeu. – A cicatriz não vai ficar muito feia?

– Se o ferimento está só parcialmente fechado, vai continuar a drenar. O que é uma cicatriz se Cleoxenes conservar o braço?

A área onde o abscesso se formara era um vão feio na parte carnuda do antebraço, pouco abaixo do cotovelo. Os curandeiros concordaram que a cicatriz seria considerável e a carne perdida deixaria um buraco que modificaria para sempre a aparência do braço. Contudo, depois que Isaac terminou o curativo, ele declarou que provavelmente o braço seria salvo.

– Tem certeza? – perguntou Myrddion com hesitação. Afinal, a situação fora muito grave havia horas.

– Não, não tenho. Sou curandeiro, não profeta. Mas Cleoxenes tem uma chance de lutar se ficar bem quieto, não mexer com o braço e fizer curativos com frequência.

– Mas vai querer partir para o rio Padus amanhã. É um risco, sem dúvida. – Myrddion achava a ideia do enviado uma tolice, embora tivesse jurado ajudá-lo a cumprir o dever.

– Ele vai precisar de muitos cuidados para sobreviver à viagem – avisou Isaac, as volumosas sobrancelhas movimentando-se com a energia que sempre parecia alimentá-lo. – Está pronto para isso?

– Estou – disse Myrddion. – Vou com Cleoxenes e impedirei qualquer tolice de sua parte. Levarei uma das mulheres para tomar conta dele quando eu tiver que dormir.

– Se pretende mesmo ir, vamos deixar que ele acorde espontaneamente. Mas levar uma mulher numa jornada longa não é prudente. A delegação entrará no coração do território inimigo, e eu, pessoalmente, não ia querer ser responsável pela vida da mulher. Deixar os aprendizes para trás dirigindo a clínica é uma boa decisão, Myrddion, mas você deve levar criados para dividir os cuidados com o paciente. Deus sabe que há criados suficientes nesta casa. Seja lá o que decidir, o braço do doente tem que ficar imóvel nas próximas 24 horas, com um novo curativo todos os dias daqui para frente. Talvez dois, se você achar necessário.

– Seu plano é bom – Myrddion concordou. – Obrigado pelo conselho.

– Os aprendizes podem tomar conta de Cleoxenes por enquanto? Eles parecem bem treinados.

– São, sim. – Myrddion explicou as habilidades e a formação deles. Ali perto, Cadoc e Finn enrubesceram ao ouvir os elogios do mestre.

– Venha comigo! Veremos se o administrador pode nos achar água gelada e algo para comer. Saí de casa sem desjejum, e um homem da minha idade precisa manter sua força. – Isaac deu uns tapinhas na ampla cintura, e Myrddion ouviu nitidamente o estômago do outro roncar.

Logo que a comida foi pedida, Pincus se transformou na criatura eficiente de sempre. Uma vez que Isaac se instalou nas cozinhas, Myrddion soube que nenhum poder da terra convenceria o velho a sair dali. Felizmente Pincus percebeu também que as maneiras romanas não tinham a menor importância para Isaac, que ficaria contente ali e comeria qualquer coisa que ele escolhesse. Em momentos, a equipe da cozinha depositou magicamente diante deles uma tigela de gordas azeitonas, duas codornas frias que teriam sido a refeição de Cleoxenes na noite anterior, um robusto pedaço de queijo de cabra, pão achatado, um monte de maçãs frescas e uma tigela de nozes, avelãs, amêndoas e sementes. Pincus lhes ofereceu vinho, mas Isaac recusou, as sobrancelhas fechando-se de repente como duas lagartas loucas.

– Podemos ter gelo? – perguntou ele com a gulosa antecipação de uma criança, fazendo Pincus sorrir de modo indulgente.

– Claro, mestre curandeiro. Pincus trará o que os senhores pedirem.

– Antes de continuar com o seu trabalho, Pincus, você precisa organizar o transporte de Cleoxenes para Mântua – disse Myrddion. – É uma tarefa que exige sua competência.

Pincus assentiu. Myrddion explicou então que precisavam encontrar o meio de transporte mais rápido e confortável possível. Pincus não pareceu preocupado; disse ter um conhecido que poderia fornecer uma boa carruagem e uma liteira, assim como uma carroça para levar comida, suprimentos médicos e roupas. Assegurou aos curandeiros que todo o necessário para uma viagem de Roma a Mântua, que levaria provavelmente várias semanas, estaria pronto na manhã seguinte.

Myrddion engoliu uma grande taça de água gelada com um suspiro de alívio. A mecânica da viagem o vinha preocupando a noite inteira, e ele agradeceu muito a Pincus. O criado pareceu satisfeito e curvou-se, deixando os curandeiros comerem em paz.

– Tem um jeito suave de fazer as coisas, rapaz. Esse escravo matreiro já comia na sua mão quando você acabou de amaciá-lo com lisonjas. Conte-me de você. Até agora não tivemos tempo para nos coçar, e menos ainda para conversar.

Enquanto falava, Isaac começou de fato a se coçar, e Myrddion prendeu o riso. Estava um pouco ofendido pela rude avaliação sobre a personalidade de Pincus, mas passara a notar que o judeu falava assim naturalmente. O curandeiro traçou para Isaac um esboço de sua vida e o caminho que o levara a Roma. O judeu fez algumas perguntas difíceis, embaraçosas, sobre os pais de Myrddion, às quais tentou responder honestamente. Suas palavras, contudo, pareciam sufocar na garganta ao descrever o estupro da mãe, a própria infância dolorosa e a morte da avó.

– Famílias! – disse Isaac com desgosto. De repente, o rosto dele ficou taciturno, enquanto os olhos negros pareciam suspeitosamente úmidos. – A bagunça que fazemos na nossa vida tentando viver segundo as expectativas de outros ou expiando os pecados dos pais é de espantar.

– Você fala por experiência própria?

– Não... Não inteiramente. Seja como for, minha vida passada não tem importância, e a sua também não. Somos curandeiros, e vivemos na cidade mais doente do mundo. Devemos nos preocupar com os destinos dos pacientes, e não com os nossos.

Myrddion detectou um traço de ressentimento na voz de Isaac, assim como raiva fervilhando pouco abaixo da superfície da expressiva face do curandeiro. Notou também que o judeu desviara a conversa de sua própria vida.

– Por que descreve Roma como doente? Sei que a cidade está em declínio, que boa comida é muito cara e que o rio está poluído. Mas a população é a mais limpa que já vi, e a maioria das pessoas tem abrigo e comida suficiente. Já visitei grandes cidades muito mais imundas do que Roma. A limpeza pessoal é uma parte natural da vida diária aqui.

– É verdade, meu rapaz, mas você não notou a quantidade de pacientes que sofre de estranhas doenças como dores de cabeça, dor nos ossos, dificuldades para andar, vômitos, excessivas fraturas de ossos, loucura? Tenho uma lista de vários sintomas estranhos, desconexos, que não fazem qualquer sentido para mim. Nunca vi coisa parecida em outra grande cidade do império.

– Já que mencionou isso, mesmo estando há pouco tempo em Roma, tratei de pelo menos seis pacientes com sintomas não específicos que não consigo explicar... Mas certamente...

Isaac bateu com o punho numa noz com força excessiva. A casca se espatifou e o recheio foi pulverizado.

– Que merda, Myrddion, venho estudando esses pacientes há mais de cinco anos. Só penso nisso. Alguma coisa está envenenando os cidadãos de Roma... e até ultrapassando suas fronteiras. Algo está matando o império e não consigo descobrir o que é, apesar de toda a minha competência.

Myrddion entendia aquela frustração. Estendeu a mão e segurou o ombro de Isaac, solidário.

– Que sintomas notou, mestre? Talvez uma nova perspectiva possa ajudar. Sou um forasteiro, um recém-chegado. Talvez veja algo que o senhor deixou escapar.

Isaac sorriu ante o insulto involuntário sem se ofender.

– Só notei que os sintomas são extremamente vagos. A taxa de mortalidade é enorme e atinge mais as famílias patrícias do que as plebeias. Mas o que isso nos diz?

– Que a doença depende da riqueza? Nesse caso, deve ter uma relação com a comida.

– Deve? Eu arrisco o palpite de que os escravos e criados dessas casas comem a mesma coisa que os amos, só que menos. O mesmo se aplica a todas as famílias patrícias que estudei. Mas os escravos nunca têm esses sintomas. Ou os têm tão raramente que o número não é digno de ser considerado. Escravos dos patrícios comem melhor do que os plebeus dos bairros pobres, portanto, deviam ficar mais doentes do que os pobres. Mas não ficam.

– É um mistério – murmurou Myrddion. Cortou uma fatia de queijo e a comeu pensativo. – Então a doença deve vir de uma comida ou bebida específica que só os romanos consomem. Mas não sei aonde essa conclusão nos leva.

– Concordo. É mais fácil parar o Tibre do que examinar cada alimento consumido pelos doentes e então comparar as dieta deles com as dos outros. Eu sei. Já tentei.

– O senhor me permite analisar o problema? – perguntou Myrddion hesitante. – Tenho me preocupado com meus pacientes desde que cheguei a Roma. Então o enigma vai ser um passatempo proveitoso para as minhas longas horas de viagem. Ficaria grato se pudesse consultá-lo quando voltar. Sei que estou velho demais para ser seu aprendiz, Isaac, mas há tanto que eu poderia aprender... Talvez eu possa auxiliá-lo como retribuição, dando um enfoque diferente sobre a doença romana.

Sob as expressivas sobrancelhas castanhas, Isaac examinou o jovem curandeiro.

– Que merda, rapaz, eu gosto de você! É um curandeiro competente também, o que é uma raridade nestes dias. Sempre será bem-vindo a minha casa quando voltar. Não invejo os dias e as semanas que você tem pela frente, pode apostar.

– Eu também não. Mas de algum modo consegui me livrar de várias situações difíceis desde que saí de Cymru. O homem controla o seu destino?

Com uma risada, Isaac jogou algumas azeitonas na boca e mastigou--as vigorosamente antes de cuspir os caroços. Deu um tapa na perna e riu de novo, mais alto. Myrddion começou a se sentir ofendido.

– Não feche a cara para mim, rapaz, pois não estou rindo exatamente de você. Somos todos tolos, querendo ser livres, mas escolhendo os caminhos que levam à prisão. – Ficou sério de novo. – Nós somos curandeiros, rapaz. Portanto, nunca vamos ser livres. Temos que lutar para salvar outros a vida inteira, à custa da liberdade para casar, para escolher o lugar para viver ou para dormir a noite toda sem interrupção. Vamos para onde está a dor e o sofrimento, e fazemos o que é preciso. Claro que não controlamos nosso destino. Somos curandeiros; somos servos do destino.

Myrddion fixou o caminho estreito e sulcado para Mântua. Hostilia tinha ficado vários quilômetros para trás, debruçada sobre a grande ponte romana que cruzava o rio Padus, servindo a Via Cássia. Esta saía de Roma, passava pelas profundas gargantas dos alpes Venetae e ia até as terras governadas por Átila. A viagem fora dolorosa para Cleoxenes e difícil para Myrddion, cujo papel era assegurar que o enviado participasse da reunião com Átila, o Terror do Mundo, no dia seguinte.

A jornada pela Via Cássia impressionara mais Myrddion do que ele esperara, pois essas estradas não eram construídas como as vias romanas na Britânia, feitas de modo muito mais rápido e raramente recebendo manutenção. Os engenheiros, já há muito mortos, que haviam projetado essas redes as tinham construído para durar, como duravam. Numa fundação de rochas cuidadosamente dispostas sobre uma base de cascalho, blocos de pedra eram usados como acabamento para fornecer uma superfície durável e suave para a passagem de liteiras, carroças, carretas e bigas. De quinze em quinze quilômetros, podiam-se obter cavalos descansados. Estalagens pontilhavam o campo percorrido pelas grandes estradas, na maior parte retas como uma lança, para que os viajantes cansados pudessem ter um leito para descansar com conforto.

No princípio da viagem, Cleoxenes ainda estava muito entorpecido, com o corpo maltratado ansiando por descanso no processo de cura. Seus criados tinham colocado colchões de lã, lençóis de linho e almofadas confortáveis sob o teto coberto. Dois cavalos puxavam a carruagem, guiada por um dos seguranças sentado numa plataforma erguida, ao ar livre. Nas duas semanas da viagem, o homem resmungou que aquilo não fazia parte de seus deveres normais. A carroça dos suprimentos estava repleta, tendo também uma pesada liteira pousada no alto de sua cobertura de couro. Antes de deixarem Roma, Myrddion viu que a liteira seria necessária, especialmente nos montes Apeninos, uma cadeia de montanha não tão alta quanto os Alpes, mas difícil de ser atravessada por carroça. O segundo guarda-costas dirigia esse veículo.

Myrddion ia a cavalo, levando uma montaria sobressalente. Além disso, quatro outros servidores acompanhavam a pequena cavalgada, fazendo turnos nos carros ou montando as robustas mulas que se deslocavam em uma surpreendente velocidade.

Pensando no conforto de Cleoxenes, Myrddion preocupou-se a princípio com o estado das estradas. Porém o tráfego pesado saindo de Roma, composto de liteiras, cavaleiros, carroças de fazenda e carruagens, além de várias centenas de soldados de infantaria marchando para o norte, fazia o avanço transcorrer num ritmo de caminhada. Isso tranquilizou o curandeiro: o paciente não seria muito sacudido na estrada bem conservada mesmo se fossem mais rápido.

A antiga cidade de Veii, originalmente um dos grandes centros dos etruscos, os primeiros governantes da Itália, passou rapidamente. Myrddion ficou impressionado, sobretudo, com uma escultura: instalada na grande praça perto do fórum, a figura parecia estranha e inumana, pousada no plinto como se prestes a sair de sua prisão de pedra, pular para o chão e avançar pela ampla estrada. Os olhos eram grandes, cegos, e a boca sorria com um conhecimento distante e peculiar que gelou o sangue do curandeiro. Se Ceridwen fosse traduzida em pedra, sorriria daquele modo. Traços vivos de tinta ainda eram vistos nas pregas do mármore. Myrddion percebeu então que a escultura fora pintada em vermelho, preto, branco e ocre no passado, para imitar as cores naturais quando no templo. O vento, as intempéries e mais de mil anos a tinham esbranquiçado como um espírito ou um cadáver.

– É Apolo – explicou um dos criados ao ver Myrddion de olhos fixos no rosto sorridente e enregelante. Algo no sorriso suave que via tudo e nos cachos que emolduravam o rosto antes de descerem em longos anéis pelo pescoço fizeram o celta estremecer.

Mais tarde, a Via Cássia se aproximou do lago Volsiniensis, uma ampla extensão de azul-cintilante rodeado pelas colinas que ajudavam a retardar o avanço dos viajantes. Quando passavam pela cidade de Volsinii, Myrddion notou que muitas construções exibiam buracos como olhos negros e cegos nas paredes caiadas e sem venezianas. Elas gritavam que havia poucos habitantes na outrora florescente comunidade.

Em Clusium, o grupo parou numa estalagem fedorenta. Cleoxenes parecia muito mais alerta agora. Depois de trocar-lhe os curativos, Myrddion preferia ficar conversando com ele a se juntar aos criados no pequeno espaço mal ventilado onde sete homens dormiam sobre palha no chão frio.

– Então! Vou continuar com o meu braço, Myrddion miraculoso?

– Até agora sim. A parte inferior do corte está cicatrizando muito bem, começando a formar uma casca. E não preciso mais drenar o ponto onde a infecção estava pior, o que é um sinal positivo. Por falar nisso, você não estaria aqui se não fossem os unguentos de Isaac; então, não me dê o crédito por sua cura.

Cleoxenes bebericou água, pois Myrddion não o deixava tomar vinho naquele estágio da recuperação. Como muitos curandeiros, acreditava que o vinho aquecia demais o sangue. Myrddion adotara havia muito tempo o axioma "mais vale prevenir do que remediar". Assim, vinha supervisionando a fervura e o engarrafamento da água enquanto passavam pela Via Cássia, apesar dos gracejos crus que recebia devido às suas instruções minuciosas. Pouco se importava. Estava habituado a mostrar um rosto tranquilo e desligado quando queria.

– Se eu continuar bebendo esse negócio, vou virar peixe – brincava Cleoxenes. – Mas não me queixo. Francamente, dois encontros com a morte num período curto de tempo é tentar demais o destino.

– Qual foi o primeiro?

– No outono em que me feri. Fui chamado para ir ao encontro de um mensageiro em Constantinopla, numa estalagem da Via Clodia. O prédio não estava muito bem conservado, e algum idiota não consertara uns degraus soltos. Meu pé atravessou um deles. Quando puxei a perna, apoiei todo o peso do corpo no corrimão que cedeu. Como eu disse, o prédio não estava bem conservado; tive sorte de me segurar no corrimão ao cair, embora alguma coisa tivesse cortado meu braço quando deslizei para frente. Eu podia ter morrido.

– E qual era mensagem?

– Que mensagem?

– O motivo de você ir à estalagem, em primeiro lugar.

– Não sei. Quando meu braço foi limpo, o mensageiro já tinha ido embora. Fiquei bem irritado, pois estava esperando instruções de Constantinopla havia dias. De qualquer modo, chegou um pergaminho pelo correio dois dias depois.

Myrddion ficou perturbado e pensativo. Cleoxenes não entendera o motivo da ausência do mensageiro, mas Myrddion sim.

Depois de Clusium, chegaram às ruínas de Aquileia. Myrddion vira as técnicas de terror dos hunos em Tounai e Cambrai, mas não estava preparado para a destruição desenfreada inflingida à bonita cidade murada do rio Arnus. A estrada para a cidade tinha sido esvaziada para permitir o movimento das tropas de Aécio em direção ao norte. Além disso, fora abandonada, pois Átila tinha sido visto pela última vez numa fortaleza das proximidades.

Todas as estruturas de madeira de Aquileia tinham sido queimadas até as fundações, o que deve ter produzido um calor feroz. Pedras e mármores estavam rachados e divididos pela tempestade de fogo. Aqui e ali sobrara uma estátua sem cabeça sobre o pedestal de pedra, escurecida e manchada pelas chamas. Colunas tinham sido derrubadas pelo calor, fazendo desabarem os pórticos esculpidos e telhados de tijolos vermelhos. Em vários lugares, a temperatura fora tão alta que os tijolos tinham derretido e formado poças. Naquele inferno nada poderia ter sobrevivido.

Enquanto Cleoxenes, com interesse, fixava o cenário pela janelinha aberta da carruagem, Myrddion sentia o estômago revirar ao ver os resultados da carnificina em tal escala. Tentou imaginar Roma nos mesmos apuros, mas a vastidão da perda de vidas não podia ser abarcada nem pela viva imaginação do curandeiro.

À frente, as montanhas eram altas e acidentadas, habitadas nos declives mais baixos por montanheses que extraíam uma precária existência da criação de carneiros e cabras, assim como de vinhas e oliveiras. Astutamente, os engenheiros romanos tinham usado a paisagem natural como seu maior aliado, vasculhando as nascentes de rios e os platôs entre os cumes em busca de uma rota para a estrada por entre uma cadeia de montanha aparentemente intransponível. E, assim, os carros de Cleoxenes continuavam a lenta e inexorável viagem através da maior proteção de Roma, as altas montanhas que cruzavam a mais valorizada aliada e traidora da cidade: a Via Cássia.

Quando chegaram ao último ponto alto antes de a estrada suavemente começar a descer para a planície, o vale do rio Padus se estendeu diante deles como um manto. A distância, os alpes Venetae erguiam seus cumes coroados de neve num grande círculo em torno deles. Mesmo num verão feroz, a grande planície era uma colcha de retalhos de verde e ouro, explodindo de vida graças a uma rede de tributários que se abriam em leque do Padus, como um sistema vascular. Pelo menos a distância, os sinais de decadência e dissolução moral não eram visíveis naquela parte da península.

Apesar de muito cansado, Myrddion sentiu-se reviver à medida que a árdua jornada chegava ao fim. Bononia ficava na entrada do cenário inchado de beleza natural que os rios tinham modelado nas montanhas primevas, fechando e protegendo as terras antigas.

– Louvada seja a Mãe – sussurrou Myrddion ao ver Bononia pela primeira vez –, pois fez nascer aqui um lugar que nutre até mesmo o mais pobre de seus filhos, onde a terra é sempre reabastecida pelas altas montanhas, e a água tão limpa e doce como as primeiras fontes surgidas em Sua sagrada terra.

O curandeiro contemplou a devastada cidade lá embaixo, onde duas estradas se cruzavam: a Via Cássia, que corria de norte a sul, e a Via Emília, de leste para oeste. Do mar Adriático até as fronteiras da Gália, o povo da Itália podia se mover à vontade por muitas centenas de quilômetros, pois Roma criara os meios mais eficientes e rápidos de comunicação e transporte que o mundo já vira. Com arrogância e orgulho desmedido, dera à luz uma sociedade forte e estável, inexpugnável por mil anos e que só agora começava a desmoronar. Ironicamente, as grandes estradas tinham se mostrado tão vantajosas para Roma quanto para seus atuais inimigos. Átila as usara para penetrar com uma grande cunha na Itália, enviando a temível cavalaria huna pelas artérias romanas até todo o seu corpo ficar envenenado ante a ameaça dele.

Pela primeira vez, Myrddion se viu imbuído da mesma urgência desesperada que impelia Cleoxenes e os restos da delegação. A Itália era um cacho de uvas maduras que Átila segurava na mão enluvada, revestida com malhas de ferro, as quais ele estourava uma a uma à medida que seus demônios interiores exigiam. Roma não podia derrotá-lo, com as artérias tão entupidas com o fluxo da cavalaria huna que o corpo inteiro de império estava sufocando.

Através do rio Renus e sobre o tributário Panaris, vastas pontes romanas facilitavam a viagem. Myrddion fixou as estruturas de vãos curvos e elegantes, e se maravilhou ante a simplicidade dos desenhos. Tais feitos de engenharia fizeram sua cabeça girar. Como podia a pedra dar a ilusão de pairar no espaço como se mármore e granito fossem tão vaporosos quanto a fumaça?

– A pedra é só uma decoração superficial – explicou Cleoxenes dentro da carruagem. – O concreto é o segredo desses vãos arqueados, sustentado e fortalecido com entulho e ferro. Os engenheiros romanos podem construir qualquer coisa bombeando essa mistura em conchas de madeira e fazendo com que endureçam ao ar livre. A pedra é usada para enfrentar o concreto em bruto e acrescentar beleza, mas o verdadeiro milagre é invisível. Está nas fundações e na estrutura da armação.

– Para um bárbaro celta, até imaginar esses métodos de construção é difícil. Na Grã-Bretanha, mal podemos erguer simples estruturas de pedra, e os saxões só usam madeira. Essas... – os braços de Myrddion abarcaram todo o panorama da ponte sobre o rio Renus. – Essas técnicas estão bem além da competência de qualquer povo do Noroeste.

– E tudo isso pode desaparecer como fumaça se os bárbaros vencerem – murmurou Cleoxenes.

O campo se desenrolava sob os cascos dos cavalos com sua panorâmica exuberância, mas a evidência de uma guerra feroz estava por toda parte, mesmo para olhos desatentos. Casas de fazendas vazias, muitas já queimadas. A ausência de aves, gado, ovelhas e outros animais de criação testemunhava com eloquência a pilhagem huna, e até os seres humanos tinham desaparecido da paisagem.

Ao contrário disso, Hostilia estava apinhada de refugiados abrigando-se entre paredes inadequadas ou caminhando penosamente para o sul em extensos grupos de famílias, levando os seus bens terrenos. O povo do vale do Padus sabia que Átila ia atacar no futuro próximo.

Finalmente, fora de Mântua, a cavalgada de Cleoxenes chegou ao acampamento dos delegados. Isso causou um reboliço, pois Flávio Aécio informara aos outros patrícios que o enviado bizantino estava doente demais para viajar. Cleoxenes mal teve tempo de se acomodar num colchão levado para lá com esse objetivo, quando foi visitado pelos nobres colegas.

O Papa Leão usava os paramentos do ofício, liberalmente enfeitados com bordados em ouro e prata representando peixes, ovelhas e pombas, símbolos sagrados da cristandade. O manto era de lã púrpura, pois, como príncipe da igreja, tinha direito à púrpura real. Myrddion soubera em Roma que essa tintura, a púrpura tirreno, era extraída de pequenos moluscos tóxicos que envenenavam os fabricantes. O primeiro sintoma da doença era uma forma de loucura, depois cegueira e uma rápida deterioração das funções vitais, seguida de morte. Um manto de púrpura imperial era absurdamente caro em vidas humanas que o produziam. Nessa vestimenta ostentosa, o Papa Leão era um esbelto romano de rosto estreito, dedos brancos e rombudos e pesados anéis de grande valor. Os olhos castanhos, intensos e inteligentes, eram acompanhados por uma voz suave e descomprometida.

Comparado a ele, o Prefeito Trigetius e o Cônsul Avienus eram romanos típicos. De meia-idade, vigoroso e arrogante, Trigetius mostrava claramente esses traços no tratamento dado a Myrddion e a outros serviçais, esnobados como se fossem invisíveis. Homem de ação, vestia-se com armadura e cota de malhas, além de espada e adaga enfeitadas de gemas. Suas maneiras eram bruscas e rudes até para com Cleoxenes, ao opinar em alto e bom som que um representante do Império Romano do Oriente não tinha lugar numa delegação tão importante.

– Fui instruído a representar os interesses do meu imperador – informou Cleoxenes aos outros delegados. – Antes que a Itália ou a Gália sofressem o chicote da cavalaria huna, o exército de meu senhor enfrentou Átila e sofreu nas mãos dos guerreiros dele. Flávio Ardabur Aspar defrontou-se com Átila e foi derrotado por ele, como Vossa Santidade deve saber. Acredito que sua parenta Leontia o tenha informado da derrota do marido em detalhes. Por nossas igrejas queimadas, sacerdotes e freiras assassinados e uma população dizimada ou reduzida à pobreza, Constantinopla solicita participar dessa delegação. Além disso, vivemos em estreita proximidade com a terra natal do Huno. Portanto, qualquer acordo que os senhores façam com Átila terá repercussões para nós.

– Você não está preparado para negociar com Átila – retorquiu o Cônsul Avienus. – Além de não ser um guerreiro, está doente.

Já entrado em anos, Avienus exibia uma elaborada cabeleira vermelho-cenoura torturada em exagerados cachos na testa. Sua toga de borda púrpura, uma joia de tamanho espantoso prendendo-lhe a túnica e uma quantidade de anéis e braceletes nos dois braços proclamavam-lhe a riqueza, talvez até seu bom gosto. Exalava também um perfume pesado e enjoativo. Inclusive Cleoxenes, acostumado a esses epicuristas, encolheu o nariz ante o excesso de perfume.

– Sou um diplomata, Cônsul Avienus, portanto treinado para tais negociações. Provavelmente tenho mais experiência que você – disse Cleoxenes, vermelho de irritação. Myrddion colocou-lhe cautelosamente a mão no ombro.

– Posso lhes oferecer vinho, senhores? Ou água, se preferirem? Íamos comer agora, portanto, meu Senhor Cleoxenes ficaria honrado se jantassem conosco. – Myrddion falou suavemente, num correto equilíbrio entre cortesia e subordinação.

– Quem é esta pessoa, Cleoxenes? Ele parece bem mais bárbaro do que Átila, com todo esse cabelo – Trigetius falou de modo arrastado, ignorando o convite de Myrddion. – Seu latim é muito bom para um idiota da Gália.

Cleoxenes apresentou Myrddion aos três dignitários, mas o Papa Leão foi o único a lhe prestar atenção.

– Não se pode confiar nele, seja quem for – Avienus escarneceu. – Como sabemos que não está de conluio com Átila?

– Este rapaz foi o cirurgião-chefe na batalha dos Campos Cataláunicos. Serviu nossa causa com grande distinção e, portanto, é um absurdo da sua parte criticá-lo simplesmente por causa do cabelo longo, como é o costume nas terras dele.

Leão examinou atentamente Myrddion.

– Seu latim é muito puro, Myrddion Emrys. Assim, imagino que já tenha lido os clássicos.

– Alguns, Santidade. Mas meu estudo é muito voltado para tratados sobre cura e conhecimento de ervas. Também leio grego.

Os três delegados ergueram as sobrancelhas, pois nenhum desses notáveis tinha um refinamento de instrução tão grande quanto esse estrangeiro das Ilhas Ocidentais. Por embaraço, irritação e, da parte do papa, um honesto desejo de poupar os sentimentos de Cleoxenes, o assunto foi posto de lado. Myrddion pediu licença e saiu da tenda para instruir os criados a prepararem a melhor refeição fria possível para os convidados, inclusive os vinhos doces que os romanos adoravam. O curandeiro estava satisfeito porque seu paciente continuava bebendo água.

Do lado de fora, num leito improvisado sob a carruagem, ele observava as sombras dos romanos através da aba da tenda aberta, enquanto gesticulavam e discutiam em voz alta. Até quando os criados ofereciam iguarias frias, o cônsul e o prefeito continuavam a intimidar o enviado, tentando convencê-lo a não participar das negociações com Átila. Quietamente, sem muitas palavras, Cleoxenes recusou-se a atender aos desejos romanos. Sua voz suave e clara continuou inflexível por toda a refeição.

Finalmente, foi obrigado a ser taxativo. Se o Império Romano do Oriente não fosse representado na delegação, disse ele, Constantinopla se recusaria a reconhecer qualquer acordo alcançado durante a conferência. Além disso, assegurou aos delegados que a posição explícita de Átila era querer um acordo abrangente, com todos os grupos envolvidos. O ultimato de Cleoxenes tinha fundamento: Roma dependia dos grãos do Império Oriental e de soldados para fortalecer seus exércitos.

Mais tarde, depois de comerem e beberem como convidados de Cleoxenes, os delegados se despediram, insatisfeitos com o resultado, e se dirigiram às suas luxuosas tendas.

Apesar da exaustão, Myrddion perdeu o sono. Um jorro de excitação mantinha sua mente correndo atrás de ideias muito depois que os fogos foram abafados e os lampiões, apagados. Amanhã, ele veria Átila com seus próprios olhos, e o destino de Roma seria decidido pela habilidade diplomática de quatro homens espertos e o punho envolto em ferro de outro. E ele, Myrddion Emrys, vindo de um pequeno povoado celta ao norte de lugar nenhum, estaria presente nessa reunião histórica. Depois, embalado pelos roncos dos criados de Cleoxenes, Myrddion rendeu-se à anódina doçura do sono.

Acima dele, as estrelas cintilavam, girando em constelações com nomes de deuses e deusas da Antiguidade. Cassiopeia, o arqueiro e o longo rio de luz do cinturão de Orion fulguravam acima do acampamento, enquanto os deuses riam e moviam suas peças no xadrez humano, para insondável autodiversão. A escuridão era tépida, envolvente, e Myrddion sentiu o elusivo perfume do cabelo da avó ao entregar sua consciência ao vale dos sonhos.

Capítulo 14

O flagelo de Átila

Liteiras deslumbrantes, enfeitadas com madeiras raras, ouro, prata e marfim e fechadas por cortinas de gaze para esconder os ocupantes transportaram os delegados ao local de encontro com Átila. Eram carregadas por escravos vigorosos, meio nus, enquanto escribas, guarda-costas, oficiais superiores e conselheiros andavam solenemente ao lado delas. Um pequeno destacamento de soldados que dava proteção à delegação relatou que o Terror do Mundo viera à reunião com uma força simbólica de quinhentos homens. Todos os participantes, por mais inferior que fosse sua posição, estavam finamente vestidos e usavam suas melhores joias. Embora Myrddion não tivesse conseguido banhar-se inteiramente, lavara mãos, pés e rosto até exibir um brilho de saúde e limpeza. Com as novas roupas escovadas de qualquer poeira, a elegância formal e o jeito grave, Myrddion não envergonhava Cleoxenes.

Átila esperava a delegação à entrada de uma grande tenda de couro pintada de cores vivas retratando cenas de suas vitórias. Flanqueado por sua guarda vestida de peles, armaduras polidas e espadas desembainhadas, ele se apresentou com uma magnificência bárbara e exótica.

O Terror do Mundo era um homem de meia-idade, de rosto feio para os padrões romanos, mas irradiando poder e autoconfiança. O corpulento rei parecia corporificar tudo que a Itália e seu povo consideravam não civilizado: do poderoso nariz recurvo às sobrancelhas negras e arqueadas, o que fazia os olhares se erguerem até a imponente coroa. Os malares eram altos e enviesados, escondendo olhos escuros enfiados nas órbitas e quase eclipsados pela amplidão da testa; o cabelo grisalho e crespo era curto o suficiente para proteger o pescoço, mas não tão longo que pudesse ser um perigo na batalha.

Pelos padrões romanos, Átila não era muito limpo, e Myrddion viu listas de sujeira antiga sob as unhas do Huno. Entretanto, para ser justo, Vortigern também não fora muito escrupuloso na limpeza; assim, o curandeiro não podia julgar Átila pelos padrões romanos. O corpo do Huno mostrava os sinais de uma vida passada na sela de um cavalo: pernas curvas e curtas, embora os braços fossem incomumente longos e muito musculosos. Com vestes e armadura vistosas, mas práticas, ele rejeitava joias em favor de uma pesada coroa do mais puro ouro, declaração inequívoca de que era o único rei presente. Com o queixo erguido para olhar ligeiramente acima das liteiras que balançavam, Átila era magnífico, mortal e aterrorizante.

O curandeiro pestanejou abruptamente quando as liteiras foram baixadas e os criados apressaram-se a ajudar os amos a se erguerem para saudar o hóspede. Atrás de Átila, Myrddion podia jurar que vislumbrara uma sombra escura junto às pernas e ao torso do Huno. Como fumaça ou nevoeiro, a sombra não tinha substância, e Myrddion soube que captara algo invisível ao resto da delegação: apesar de vigoroso e saudável na aparência, Átila estava morrendo.

Ao oferecer o braço para sustentar Cleoxenes, Myrddion contou ao enviado o que vira. Cleoxenes encarou fixamente o curandeiro; então, com uma expressão inescrutável, assentiu para indicar que havia entendido.

– Fique comigo, Myrddion. Vou usar a doença como uma desculpa para mantê-lo a meu lado. Quero que me conte imediatamente outras imagens ou ideias que lhe ocorrerem, por mais esquisitas que sejam.

– Claro, senhor. Mas sabe que não posso interpretar o que vejo nem garantir a verdade das previsões, não é?

– Sim. Mas você é o meu trunfo neste jogo perigoso, e vou utilizá-lo como a minha principal peça do tabuleiro. Perdoe-me por isso, amigo.

Myrddion só podia assentir.

Flávio Aécio já esperava do lado oposto de Átila. Abandonara a guarda, a armadura e as armas, vestindo agora apenas uma simples toga romana, túnica e sandálias. Os remanescentes de seu grande exército dos Campos Cataláunicos estava num acampamento fora de Aquileia, enquanto bandos perambulantes de cavalaria perseguiam o Huno de Hostilia a Bononia. Aécio tinha consciência de que seu papel era puramente o de um observador, mas, como sempre, portava-se como o verdadeiro poder na delegação. Até a estreita lista de púrpura na sua toga, que estritamente não lhe era permitido usar, demonstrava a sincera crença de que era o chefe do Império Romano do Ocidente em tudo, exceto no nome.

Por motivos próprios, Átila resolveu ignorar a presença de Flávio Aécio. Consideraria o general a verdadeira ameaça? Talvez sua fúria ainda estivesse em ebulição pela derrota nos Campos Cataláunicos. Myrddion sabia, infelizmente, que tais especulações eram inúteis. Sustentando Cleoxenes, andou com o enviado para a tenda de Átila, ajudou-o a sentar-se e colocou uma confortável almofada sob o braço dele. Então, dever concluído, postou-se atrás do paciente como qualquer outro serviçal anônimo.

A reunião começou sem preâmbulos ou oferecimentos de bebida ou comida. A previsível posição assumida por Átila era de que os emissários de Roma tinham vindo implorar clemência; assim, os outros é que lhe pediam algo. De pé, o Papa Leão abriu as negociações tentando persuadir Átila a voltar espontaneamente para Buda. Leão explicou que, mesmo se Átila derrotasse o império e incendiasse Roma, jamais se casaria com Honória, a imã de Valentiniano. Ao primeiro sinal de perigo para o Império Romano do Ocidente, Valentiniano a despacharia para Constantinopla, onde ficaria incomunicável pelo resto da vida. Jamais lhe seria permitido pôr em perigo qualquer um dos dois tronos por meio do casamento da irmã com o rei huno.

– Não preciso da irmã de Valentiniano para derrotar Roma – retrucou Átila asperamente. – Ou para tomar sua sagrada cidade e governá-la em meu nome.

O aposento estava abafado pelos corpos suados e nervosos, tensos por motivos e desejos não expressos. Myrddion sentiu uma pontada na têmpora onde a mãe o atingira com uma pedra na juventude. Átila falou. Mas, como suas palavras se estendessem, o curandeiro mal compreendeu o sentido da resposta. Lançando um olhar por cima do ombro de alguém, Flávio Aécio empalou Myrddion com seus maldosos olhos de macaco. O curandeiro soube, então, que Aécio jogava ali algo muito maior do que qualquer coisa contemplada por Átila. O general planejava governar as Sete Colinas de Roma.

Adiantando-se e evitando o olhar de basilisco de Aécio, Myrddion sussurrou ao ouvido de Cleoxenes:

– Cuidado com Aécio. Tudo que for dito hoje será farinha para o moinho dele. Ele está jogando por um trono.

– Mas o general não disse coisa alguma.

– O Papa Leão venceu o primeiro debate verbal. E Aécio está aqui apenas como observador. Ele chamaria a atenção se entrasse em debate com Átila... e ganhasse.

Cleoxenes assentiu com a cabeça, e Myrddion acomodou melhor o braço do enviado na almofada para justificar seu movimento.

– Mas a tarefa difícil para você seria manter Roma permanentemente – continuou o papa. – Talvez pudesse pedir conselho a Alarico dos visigodos, se achar sua sombra no rio Estige. Apesar de suas vastas hordas, Alarico não conseguiu manter Roma quando tomou a cidade há cinquenta anos. A grandeza da tarefa acabou matando-o.

Leão fez uma pausa. Um criado entregou-lhe um cantil para beber, e Myrddion notou os dedos trêmulos do papa. Átila percebeu imediatamente o sinal de fraqueza.

– Nossos aliados, inclusive o bárbaros da Gália e Espanha, virão nos resgatar depois – interrompeu Trigetius com seu modo agressivo. – Francos, visigodos e burgúndios não ficarão sentados enquanto Roma se debilita em suas mãos, senhor.

Átila ergueu a cabeça como uma serpente antes de atacar. Aécio afastou os pés e balançou-se; os lábios estreitos sorriam vagamente.

– Mas posso aleijar o império para sempre se mantiver Roma mesmo só por um mês. Ainda mais por um ano, ou por prazo maior – contra-atacou Átila com um sorriso gélido na direção do general. – Por exemplo, posso remover os chefes das grandes famílias patrícias como se cortasse as cabeças da hidra. Sei como destruir uma civilização. Já fiz isso antes.

– Você não ousaria! – rosnou Avienus de modo pouco hábil, o rosto úmido de cólera.

Átila estava prestes a tomar uma decisão contundente, estimulado pela desastrosa arrogância do prefeito e do cônsul, quando Cleoxenes interferiu maciamente na conversa. Com um suspiro aliviado, Myrddion viu que o Papa Leão ainda podia ser o herói do dia.

– Claro, majestade, qualquer homem com um mínimo de bom senso sabe que o senhor detém o chicote neste momento. – Cleoxenes manteve seu tom deferente, com um traço agradável na voz. – Seu exército está bem treinado, é chefiado com eficiência e amplamente suprido. Mas meu senhor no Império Romano do Oriente não lhe permitirá ocupar o Capitolino por muito tempo. Como Vossa Majestade entende a política de Constantinopla tão bem quanto eu, sabe que um governante hostil em Roma seria totalmente inaceitável. Meu senhor quer viver em paz e amizade com o império huno, mas me instruiu que ambas devam repousar no respeito mútuo e na equanimidade de propósitos. Não queremos que o nome de Vossa Majestade se inscreva na história como o de um espoliador e um bruto.

Como Cleoxenes é inteligente, pensou Myrddion. *Átila está sendo levado a considerar seu lugar na história, agora que sabe não estar mais no seu auge como soberano.*

A expressão azeda do Huno indicava uma certa concordância com as palavras do enviado. Então olhou os delegados em torno para lhes observar as reações antes de disparar um altivo olhar de desagrado e triunfo para Flávio Aécio. Até então este não tomara parte no debate, exceto por olhares intimidadores lançados para Myrddion Emrys e uma olhadela azeda ante a interferência de Cleoxenes.

O Papa Leão sorriu conspiratoriamente para o enviado, como se lhe agradecesse a intervenção. Ante o olhar do papa, entretanto, o rosto de Átila se escureceu de raiva.

Assim os impérios são facilmente perdidos, pensou Myrddion. *Uma expressão fora do lugar pode dar ao Huno o pretexto de negar a legitimidade da delegação. Que Leão nada mais diga que possa irritá-lo.*

– O que tem a me oferecer para que eu não queime suas igrejas, padre? Aquileia se transformou numa bonita fogueira quando queimei seus templos, suas igrejas, seus palácios e fóruns até o chão. Por que eu não me sentaria no Campo de Marte e contemplaria os incêndios de seus santos lugares?

Leão empalideceu ante a ideia de Roma queimar outra vez. Fazendo um sinal da cruz, tentou levantar os ombros. Myrddion avaliou o peso que o papa carregava em sua compleição estreita. Quantas crianças inocentes morreriam se ele não escolhesse as palavras certas para apaziguar Átila e convencer o poderoso homem a desistir da invasão?

– Não posso detê-lo, pois sou um homem de Deus. Mas considere, majestade, senhor do vasto reino huno: o que aconteceu com Alarico depois de incendiar a santa cidade? Ele foi avisado para respeitar as casas de Deus, mas não escutou. Por quanto tempo viveu depois de tal profanação?

Um longo suspiro perturbou o silêncio. Quem reagira? Myrddion não conseguiu adivinhar, contudo seu coração deu um salto até a boca.

As sobrancelhas de Átila cerraram-se sobre os olhos ferozes; o curandeiro viu como o Huno era perigoso. Leão fora esperto em apelar para a natureza supersticiosa de Átila, embora o Terror do Mundo não fosse uma criança que pudesse ser assustada por histórias de retaliação divina.

– Acredito que Vossa Majestade já pode sentir as sombras mordendo-lhe os calcanhares e o chamado dos mortos amontoando-se na escuridão quando fecha os olhos para dormir – acrescentou Cleoxenes numa voz conciliadora. – O que ganharia então atraindo contra si todas as preces dos fiéis por todo o mundo cristão? O peso de tantas orações pode sugar uma alma mortal. Não seria melhor que tais preces fossem oferecidas a sua salvação, e não a sua destruição? Especialmente se Vossa Majestade permitisse que a cidade de Deus continuasse livre e incólume.

Subitamente o rosto de Átila avermelhou-se de fúria. Os olhos dispararam em cada um dos delegados.

– A reunião acabou. Partam todos, escórias de Roma. Desapareçam da minha vista. Especialmente você, Flávio Aécio, traidor de seu sangue. Saiam! Terão minha resposta pela manhã.

Pesarosamente, o Papa Leão e os membros de sua delegação deixaram a tenda.

No quieto acampamento dos delegados, patrícios, guardas e criados trocavam olhares tristes. Embora o meio-dia mal tivesse passado, o calor começava a se dissipar. Cada vez mais próximo, o outono encurtava imperceptivelmente os dias do período dourado depois do verão. Um cheiro de madeira queimada adoçava o princípio da tarde. Myrddion sentiu a fisgada de nostalgia por uma terra de folhas caindo, névoas indistintas e o baque das longas ondas nas praias.

– Fracassamos – sussurrou Cleoxenes. Sua mão tremia ao segurar uma caneca de água.

– Ainda não, meu amigo. – Myrddion sorriu. – Não devemos nos desesperar até que os hunos realmente ataquem Roma. Átila não é tolo, embora sua natureza supersticiosa tenha sido manipulada com esperteza pelo papa. Átila não recusou o pedido da delegação, o que é animador. Na verdade, não tomou decisão alguma. Disse apenas que daria sua resposta ao alvorecer. Não se desespere ainda.

– Posso adivinhar a resposta dele. Vai nos atacar. Está numa competição odiosa com Aécio, que fez pouquíssimo para salvar o vale do Padus até agora.

– Pelo menos ele não tem nenhuma influência na decisão de Átila. Ou não que saibamos. E o senhor ajudou muito o papa. Lembrou a Átila que não está enfrentando apenas o Império do Ocidente, mas Constantinopla também. Ele pode ter derrotado os generais do Império do Oriente no campo de batalha, entretanto, com o tempo, Constantinopla pode reunir um enorme exército. As forças de Átila estão se enfraquecendo. Ele não pode combater inimigos em duas frentes, por melhor estrategista que seja.

No momento em que Átila se comprometer a cruzar os montes Apeninos, ele perderá a linha segura de retirada que retém no vale do Padus e seus tributários – continuou Myrddion, animando-se. – Como se sairia se os visigodos usassem a Via Júlia, na costa ocidental desde a Gália, para isolá-lo sem uma porta de saída segura através das montanhas? As tropas de Constantinopla também poderiam usar, facilmente, a Via Emília para o leste.

– Myrddion, você é um otimista incurável ou um leitor de mentes iludido. Ou as duas coisas. E parece conhecer muito bem o sistema de estradas da Itália.

– Mapeei a costa ocidental até Ostia, como sabe. E me interessei pelas estradas do leste. – Cleoxenes sorriu. – Não leio mentes, senhor. Nem sou um tolo, espero. Admito que sou otimista. Mas não se desespere até Átila decidir se mover, de um modo ou de outro.

– Flávio Aécio não esconde que não gosta de você – disse calmamente Cleoxenes. – Myrddion, você corre mais risco com o general do que com as hordas hunas.

– Ainda é por causa de Châlons e daquela desgraçada profecia que fiz. Desde aquele dia, ele usa isso como um pretexto para me odiar. Aécio está planejando alguma coisa.

– Lembro-me dela muito bem – Cleoxenes murmurou, bebericando a água tépida. – Foi a primeira vez que vi você. Achei que Aécio ia morrer quando você lhe disse que ele era apenas mais um romano capturado no rio do tempo. E falou também que Aécio sucumbiria ao orgulho desmedido. Vamos ver se me lembro... *Você procurará estimular o poder de sua família além do bom senso ou da segurança pessoal...* Então falou da morte dele e como isso vai marcar o fim do Império Romano. Também disse que Aécio colocará as facas nas mãos de seus próprios assassinos e arengou sobre as planícies Citas no sangue do general e a mancha da inveja. Acho que isso foi tudo.

– Sim, Castor me contou o mesmo. O que será que eu quis dizer sobre a família dele? Sei que a chave para o comportamento do general está na sua família. É o que ele quer manter em segredo, mas não sei... Fico com dor de cabeça tentando destrinchar isso. Ele também não gosta muito do senhor. A única vez que olhei o general, ele o encarava como se o senhor fosse o demônio-chefe.

– Faz sentido, dado o local de nosso encontro com Átila. Você provavelmente não sabe a origem do nome de Mântua, não é? Mantus era um deus etrusco dos Hades. Então o nome veio e ficou, mesmo depois que os romanos derrotaram os antigos reis. Não é um nome muito propício, é? Será que Aécio acredita em Hades?

Myrddion assentiu distraído. Intrigada, sua mente se fixava agora na queda de Cleoxenes na estalagem da Via Clodia.

– Posso perguntar sobre o dia em que a escada desmoronou com o senhor?

– Não entendo. Meu acidente tem a ver com Aécio e sua profecia?

– Por favor, seja paciente comigo, Cleoxenes. Quem lhe trouxe a mensagem para ir à estalagem? – O enviado ergueu as sobrancelhas. – Só estou perguntando porque o senhor foi testemunha de meus delírios em Châlons – explicou Myrddion. – Merovech, Teodorico e vários reis bárbaros... estão todos mortos! Sangiban pode ter sobrevivido porque está a milhares de quilômetros. Mas o senhor está aqui! É a única pessoa importante que se lembra até das palavras ditas por mim naquele dia, fora Aécio, é claro.

– Também havia soldados presentes – protestou Cleoxenes.

– É, e criados também. Mas eles contam? Eu lhe pergunto novamente: quem trouxe o recado para o senhor?

– Desculpe, Myrddion, mas recebi a mensagem por escrito. Só sei que o nome do mensageiro era algo como Willem.

– É um nome muito estranho. O senhor pediu uma descrição ao estalajadeiro?

Cleoxenes tirou a almofada sob seu braço e colocou-a sob a cabeça. Os olhos enganadoramente indolentes de repente assumiram um brilho agudo.

– Não, naquele momento não. Eu estava um pouco ocupado, sangrando no fundo da escada. E quando perguntei ao estalajadeiro, depois, ele descreveu um homem grisalho, de meia-idade, corpulento e de olhos escuros. Tinha um sotaque esquisito e usava o cabelo como o seu; então liguei o nome estranho à escrita peculiar. O homem falava latim bastante bem, segundo o estalajadeiro, que não pareceu gostar dele.

– E escreveu em latim? – Cleoxenes assentiu com a cabeça. – Então temos um forasteiro chamado Willem que fala e escreve em latim, algo raro entre os cidadãos. – A mente de Myrddion disparava. O mensageiro poderia ser o mesmo Gwylym agora trabalhando para Flávio Aécio? E por que iria querer matar o enviado?

– O que foi, Myrddion? Você está branco como um lençol.

O rapaz explicou suas suspeitas. Falou com hesitação, já que não podia ver proveito algum para o general no assassinato de Cleoxenes. Entretanto, quantos celtas podiam ser encontrados em Roma que falassem latim?

– O som de Gwylym é próximo de Willem. E há pouca chance de que o nome fosse lembrado, especialmente se o senhor estivesse morto ou incapacitado. O Gwylym que conheço é um mercenário, e obviamente encontrou um senhor natural em Flávio Aécio.

– Você pode estar certo, amigo Myrddion. Mas, se esse Gwylym está envolvido e se deu ao trabalho de danificar a escada, acho que não queria me matar, e sim incapacitar-me. Talvez Aécio não queria que eu fizesse parte da delegação por algum motivo.

– Mas o senhor veio a Mântua, e o general não ficou contente com a sua presença! Ele deve estar tramando algo que não quer que Constantinopla saiba. De qualquer modo, estou farto de pensar nisso. Acho que vou dar um passeio em volta do acampamento antes do jantar para ver o que está acontecendo.

Cleoxenes tinha o rosto grave. Myrddion pretendia se intrometer em assuntos que não lhe diziam respeito; o pensamento deu ao enviado um toque de ansiedade. Preocupou-se. Talvez Átila pudesse agir precipitadamente se Myrddion fosse pego espionando o acampamento do Huno. O enviado, porém, descartou esses temores como se não tivessem fundamento e, pior ainda, fossem desleais. Myrddion jamais agia de modo grosseiro, nem arriscaria voluntariamente o trabalho da delegação.

– Cuidado, meu amigo. Esses nobres não se detêm diante de coisa alguma para concretizar suas ambições, como já deve ter percebido. Se for meter o nariz nos negócios de Aécio, faça o impossível para não ser visto. Seu cabelo chama a atenção mesmo entre os hunos. Se for pego espionando, não vou poder salvá-lo.

Myrddion passou várias horas perambulando pelo local do acampamento dos delegados, tentando memorizar os desenhos das tendas. Flávio Aécio erguera a tenda de campanha a certa distância das criações mais vistosas de Trigetius e Avienus, cujos alojamentos eram coloridos por bandeiras e indiscerníveis uns dos outros.

Enquanto descascava uma maçã com a faca de Captus, o curandeiro notou uma figura distante que poderia ter sido o misterioso Gwylym, ou outro bárbaro que Aécio mantinha junto à pessoa. Cantarolando baixinho, Myrddion percebeu que uma fina linha de floresta corria paralela ao caminho entre o local do acampamento e o rio, parecendo abarcar a distância que separava a delegação do acampamento huno, na extremidade de um outeiro. Ficou satisfeito de ter descoberto uma rota direta que lhe dava uma visão clara da tenda de Aécio, enquanto fornecia cobertura do acampamento huno; então, voltou rapidamente para a tenda de Cleoxenes a fim de disfarçar sua aparência.

Depois de trocar as roupas que usava pela vestimenta negro-ferrugem que lhe dava um certo grau de anonimato na estrada, Myrddion começou seu pequeno esforço de espionagem. Com pesar, deixou sua amada faca na sacola, após decidir que era muito vistosa para não ser notada e poderia denunciá-lo.

Quando o dia foi escurecendo e a brisa do princípio da noite tornou-se mais fria, ele perambulou pelo acampamento e foi até um grupo de choupos e freixos crescendo ao lado de um riacho que alimentava o rio Padus. Dizia seu nome voluntariamente sempre que as sentinelas o perguntavam, mas não confessava sua relação com Cleoxenes. De cabelo preso e coberto por um boné toscamente tricotado, agia como se as sentinelas soubessem quem era. Os guardas o esqueciam assim que ele acabava de passar. Sem as roupas diferentes e o cabelo impressionante, Myrddion era apenas mais um criado.

Depois de chegar às arvores que começavam a soltar as folhas em jorros vermelhos e dourados, ele se esgueirou por trás de um tronco e buscou uma visão desimpedida do acampamento de Aécio. Era fácil divisar a tenda de campanha do general, pois ela não tinha o tamanho e a opulência das de seus companheiros, sendo a mesma prática estrutura de couro que Myrddion vira pela última vez nos Campos Cataláunicos. Mostrava cicatrizes e estava consertada em vários pontos, sendo facilmente desmontável, o que era uma necessidade em tempos de guerra. Vários guardas bárbaros e vigorosos se postavam à sua entrada, esquadrinhando cuidadosamente os rostos de patrícios e criados que se moviam pelo acampamento à luz das tochas.

Myrddion escondeu-se sob uma cobertura de folhas caídas, à espera de que Aécio agisse. Estaria em apuros para explicar sua presença ali, mas o instinto sussurrou ao celta que Aécio estava envolvido em algum plano secreto e arriscado. Talvez o general quisesse tomar a iniciativa nas conversações com Átila abordando o Huno diretamente, conquistando assim qualquer glória a ser extraída de uma reunião privada.

Usaria Aécio seus anos entre os hunos para efetuar a capitulação de Átila? Desejaria o general que Átila atacasse Roma para que ele, Aécio, pudesse derrotá-lo e se tornar o salvador do Império Romano do Ocidente? Não; essas ideias eram absurdas. O que Cleoxenes sabia e não sabia?

Perguntas, perguntas, e nenhuma resposta.

Enquanto a escuridão se aprofundava e o ar ia se tornando mais frio, Myrddion analisava os complexos jogos de Aécio. O curandeiro aprendera mais sobre o general desde que servira em Châlons; sabia agora que Aécio fora criado com os hunos, tinha uma história com eles. Descobrira também que o homem era imperador em tudo exceto no nome, e não seria humano se não aspirasse gozar os frutos de décadas de guerra.

O devaneio de Myrddion foi quebrado por uma saudação em voz alta; uma voz quieta respondeu. Finalmente Aécio estava saindo da tenda. Ordenando ao guarda que permanecesse onde estava, o general se afastou e mergulhou nas sombras.

Silenciosamente, Myrddion levantou-se, deixando que as folhas escorressem de seu corpo. Temendo alertar Aécio se seguisse sua trilha, esperou dez minutos na linha de árvores, observando imóvel.

Subitamente, da meia-luz, Myrddion ouviu um cavalo relinchar como se abrisse caminho pelas moitas. Prendendo a respiração, o rapaz colou-se ao tronco de árvore enquanto um cavaleiro huno passava na frente dele como fumaça. Assim que o guarda se afastou o suficiente, Myrddion subiu pelos galhos da árvore, içando-se o mais alto possível para observar os movimentos de Aécio lá de cima.

Logo percebeu que cavaleiros hunos patrulhavam um grande círculo à volta da tenda de Átila, enquanto mais sentinelas guardavam o acampamento a pé. Aécio andou até a sentinela seguinte e, julgando-se por sua atitude combativa e gesticulação feroz, exigiu uma entrevista com Átila. Finalmente o Huno entrou na tenda e, após um ou dois minutos, Aécio foi introduzido à presença do rei.

Agarrado ao galho de sua árvore, Myrddion tentou ignorar a câibra nos pés e a dor no cóccix, sentado como estava na principal protuberância de madeira. A luz das tochas em torno da tenda permitia-lhe ver a sombra de Aécio antes de ela desaparecer. As formas longas das sentinelas dançavam sobre o chão duro, mas Myrddion não podia ouvir a breve conversa que ocorria. Dez minutos depois, o general reapareceu e se afastou, enquanto Átila berrava por um guarda.

A postura de Aécio e seu andar rápido, raivoso, sugeriam que a inesperada reunião com Átila não ocorrera conforme planejara. Se o general imaginara utilizar o rei huno para seus objetivos, havia falhado. Mal tinha desaparecido na escuridão quando o guarda a cavalo reapareceu e trotou em direção ao bivaque huno.

O que Átila estaria querendo agora?, pensou Myrddion.

Em poucos minutos, um punhado de oficiais hunos surgiu correndo, endireitando as roupas desalinhadas fora da tenda antes de entrar. O som de vozes flutuou até Myrddion no vento da noite, mas a distância era grande demais e a língua muito pouco familiar para que distinguisse alguma coisa. Então, rapidamente, os oficiais hunos reapareceram na entrada da tenda e voltaram a suas posições.

Houve apenas ruídos e movimentos estritamente necessários. Átila saiu bruscamente da tenda. Cada gesto seu expressava fúria e tristeza silenciosas. Montou num cavalo soberbo trazido até a luz por um membro da guarda e, enquanto o animal levantava a cabeça esquivando-se, o Huno usou o chicote com impaciência. Depois que o animal obedeceu, mal-humorado, vários criados apareceram e caíram sobre a tenda como um bando de formigas. Antes que Myrddion absorvesse inteiramente o que via, os postes da tenda foram removidos, os painéis de couro desmontados, dobrados e guardados numa carreta. Com a espantosa velocidade que cimentara o sucesso dos hunos nas batalhas, Átila e sua guarda estavam partindo. Surpreendentemente, dirigiam-se ao norte. Por motivos que Myrddion não entendia, o Huno abandonava o acampamento com a acalorada oposição de seus capitães. Se o contingente huno estava se dirigindo mesmo ao norte e se a partida súbita não era um truque, Átila estava prestes a juntar-se à sua força principal, abandonando a invasão da Itália e do Império Romano.

Como servidores bem treinados, a guarda e os auxiliares hunos desarmaram, empacotaram e guardaram o acampamento inteiro. Em duas horas, toda a horda desaparecera como fumaça nas florestas rodeando Mântua.

Agachado em sua árvore, Myrddion pensava intensamente enquanto as disciplinadas tropas se afastavam em silêncio noite adentro. Atrás delas, só a poeira flutuava na negra e quieta planície, indicando que o exército huno estivera ali.

Átila tinha ficado furioso com o aparecimento repentino de Aécio. Pondo de lado o Estado, a coroa e as joias, o rei huno repousava os ossos artríticos que envelheciam num leito de campanha. Anos na sela sob tempo inclemente, cem quedas no solo duro em treinos e em batalhas tinham lhe danificado ossos e músculos, o que exacerbava o frágil temperamento de Átila.

Assim, quando Aécio interrompeu seu descanso, o Huno reprimiu a dor importuna nos joelho e levantou-se com uma expressão carregada de desconfiança e irritação.

Assim que se viu a sós com o rei dos hunos, Aécio abriu a conversa:

– Quanto ouro você quer para sustentar o poder da nação huna no Norte e no Oeste? – perguntou. Átila ficou em silêncio. – Posso lhe mostrar como lutar a batalha dos Campos Cataláunicos de novo... e vencer. Sem a perda de um único homem.

– E por que eu daria ouvidos a qualquer sugestão de um vira-casaca como você, Aécio, senhor de nada e de ninguém? Você era um de nós. É um de nós. Mas aliou-se aos desprezíveis romanos. Não posso acreditar numa palavra que diz. Mesmo assim despeje sua proposta que vou considerar, levando em conta sua capacidade para mudar de lado.

Com o rosto fechado, Átila atravessou a tenda com passos largos e serviu-se de vinho. Nada ofereceu a seu visitante.

– Pretendo governar Roma e Ravena, pessoalmente ou através de meu filho. Como você já disse, Roma está moribunda e seu sistema político, podre. Eu lhes servi por uma vida inteira, mas os detesto ainda mais que você. Tenho curvado a cabeça e os joelhos, tenho conspirado, manobrado e mentido. E terei o que quero ou morrerei tentando. Se você deixar a Itália em paz e esperar pela concretização de meus planos, terá aquela vaca estúpida, Honória. E seu reino, Átila, estará seguro para sempre. Mais importante ainda, como meu aliado, eu lhe cederei o posto de Senhor Supremo do Ocidente. A Gália e as terras dos visigodos serão suas sem um único golpe.

Atento, Átila observava Aécio.

– Você está cedendo muito pouco, pelo menos de início, e espera que eu ceda tudo, inclusive os despojos de Roma, por uma vaga promessa de ganhos futuros. Nesse meio-tempo, você pode morrer. E eu também, por falar nisso. Ou pode fracassar em suas ambições no decorrer da sorte. Por que eu correria tal risco?

– Você e eu somos parecidos, Átila. Ambos detestamos esses patrícios romanos que nos honram na nossa frente, mas riem às nossas costas. Eles só mostram um mínimo de cortesia porque lutamos e morremos em seu lugar enquanto damos a eles riqueza e lazer para perseguirem seus prazeres. Temos jogado durante toda a vida, ou não estaríamos aqui em Mântua, ou em Hades, se quiser. Ambos sabemos o que Hades é de fato, porque ambos vivemos pela espada. Mas o que sabe Leão? Ele reza e conspira para fazer de sua igreja o verdadeiro poder em Roma. E

Cleoxenes, um epicurista que usufrui uma vida estéril em Constantinopla e raramente levantou uma espada com raiva? Eles vivem em paz enquanto nós sofremos as ferroadas de uma vida de luta. Meu coração está doente de ter que se ajoelhar ante meus senhores. E você?

Pela primeira vez, Átila bebericou o vinho e examinou Aécio friamente por cima da borda da taça. As sobrancelhas arqueadas se ergueram, mas Átila reconheceu no outro um colega guerreiro, independentemente das alianças escolhidas no passado. Na verdade, Átila estava cansado das guerras. Talvez uma nova estratégia lhe poupasse os ossos doloridos.

Riu suave e maldosamente, provocando em Aécio uma pontada ruim no peito. Átila era perigoso, assim como todos os de seu tipo, mesmo cansado e envelhecido. O general seria um tolo se subestimasse o huno. Então, tentou esperar com calma que Átila examinasse todos os lados da proposta.

– Muito bem, farei o que sugere, Aécio. Mas não pretendo morrer e deixá-lo como o senhor indiscutível do mundo. E, se me lograr ou me trair, vai descobrir que também posso ser um inimigo implacável e secreto. Até agora, nunca recorri a um assassino ou espião, mas posso mudar meus métodos dependendo de como você me trate. Nesse caso, o mundo não será grande o suficiente para salvá-lo do Huno.

– Não vou lhe dar minha mão para selar o acordo – replicou Aécio, o coração cantando de alegria mal escondida. – Inimigos amigáveis como nós não precisam de gestos vazios de amizade ou lealdade. Lidaremos com qualquer ruptura de confiança rapidamente. Vou sustentar minha parte do acordo, mas lhe digo desde já que meu plano levará três anos para ser modelado.

– Posso facilmente esperar três anos, Aécio. A questão é: Roma sobreviverá tanto tempo?

Myrddion desceu da árvore com um gemido pelas cãibras nos músculos, bateu os pés entorpecidos no chão e voltou velozmente ao acampamento romano. Foi direto à tenda de Cleoxenes e, sem respirar, contou-lhe as novidades. O acampamento inteiro logo foi avisado e a informação confirmada. Átila de fato partira na escuridão.

Os delegados despacharam batedores para determinar com certeza a direção tomada pelo Huno. O acampamento se agitava como um formigueiro atiçado pelo graveto de uma criança, especialmente quando os batedores relataram que o inimigo se dirigia para o norte, para fora da Itália e em direção a Buda. Intrigados com a partida intempestiva, os romanos levantaram diversos motivos para a retirada huna, mas ninguém podia imaginar por que, no momento da vitória final, Átila abandonara a mesa diplomática sem receber uma só concessão dos adversários. Myrddion observava Aécio friamente, cogitando mais uma vez o que aquele homem idoso e pouco atraente planejaria para o império. O que o tinha enviado na escuridão da noite, em segredo, para levar Átila a uma ação impulsiva, quando o general sequer nascera de linhagem romana?

Assim, a delegação do Papa Leão finalmente teve êxito, e os emissários voltaram de Mântua sob a aclamação dos cidadãos de Roma. O outono chegara, e as árvores que haviam sobrado na cidade do mármore despejavam suas folhas como lágrimas sangrentas; a população, no entanto, ignorou os primeiros sinais do inverno próximo para desfrutar um feriado de banquetes, jogos e prazer. Os sacerdotes sacrificaram animais no Capitolino e no Palatino, e preciosa comida foi oferecida aos deuses-lares. O mundo estava num ânimo de celebração, e só Myrddion sabia que o sangue ia lavar totalmente a cidade sagrada.

O curandeiro voltou para os abraços e as palmadas nas costas dos aprendizes e das viúvas, que choraram, ofereceram-lhe comida e orgulhosamente exibiram o que haviam ganho em sua ausência. Até Willa pulava como um pequeno filhote animado nos braços, embora continuasse muda mesmo quando sorria ou dava risadas.

Semanas após o retorno da delegação, Valentiniano ordenou uma ampla campanha de cartazes, discursos de rua e promessas de celebração. Uma proclamação foi lançada pela cidade e por seus arredores para anunciar uma semana de jogos grátis pagos pelo imperador em honra da paz negociada com Átila.

Até Cleoxenes estava secretamente divertido com a pressa com que a delegação reivindicara o sucesso pela retirada de Átila, embora Flávio Aécio estivesse incomumente silencioso, atribuindo o fato ao tempo que o casamento da filha lhe tomava. Myrddion fez uma careta quando um paciente lhe contou sobre o pão e o circo dados pelo imperador em agradecimento ardente pela salvação da cidade.

– Vamos, mestre? – perguntou Cadoc quando tiveram um momento sozinhos.

– Devemos ir, Cadoc? Soube de boatos tão horríveis sobre os jogos. As histórias são tão bizarras que me recuso a acreditar que um povo civilizado tolere semelhantes barbaridades.

– Também soube das histórias, mestre, mas eu estava mais interessado no pão grátis – disse Cadoc meio brincando. – Grátis significa o preço certo de qualquer coisa nesta cidade fedorenta, exceto dos banhos.

Ele descobrira os prazeres do banho. Ia à casa de banhos todos os dias, principalmente como tratamento para suas cicatrizes. Mas isso era recebido com comentários debochados de Finn. Roma inteira sabia que os banhos eram frequentados por prostitutas para alívio dos clientes interessados. Contudo, como o próprio Cadoc considerava sua nova paixão por limpeza uma mera brincadeira, perdoava a Finn e às viúvas quando as zombarias ficavam insistentes demais.

– Talvez a gente deva ver que confusão toda é essa, mestre – sugeriu Finn. – Não acredito que homens lutem pela vida enquanto a multidão aplaude. E chamam a gente de bárbaros! Como o senhor, eu me recuso a acreditar nas histórias que ouvi. São horripilantes demais para ser verdade.

– Vamos amanhã – decidiu Myrddion. – Mas, se seu estômago não aguentar a diversão romana, não ponha a culpa em mim. Vamos ter que sair quando amanhecer se você quiser pegar um pão grátis.

Rhedyn estava horrorizada com o fato de os homens do grupo quererem assistir aos jogos. Como a maioria das celtas, tinha uma mente independente e não hesitava em dizer a Cadoc que ele estava corrompendo o mestre só para obter comida de graça. No entanto, como todas as mulheres de sua classe, tinha um saudável respeito pelos efeitos benéficos de uma boa refeição. Myrddion e seus aprendizes deixaram a Suburra na manhã seguinte, levando iguarias suficientes para alimentar uma grande família.

O grupo não precisou perguntar o caminho para os jogos. Mesmo antes do alvorecer, um fluxo contínuo de habitantes dos cortiços – homens, mulheres e crianças – brotava de vários caminhos e andava em direção ao grande anfiteatro circular dedicado a um imperador morto há muito tempo. Tantos caminhos levavam ao circo que a multidão já enchia as ruas quando os companheiros alcançaram a enorme entrada na Via Nova. Myrddion não conseguia acreditar que uma construção pudesse abrigar essa imensa multidão, por maior que fosse.

Quando os raios solares tocaram os grandes portões de todo o circo, os atendentes os abriram e deixaram os cidadãos de Roma entrarem, rapidamente, tropeçando para conseguir os melhores lugares. Grandes cestas com pães de toda espécie eram distribuídas ao povo, mas os aprendizes notaram logo que alguns pegavam mais do que a sua parte, enfiando pães dentro das túnicas antes de voltarem para pedir mais. Se os atendentes notavam o truque, os fraudulentos eram espancados com porretes e obrigados a fugir, ainda agarrados a seus ganhos ilícitos.

A arena era um círculo maciço e enorme de areia branca, tendo, ao longo de sua circunferência, um caminho pavimentado. Abaixo do nível do chão, havia elevadores cujos sarilhos e roldanas permitiam que os animais selvagens fossem transportados até a arena através de uma engenhosa série de alçapões e rampas. Os que fariam parte do espetáculo entravam por grandes portões que iam das áreas mais baixas até no alto, enquanto largas portas de madeira eram baixadas atrás deles para impedir que os infelizes desertassem do combate.

A plebe jorrava para dentro do anfiteatro, ocupando lugares na ampla fileira de assentos rodeando a arena. Os duros bancos de pedra podiam ser amaciados com almofadas, e algumas famílias mais previdentes tinham trazido um bom suprimento delas para seu conforto. Em torno da própria arena, e bastante próximos para ver bem a ação, acomodavam-se os patrícios em assentos especialmente acolchoados. O imperador, sua família e seus convidados usufruíam um camarote especial, equipado com todos os luxos imagináveis.

Durante as duas horas seguintes, o circo se encheu de risos, famílias festivas, grupos de rapazes ansiosos por diversão. Os mais velhos carregavam tapetes, almofadas e cestas de comida; moças, com suas melhores roupas, davam risadinhas por trás de echarpes, esforçando-se para mostrar a delicadeza das mãos com muitos ademanes dos dedos tingidos com hena. Até os curandeiros começaram a sentir a animação crescendo dentro deles, enquanto o sol surgia sobre o grande teto aberto e os bancos de pedra iam se aquecendo. Cadoc atacou a cesta de piquenique de Rhedyn com um apetite feroz, e Finn incentivou Myrddion a comer sua porção ou nada comeria. Em suma, com Cadoc mastigando animadamente um pão envolvendo carne e legumes, crianças correndo para cima e para baixo na escada, o barulho de milhares de pândegos e o calor do sol, Myrddion sentiu suas reservas desaparecerem.

Trombetas de bronze atroaram, marcando o início da diversão. Um impecável destacamento com os mantos vivos da Guarda Pretoriana marchou para o centro da arena, visando proteger um belo cortesão com cachos untados de óleo. Encarando a multidão, ele se curvou para o camarote imperial vazio e fez um gesto floreado para a multidão que esperava. Esta respondeu com saudações, apupos e assobios. Quando a voz do epicurista se ergueu na grande estrutura, Myrddion maravilhou-se ante o conhecimento de acústica dos engenheiros romanos, com a amplificação das vozes. Para entretenimentos triviais como aquele, tinha sido construída uma maravilha que capturava o som de modo que cada palavra podia ser ouvida por todo o público enquanto o drama se desenrolava abaixo dele.

– Cidadãos de Roma, orgulhosos descendentes de Rômulo e Remo, vocês sabem que a Itália está agora a salvo dos ávidos ataques do bárbaro Átila. O Imperador Valentiniano agradece os esforços do Papa Leão, do Cônsul Avienus e do Prefeito Trigetius, que agiram como nossos emissários ante Átila. O imperador oferece estes jogos para o prazer de seu povo, como um gesto de gratidão por nossa salvação.

As trombetas soaram de novo. O cortesão e sua escolta pretoriana deixaram a arena, substituídos por um grupo de musculosos gladiadores representando os quatro campos de retiarii, trácios, secutores e hoplomachi. Confuso com os diferentes nomes e equipamentos dos gladiadores, Myrddion foi ajudado por um jovem sem barba, cabeleireiro do distrito do Monte Janículo, o qual aproveitou feliz a oportunidade de partilhar seu conhecimento descrevendo as diferentes funções dos gladiadores.

– Nem todos usam espadas, mas todos são chamados de gladiadores – argumentou Myrddion. – Como pode alguém acompanhar o que está acontecendo quando há tantas categorias de guerreiros?

O cabeleireiro sacudiu os ombros com um movimento da cabeça cacheada e elegantemente tratada com óleo.

– O senhor tem um bonito cabelo. Eu poderia vendê-lo por várias peças de ouro para a fabricação de peruca, se algum dia precisar de dinheiro. Meu nome é Dido, e moro na Rua das Lanternas Penduradas. Pode me encontrar no Monte Janículo; todos me conhecem lá.

Myrddion enrubesceu, resistindo ao impulso de esconder seu cabelo dentro do manto.

– Obrigado pela oferta, cidadão Dido, mas acho que vou ficar com o meu cabelo. Se mudar de ideia, falo com você.

Os gladiadores começaram a se espalhar e a assumir suas posições no chão da arena imediatamente abaixo do público.

Os retiarii lutavam nus, exceto por uma tanga e um cinto. Estavam armados com tridentes, redes e adagas de quatro lâminas, enquanto uma longa proteção de couro e placas de metal se estendia do braço esquerdo até o peito. Essa braçadeira tinha, no ombro, um escudo de metal que dava uma frágil proteção ao pescoço e à parte inferior do rosto. O curandeiro estava espantado com a destreza dos gladiadores com as redes, que atiravam com o braço esquerdo para envolver as armas dos Secutores, buscando atrair os oponentes para perto de seus ferozes tridentes ou de suas adagas de quatro lâminas.

Com força semelhante, os secutores portavam o escudo retangular das legiões e o gládio, ou espada. Elmos protegiam-lhes toda a cabeça, inclusive o rosto: apenas dois pequenos furos permitiam a visão. As pernas eram protegidas com perneiras, e os braços, por pequenas braçadeiras. O desastre caía rapidamente sobre qualquer retiarus que perdesse a rede. O tridente era um brinquedo comparado com o poder maldoso do gládio, amolado como navalha por homens dependentes de um afiado gume de ferro para proteger a vida.

A multidão pôs-se a clamar por seus favoritos, mas levou algum tempo para os curandeiros distinguirem quem era quem. Burus usava uma pena amarela no elmo. Barcas preferia o vermelho, enquanto Colchis era da Ásia Menor e tinha um lenço azul amarrado em seu gládio. Aos poucos, Myrddion foi dando nomes aos vinte pares que lutavam na arena. Colchis era um dos trácios usando perneiras pesadas para se proteger da cintura para baixo. Seu escudo era redondo e decorado com um grifo dedicado à deusa Nêmesis. Equilibrada e mortal, esperando uma abertura, a falx, uma curva espada trácia, era mantida na mão direita e na retaguarda enquanto os combatentes circulavam um ao outro.

Involuntariamente, Myrddion sentiu um arrepio de excitação quando os guerreiros soberbamente treinados lutavam entre si numa dança ritual da morte, desprezível, mas atraente. Então, quando Myrddion quase sucumbira à sedução do combate, um retiarius foi colocado em perigo. Sua rede fora lançada, porém repelida por um maldoso movimento do adversário secutore, que agarrou uma das pontas da pesada corda envolvida em seu escudo. Desequilibrado, o retiarius foi obrigado a recuar com um punhal na garganta. A elegante, rápida e experiente manobra teria causado admiração no curandeiro se a vida de um homem não dependesse dela.

A multidão gritava sua aprovação ou vaiava a perda de um campeão. O secutore bem-sucedido olhou em torno da arena, pedindo permissão da multidão para matar o prisioneiro ou poupar-lhe a vida. Myrddion observava horrorizado que alguns polegares subiam e outros desciam. Quase imediatamente, a multidão decidiu que a vida do homem devia acabar. Um corte de espada, um passo atrás e uma fonte de sangue esguichou do pescoço do retiarius, ensopando a areia à sua volta. Dido sussurrou que, normalmente, os gladiadores desfechavam o golpe de morte o mais rápido possível.

O primeiro sangramento do dia, porém, exigia que bastante sangue fosse derramado. A multidão estava ávida. E uivou enquanto o retiarius sangrava até a morte, escutando os gritos de prazer do povo de Roma.

Myrddion achou que ia vomitar, mais pela reação da multidão do que pela morte de um único guerreiro. As crianças chupavam os dedos, faziam camas de gato ou comiam pãezinhos com mel enquanto contemplavam, com olhos arregalados e curiosos, o banho de sangue lá embaixo.

– O que acontece com crianças que crescem assistindo a esses espetáculos? – perguntou Myrddion a Dido em busca de uma explicação. – Ficam mais violentas? Mais insensíveis? Não acredito que nada mude nelas!

– Que merda, Colchis! – berrou Dido. – Onde está com a cabeça?

O campeão do cabeleireiro tinha se juntado ao colega morto na arena, com o próprio torso banhado em sangue. Quando Dido abaixou o polegar enviando para a morte um homem que ele vinha aplaudindo, Myrddion virou as costas ao vizinho com desgosto.

O ritmo do campo de batalha aumentou enquanto os gladiadores se exauriam, sentindo o tédio emanando da multidão. Impelidos a um risco cada vez maior e a um feito vistoso de armas, os gladiadores começaram a cair e, quase uniformemente, foram sentenciados à morte pela multidão. Só os últimos vinte que sobraram da competição continuaram vivos. Arquejando enquanto se levantavam ou ajoelhavam na areia, os homens saudaram o público erguendo as armas. Finalmente Myrddion entendeu a saudação de abertura ao imperador e seu sangue gelou ante esse assassinato institucionalizado.

– Cadoc? – Myrddion virou-se para o aprendiz enquanto criados corriam para a arena a fim de içar os corpos para uma carreta e espalhar areia nova sobre as manchas de sangue. – Como um espetáculo assim pode ser divertido? O público não vê que são homens verdadeiros?

– Acho que estão se divertindo, mestre. Apostam em seus favoritos, rabiscam o nome deles nos muros, mandam cartas de amor para eles... ou mais.

– Como é possível se condenar à morte uma pessoa que se conhece ou da qual a gente já ouviu falar? Não gosto disso, Cadoc. Não gosto mesmo.

– Não é pior que uma batalha, mestre – retrucou Finn, sempre pronto a reconhecer os dois lados do mundo. – E aceitamos os feridos no campo de batalha sem escrúpulo algum.

– Mas não sentimos prazer de seus ferimentos e de sua morte. Cadoc? Finn? Há uma diferença.

– É, mestre, acho que há. Fiquei quase maluco quando vi Katigern morrer. No entanto, esse espetáculo aqui não me afeta muito. Talvez Roma seja... – Finn vasculhou a cabeça em busca das palavras. – Talvez Roma seja uma mancha moral que gela alguma coisa na alma deles.

Myrddion ficou mais duas horas no anfiteatro Flavium.

Viu arqueiros montados, chamados sagittarii, lutando com touros, usando pontas de ferro nos chifres para aumentá-los e aguçá-los. Às vezes, os touros ganhavam. Ele viu também criminosos condenados, os noxii, lutarem até a morte, alguns com os olhos vendados e armados com espadas, enterradas em adversários que enxergavam. De algum modo, o senso de certo e errado de Myrddion embaralhou-se, ficando menos ofendido por essa punição. Naquela noite, ele pensou como a descrição de Finn sobre a mancha moral o tinha infectado a ponto de ele praguejar contra criminosos que iam sofrer uma morte dolorosa e geralmente lenta, como se a morte deles fosse menos importante do que a de outros cidadãos.

Os bestiarii lutavam contra vários animais exóticos e criaturas ainda mais estranhas, algumas com pescoços compridos. A solidariedade de Myrddion ia para os animais, tão belos em sua pelagem exótica e viva. Mesmo armados com garras, dentes ou chifres, eles quase sempre morriam, embora ocasionalmente um bestiarius fosse ferido. Mais interessante para Myrddion foram os venatores, treinados para criar um espetáculo usando uma fera para executar truques surpreendentes. Como nem homens nem animais eram feridos por essa diversão, Myrddion gostou de assistir a ela. Também assistira a centenas de homens morrerem enquanto uma banda tocava músicas alegres, e ambulantes vendiam suas mercadorias para cima e para baixo entre os bancos.

Finalmente, não conseguiu aguentar mais o espetáculo. Embora fosse pouco depois do meio-dia e o calor não tivesse chegado ao extremo, ele cedeu seu lugar e desceu rapidamente para a saída. Queria tapar os ouvidos para não escutar o barulho das trombetas, das liras, dos chifres e das flautas tocadas por músicos enérgicos, saltitantes, vestidos com roupas de animais muito coloridas.

A música e o cheiro metálico de sangue seguiram Myrddion pelas ruas amplas e de volta à Suburra. Então ele entrou numa casa de banhos públicos e se lavou e se esfregou até ficar vermelho. Finalmente, quando a dor que se impingia o fez voltar a si, chorou mergulhado na água até a cintura, a tal ponto que mesmo os proxenetas curiosos que se reuniam nos banhos evitaram abordar um homem tão maluco. Quando a água fria finalmente lhe clareou a mente, o curandeiro começou a longa viagem para casa. Horas tinham transcorrido. Os aprendizes levantaram os olhos de uma refeição simples com solidariedade e culpa.

Com uma sensação de profunda vergonha, Myrddion percebeu de repente que estava faminto. Devorou o ensopado que Bridie depositou à sua frente e então, sem uma palavra, deitou-se em seu colchão, enrolou-se num cobertor e caiu num sono profundo.

Capítulo 15

A MANCHA MORAL

A meio mundo de distância se realizava um sacrifício diferente, tão feio quanto os jogos romanos, mas em escala menor. O local de sua ocorrência não era um circo banhado de raios solares, e sim uma caverna exposta pelas ondas na maré baixa, profundamente escavada num penhasco projetando-se para o oceano selvagem. Ao norte, ficava a fortaleza de Tintagel, e, ao sul, as turbulentas covas onde as pequenas aldeias de pescadores do oeste se agarram precariamente aos rochedos carrancudos.

Os seixos e as conchas amassados aos pés dos participantes eram molhados e gelados como o lugar, escuro como o Estige, enterrado profundamente no coração da colina. Catorze figuras haviam entrado na caverna quando a escuridão chegou, mas apenas treze partiriam assim que a maré começasse a lamber a entrada do templo natural.

Os adoradores estavam encobertos por mantos escuros que lhes disfarçavam os corpos e dissimulavam o sexo a que pertenciam. Nos rostos deles, havia toscas máscaras feitas de madeira, argamassa e lã áspera para imitar o cabelo natural. Os buracos dos olhos das máscaras eram contornados por conchas ou pedras polidas; assim, mesmo naquela penumbra sobrenatural e ante o fulgor de um único lampião, eles cintilavam, com sua aparência maligna.

Quando uma cabaça foi sacudida, as sementes secas em seu interior chacoalharam sinistramente como minúsculos ossos entrechocando-se. Uma única fonte de luz, as faces espantosas e as sombras densas combinavam com aquele som, criando um miasma de superstição e depressão invisível e impuro. O cheiro de algas apodrecendo, atiradas pela maré nos cantos invisíveis do espaço em forma de ventre, era em parte disfarçado pelo pesado perfume do óleo queimando, um almíscar opressivo e caro que sugeria algo feminino, mas muito invasivo e poderoso para ser agradável. Uma tênue sugestão de peixe morto permeava tudo, como se esse local de mulheres fosse corrompido por pecados inomináveis.

A caverna tinha apenas dois itens que sugeriam um toque masculino. Uma rocha única, lisa, negra, aproximadamente da extensão de um homem, fora colocada em declive na parte mais profunda da caverna, além da prateleira de pedra que tombara pela ação do mar. Em alguma época inimaginável do passado, mãos humanas haviam lascado a rocha para traçar curvas e canais sobre a superfície obsidiana. Em formas mais velhas do que o entrelaçado celta e, no entanto, mais fortes e vigorosas do que as esculturas de artesãos mais sofisticados, o artista desconhecido fizera cruas representações de serpentes, corujas, estranhos pássaros com rostos de mulher e um longo verme com asas grotescas e grandes. À luz trêmula do lampião, as criaturas pareciam se mover, embora as esculturas fossem toscas e não polidas. O óleo perfumado pregava na mente peças que se transmitiam aos olhos, fazendo as sombras dos celebrantes dançarem nas paredes imitando os monstros esculpidos na pedra.

Um dos catorze presentes foi arrastado para a grande rocha por duas grandes figuras e despido por mãos musculosas e indiferentes. A luz verde-amarela revelou as formas de uma moça; as mãos amarradas na frente tentavam esconder o triângulo de pelos que protegia sua genitália.

Era jovem e clara, com uns doze anos de idade, julgando-se pelos seios em botão que quebravam a linha reta do peito de menino. Os cabelos vermelhos havia muito não eram escovados, pois teias de aranha e poeira se misturavam aos cachos emaranhados. Fora roubada sete dias antes e trancada numa sala do subsolo até que os parentes desistiram de encontrá-la. Seu cativeiro fora duro, o que se espelhava nas faces encovadas e macilentas e na expressão atormentada pela fome.

Por que desperdiçar comida preciosa num presente para a Deusa? A água mantinha seu corpo vivo, mas a escuridão, o frio persistente e o terror tinham esmagado seu espírito.

Doze figuras rodeavam a rocha na qual ela fora colocada. Tentou se erguer, mas um dos captores pôs um dedo contra a boca de sua máscara, no antigo sinal de silêncio. A seguir, a mesma mão bateu duramente contra o rosto nu da menina, partindo-lhe os lábios tenros. Ela se encolheu sobre a rocha, tentando diminuir o máximo possível seu corpo desengonçado. Embora o sangue lhe enchesse a boca, estava aterrorizada demais para emitir um som de protesto.

Doze dos captores começaram a cantar suavemente, embora as palavras se perdessem no distante ribombo do mar, que reverberava através das paredes de túmulo da caverna. Então, enquanto o som se erguia, a criança escutava o nome da Mãe. Ouvindo isso, ela começou a rezar também, murmurando uma invocação infantil a Don, o protetor de todas as crianças. Uma figura alta destacou-se dos outros celebrantes e empurrou um trapo na boca da criança, silenciando seu pequeno desafio.

O canto aumentou de intensidade, erguendo-se à medida que os celebrantes gradualmente se rendiam à crescente exaltação da cerimônia. A atmosfera sombria se adensava ainda mais como se uma força escura fizesse brotar o antigo corpo da Deusa da substância do penhasco para lhe banhar os pés nas águas salgadas, enquanto ela bebia o sangue de uma inocente. Talvez seus devotos vissem sua sagrada carne enquanto aceitava o presente deles? Talvez ela se dignasse a dar-lhes o que mais francamente desejavam em recompensa por seu fiel culto, embora a prática de alimentar a Deusa fosse proibida. Então, ali estavam no lugar sagrado dela, onde podiam humilhar-se diante daqueles seios nus.

O adorador-chefe aproximou-se da garota, que se encolheu. Ele fez um aceno com a cabeça, e quatro outros adoradores deixaram o círculo e agarraram os tornozelos e os pulsos da garota, imobilizando-a e deixando-a exposta e indefesa. Em seguida, a figura encapuzada tirou a mão de dentro do manto e exibiu uma faca de sílex modelada milhares de anos antes por um mestre artesão. Tão fina era a arma que a luz parecia atravessar a lâmina de pedra.

Com um movimento rápido da outra mão, o sacerdote despiu a túnica e ficou nu na penumbra. Seu corpo era seco, macilento e peludo, embora seu sexo estivesse intumescido com a estonteante potência do óleo narcótico, a criança nua e a rede de poder que teciam. A figura alta juntou-se a ele e, uma vez nua, revelou-se uma mulher. Sua pele era branca, viçosa e sedutora na florescente juventude, e ela carregava uma taça rudimentar esculpida em chifre.

O canto aumentou de volume, cada vez mais alto, dominando as paredes ali. Enquanto a intensidade da cerimônia aumentava a um ponto febril, o braço do sacerdote se ergueu até que a invocação foi interrompida como se a Deusa lhes tivesse cortado a língua.

A lâmina de pedra desceu e dividiu a carne que formava o peito da criança. Como a lamina do sílex era pesada e seu gume rombudo, o sacerdote foi obrigado a serrar a carne da garota enquanto esta se debatia sob ele, que usava todo o peso para lhe empurrar a arma contra ossos e músculos até cortar o coração dela. Sua morte foi longa, aterrorizante e sangrenta, mas o antigo rito era impiedoso.

Uma vez que a lâmina foi retirada da ferida, a mulher nua recolheu o sangue saindo do corpo moribundo na taça de chifre; quando a encheu, levou-a para a parte mais funda e escura da caverna. Lá, num nicho natural, o segundo artefato feito pelo homem esperava. Uma pequena figura de mulher agachava-se, grosseiramente representada com seios inchados, um ventre grávido e braços e pernas vestigiais. A pequena escultura, entretanto, tinha uma malignidade muito mais poderosa do que a habilidade do artífice podia sugerir. Depois de se curvar diante dela, a mulher derramou o sangue fresco sobre a figura fazendo o malévolo objeto de cerâmica logo ficar tinto de vermelho brilhante. Excesso de sangue corria do nicho para colorir as paredes de pedra onde marcas sanguíneas e marrons mostravam que sangue antigo se entranhara nas pedras porosas. Então, com os companheiros nus em torno dela, a mulher voltou ao cadáver para lambuzar o próprio corpo com padrões arcanos, usando o sangue que ainda escorria da horrenda ferida.

Por trás da máscara de ave, os olhos escuros de Morgana fulguravam de satisfação.

*

PARA MYRDDION EMRYS DE SEGONTIUM, CURANDEIRO E MÉDICO.

Saudações, amigo. Nos últimos seis meses depois que voltamos de Mântua, houve muitas mudanças, agora que estou morando em Ravena. O Imperador Valentiniano acaba de chegar para os meses de verão.

Ravena não tem a beleza e a idade de Roma, enquanto a terra em volta da cidade foi um pântano no passado. Temo que mosquitos e insetos tenham sido uma grande provação para a população nos séculos passados, antes de os pântanos serem drenados.

Espero que esta missiva o encontre bem e com saúde. Por motivos que ficarão óbvios, por favor, destrua a carta depois de lê-la. Normalmente eu não desperdiçaria tanto material para escrever quando um mensageiro poderia aprender minha mensagem e entregá-la pessoalmente.

Assisti às festividades de núpcias da filha mais nova de Flávio, Flávia, quando ela se casou com Thraustila, um nobre huno. Durante as festas, vi o seu Gwylym. Concordo que ele tem uma aparência sombria e perigosa.

Enquanto eu estava presente, ouvi um murmúrio vindo de várias fontes bem informadas que diz respeito às nossas conversas em Mântua. Aécio contratou um casamento entre seu filho Gaudêncio e a filha do Imperador Valentiniano, Placídia. Quando você souber dessa notícia, a cerimônia já terá ocorrido. Com esse casamento, Aécio colocou-se ao alcance do trono.

Também fui informado do boato de que Flávio Aécio impediu Átila, com muito pouca tropa, de atacar o Sul da Itália. Depois de todos os nossos esforços, a posição de Aécio está tão próxima do trono que ele é efetivamente o governante do Império Romano do Ocidente em tudo, exceto no nome.

Valentiniano o teme, e acredita que Aécio trame contra ele. Pior, as pessoas estão passando a acreditar que o Papa Leão nada teria conseguido se Aécio não tivesse detido Átila no rio Padus. Ele é o herói do momento, acredite ou não. Você deve ter em mente, meu amigo, que Aécio mira alto através de sua árvore genealógica. O casamento de Flávia cimenta o campo huno pró-romano, enquanto o casamento de Gaudêncio apresenta uma reivindicação à coroa de imperador por meio de seus laços de sangue com Aécio. Tudo que fica no caminho do general é Valentiniano, que está muito vivo. Temo pelo futuro, amigo. Portanto, fique a salvo e cuidado com suas costas. Fui chamado para Constantinopla e não poderei protegê-lo se Aécio se der ao trabalho de fazer algo contra você. Evite Ravena, se puder.

Vai ficar contente em saber que, apesar de alguma rigidez e uma cicatriz muito feia, meu braço está quase curado. Você não sabe como lhe sou grato por ter dois braços que atendem às minhas ordens, quando poderia ter um só.

Fique bem, meu amigo, e me procure se algum dia estender sua jornada até Constantinopla.

Na sua ausência, verei se posso descobrir qualquer homem do *gens* Flávio com a idade de ser seu pai. Talvez Fortuna o ajude nessa busca.

Escrito às pressas,
Claudius Cleoxenes, conhecido como o Grego, e sempre seu amigo.

O outono chegara de novo à Cidade das Sete Colinas. Myrddion sentia falta da suavidade da Grã-Bretanha, do brilho das colinas cobertas de bosque, de seus mantos escarlates debruados a ouro e verde-escuro, entremeado de veios de tojo dourado. Céus macios de um pálido cinzento e caiado de azul eram mais belos em suas lembranças do que os céus mais quentes e densos de Roma.

Na verdade, ansiava por estar em qualquer lugar exceto ali. Passara a detestar Roma e seu sistema de classes, de suas esquinas duras e geométricas até as longas e extensas periferias da Suburra que a rodeava, mergulhadas em fuligem e sujeira até os joelhos da cidade. Desprezava o tributo que Roma exigia para sua paz interna, e tinha a estranha e enervante sensação de que a cidade lhe contaminava a alma. A Grã-Bretanha parecia pertencer a outra época e deslizar para longe do alcance do curandeiro a cada dia.

Mesmo assim, a Suburra o mantinha muito ocupado. As questões de vida e morte nos becos eram tão cruéis e urgentes como sempre. Cada dia se mesclava imperceptivelmente ao próximo, fazendo-o ter certeza de que caminhava como um sonâmbulo a cada dia e a cada relação, desperdiçando-se numa esquálida batalha sem sentido contra os invencíveis exércitos da pestilência, violência e infanticídio.

Passara a gostar muito da Senhora Pulchria, a proprietária, de quem conhecera um pouco mais o passado, descobrindo em sua despreocupação e animado cinismo um otimismo que nenhuma mulher com sua história teria. Vendida como prostituta quando ainda uma criança de nove anos, ela chorara ao ser deflorada por um velho e rico senador, a um altíssimo preço. Depois daquelas primeiras e amargas lágrimas, porém, aprendera a falibilidade dos homens, como bajular suas pequenas vaidades e fingir a necessária paixão no sexo, o que logo a tornou muito procurada num dos melhores bordéis de Roma. Myrddion não conseguia sequer imaginar a determinação de Pulchria quando criança, para construir uma reputação por sexo sonso e excitante e uma certa fragilidade ilusória que atraía homens ricos de todas as idades.

– Você sabe como são os homens, mestre. Você também é um. Eu os lisonjeava sentando-me no colo deles e fingindo ser uma garotinha. Então lhes dizia como eram generosos. Eles faziam fila para me cobrir de moedas de ouro. – Deu uma risadinha de garota, e Myrddion pôde imaginar a criança que ela fora no passado ainda presa na compleição carnuda e pequena. – Paguei meu preço de compra, com juros, em catorze anos de árduo trabalho, mestre. Mas há muitas garotas que não conseguem desistir da vida. Ficam exauridas e velhas, ainda apregoando o que têm entre as pernas, mesmo depois de ter perdido os dentes. Não eu, querido! Pulchria aprendeu uma ou duas coisas daqueles finos cavalheiros... e de suas esposas também. Não fique vermelho, mestre, aprendi que o mundo não é sempre preto ou branco. Então, quando comprei minha liberdade, tinha o suficiente para esta insula, e aqui estou.

A relação de Myrddion com Isaac tinha sido um bônus estimulante durante a primavera. O astuto judeu convencera o curandeiro a colaborar com ele na doença misteriosa, mas até então nada nas pesquisas deles obtivera algum sucesso. O jovem gostava da companhia de Isaac, da vastidão de seu conhecimento e do pungente senso de humor que provocava a natureza mais séria de Myrddion. Às vezes, o judeu era um pouco displicente em sua perícia, mas o celta sabia que Isaac tinha seu próprio espírito de investigação; assim, conseguiam trabalhar juntos com pouco atrito.

O último verão fora especialmente ruim. Uma série sem-vergonha de marretadas de calor havia atacado a cidade com noites sedentas, quentes como fornalhas, e dias em que as pedras queimavam sob pés e mãos. O calor tremulava sobre as ruas, apagando os contornos geométricos de modo que o ar era uma cortina de gaze, fina o bastante para se respirar, mas quente o suficiente para queimar os pulmões. O fedor da Suburra, das latrinas e do Tibre sobrepujavam tudo, e Myrddion imaginou-o como um tapete virulento e podre poluindo o que tocava.

A doença também chegara a Roma durante os meses mais quentes, nascida nas pilhas de dejetos que apodreciam nos canais utilizados para carregar para longe a água da chuva, na terra vazia e no esgoto cru que proprietários menos escrupulosos atiravam nas ruas e no rio. Moscas geravam doenças e as transmitiam de pessoa a pessoa, no ar quente e na água poluída.

No início, os pacientes vinham a Myrddion queixando-se de temperatura alta e de dores de cabeça, seguidas de diarreia verde e incontrolável. Myrddion consultou os pergaminhos e encontrou um texto do antigo Tucídides que descrevia um surto semelhante em Atenas durante a guerra com Esparta. O desastre resultara na morte de um terço da população ateniense.

Aterrorizado com a praga e alarmado com as estatísticas recolhidas por Tucídides, Myrddion esquadrinhou cada pergaminho. Teria sido melhor que Átila tivesse queimado a cidade do que se esta viesse a morrer em seu próprio vômito, febre e fezes. Então o curandeiro mandou uma palavra a Isaac, que vivia em um setor da cidade ainda não afetado pela doença. Sabia que o judeu viria em sua ajuda, pois estava sempre desencavando doenças e tentando descobrir-lhes as causas.

Isaac entrou na clínica de Myrddion de seu modo habitual: ruidosamente. Levantando os olhos da série de tinturas que estava preparando para pacientes excessivamente doentes, os quais sequer conseguiam deixar as camas, o rapaz deu um suspiro de alívio por não ter mais de se debater sozinho na escuridão da ignorância.

– Aí está você, Myrddion Emrys – trovejou Isaac, assustando duas crianças que esperavam que Cadoc as tratasse de uma cabeça quebrada e de um corte no braço respectivamente. – Uma sala bem-organizada. – Isaac assentiu com a cabeça aprovando, mas as crianças choramingavam agudamente ante aquele homem enorme como um urso pairando sobre elas, todo dentes brilhantes e cabelos crespos. – Silêncio, pequeninos. Não vou deixar que coisas ruins peguem vocês. – Deu uns tapinhas em suas cabeças com mãos grandes como bandejas de terracota. As duas crianças soluçaram e taparam os olhos com as mãos sujas, com reverência e temor pela estranha aparência do enorme recém-chegado.

– Barulhento como sempre, heim, Isaac? Mesmo assim fico muito contente de vê-lo. Espero que possa vir comigo visitar alguns pacientes, já que já esgotei as possibilidades de saber como tratar a doença de Tucídides.

– Esse é o novo nome para a dor de barriga? Os plebeus a chamam de outro modo, mas não vou macular os ouvidos das crianças repetindo-o na frente delas. – Isaac riu de novo, fazendo a clínica parecer pequena demais para aquela alegria estrondosa e titânica. – Pronto, Myrddion? Estou totalmente à sua disposição.

Os dois deixaram o prédio e andaram por várias ruas até chegar a uma alameda escura. Enquanto abriam caminho por entre pilhas de lixo, roupas velhas e o conteúdo de inúmeros baldes de sujeira, Isaac deu um estalo com a língua e resmungou com nojo. Quando um rato do tamanho de um gato correu por cima de seu pé, ele o chutou para longe com um pontapé certeiro, estremecendo ante o comprimento da cauda escamosa.

– Você não detesta esses desgraçados? Eles causam doenças e se alimentam de lixo. Quando o Senhor os criou, cometeu um erro, porque são a verdadeira praga. Eu liquidaria cada um deles se pudesse.

– Aposto que sim – respondeu Myrddion secamente. – Chegamos. Esta é a casa de Arrius, o ferreiro.

– Nunca entendi como as pessoas podem viver perto de tanta imundície – Isaac resmungou, tentando limpar o que se grudara em sua sandália.

– Não? Elas são pobres; não têm escolha – rebateu Myrddion um tanto cortante.

Bateu à porta pouco firme, aberta por uma mulher gasta cujos cabelos negros e dentes muito brancos lhe desmentiam a aparência envelhecida e desbotada. As ruínas de uma luminosa beleza ainda eram vistas nos altos malares, nos olhos de amêndoa e na pele branca. Ela os mandou entrar; dois aposentos eram, ao mesmo tempo, quartos, cozinhas e sala de refeições. Cinco crianças amontoavam-se em torno da saia dela, a mais jovem com idade suficiente apenas para andar.

– Um bom-dia para você, Hadria. Como vai o seu homem? Seus filhos já ficaram doentes ou você conseguiu que permanecessem longe de Arrius, como lhe pedi?

– Eu disse a eles para ficarem longe do pai, mas é muito difícil. Gostam muito dele – respondeu ela num sussurro, torcendo a borda do vestido.

Isaac examinou os dois aposentos e reconheceu uma corajosa tentativa de limpeza, apesar da imundíce daquele beco. Uma vassoura de galhos mantinha o desigual chão de pedra tão limpo quanto possível, e a mesa baixa fora esfregada tão vigorosamente que a madeira estava pálida e lisa.

– Onde está o paciente? – perguntou asperamente.

Com uma instintiva cortesia, Myrddion apresentou rapidamente Isaac a Hadria, que enrubesceu diante do escrutínio do curandeiro. Ela os guiou para um pequeno aposento contíguo, um pouco maior do que uma alcova e quase cheio pelo estreito colchão forrado de palha.

O homem na cama estava nu, exceto por um pano cobrindo-lhe os quadris. Seu corpo luzia de suor. Hadria curvou-se para fazê-lo beber um pouco de água.

– Você tem fervido a água? – perguntou Myrddion.

– Tenho, mestre. Apesar do combustível difícil de conseguir. Mas vou dando um jeito. – Mordeu o lábio com força, e Myrddion anotou mentalmente para lhe dar algum dinheiro antes de irem embora.

Isaac examinou o peito de Arrius e o ventre levemente distendido.

– Está vendo essas pequenas manchas vermelhas? Tucídides foi o primeiro a anotar os sintomas da dor de barriga. Já vi isso antes.

– Qual é o tratamento? – perguntou Myrddion, ansioso. – Nunca deparei com essa doença. A Grã-Bretanha não é quente o suficiente para que isso surja, mesmo no verão.

– Talvez na Grã-Bretanha você tenha algumas cidades onde a sujeira se acumule – murmurou Isaac, ajoelhando-se ao lado do homem deitado e pondo a mão em sua testa. – De que cor são as fezes dele, Hadria? – Ela o olhou sem entender. – A merda dele, garota! – berrou Isaac. – De que cor é?

Hadria enrubesceu até a raiz dos cabelos.

– É verde, mestre. Já usei quase todo o pano que tinha para limpá-lo.

– Ferva toda a água! Ferva os panos que o cobrem e obrigue-o a beber de hora em hora. Melhor que fique doente do que seco. Se a temperatura dele subir e ele ficar muito quente, vai morrer.

Hadria soluçou com aflição, e Myrddion sentiu uma profunda pena dela. Isaac estava sendo indevidamente áspero. Ele podia ser muito brusco quando lhe dava na telha.

– E triosteum, Isaac? – disse Myrddion, tirando uma bolsa de pano da sacola. – Ajuda no tratamento dele?

– Mal não vai fazer, sobretudo em água fervida. Ele pode viver por algum tempo sem comida, mas não sem fluido.

Hadria puxou a manga de Isaac.

– Ele vai morrer, mestre?

Ciente da reação de Myrddion, Isaac respondeu com suavidade e mais consideração do que demonstrara antes.

– Ele é forte e ainda não chegou aos trinta. O trabalho de ferreiro lhe deu bons músculos, então ele tem uma ótima chance. Estou mais preocupado com seus filhos. – Hadria empalideceu, foi correndo para o cômodo seguinte e agarrou os filhos contra o peito. Assustado pelo pânico da mãe, o mais jovem começou a soluçar. – Myrddion, essa doença corre solta em locais onde há excremento, ratos e moscas. A Suburra é um criadouro desse tipo de praga nos meses de verão, porque passa de humano para humano através do contato com a sujeira. Se Hadria puder manter os filhos limpos e ao ar livre, e não naquela aleia imunda, talvez possa impedir que a doença se espalhe. – Isaac sacudiu os ombros. – Caso contrário, é bem possível que um terço dos que a tiverem morra porque os cidadãos deste lugar não conseguem limpar a própria sujeira.

No aposento ao lado, Hadria chorava convulsivamente. Ela entendia as realidades da vida na Suburra; nada mudaria, mesmo se as ruas estivessem cheias de corpos apodrecendo. Mulheres desmazeladas ainda esvaziavam sujeira noturna nos escuros recessos das aleias, ratos ainda colocariam em perigo a vida das crianças e moscas ainda enxameariam nas pilhas de lixo, transmitindo venenos aos olhos, às orelhas e às bocas de vulneráveis humanos.

Myrddion recusava-se a aceitar que as coisas ficassem sempre as mesmas. Tucídides explicara que a doença em Atenas fora causada pelo estado de sítio que a cidade sofrera. Roma não tinha desculpas. A cidade era dotada de amplas latrinas, e Myrddion se recusava a acreditar que não havia homem ou grupo de homens capazes de obrigar os habitantes da Suburra a limpá-la.

– Talvez eu tenha uma solução, Isaac. Não sei se funciona. Preciso explicar a situação a alguns... er... cidadãos que poderiam nos ajudar com o problema de higiene, mas vai levar algum tempo. Pode ficar com Hadria e misturar a hioscina com a água fervida? Não devo demorar muito, se conseguir sobreviver às negociações. – Antes que alguém pudesse dissuadi-lo, ele deixou a esquálida aleia e foi para a estalagem na encruzilhada.

As *tavernae* ou estalagens eram os locais de reunião de muitos bandos criminosos que ofereciam proteção aos proprietários de lojas e aos ambulantes. A seu modo brutal, eles controlavam as *insulae*, assegurando que os aluguéis fossem pagos e a ordem nas ruas, mantida. O imperador e seus soldados de vigilância podiam fornecer o mecanismo superior da lei e da ordem, mas os bandos de rua, por um pagamento nominal, forneciam justiça e paz, pois era um modo sensato de fazer negócios.

Alguns meses antes, uma Pulchria totalmente assustada havia acordado Myrddion no meio da noite. Desculpara-se muito, mas o terror arregalava-lhe os olhos e lhe deixava a boca trêmula.

– Há dois homens na porta, mestre. – Os olhos da mulher dardejavam de Myrddion a Cadoc e vice-versa. O curandeiro leu o desespero na expressão ansiosa. – Querem que o senhor atenda um homem ferido na Estalagem do Homem Armado; fale com eles, por favor. Disseram que não vão embora sem o senhor. Se negar, eu vou sofrer as consequências.

De má vontade e só pela paz de Pulchria, Myrddion pegou a sacola e desceu a escada dando para o átrio. Embora a noite ainda estivesse docemente perfumada pela laranjeira que crescera vigorosa ao lado da piscina no pátio, Myrddion, cansado e mal-humorado, estava temporariamente imune à sua fragrância. Após um dia muito ocupado na clínica, ele não acolhia chamados imperiosos no meio da noite, especialmente de estranhos que assustavam a proprietária.

Os dois homens junto ao portão de ferro eram rufiões robustos um pouco acima da habitual altura romana, desfigurados por cicatrizes e rostos deformados. Myrddion achou que eram provavelmente bandidos de rua contratados como seguranças por seus inequívocos dotes de lutadores. Notou que os dedos do mais alto se torciam, inchados e com cicatrizes, e cogitou se o bandido começara a carreira como lutador.

– Você é o mestre curandeiro de fora? – perguntou-lhe o homem. Myrddion assentiu com a cabeça e tentou parecer distante. Estava ofendido pelo tom desrespeitoso do homem e pela arrogância de seu olhar. – Precisam de você na Estalagem do Homem Armado. Tem um doente importante esperando agora mesmo. Se está preocupado com o pagamento, vai ser bem recompensado.

– Isso não tem importância. Quem é o homem? Não vou arredar pé daqui até que eu saiba de quem vou tratar... e por quê.

– O chefe tem muitos negócios – disse suavemente o bandido num tom mais baixo. Sua voz, educada e adocicada, não combinava com os olhos de rato e as roupas limpas, rebuscadas e caras. Só a faca que usava no cinto largo era gasta e velha.

– Então o nome dele não é segredo – rebateu Myrddion.

– Os amigos o chamam de Osculus, ou Beijo. Não sei de nenhum outro nome. Um cliente infeliz apunhalou nosso chefe, então ele precisa de sua ajuda. A violência não tem horário comercial.

– Muito bem, eu vou se ficar claro que não sou responsável pelo estado de saúde de seu chefe. Vou fazer tudo que puder, mas não sou um deus.

– É justo – disse o bandido alto. E agarrou o braço de Myrddion, que se soltou num puxão. – Está bem – continuou o homem. – Se não gosta de ser tocado, vou acompanhar você. De acordo?

Myrddion concordou de cara fechada e saiu na companhia dos dois homens com o máximo de compostura possível.

Passaram com facilidade por ruas vazias na maior parte. Os poucos bêbados ou prostitutas que lhes cruzavam o caminho se afastavam e desapareciam nas sombras. Assim, os três homens caminhavam dento de um escudo invisível, iluminados pela tocha que um deles carregava. Depois de percorrerem várias ruas, chegaram a uma encruzilhada em cujo centro havia uma grande fonte onde mulheres pegavam água limpa do aqueduto. A Estalagem do Homem Armado ficava numa esquina.

O local era pouco mais que um buraco na parede. Talvez uma dúzia de homens lotasse o pequeno aposento se ficassem ombro a ombro. Um simples bar de tábuas fora esvaziado de jarros de vinho, canecas e bandejas com ossos de galinha, e era agora uma maca improvisada. O homem deitado ali era esbelto e atraente de modo grosseiro, mas parecia devastado de dor. Myrddion viu uma faca projetando-se do ombro esquerdo dele.

– Osculus – disse Myrddion. – Ele está consciente?

O ferido abriu os olhos de um verde-pálido incomum, como gotas de vidro fino. Myrddion viu a cabeça dele virar-se penosamente, e o olhar claro e vazio o varreu da cabeça aos pés. Constrangido, o curandeiro soube que tinha passado por algum teste silencioso.

– Ouvi falar de você, Myrddion Emrys de Segontium, e até então não lhe pedi uma parte dos lucros para manter a segurança de seu negócio. Fortuna me disse que você me seria útil.

– Quanta honra – rebateu Myrddion secamente.

– Pode tratar este ferimento? – Um sorriso demoníaco ou de dor torceu sua boca bem feita, expondo dentes amarelos. As roupas eram impecáveis, e as mãos, limpas.

Myrddion examinou cuidadosamente o local ferido. A faca fora enterrada até o cabo entre o osso do ombro e o começo do esterno. Felizmente a lâmina parecia ser curta, embora Myrddion temesse que fosse farpada. Tal arma podia facilmente matar porque carne e músculo tinham de ser radicalmente dilacerados para que as farpas fossem extraídas da carne. Mesmo uma lâmina comum poderia causar grandes dificuldades se estivesse próxima às complexas artérias dos ombros e do peito.

Como se lesse sua mente, Osculus assegurou ao curandeiro que a faca era lisa. Myrddion retirou cuidadosamente a lâmina, estancou o jorro de sangue e lavou a ferida com um preparado alcoólico. Osculus aguentou o tratamento sem queixas, apenas um pouco pálido quando Myrddion pegou as agulhas e pediu uma chama. Mas tolerou os cinco pontos necessários para fechar o ferimento sem emitir um som. Depois de o cataplasma ser posto no lugar para evitar infecção, a ferida foi enfaixada e o braço, imobilizado.

Osculus tentou pagar a Myrddion com uma moeda de ouro, mas o curandeiro recusou.

– Não, obrigado. Prefiro que meu dinheiro esteja limpo de sofrimento. Mas posso pedir sua ajuda no futuro e então vou lembrá-lo dessa dívida.

O bandido se sentiu insultado com a barganha, embora obrigado a aceitá-la para manter sua incerta reputação de cortesia. E, dali em diante, os companheiros de Osculus iam à clínica do curandeiro em busca de tratamento para cortes de facas, ossos quebrados, dentes amassados ou ferimentos na cabeça. A todos Myrddion tratava sem custo algum para o bandido.

Agora chegara a hora de Osculus pagar sua dívida. Com o início de uma praga na Suburra, Myrddion retornou à Estalagem do Homem Armado, encontrando o bandido sentado lá como um rei entre seus brutais cortesãos. Então, de modo conciso, explicou a situação a Osculus enquanto este bocejava delicadamente e bebericava vinho doce.

– E daí? O que tenho a ver com essa praga? Quer que eu e meus homens tiremos a merda de lá? Se for isso, pode ir para Hades e apodrecer.

– Não, Osculus, nunca pediria que um homem de sua reputação executasse uma tarefa tão humilde. Mas você é a única pessoa que pode convocar os homens da Suburra e obrigá-los a limpar as ruas, o que deveriam fazer de qualquer maneira. Você tem poder para agir assim, se quiser. A praga vai matar muitos de seus homens e clientes, o que é ruim para os negócios. – Sorriu de leve. Estava aprendendo a ser diplomático com homens violentos. – Pode até matar você e os seus companheiros.

– Certo, curandeiro. A vida é cheia de acidentes e doenças. Posso estar morto amanhã. Então por que eu faria uma coisa dessas? – O bandido fingiu indiferença. – Qual a minha vantagem nisso?

– Quero lembrar sua dívida pessoal comigo, Osculus. Eu disse que um dia poderia lhe pedir algo e acho que você é um homem de palavra. O que lhe peço é muito mais importante que dinheiro: as vidas dos que olham para você em busca de proteção.

A voz de Myrddion soou dura e exigente. Osculus era sua única esperança de derrotar a doença e tinha de ser cutucado para ficar envergonhado e entrar em ação.

O bandido sacudiu os ombros.

– Esse pedido vai muito mais longe do que qualquer coisa que eu lhe deva.

– Você se lembra de Ferreus? Gostaria que eu o olhasse nos olhos e previsse o seu futuro? Se você negar sua dívida, é exatamente isso que farei.

Osculus pestanejou, e os olhos pálidos arderam num fogo interno.

– Não tenho medo de você, curandeiro. Mas, diante do nosso combinado, vou ajudá-lo. Só desta vez. Depois disso, fique fora do meu caminho. – Myrddion instintivamente estendeu a mão no gesto universal para selar um acordo. Osculus a princípio encarou o gesto com desagrado, mas rapidamente se divertiu com ele. – Uma coisa eu devo reconhecer, curandeiro. Você tem colhões. Há anos ninguém ousa me ameaçar. Muito bem. Você pode ficar na Suburra um pouquinho mais.

Quando Myrddion se virou para partir, Osculus lhe disse, com um sorriso de zombaria nos lábios bem torneados, e olhos tão antigos como o pecado:

– Não me peça mais nada, curandeiro. Posso não achar divertido da próxima vez.

De algum modo, usando o máximo de coerção, Osculus obrigou os homens da Suburra a começar um longo período de limpeza. Com grandes pás de madeira, ancinhos e vassouras de gravetos, encheram carroças e mais carroças de imundície acumulada. Então a levaram para terrenos preparados para recebê-la, longe das áreas habitadas. Enquanto trabalhavam, Myrddion avisou-lhes que cobrissem o nariz e a boca com um pano e lavassem mãos e pés em intervalos regulares. No início, houve uma teimosa resistência ao curandeiro, mas, como as doenças diminuíssem aos poucos depois de algumas semanas, começaram a circular boatos nas aleias de que Myrddion fazia milagres e Osculus era um protetor bondoso que sempre quisera o bem deles.

O curandeiro sorriu ao ver o bandido tratado com um respeito geralmente dado ao Imperador Valentiniano. Hadria ficou tão comovida que chegou a beijar as mãos criminosas do facínora, para confusão e prazer dele.

A vida voltou a uma aparência de normalidade, e Arrius lentamente se recuperou da dor de barriga. Mas começara a exibir os primeiros sinais da estranha doença que tanto frustrara o curandeiro Isaac. Myrddion pensou no enigma por muitas semanas, mas nada no quadro de sintomas fazia sentido. Hadria e os filhos não mostravam sinais da doença, e comiam e bebiam exatamente as mesmas coisas que Arrius. Finalmente, Myrddion viu-se diante de apenas uma variável a considerar: o local de trabalho de Arrius. Antes que a mente racional o convencesse a ignorar seus instintos, o curandeiro foi visitar a grande oficina de trabalhos com ferro onde Arrius era um dos mais eficientes.

A loja de Cláudio, o Fabricante de Metal, era grande, desmantelada e lembrava uma pequena fatia do inferno. Myrddion podia imaginar Vulcano, o deus romano da forja, presidindo a oficina, o suor escorrendo-lhe do corpo, o rosto vermelho pelas chamas e os dentes expostos no esforço. Após perguntas, ele encontrou Arrius em seu posto na extremidade da fundição. Molhado de suor, o plebeu tirara a túnica. Luvas acolchoadas protegiam-lhe as mãos e os antebraços, e mais almofadas protegiam as pernas de borrifos acidentais do metal derretido.

Abrigado pelos enormes fornos de tijolos, Myrddion observou os homens cobertos de fuligem alimentando a fornalha para que o calor chegasse a uma intensidade altíssima. Dentro do forno, cadinhos de ferro cheios de um metal que rapidamente se liquefazia tinham sido colocados em bancos de tijolos. Arrius mostrava o toque seguro de um mestre ao manipular um enorme dispositivo em formato de pinça para içar primeiro um cadinho, depois outro e então, com um cuidado infinito, derramar parte do metal derretido num grande molde com formato de panela. Uma torcida hábil do instrumento derramou o metal no molde, fazendo-o cobrir as paredes internas com uma camada igual antes que o excesso se derramasse. Então, panelas e caldeirões foram postos de lado para esfriar.

Arrius não tinha terminado com os caldeirões. Myrddion observou-o pegar um caldeirão frio e usar uma áspera talhadeira para aparar o excesso de metal nas bordas. A seguir, limpou o receptáculo inteiro com uma lima para que tivesse um acabamento liso. Enquanto ele trabalhava, Myrddion podia ver uma nuvem de poeira cinzenta no ar.

– Para que são usados esses recipientes, Arrius? – perguntou.

– Para *defrutum* e *sapa*, mestre. O chumbo é perfeito para esses recipientes porque derrete rapidamente e é muito macio. O *defrutum* geralmente é feito em recipientes de chumbo, mas a gente usa caldeirões de ferro quando precisa de um calor maior para ferver um álcool destilado chamado *sapa*. Contudo, o calor pode não ser suficiente para derreter o chumbo.

Myrddion decidiu imediatamente descobrir o que eram *defrutum* e *sapa,* já que nunca ouvira falar de nenhum dos dois. Então, agradeceu a

Arrius as explicações e fugiu do calor e do fedor da fundição com a mente agitada por várias possibilidades desagradáveis. Pelo resto do dia, tentou voltar à rotina entorpecente clínica, mas sua mente continuava vagando até ele notar que estava sendo negligente com os pacientes. Desculpando--se, mergulhou na rua e dirigiu-se à casa de Isaac pelo caminho mais curto possível.

Quando Myrddion bateu à porta, o judeu tentava ler as anotações que fizera num pergaminho alguns anos antes. Levantou os olhos, as sobrancelhas de lagarta demonstrando surpresa e o cabelo desgrenhado em pé onde ele puxara a juba cor de sal e pimenta.

– Ah, Myrddion! Eu não estava esperando você, estava? Pelo Altíssimo, às vezes mergulho tanto nas minhas anotações que esqueço se é dia ou noite.

Com elegância, Myrddion se desculpou pela chegada abrupta. Explicou rapidamente que Arrius tinha começado a mostrar sintomas da doença romana e então revelou seu palpite de que o fato de ele trabalhar na fundição pudesse ser a causa. Enquanto Isaac o interrogava minuciosamente, Myrddion começou a se sentir tolo. Certamente o chumbo não podia ser prejudicial, pois havia um grande estoque dele e era muito usado em todos os aspectos da vida romana. Canos de água, utensílios de cozinha e até mesmo pó para o rosto eram derivados do útil metal. Na verdade, a Grã-Bretanha o tinha fornecido a Roma por centenas de anos. Um rápido olhar para a expressão levemente maluca e atônita de Isaac confirmou o medo de Myrddion de ter perturbado o outro com uma fantasia tola.

– Desculpe, Isaac. Acho que criei esperanças em você por uma bobagem.

– Não, Myrddion. Conte-me: para que são usados esses recipientes de chumbo? Você devia ter perguntado. – Toda a cabeleira de Isaac estava eriçada agora, inclusive a barba e as sobrancelhas.

– Eles contêm substâncias chamadas *defrutum* e *sapa*. Não tenho ideia do que sejam e espero que você saiba.

– Pelas barbas de meu pai! *Defrutum* e a paixão romana por doces? Pode ser uma coisa tão simples? Sim, acho que é possível.

Isaac instalou-se no seu banco e acalmou os dedos que tremiam. Estendeu a mão para o jarro de vinho, pensou melhor e encheu duas taças de água.

– O *defrutum* é suco de uva concentrado fervido para virar um xarope doce que é usado para temperar vinho e comida. Os romanos o adoram. Se ficar mais concentrado, ele produz uma substância grudenta chamada *sapa*, que é até mais potente. Céus, Myrddion! É usada para fazer o *oenogarum*, que é posto em quase todas as comidas, como sal. Com mel, é usado para conservar frutas e até carne. Sabe o que isso significa?

– Francamente, vou acreditar em tudo que você disser – respondeu Myrddion lentamente. – O ar estava cheio de poeira de chumbo onde Arrius limpava os recipientes e caldeirões na fundição. Tanto quanto posso dizer, é a única substância com a qual ele está em contato, mas não sua esposa e seus filhos. O chumbo é, no entanto, muito usado em todo o tipo de coisa. Devo estar errado.

– Deixe comigo, Myrddion. Vou pensar em sua sugestão cuidadosamente. Mas, mesmo que você esteja certo, nunca convenceremos alguém disso.

Myrddion o encarou com a expressão vazia.

– Mas, se esse *defrutum* está matando gente, como as autoridades vão poder ignorar? As toxinas no metal talvez estejam contribuindo de algum modo para aquela doença.

– Talvez. Mas seu povo na Grã-Bretanha vai querer fechar as minas de chumbo? Não. Os fabricantes de *defrutum* vão nos escutar? Por que escutariam? Pense em quanta riqueza está ligada à produção e ao uso desse negócio. Acredita mesmo que alguém vai ouvir? – Talvez o rosto de Myrddion mostrasse seu horror. Ou mais provavelmente Isaac soubesse do idealismo do jovem e tentasse ser cruel por bondade. – Ninguém vai ouvir porque mulheres e crianças não desistirão de seus doces e todos em Roma, exceto os escravos, preferem beber vinho adoçado a beber água. Talvez na Gália, Espanha e Grã-Bretanha, o vinho seja seguro porque fermenta sem *defrutum*, mas e se não for? Vão nos chamar de loucos e tolos, e vão nos evitar como profetas da desgraça. Não, Myrddion. Se você estiver certo, terá que se calar, se quiser conservar seus pacientes.

– Mas isso seria errado – protestou Myrddion. – Você conhece mais o nosso ofício que eu, e a primeira regra da cura é não causar dano a ninguém. Se ficarmos em silêncio, vamos causar dano.

– Bem, rapaz, você é que sabe. De qualquer modo, vou examinar a questão e as propriedades do chumbo. Meus estudos podem levar vários anos até comprovar alguma coisa. E ainda assim precisarei ter certeza antes de avisar as autoridades. Se sua consciência é tão tenra, então fale. Mas só posso apoiar sua hipótese quando estiver convencido dos perigos.

Myrddion sentiu todas as crenças tremerem debaixo dele como se a terra sofresse de impaludismo. Isaac era dedicado à cura, contudo parecia motivado pela curiosidade, e não pelo alívio do sofrimento. Seu trabalho era intelectualizado, e mais impelido por um desejo de saber do que de salvar. Por trás da voz de trovão e das sobrancelhas engraçadas, a expressão sombria do curandeiro pareceu fria e um pouco entediada.

Pior ainda foi Myrddion compreender repentinamente que a curiosidade intelectual também desencadeava muitas de suas próprias decisões, irreflexão e bisbilhotice, que eram às vezes perigosas para a saúde das pessoas em torno dele. O que inspirara sua viagem a Roma senão a curiosidade pessoal? Se tivesse partido para Constantinopla no momento em que haviam chegado a Gesoriacum, evitaria as guerras de Átila. Hoje, Bridie teria as duas pernas em bom estado e até Cleoxenes não exibiria uma feia cicatriz no braço. Se não tivesse insistido em sua desmiolada jornada, quantas vidas poderia ter salvado ficando em Segontium?

Curiosidade e orgulho! Intelectual ou não, ele era tão ruim quanto Isaac. A diferença estava apenas no grau; assim, Myrddion não poderia tirar conforto da relativa ignorância sobre a repercussão de suas ações. É verdade que não tinha percebido o resultado provável de muitas decisões que tomara, mas não havia desculpas. *Isaac está simplesmente sendo honesto ao me dizer para esperar até a confirmação de meus temores.* Isso não impedia que Myrddion estivesse desgostoso com o judeu, a quem considerara um amigo. Todo o conhecimento do curandeiro e sua competência tinham sido adquiridos para aumentar o brilho da própria reputação pessoal. Seus pacientes eram os meios para um fim. Com alívio, Myrddion absolveu-se de utilizar o sofrimento alheio para o seu próprio enriquecimento, fosse em moeda ou status.

Como se perseguido por algo feio e sem nome, Myrddion afastou-se de seu mentor e foi embora. Ao passar pelos grandes edifícios de mármore, pelos fóruns tão impregnados de história e feitos nobres, o desiludido rapaz soube que Roma era um enorme sepulcro e, se ele ficasse no interior das paredes que apodreciam, seria enterrado para sempre. Como Isaac, abandonaria sua humanidade pela aceitação e aclamação do mundo.

Assim, Myrddion escolheu seu destino e prosseguiu em seu caminho.

Mas como dizer às pessoas que amava e respeitava que evitassem toda a comida produzida em Roma? Ou já era tarde demais?

Capítulo 16

Ravena e a corrente dourada

A noite era um veludo escuro perfumado com terra úmida, algas marinhas e sal. A cidade de Ravena empoleirava-se num terreno ligeiramentemais alto pouco além do mar Adriático, com um porto enorme feito em seus flancos pelo homem. Contornada por canais que forneciam embarque, transporte e defesa, a água doce cruzava muitas centenas de quilômetros num grande aqueduto para proteger a cidade. Na periferia escura, a terra firme cedia a pântanos que aprofundavam o odor com o cheiro rico da terra apodrecendo, água morta, vegetação fecunda e árvores floridas.

A própria cidade era enfeitada com refinamento. Mármore e pedra polida ornavam os prédios públicos, enquanto as igrejas eram cobertas de mosaicos de vidro, metais preciosos, seixos e conchas derivados do estilo de Constantinopla. Em padrões intrincados e inteiramente asiáticos, paredes, pisos e tetos eram decorados com pássaros, animais e vegetação. Mas as imagens da cristandade predominavam sobre a ornamentação rica inspirada na natureza, pois Ravena era devotada ao Deus judeu e a seu Filho, com basílicas famosas pela beleza.

Dois homens caminhavam por uma colunata de mármore sentindo o cheiro perfumado da noite com delicada sensibilidade. Petrônio Máximo e Heráclio, o camarista de Valentiniano, caminhavam lentamente pelos belos pisos com os passos medidos de homens acostumados ao exercício do poder. Um observador indesejável teria rido da ironia desses dois homens diferentes passeando juntos, pois Petrônio Máximo era um senador romano fabulosamente rico, e Heráclio, um escravo, além de eunuco. Entretanto, os dois exerciam um considerável poder naqueles salões graciosos, o qual se estendia bem além do alcance do Imperador Valentiniano e de seu pálido rancor. O princípio de inverno em Ravena era ligeiramente mais frio do que em Roma, o que fazia Valentiniano geralmente voltar para a Cidade Santa e lá passar o outono e o inverno. O imperador, porém, detestava Roma, tendo vivido a juventude em Ravena, antes de herdar o trono do Ocidente, e este ano decidira retardar sua partida. Ravena dava boas-vindas à sua presença como Roma jamais daria, pois esta fervilhava de mexericos maldosos e de ambiciosos patrícios acotovelando-se por uma posição na corte. Consequentemente, seus cortesãos sofriam a inconveniência de jornadas regulares pela Itália se desejassem ficar perto do trono, fazendo com que um ressentimento infeccioso se acumulasse em torno do imperador.

Ravena recebia frescas brisas marítimas para complementar o clima temperado. Os ventos que sopravam do mar limpavam as largas ruas e afastavam a poeira, o lixo leve e as marcas de negligência deixadas frequentemente na paisagem pelos seres humanos. A santificada Gala Placídia, mãe de Valentiniano, governara em tudo, exceto no nome durante a infância dele; agora, na morte, seu espírito observava o pátio de vívidos mosaicos decorando qualquer parede que Valentiniano pudesse encontrar para dedicar à mãe, embora nenhuma imagem de seu rosto tenha sido criada em sua honra. Em vida, Gala Placídia ordenara que sua cidade fosse mantida escrupulosamente limpa e, como qualquer boa e providencial dona de casa, determinara a plantação de árvores floríferas para que o ar permanecesse doce o ano inteiro. Ravena era pequena em comparação a Roma, mas o amor dotara a cidade de graça. Assim, o que sobrara da devoção da imperatriz ainda perfumava os primeiros ventos do inverno vindos do mar Adriático.

Iluminado pela luz azul-marinho, Petrônio estava silenciosamente raivoso. O homem que Myrddion encontrara havia tanto tempo na viagem de Massilia a Ostia mudara quase inteiramente. Perdera peso e sua pele retesava-se agora sobre os ossos, sugerindo mais a prática de atletismo do que falta de saúde. Mais sugestiva ainda era sua expressão atormentada e toda a autoconfiança de suas maneiras varrida por trágicas circunstâncias.

Anteriormente, naquele mesmo dia, vira-se envolvido numa desagradável discussão com Flávio Gaudêncio, que era mais pretensioso ainda do que Valentiniano, imperador mais famoso por sua arrogância do que pela competência. O abominável filho de Aécio tinha o ar imperioso do pai, mas sem a capacidade e a inteligência que o último demonstrava por décadas. O Flávio atual não sujava as mãos brancas com trabalho ou com calos por segurar a espada, preferindo conversas, fofocas e a profunda dedicação de horas para se vestir e se arrumar. O filho de Aécio pavoneava-se na corte real, reservando à sua nobre esposa um papel de camundongo.

Petrônio se dirigia a uma audiência privada com Valentiniano quando tinha sido abordado por Gaudêncio. Embora muitos meses tivessem passado desde a tragédia que se abatera sobre sua família, Petrônio já estava crispado, tendo de controlar a profunda hostilidade que sentia em relação ao imperador.

– Um momento, Petrônio! Quando Valentiniano pretende voltar ao Capitolino? Vou morrer de tédio se for obrigado a aguentar o inverno neste buraco infernal. Minha esposa não gosta do clima daqui e meu pai está dedicado a tarefas urgentes recrutando camponeses para preencher as vagas no exército. Não podemos enlanguescer aqui para sempre, com nada mais palpitante que a religião de Valentiniano para nos divertir.

A pergunta foi feita com tanto desdém e condescendência que Petrônio mordeu o lábio carnudo para evitar uma resposta rude.

– Senhor Gaudêncio, não posso me arvorar em falar pelo imperador. Nem é minha posição forçá-lo ou engabelá-lo para que remarque sua visita ao Capitolino. Somos todos servos de meu Senhor Valentiniano. Então, temos que esperar para saber a vontade dele.

Gaudêncio sentiu-se ofendido. Seu largo rosto huno fechou-se; os lábios vermelhos e cheios se encresparam.

– Seria melhor que você lembrasse quem é meu pai, Petrônio Máximo, antes de me dar uma lição sobre meus deveres para com o trono do Ocidente. Dia virá em que pode lamentar ter sido tão rude comigo.

– É uma ameaça, Senhor Gaudêncio? Eu não imaginaria que o *magister militum praesentalis* iria colocar suas necessidades acima dos desejos do imperador do Ocidente.

Se Gaudêncio fosse um homem mais sábio, teria notado os punhos de Petrônio levemente fechados e os músculos tensos dos ombros. Petrônio podia ser um amante de boa comida e bebida e das mulheres dóceis, mas era um soldado e conhecia os imperativos da vida e da morte no campo de batalha. Ser ameaçado e receber uma bronca de um rapaz mimado e absurdo que deixara a vida dura do pai era mais do que o senador podia tolerar.

Agora, caminhando ao lado do esbelto Heráclio de rosto suave, ele revivia as várias desconsiderações, os insultos e os golpes mortais vindos de Aécio e de sua família. A vingança secreta de seu coração estava protegida, pois igual a seu ódio pelos flavianos era o seu ódio por Valentiniano, que o transformara num proxeneta e num corno.

Petrônio Máximo servira bem ao império Romano do Ocidente. Fora pretor, um prefeito urbano, cônsul e pretor da Itália, tudo isso antes dos 43 anos. Agora, no final de sua década de cinquenta, era um homem de extraordinária competência, com talentos que disfarçava sob a aparência de um benigno epicurista.

Assim, caminhando ao longo da colunata, as vísceras de Petrônio se revolviam de animosidade em relação ao imperador e ao odiado Flávio Aécio. Somente a satisfação de concretizar a vingança podia varrer uma vergonha quase esmagadora. Ele parou abruptamente, o que fez Heráclio parar também. O eunuco se virou e questionou cuidadosamente os olhos ardentes do senador. Heráclio estava sempre em guarda quando lidava com o senador, pois Petrônio vinha sendo suficientemente esperto para manter seu posto importante no maremoto do poder havia muitos anos. Sob seu exterior dourado, o senador era um homem a ser temido.

Claro que Heráclio conhecia a humilhação secreta do senador. Como Mestre da Câmara de Dormir do Imperador, provavelmente organizara o jantar e também preparara os frescos lençóis de sedução para capturar a esposa de Petrônio, não com suas próprias mãos, mas ao menos por suas ordens explícitas. Petrônio agarrou o cinto, tateando a ornamentada fivela desenhada de panteras. Sem perceber, as unhas bem tratadas arranharam o couro macio enquanto ele imaginava certas gargantas entre os dedos. E uma delas era a de Heráclio.

Imperturbável, o eunuco viu os dedos do senador se crisparem. Vivera precariamente por anos, enquanto abastecia os caprichos de homens e mulheres ambiciosos e enlouquecidos. Entendia o esforço de vontade de Petrônio Máximo para se manter tão afável e cortês, divertido ao ver como o senador traía facilmente seus verdadeiros sentimentos com os dedos denunciadores. Heráclio aprendera a controlar cada traço de seu rosto outrora expressivo: agora, nada naquela fisionomia denunciava a malignidade enrodilhada em seu coração.

Heráclio era um eunuco, o *primicerius sacri cubiculi*, e um homem que vivia em amargura profunda pela castração e virilidade destruída. Tendo chegado à mais alta posição que um escravo podia alcançar, e sendo o homem fisicamente mais próximo de Valentiniano, gozava de extraordinário poder sobre homens como Petrônio Máximo que, com toda a sua postura e sua vasta riqueza, era meramente um instrumento útil. Diferente da maioria de eunucos de vozes afeminadas, maneirismos abertamente femininos e um ganho excessivo de peso, Heráclio era magro, tinha uma melodiosa voz de barítono e parecia ser dono de uma juventude eterna. Para ele, o tempo parara quando os testículos lhe tinham sido removidos pouco antes dos dezesseis anos, uma operação que geralmente resultava em morte para um jovem crescido. Sua sobrevivência o tornara uma mercadoria muito valiosa; era um homem que experimentara os desejos da carne, mas jamais poderia reviver a euforia do amor masculino.

O eunuco também ardia por vingança, contudo. O objeto de seu ódio era Flávio Aécio, a quem desprezava totalmente. O general podia ter se transformado num patrício; entretanto, para os exigentes padrões de Heráclio, Aécio era apenas um cita que subira de status e exercia excessiva influência sobre Valentiniano. Por seu lado, Aécio tinha elaborado uma longa lista de títulos insultantes com os quais torturava Heráclio sempre que estava em Ravena.

Não que o eunuco não suportasse seu destino. No entanto, não era um homossexual natural, e ressentia-se das farpas que Aécio lhe alojava na carne tão pronta e descuidadamente. Acostumado a dar ordens e ter sua vontade obedecida, Aécio não respeitava a posição de Heráclio ou sua masculinidade, um erro que o eunuco acalentava dentro de si durante as longas noites de servidão.

Petrônio tinha o potencial para varrer Aécio do caminho de Heráclio e retaliar todos os insultos que o escravo recebera. O senador demonstrara sua lealdade a Valentiniano ao suportar o estupro da esposa; assim, o imperador tendia a tratar Petrônio como um inteligente cão de estimação. Petrônio, contudo, não era o instrumento de ninguém, e Heráclio esperava o momento propício para incentivá-lo.

E o momento estava ali: Petrônio já fora muito incitado.

– Compreendo seus sentimentos contraditórios em relação a Aécio, meu senhor – confidenciou Heráclio suavemente. – O general é um fanfarrão com uma indevida influência sobre meu amo, mas é também o herói da batalha nos Campos Cataláunicos. Quem o povo consideraria o protetor mais capaz da Itália? Sei que ele foi fundamental nos seus... ahm... problemas com nosso imperador. Foi Aécio quem elaborou o plano usado por Valentiniano para... ahm... obter o desejo do coração dele à custa de nosso nobre Senador Petrônio. O único motivo dele para essa infâmia foi tédio e a sua grande riqueza, meu senhor, que ele inveja. Perdoe-me por falar de modo tão brusco, mas a franqueza deve existir entre homens tão devotados ao império como nós, e que farão qualquer sacrifício para remediar as ameaças à sua segurança. Aécio vai longe demais quando zomba da família e da santidade do casamento.

O homem alto e forte ao lado dele cerrou os dentes ante a lembrança de sua vergonha. Seu rosto sombrio fez o eunuco sorrir internamente ao ver como era fácil manipular as emoções desse romano tão pouco nobre.

– Não quero falar sobre minha esposa, Heráclio. O nome dela já foi manchado o suficiente. Ponha-se no seu lugar!

Heráclio resistiu ao impulso de empertigar-se. Em vez disso, prometeu a si mesmo induzir Valentiniano a remover Petrônio depois que a influência do senador não fosse mais necessária.

– Claro, meu senhor. E vale sempre se lembrar de quem é o verdadeiro vilão de sua tragédia familiar. Flávio Aécio tem um olho no trono, assassinando seu senhor e tomando-lhe o lugar, ou pondo nele o filho ocioso. Meu senhor Petrônio é uma ameaça à estratégia dele, pois o nobre senador se distinguiu por muitos anos a serviço do império. Aécio fez do senhor um motivo de zombaria para enfraquecer-lhe a posição. Isso indica que as ambições dele são tão grandes que nada vai impedi-lo de prosseguir no caminho que escolheu. Lamentavelmente, os bárbaros da Gália, da Cítia e do norte o apoiam.

– Aécio é o que sempre foi: um bárbaro que corteja os hunos e os godos como seus adeptos mais ardentes – retorquiu Petrônio, o maxilar rígido de desprezo. Não gostava de Heráclio nem confiava nele, mas, se quisesse vingar-se de Valentiniano sem ser morto pela guarda pessoal do imperador, precisava esperar. Precisava também dessa criatura vil, não natural, com seu macio rosto benigno e voz consoladora.

Mentalmente, Petrônio voltou a seu desagradável encontro com Gaudêncio naquele dia. A urbanidade e o temperamento do senador tinham sido levados a um ponto de ruptura pelas queixas e ameaças de Gaudêncio, mas de algum modo ele conseguira manter um ar de patrício calmo. Até que o rapaz deu um tiro final.

– Transmita meus... respeitos a sua esposa, senhor. Ouvi muito falar de sua beleza e de sua... castidade.

Os punhos de Petrônio fecharam-se ante a desfeita. O fato de o general achar divertida aquela odiosa situação e partilhar mexericos vulgares com o detestável filho encheu as vísceras do senador de bile.

O senador se contorceu internamente. Se tinha uma fraqueza perigosa era o amor pelo jogo, uma ruína, ao menos para um homem de honra. Repreendeu-se por concordar em jogar dados com Valentiniano, mas bebera e estava afoito com a fanfarronice de Baco.

Quando chegara o momento de pagar sua dívida ao imperador, Valentiniano tinha recusado ouro. Pedira então o anel de família de Petrônio. Embora o senador não pudesse recusar o pedido, era uma ofensa aos ancestrais entregar uma herança da família a alguém tão estrangeiro à *gens* dele.

O modo como Valentiniano usara o anel envergonharia o senador para sempre, mesmo que isso provasse ser o imperador um estuprador em pensamentos e atos. Aécio se sentara à mesa de jogo sorrindo e fazendo brincadeiras, enquanto moldava seu plano cruel, deixando Petrônio doente de ódio. Agora, esporeado pelo escárnio de Gaudêncio, tomara uma decisão.

– Aécio passou uma vida inteira destruindo todos que ficaram em seu caminho. O que aconteceu a Flávio Felix e sua esposa? Embora Aécio devesse a Flávio Felix sua lealdade como supremo comandante, mandara assassiná-los! O que acontecera a Bonifácio, que também fora seu comandante? Morto, depois de uma batalha contra Flávio Aécio! Onde está Sebastiano? Exilado em Constantinopla! Todos os grandes homens que se interpuseram entre Aécio e o poder haviam sido empurrados para o lado pelo general. Ele faz o que bem entende, sem se preocupar com os custos. Tem de ser destruído, ou nós todos seremos obrigados a dobrar os joelhos para ele. De minha parte, eu prefiro morrer a ver esse dia raiar.

– Estamos de acordo de que Aécio precisa ser afastado de Valentiniano? – perguntou Heráclio, sorrindo numa imitação de servilismo. – E de que usaremos a força que for necessária? – O escravo sabia que Petrônio era um cavalo assustadiço que precisava ser afagado antes de montado.

– Sim, vou falar com Valentiniano. Mas ele não vai acreditar em mim devido aos nossos desacordos passados e à situação com minha esposa. Meu senhor só agirá contra Aécio se tiver certeza. Ele vai desconfiar de mim e achar que estou motivado pela raiva e pelo desejo de vingança. É onde você entra, Heráclio, pois Valentiniano confia em você. Sua palavra terá peso para convencê-lo, porque ele não vai conseguir dormir se nós dois contarmos a mesma história. Eu vou fornecer os fatos e explicar a desconfiança que os patrícios sentem pelo cita, mas Valentiniano vai ouvir mais você.

Heráclio sorriu tenso.

– Estou aqui para servir aos interesses de meu amo, o que farei da melhor maneira que puder, pois a existência de Aécio põe em perigo a vida do imperador.

Petrônio sentiu uma pontada de cautela. Não sobrevivera até a idade respeitável de 58 anos sem saber o que era logro. O sorriso de Heráclio era o de um gato satisfeito torturando um camundongo.

Eu me recuso a ser devorado por esse eunuco falso e filho de uma puta, pensou Petrônio inquieto. *Ele é apenas o meio para um fim.* A mente do senador enxameava com possibilidades imperiais, mazelas só podiam ser consideradas se Aécio fosse removido de vez. Em perfeito acordo e inimizade, Petrônio e Heráclio recomeçaram seu passeio ao longo da colunata de Valentiniano. Com o veludo negro da noite abafando-lhe os passos, eles desaparecerem nas sombras.

Em sua vila de bom gosto, a casta Gallica Lydia, a bela esposa de Petrônio, reclinava-se no leito perfumado e chorava como se seu coração fosse partir. Seu orgulho dos ancestrais patrícios e a determinação de ser a esposa perfeita, no estilo de Gala Placídia, foram destruídos no momento em que o Imperador Valentiniano fizera os primeiros avanços. Como a mulher de César, ela rejeitara esses avanços com toda a elegância possível, mas Valentiniano recusou-se a ouvir as polidas recusas.

A vergonha ardia dentro dela, mais potente do que seu temor do imperador. Quando Gallica Lydia voltara do palácio de Valentiniano, seu marido não estava. Lydia ficou quase contente. Quase. Fora atraída ao palácio pelo anel do marido, confiando no que dissera o mensageiro, que explicara ter recebido ordem de comparecer ante a Imperatriz Licínia Eudóxia. O logro inteiro ficara óbvio quando ela se viu num quarto distante no palácio. Valentiniano lhe oferecera uma suntuosa refeição, como se a grosseira imoralidade de suas ações fosse normal e galante. Ela não conseguiu se obrigar a comer, caso contrário vomitaria e envergonharia ainda mais seus nobres ancestrais.

A violação não tinha sido a pior parte do acontecimento. Valentiniano a tomara grosseiramente, como se ela fosse uma criada, e a seguir lhe ordenara que saísse do quarto como se ela fosse uma mulher das ruas. O imperador dissera asperamente que estava cansado e queria dormir, então, uma mulher só podia atrapalhar. O descarte expressado de modo tão rude cortou o orgulho dela pela raiz e desprendeu-o de sua alma.

Pior ainda, sentiu-se traída pelo marido, que devia conhecer os usos nos quais o anel de família podia ser empregado. O homem que devia protegê-la foi o seu traidor final. Quando Petrônio adivinhou a situação, jurou amor e devoção à esposa, implorando que acreditasse que não tivera noção dos planos de Valentiniano. O eunuco, porém, baixara os olhos culpados e dera um sorriso de satisfação quando ela fugira do quarto de Valentiniano. Então, três dias depois, um mensageiro entregara uma mensagem de Placídia, filha de Valentiniano e enteada de Flávio Aécio. A mensagem era curta, reprovadora e pouco amigável, embora somente alguém consciente da perfídia de Valentiniano pudesse reconhecer a má intenção por trás das palavras.

A Gallica Lydia,
Honrada esposa de Flávio Petrônio Máximo.

Saudações. Soube que você está indisposta; assim, meu marido deseja que eu lhe transmita a mais sincera esperança da parte dele de que se recupere em breve.

Insinuações e palavras pouco amáveis se espalharam pela corte, mas eu lhe imploro que não acredite que alguém em nossa casa vá ouvi-las, conhecendo toda a verdade. Flávio Aécio a lembra de que nomes não podem ferir, mas ele sabe, por experiência, que as reputações são perdidas por meio de indiscrições pouco sábias. Na ocasião de sua visita à casa de minha mãe, ele viu a sua confusão, mas não tocará mais no assunto com a esperança de que qualquer escândalo morra ainda na videira.

Fecharei meus ouvidos a qualquer palavra pouco amável que ouça, na esperança de que você continue um modelo de esposa romana e uma súdita leal do império.

Não precisa responder a esta mensagem. Recuso-me a acreditar que você tenha escolhido ceder a meu nobre pai. Entretanto, para calar os fomentadores de boatos, talvez fosse aconselhável não nos encontrarmos no futuro.

Se você evitar prolongar mexericos cruéis, talvez toda essa questão seja logo esquecida. Como Cristo nos diz, quem não tem pecados que atire a primeira pedra.

Eu rezarei por você.

Escrito por Flávio Aécio, *Magister Militum*.
Para Lívia Placídia,
Filha, esposa e amiga.

Pobre Lydia! Cada palavra lapidara uma parte de sua confiança. Foi obrigada a pedir a Petrônio que lesse o pergaminho para ela já que, como muitas mulheres de sua classe, não sabia ler muito bem. Exigindo uma leitura honesta, sentira-se mais humilhada ainda quando ele tropeçou nas palavras. Petrônio, com o rosto vermelho e inchado, tentou desajeitadamente confortá-la quando ela começou a chorar. Uma parte dela, porém, sentia raiva por ele não tentar mitigar as palavras terríveis por meio de mentiras inofensivas. Lydia sabia que estava sendo perversa, pois na verdade preferia conhecer o pior, mas Petrônio sequer protestara ante o seu pedido de que cada palavra da odiosa mensagem fosse lida em voz alta.

O abismo entre Petrônio e Lydia se alargara em silêncios soturnos à medida que ela se viu efetivamente alijada pelos patrícios de Ravena. Felizmente, ela não sabia que Gaudêncio estava informando a todos que quisessem ouvir que sua nobre esposa tinha rezado publicamente pela reputação comprometida de Lydia, pois o conhecimento disso causaria fúria e choro incontrolável à última. Na verdade, mesmo quando Petrônio tentou protegê-la do pior das fofocas, Lydia foi insultada ao perceber os sussurros e as risadinhas de algumas criadas; sua velha ama, ante muita persuasão, contou a Lydia depois a brutal verdade de que outras mentiras estavam sendo espalhadas pela boa cidade de Ravena: histórias sugerindo que a esposa de Petrônio Máximo era uma puta ou, na melhor das hipóteses, uma tola crédula que acreditara cimentar a posição do marido com o imperador comerciando-lhe o corpo.

Murmúrios pouco amáveis não eram o pior de tudo, pois Lydia podia responder com risos à sugestão de que escondia sua natureza lasciva sob uma capa de piedade fingida. Quando a fofoca focalizou a ideia de que ela fora seduzida porque o marido trocara o corpo dela por uma dívida de jogo, o coração de Lydia começou a se partir. Ela gerara quatro filhos para Petrônio, todos bem casados e estabelecidos fora da Itália. A cintura dela, porém, ainda se mantinha minúscula, os pés e as mãos, delicados e o rosto, sem rugas. As linhas puras de seus traços e a perfeição da pele branca e firme tinham desafiado o tempo, e muitos homens ainda olhavam Gallica Lydia com lascívia.

Lydia, porém, amava o marido, embora este fosse muitas vezes tolo e precipitado em suas decisões, respondendo mais com emoções do que com a razão. Mesmo que ele não soubesse como Valentiniano usaria o anel de sua família, Petrônio não tinha abandonado a corte quando a esposa se tornara alvo de mexericos vulgares, não respondera às críticas e continuava a fazer profundas reverências ao imperador para manter sua posição na corte.

A aparente indiferença do marido à destruição do bom nome da esposa era a cruz mais dolorosa que ela podia suportar. Petrônio não devia amá-la; portanto, ela rebaixara seu orgulho na areia movediça de um amor não correspondido.

Os mal-entendidos entre marido e mulher ocorrem em qualquer casamento. Contudo, a tragédia para Gallica Lydia estava na incapacidade de revelar seus sentimentos a Petrônio Máximo. Vendo-a entorpecida pela infelicidade, o marido sabia que algo perturbava seriamente a esposa, mas a reserva natural dele para com as mulheres tornava quase impossível para Lydia lhe revelar qualquer sentimento de culpa. Da mesma forma que Petrônio não comentava com a esposa as muitas frustrações que nutria com o imperador, não esperava ser confrontado com os sentimentos de mágoa e vergonha por parte de Lydia. E assim o silêncio infeccionava ambos.

Posteriormente, Lydia não conseguia mais chorar. Apenas de vez em quando deixava seus aposentos, preferindo a solidão aos olhares piedosos ou divertidos dos serviçais. Tornou-se pálida e silenciosa, uma sombra de seu antigo eu, sem a animação que mantivera sua idade a distância. A ausência de esperança era sua constante companheira, e o silêncio, o seu amante.

Por dois meses, Gallica Lydia se encolheu. No desespero de evitar os olhos escuros, magoados e acusadores da esposa, Petrônio começou a campanha para envenenar a mente do imperador contra Flávio Aécio. Com uma determinação fixa e implacável, o senador usava mais sutileza do que advertências; mais insinuações e simulacros do que o assassinato do caráter. Em suma, elogiava constantemente Aécio, falando com respeito e reverência dos dons estratégicos do general, de sua capacidade de sobreviver a todos os comandantes e da inteligência em casar os filhos com aliados úteis. Petrônio expressava admiração, sobretudo, pela esperteza de Aécio em ligar a nobreza huna romanizada à sua pessoa por meio do casamento de Flávia, sua filha mais moça.

– Seria fácil, minha querida, e também tolo fazer observações ofensivas sobre o casamento da filha de Valentiniano com o filho de Aécio – explicou ele a Lydia quando partilhavam uma simples refeição noturna nos aposentos dela. – O imperador veria tais avisos como rancor. Ele sabe o quanto Aécio está perto do trono, portanto, não preciso frisar esse ponto. Mas, quando lembro ao imperador que Aécio também tem um genro rico, e huno, então Valentiniano começa a pensar, querida.

– Ótimo! – murmurou Lydia cansada, e Petrônio esquadrinhou seu rosto pálido com preocupação.

Estava cada vez mais preocupado com a saúde de sua frágil, mas ainda adorável esposa, o que talvez fosse o motivo para deixar cedo um jogo que dependia da sorte a fim de voltar à sua vila de telhas vermelhas e firmes paredes brancas. Quando as sombras da tarde barravam o pátio de listas azul-profundas, os choupos sacudiram seus ramos esqueléticos nas brisas de inverno vindas do mar. Um travo de ar salgado entrou por suas narinas e lembrou-o, mais uma vez, da viagem marítima a Ostia escoltando a filha de Aécio e sua acompanhante. Mais uma vez, ele reviveu sua impaciência ao perceber que estava sendo usado para acompanhar uma garota mimada que não tinha sequer a distinção de um nascimento patrício. Deveria estar combatendo os hunos, mas fora reduzido a cumprir os deveres insultantes de um cão treinado, sem mencionar o papel de espião. Na época, Aécio estava entretido com o avanço de Átila para o sul; apesar da urgência da situação, porém, o general ficara obcecado com o paradeiro de um curandeiro celta e de seus seguidores. O rapaz, que segundo seus costumes pagãos recebera o nome do deus sol Myrddion, era interessante para qualquer homem de ação, pois se limitava a tratar qualquer marinheiro doente e a observar a costa ao longo da viagem. Com escárnio, Petrônio não mencionara o celta para Aécio, deixando de lado o papel de levar notícias ao general.

Aécio o utilizava sempre que o encontrava. Imperdoavelmente, o general tinha usado a doce e gentil esposa de Petrônio de modo quase tão terrível quanto Valentiniano, o homem que a estuprara. Aécio era uma pestilência, um mal que precisava ser erradicado se o senador quisesse dormir profundamente algum dia.

Assim, Petrônio estava raivoso quando tirou a toga com a borda estreita indicando seu status. O mordomo recolheu a fina lã do chão de azulejos da colunata, enquanto o senador ia aos aposentos da esposa para dizer que estava em casa e jantaria com ela. Ao bater à porta, entretanto, ninguém respondeu. Mesmo com orelha colada à madeira, ele nada ouviu no silêncio absoluto.

Abriu a porta cuidadosamente caso Lydia estivesse dormindo, e não ficou surpreso ao descobri-la enrodilhada como uma criança cansada sob a fina colcha de lã. Temendo perturbá-la, foi na ponta dos pés até ela. Contudo, algo naquela imobilidade e na quietude do quarto em penumbra causou-lhe um arrepio.

– Lydia? – chamou suavemente. O silêncio era sinistro, e ele percebeu o cãozinho da esposa enroscado nos pés dela. A pequena criatura ergueu para ele um olhar que dava pena.

– Lydia? Acorde, Lydia – exclamou, a voz aumentando de tom à medida que a imobilidade da esposa o gelava. Quando lhe agarrou os ombros finos para sacudi-la, notou a pele gelada.

Petrônio deixou o corpo da esposa cair nas almofadas da cama. A mão de Lydia, com as veias azuis pateticamente expostas no pulso, encheu o coração do marido de pena, perda e uma onda de solidão sufocante. Um soluço escapou da garganta do senador. Infeliz, o cão uivou baixo. O pequeno frasco onde houvera algo muito venenoso rolou do leito e se espatifou no piso, dando voz à miséria do senador. Enquanto homem e cão uivavam numa dor pungente, os criados que correram não podiam distinguir qual dos gritos era humano. Então, tamparam os ouvidos para que os deuses não os abandonassem.

Na pesada escuridão, o senador gemia inconsolavelmente atrás da porta que trancara para que a esposa não fosse tirada dele. Os argumentos de seu desesperado mordomo foram ignorados por Petrônio, cujos gritos abalavam a vila, fazendo os criados que moravam nos arredores cerrarem os dentes.

Enquanto Flávio Petrônio exprimia sua dor, na distante Cidade das Sete Colinas Myrddion Emrys largara a tigela de ensopado que vinha segurando; o líquido quente lhe borrifou os pés e queimou sua pele. Seis pares de olhos o encararam, chocados.

Finn e Cadoc já tinham visto esse olhar sem visão, mas Willa gritou agudamente e Bridie gemeu de choque e medo.

Myrddion levantou-se como um homem em transe e foi até as janelas, abrindo totalmente as venezianas de madeira pouco firmes. Com olhos que viam um mundo diferente das sombras de Roma, Myrddion gemeu e começou a falar:

– Desgraça sobre você, Cidade dos Romanos, que arderá antes de cinco anos terem passado. Por catorze dias e quinze noites agonizantes, os selvagens dilacerarão sua bonita e antiga carne antes que você desmorone em cinzas. Desgraça para suas crianças, mortas nas camas, pois não há mais lugar algum para onde fugir. Desgraça para suas mulheres, que serão estupradas e escravizadas, independente de patrícias, plebeias ou escravas. Os bárbaros não se importarão que vocês sofram ou morram. As estradas levarão a colinas repletas de cadáveres, e seus aquedutos serão destruídos e secarão. Amaldiçoadas serão essas colinas quando o último abutre fugir, pois nenhum romano usará de novo a coroa do império. Como escravos, vocês conhecerão os trabalhos da derrota, habitantes de Roma, e sofrerão a dor que infligiram em tantos povos escravizados por mais de 1.200 anos. Cartago cantará em suas ruínas salgadas, Roma morreu! A Grécia se rejubilará na memória de sua grandeza, contente que você esteja de joelhos. A própria Gália está livre para se dilacerar em pedaços sangrentos, enquanto a Hispânia estremece na escuridão, esperando os guerreiros do Crescente cruzarem o mar do Meio e escravizar seu povo de novo. Olhe de suas alturas, Cidade Santa, e saiba que sua glória já se foi para não mais voltar, embora incontáveis séculos passem sobre você, reconstruindo e destruindo, até o final de todas as coisas. Desgraça para você, Flávio Aécio! Pois vai morrer nas mãos de seu senhor. Desgraça para você, Valentiniano! Depois de cortar sua própria mão direita, você espera agora a faca do assassino. Cuidado com o Campo de Marte. Chore, Petrônio Máximo, governante do Império Romano do Ocidente por três dias contados, antes que a multidão lhe rasgue os membros um por um. Depois, ninguém vai mencioná-lo mais. Um rio de sangue foi derramado em seu nome, cidade puta, mas agora você vai se afogar nas marés que desencadeou. E desgraça para você, Myrddion Emrys, pois vai perder tudo que valorizava para reter o que buscou.

Então, Myrddion virou-se. Continuaria falando, mas os olhos rolaram para cima e ele desmoronou como os homens de palha usados para assustar os corvos que se alimentam dos campos de trigo.

Por um momento agonizante, seu próprio rosto pairou na escuridão interna e apontou para uma criança ensanguentada. Então a criança ergueu uma longa espada de aço e a enfiou no coração de Myrddion.

Mapa da rota de Roma para Ravena feito por Myrddion

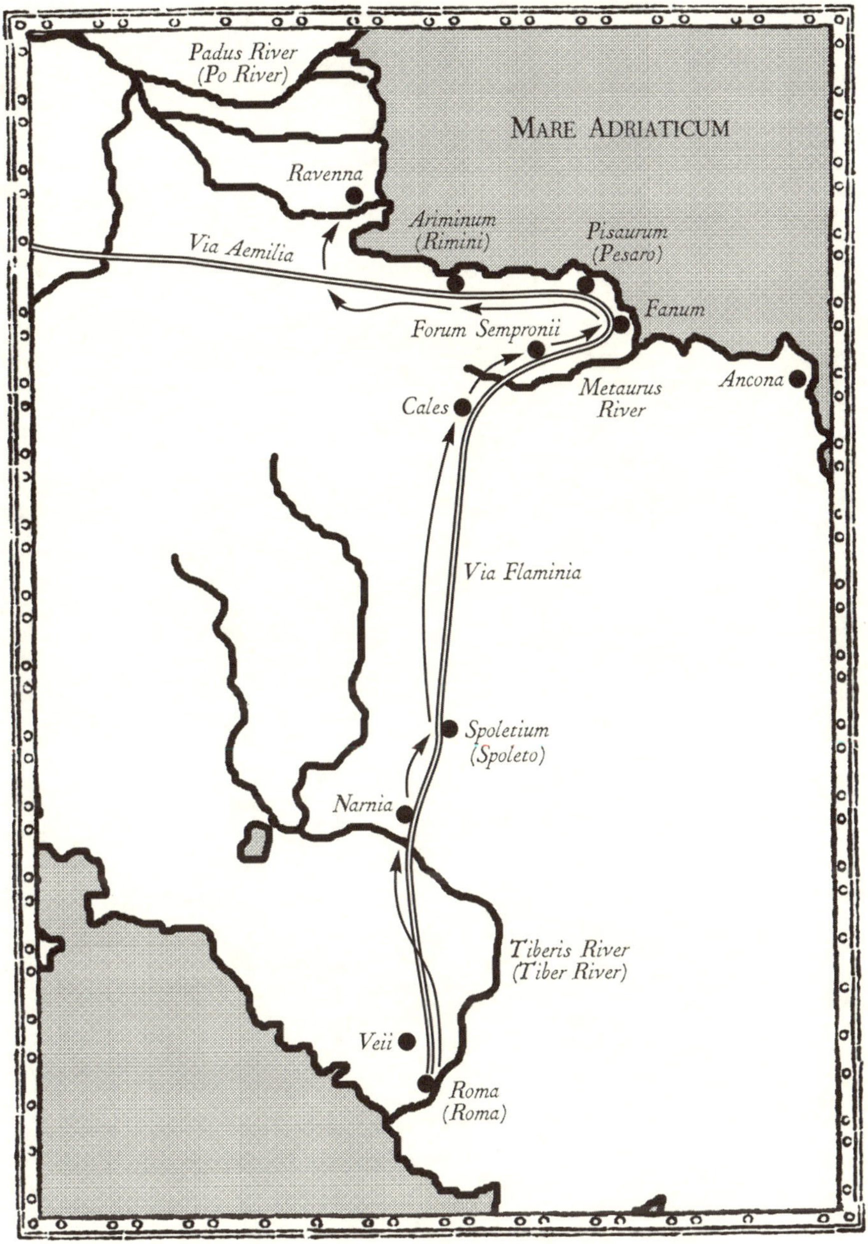

Capítulo 17

Um ferimento vermelho como rosa

— Todo homem mata seus verdadeiros desejos tentando mantê-los muito próximos – Myrddion exclamou ao acordar numa manhã cinzenta. Uma insistente dor martelava-lhe a cabeça, ameaçando explodi-la. Quando abriu os olhos para a penumbra encharcada de chuva, imaginou que seu cérebro estivesse vazando pelas orelhas, pelos olhos e pelo nariz. Vomitou fracamente por cima da borda do colchão.

– Mestre? Que os deuses sejam louvados; o senhor está vivo! – exclamou Finn. – Cadoc, venha depressa! Ele acordou. Está doente, mas acordado.

Por cima do aflitivo martelar nos ouvidos, Myrddion reconheceu a voz profunda e rica de Rhedyn, agora aguda de tristeza. Fechou os olhos para diminuir a dor e experimentou um halo de estrelas dançantes, saltitantes e coloridas por trás dos olhos. Tentando mover o mínimo possível a cabeça atormentada, o curandeiro vomitou de novo na vasilha que a viúva segurava próxima à boca dele.

– O que podemos fazer para ajudar? – perguntou Finn, mas sua voz parecia vir de longe.

– Você é um espírito, Finn? – Myrddion perguntou, a mente perturbada numa confusão infantil. Franziu a testa ante a fraca luz iluminando-

-lhe os sentidos. Então, fechou os olhos mais uma vez, e o mundo sumiu por alguns minutos.

Reagindo a uma mão insistente que sacudia seu ombro, Myrddion arrastou os olhos abertos com enorme força de vontade: lá estavam Finn e Rhedyn diante dele, tentando segurá-lo pelos ombros trêmulos.

– Estou doente – disse Myrddion desnecessariamente, como se os outros fossem crianças retardadas. Nada fazia sentido; sua carne e seu espírito pareciam deslocados, sem que ele pudesse juntar as peças soltas.

– Beba, mestre – ordenou Cadoc, o rosto pairando na escuridão à beira da visão de Myrddion. – Abra a boca e não me obrigue a tapar seu nariz.

– Você vai me envenenar, amigo? – murmurou o curandeiro. Cadoc aproveitou a chance para derramar um líquido amargo pela garganta do rapaz. Sufocando e reclamando, Myrddion tentou afastar o aprendiz, mas os braços se recusaram a obedecer ao cérebro. Sentiu que se debatia no ar como um inválido.

– Não vou envenenar o senhor; confie em mim. – Cadoc pôs a taça contra os dentes de Myrddion até que o curandeiro engolisse o resto do soporífero com uma tosse sufocada.

Uma escuridão rugindo arrastou Myrddion, e ele sentiu sua parte interior libertar-se do rígido controle que mantinha sobre mente e corpo. Então, numa onda longa e lenta, seus sentidos sumiram. Piedosamente, a cruel visão o abandonou.

Ravena ficou chocada, instigada e eletrizada com o suicídio da nobre Gallica Lydia. Pela primeira vez em muitos meses, os cidadãos mais velhos e distintos da segunda Cidade de Deus falaram dela com afeição e nostalgia pelos antigos dias da república. Os mexericos demonstravam a mudança de opinião pública. A esposa de Petrônio fora pura e nobre, portanto, não tinha suportado viver com a vergonha do estupro. Perversamente, as velhas concordaram ante seus vinhos quentes e aguados. Só uma mulher decente e que se autorrespeitasse podia se matar por vergonha. Assim, Gallica Lydia devia ser inocente.

Valentiniano soube dos murmúrios e boatos que circulavam por suas costas; um calafrio de ansiedade o percorreu, mais intensificado ainda pelo lava-mãos, ritual de Flávio Aécio, que agora proclamava em alto e bom som que sua família escrevera à atormentada mulher para lhe oferecer solidariedade, preces e apoio. Valentiniano viu a maré positiva da opinião publica virar-se contra ele e alojar-se nos ombros sempre aquiescentes de Flávio Aécio.

Após a inumação de Gallica Lydia e o devido período de luto, Petrônio Máximo voltou à corte de Valentiniano. Estava mudado, pois a carne supérflua de seu rosto, dos ombros e do ventre havia desaparecido, deixando-o mais esbelto e duro. Os cortesãos que podiam encará-lo descobriram que o olhar vazio e torturado do senador expressava eloquentemente sua perda. Com o sofrimento de Lydia sempre em mente, o desprezo saía do rosto de Petrônio quando os nobres cidadãos lhe expressavam simpatia ou lhe apertavam as mãos de modo encorajador. Até Gaudêncio sufocou suas brincadeiras e deboches para com o senador, lendo algo cru e mortal na fisionomia do viúvo. Nervoso, o jovem epicurista baixava os olhos sempre que o senador passava.

Heráclio sentia-se desconfortável na presença do agora silencioso e introvertido Petrônio, muito introspectivo para ser previsível. Pela primeira vez, o eunuco se perguntou se fora sábio envolver-se com um homem tão inexplicavelmente instável. Se Heráclio tivesse percebido que Petrônio realmente amava a esposa, não teria abordado o senador tão alegremente com sua trama de traição.

– Os romanos geralmente não ligam para as esposas – explicou ele a seu amante na noite em que Petrônio voltou à corte. – O casamento tem mais a ver com tratados, o tamanho do dote e a pureza da linhagem do que com afeição. Juro que o senador estava louco de dor; perigosamente louco.

– Meu caro, os romanos não pensam como homens e mulheres racionais – respondeu casualmente o parceiro. – Quem seria tolo o bastante para se matar por um infortúnio sexual? Os que servem ao trono em tarefas humildes sabem que se pode sobreviver à vergonha, mas a morte é definitiva. Em vez de ser tratada como tola, a Senhora Lydia é agora louvada. É irônico, querido rapaz. Antes, quando a solidariedade a teria ajudado, ela foi castigada por sua própria classe. E tudo isso aconteceu por ter sido estuprada. É melhor servir a bárbaros do que pertencer a romanos.

O cabeludo amante de Heráclio beijou o ombro do eunuco até que o grego ficou impaciente e o empurrou. O rapaz alto e forte emburrou e deixou bruscamente o quarto de Heráclio.

Será que posso controlar Petrônio?, cogitou o eunuco. *O que Valentiniano fará quando for obrigado a conviver com o senador? Pelos deuses, eu gostaria de ser deixado em paz.*

Enquanto isso, Valentiniano se revirava em seu leito luxuoso. Havia ordenado à esposa que o deixasse, preferindo dormir sozinho como era seu hábito. Em parte, sua necessidade de privacidade era impelida pelo medo de assassinato e de precisar ceder às necessidades dos outros; mas era também motivada pelo ardente desejo de ser invisível num mundo onde ninguém ficava sozinho. Desde suas primeiras lembranças, Valentiniano fora obrigado a compartilhar cada aspecto de sua vida privilegiada com outros. Sua adorada mãe pertencera mais ao império do que a ele, e algo daquele garotinho ainda vivia no desejo de se livrar dos laços de sua posição.

Pobre Valentiniano! Como as posses de todos os homens fracos, seu império passara a se assemelhar às suas próprias qualidades internas. Na esteira da invasão de Átila, o império estava fraco e dependente da força de acólitos espertos e ambiciosos mais capazes do que ele, deixando-o aterrorizado com o mundo que existia fora daqueles luxuosos cômodos. Agora, porém, Valentiniano tinha motivos para temer a família poderosa que pairava à beira de seu trono, especialmente seu *pater familias*, Aécio, a ameaça mais sinistra a emergir contra a existência livre de problemas de Valentiniano.

– Posso confiar que minha guarda me liberte de Flávio Aécio? Os pretorianos me obedeceriam? Não há chance! Muitos guardas são bárbaros, e esses rufiões adoram a velha raposa; que seus olhos sejam amaldiçoados. Então, em quem posso confiar para servir às minhas necessidades?

A voz de Valentiniano produziu um som áspero no aposento silencioso, embora sussurrasse na escuridão para que o guarda do outro lado da porta não ouvisse as palavras que compartilhava com a noite. Falar alto sobre suas ansiedades internas dava força a seus pensamentos. Descartou um depois do outro os possíveis assassinos a quem poderia confiar a tarefa de matar o maior general do Império Romano do Ocidente.

Do outro lado da porta, a guarda pessoal de Valentiniano ouviu o resmungo abafado do imperador falando consigo mesmo e cogitou se ele finalmente sucumbira à loucura que afetara tantos patrícios romanos.

Por toda a noite, Valentiniano debateu-se numa agonia de indecisão. Admitiu que temia o *magister militum*, cuja influência se espalhara pelo império por toda a vida adulta de Valentiniano. Ele não podia imaginar um mundo sem Aécio. Mesmo o vislumbre daquela figura compacta, de pernas curvas, com a careca no cocuruto e uma margem de cabelos grisalhos enchia Valentiniano de terror. O sorriso dele! Valentiniano tinha a certeza infantil de que Aécio usava os lábios estreitos e cruéis para apontar o negro interior do imperador a qualquer um que quisesse ouvir. O imperador encolheu-se, consciente.

O que Aécio poderia fazer? Como começaria seu ataque ao imperador? Valentiniano estava certo de que o desejo do cita apontava para o trono do Império Romano do Ocidente. Não porque Petrônio Máximo sugeria isso, e sim devido à hostilidade entre Aécio, Petrônio e ele próprio. Deuses, o senador fora longe demais ao falar abertamente de suas suspeitas sobre Aécio, jurando que o general adoraria ver o imperador nas vascas da morte.

À sua habitual maneira de tirar vantagem para si mesmo, Valentiniano estava exagerando. No primeiro dia em que Petrônio Máximo voltara para a corte, culpado e atormentado por fantasmas, Valentiniano cometera o erro de falar publicamente da morta.

– Meus pêsames, senador. Sua esposa era uma mulher bonita e cheia de dotes. Sei que o senhor deve sentir muito a falta dela.

Retrospectivamente, Valentiniano admitia que jamais deveria ter sorrido, pelo menos não tão obviamente. Petrônio Máximo o havia encarado com olhos raivosos tomados pela dor. Então o imperador soube, no plexo solar, que cometera um negligente erro tático.

– Juro que não farei nada que possa pôr em perigo o trono do Ocidente, meu imperador – dissera Petrônio. – Nem em palavra nem em feitos. Meu amor por Roma tem sido testado milhares de vezes e a... morte de minha esposa é apenas outro teste à minha lealdade. Prefiro colocar minha confiança nas Três Parcas e na deusa Fortuna, cujas rodas, lâminas e caprichos nos governam a todos.

Valentiniano não era tolo. Apenas preguiçoso, rancoroso e mimado. Ele notou a rigidez de Aécio ante a ambiguidade do pequeno discurso de Petrônio, sabendo que o general lera a mensagem certa nas palavras do senador. Enquanto o longo dia se passava em dúvida e indecisão ansiosa, Valentiniano bebia vinho em excesso para poupar-se dos horrores dos seus sonhos. Posteriormente, apoiado em Heráclio e num membro de sua guarda pessoal, cambaleou bêbado para a cama.

Instalado em segurança no quarto, o imperador trancou a porta e, com um punhal por companhia e consolo, mergulhou num profundo sono embriagado. Heráclio ouviu o trinco de ferro e madeira ser corrido; então caminhou pela colunata sorrindo suavemente enquanto continuava a cumprir suas tarefas.

Em Roma, para compensar o verão, o inverno chegara com força total, fazendo a cidade tremer em seus arredores úmidos e salpicados de lama. Myrddion levou mais de uma semana para se recuperar do acesso, aterrorizante para os auxiliares, que temeram pela não sobrevivência do mestre. Brisas súbitas e correntes de ar foram banidas de seu quarto com o último pedaço que sobrara do linho pesado de Aurelianum pregado na moldura da janela, o que Myrddion achou um desperdício ao recuperar os sentidos.

– Não se preocupe, mestre – respondeu Bridie sentada calmamente, tecendo longos fios de lã de carneiro em sua roca. – Quando deixarmos este lugar amaldiçoado, poderemos tirar o pano e fervê-lo. Vai ficar como novo.

Durante a assustadora doença de Myrddion, Cadoc e Finn tinham decidido que deviam ir embora de Roma assim que pudessem recuperar as carroças e os cavalos. Pulchria ficou visivelmente aborrecida com a notícia da partida iminente. Enterrou o rosto num pedaço de gaze colorida e irrompeu em lágrimas, afastando-se nos pés minúsculos quando via alguém do grupo de curandeiros.

Depois de se recuperar, Myrddion insistiu em ver todos os pacientes que sofriam da misteriosa doença. Os doentes foram informados da teoria de Myrddion sobre a natureza venenosa dos resíduos de chumbo em vinhos e doces. Infelizmente, a maioria deles preferiu acreditar que o curandeiro, apesar de capaz e bondoso, ficara um tanto perturbado após o acesso. Triste, o rapaz reconheceu que a maioria dos romanos não tomaria precauções. Preferiam beber vinho a água, e os habitantes da cidade adoravam os doces grudentos. Sentiu a incredulidade deles nas conversas sussurradas às suas costas. Veneno no vinho? Veneno nos doces? Ridículo! Assustador! Impossível! Só Arrius, cuja força física era vital para a família, resolveu escutar o que o curandeiro dissera. Como habilitado ferreiro e trabalhador no metal, tinha visto muitos outros homens ficarem estranhamente doentes e morrer quando trabalhavam com chumbo. Finalmente sua inteligência inata obrigou-o a tomar uma decisão. Conseguiu convencer Cláudio, seu mestre, a colocá-lo numa atividade na fundição onde trabalharia apenas com ferro.

Assim, quando Myrddion fechou a clínica e pagou a Pulchria consideravelmente mais do que lhe devia, pelos incômodos, a partida deles foi gravada em pedra. O curandeiro fizera o máximo possível para cumprir seus juramentos e suas responsabilidades. Assim, quando Cadoc ou Finn perguntaram por Isaac, os lábios de Myrddion se transformavam numa linha fina, amarga, e ele não respondeu.

– Pelo que vocês me disseram, profetizei a conquista e o saque de Roma... para breve. Vou avisar Pulchria, pois ela poderá vender seu prédio na Suburra e partir em segurança para o campo, apesar de não acreditar nem um pouco que vá fazê-lo. Bem, em três dias quero estar na estrada para Ravena.

– Ravena, mestre? – protestou Finn Narrador da verdade. – Aécio está na cidade, e vamos ficar ao alcance dele. Seria melhor encontrar outro porto na costa leste para chegar a Constantinopla, se o senhor quer mesmo continuar a viagem.

– Verdade, Finn, mas Ravena tem o melhor porto da costa leste. Roma enriqueceu nossos cofres. Então, tudo que precisamos fazer é pegar a Via Flamínia até chegarmos à Via Emília e virar para o norte. Uma estrada menor segue a principal rota costeira até Ravena; dali podemos tomar um navio diretamente para Constantinopla.

Cadoc franziu a testa. O plano de Myrddion parecia razoável, mas quem imaginara que o maior general romano fosse derramar a bile numa criada, como ele fizera com Bridie? Tal crueldade tinha deixado a mulher permanentemente aleijada, e ela ainda era assaltada por pesadelos pelos danos que o estupro causara à sua alma suave e feliz. Como se poderia confiar que Flávio Aécio deixasse os viajantes em paz?

Desde que se recuperara, Myrddion estava mais quieto e determinado do que antes. Aprendera a profundidade da coragem nas pessoas comuns. Contrariando todas as chances, Pulchria tinha superado sua infância e juventude medonhas e agora travava uma galante batalha contra a sujeira e a pobreza no coração da Suburra. Até mesmo o impiedoso egoísmo de Osculus e de seus bandidos podia ser contornado, quando a comunidade enfrentava uma ameaça que vinha de dentro.

Por outro lado, Myrddion aprendera que os homens e algumas mulheres com chances de melhorar as condições de vida da sociedade geralmente falhavam por orgulho pessoal, medo do fracasso ou orgulho desmedido. Isaac, por exemplo, podia observar os pacientes sofrendo e transformar-lhes a dor em abstração. O curandeiro judeu estava certo ao afirmar que os romanos não desistiriam de seus vinhos, seus sabores doces e seu amor pelo luxo, mas recusara-se até a tentar convencer os pacientes sobre os perigos do metal. Quantas vidas seriam perdidas enquanto Isaac apenas observava com fria curiosidade, tomando notas para seus estudos? O famoso e carismático curandeiro preferia esquecer a regra de ouro de Hipócrates sempre que tal esquecimento o beneficiava.

Mas a arena tinha mostrado até onde pessoas decentes se afundavam ao se acostumar com a morte como esporte. Os romanos poderiam ser salvos de si mesmos? Provavelmente. Qualquer pessoa numa posição de poder escolheria fazer isso? Pouco provável, porque banir os jogos seria engendrar o ridículo entre os cidadãos. Sim, Roma tinha ensinado a Myrddion algumas lições valiosas que ele levaria pelo resto da vida.

Na escuridão da noite, o curandeiro ainda ansiava por encontrar seu anônimo pai, embora a necessidade fosse mais abstrata e menos exigente emocionalmente do que no passado. Ele havia descoberto muitas coisas durante a viagem para Roma, e poucas delas tinham ocorrido com facilidade. Mas estava agora tão perto de Constantinopla que ela o chamava com uma promessa de aprendizado e autorrealização à qual não podia resistir. Como Isaac, estava ofuscado e instigado pela necessidade de saber, embora o tamanho da *gens* flaviana zombasse de sua busca com a probabilidade de fracasso.

Mesmo assim, Constantinopla é a fonte do conhecimento moderno e vamos conhecer lugares distantes e importantes, pensou Myrddion, tentando justificar suas necessidades. *A viagem por mar nos levará à Grécia e à antiga terra de Homero.*

Então, o curandeiro esmagou qualquer sentimento de futilidade e obrigou seu pequeno e leal grupo a abraçar sua busca. Sufocou qualquer sentimento residual de culpa com a promessa de enriquecimento no encerramento de sua longa viagem, pois a riqueza de Constantinopla era lendária e toda grande cidade precisava de curandeiros. Myrddion, portanto, sucumbiu à curiosidade mais uma vez, enquanto se enganava com motivos práticos a fim de completar a jornada.

Duas semanas depois, o pequeno grupo subiu em carroças carregadas e preparou-se para deixar a Suburra. Pulchria deu de presente às senhoras pequenos potes de rosmaninho, tomilho e hortelã, sabendo que essas ervas simples e comuns seriam úteis para o preparo da comida durante a viagem. Finn e Cadoc receberam maços de rabanetes, lavanda, arruda e mandrágora, e, em meio a um dilúvio de lágrimas na despedida, todos beijaram a mulher por sua consideração e generosidade.

Mas foi para o curandeiro que ela guardou o presente mais precioso. Myrddion abriu um pequeno pacote embrulhado em pano e encontrou um feio círculo de ferro que podia ser preso ao tornozelo de uma criança. Uma pequena extensão de corrente ainda estava ligada ao objeto, embora a ferrugem salpicasse agora o dispositivo.

Myrddion ergueu os olhos para o rosto molhado de Pulchria, numa interrogação.

– Sim, meu rapaz, é a minha algema de escrava. Quando fui mandada para o bordel, chorei lágrimas suficientes para lavar Roma inteira. Como eu geralmente fugia, eles me acorrentaram à minha cama. Mesmo depois que aprendi a lição, ainda era obrigada a usar a corrente, um lembrete constante de que eu não era mais dona de meu corpo. – Myrddion acariciou o metal com compaixão pela inocência perdida de Pulchria. – Superei isso, claro, assim como a ideia boba de ter qualquer controle sobre a minha vida. Mesmo quando eles cortaram a corrente, eu ainda a usava em meu coração, se entende o que digo. Talvez comece a me sentir livre agora que lhe dei a algema.

– Por que está me dando tal presente, Pulchria? Acho que precisa dele para lembrar o quanto realizou em sua vida.

– Você precisa mais disso do que eu, querido rapaz. Todos nós temos formas diferentes de escravidão, Myrddion, e você está acorrentado ao seu ofício porque é bondoso. Quando olhar minha velha algema, pense no que o impede de ser todas as coisas que pode ser... e lembre-se da velha Pulchria.

Todos se despediram dela com beijos, risos e lágrimas. Enquanto as carroças deslizavam pelas ruas apinhadas para a Via Flamínia, os pacientes de Myrddion da Suburra vieram desejar os melhores votos aos viajantes. Alguns lhes deram pães; outros lhes trouxeram buquês de flores, cogumelos, fitas ou seixos finamente polidos. Até os mais pobres tentaram encontrar algum presentinho – que a maioria mal podia pagar – por gratidão e amizade. Um enorme ex-lutador chegou mesmo a dar dez pequenas moedas de ouro com a cabeça de Janus e suas duas faces como presente dos bandos de rua da Suburra.

Myrddion teria chorado se acreditasse que lágrimas e preces podiam interceder com a Deusa para ajudar aquelas pessoas. Roma talvez estivesse mesmo condenada, mas ele levou o momento no coração para lembrar-se de não julgar pelas aparências.

Isaac preferiu não se despedir, atitude pela qual Myrddion foi grato. Ele sabia que não tinha mais utilidade para o mestre curandeiro.

A estrada para Ravena era longa, e a paisagem, um vaivém entre tigelas áridas de poeira, fazendas desalentadas agarrando-se aos terrenos próximos do rio e opulentas vilas nos sítios altos e saudáveis. Oliveiras, cabras, algumas granjas com grãos e pequenos terrenos cultivados de legumes eram obrigados a produzir, mas Myrddion se sentia nostálgico de um terra jovem e indistinta, com campos verdes e um manto dourado de árvores como uma rainha. Saudade de sua própria terra devorava todos eles enquanto a estrangeira paisagem italiana se desenrolava como um pergaminho ligeiramente manchado.

Myrddion se consolava com a ideia de que todas as coisas, boas e más, finalmente acabam. O domínio de Roma logo estaria terminado; assim, qualquer coisa era possível para aquelas terras distantes à margem do mundo, as quais ainda eram parte do império desmoronando.

Apesar de tudo, a viagem oferecia diversões. Mais uma vez, Myrddion viu o Apolo de Veii e apontou o cruel sorriso triangular do deus para Finn e Cadoc. Com olhos arregalados, os aprendizes e as criadas abarcaram as belezas de Narnia e se maravilharam ante uma ponte de pedra cruzando um rio furioso em Interamna. A cidade de Spoletium localizava-se nas montanhas; os aprendizes ficaram atônitos com a engenharia que permitia às aldeias se agarrarem a penhascos íngremes como ninhos de águia. Os aquedutos saíam das montanhas e se voltavam para Roma como enormes serpentes com múltiplas pernas de pedra.

– A Itália é um lugar maravilhoso, mesmo em decadência – murmurou Brangaine com olhos fulgurantes. Willa não falava, mas protegia a gaiola de seu passarinho contra os sacolejos da viagem e olhava animada em torno.

As maravilhas de um passado majestoso estavam em torno deles: beleza, temor reverente e simetria. Então por que Myrddion sentia como se caminhasse por entre velhos túmulos, onde ossos antigos tivessem sido colocados para embranquecer ao sol como uma estranha madeira flutuante?

Muito antes de Myrddion deixar Roma, a imaginação de Valentiniano torturava o imperador. Petrônio Máximo ouvia os sussurros e via as profundas sombras púrpuras sob os olhos do outro. Cogitou, então, se a sombra de Lydia esperava junto ao rio Estige para ver seus assassinos entrarem com ela no submundo do além. Em seguida, com desdém ante seus sentimentos conflitantes, o senador rejeitou a ideia. Gallica Lydia convertera-se ao cristianismo, embora não tivesse obedecido a seus dogmas contra o suicídio. Talvez ela esperasse justiça no céu.

Valentiniano não conseguia dormir nem descansar. O acicate poderoso do medo rasgava sua mente dia e noite, como se ele enfrentasse um touro enlouquecido. O imperador tinha medo de Flávio Petrônio Máximo, mas sentia-se aterrorizado com Flávio Aécio.

– Não posso continuar! – murmurava para si mesmo, fazendo um de seus guardas arquear as sobrancelhas para o colega. – Preciso fazer alguma coisa! Preciso! O que está olhando, seu cão desprezível? Abaixe os olhos e feche os ouvidos!

Os guardas enrijeceram e abaixaram com obediência imediata as cabeças. Felizmente o imperador não viu o motim nos olhos dos dois.

Enquanto isso, Aécio sorria e esperava. Podia sentir as marés do poder acumulando-se atrás dele, sabendo que estava dolorosamente próxima a hora em que seria impelido para o trono e para a aclamação da multidão. Só precisava esperar até que o imperador acabasse com Petrônio Máximo. Quando o senador fosse sumariamente executado, como seria, então Aécio poderia remover o louco no poder e instalar a filha de Valentiniano no trono sob sua regência. As moças são notoriamente frágeis, em especial no parto. Então quem sabe o que o futuro poderia trazer?

Aécio acalentava sua diversão e dava tempo ao tempo, sem saber que o orgulho desmedido estancara a pequena parte de seu cérebro que sempre lhe assegurara a sobrevivência.

As montanhas eram altas e ásperas, mas Myrddion não se surpreendeu com a grande estrada que tornava possível atravessar a escarpa. Cadoc mantinha elevado o ânimo deles, inventando cançonetas rudes sobre os romanos. Assim, mesmo Willa e Brangaine davam risadinhas animadas ao sol do inverno. A ausência de chuva tornava a viagem agradável, embora fria, mas, para almas intrépidas criadas na Grã-Bretanha, o tempo ruim era simplesmente revigorante.

Até aquele ponto tudo ia bem. As carroças serpenteavam através das montanhas com as rodas de madeira sacolejando sobre pedras soltas caídas das alturas. Myrddion cogitou se a jornada deles teria um fim. E o que encontrariam no final daquelas intermináveis estradas romanas?

Valentiniano estava exteriormente calmo quando convocou Flávio Aécio para uma audiência privada sobre as finanças do Império Romano do Ocidente. A mensagem sugeria que o imperador desejava também discutir a difícil e cansativa presença de Petrônio Máximo na corte de Ravena.

Aécio leu cuidadosamente o pequeno pergaminho, e então o destruiu enfiando um de seus cantos numa fenda da lareira e segurando o pedaço de couro fino pela ponta enquanto ele ardia com lentidão. As palavras pareciam inscritas em sangue seco à medida que o pergaminho se encolhia e carbonizava.

Aécio sorriu pensativo. A maré tinha virado e estava rugindo atrás dele.

Valentiniano resolvera encontrar-se com o general nos mesmos apartamentos solitários que usara pela última vez no estupro de Gallica Lydia. Totalmente hedonista e egoísta, Valentiniano esquecera os detalhes daquela noite, embora não seus desdobramentos. Mas Aécio lembrava-se perfeitamente da tragédia.

Agora Valentiniano precisa pagar ao barqueiro, pensou Aécio, enquanto seguia o vil eunuco Heráclio pela longa colunata conduzindo ao covil de Valentiniano. Levava consigo todos os registros de gastos do exército durante as recentes campanhas, mas sabia que o declarado desejo do imperador de examiná-los era apenas a desculpa conveniente para uma audiência pessoal.

– Ah. – Valentiniano suspirou, dando-lhe as boas-vindas. – Entre, general, entre. – O imperador fez um gesto de cabeça para a guarda. – Podem nos deixar agora. Tenho certeza de que estarei seguro com o *magister militum*, o herói da batalha dos Campos Cataláunicos. – Os guardas se curvaram e fecharam as portas com um baque macio ao deixar o aposento. – Privacidade, Aécio – murmurou o imperador enquanto fechava o trinco da porta. – Não quero que ninguém ouça o que conversarmos nesta visita.

– Como posso servi-lo, meu senhor? – Aécio curvou a cabeça brevemente. Um tanto brevemente demais.

– Por favor, aceite um pouco de vinho. O de Falerno não é mais o que era, mas o que continua sendo o que era?

– Obrigado, meu senhor, mas só uma mente clara me permitirá servir-lhe como devo.

Valentiniano sorriu como um rapaz. Embora com os olhos afundados por maus hábitos de sono, parecia quase animado.

– Eu lhe pedi para vir porque ando com graves dúvidas sobre a saúde mental de Petrônio Máximo. Desde o lamentável suicídio de sua esposa, ele... bem... ele anda estranho. – Valentiniano caminhou pelo aposento aparentemente ao acaso, como se preocupado demais com a questão para manter-se quieto. Aécio sentou-se num banco coberto com almofada e esperou de modo polido, o rosto calmo. O autocontrole que exibia irritava o imperador e lhe dava medo. – Você acha que nosso amigo seja uma ameaça para o império? – perguntou-lhe Valentiniano. – Vamos, pode falar honestamente, livremente, general. Não há espião algum aqui.

Aécio limpou a garganta enquanto Valentiniano continuava a andar pelo local. O som de suas sandálias de couro no piso desenhado era estranhamente calmante.

– Bem, meu senhor, Petrônio é um homem muito competente e um soldado bem treinado. Sempre foi governado pelo intelecto e pelo autointeresse no passado, mas o suicídio de Gallica Lydia parece tê-lo desequilibrado temporariamente. – Aécio sacudiu os ombros enquanto Valentiniano andou ao encontro dele com passos lentos e iguais.

– Você acha que ele é perigoso?

O imperador se afastou novamente, virando as costas ao general exatamente quando os afiados instintos de Aécio começaram a pô-lo de sobreaviso. Aécio se obrigou a relaxar os músculos involuntariamente tensos.

– Sim, meu senhor. Ele é muito eficaz com a espada, e pode participar de sua corte a qualquer hora que quiser. É nobre de nascimento, vem de uma linhagem de imperadores. Portanto, o povo o aceitaria no caso da morte de meu senhor Valentiniano. Acredito que Petrônio é capaz de assassinato, especialmente depois da trágica morte da esposa. Ele nada tem de valioso a perder. Infelizmente, homens desesperados são perigosos.

Valentiniano se virou e recomeçou a andar para o lado esquerdo de Aécio com passos lentos e deliberados. Os olhos estavam pensativos, quase absortos. *Fique parado, idiota*, pensou Aécio, quando Valentiniano se virou e começou a se afastar do general, as mãos fortemente enlaçadas atrás das costas. O imperador fez uma pausa, virou-se e atravessou o aposento de novo.

– O que devo fazer, Aécio? Aconselhe-me! Não quero passar o resto das minhas noites com medo da espada de Petrônio. – Como se pusesse seu medo em ação, Valentiniano virou-se bruscamente e começou a refazer os passos no canto do quarto.

O idiota está à beira de um ataque de nervos, pensou Aécio, e teve ímpetos de rir. *Está sobressaltado, inquieto como um potro nervoso. Acabe com isso e diga o que quer dizer como um homem!*

O general fingia estar pensando profundamente quando os passos se viraram para atravessar o aposento de novo. *Você tem a atenção dele agora*, pensou Aécio, lentamente começando a pronunciar as palavras que lavrariam a condenação de Petrônio.

– Meu senhor deve me desculpar...

Dessa vez Valentiniano não se afastou. Aproximou-se de Aécio e, enquanto o general pronunciava as palavras que condenariam Petrônio à corda do estrangulador, puxou uma faca estreita das dobras da toga púrpura e mergulhou-a profundamente na garganta de Aécio.

O general recebeu o golpe em choque. Os olhos se esbugalharam e a mão esquerda subiu para arrancar a faca do corpo. Com os dedos endurecidos nas batalhas, a mente entorpecida por uma incredulidade total, ele arrancou a lâmina e jogou-a no chão, onde ela quicou deixando um rastro de sangue.

Valentiniano abrigou-se rapidamente atrás de um divã ao ver Aécio lutando para ficar em pé. Mais por sorte do que por qualquer habilidade de sua parte, Valentiniano cortara a grande veia da garganta do oponente. Agora, liberado pela remoção da lâmina, um imenso jorro de sangue arterial brotava do ferimento enquanto o general engasgava, incrédulo.

– Por que fez isso? – murmurou Aécio, enquanto o sangue ensopava o lado esquerdo de sua imaculada túnica branca. – O que ganha com isso? – Então começou a desmoronar, os olhos ainda abertos e temivelmente inteligentes. – Você vai...

A seguir, Flávio Aécio, *magister militum* e o último grande general do Império Romano do Ocidente, morreu na poça inglória do próprio sangue.

Por um momento que pareceu arrastar-se penosamente, Valentiniano não conseguia acreditar como o assassinato tinha sido fácil e rápido. Nem uma gota de sangue manchara sua pessoa, em parte porque deixara a faca no ferimento e em parte porque fugira do general depois de enfiar-lhe a faca no pescoço. O anticlímax deixou-lhe os joelhos subitamente fracos, mas ele não teve tempo de refletir sobre o que ocorrera. Embora a conversa tivesse transcorrido quieta, sendo a morte de Aécio quase silenciosa, os guardas ou mesmo um membro da equipe iam querer entrar.

Valentiniano pensava rapidamente. *Não mais fofocas. Que Aécio parecesse ser o traidor que era. Ele me ameaçou, e eu o matei antes que ele pudesse me assassinar. Os boatos terminariam.*

Tremendo como um homem com malária, Valentiniano tentou acalmar os dedos trêmulos. Rapidamente revistou o corpo de Aécio, mas o general não se dera ao trabalho de levar uma arma. Nunca considerara Valentiniano uma ameaça.

– Merda! – exclamou o imperador cruamente. – Filho da puta desgraçado!

Com uma economia de movimentos que teria surpreendido todos os cortesãos que pensavam conhecê-lo, Valentiniano pegou uma despojada faca de um baú e colocou-a perto da mão do general. Então gritou num terror fingido, antes de sentar-se no divã e esperar que os guardas batessem à porta.

Enquanto dois guardas corpulentos quebravam o trinco e entravam correndo no quarto, o líder quase escorregou no sangue de Aécio. Um palavrão lhe veio aos lábios por ter sujado a mão. Dois pares de olhos absorveram a cena e fixaram a fisionomia pálida do imperador, que se afundava confuso num divã o mais distante possível do morto.

– Aécio tentou me matar! – gemeu. – Falhou, mas meu golpe não. – Os olhos abarcaram o corpo do general. Valentiniano não teve dificuldade em fingir pânico. Tremia verdadeiramente à beira de um colapso. – Limpem essa sujeira! – ordenou, a voz erguendo-se num lamento petulante e assustado. Recolheu a toga para junto de seu corpo e tentou resgatar alguns farrapos de dignidade. Infelizmente parecia apenas ridículo... e culpado.

Heráclio veio correndo e viu o objeto de seu ódio estendido numa fedorenta confusão de sangue fresco e intestinos esvaziados sobre o piso impecável.

– Meu Senhor Valentiniano! Saia daí! Seus guardas farão o que for preciso. Saia daí, meu senhor; vou lhe trazer vinho temperado. – Combinando ações com palavras, o eunuco puxou o braço frouxo do imperador.

Heráclio obrigou-se a não demonstrar nada senão horror e preocupação, enquanto um dos guardas se ajoelhava no sangue e cuidadosamente fechava os olhos do general. Esquecidos do sangue que lhes manchava as mãos e armaduras, os guardas levantaram a pequena forma de Flávio Aécio com gentileza e respeito, como se erguessem uma criança cansada. Valentiniano continuava a explicar a morte de Aécio numa série de queixas vagas e desconexas.

Nenhum dos homens acreditou em nada que Valentiniano dizia repetidamente. Se Aécio tivesse puxado uma faca, Valentiniano estaria morto. Assim, o imperador matara o general furtivamente. Em vez de trocarem olhares oblíquos e incrédulos, os guardas permaneceram prudentemente mudos. Levando o corpo para a colunata, eles não lançaram um olhar sequer para o imperador ou para seu eunuco.

Assim morreu Flávio Aécio, e o Império Romano do Ocidente começou a apodrecer com ele.

Capítulo 18

Uma primavera sem flores

Estalando e gemendo com o esforço, os carros dos curandeiros atravessaram a última montanha. Myrddion olhou para o terreno lá embaixo, formando declives até um vale verdejante e, além dele, para o vazio azul do mar. O sol brilhava um pouco mais e refletia a luz de inúmeros rios cortando a terra arável. Distante, embora ainda invisível, a Via Emília corria ao longo da costa para Ariminum antes de se enterrar no território.

– Não estamos muito longe agora – Myrddion incentivou o grupo cansado. – Sei que a viagem tem sido dura, mas logo poderemos descansar. Estão vendo? A terra aqui é fértil. Os rios levam os nutrientes para as terras baixas e enriquecem os agricultores com solo negro e água limpa.

– Precisamos de suprimentos – disse Cadoc, abrupto. – E os cavalos estão muito cansados. Apesar de a estrada subir aos poucos, o que é uma engenharia brilhante, as montanhas tiraram toda a força dos animais.

– O gerente da taverna em Spoletium disse que podemos descansar quando chegarmos à costa – respondeu quase alegremente o curandeiro. Ele sabia como a viagem os tinha sobrecarregado; o entusiasmo da partida se perdera no cansaço enquanto subiam as montanhas pelas quais serpenteava a Via Flamínia. Mensageiros montados levando cavalos sobressalentes tinham passado estrondosamente por eles. A princípio, isso despertara a curiosidade do pequeno grupo. A familiaridade, no entanto, gerou a crença de que era uma situação normal, e a atenção deles se voltou para outras preocupações. Todos precisavam dormir em colchões, e não na terra fria, embora os primeiros brotos da primavera já despontassem no solo parcialmente congelado, duro como rocha.

– Bem, vamos tratar de chegar lá antes que meus ossos entortem de vez – Cadoc se queixou. – Juro que tenho farpas do tamanho de espetos de carne no traseiro.

Sempre se podia confiar em Cadoc para um momento de humor, mesmo nos dias mais duros.

Na manhã seguinte, quando começavam a perigosa descida das montanhas, as carroças do grupo bloquearam a maior parte da estrada. Finn e Cadoc haviam diminuíam a velocidade e se arrastavam como lesmas. Cansado e irritado, um mensageiro galopou furiosamente atrás eles e, depois de uma competição de gritos com Cadoc sobre os direitos do caminho, foi obrigado a esperar os aprendizes levarem os carros para o lado e abrirem passagem às montarias. Myrddion perguntou ao mensageiro o motivo da urgência. O soldado o encarou com um duro olhar de escárnio.

– Estou a serviço do imperador – gritou, movendo a espada agressivamente na bainha. – Depressa com isso; tirem essa pilha de merda do caminho! Tenho que continuar!

– Estamos fazendo o máximo, senhor. Também estamos a caminho da corte do imperador em Ravena. Seria possível ter notícias do General Flávio Aécio ou de sua filha Flávia?

Mais tarde, Myrddion se perguntou por que mencionara Flávia; o nome dela lhe vinha frequentemente à mente quando estava prestes a dormir. Os sentimentos conflitantes pela jovem eram sua vergonha secreta.

– Você está totalmente sem sorte, homem. Flávio Aécio foi morto pelas próprias mãos de Valentiniano, e a família dele está sendo vigiada de perto. Se eu fosse você, cortaria todos os laços com aquela família. Agora me deixe passar.

Nesse momento, as carroças tinham aberto caminho na estrada estreita, deixando apenas espaço suficiente para o cavaleiro passar em segurança. Num debochado agradecimento de cabeça, o soldado galopou para Ravena.

Os curandeiros ficaram encantados com as notícias. A ideia de que o general os esperava em Ravena tinha feito todos, especialmente Bridie, temerem pelo futuro. E agora?

– Valentiniano deve ter enlouquecido de fúria – murmurou Cadoc. – Mas, seja lá o que for, é uma bênção para nós. Ele se livrou de Aécio de vez.

– Eu detestava Aécio, mas parece que ele era o único general competente de Roma. O império está mesmo à beira do colapso. A cidade vai ficar à mercê dos bárbaros, já que o único homem que podia impedir isso foi morto. Acho que devemos ser gratos por sair de Roma.

– É, mestre. Acho que escapamos por pouco – concordou Finn.

Três dias depois, a exaustiva viagem os levou até o mar, cintilando cinzento sob o chuvisco. A chuvarada tornava a vida desagradável, mas não insuportável, enquanto os cavalos se moviam pacientes, os flancos marrons lustrosos. Um mar achatado e metálico estendia-se no horizonte, onde o céu cor de fumaça se unia à água num nevoeiro espesso.

A terra que atravessavam agora fulgurava num jorro verde-limão de brotos novos. Árvores frutíferas erguiam galhos cobertos de botões recentes, cor de bronze ou verde-pálido, e os lavradores tinham arado a terra cor de chocolate, onde se viam agora os sulcos cobertos de pontos verdes. Os sinais de nova vida deram ao grupo uma sensação de esperança. Ravena estava à frente, e o medo não pairava mais sob as palavras encorajadoras de Myrddion. Até Bridie fulgurava de saúde, e havia nela uma incandescência interior gerada pelo alívio, segundo Myrddion.

A pequena cidade de Fanum agarrava-se à costa, tendo um rio de um lado, o mar do outro e uma estrada ao norte que os levaria à Via Emília e posteriormente a Ravena. Barcos de pesca pontilhando a paisagem indicavam o ofício local; os velhos e velhas sentados nos cais simples emendando redes de pesca e recipientes de vime para caranguejos tinham as faces rosadas e pitorescas. Exaustos e famintos, os curandeiro entraram na primeira hospedaria de aparência mais limpa, tiraram os objetos de valor das carroças e foram guiados para um aposento único e encardido, com paredes caiadas de branco e venezianas trêmulas numa janela estreita; sacos forrados de palha e envoltos em lã áspera empilhavam-se num canto, prontos para hóspedes com sono. O tênue cheiro de urina fez as narinas de Myrddion se encolherem.

O gerente providenciou tigelas com um saboroso ensopado de frutos do mar, embora Myrddion não tivesse ideia do que realmente havia ali além de grãos de areia dura. Por cautela, o grupo recusou o vinho, preferindo água, leite ou uma cerveja áspera e aguada que agradava ao paladar de gente do norte. Apesar de simples, a farinha era satisfatória e comparativamente saudável. Finalmente, os curandeiros começaram a relaxar.

Antes que o grupo fosse dormir, Finn pediu permissão a Myrddion para fazer um anúncio. Hesitante, e com Bridie sob a curva protetora de seu braço esquerdo, o aprendiz explicou que ele e Bridie haviam se unido e que a nova esposa provavelmente estava grávida. Myrddion engoliu em seco. Embora só um cego não visse a afeição entre a viúva e Finn, a casa na Suburra e a falta de privacidade na viagem dificilmente podiam levar à concretização da paixão.

– Bem, Finn, você conquistou uma boa moça, que também é bonita. – Myrddion sorriu para mostrar o prazer com a felicidade deles. – Espero que saiba o que está levando, Bridie: esse homem é difícil de manobrar.

Bridie enrubesceu e sorriu incerta, sem saber se o curandeiro estava brincando ou não.

– Sei que Bridie podia arranjar alguém melhor do que eu. Mas ela me faz feliz, mestre, e nunca pensei que seria feliz de novo. Juro diante de vocês todos que não faltará nada à minha garota enquanto eu tiver dois braços fortes para protegê-la e trabalhar por ela.

Sério, Myrddion encarou atentamente a franca e embaraçada fisionomia de Finn Narrador da Verdade. Do entulho de culpa, quase loucura e sensação de fracasso, Finn não só tinha arrancado um novo ofício para si, mas encontrara também a coragem de se apaixonar. Myrddion sentiu uma fisgada de ciúme, que logo descartou ao reconhecer sua nódoa. Depois da terrível experiência de Finn na Noite das Facas Longas, quando fora deixado vivo para prestar testemunho da vingança de Hengist contra Catigern, o rapaz merecia a felicidade, mesmo se Myrddion nunca tivesse experimentado a profundidade da paixão.

O auxiliar não precisa viver como o mestre, Myrddion ralhou consigo mesmo, dando uma palmada nas costas do recém-casado e beijando a esposa enrubescida. *Estou sendo egoísta e invejoso; Finn é meu amigo, e não meu escravo*, o curandeiro pensou.

Como o ar estivesse fresco e limpo, e os alojamentos razoavelmente confortáveis, Myrddion decidiu que deviam descansar por três dias em Fanum como celebração do novo status de Finn. Na noite seguinte, ele propôs ao hospedeiro um modesto banquete para comemorar a boa-nova. Com seu entusiasmo habitual, Cadoc entrou no espírito da ocasião, convencendo o azedo gerente a preparar uma refeição especial e a achar um quarto privado para a tradicional noite de núpcias.

A celebração gerou interesse até em Fanum, uma cidade mais acostumada a partidas rápidas do que a banquetes. Para alegria do hospedeiro e do lugar, os curandeiros estavam gastando dinheiro em Fanum, e não em Pisaurum ou Ariminum. A esposa do hospedeiro caprichou na busca dos melhores ingredientes. Contrataram músicos locais e convidaram todo o povo da cidade. Myrddion abriu o baú, tirou o ouro e gastou o dinheiro supérfluo para dar prazer aos amigos.

Em cidades de província, especialmente depois de um inverno duro, há poucas oportunidades para celebrar. O pessoal da aldeia em torno da estalagem chegou com pequenos presentes, ansioso para usufruir breves férias dos rigores do cotidiano. As flautas, liras e os tambores tocavam melodias alegres. Assim, até os convidados mais céticos marcavam o compasso com os pés, e os rostos batidos pelas intempéries se abriam em sorrisos.

A maior parte da comida vinha do mar, fresca e bem preparada. O sabor rico da sopa feita de um pequeno marisco que crescia nas rochas encantou os viajantes, famintos de carne fresca há semanas. As maçãs guardadas no depósito durante o inverno podiam ter encolhido com o tempo, mas ainda eram doces e suculentas. Um grande número de peixes tinha sido cozido num molho espesso e delicioso, junto a minúsculos camarões e polvos pequenos inteiros. Embora Myrddion desconfiasse da comida de Roma, devorou aquela refeição com entusiasmo, inclusive o polvo com seus pequenos e borrachudos tentáculos, satisfeito de que nenhum adoçante tivesse sido acrescentado, a seu pedido, no preparo do prato.

Também foi flexível e permitiu que servissem vinho, mesmo que os curandeiros não o bebessem, preferindo a segurança da cerveja. O líquido espumante e âmbar rapidamente subiu à cabeça de todos, e Cadoc liderou um ruidoso e maluco círculo de dançarinos numa animada interpretação britânica das danças de roda das aldeias. A noite teve um tom mágico que viveria nas lembranças dos convidados por muitas noites no futuro, enquanto Fanum se lembraria dos curandeiros e de sua abundância nos ásperos anos de servidão diante dos bárbaros.

Depois de muita dança, música e canções, os recém-casados se recolheram ao leito matrimonial, decorado com pétalas de rosas secas e um pouco da lavanda de Rhedyn.

– Não diga nada, mestre! – avisou Cadoc quando Myrddion abriu a boca para perguntar sobre as pétalas. – O que não se sabe não prejudica.

Myrddion suspirou e sorriu com entusiasmo juvenil.

– O que os fizer felizes está bom – respondeu, dando uma palmada nas costas de Cadoc. – Agora precisamos achar uma esposa para você.

– Não há jeito. Quem amaria um traste feio assim?

– Tenho certeza de que muitas mulheres gostariam de tê-lo. Sei de suas várias conquistas em Roma, e, pelo que soube, há uma fila de moças ansiosas para cuidar de você. Não fique vermelho, Cadoc. Estou apenas dizendo a verdade, meu amigo. Você pode ver como Finn está feliz. Não gostaria de sentir a mesma felicidade?

O rosto de Cadoc ficou sóbrio, o que raro. Ele pôs um braço amigável nos ombros de Myrddion.

– E o senhor, mestre? Hmm! Exatamente. Como o senhor, gosto da estrada e das aventuras. Quando perdi o uso total de meu braço e não pude mais ser soldado, achei que acabaria meus dias em algum ofício tedioso como a agricultura. Mas agora sou curandeiro, e o mundo clama pelos meus cuidados. Bridie está acostumada com a vida, aceita viajar como parte do amor que sente por Finn. Mas onde eu acharia outra moça que largasse a família e abrisse mão de um lar aconchegante?

– Ah, então seremos solteiros juntos, você e eu – retrucou Myrddion, mas com uma expressão triste. O rapaz vira o profundo poço de afeição que a vida de casado podia proporcionar; assim, parte de sua natureza ansiou por um lar e uma família. Infelizmente, suas experiências com a mãe o tinham ensinado que nem sempre o amor era incondicional. Portanto, vivia prudente em qualquer assunto do coração.

Sozinho na praia, depois que seus companheiros e os aldeões tinham ido dormir, Myrddion sentou-se num caldeirão e suportou os avanços de um pequeno cão branco e preto, de orelhas espetadas. Acariciou pensativo a pequena criatura, e o cãozinho latiu de prazer.

– Famílias são um problema, não são, rapaz? – disse. O cachorro inclinou a cabeça como resposta. – O casamento é uma bênção quando existe amor, como com Olwyn e Eddius. Mas, quando é uma questão de conveniência e riqueza, como no caso de minha mãe Branwyn e os dois maridos, há pouca felicidade e muito sofrimento. – O rosto de sua avó Olwyn pareceu se materializar no nevoeiro. – Eu a amei muito, avó – sussurrou ele, percebendo que estava um pouco bêbado. – Você me tornou um homem de algum valor. Protegeu-me e amou-me. Sua confiança me fez o mais inteiro que posso ser.

Os lábios de Olwyn sorriram e então desapareceram para dar lugar ao rosto cheio de escárnio da mãe do curandeiro. A antiga e imutável expressão de ódio parecia se irradiar dela para envenená-lo, como sempre que estavam juntos.

– Sei por que você me odiou tanto, mãe. Talvez eu sentisse o mesmo se fosse estuprado e obrigado a conservar o resultado da agressão. Entendo por que não consegue me olhar. Mas eu gostaria de ter podido amá-la e ser amado por você. – O cãozinho lambeu a mão de Myrddion. O rosto da mãe do curandeiro se dissipou na névoa, deixando o curandeiro com um aperto no coração. – A solidão está me fazendo imaginar coisas, filhote. Desculpe. – Deu uns tapinhas na cabeça pequena e quadrada do cão e se divertiu ao vê-lo balançar a cauda de prazer. – Gostaria de ficar contente como você, mas acho que o tempo de rezar por isso passou. De qualquer modo, com sorte, Finn e Bridie serão felizes por todos nós.

Com uma ponta de pesar, deu as costas ao mar bordado de fosforescência pelas contínuas ondulações da maré e voltou para a hospedaria e para o colchão solitário.

*

Na manhã seguinte, quando o casal se juntou ao grupo à luz do sol, encontrou uma mesa chefiada por Myrddion, onde havia uma pilha de presentes dados pelos aldeões. Nenhum dos objetos era valioso, e poucos eram novos, mas o sorriso de Finn se alargou no rosto brilhando de felicidade. Bridie irrompeu em lágrimas diante dessa prova de afeição.

Anzóis de pescaria, uma panela, um colar de conchas, maçãs secas, um vaso com um limoeiro, pães sem fermento, um búzio e um estranho deus-lar segurando um tridente de ferro espalhavam-se sobre a mesa ante os olhos encantados dos recém-casados. Então, as viúvas, Cadoc e Myrddion, que tinham esquadrinhado a aldeia em buscas de presentes adequados, apresentaram suas próprias ofertas ao casal.

Rhedyn e Brangaine tinham encontrado uma roupa de bebê feita de fios finos tricotados em vez de tecido. Desconhecendo esse tipo de trabalho feminino, Myrddion não tinha ideia de como a pequena vestimenta fina como teia de aranha fora feita. Mas podia ver que estava macio de uso e com um tom creme que revelava sua antiguidade. Minúsculas conchas tinham sido furadas e costuradas na bainha, o que o fazia tilintar suavemente. A roupa era linda de um modo doméstico, e estrangeira na feitura, tornando-a uma boa herança quando a nova família voltasse à Grã-Bretanha.

Bridie chorou de novo e abraçou Rhedyn e Brangaine antes de segurar o adorável vestido junto ao peito.

Cadoc pensara em questões práticas, e encontrara duas colheres de prata, embora Myrddion preferisse não perguntar onde o aprendiz achara tal tesouro. E menos ainda quis saber como o outro pagara a prenda. Uma única colher já era sinal de riqueza; duas, um espanto. O novo casal ficou abismado com o presente.

Os presentes de Myrddion eram atenciosos e estranhos, exatamente como Cadoc e Finn tinham esperado. Vendo como sua avó Olwyn tivera pouco tempo para si mesma depois que os bebês do segundo casamento haviam nascido, o curandeiro entendeu que as mulheres ansiavam por adornos pessoais que as deixassem bonitas depois das modificações que os partos lhes ocasionavam no corpo. Então achara um corte de linho muito fino tingido numa clara cor de limão que realçaria os adoráveis cabelos de Bridie. Uma longa fila de conchas fora tecida no pano para criar uma borda, transformando o tecido num presente principesco. O curandeiro tivera sorte, pois esse pano geralmente só era encontrado nos centros de Roma, Constantinopla ou Ravena. Um comerciante local, porém, aceitara o pano de um parente fugindo de Flávio Aécio em troca de um bom cavalo. Um homem sábio foge quando o imperador mata um *pater familias*. Aliviado, o comerciante trocara o tecido por duas moedas de ouro com o rosto de Janus do estoque de Myrddion.

Para Finn, o rapaz tinha comprado uma bolsa que poderia ser usada como um kit de curandeiro. A sacola de couro era forte e útil, fechada por correias do mesmo material que fora tingido de azul-escuro para criar um padrão.

– É colorido com índigo – Myrddion explicou a Finn, que engolira em seco de surpresa diante da sacola. – Você só precisa agora juntar um suprimento básico de unguentos, analgésicos, fórceps, agulha e lancetas para praticar como um curandeiro novato.

– Isso é demais, mestre – protestou Finn.

– Não, Finn, não é suficiente. Você e Cadoc têm me servido tão bem por tanto tempo que é injusto ainda considerá-los como aprendizes. – Então, com um floreio, entregou uma sacola semelhante para Cadoc, diferente apenas na cor das correias vermelho-ferrugem. – Vocês passaram pelo aprendizado, e eu declaro que agora são curandeiros. Podem escolher ficar comigo ou se estabelecerem sozinhos, se estiverem cansados da estrada. Não vou criticá-los se quiserem ficar aqui, ou em Ravena, ou voltar para a Grã-Bretanha. A partir de agora, estão livres para fazer o que quiserem.

– Mestre... Como posso deixar o senhor? – disse Cadoc, emocionado. – Eu lhe devo meu ofício, o uso de meu braço e minha vida. Estou com o senhor para sempre.

– E eu também – concordou Finn, recuando e saudando o rapaz com o punho cerrado sobre o coração, à maneira romana. – Eu teria morrido de vergonha e loucura em Cymru se o senhor não me recolhesse e cuidasse do meu juízo abalado. Nós três somos os curandeiros de Segontium, e não vou me separar do senhor. Perdoe, Bridie, meu amor, mas nem mil esposas me fariam quebrar meu juramento para com o mestre.

– Nem mil esposas querem que você faça isso – disse Bridie orgulhosa, levantando-se como um pequeno pardal empoleirado diante de um gato que ameaçasse seus filhotes. – Somos as suas viúvas, mestre, e o senhor nos pediu apenas trabalho honesto em todos os anos que o servimos. O senhor nos tratou como senhoras dignas de consideração, e não seguidoras de acampamento. Sou uma mulher feliz agora por sua causa... e não mereço o seu presente. É valioso demais.

Embaraçado e comovido, Myrddion sentiu o rosto arder.

– Você é uma senhora, Bridie, como Rhedyn e Brangaine. E merecem mais do que tenho dado a vocês porque são leais e verdadeiras, qualidades mais valiosas do que tudo que se possa comprar.

– Não sei o senhor, mas todo esse blá-blá-blá sentimental está me matando – Cadoc disse, piscando o olho, enquanto secava o rosto com a manga. – Vamos beber um copo de cerveja e comer as sobras da noite passada. Pelo menos eu estou morrendo de fome!

Dois meses depois da morte de Aécio, Ravena ainda fervilhava de medo, excitação e fofocas. Durante as cansativas semanas antes do Ano Novo, o imperador se isolara, preferindo a companhia de Heráclio e seus criados à dos membros da corte, aos quais temia. Desconfiava deles; cada cortesão e mesmo cortesã eram uma possível ameaça a seu trono e a sua vida.

Até os guardas tinham sido envolvidos nos efeitos posteriores da execução de Aécio.

– Eu juro que o general estava desarmado quando entrou no quarto de Valentiniano. A faca na mão dele era grande demais; não podia ser escondida na toga ou na bota. Além disso, por que o imperador ia se trancar com alguém a quem odiava e temia? – Quem falava era Optilia, um capitão da guarda de Valentiniano.

– Não pergunte a mim! – retrucou um godo corpulento, os olhos verdes fulgurando ante as tochas do alojamento. – O general não mataria um homem desarmado. Aécio era duro, mas não um cão. Eu acho...

– Não diga isso! – O genro de Aécio, Thraustila, entrara na sala dos guardas e ouvira a conversa de Optilia com o godo. Falar de traição naquele clima de medo era uma loucura. – Já estamos ensopados do sangue do general; prefiro que o nosso não corra também. Então fique de boca fechada – disse o nobre huno. – Há tramas e boatos aonde quer que eu vá. Valentiniano cortou sua própria mão direita para deixar a esquerda mais forte. No entanto, acho que está arriscando tudo numa mentira.

– Mentira dele, provavelmente! – rebateu Optilia.

– Talvez. Um dia alguém vai exigir explicações de Valentiniano, mas não serei eu.

Optilia e Thraustila se entreolharam, e permaneceram calados.

Esse tipo de conversa era reproduzida, de uma forma ou de outra, por toda Ravena. Enquanto isso, a Imperatriz Licínia Eudóxia se mantinha em seus aposentos e evitava o marido. Seu comportamento era tão evidente que os cães do mexerico sugeriam que ela temia que o imperador se voltasse contra a esposa. Na verdade, a imperatriz esperava retaliações pelo ato assassino do marido e se preocupava de que os filhos pudessem ser assassinados numa luta pelo trono.

Valentiniano não temia a esposa, mas também não confiava que ela apoiasse os interesses dele. Como ao imperador faltasse visão, esperara que sua vida voltasse ao padrão normal, luxuoso e prazeroso, uma vez que Aécio fora retirado da equação. Tarde demais, porém, descobriu que cada ação suscita uma reação oposta, e toda a corte o observava atentamente. Seus inimigos tinham se multiplicado. Assim, corria agora o triplo do perigo de antes.

– Meu senhor precisa agir – pressionou Heráclio. – Flávio Petrônio Máximo continua o seu inimigo mais poderoso. Está à espera para tomar seu trono logo que possa afastar meu senhor.

Valentiniano varreu o eunuco com olhos raivosos e vermelhos.

– Já estou farto de suas insinuações, Heráclio. Se eu matar Petrônio, aí as pessoas vão ter certeza de que enlouqueci. Os últimos relatos que recebi me informam que o Rei Geiserico e seus vândalos estão se reunindo perto da fronteira norte. Pelos amor dos deuses, Heráclio, preciso ter alguns generais vivos. Você vai defender o império? Ou espera que me torne um líder militar nesta altura da vida? Preciso de Petrônio. Caso contrário, eu o removeria sumariamente.

– Meu senhor não pode confiar em Petrônio ou em sua própria esposa. Eles o matariam sem um momento de hesitação.

– Cale-se! Cale-se! Cale-se! – gritou Valentiniano, empurrando Heráclio para fora do aposento e trancando a porta.

Apesar de tentar defender sua reputação e a posição de seu protetor, o eunuco estava muito próximo da verdade.

No Ano Novo, Valentiniano exigiu que a corte voltasse a Roma. Assim, enquanto Myrddion e seus companheiros ainda estavam nas montanhas, a corte se transferiu novamente para a cidade de Rômulo, ao longo da Via Salária, deixando a imperatriz, Placídia, Gaudêncio e Flávia em Ravena. Thraustila, o marido de Flávia, e seu amigo Optilia acompanhavam a guarda pretoriana para proteger o imperador.

Valentiniano desconfiava de todo o mundo, mas temia especialmente os filhos de Aécio, ou os que tinham se casado dentro da família. Mantendo Thraustila próximo a ele, seguia um velho adágio de manter os amigos perto, mas os inimigos mais perto ainda. Ele julgava, corretamente, que Thraustila não tinha apoio nem protetor para tentar o assassinato em Roma, onde seus ancestrais eram odiados. Como um rato, o imperador discutia consigo mesmo tarde da noite, quando seus temores de ser morto o levavam à beira da loucura.

Ele é huno, e o povo de Roma o detesta e o rasgaria em pedaços, pensava Valentiniano desesperado. *É de todo interesse de Thraustila manter-me vivo.*

O imperador nunca entendera de fato como as pessoas comuns pensavam ou sentiam. O orgulho de Thraustila fora ferido, pois seu sogro morrera ignominiosamente e ninguém fora punido pelo assassinato. Segundo a crença dos hunos, como a sombra de Aécio não tinha sido vingada, jamais poderia descansar em paz em seu túmulo.

Do mesmo modo, Optilia fumegava internamente por seu senhor ter morrido durante o período em que estivera de guarda. Tinha certeza de que Aécio não entrara armado; assim, a morte do general fora duplamente vergonhosa. Pelos exigentes padrões de Optilia, Valentiniano perdera o direito à lealdade, e o assassinato de Aécio tinha agora se tornado uma afronta à hombridade da guarda.

Se Valentiniano tivesse considerado os sentimentos alheios, talvez chegasse à conclusão de que levar Optilia e Thraustila com ele na viagem a Roma era uma decisão arriscada. Mas o imperador via o mundo unicamente através de seus olhos, e não com a mente e o coração, o que o deixava cego num mundo de inimigos que podiam enxergar.

Assim que Valentiniano partiu, Licínia Eudóxia começou a sofrer de terríveis pesadelos e suspeitas aterrorizantes. Acreditava que o marido a rejeitava enquanto ela temia Petrônio Máximo mais do que podia expressar. Pouco depois do suicídio da esposa, o senador falara com a Senhora Flávia, dizendo que não gostava de Licínia Eudóxia, e contando à bela ruiva que ele censurava a imperatriz pela cumplicidade no estupro de sua esposa. Licínia Eudóxia jamais confiou em Flávia, que correu para contar a ela sobre a inimizade de Petrônio. Licínia Eudóxia, contudo, não ficou surpresa por Petrônio estar buscando um bode expiatório para a morte de Lydia. A imperatriz era um alvo fácil, especialmente se Valentiniano morresse.

Entretanto, ainda mais que Petrônio, a imperatriz sabia que devia temer os herdeiros de Aécio. Flávia fora rápida em jurar sua lealdade ao trono, mas Licínia Eudóxia não era tola. Flávia, filha de Aécio, herdara a fria inteligência do pai.

– Aécio foi leal à senhora, eu juro! Meu pai sabia que era velho demais para governar, então jamais teria erguido a mão contra o seu marido. Meu irmão está casado com sua filha, portanto, nossas famílias entrelaçaram-se. Um golpe contra um é um golpe contra todos.

Licínia Eudóxia não se deixou lograr pelas palavras de Flávia. A garota podia ter casado com um nobre da guarda de Valentiniano, mas ainda era filha de Aécio. Voluntariosa e negligente, Flávia aproveitava cada oportunidade da ausência do marido de Ravena para rodear-se de sua própria corte de pessoas de reputação duvidosa, inclusive atores bonitos, gladiadores libertados e jogadores; apreciava demais os rapazes musculosos para ter fama de respeitabilidade. Os lábios da imperatriz ondularam com mal disfarçado desprezo.

Então, por medo ou dúvida, Licínia Eudóxia cometeu um erro terrível e tolo: escreveu uma carta para Geiserico, confiando nas ambições do rei bárbaro.

– Se o senhor estiver pronto para me salvar de atos traidores de pessoas muito próximas ao trono, eu lhe prometo minha filha Eudócia a seu filho Hunerico, num casamento que uniria nossas famílias. Peço-lhe que compreenda meus temores femininos por meu marido Valentiniano, que tem sido manipulado por homens inescrupulosos. Se ele morresse em Roma, eu saberia que foi assassinado. E precisaria do apoio de seu braço forte, senhor, para sobreviver a tal traição. – Depois de a carta ter sido enviada, Licínia Eudóxia andou de um lado a outro e tomou finalmente uma decisão. – Chamem minhas filhas Placídia e Eudócia para se juntarem a mim imediatamente. A seguir, comecem a fazer as malas para uma viagem – disse à sua guarda. – Podem dizer a elas que espero estar caminho de Roma amanhã ao meio-dia.

E então, embora as filhas lhe implorassem que reconsiderasse a decisão, Licínia Eudóxia falou a elas que no prazo de 24 horas deixariam Ravena. Roma era um poço de pecado e perigo, mas Licínia Eudóxia estaria mais segura numa cidade tão aterrorizada com traição e violência que os portões eram sempre trancados e tinha barreiras. Ali era seria mantida a par de toda a situação política. Em Ravena, a imperatriz não recebia informações e, por isso, era vulnerável ao ataque do interior da corte esvaziada.

Gaudêncio e Flávia compareceram à corte da imperatriz na noite anterior à sua partida para Roma, vestindo as roupas mais luxuosas. Com uma pontada de despeito, Licínia Eudóxia notou que as gemas de Flávia rivalizavam com as suas.

Como é possível que essa vaca tenha um rubi do tamanho de um ovo de pomba?, pensou furiosa a imperatriz, enquanto pronunciava as palavras elegantes que negavam permissão para os filhos de Aécio a acompanharem na viagem. *Juro que ela dorme com asiáticos e comerciantes ricos. É uma vagabunda! Como meu pai teria dito, o fruto não cai longe da árvore. Eu seria louca se acolhesse essas duas serpentes no meu séquito. Nunca dormiria em paz.*

A cortesia dela foi perfeita, mas Gaudêncio e Flávia não se deixaram enganar. O breve período de influência deles havia terminado. Embora a primavera estivesse chegando, sentiram um calafrio na espinha.

PARA FLÁVIA — Março

Amada esposa.

Saudações! Espero que esta mensagem a encontre bem. O mensageiro não sabe ler, então destrua o pergaminho assim que for lido. Por segurança, talvez deva destruir o mensageiro também, mas deixo a decisão a você, querida. Saiba que Optilia e eu somos agora guardas do imperador. Não esqueci suas lágrimas nem a desonra jogada sobre o nome de seu senhor após a morte dele. Não tema por mim, pois fechei um pacto com o nobre Senador Flávio Petrônio Máximo, que prometeu nos recompensar com ouro em troca de nossa lealdade. Nada mais direi, pois não desejo colocá-la em perigo.

Estou na expectativa diária de receber uma bolsa que mostre a consideração do senador; assim, despacharei essa recompensa num cofre por outro mensageiro.

Espere uma notícia do Campo de Marte.

Confie em minha honra, esposa, e espere eu me juntar a você em Ravena.

Adeus, e saiba que a amo.

Thraustila,
Filho de Thraustilius,
Senhor dos hunos, e seu marido.

*

Enquanto a primavera abria suas flores para a vida, a viagem para Ravena, ao norte, tornou-se um prazer de belas paisagens que se desdobravam para os curandeiros. Eles se maravilharam com a diferença entre essas terras suaves e os campos estéreis e vazios do sul. Flores do campo brotavam em turbilhão sob as oliveiras viçosas. A brisa do mar agitava os cabelos dos viajantes e os refrescava, enquanto os cavalos se aproximavam cada vez mais de Ravena. Pisaurum passou num borrão de bonitas construções novas, frotas pesqueiras e campos férteis. Ariminum era ainda maior, pois ficava no final da Via Emília, que percorria o fértil vale do rio Padus por todo o caminho da Via Iulia e de lá até Massilia ou Gália. As duas cidades tinham enriquecido no comércio, pois dispersavam a riqueza a leste de Padus para o sul e para Roma. Myrddion já conhecia as largas planícies do norte, mas Cadoc e Finn podiam ver agora que a Itália era mais do que uma grande cidade, e mais rica do que imaginavam, dada a natureza da Suburra de Roma.

– Podem ver com seus próprios olhos, amigos, que a Itália não está morta, mesmo que Roma esteja morrendo. Essas terras podiam ainda gerar grandeza se Roma não insistisse em sugar toda a riqueza delas.

– É uma pena, mestre – disse Finn. Myrddion notou que o outro estava tão envolvido com sua nova felicidade que se preocupava tão somente com aqueles a quem amava.

À medida que o grupo se aproximava de Ravena, a paisagem foi mudando aos poucos. Os curandeiros não tinham pressa, pois sabiam que a corte voltara para Roma e a ameaça de perigo iminente fora removida. Mas, quando chegaram aos pântanos, foram obrigados a acelerar o ritmo. Embora a estrada corresse por cima das terras baixas, a água salobra que se depositava em cada oco gerava mosquitos, vespas, grilos e outros insetos, tornando penosos os dias e as noites dos viajantes. Até que Myrddion moeu algumas ervas e misturou-as com o unguento básico que usava em inúmeros tratamentos. Quando esse creme era esfregado na pele, as mulheres cessavam de enlouquecer com as nuvens de insetos cobrindo-lhes cada centímetro exposto com coceiras e mordidas sangrentas. O desconforto, porém, ainda era suficiente para fazer Myrddion acicatar os cavalos e fugir o mais rápido possível daquele inferno.

Flávia e Gaudêncio comiam preguiçosamente enquanto assistiam a várias garotas atraentes fazendo algo desconcertantemente erótico com duas grandes serpentes e flores do campo. Diferente da irmã, Gaudêncio estava divertido com o rodopiar das jovens, e não ficou satisfeito quando um estranho de longas tranças grisalhas lhe interrompeu a diversão com uma mensagem de Roma.

Flávia sentiu um baque no coração. A carta anterior enviada por Thraustila a tinha aterrorizado devido às implicações que sugeria. Portanto, ela mandou que o mensageiro fosse imediatamente estrangulado. Mesmo assim, ainda temia que o inofensivo homem tivesse mostrado o pergaminho para alguém que soubesse ler. Portanto, enquanto o novo mensageiro a olhava de lado com os olhos negros e abria a boca para falar, ela estava certa de que o marido os colocara a todos em perigo por um senso de lealdade deslocado. Thraustila sempre fora um idiota sentimental.

Gaudêncio ofereceu ao mensageiro, que se chamava Gwylym, uma taça de vinho e lhe pediu que falasse abertamente. Depois de secar a taça e examinar seu anfitrião com um sorriso conhecedor, Gwylym começou a recitar a mensagem de Thraustila.

– O assassino de Aécio está morto, meu senhor, minha senhora, morto por seu marido e Optilia no Campo de Marte. Seu nobre marido também assassinou o vil eunuco, Heráclio, que tramou com o imperador para assassinar Aécio. Assim, a sombra de seu pai se alimentou com o sangue de seus assassinos. Saudações a Optilia e a Thraustila, e a Flávio Petrônio Máximo que os protege.

Flávia teve vontade de vomitar de medo. A comida rica e o vinho doce ficaram entalados em sua garganta. Com as mãos, apalpou as borlas do divã até as arrancar das luxuosas almofadas.

– Sim, louvor a Optilia e a Thraustila que desfecharam esses golpes – exclamou Gaudêncio, e bateu palmas como uma criança. – Conte mais. Todos os detalhes.

– Eu vi a morte de Valentiniano com meus próprios olhos, meu senhor, apesar de não ter tomado parte do assassinato.

– Todos os detalhes, Gwylym! As paredes desta vila são seguras, portanto, não tema ser descoberto.

– Correm boatos de que Valentiniano recusou-se a dar o controle total do exército, que era antes de Aécio, a Petrônio. Então o senador se sentiu insultado.

– Um equívoco, sem dúvida – murmurou Flávia.

– Sim, foi um equívoco da parte do imperador. No 16º dia de março, Valentiniano decidiu que precisava afiar sua habilidade com o arco. Então rumou para o Campo de Marte com todo um destacamento de guardas. O imperador foi tolo a ponto de virar as costas a seus guardas para fazer um entalhe de marcação em seu arco. Nesse momento, Optilia o atingiu na têmpora com uma faca. Quando Valentiniano olhou para seus atacantes, Optilia acabou com ele de vez. Ao mesmo tempo, seu nobre marido cortou a garganta do eunuco. Heráclio guinchou como um porco e tentou fugir, mas o sangue apenas deixou seu corpo mais rapidamente.

– O resto da guarda não tentou salvar Valentiniano? – Flávia perguntou, os nós dos dedos tão apertados que o osso parecia brilhar, branco, através da pele.

– Por que, minha senhora? Todos nós sabíamos que Valentiniano tinha assassinado nosso general e que Heráclio o incentivava. Ficamos contentes quando Optilia e Thraustila pegaram a toga, a coroa e a espada de Valentiniano e as entregaram a Petrônio Máximo. Agora temos um novo imperador, e que é também guerreiro.

– Deuses, Petrônio Máximo é o novo imperador? – Flávia engoliu em seco.

– Sim, minha senhora. Petrônio se casou com Licínia Eudóxia e proibiu o casamento de Eudócia com o filho do rei vândalo. A imperatriz está muito zangada, mas o que pode fazer?

– De fato, o quê! – respondeu Flávia concisamente.

– Seu marido me pediu para lhe dizer que agora serve ao novo imperador, Flávio Petrônio Máximo. Salve o Imperador Flávio Petrônio Máximo.

– Salve – murmuraram irmão e irmã em uníssono.

– Seu marido também lhe manda este baú para ser guardado em segurança, Senhora Flávia. Espera estar com a senhora em breve, mas Geiserico dos vândalos invadiu a Itália e precisa ser expulso. Ele se sentiu insultado porque o casamento com Eudócia foi recusado. Petrônio chamou os visogodos para salvarem a Cidade Santa, mas, até que venham, todos os servidores leais do império vão ter que lutar para salvar o trono e Roma.

– Céus – murmurou Flávia. Gaudêncio assentiu placidamente com a cabeça.

Assim que Gwylym deixou a sala com o agradecimento deles e uma moeda de ouro por seu trabalho, Flávia abordou o irmão.

– Você está maluco, Gaudêncio? Espera seriamente que sobrevivamos ao assassinato de Valentiniano? Petrônio detesta você. Portanto, sobreviverá apenas se tiver sorte depois que ele voltar a Ravena, meu caro. Esqueceu Lydia, a esposa dele?

– Ora, Flávia. Ainda estou casado com a filha da imperatriz , e Petrônio não é imortal. O que tenho a temer?

Com uma expressão exasperada no rosto bonito, Flávia começou a contar nos dedos os motivos pelos quais deviam fugir o mais rápido possível.

– Primeiro, sou casada com o assassino de um imperador, e ele é seu cunhado. Segundo, nosso pai causou a morte da esposa do novo imperador. Terceiro, o novo imperador detesta você por escarnecer dele vezes sem conta. Quarto... Devo continuar? – Fez uma pausa, mas o irmão sacudiu os ombros. – Obviamente devo – disse ela. – Quarto, Roma pode deixar de existir se os vândalos fizerem o que querem. E nem seu casamento com Placídia salvará você deles. – Gaudêncio descartou todos os argumentos com um gesto. Flávia tentou um caminho diferente. – Sei que você acha Petrônio um tolo, mas eu viajei com ele para Ostia antes de me casar e lhe asseguro que é um homem rancoroso. Por que não me ouve, irmão? Sei que papai entenderia. – Flávia tocou um pequeno sino de ouro para chamar a criada.

– Papai está morto – retrucou Gaudêncio cruelmente. – E é uma boa coisa, se ele soubesse o que você pensa dos votos de casamento. Você pode ser minha irmã, mas faria qualquer puta de rua parecer uma virgem.

Flávia esbofeteou-o com toda a força, e Gaudêncio mordeu a língua. Sufocando um palavrão, ele teria revidado se o mordomo de Flávia não os tivesse interrompido.

– Mande as criadas fazerem minhas malas, inclusive o cofre forte – disse Flávia laconicamente para o maduro huno antes de se virar para o irmão. – Meu plano é pegar o primeiro navio disponível para Constantinopla. Pode apostar no Império Romano do Ocidente, se quiser, mas estou indo para o Oriente enquanto minha cabeça ainda está presa ao corpo. – Flávia levantou-se do divã com graça natural e felina. – Se pretende me deter, então, boa sorte, meu irmão, pois vai precisar dela. Uma puta de rua sabe como se proteger.

Enquanto deixava bruscamente a presença perfumada de Gaudêncio, este lançou um último olhar à irmã.

– Que você possa se alegrar em Constantinopla, Flávia, pois eles não têm tempo para mulheres menos virtuosas do que Deus exige. E, quando for obrigada a voltar, veja se consegue encontrar um homem que possa protegê-la nesta cidade, pois todos sabem a vagabunda que você é!

A única resposta dela foi uma longa risada, pois sabia o que estava no cofre forte: uma considerável fortuna em ouro que agora era dela. E seu irmão jamais saberia o tesouro que carregava até que ela escorregasse por entre os dedos dele.

Fora da vila, Gwylym esperava nas sombras, sorrindo sonsamente para si mesmo. Embora não tivesse conseguido abrir o cofre, tinha certeza de que havia ouro nele, pois o peso encurvara o cavalo sobressalente na longa jornada de Roma. Gwylym o teria roubado e fugido para o próximo porto, mas Thraustila tomara a precaução de mandar uma tropa de seis confiáveis oficiais hunos com ele para confirmar a segurança da carga.

Gwylym ficara chocado com o assassinato de Aécio. De algum modo, jamais esperara que o general romano pudesse ser atacado como qualquer homem falível. Assim, sua fé no inquebrantável poder de Roma tinha sido abalada. Estava mais longe de casa do que podia imaginar, e rodeado de inimigos que não hesitariam em destruí-lo. Portanto, Aécio devia pagar por sua difícil situação. Mesmo morto, o *magister militum* podia fornecer uma poupança para o seu futuro por meio da filha presunçosa.

Tudo que ele tinha a fazer era esperar.

Flávia dirigia seus criados como um senhor de escravos, retirando da vila todos os valores que pudesse levar. Recorrera até a um pequeno chicote que usava liberalmente nas costas de qualquer criada tola que retardasse o ritmo veloz que estabelecera enquanto, histericamente, enfiava roupas luxuosas em baús e guardava uma pilha de joias fabulosas em outro cofre, escondendo-o sob roupas de cama. Mesmo pequenas estatuetas de marfim, ouro e prata foram guardadas em baús, à medida que Flavia continuava saqueando a casa à procura de outros objetos que pudesse levar.

Resmungando, o irmão voltara a seus luxuosos aposentos, enquanto ela escolhia as criadas que a acompanhariam a Constantinopla. Enchera o saguão da casa com caixas e baús, e vestia um manto de viagem quando Gwylym usou a aldrava da porta para anunciar sua presença. Vendo que uma liteira e uma carruagem haviam chegado diante da vila, o celta soube que Flávia se preparava para correr ao porto e tomar um barco para Constantinopla. Assim, se ele queria obter qualquer benefício do cofre, precisava agir rápido. Já se certificara de que quatro fortes carregadores tinham chegado para acompanhar a esposa de Thraustila ao ponto de embarque, portanto, seria difícil roubar o cofre à força.

Gwylym servira bem a Aécio, especialmente na delicada tarefa de arquitetar o acidente que deveria ter removido Cleoxenes da delegação do

Papa Leão a Mântua. Por um acaso, o intrometido curandeiro de Segontium tinha estragado os planos cuidadosos de Gwylym e frustrado as esperanças de Aécio de receber um crédito direto pela retirada de Átila da Itália. Durante esse tempo, Gwylym fornecera as melhores informações secretas ao general e removera outros problemas de seu caminho; logo, em sua cabeça, um presente de despedida lhe era devido por seus serviços. Agora Flávia, a criatura lasciva e mimada que não era respeitada sequer por seu próprio pai, lhe daria essa gratificação por bem ou por mal.

Flávia abriu apesada porta em resposta às batidas, e a teria fechado imediatamente se Gwylym não colocasse a bota na abertura para impedi-la.

– O que deseja? – perguntou ela, rodeada por seus escravos e por mulheres assustadas.

– Apenas um momento de seu tempo, senhora – respondeu Gwylym cordialmente. Afinal de contas, o mel pega mais moscas que o vinagre, e só pretendia usar a força se não tivesse outro recurso. – Preferivelmente em particular, onde posso lhe transmitir uma mensagem de seu pai.

Flávia estava em dúvida, exatamente como Gwylym imaginou que ficaria. Na medida em que conseguia amar alguém, Flávia havia adorado o pai, e uma mensagem virtualmente vinda do túmulo era uma atraente tentação. Com um gesto elegante, ela indicou o esvaziado *scriptorium* e acompanhou o calejado guerreiro à sala em desordem. Fechou a porta com firmeza atrás de si, mas prudentemente sem trancá-la.

Então abriu a conversa com rispidez:

– O que deseja de mim? Uma mensagem de meu pai é muito improvável, já que ele morreu há meses.

– O general tinha um grande orgulho de sua inteligência, minha senhora, e declarava que a filha era mais homem do que o filho, se posso me atrever a dizer isso. Flávio Aécio me instruiu a visitá-la se algo lhe acontecesse. Também me afirmou que a senhora... reconheceria meus esforços para com ele.

Flávia franziu a testa. O que aquele horrível homenzinho queria dela? Dinheiro? Se era isso, ele estava sem sorte.

– Meu pai esperava que eu lhe desse ouro? Ele não era dado a rompantes de generosidade. Por que teria aberto uma exceção para você?

– Eu não queria falar de modo tão grosseiro, minha senhora, mas seu pai me confiou algumas... tarefas delicadas que talvez não fossem tão honradas como sua reputação sugeria. Inclusive, entre elas, estava a entrega de itens que deixei com a senhora antes. Certamente não vai quer que eu fale mais, pois o que fiz por sua família é particular, e os detalhes são mantidos de preferência longe dos olhos atentos das autoridades, especialmente dos que apoiam o Imperador Petrônio Máximo. E o general não pagou meus serviços mais recentes porque morreu antes disso.

A oleosa ameaça na voz de Gwylym foi absorvida por Flávia sem comentários. Contudo, ela sorriu de modo envolvente e jogou para o lado os cachos vermelho-bronze de modo provocante, fazendo o celta acreditar que ela lhe reconhecia o direito ao pagamento.

– Tenho certeza de que podemos chegar a um arranjo satisfatório para ambos, Gwylym... É o seu nome, não é? Eu faria muito por qualquer homem que tivesse prestado um bom serviço a meu pai, especialmente se ele quisesse continuar a meu serviço.

– Estou certo de que a questão da dívida pode ser acertada, Senhora Flávia. Minha intenção é voltar para casa na Armórica assim que isso for resolvido, e entendo que pensa em viajar a Constantinopla. Eu não colocaria o imperador do Oriente a par dos planos do general de assumir o trono de Roma, pois isso seria perigoso para a filha de um homem que servi com tanta lealdade. Em troca, eu apreciaria sua decisão de ajudar um velho soldado a voltar à sua distante terra natal. Depois que eu estiver longe, não haverá mais chance de mexericos desagradáveis sobre as atividades de seu pai pouco antes da morte dele.

Numa voz dura, Flávia resumiu as ambíguas ameaças de Gwylym:

– Se eu lhe pagar para voltar a seu lar no oeste, você não me causará problemas no Império Romano do Oriente, é isso? Entendi corretamente a sua reivindicação?

Gwylym assentiu com a cabeça.

– Em poucas palavras, é isso, minha senhora.

O sorriso debochado de Gwylym enfureceu Flávia, mas o rosto dela continuou calmo.

– Muito bem. – Sorriu suavemente. – O cofre está no pátio da vila. Venha comigo. – Com sua graça habitual, ela abriu caminho de volta à entrada da vila, onde parou ante seu mordomo, um huno alto e grisalho. – Traga meu agasalho; estou com frio – murmurou ela.

Gwylym esperou impaciente enquanto o homem varreu o visitante-com olhos vazios antes de desaparecer no interior da casa. Então Flávia passou pelas portas duplas e entrou no pátio. Os modos da moça eram gelados, o que deveria ter alertado Gwylym. Contudo, o velho guerreiro vivera violentamente por cinco décadas, e ainda confiava na própria implacabilidade para salvá-lo das consequências de suas ações.

– Espere aqui!– ordenou Flávia imperiosamente. E andou para a carruagem onde três criados vigorosos esperavam. – Peguem-no – sussurrou ela, e Gwylym se viu imediatamente cercado. Puxou a espada com um silvo mau e aprontou-se para a luta. Estava tranquilo e despreocupado porque ainda não via dificuldade alguma em lidar com homens desarmados. Afinal de contas, matara mais homens capazes do que esses tolos armados com armas menores do que a espada de combate que usava.

– Está cometendo um erro, Senhora Flávia – silvou enquanto recuava lentamente, vigiando os adversários. – Eu esperava traição de algum tipo; diga aos seus fanfarrões que se afastem. Ainda insisto que pague meu silêncio, mas estou me sentindo menos amigável do que antes.

– Matem-no – ordenou Flávia, cortante. Gwylym ergueu a espada pronto para golpear os homens e abrir caminho para a liberdade. Então notou que os olhos dela estavam fixos num ponto atrás dele. Gwylym começou a se virar.

Flávia, porém, era tão esperta quanto o pai.

O mordomo tinha ficado alarmado quando soube que a ama falava com um bárbaro a portas fechadas. Assim, o pedido de Flávia por um agasalho que já estava usando pusera o homem em ação. Pegando seu arco de caça do depósito, ele se colocara diretamente atrás das largas costas de Gwylym, com uma flecha no arco pronta para ser liberada. Como um antigo guerreiro huno, era especialista na arma e jurara proteger Flávia de todo o mal. A corda do arco cantou, e a flecha de ponta negra atingiu Gwylym nas costas, enterrando-se em sua carne. À medida que o celta caía para frente, sua última visão foi das sandálias de Flávia enquanto ela se aproximava sobre as pedras redondas. Ele escutou sua voz como vinda de muito longe, através de um rio de dor que se irradiava da omoplata esquerda.

– Sua puta nojenta! Você vai pagar! – exclamou ele.

– Cortem a cabeça desse idiota e continuem carregando a carruagem. Preciso estar no porto dentro de uma hora. – A voz de Flávia era entediada, como se o celta fosse uma interrupção irritante dos planos urgentes para o dia.

Então, Gwylym juntou-se a seu senhor no lugar distante e congelado onde o inquieto espírito escolhera habitar.

Myrddion e seu grupo evitaram a cidade de Ravena, preferindo viajar diretamente para o porto. Quanto mais rápido encontrassem um navio indo para Constantinopla, mais rápido estariam a salvo.

Muito grande, o porto de Ravena podia abrigar 250 galeras de combate à altura do poderio do império. Agora o porto acolhia um contínuo fluxo de mercadorias entre Constantinopla, Grécia e Ásia Menor.

Como todos os portos importantes, a cidade era um refúgio para marinheiros buscando novos barcos ou fugindo das consequências de seus crimes. Um monte de homens mal-afamados podia ser encontrado nas primitivas e sujas estalagens alinhando-se nas docas. Contratavam-se tais vilões para cometer qualquer tipo de crime. Diferente de Massilia, pitoresca e exótica, o porto de Ravena fedia a perigo e a peixe morto.

Myrddion planejara viajar na primeira galera disponível partindo para Constantinopla. Numa estalagem fedorenta e de chão sujo na periferia do distrito do porto, os três curandeiros finalmente encontraram um capitão disposto a recebê-los a bordo. Myrddion, entretanto, ficou chocado com o preço pedido pelo homem.

– É pegar ou largar. Vocês não são os únicos que querem fugir da Itália, agora que Valentiniano está morto. Tenho vários passageiros que temem por suas vidas e estão loucos para deixar Ravena. Se não quiserem os beliches, outros vão querer.

– Muito bem. Mas, se vamos pagar essa quantia enorme, insisto em duas cabines – retrucou o curandeiro, exasperado.

Cadoc viu que o capitão estava prestes a recusar a exigência peremptória de Myrddion. O celta recorreu então a seu jeito mais suave.

– O senhor tem sorte de estar na presença de Myrddion Emrys de Segontium, um curandeiro muito famoso. Estamos viajando para Constantinopla a fim de servir a um nobre, o Senhor Cleoxenes da corte real, o enviado mais importante do Império Romano do Oriente e um favorito do próprio imperador. Não duvide que, se o senhor tratar bem Mestre Myrddion, o Senhor Cleoxenes lhe será muito grato. Tenho certeza de que, caso o senhor tenha problemas com as autoridades no futuro, o Senhor Cleoxenes lhe facilitará as coisas.

Contudo, nem mesmo essas palavras pareceram funcionar, pois o capitão estava meio bêbado e inclinado à briga. Seguindo a pista de Cadoc, Myrddion prometeu acrescentar um bônus para o capitão e sua tripulação.

– Também concordamos em cuidar da sua saúde e da de toda a tripulação gratuitamente durante a viagem.

O capitão fixou Myrddion com esperteza.

– Toda a tripulação? Inclusive o cozinheiro e os escravos das galés?

Myrddion suspirou. Os homens que manejavam os remos nessas galeras morriam como moscas devido aos alojamentos apinhados, à comida insalubre e à má higiene. Mas mendigos não podiam escolher. E o grupo precisava de duas cabines para ter um conforto mínimo numa viagem longa e árdua.

– Muito bem. Todos! – Um rápido aperto de mão selou o negócio, e os curandeiros voltaram para onde estavam acampados.

Mais uma vez, Cadoc vendeu os cavalos e as carroças, e os temores da população de Ravena serviram para que obtivesse um bom lucro com as transações. Famílias inteiras que não dispunham do preço da passagem por mar para sair da Itália estavam buscando a direção norte o mais rapidamente possível; assim, as carroças dos curandeiros foram disputadas, e os fundos obtidos por Cadoc ajudaram a compensar o custo exorbitante da viagem. Finalmente, com todas as suas posses enfurnadas em duas cabines, os curandeiros e as mulheres se preparam para embarcar.

Com um tropel de sandálias com ponta de ferro, quatro homens corpulentos carregavam uma liteira pelo cais. Eram seguidos por um grande carruagem com pilhas de caixas e baús, todos firmemente amarrados com corda. Em resposta aos pouco educados pedidos dos criados da cavalgada, armados com longos bastões, os curandeiros e as viúvas se afastaram para que uma senhora pudesse desembarcar da liteira e subir à antiga galera, que tinha o imponente nome de *Tridente de Netuno*.

A primeira coisa que os observadores viram da senhora foi um perfumado pé numa fina sandália de correias que subiam pelas pernas. Myrddion notou que as solas dos pés da mulher tinham sido avermelhadas. A forma alta e esbelta deslizou da liteira e pousou uma mão no braço do criado mais próximo para se equilibrar. A fisionomia estava escondida por um véu de gaze verde como o mar que combinava com o peplo e a túnica de um tecido excepcional. A mão que descansou brevemente no braço bronzeado do criado era esbelta e bonita, embora ligeiramente grande para uma mulher. As unhas bem cuidadas tinham um tom rosado e as palmas estavam tingidas com hena.

– Ahhh! – ofegou Cadoc. – Um perfeito pedaço de carne feminina.

A mulher afastou o véu para trás enquanto subia a prancha de embarque, e Myrddion reconheceu a massa de cabelos castanho-avermelhados cascateando pelas costas. O curandeiro prendeu a respiração ao ver os ombros largos, os seios delicados e a cintura ridiculamente pequena. Então, a mulher se virou e revelou um rosto orgulhoso, de nariz longo suavizado pelo uso inteligente de cosméticos.

– Sim, e a mulher que você está vendo é Flávia, esposa de Thraustila e filha de Flávio Aécio – sussurrou Myrddion enquanto Flávia o fitava e sorria lentamente. – Que a Fortuna nos poupe.

Por um instante, o mundo girou em torno de Myrddion, e ele se sentiu como um rapaz imberbe apaixonado pela primeira vez. Flávia mudara naqueles três anos desde que a vira pela última vez. Agora era um milagre de belo artifício. Mais uma vez, Myrddion sentiu o cheiro quente de laranjas, agulhas de pinheiro e mármore aquecido, transportado ao jardim de Châlons.

– Nesse caso, espero que Constantinopla chegue logo! – exclamou Cadoc entre dentes, enquanto pastoreava as mulheres pela prancha de embarque. Caixas e baús foram descarregados da carruagem e embarcados na galera. Myrddion avançou e dirigiu-se direto para a cabine dos homens, onde rezou para que Flávia o deixasse em paz.

Apesar de tudo, o jovem que ainda vivia debaixo de sua solenidade natural cantava de alegria. Uma viagem marítima era o lugar ideal para conhecer Flávia melhor, e talvez afastá-la de seus pensamentos para sempre.

Mapa da viagem de Ravena a Maratona feito por Myrddion

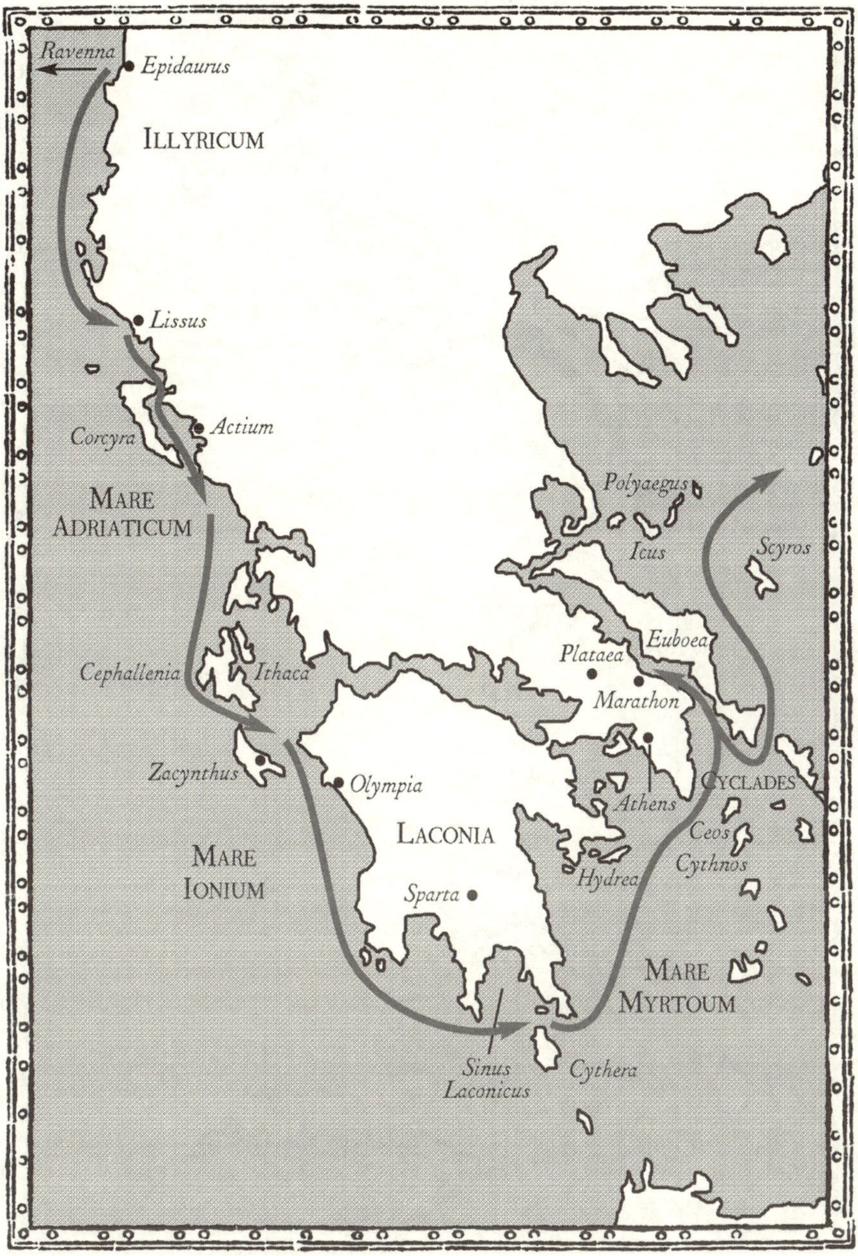

Mapa da viagem de Maratona a Constantinopla feito por Myrddion

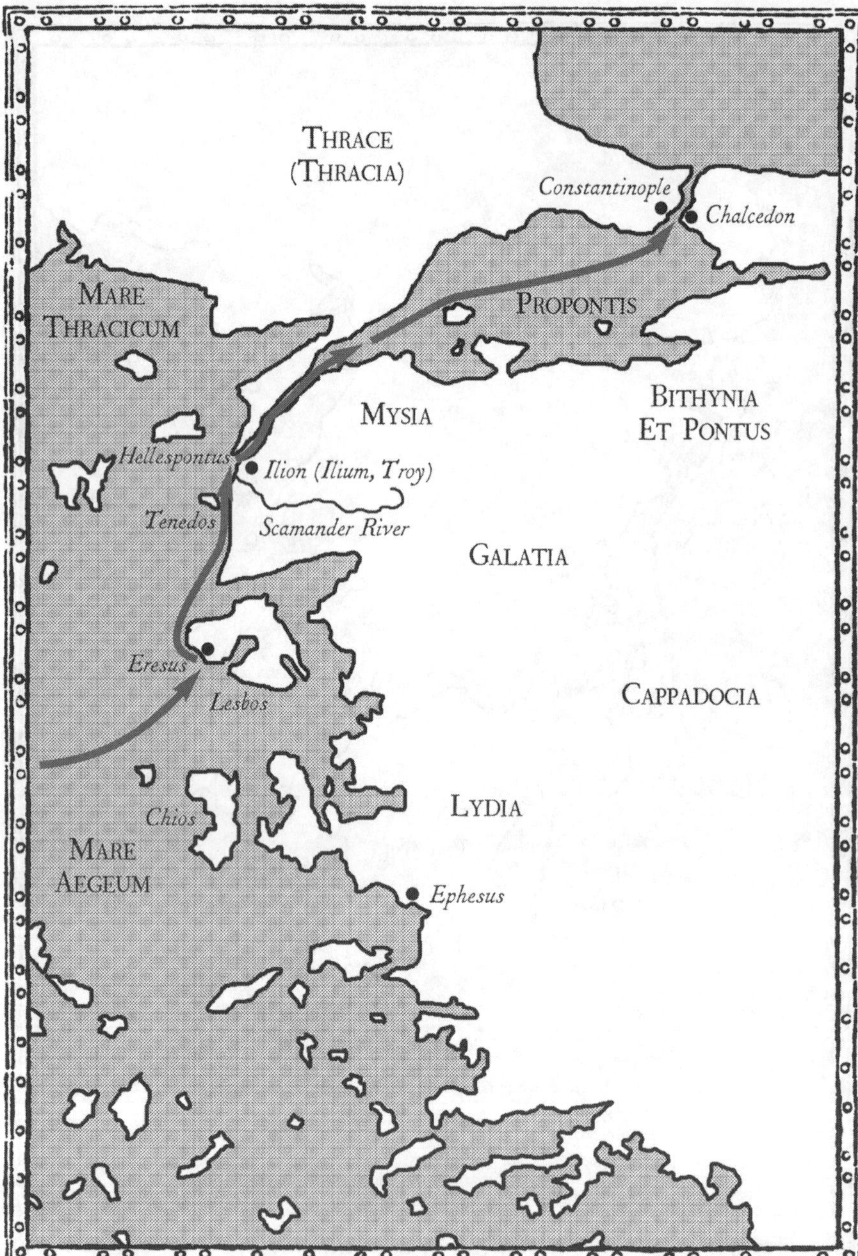

Capítulo 19

O canto das sereias

Na primeira semana, um bom vento fez a galera correr celeremente, na etapa da viagem que os levaria a Epidauro. Myrddion sentiu que se afogava; não nas águas profundas, mas em suas próprias e confusas emoções. O mar muito azul deslizava para o púrpura, cores que lembravam ao curandeiro a comparação de Homero entre o mar e o vinho escuro. Então, censurou-se: Homero falara mais do mar Egeu no leste do que no mar Adriático.

O navio singrava a ampla imensidão vazia dirigindo-se à costa de Illyricum e Epidaurus, onde a galera se abasteceria de água fresca e outros suprimentos antes de rumar para o sul pela costa da antiga Grécia. Recolhendo qualquer brisa na grande vela, o *Tridente de Netuno* cortava as ondas com a graça de um cisne, exceto quando os remos eram empregados e o barco de grande ventre quase voava pelas águas turbulentas.

Nos primeiros dias da viagem, Myrddion foi poupado da perturbadora presença de Flávia: a galera sacudiu muito e o enjoo prostrou vários passageiros. Como no Litus Saxonicum, Cadoc sofreu bastante, deitado no convés de baixo, abatido, pálido e infeliz.

Na cabine, Flávia e sua criada também sofriam, mas nenhuma das duas quis expor o rosto tenso de mal-estar à pequena sociedade da galera. De qualquer modo, o tratamento para enjoo era sempre o mesmo: Myrddion fez os sofredores beberem o máximo de água fervida que podiam sem vomitar. Sem comida, o paciente enfraqueceria depois de várias semanas; sem água, morreria em dias.

No final da primeira semana, trêmulos e pálidos, todos tinham melhorado o suficiente para usufruir o limpo ar marítimo. Então, quando a galera se aproximou de Epidaurus, eles cambalearam para o convés de cima para uma bem-vinda mudança do tédio em cabines claustrofóbicas. Myrddion descobriu rapidamente que mesmo os pássaros voando eram diversões bem-vindas quando só o mar verde-azul podia ser visto de um horizonte a outro.

Flávia cambaleou para fora do leito de doente com uma palidez curiosa; parecia ter perdido peso, e seu aspecto era quase tão pouco concreto quanto o de uma gaze. Myrddion ficou chocado pela palidez da moça sob o esperto artifício de seus cosméticos, e comovido por sua fanfarronice em se expor no convés. Ali, ela se apoiou num mastro fora da vista dos marinheiros ocupados nos preparativos de aproximar a embarcação da terra. O cuidadoso penteado de Flávia foi desfeito em longas madeixas pela brisa; Myrddion, porém, concluiu que a beleza da moça era realçada pelo jogo dos cachos avermelhados em torno de seu rosto.

– Bem, curandeiro, parece que sempre nos encontramos sob circunstâncias desfavoráveis – murmurou ela suavemente, obrigando-o a se aproximar para ouvi-la. Um forte perfume almiscarado saía dos cabelos e da carne de Flávia, tão potente quanto um afrodisíaco, provocando em Myrddion um solavanco sexual.

– Sim. Estávamos atracando em Ostia da última vez que nos vimos, e você ia se casar.

Ele correu os olhos pela figura alta, esbelta, e percebeu que a beleza dela se acentuara naqueles dois anos. Parecia mais mulher e mais suave, como se as circunstâncias tivessem limado suas arestas.

– Ah, sim, meu casamento com Thraustila. Meu pai estava sempre arquitetando coisas, então me tornei um bem móvel que podia ser usado para cimentar uma aliança com os nobres hunos. Flávio Aécio era esperto, embora não tivesse prestado atenção aos seus avisos sobre orgulho desmedido. Como é estar certo o tempo todo, Myrddion?

Os estranhos olhos de Flávia zombavam dele. O curandeiro tinha esquecido a curiosa atração que exerciam, um azul, outro de um verde vivo. Algo cintilava nas profundezas claras daquelas íris, e os instintos de Myrddion emitiram um aviso.

– Não era eu que estava certo, e sim minha profecia. Não tenho qualquer controle do que digo nesses momentos.

– Tão humilde e com tão pouca vaidade, Myrddion? Puxa, como meu pai ficaria furioso se estivesse vivo, vendo como as coisas se desenrolaram finalmente. Ele voou alto demais, não é? Bem, papai só ouvia a si mesmo. E, se o orgulho desmedido causou sua queda, funcionou muitas vezes a seu favor no passado.

– Sim, funcionou a seu favor a vida inteira.

– Vamos falar de coisas mais agradáveis. Eu me pergunto o que você vai fazer em Constantinopla.

A boca polpuda, pintada de um rosa delicado, produzia um efeito erótico quando ela a umedecia com a língua. Instintivamente, Myrddion evitou lhe contar que buscava o pai.

Enquanto a galera abordava o porto, um marinheiro bronzeado e meio nu saltou em terra para amarrar a corda prendendo o barco. Observando-o, Myrddion desejou que seus assuntos sentimentais se resolvessem com a mesma facilidade. Flávia era um doce veneno, uma esperta atrofia do cérebro do curandeiro, entorpecendo-lhe a razão e tecendo-lhe uma cilada com os olhos extraordinários. Se ao menos pudesse possuí-la casualmente e então encerrar a questão com ela...

– Sabia que meu marido foi um dos homens que mataram Valentiniano? Acho que ele deve estar morto agora, também. É assim que serei lembrada: esposa de Thraustila e filha de Flávio Aécio. É tudo o que sou?

Flávia disse isso pensativa. Mas mesmo o olhar pouco solidário de Myrddion reconheceu a amargura dela.

– Não se pode esperar nada mais do que ser lembrado. A maioria de nós vai desaparecer nas grandes águas do tempo como se nunca tivesse nascido.

Ela riu com toda a arrogância da antiga Flávia, atirando a cabeça para trás; sua aura de autoconfiança agitou a admiração de Myrddion.

– Mas não você, Myrddion-sem-nome. Você será lembrado por outras coisas além de quem o gerou e da pessoa com quem se casou. Na verdade, eu prevejo... Que tal prever o seu futuro?

– Não posso superá-la em inteligência, Senhora Flávia. Acho que é esperta demais para mim, como sempre.

Ela riu de novo, e a agradável voz de contralto estava cheia de ironia.

– Esperta o suficiente para aceitar Thraustila, um huno simplório, e ficar em Ravena observando o mundo romano se arrebentar nas costuras como uma túnica velha. – Balançou a cabeça, pensativa. – Sim, sou esperta demais para você. Ah, ser jovem e inocente de novo, meu Myrddion! – Flávia afastou o rosto e o curandeiro soube que fora descartado das ruminações dela.

Voltou à sua cabine apinhada. Não saiu de lá até que a noite caiu e Flávia estava segura no convés de baixo.

O navio deixou Epidaurus e rumou para o sul, evitando a viagem pela costa onde a terra se erguia íngreme até os dentes afiados das montanhas sem a exibição de uma faixa arável sequer. Direto da costa, as montanhas se elevavam altas, cortadas por um rio ou outro que corria em cascatas para o mar. Lissus passou por eles, e a ilha cor de safira da Córcira, seguida por Actium e as preciosas ilhas de Cephallenia, Ítaca e Zacynthus que se erguiam no mar do Meio como joias de veludo verde num tecido azul profundo. Os nomes cantavam na mente de Myrddion, musicais e românticos como no passado distante. Homero poderia ter visto aquelas montanhas e os vales de aluvião antes de perder os olhos. As frotas de Dario e Xerxes navegaram por entre aquelas ilhas enquanto procuravam os pontos fracos das defesas gregas. Nomes cheios de maravilha ecoavam na imaginação do curandeiro, o som de pés dos hoplitas marchando enquanto as falanges chegavam às afamadas Termópilas ou à gloriosa Plateia. E criavam a história do Ocidente bem antes de os povos da Grã-Bretanha emergirem das cavernas e erguerem as pedras na Dança do Gigante em Stonehenge.

Em cada aldeia pitoresca e precária agarrada à costa ameaçadora, havia história. Ecoavam ali as lutas desesperadas e a feroz lealdade em extensões muito estreitas e montanhosas para cultivar alimentos ou produzir nova vida. Ali, a história caminhava e ainda vivia na memória humana, embora os homens que haviam pensado, lutado e morrido existissem agora somente em pergaminhos ou nas histórias dos camponeses que ainda se esforçavam para lavrar o solo ao modo antigo. Talvez fosse a glória moribunda da terra à esquerda do barco, enquanto ela se desenrolava ante os olhos do curandeiro, que calou a pequena voz da razão na mente de Myrddion. Talvez fossem os pescadores que passavam por eles em barcos tão pouco sólidos que Netuno poderia tê-los destruído com uma única onda violenta. O fato é que tudo aquilo lembrou Myrddion de que a vida era breve e frágil, portanto, as experiências tinham de ser saboreadas antes que o mar os afogasse a todos. Talvez... Talvez... Mas o curandeiro sentiu uma mudança acelerando-lhe o sangue como um leviatã escondido abrindo caminho para a luz.

Uma noite, enquanto a galera rumava para leste com a grande ilha de Citera à direita e os dentes quebrados da Lacônia à esquerda, Myrddion sentou numa pilha de velas de lona e fixou as ondinhas com bordas de fósforo movendo-se e batendo contra o casco. Quieta, os remos em descanso, a embarcação aproveitava o vento enfunando a vela, fazendo-a sacudir e bater contra o cordame. O rapaz pensou na maravilhosa e aterrorizante história de Esparta, a principal cidade-estado da Lacônia, com seus obstinados guerreiros que tinham sacrificado a liberdade pessoal em nome da máquina de guerra. Embora seus pensamentos visitassem feitos sangrentos de glória, a paz o envolveu numa noite iluminada por milhões de estrelas. Se conhecesse as constelações, poderia traçar a forma de Andrômeda, a do Arqueiro, ou a das Naiades enquanto giravam no céu pela eternidade. Seus nomes enchiam-lhe a mente com ressonâncias de sabedoria e tragédias há muito passadas, e seu coração ficou cheio de magia e tristeza.

Subitamente, vinda da memória, uma linha de verso chegou até ele. Recitou-a alto em grego, esperando tê-la pronunciado corretamente.

– O que disse, Myrddion? – O ar salgado e doce trouxe até ele uma voz de mulher. Flávia saiu das sombras do cordame, e o curandeiro viu a silhueta de seu corpo iluminada através da túnica por uma única lanterna pendurada no mastro atrás dela.

– Os deuses primeiro enlouquecem aqueles a quem querem destruir.

O riso de Flávia era estranho, amargo e, mesmo assim, tilintava como os pequenos sinos dos templos da Mãe, onde podiam receber o vento noturno e cantar o seu nome.

– Pensamentos sombrios para uma noite tão mágica! Não pode sentir os antigos amores e sonhos que viviam aqui bem antes de Roma existir? Tão antigos, Myrddion! Nossos ancestrais rolavam na lama como animais numa época em que Atenas gerava filósofos e Esparta fazia da guerra canções vivas. Como pode celebrar tal beleza com um aviso tão cruel?

– Talvez eu queira lembrar a mim mesmo que tudo isso... – ele abriu os braços para abarcar a terra, o mar e as estrelas – é ilusão! Lutamos e nos esforçamos para conquistar um pequeno canto do mundo e amontoar ouro ou joias que nos protejam da escuridão, quando tudo que realmente persiste através das eras são as sombras dos feitos e a generosidade dos espíritos.

Flávia suspirou e oscilou na direção dele, fazendo a luz destacar o vermelho de seus cabelos como fios de rubi e calcedônia.

– Você pensa demais, curandeiro. Acho que já lhe disse isso. Numa noite desta, como é possível não aceitar o poder dos sentidos? Sinta o cheiro da terra! Não pode imaginar as azeitonas amadurecendo ao sol, o peixe secando nas armações e os maços de lavanda perfumando o ar? Não pode sentir o vento quando ele acaricia sua carne nua como o toque de um amante? Os deuses nos dão olhos para ver e ouvidos para escutar, mas você insiste em viver o mundo por intermédio da razão e de seus pergaminhos empoeirados. Meu pai também era assim. Vocês perdem a glória de ser vivos e humanos, enquanto perseguem algo abstrato e impossível de definir. Então, quando percebem que o conhecimento é apenas outra ilusão, já é muito tarde para saborear a doçura de viver.

– Flávia, você me surpreende – murmurou Myrddion sem um traço de ironia na bela voz modulada. – Nunca pensei que escutaria filosofia de seus lábios.

– Diz isso porque sou mulher ou porque sou filha de Aécio? Serei menos capaz de ver as maravilhas da existência apenas por ser filha de meu pai? – Ela fez um pequeno gesto de desgosto. – Em Ravena, eles me chamam de prostituta e epicurista porque quero experimentar tudo que a vida traz antes de fazer a jornada para as sombras. Uma vida não é o bastante para me satisfazer, Myrddion. Eu viveria para sempre, se pudesse. – O curandeiro via a boca apaixonada e voluntariosa da mulher à luz do luar. – Quero devorar a vida como se ela fosse um pêssego maduro e sentir os sumos escorrendo pelo meu rosto. Isso é errado?

Seu apelo o tocou. Involuntariamente, ele se aproximou dela. Sábia no que dizia respeito à paixão dos homens, ela avançou até ele e ergueu a mão para lhe acariciar o rosto macio e sem barba. Roçou deliciosamente as unhas pontudas na face dele. O rapaz prendeu a respiração.

– Não pense, Myrddion. Seja!

A seguir, Flávia estava nos braços dele e abriu a boca, tão sedosa como o tecido mais fino, macia e quente. Ele não pôde resistir. Língua e dentes misturaram-se nos seus, provocando e mordendo enquanto a temperatura de Myrddion subia e os dedos fortalecidos pelo trabalho agarraram as costas dela, amassando a carne macia da jovem.

Ela se afastou e inclinou a cabeça para poder ver os olhos ofuscados, cheios de anseios, do rapaz.

– Você pôs a razão de lado, curandeiro. Vai se arrepender do que fizermos? Vai me censurar por uma noite de beleza ou amor? Se vai, deixe-me voltar para a noite e para meus sentimentos. Estou cansada de recriminações.

Por um momento, Myrddion pensou na coragem e franqueza daquela mulher que se percebia fora das regras sociais. Não por escolha, mas por ser incapaz de se adaptar às demandas hipócritas de seus pares. Acreditava nela. Flávia realmente colocava as sensações acima da razão, uma viagem perigosa até mesmo para o mais forte dos homens, pois tal caminho levava a uma vida tão dedicada aos sentidos que o senso comum e a decência eram perdidos.

– Você não vai receber crítica alguma de mim, Flávia, não se agir com bondade e compaixão. Acho que é uma alma livre... Deve ter sido difícil crescer sob as regras de um homem como Aécio, que tinha um controle rígido de cada aspecto da vida dele.

– Chega de conversa, Myrddion. Você usa as palavras como armas. Apenas se solte, e deixe eu me soltar. – Em seguida, voltou aos seus braços e o beijo deles era cheio de promessas e esperança. Exigente, Flávia usava a boca e as mãos que acariciavam e se insinuaram na túnica do curandeiro, amassando-lhe os músculos dos ombros, das costas e das nádegas. Somente com um esforço de vontade e querendo reter a lucidez, Myrddion se afastou dela e curvou-se sobre sua mão, beijando-a suavemente.

– Boa noite, Senhora Flávia. A noite está adorável, mas preciso ir antes que eu banque o bobo. – Quase correu pelas escadas levando aos conveses inferiores, achou a cabine dos curandeiros e apoiou-se na porta fechada. Alarmado, Cadoc fixou o mestre.

– Não me aborreça, Cadoc. Eu estava usufruindo a noite com a Senhora Flávia.

Cadoc notou um longo e raso arranhão no antebraço de Myrddion, e sorriu maliciosamente.

– Estou vendo o que o senhor usufruiu, mestre. Mas acho que devia ter cautela com uma mulher daquelas. Ai! Ela suga a mente de um homem pela boca.

– Não diga isso, Cadoc, mesmo de brincadeira – cortou Myrddion. Mas, sendo jovem e vaidoso, apreciou a admiração do outro dando um leve sorriso. Foi dormir no colchão desmazelado e sonhou com as coxas de Flávia, os seios leitosos, os salpicos de sardas cor de âmbar e as cavidades cor-de-rosa de seu corpo atraente e almiscarado.

A galera continuava agora para o norte, através das ilhas do mar Mirtoico. No elevado terreno à esquerda ficava Esparta, fora da visão, mas debruçada para o sul com toda a sua reputação de disciplina, coragem extraordinária e comoventes feitos de heroísmo. Myrddion contou a Cadoc, Finn e às viúvas a história das Termópilas, e eles se maravilharam com o feito dos trezentos de Esparta bloqueando uma vasta horda de invasores persas. Enquanto a galera continuava a singrar o oceano, Myrddion desfilava seu estoque de lendas e narrativas sobre os antigos, histórias que sabia e outras mais, improváveis, de inacreditável coragem.

A galera deslizou por Hidra, que desapareceu a distância. Kythnos e Ceos passaram à direita deles, a ponta norte das afamadas Cíclades, onde se dizia que as almas dos heróis habitavam. Então, o barco impeliu-se até Maratona para se abastecer de um novo suprimento de água antes de pular de ilha em ilha pelo mar Egeu, em direção ao Propontis.

Embora os dias fossem um panorama mutável de muitas ilhas e cenários indistintos, as noites pertenciam a Flávia.

Myrddion tinha esperado resistir aos avanços dela. Mas suas chances eram as mesmas de um pombo gordo numa gaiola de falcões, segundo Cadoc. Após uma tentativa inicial de resistência, ele se submeteu a seus desejos e tomou Flávia, sem muita perícia, na estreita cabine dela, sobre uma pilha de roupas de cama perfumadas. Imaginara que usufruir aquele corpo o libertaria de seu domínio, como já acontecera na passada experiência dele. Flávia, porém, era uma febre no sangue, uma doença na mente e um veneno no coração. Quanto mais ela o beijava, mais ele a queria. Quando se saciava momentaneamente com ela, a luxúria que o devia acalmar apenas aguçava mais seu apetite.

As noites eram longas e cheias de selvagens sensações, mas os dias eram governados pelo ofício de Myrddion. Os marinheiros iam a ele com cortes, contusões e até mesmo doenças ocasionais. Os auxiliares trabalhavam nas ervas estocando um novo suprimento de unguentos, que recebiam o reforço de novos ingredientes comprados nos portos, nas aldeias de pescadores e nas ilhas onde recolhiam carga ou se abasteciam de água.

Quando Bridie começou a dar sinais de gravidez, ela sentava entre as mulheres no ar fresco e costurava delicadas roupinhas de bebê com restos de tecido. Cada dia se ajustava invisivelmente ao próximo, como fios de lã num tear. Com um ardor de jovem, Myrddion rezava para a viagem não acabar nunca. Tinha seus pergaminhos, agora ainda mais interessantes porque podia ver as terras que os tinham produzido. Tinha também seu estoque crescente de estranhos mapas como registro das viagens. Mesmo seu ritual de arrancar pelos da pele macia, lavar-se em água salgada nos conveses ou pentear e trançar a juba azul-escura continha algo de novidade.

Então o curandeiro começou uma estranha vida dupla, tão estranha quanto os olhos descombinados de Flávia. Os amantes falavam pouco, preferindo se perder em sensações. Além disso, Myrddion temia quebrar o encanto de Flávia, sabendo no fundo do coração que tentaria arrancá-la da vida dele se conhecesse todas as suas manipulações e atos ruins. Era torturado por um medo persistente de que algo nele sangraria para sempre.

Em Maratona, Myrddion e Flávia deixaram a galera, após um aviso severo do capitão de que precisava levantar ancora rapidamente para escapar ao puxão da maré de Euboea, uma enorme massa de terra que corria paralela ao continente. Mas a cidade de Maratona lembrava a Myrddion a história de Filípides, que correra de Maratona a Atenas sem pausas para levar as notícias de uma grande batalha marítima. Após dar as notícias, correu de volta a Maratona e, pouco depois de completar a viagem, morreu. O senso de dever incorporado nessa história, juntamente com bravura e determinação, tocou a natureza de Myrddion, que desejou muito ver o cenário desse épico do espírito humano.

Por outro lado, Flávia ansiava por comprar algo bonito para enfeitar seu pescoço. Então, Myrddion lhe ofereceu sua proteção. Empoada e perfumada, Flávia evitou as pilhas de refugo, velhas cabeças de peixe, escamas e lixo que sujavam o porto. A própria Maratona ficava ligeiramente terra adentro, em solo mais elevado, longe demais para ser visitada. Assim, Myrddion engoliu a decepção e alegrou-se em observar Flávia enquanto ela regateava com os vendedores ambulantes que procuravam tentá-la com objetos de metal barato. Então, ela encontrou uma loja que parecia uma caverna escura prometendo joias gregas lá dentro. Como um cabrito montês procurando erva comestível, ela mergulhou no fresco interior da loja.

No início, Myrddion se acocorava fora das lojas, mas, por puro tédio, às vezes seguia sua amante nos escuros recessos para lembrar a ela que tinham de se apressar. Ele encontrou Flávia examinando uma faixa de tecido escarlate no qual se viam braceletes de ouro trabalhado como se fossem um peixe enroscado e um colar que era uma serpente com um fecho, como uma cabeça engolindo sua própria cauda. Os olhos eram formados por lascas de rubi, e pequenas esmeraldas redondas lhe decoravam o dorso.

– Compre a danada da coisa se gosta, Flávia, mas depressa! A galera vai partir se não corrermos.

– Um momento, Myrddion. O capitão não ousaria viajar sem nós. Ele espera receber uma boa soma no final da viagem, se eu estiver satisfeita com seus serviços.

Myrddion perambulou pelo aposento caiado de branco, bem mais limpo do que o exterior sugeria, exceto pelas teias de aranha penduradas em cantos fora de alcance. As prateleiras na obscuridade escondiam todo tipo de mercadoria, numa selvagem confusão que parecia ilógica ou sem ordem. Potes pintados de vermelho-sangue, preto e branco se acotovelavam com tecidos de guerreiros e donzelas toscamente coloridos com tinturas vegetais. Num canto empoeirado, uma coleção de cerâmica e de deuses esculpidos em madeira olhava para baixo com olhos cegos e impassíveis, inclusive um longo bastão em formato de serpente do mar com um enfeite esculpido e barbatanas circulando a garganta escamosa. A madeira era pouco comum e macia como seda.

– Uma bonita peça, mestre – disse uma voz quebrada saindo da penumbra.

Myrddion se virou e o bastão caiu no chão de terra batida com um baque surdo. O rosto que surgiu da penumbra era velho e cheio de rugas, os olhos brancos e cegos de cataratas. No início, Myrddion pensou que o rosto murcho fosse de um homem, mas, quando a criatura avançou para uma estreita faixa de luz vinda da porta, revelou as vestes empoeiradas e descoloridas de uma mulher.

– Quanto é o bastão, mãe? – perguntou Myrddion, pois o objeto exercia nele poderosa atração.

A velha deu um preço que pareceu justo, e, apesar de Myrddion saber que devia pechinchar, tinha consciência da rápida passagem do tempo. Vasculhando na sacola, encontrou a moeda do pagamento e colocou o dinheiro na mão torcida e calejada.

Quando os dedos de ambos se encontraram, ele sentiu imediatamente um solavanco de premonição.

– Ah, mestre, não preciso ler os portentos para você. A Mãe Serpente está sentada em seu ombro. – Ela fez uma pausa e suas narinas se contraíram ao cheirar o ar. – Cuidado com a mulher, mestre. Ela pode ser fresca como uma rosa, mas todas as flores bonitas têm espinhos afiados e maus. Ela o deixará chorando no fim da viagem.

– Você é uma mulher horrível – silvou Flávia por trás de Myrddion. – Como pode dizer essas mentiras?

A velha virou as íris leitosas para o som da voz de Flávia, revelando dentes marrons e quebrados.

– Mentiras? Você aprendeu a se vender pelo lance mais alto, mas ainda não conhece o seu valor, Mulher de Palha. Pode se enfeitar com gemas e se vestir com tecidos de ouro, contudo, até seu coração acreditar no que diz você vai perambular sem lar ou um homem seu.

Flávia zombou dela, mas Myrddion sentiu um leve tremor na voz da mulher. Quando a velha virou o rosto enrugado de novo para o curandeiro, sua feição assumiu uma expressão mais bondosa. Gelado, o rapaz cogitou se estaria diante do mais terrível aspecto da Mãe, a Velha do Inverno.

– Lembre-se, mestre, você é como seu pai, mas não precisa ser como ele. Os deuses decretaram, quando nasceu, que é livre para escolher; não precisa seguir os padrões antigos e maus de sua linhagem. Veja o que é real, não o que seu coração deseja ver. Escolha com sabedoria ou nunca verá seu lar de novo, e um grande destino será perdido para todo o sempre.

– Pague à charlatã e vamos sair deste covil – Flávia ordenou rudemente, virando-se com o colar de serpente no pescoço. Afrontada, a velha fez um estranho sinal com os dedos por trás das costas da mulher.

– Não vou aceitar dinheiro pelo que vi. Devia ter cuidado para que a serpente não a morda quando menos esperar, Mulher de Palha. Cuidado com a águia e a serpente, ou você vai morrer.

Com as palavras da velha e seu riso ecoando nos ouvidos, Myrddion fugiu do pequeno estabelecimento e se viu ofegando do lado de fora. Flávia já desaparecera, descendo pela estreita rua de pedras redondas em direção ao cais. A velocidade da moça era incentivada pela raiva, e Myrddion teve de correr para alcançá-la.

– Agora você sabe como é quando alguém prevê o seu futuro. Que tal, curandeiro?

Por vários dias, Myrddion e Flávia se evitaram na galera. A moça fazia as refeições na cabine, e Myrddion, ocupado, cuidava de um surto de disenteria entre os marinheiros e os escravos. As condições exíguas nos bancos dos remos eram insalubres e imundas. Myrddion mandou, então, que o lugar inteiro fosse lavado com água do mar e esfregado. O mesmo tratamento foi dado aos malcheirosos alojamentos no fundo do navio, onde os escravos eram algemados e os marinheiros dormiam em palha imunda. Aos poucos, sob as curas gêmeas da limpeza e dos purgativos, Myrddion controlou o maligno contágio dos problemas estomacais, contente por ver que a doença não era mais séria.

Quando finalmente afirmou ao capitão que a disenteria passara, a galera já tinha deslizado por Scyros, Icus e Polyaegus, avançando em águas abertas para a grande ilha de Lesbos e abordando Eresus. Com mais perícia do que a maioria de seus colegas, o capitão resolveu cruzar o mar aberto, pilotando pelo ângulo do sol durante o dia e pelas estrelas à noite.

O mar era escuro como vinho púrpura, e tão imóvel que na maré do meio-dia Myrddion imaginou ver o reflexo das nuvens nas águas profundas. O sol jamais parecia apagar-se num céu brilhante e azul que ofuscava os olhos, quando mesmo os poentes se tornavam incêndios de ouro, âmbar, escarlate e laranja. O curandeiro sentia uma paz que raramente conhecera na sua curta vida. Pela primeira vez em muitos anos, não lamentou o impulso que o impelira a deixar Segontium por outros climas.

Inevitavelmente, Flávia e Myrddion renovaram sua paixão, embora a mulher o procurasse mais por conforto e afirmação de seu valor do que por exagerada luxúria. Ele cogitava às vezes se ela chegava a se importar com sexo ou considerava as noites que compartilhavam apenas uma prova de seu poder e de sua capacidade de atração. Flávia também conversava com ele nas longas noites quando o fogo do espírito ardia tenuemente, como se precisasse que alguém entendesse suas motivações.

Ao revelar a Myrddion que o pai e o irmão a tinham violado, o curandeiro ficou enojado e atônito. O fato de ela ter apenas dez anos na época aumentava a traição sofrida pela criança.

– É uma pena que Aécio esteja morto. Ele deveria ter sofrido pelo que fez a você, e não ter morrido rápido, relativamente sem dor. Quanto a seu irmão Gaudêncio, o deus cristão promete uma punição especial por tais pecados. Neste momento, eu quase gostaria de ser cristão para orar por essa justiça.

Flávia chorara, consolada pela solidariedade de Myrddion. No entanto, não havia compartilhado outras coisas de natureza privada com ele. Continuava um pergaminho fechado, já que seus inimigos podiam torturá-la se ela revelasse demais.

Lesbos, a famosa ilha celebrada por sua antiga sociedade de mulheres, pairou ante a visão da galera num grande e oco triângulo de vales verdes e colinas macias. Tantos lugares se atravessavam na memória de Myrddion que somente os mapas rudimentares que traçava podiam fazê-lo registrar na mente todos os locais exóticos.

Com água fresca e suprimentos de comida a bordo, depois de uma enérgica troca de cerâmica e vidro romano por ânforas de óleo e vinho, o *Tridente de Netuno* contornou Lesbos e dirigiu-se ao Propontis, o mar interior que levava a Constantinopla. Os nomes tinham agora um brilho de estranheza asiática: Lemnos, Hephaestia e o famoso rio Escamandro que fluía para as águas salgadas. Lá, nas alturas, Myrddion pôde ver um templo romano e branco cintilando ao sol. Apontou-o para Cadoc e Finn.

– Ele fulgura ao sol como se fosse iluminado por dentro. Naquele monte fica a famosa cidade de Troia, chamada de Ílion pelo povo local. Foi lá que Príamo viu o filho morrer lutando contra Aquiles, enquanto sua filha Cassandra era atirada do alto dos muros porque os gregos temiam seu poder de profetizar. Tudo por causa de uma bela mulher chamada Helena!

– Nada muda, mestre. Nunca. – Os olhos de Finn estavam bem abertos e brilhantes. – Por amor, esmagamos qualquer obstáculo no caminho.

Cadoc ia fazer uma brincadeira, mas Finn lhe pisou o pé com força. Myrddion entendeu. Seus auxiliares temiam que, como os troianos, ele estivesse sendo levado à destruição por uma mulher bela.

Talvez esteja mesmo, pensou Myrddion. No entanto, sentia-se tão preso na teia da complexa personalidade de Flávia que não se importava mais.

O Helesponto era muito estreito. A galera estava agora sendo acompanhada por uma flotilha de embarcações de vários tipos, enquanto navegava pelo canal em direção à fabulosa cidade de Constantino. Depois de entrarem no Propontis, continuaram tendo a visão de terra. O campo era rico, enfeitado com bosques de laranjeiras e limoeiros. Extensas áreas de oliveiras pontilhavam os terrenos mais elevados, assim como fazendas que se agrupavam nas colinas parecendo caixas arrumadas, caiadas de branco. Barcos pesqueiros arrastavam-se pesadamente sob cargas de peixes e crustáceos. Para onde quer que os viajantes olhassem, percebiam provas de indústria, riqueza e um comércio rico dirigindo-se a Constantinopla, vindo de muitas nações distantes.

Então, quando o crepúsculo chegava, as luzes explodiam no horizonte à frente deles num amplo arco, quase obscurecendo as estrelas.

– O que há pela frente? – Myrddion perguntou com curiosidade ao capitão que, como ele, apoiava-se na amurada usufruindo o ar da noite.

O capitão riu sob a espessa barba negra que lhe dava um ar sinistro.

– Pensei que soubesse, curandeiro. O senhor logo verá o Chifre de Ouro. À frente, está a joia do Oriente, Constantinopla. Amanhã aportamos na cidade.

Constantinopla!, pensou Myrddion, o coração batendo com força, maravilhando-se com o fato de a interminável jornada estar chegando ao fim.

Mapa de Constantinopla e de seus arredores feito por Myrddion

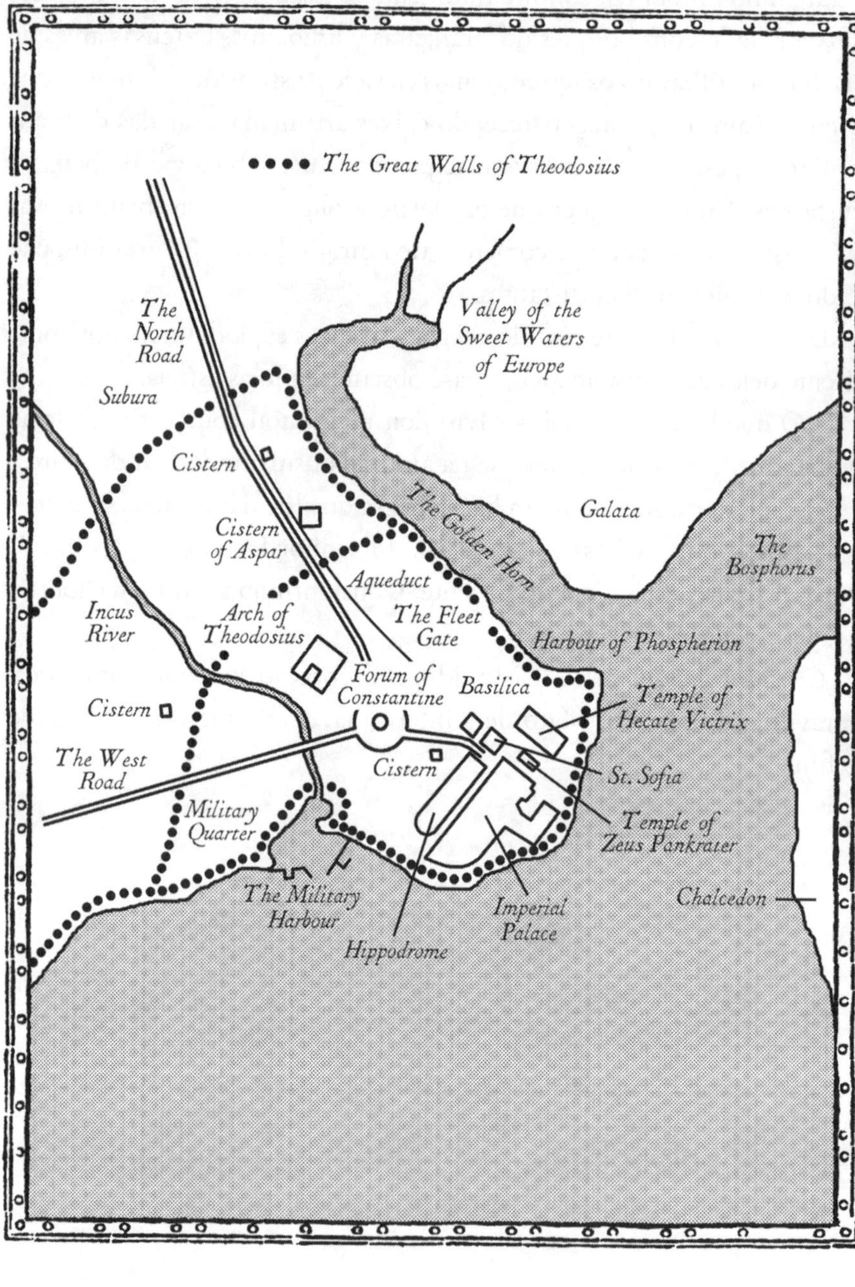

Capítulo 20

O CHIFRE DE OURO

O navio tinha deslizado para a extremidade do Propontis durante a noite. Um alvorecer cintilante de verão banhava a cidade que se estendia por um canal estreito separando o Propontis do enorme mar interior denominado Ponto Euxino. O canal estreito era o Bósforo, amplo e profundo o suficiente para permitir a entrada das maiores galeras no vasto mar interior.

– E aquele, mestre curandeiro, é o Chifre de Ouro – anunciou o capitão, animado.

Myrddion viu a enorme flotilha com embarcações de todos os tipos, tamanhos e origens enquanto contornavam a península que se projetava no Propontis. Ali fora construída Constantinopla. Um grande porto natural estava situado na ponta de um canal em forma de foice separando a cidade das suas irmãs, Calcedônia e Gálata, do outro lado do Propontis e do Chifre.

A primeira luz revelou maravilhas. Um vasto porto militar com portões especiais protegendo a entrada da cidade pairou à frente, repleto de navios de combate alinhados ordenadamente. Tanto quanto Myrddion podia dizer, uma maciça muralha protegia o promontório, embora construções de mármore fossem visíveis atrás dela. Mesmo assim, uma inexpugnável fortaleza de pedra encarava o Propontis, com a terra elevando-se em terraços acima dele. A galera contornou a ponta e todas as maravilhas de Constantinopla surgiram ante os viajantes. A luz fulgurava suavemente nos mármores rosados e tocava os telhados da cidade com um cintilar de ouro. O sol nascente dourava os cordames dos navios e as formas escuras das galeras debruavam-se de luz. Extasiado, Myrddion contemplou a beleza do cenário.

O capitão da galera estava expansivo. Chegara a seu destino sem qualquer incidente maior, o porão do barco transbordava de mercadorias de luxo da Itália e da Grécia e ele já contava com a soma que receberia da Senhora Flávia, a nobre passageira, por ter chegado a terra em segurança. Assim, estava pronto para explicar a importância de Constantinopla para o Oriente e o Ocidente.

– O senhor tem que entender o valor estratégico da cidade, mestre curandeiro. O Ponto Euxino é enorme e rodeado por grandes nações estrangeiras como Armênia, Dácia, Sarmácia, Capadócia e o Império Parta. Fica diretamente na rota da seda e das especiarias, tornando a cidade o grande centro comercial onde o Ocidente se mescla com o Oriente. Sem Constantinopla, onde encontraríamos seda, bons tecidos, tinturas exóticas, estranhas madeiras perfumadas das terras orientais e os perfumes que atiçam os sentidos?

– Entendo, mestre marinheiro. Constantinopla é um conduto que leva mercadorias e cultura nas duas direções – resumiu Myrddion. – Sua localização é perfeita para exercer poder político e comercial. Que línguas são faladas aqui?

Sendo agora um viajante experimentado, Myrddion sabia que a comunicação era um instrumento vital para qualquer estrangeiro. Numa cidade como Constantinopla, quem não pudesse ser entendido era virtualmente surdo e mudo.

– Os aristocratas falam latim, claro, como um consolo para as origens romanas de Constantinopla. Mas, para ser entendido nesta cidade, é preciso falar grego. Os macedônios chefiados por Alexandre foram os primeiros a notar a importância de Constantinopla. Então, não é de espantar que os habitantes a chamem de Imperium Romanorum, e seus vizinhos, de Imperium Graecorum, Império dos Gregos. Se o senhor fala latim e grego, não terá dificuldade alguma, mesmo nos bairros mais rudes e orientais.

– Aprendi grego por meio da leitura; não pronuncio a língua muito bem – murmurou Myrddion, suas dúvidas ainda maiores com a explicação do capitão. – Será que vão me entender?

– Não vejo por que não. – Impaciente, o capitão agora se entediava e não queria discorrer sobre ninharias. –Se puder falar um grego passável, será entendido, mesmo que não soe bem. Os lojistas têm que compreender os comerciantes do Indus ou os que vêm das colunas do fim do mundo e do Telhado do Céu. O senhor vai conseguir.

Bruscamente, o capitão pediu licença e se afastou. Precisava supervisionar os complexos detalhes necessários para a atracação do navio.

Sozinho e sem a distração proporcionada por outros passageiros, Myrddion observou minuciosamente a ampla cidade com traços cada vez mais nítidos sob o sol cor-de-rosa. Constantinopla era bonita, com elegantes construções de mármore ao longo do cais, um panorama diferente dos esquálidos cenários que Myrddion se acostumara a ver em muitas cidades ocidentais. A atração da bonita vista e as brisas frescas tornavam a terra à beira-mar o local preferido para os palácios aristocráticos e os dos cidadãos mais ricos. Myrddion apreciou as colunas romanas e gregas de mármore brilhando à luz cada vez mais clara, embora o arenito dos templos antigos atraísse imediatamente sua atenção. Feixes de luzes baixas se refletiam de piscinas, fontes e cascatas decorativas, indicando que ali a água era abundante, usada tanto para embelezar como abastecer.

Além das docas, nos centros comerciais, uma faixa de construções de estuque recuava, subindo pelas suaves elevações. A terra era na maior parte plana, e Myrddion observou que árvores, palmeiras e jardins proliferavam, mesmo nas áreas que abrigavam os cidadãos mais pobres. Um vasto muro fechava a parte central da cidade. Myrddion pensou que, com água nos três lados e um muro de pedra ciclópico na parte externa da periferia, a defesa tornava Constantinopla quase inexpugnável.

A galera deslizava com velocidade pela água relativamente calma, a poder de duas fileiras de remos. O curandeiro não se cansava de observar a eficiência sincronizada do processo de atracar; assistia a cada detalhe enquanto o *Tridente de Netuno* navegava direto para o cais à margem esquerda, arriscando-se a uma desastrosa colisão no processo. Exatamente no último segundo, o capitão deu algumas ordens e os remos do lado esquerdo pararam, suspensos e depois recolhidos ao navio. No mesmo instante, os movimentos da fila direita de remos foram revertidos com surpreendente suavidade. A galera parou seu avanço, virou lentamente ao contrário e então deslizou para a doca. Os marinheiros saltaram no cais e amarraram o barco com cordas enormes.

A longa viagem de Ravena a Constantinopla terminara. Haviam chegado ao porto de Phospherion.

Myrddion e Flávia tinham se despedido no final da noite anterior. Um senso de decoro fez a jovem insistir que devia encontrar refúgio na cidade de Constantino sozinha. Assim, Myrddion devia esperar que ela o chamasse.

– Vai se esquecer rapidamente de mim, curandeiro – sussurrara junto ao peito do rapaz. Algumas lágrimas deslizaram por seu rosto, e Myrddion colheu uma com o dedo, levando-a à boca.

– Não, Flávia. Vou esperar que entre em contato comigo, por mais tempo que demore.

Flávia erguera o queixo e o empurrara suavemente.

– Não fique dependendo de mim, curandeiro. Meu pai seria o primeiro a lhe dizer que não sou confiável... e tinha razão. Não fui feita para tempos difíceis ou para problemas. Deixei minha casa e, quando meu marido voltar, verá que a esposa fugiu do ninho. Eu amo você tanto ou mais do que jamais amei alguém, mas acho que não fui feita para ser leal.

Myrddion se aproximara dela na escuridão, triste com o tom de derrota na voz da moça.

– Ninguém precisa destruir seu caráter, Flávia, porque você se encarrega disso sozinha. Por favor, querida, não faça isso.

Ela soluçou, angustiada.

– Não diga mais nada, Myrddion. Talvez eu o veja em Constantinopla e tudo fique bem de novo.

Então se afastara dele correndo, as saias agitadas; o cabelo de Flávia foi a única parte vital dela que permaneceu na memória de Myrddion. *Ela está procurando uma perspectiva melhor de longo prazo*, advertiu o eu racional do rapaz. Na verdade, ela só o procurará de novo se não conseguir fisgar um protetor indulgente e rico.

Contudo, o idealista em Myrddion – a parte sentimental tocada por Flávia – estava convencido de que a mútua paixão de ambos era mais do que apenas sensação e delícia. Ainda tinha esperanças, pois o dia brilhava de promessas.

*

Cadoc recebeu a incumbência de alugar uma carroça para transportar os pertences do grupo à melhor estalagem que podia ser encontrada no centro administrativo da cidade. Lavado, escovado e exibindo toda a sua riqueza no corpo como status, Myrddion ajudou Finn e as mulheres a levar as posses do barco para o cais. Então, com as mulheres empoleiradas num relativo conforto sobre seus baús, Myrddion procurou um guia que pudesse conduzi-los a uma acomodação mais permanente depois que localizasse Cleoxenes. Mais de um trabalhador das docas fixou o homem alto e moreno de cabelos soltos, com um bastão de serpente e uma espada bárbara à cintura.

Em vários momentos, o rapaz sentiu os olhos dos auxiliares pousarem nele com ansiedade e afeição. Ninguém comentou a ausência de Flávia. Simplesmente o vigiaram com o canto do olho.

Mas não havia tempo para preocupações, temores pelo futuro ou dúvidas sobre uma amante. Myrddion precisava trabalhar.

Usando toda a sua habilidade com o grego e uma avaliação da natureza humana, o curandeiro encontrou e rejeitou vários homens morenos ansiosos para servir-lhe. Então, quando se decidiu por um carregador musculoso e de cabelos brancos, o homem foi contratado imediatamente. O novo criado, que respondia pelo grandioso nome de Praxíteles, tinha pelo menos cinquenta anos, mas sua limpeza e a pureza de seu grego sugeriam ser um trabalhador qualificado passando por um momento difícil.

Praxíteles era muito moreno. Com os cabelos brancos, a barba crespa, o viçoso bigode e olhos extremamente azuis, ele exibia um todo atraente. As córneas muito brancas denotavam hábitos saudáveis e saúde boa. Na boca vermelha, ainda havia a maioria dos dentes, que pareciam cuidados. Até o hálito de Praxíteles era suave, como Myrddion notou ao se aproximar dele. Observou também que a puída túnica e as perneiras que usava tinham sido lavadas e secas ao sol, mostrando-se de um desbotado amarelo-pálido e de um vivo branco.

– Está contratado, Praxíteles, pela duração de nossa visita a Constantinopla. Você tem família?

– Sim, meu senhor. Um filho adulto, que é padeiro, ainda vivo. Ele me dá um colchão na sua casa porque não tenho meios de pagar uma casa para mim desde a morte de minha esposa e filhas. – O homem falou altivamente, embora Myrddion percebesse que a confissão devia ferir o orgulho do carregador. Como Praxíteles estivesse resolvido a explicar a circunstâncias difíceis por que passara, Myrddion o ouviu. – Fui comerciante por boa parte de minha vida, senhor, e nunca devi uma moeda a ninguém em todos os meus anos de negócios. Mas minha vida ficou difícil quando o navio que eu tinha afundou na costa de Éfeso e tive que pagar os depósitos dos clientes pela entrega de suas cargas. Paguei todas as dívidas, mas nada me sobrou. Então, um surto de febre matou minha esposa e as duas filhas, deixando-me pobre e sozinho.

– Lamento muito, Praxíteles – murmurou Myrddion desajeitado. – Às vezes os deuses nos fazem passar por duras provações para nos ensinar a viver. – O que mais se poderia dizer ante golpes tão medonhos?

– Obrigado, senhor. Mas o bom Deus decide nossos destinos, e pode ser que minha esposa esteja mais feliz no céu do que estaria aqui, aguentando uma vida de tanta pobreza. Não dá para saber o que Deus reserva para nós. Talvez a intenção dele fosse que eu servisse ao jovem senhor.

– Talvez – respondeu Myrddion, e continuou a falar sobre os termos da contratação do homem, que teria que ser intérprete de Cadoc e Finn, procurar Cleoxenes e ajudar as mulheres com todo o trabalho pesado.

Cadoc voltou com uma única carroça; portanto, seria preciso duas viagens para transportar todos os pertences a uma hospedaria. Praxíteles demonstrou imediatamente sua utilidade sugerindo um estabelecimento limpo, refinado e com preços razoáveis, se a localização dentro dos muros da cidade fosse levada em conta. Ele supervisionou a viagem do porto até a hospedaria e apontou detalhes de interesse enquanto viajavam ao longo da rota. Bridie, Brangaine, Rhedyn e Willa, empoleiradas no alto da carroça com baús e caixas, encaravam de olhos arregalados a atividade do porto. Finn ficou no cais para tomar conta do resto da bagagem.

– Olhe como tudo é limpo aqui, senhor – maravilhou-se Brangaine. – Os mercados ao ar livre são bem organizados e não há lixo nas ruas.

– Que coisa boa – Rhedyn concordou. – Aqui é tão quente que as doenças iam aparecer logo com o lixo.

Praxíteles parecia intrigado com os estranhos sons que ouvia, e perguntou que língua falavam.

– Viemos das ilhas da Britânia, bem além das Colunas de Hércules no mar do Meio – explicou Myrddion. – Sou um ordovice; Brangaine é demetae, de uma terra chamada Cymru; Bridie pertence a tribo silure e Rhedyn é uma deceangli, como minha avó. A criança é uma órfã que tratamos depois de os hunos de Átila saquearem Tournai. Nosso país tem muitas tribos, todas com seus próprios reis, mas a terra é governada por um Alto Rei, que é o poder final para todos os britânicos.

– Então o senhor não é cristão, mestre. – Praxíteles franziu levemente a testa.

– Não. Seguimos os velhos costumes e cultuamos muitos deuses, mas minha crença inteira vai para a Mãe. Alguns na Britânia acreditam no Cristo, mas a maioria de nós ainda cultua os deuses de nossos ancestrais.

Praxíteles alisou o magnífico bigode com o dedo caloso.

– Entendo. O senhor vai encontrar crentes de todos os tipos nesta cidade, embora eu siga a religião oficial, que é o cristianismo. Ninguém é maltratado por causa de sua fé. O povo de Constantinopla é tolerante, mas o imperador precisa seguir a religião oficial. O Estado não permite nem que cristãos arianos governem. Só os cristãos de Roma são considerados legítimos para o imperador.

– Essa tolerância é rara – murmurou Myrddion, pensando nas barreiras artificiais que os seres humanos erguem entre si.

Praxíteles deve ter sentido que a conversa se desviara para atalhos sensíveis, pois mudou de assunto. Apontou para a muralha maciça que cercava o espaço central da cidade.

– Veja, mestre, aquela é a muralha interna de Constantinopla. Em poucos momentos vamos passar pelo Portão Norte.

Outro muro enorme corria pelo setor mais antigo da cidade e se estendia do Chifre de Ouro pela península até as praias do Propontis. Esse muro interno era quase tão grande quanto o externo, a vários quilômetros de distância, e Praxíteles explicou ser muito fortificado e guardado.

Combinando palavras com movimento, apontou uma longa e arejada estrutura com torres de vigia de seis a nove metros de altura, dispostas em intervalos regulares. O muro era construído com pedras enormes colocadas numa fundação reforçada e presa com argamassa à sua posição. As grandes pedras diminuíam de tamanho em direção ao alto do muro; enquanto passavam por um portão enfeitado com pedras desbastadas, os viajantes perceberam que a estrutura toda tinha pelo menos três metros de espessura.

– Essa fortificação é uma maravilha que rivaliza com os edifícios de Roma – murmurou Myrddion em celta, e Praxíteles ergueu as sobrancelhas com ar interrogativo. – Perdão, Praxíteles. Vou praticar meu grego com você. Mas me diga quando minha pronúncia estiver errada.

A jornada pelas ruas amplas e pavimentadas transcorreu amigavelmente, com Praxíteles informando ao curandeiro as sutilezas da língua grega. O contratado era um homem interessante. Nascido no campo e filho de agricultores, ele se destacara na comunidade do comércio por uma abordagem astuta, mas honesta. Quando fora reduzido à penúria, recomeçara, mostrando coragem e resistência. Quanto mais conversavam com ele, mais Myrddion o apreciava.

Tapetes de relva verdejante eram cortados por bosques com árvores floridas e perfumadas estranhas a olhos britânicos; em torno deles, o ruído melodioso das fontes borrifava água em profundos lagos onde carpas vinham até a superfície; até tartarugas banhavam-se ao sol nas rochas ornamentais. Por toda parte, havia flores numa ordenada profusão, enquanto jardineiros meio nus trabalhavam ao sol, protegidos por grandes chapéus para amenizar a mordida solar.

Bronzeadas e transpirando nas vestimentas escuras, pesadas, as mulheres abanavam-se vigorosamente, tentando ajudar as brisas intermitentes do Chifre de Ouro.

– A hospedaria fica depois da muralha interna e é um pouco para dentro, mas recebe a brisa do mar e é conhecida por seus bons cozinheiros – afirmou Praxíteles, e as mulheres lhe agradeceram num latim hesitante. – Podem ver Hagia Sophia e o palácio do imperador atrás de vocês no alto da colina. A basílica é uma maravilha.

– O que é Hagia Sophia? – perguntou Myrddion. O nome era exótico e bonito.

– Hagia Sophia significa a Grande Igreja, e foi batizada quando Constantino, de abençoada memória, ergueu o primeiro lugar santo com esse nome. Ali, está vendo? – Praxíteles virou-se no banco da carroça e apontou para a ponta do promontório. Um palácio comprido e opulento abraçava os muros à beira do Propontis e, diante dele, ficava uma basílica romana. Os celtas se viraram ao mesmo tempo para olhar a estrada Norte. – Hagia Sophia foi construída sobre as fundações da Magna Ecclesia, queimada até o chão numa rebelião há mais de cinquenta anos. É uma bela construção, não é?

Myrddion fixou a igreja de formato cruciforme e com um grande pórtico de mármore decorado com uma frisa de doze cordeiros representando os doze apóstolos. O mármore branco cintilava ao sol, e as armas da igreja se cruzavam na nave, aproximadamente no centro. Embora as paredes fossem de pedra muito polida e decorada, o teto era de madeiras exóticas. Fontes e árvores rodeavam Hagia Sophia e uma estrutura próxima, a Hagia Eirene, ou Santa Paz, que, segundo Praxíteles, era a igreja mais antiga de Constantinopla.

– Muito bonita – começou Myrddion. E ficou sem fala quando os olhos dele se deslocaram para o grande palácio de colunas adjacente às igrejas. A construção recuava até a água, e os jardins em terraço levavam às margens do Chifre de Ouro.

– O palácio – explicou Praxíteles. A beleza da grande e espalhada estrutura gritava sua importância.

A carroça pesadamente carregada arrastou-se por meia hora pelas amplas avenidas até chegar à encruzilhada. Ali, perto da estrada, via-se uma hospedaria e feiras de rua que atraíam um luxo contínuo de clientes acotovelando-se. Enquanto Myrddion pedia dois aposentos para o grupo, as mulheres se maravilhavam com os legumes e as frutas exóticas, a cerâmica, os ovos. Cabras, ovelhas, galinhas e bezerros já limpos pendiam de ganchos para que o cliente pudesse beliscá-los, cutucá-los e admirá-los. Outra parte do mercado vendia vinho, uma grande variedade de queijos, peixes e crustáceos de todos os tipos, assim como objetos de metal, tapetes e tecidos.

Para surpresa das mulheres, outra parte do mercado vendia até animais vivos. Pela primeira vez na vida, o grupo de curandeiros viu um camelo.

Cadoc voltou ao porto com a carroça, enquanto Myrddion, as mulheres e Praxíteles guardavam sua bagagem nos dois compridos quartos que Myrddion tinha alugado. O curandeiro ficou especialmente atraído pelo grande teto plano da estalagem, onde os hóspedes podiam usufruir as longas noites quentes ao ar livre, refrescados pelos ventos noturnos. Praxíteles apontava os pontos de referência à medida que o grupo via os comerciantes organizarem as mercadorias e limparem extensamente as frágeis barracas. Mesmo o esterco animal foi limpo com pás e levado para fertilizar canteiros; assim, os clientes não sujariam saias ou botas.

– Perturbar a paz ou sujar as áreas públicas são ofensas que recebem punição – Praxíteles explicou. – Essa lei obriga o povo a manter a cidade sempre limpa.

– Roma podia adotar algumas dessas regras – disse Myrddion, azedo. Praxíteles ficou intrigado com o tom, mas o curandeiro não explicou.

Fizeram uma refeição no princípio da tarde: ensopado de bode, queijo branco, tâmaras e maçãs, acompanhados por um vinho branco e revigorante que não tinha a doçura enjoativa dos de Roma. Myrddion deixou escapar um suspiro de alívio. Menos um problema para preocupá-lo. Aquele vinho provavelmente não continha chumbo. Então, como era costume no Oriente, a população da hospedaria descansou durante o período mais quente do dia.

Intrigado com o conceito da sesta à tarde, Myrddion chegou à conclusão de que o costume era muito recomendável, especialmente porque os cidadãos trabalhavam até muito mais tarde do que em outras partes do mundo. Era, então, necessário tirar as bagagens da mala, mas procurar Cleoxenes revelava-se urgente, e não podia ser postergado. Assim, Myrddion pediu a Praxíteles que, por favor, trabalhasse durante o período de descanso tradicional dos habitantes de Constantinopla.

– Preciso achar um nobre chamado Cleoxenes, que foi enviado ao Império Romano do Ocidente – explicou Myrddion ao novo auxiliar enquanto entregava várias moedas ao carregador para lhe cobrir as despesas. – Veja se consegue encontrá-lo depois que tivermos acabado de arrumar a bagagem. Desculpe mandá-lo nessa missão no meio do dia. Não sei onde deve começar a busca, mas ele é um homem importante; então alguém na burocracia deve conhecê-lo. – Fez uma pausa. – Você pode dormir na hospedaria se quiser, Praxíteles, e vir e ir como for do seu gosto enquanto estiver a meu serviço. Só peço que esteja disponível quando eu precisar de você. – Praxíteles curvou a cabeça concordando. Os olhos azuis expressavam gratidão. – Não precisa fazer reverências o tempo todo. Se eu passar por momentos difíceis, também espero que alguém me ajude. Portanto, essa bobagem não é necessária. Estou agradecido por ter encontrado um homem honesto numa cidade estranha. Desse modo, se você me servir honestamente, não me deve mais nada.

Praxíteles se curvou mais uma vez e foi embora. Myrddion olhou interrogativamente para Cadoc, que sorriu divertido como sempre ante as loucuras do mundo.

– Vai levar um tempo para ele se acostumar com nosso jeito, mestre. Mas parece um bom homem. Esses gregos do oriente fazem reverências e mesuras sem parar. Pelo que vi, não se pode comprar um pão nesta cidade sem se curvar para o vendedor enquanto a gente está pagando. Juro que é o povo mais educado que já vi. Devem ser educados até com os inimigos que os estão assassinando.

Sem Myrddion saber, Praxíteles já contara ao dono da hospedaria que os novos hóspedes eram curandeiros, embora pagãos. Como um cristão devoto, o hospedeiro relutara em alugar quartos para um grupo misto de homens e mulheres; então Praxíteles explicara a dinâmica familiar do grupo, o que esclarecia como Willa passara a viver com eles, já que o hospedeiro ficara alarmado por uma criança dormir perto de homens adultos. Uma vez tranquilizado o hospedeiro, e tendo visto a generosidade de Myrddion em fornecer refúgio para várias pessoas diferentes, Praxíteles deixara a hospedaria com um sorriso de satisfação. O hospedeiro agora reconhecia em Myrddion um benfeitor; portanto, dado o seu estrito código moral, Praxíteles, estava certo de que o novo empregador continuaria respeitado e em segurança.

Mas nenhuma cidade está inteiramente livre de crimes, por mais que as mãos das autoridades sejam firmes. Nos escuros recessos da noite, Myrddion foi despertado por uma apressada batida em sua porta, seguida da mulher do hospedeiro, uma gorducha matrona com uma enorme camisola que acolhia seu corpo diminuto em metros de tecidos cor-de-rosa. Visivelmente aborrecida e trêmula, ela carregava um lampião de cerâmica numa das mãos e agitava a outra com ansiedade.

Meio dormindo, mas felizmente vestidos, Cadoc e Myrddion tentaram decifrar a fala rápida da mulher.

– Venham, senhores! Praxíteles nos contou... não que seja importante neste momento... que são curandeiros e não tenho motivo para duvidar dele, já que é um bom cristão que passa por um período de má sorte... Os senhores podem descobrir o que há com o comerciante? Bem, se não puderem, eu é que não sei. Meu marido é um bom hospedeiro, honesto como o dia é longo, mas... tantos ferimentos! Hão de compreender que uma morte violenta em nossa casa... Céus! Como vamos explicar ao tribunal? Ou aos pobres pais dele? Entendem, não é? Torna-se fundamental... fundamental... que o pobre rapaz seja ajudado.

Fez uma pausa para respirar, mas só porque Myrddion ergueu as mãos numa confusão total. A dona da casa falava num grego rápido como o fogo, recheado de palavras em outra língua que Myrddion não conhecia.

– Por favor, senhora, devagar, senão não entendo. Tem alguém ferido?

– É o que estou dizendo. Perdoe se falo na língua da minha mãe, que veio da Armênia, de Trípoli, onde cresci. Quando fico agitada, falo em armênio, apesar de o meu marido dizer que as pessoas não me entendem mesmo quando falo grego.

Myrddion virou para o assistente.

– Cadoc, minha sacola, por favor. Acho que vou precisar também de você e de Finn. – Espremeu-se numa velha túnica, e então assentiu com a cabeça para a mulher. – Mostre o paciente, senhora; estamos perdendo tempo.

Enquanto a seguiam por um corredor até um grande aposento longe da parte pública da hospedaria, a mulher continuava a falar. Myrddion descobriu que o hospedeiro se chamava Emílio, era de Éfeso, e a mulher se chamava Phoebe. Tinham cinco filhos adultos e quatro filhas casadas, assim como vários netos e bisnetos. Enquanto ele tentava filtrar a massa de informação transmitida por ela, soube também que o lugar hospedava viajantes de distinção, que as ruas do distrito geralmente eram muito seguras e que Phoebe tinha uma aversão natural a uvas, então precisava ter cuidado com o vinho. Myrddion ainda sacudia a cabeça aturdido quando a mulher abriu uma porta e o levou para uma cena de confusão maior.

Enquanto pousava a sacola e pedia água recém-fervida, Myrddion viu o homem de meia-idade, banhado em lágrimas, embalando um jovem ferido. O proprietário estava de pé, impotente e pálido.

Com alguma dificuldade Myrddion conseguiu convencer o homem a soltar o rapaz para poder examiná-lo.

– Tire a roupa ele, Cadoc. Há sangue por toda parte; não consigo ver coisa alguma. –Sem levantar os olhos da tarefa, Myrddion falou em grego: – Como se chama o jovem, Mestre Emílio? Ele está inconsciente, mas preciso acordá-lo.

– Ele é Yusuf el Razi, filho de um rico comerciante de Damasco. Esse homem é tio dele. Ali el Kabir vem com frequência para cá, onde é um hóspede respeitado.

– Obrigado, Mestre Emílio. Agora, preciso de panos limpos. E daquela água, por favor; depressa, pois Yusuf está perdendo muito sangue. – Myrddion mudava de uma língua para outra facilmente. – Finn, pegue o preparado de rabanete, minhas melhores agulhas, o cataplasma de sempre e o pó de raiz que enriquece o sangue. Ah, e a velha chama para esterilizar as lâminas. Rápido, Finn; ele está perdendo sangue de mais.

– Foi apunhalado, mestre – disse Cadoc abruptamente, enquanto Finn saía do quarto correndo. – Está vendo? Tem duas feridas feias, uma no grande músculo do braço e outra no ombro.

– Estou vendo. Passe-me aquele pedaço de lã. Corte, se precisar. Ótimo. Vou tentar estancar o sangue. – Fez uma pausa: – Yusuf! Yusuf ! Está me ouvindo? Você está em segurança. Pode abrir os olhos?

O rapaz era muito moreno, de cabelos negros como Myrddion. A barba começava a lhe nascer numa pele com a elasticidade da juventude. Mas a palidez de seu rosto e os lábios e unhas azulados demonstravam que perdera sangue em excesso para sobreviver.

O quarto foi uma testemunha muda do fato. Havia uma pequena poça de sangue perto da cama onde o ferido deitava, e o pano sobre o divã estava encharcado. O tio também estava coberto de sangue; Myrddion sentiu uma fisgada de pena por ter sido chamado tarde demais. Pelo menos, a pressão que exercia no ferimento mais grave reduzira o fluxo de sangue a um filete.

– Devemos agradecer a todos os deuses o fato de o atacante não ter atingido a grande veia na garganta e a que leva ao coração. Nesse caso, Yusuf teria sangrado até morrer momentos depois. Onde ele foi atacado?

– Não sei, mas não foi aqui – respondeu Mestre Emílio lenta e cuidadosamente.

– Não. Vi o sangue na colunata – explicou o tio num grego com sotaque forte, torcendo as mãos e virando-se com aflição. – Eu estava prestes a falar disso com nosso hospedeiro quando vi que a trilha de sangue levava ao quarto de Yusuf. Será que pode salvá-lo, curandeiro? Não vou aguentar contar ao pai dele que seu filho único morreu.

– Ele não está morto ainda – disse Myrddion rapidamente. – O primeiro obstáculo foi superado. Agora precisamos descobrir se os ferimentos estão limpos. Seu estado é grave, mas ele tem a juventude do seu lado. E paramos o sangramento.

De repente, o quarto se encheu. Um vigoroso cavalariço trouxe dois baldes de água, um fumegando de quente e outro morno. Um jovem entrou carregando panos dobrados, uma faca e várias bacias grandes. Finn chegou também, com uma cesta carregada com tudo que Myrddion pedira, e ele e Cadoc alinharam o equipamento do curandeiro num mesa próxima. Fórceps, agulhas e bisturis foram limpos na chama e então lavados com água quente.

– Cadoc, faça pressão no ferimento do ombro enquanto lavo minhas mãos. Nós temos algas, Finn?

– Só secas, mestre. Trouxe um pouco de bebida, sal e sua escova.

– Senhora Phoebe, pode me conseguir um pouco de algas marinhas secas?

– De que tipo, moço? Quer a larga...

Antes que ela descrevesse todos os tipos de alga possíveis, Myrddion a interrompeu dizendo que aceitaria qualquer uma.

Acabara de esfregar as mãos com sal numa pequena bacia e estava usando a escova de cerda de javali para limpar as unhas. Satisfeito com a limpeza, tomou o lugar de Cadoc junto ao paciente.

Quando a atadura de lã encharcada foi retirada do corte profundo no ombro, nenhum sangue acompanhou a liberação da pressão. Myrddion deu um grunhido de satisfação. Usando fórceps e trapos limpos, limpou cuidadosamente o ferimento antes de pingar nele um precioso líquido. Mesmo inconsciente, o rapaz guinchou enquanto sua carne borbulhava devido ao álcool cru.

– O que está fazendo? – gritou Ali el Kabir. – Quer matar o rapaz?

– Estou limpando a ferida. Por favor, não toque nele. Ele foi atacado com uma lamina curta e larga, graças à Fortuna. – Myrddion tinha inserido uma sonda estreita na ferida para lhe conhecer a profundidade e determinar se nenhum objeto estranho ficara lá dentro. – Se a lâmina fosse mais comprida, uma veia ou órgão vital teria sido cortado e não teríamos chance. Também não há qualquer objeto estranho nas feridas. Pode limpar bem agora e o ferimento do braço também. Parece limpo na maior parte, mas qualquer infecção pode matá-lo enquanto estiver tão enfraquecido.

Cadoc obedeceu. Finn preparou um cataplasma de rabanete, alho e a alga marinha amassados que a Senhora Phoebe apresentou num passe de mágica, com muito ofegar e arquejar pelo esforço e pela pressa. *Graças aos deuses ela está sem fôlego*, pensou Myrddion. *Caso contrário, eu não conseguiria encaixar uma palavra.*

A alga marinha era de folhas largas e foi logo cortada em tiras úmidas. Myrddion descobriu depois que a hospedeira a pegara dos cozinheiros da casa, que a usavam como ingredientes de sopas. O curandeiro agradeceu silenciosamente à Deusa a intervenção e mandou que Finn pulverizasse as algas no cataplasma e então achatasse as fitas de sobra para serem usadas como base, na qual besuntaria cataplasma quando terminado. Ao finalizar tudo, a mistura seria colocada na ferida aberta do ombro de Yusuf.

– Não vai fechar o ferimento, mestre? – perguntou Cadoc em celta, limpando o outro corte, no braço de Yusuf.

– Não. Quero drenar a ferida se uma infecção ocorrer. Qualquer humor ruim surgirá nos curativos. Posso costurar o corte depois.

Yusuf ainda estava inconsciente. Assim, com a ajuda de Emílio, Finn conseguiu embrulhar o ombro e o peito do rapaz nas fitas de algas. Então, após lavar as mãos mais uma vez, o curandeiro voltou a atenção ao ferimento do braço, que costurou rápida e eficientemente. Finn aplicou outro cataplasma e o braço foi coberto.

– Ele já devia ter acordado – disse Cadoc, franzindo preocupado o rosto. – Será que machucamos muito o rapaz quando o tratamos?

– Deixe-me examinar a cabeça dele e ver se há outros ferimentos.

Myrddion encontrou uma pequena mancha de sangue na faixa na cabeça de Yusuf, sugerindo que o rapaz podia ter sido golpeado. Os dedos sensíveis do curandeiro logo encontraram uma feia contusão na base do crânio, e um exame posterior revelou uma pequena área de pele fendida no centro do calombo.

– Examine os olhos dele, Cadoc. Veja se há algo fora do comum nas pupilas. Lembra o marinheiro que caiu do mastro fora de Colchis? As pupilas do homem estavam de tamanhos diferentes, lembra? Deve ter havido algum sangramento dentro da cabeça dele, porque morreu horas depois de cair. Eu gostaria que nos tivessem deixado explorar a cabeça dele depois que morreu.

Felizmente Myrddion falara em celta. Finn imaginou a perturbação do tio de Yusuf se tivesse entendido a conversa.

– As pupilas estão do mesmo tamanho, mestre – disse Cadoc depois de abrir as pálpebras do rapaz.

– Ótimo. Vamos pedir à hospedeira para fazer uma cama para nós aqui, e um de nós vai ficar com ele até que o perigo passe. Se ele melhorar, vamos deixar que acorde naturalmente.

A noite terminou como Myrddion tinha decretado. Foi uma sorte que não tivesse ouvido os comentários de Phoebe sobre a competência dele, pois teria corrido o risco de inchar de vaidade. A hospedeira o elogiou para todos na estalagem, falando da habilidade, limpeza e da organização dos três homens que trabalhavam juntos como se fossem um só.

– E tão simpático... e tão bonito! Não tenho vergonha de dizer que meu coração palpita quando o olho. O cabelo dele, Senhora Dorcas! Mas não é um garoto não... Dá ordens como um general, mesmo naquela língua de pagão!

Mais tarde, ainda naquela manhã, Myrddion quebrou o jejum com uma gigantesca refeição preparada pelo cozinheiro favorito de Phoebe. Enquanto isso, os hóspedes, os criados e vários passantes entravam casualmente na parte pública do local para dar uma espiada no curandeiro estrangeiro que salvara a vida do jovem Yusuf el Razi. Quando Praxíteles chegou com as boas novas, Myrddion e seus auxiliares já tinham tratado uma úlcera supurada, arrancado dois dentes, ministrado um tônico a uma criança com cólica, posto um dedo quebrado no lugar e retirado muitas verrugas. O cofre do curandeiro já se enchia de novo, assim como sua fama ia aumentando. Ali el Kabir jurara que os ajudaria de todos os modos que pudesse.

Vários oficiais da guarda da cidade chegaram ao mesmo tempo, para relatar o resultado da investigação sobre o ataque num visitante importante. Felizmente o hospedeiro insistira para que a trilha de sangue só fosse lavada depois que as autoridades a examinassem. Assim, puderam segui-la até uma casa onde prostitutas de alta classe recebiam clientes importantes. Yusuf tinha sido atacado e roubado quando deixara os braços tépidos de uma das moças mais caras do bordel.

– Rapaz idiota – queixou-se Ali com afeto na voz. – Os sacerdotes e rabinos ficariam muito irritados ao descobrirem que Yusuf tinha agido de modo tão tolo. – Então explicou que Yusuf era filho de uma rica família síria que seguia a fé judaica e não os deuses pagãos dos amalecitas. Finalmente, depois de dar a Myrddion uma bolsa de moedas de ouro como prova de sua profunda gratidão, Ali ficou de novo com Yusuf. Myrddion pôde, enfim, dar atenção a Praxíteles.

– Encontrei o Senhor Cleoxenes, mestre. Está no palácio real e pede que o senhor vá ao encontro dele amanhã à noite para um banquete privado de celebração, depois que ele o apresentar ao imperador e aos notáveis de Constantinopla. Se o senhor concordar, ele mandará uma liteira amanhã ao entardecer para levá-lo ao palácio. Vou voltar ao Senhor Cleoxenes o mais rápido possível com a resposta.

Myrddion ficou alvoroçado. Agradeceu a Praxíteles e pediu que dissesse a Cleoxenes que aceitava; então voltou a tratar os necessitados da cidade. A notícia de que visitaria o palácio no dia seguinte se espalhou pela hospedaria rapidamente, fazendo a reputação do curandeiro aumentar ainda mais.

O resto do agitado dia passou num borrão de pacientes, elogios em várias línguas e monitoramento regular de Yusuf, que continuava num sono profundo e não natural. Myrddion foi para a cama com a bolsa mais recheada e uma sensação de que sua viagem a Constantinopla tinha sido guiada pelos deuses.

O dia seguinte alvoreceu com uma cintilação dourada transformando mesmo construções utilitárias em lindas estruturas românticas. Myrddion acordou cedo e correu escada acima até o telhado plano para ver o nascer do sol recortar as muitas palmeiras e outras plantas não familiares com luz transparente. Contente e alvoroçado, pensou na noite daquele dia; apenas o sono profundo e imutável de Yusuf maculava a felicidade do curandeiro.

No final da manhã, Myrddion descobriu que sua fama tinha se espalhado ainda mais. No pátio, uma fila de pacientes estava à sua espera, deixando-o ocupado por várias horas. Emílio e a mulher sentiam-se extasiados com o fluxo de cidadãos apinhando a estalagem, pois eles também consumiam bebidas, sucos e comida enquanto esperavam tratamento.

– Ele foi chamado para uma audiência com o imperador e a imperatriz! – disse Emílio rindo de prazer, enquanto estimulava os cozinheiros a preparar saborosos tira-gostos pedidos pelos clientes ansiosos por partilharem a glória refletida pelos curandeiros estrangeiros. – Que boa notícia para esta casa! Precisamos estimular o rapaz a ficar o mais longo tempo possível.

– Não seja ávido, Emílio. O Senhor nos diz para termos cuidado com a vaidade e o desejo de enriquecer por meio da infelicidade de outros – a mulher o advertiu, o rosto vincado de um prazer que contrariava suas pias advertências. – Além disso, o jovem Yusuf ainda está gravemente doente.

O desânimo caiu de imediato sobre Emílio.

– Tem razão, querida. Seria uma tragédia se o jovem Yusuf morresse, o que mancharia a reputação de nossa hospedaria.

– Mas o sono ajuda a curar as feridas mais terríveis, pelo menos foi o que Mestre Myrddion me afirmou. Ele ainda espera que Yusuf sobreviva.

Ignorando as ambições dos hospedeiros, Myrddion trabalhou durante a manhã e acrescentou uma significativa quantia a seu estoque de moedas. Então, depois de devorar um prato de azeitonas, queijo e fatias de carne fria, preparou-se para se embelezar para a audiência no palácio.

Mas as primeiras coisas primeiro, Myrddion disse severo a si mesmo, e correu para examinar o paciente. Yusuf finalmente recuperara a consciência e parecia muito melhor, embora tentasse levantar-se da cama, prejudicando o braço com isso.

– Se continuar mexendo o braço, Yusuf, o ferimento vai sangrar, e você já perdeu sangue demais. Você pode morrer se não seguir minhas instruções. Colocarei uma tipoia no braço para imobilizá-lo, e, se você se sentir melhor amanhã, dou pontos no seu ombro e vai poder passar um tempo ao ar livre. Isto é, se ficar sentado numa cadeira. É isso ou nada!

Com relutância, depois de Myrddion verificar que não havia infecção, Yusuf concordou em se comportar. O tio do rapaz prometeu que ele não se mexeria. Myrddion deixou o paciente nas mãos capazes do sírio.

A tarde passou muito rápido. O curandeiro tomou um prolongado banho, lavou minuciosamente os cabelos para remover o sal e o cheiro da viagem e deu atenção especial às mãos e às unhas. Pagou várias moedas de cobre por um barbear cuidadoso para remover qualquer traço de pelo; pagou também por uma pasta arenosa de carvão, um tanto desagradável, mas que garantia um hálito doce. Pensando melhor depois, usou também o velho método menos dúbio, utilizando um graveto para limpar dentes e gengivas.

Ao voltar à confortável familiaridade da hospedaria, descobriu que Bridie, Brangaine e Rhedyn tinham feito maravilhas escovando seu manto bom e a túnica, lavado sua roupa íntima e deixado as botas brilhando. Brincos, espada, o colar da avó e os anéis tinham sido limpos e polidos, embora Myrddion pusesse de lado o colar da sacerdotisa como inadequado para uma audiência, mesmo com um imperador.

Pouco antes do crepúsculo, como se tirasse um coelho da cartola, Cadoc apareceu com uma pequena caixa de madeira aromática e a entregou a Myrddion.

– Da parte de Ali el Kabir, mestre, para que faça honra ao senhor diante do imperador e como agradecimento por salvar a vida de Yusuf. Até agora, pelo menos.

Myrddion abriu a caixa e viu um broche de manto extremamente rico. De formato circular, era feito de um ouro amarelo-amanteigado e tinha um diâmetro de vários centímetros, o que denotava o seu peso.

Dentro do círculo, viam-se duas filas de pedras preciosas, o anel exterior de lápis-lazúli e o interior de esmeraldas lapidadas. A pedra central era uma grande peça de âmbar com uma borboleta capturada pela eternidade em sua ricas profundezas amarelas.

– Não posso aceitar isso. – Myrddion engoliu em seco. – Esse broche é valioso demais. Já fomos muito bem pagos pelo serviço.

– Pode ser, mestre, mas vai ter que discutir isso com Ali el Kabir, não comigo. De uma coisa eu sei: ele vai ficar ofendido com a sua recusa. Além disso, o alfinete ia ficar muito bem no seu manto.

Dizendo isso, Cadoc prendeu o espetacular broche no ombro de Myrddion e o curandeiro foi obrigado a concordar: o manto ficava muito melhor com a joia.

– Pode devolvê-lo a el Kabir amanhã, se quiser. Mas agora a liteira já chegou e está na hora.

Levado até a rua pelos amigos e com as despedidas dos hóspedes em seus ouvidos, Myrddion se viu içado a uma cadeira ornamental por quatro homens enormes e tão negros que brilhavam como a púrpura luzidia das uvas. Das cabeças raspadas até os pés com sandálias, eram soberbos espécimes masculinos. As peles untadas de óleo brilhavam como ágata polida, e as túnicas que usavam tinham uma brancura impressionante em contraste. Quando começaram a trotar segurando nos ombros as varas douradas da liteira, Myrddion ficou surpreso com tanta força e coordenação.

A viagem foi rápida e suave, e um tributo à incompetência dos carregadores, mas Myrddion, lá no alto, sentia-se constrangido por ser carregado. Podia ter fechado as cortinas da liteira, mas queria ver a procissão de homens e mulheres que caminhavam, compravam, limpavam as ruas, cuidavam dos jardins ou seguiam para seus compromissos noturnos.

Quando a liteira se aproximou do palácio, Myrddion teve a primeira visão de Hagia Sophia e Hagia Eirene. Pôde ver a longa fileira de cordeiros esculpidos, tão vivos que davam a impressão de que iam saltar do mármore e pastar na grama. Uma coluna torcida como seu bastão de serpente erguia-se de seu pedestal. Myrddion notou que era muito antiga, sugerindo religiões muito mais velhas que o cristianismo. Algo muito parecido com superstição o percorreu.

Finalmente chegaram.

Vários degraus largos conduziam a um pórtico grandioso, sustentado por colunas coríntias, sulcadas, pairando no alto. Guardas com armaduras decorativas tendo no peitoral uma águia romana de asas abertas alinhavam-se na escada e no pórtico, fornecendo uma guarda de honra aos convidados que chegavam. Diferentes dos soldados de infantaria romanos, aqueles homens eram altos e bárbaros na aparência. Myrddion lembrou, então, que Constantinopla abastecia suas forças com saudáveis rapazes de nações próximas como Samaria, Armênia, Trácia e Pontus. Ao desmontar, Myrddion agradeceu aos carregadores, muito intrigados com sua reação. Ele distribuiu moedas de cobre aos quatro homens, que as aceitaram com sorrisos brancos contrastando com os lábios cor de púrpura.

Então, Cleoxenes se aproximou, com abraços e palmadas nas costas de genuína afeição.

– Myrddion, meu bom amigo! Nunca achei que ia vê-lo de novo, menos ainda em Constantinopla. A última de suas profecias se concretizou. Estou contente de vê-lo.

Myrddion recuou para olhar melhor o esplendor do enviado.

– Deuses, Cleoxenes, você deve estar mais elegante que o imperador. Mesmo o falecido Aécio teria ficado impressionado se o visse vestido assim.

Cleoxenes estava realmente magnífico. Da cabeça aos pés, vestia-se em ricas sedas em tons vivos de azul. O manto que levava no braço era escuro como o céu da meia-noite, enquanto a túnica cor de cobalto dava a esses paramentos uma aparência esplêndida, ofuscante. As botas de couro macio eram amarradas até a panturrilha, e os braceletes de ouro que lhe cingiam os braços eram enfeitados com turquesas e lápis- lazúli. Em seu pescoço, havia uma corrente de ouro com um sólido pingente retratando o perfil de Atena, a deusa grega da sabedoria. No reverso do pingente, via-se uma coruja com olhos de rubis.

Sob o olhar divertido do amigo, Cleoxenes enrubesceu. Então riu.

– Você acha que estou vestido como uma puta romana, não é? Não negue. Mas em Constantinopla essas roupas são consideradas conservadoras. Espere e verá. Você está vestido de um modo fúnebre, isso vai causar sensação entre os notáveis. Agora vejo, entretanto, que está usando mais joias do que eu, e algumas muito bonitas. Esse broche é damasceno, não é?

Myrddion assentiu, confuso pelo termo não familiar, mas confiando no conhecimento de Cleoxenes. À medida que falavam, iam subindo a escada, passando por portas imensas ornadas de bronze, escancaradas para permitir a entrada dos convidados. Enquanto Myrddion se maravilhava com o piso composto de várias cores, dois guardas removiam as armas dos aristocratas. O curandeiro entregou a eles a espada do bisavô sem hesitar, embora pedisse uma confirmação de que a arma lhe seria devolvida.

A grande antessala interna era fabulosamente decorada, com afrescos nas paredes e intrincados mosaicos de grande naturalismo. Myrddion se viu de boca aberta como um rústico frente aos lindos tecidos, às pedras preciosas, às mesas e aos bancos decorados, e à riqueza de taças de vidro e jarras de vinho de ouro tratadas pelos inúmeros cortesãos com desatenção e negligência. Quando uma mulher num toucado de cachos exagerados deixou cair uma taça de vinho e o vidro precioso espatifou-se no chão, Myrddion prendeu o fôlego. Uma família camponesa de Segontium poderia viver anos com o valor da taça. A mulher olhou acusadoramente para um criado que viera correndo limpar a sujeira, como se ele fosse o responsável pelas manchas de vinho no vestido dela.

Myrddion e Cleoxenes conversavam ociosamente. Homens de todas as idades, belos e perfumados, se juntavam a eles, ostensivamente para falar com o enviado, mas na verdade estudando Myrddion, bastante consciente da curiosidade que despertava. Os cavalheiros ficavam surpresos com a pureza do latim que empregava e fascinados de ouvirem relatos em primeira mão sobre Flávio Aécio, o encontro de Átila com o Papa Leão e a situação em Roma. Esses nobres raramente viajavam para o Ocidente, pois preferiam as condições políticas mais estáveis de Constantinopla. Entretanto, interessavam-se pelo assassinato de Flávio Aécio e estavam alarmados com o rápido declínio da estrutura social de Roma. Muitos deles pediram a opinião de Myrddion e se maravilhavam com a sua juventude, considerando as vastas distâncias percorridas pelo rapaz até o Império Romano do Oriente.

O curandeiro suprimiu sua desconfiança inicial em relação a homens tão preocupados com vestimentas e enfeites, quando percebeu que cada cortesão na antessala competia para ser o mais requintadamente vestido. Os olhos rápidos do jovem descobriram que os braços eram bronzeados e vigorosos sob os braceletes de ouro, e os rostos bem barbeados tinham maxilares fortes, independente da ocasional aplicação de cosméticos. Muito jovem, Myrddion tinha que perder ainda os preconceitos provincianos sobre como os homens deviam se comportar. Ficou um tanto embaraçado por ter julgado os cortesãos afeminados e decadentes apenas por suas vestimentas.

Ficou também constrangido pelos olhares dissimulados das mulheres de todas as idades que se juntavam para conversar por trás de leques pintados e riam dos comentários a respeito do rapaz. *Os aristocratas daqui são tão rudes e vulgares como os de toda parte*, pensou. *Não há diferença verdadeira entre as nobrezas pelo mundo; apenas as línguas que falam e as afetações que adotam.*

Então, com uma fanfarra e um movimento dos notáveis junto às portas de bronze, a audiência com o imperador começou. Cleoxenes cutucou Myrddion, e os dois abriram caminho para a parte de trás da multidão. As portas levando aos aposentos do imperador se abriram com um floreio, revelando um pequeno tablado no extremo oposto do local. Nele se sentava o Imperador Marciano ao lado da esposa, Pulcheria, irmã do falecido Imperador Teodósio.

Na casa dos sessenta, o imperador trazia no rosto comprido e de nariz grande as marcas das doenças sofridas quando tribuno e, mais tarde, quando fora aprisionado pelos vândalos. Diziam os boatos que Flávio Ardabur Aspar, seu *magister militum*, tinha arquitetado sua ascensão ao trono depois da morte de Teodósio. Apesar da aparência pouco impressionante do imperador, Myrddion sentiu um cintilar de curiosidade ao examinar o rosto magro de ave com a pele turva e acinzentada. Marciano não tinha barba; usava o que lhe restava dos cabelos em compridos cachos caindo pelos ombros, imitando juventude, o que era incrementado por uma série de anéis suspeitos que lhe cobriam a testa sob a alta coroa.

Seriam os homens de Constantinopla tão vaidosos a ponto de usarem perucas?, pensou Myrddion. Provavelmente. Sobretudo se a velhice tivesse lhes fatigado o corpo e a coroa pesasse sobre um pescoço artrítico.

A seu lado, a imperatriz tinha uma vestimenta tão opulenta de fios de ouro e pérolas que parecia um pequeno ídolo. O enorme toucado, que lhe aumentava bastante a altura, era obviamente uma peruca, pois o rosto abaixo dos torturados cachos avermelhados era cansado demais para um cabelo de cor tão improvável. Diferente do marido, que parecia bastante dócil, Pulcheria sugeria estar confortável enquanto chamava os cortesãos à sua presença com um gesto imperioso. Como o marido, a quem ela escolhera com a morte do irmão, seis anos antes, tinha um rosto quase esquelético no qual a testa, as faces, o nariz e o queixo eram proeminentes e orgulhosos.

Havia outro homem em pé, nas sombras do trono, numa posição que não permitia a Myrddion distinguir-lhe os traços.

– Quem é o aristocrata de cinza? – murmurou ao ouvido de Cleoxenes. – Ele fica tão perto do trono que deve ser um favorito do imperador.

Cleoxenes bufou, e Myrddion percebeu respeito e desagrado no som.

– É mais do que um favorito. Ele deu o trono a Marciano quando nosso imperador era apenas um comandante menor, sem formação ou capacidade. É o *magister militum* do Império Romano do Oriente, um homem que recusou o trono do Oriente supostamente por motivos religiosos; mas acho que gosta de dominar mentes mais fracas dos bastidores. Aquele, meu amigo, é Flávio Ardabur Aspar, o homem mais importante de Constantinopla.

– Um fabricante de reis – sussurrou Myrddion.

Como se ouvisse isso, Aspar avançou para a luz das tochas perfumadas e Myrddion pôde vê-lo com nitidez. Com um choque que lhe percorreu a espinha, Myrddion reconheceu o rosto bonito e de meia-idade orgulhosamente erguido para observar a multidão abaixo dele.

O rosto, com algumas décadas a mais, era idêntico ao seu.

Capítulo 21

Num espelho escuro

Flávio Ardabur Aspar ainda era um homem bonito. O cabelo espesso, antes tão negro, era agora branco nas têmporas, mas ainda retinha alguns traços escuros na nuca, onde ele o mantinha militarmente curto.

Nem por um momento Myrddion duvidou que o *magister militum* fosse o seu pai.

Aspar ainda não notara Myrddion. Assim, o rapaz pôde observá-lo detalhadamente. O general era mais alto que a maioria dos homens, mas Myrddion ainda excedia em alguns centímetros a altura dele. De ombros largos, pernas compridas e roupas ascéticas, Aspar era o homem mais elegante da sala... E obviamente sabia disso, ao erguer o queixo barbeado para examinar os rostos que bajulavam o imperador e a imperatriz, e a ele próprio.

– Pode ver a semelhança, não pode, Myrddion? – sussurrou Cleoxenes numa voz tão baixa que mesmo os cortesãos amontoados em torno dele não podiam ouvir. – Não estou enganado, estou?

– Você sabia, Cleoxenes! Sabia o tempo todo!

– Adivinhei. Perdão, Myrddion, mas nunca se perguntou por que demonstrei tanto interesse em você desde a primeira vez que nos encontramos? Como eu poderia não ver Aspar em cada traço do seu rosto e principalmente em seus olhos? Apesar de os seus serem mais bondosos do que os dele.

– Beleza de jacinto, disse minha mãe, que era muito esperta, ainda que louca por vinte anos. Ele é bonito, mas de modo masculino. Ela o chamava de Tritão, você sabe, antes de ele estuprá-la, aos doze anos de idade. – O rosto de Myrddion se endureceu, amargo. Muitos anos de sofrimento e perda jaziam por trás de sua expressão rígida e fechada.

– O que estaria ele fazendo em Segontium? Na Britânia, entre todos os lugares do mundo? Na corte de Vortigern, o Alto Rei dos britânicos?

Cleoxenes examinou Aspar por cima da multidão e sacudiu a cabeça.

– Vocês são os dois lados de um espelho, um jovem e um velho. Céus, Myrddion, eu não sei. Só sei que Aspar e o pai Ardabarius removeram o usurpador Johannes do trono do Império Romano do Ocidente e colocaram nele Gala Placídia e seu filho Valentiniano. Sim, Aspar faz reis, como o pai dele. Portanto, certamente estava em Roma e em Ravena naquela época, e acho que tinha uns vinte e poucos anos. Lembro também que ele fez campanhas na África por alguns anos. Mas, aos trinta, estava em casa, servindo como cônsul. Por que teria ido à Britânia é um mistério para mim.

– Se Aspar tiver uns 56 anos agora, sua idade combinará com o período do meu nascimento. Significa que fui gerado depois da África e antes de ele se tornar cônsul. Alguma coisa o fez ir à Britânia, e a visita deve ter sido desabonadora para ele.

A multidão se abriu, e o curandeiro ouviu o imperador ordenar a presença de Cleoxenes numa voz alta e desaprovadora. Subitamente Myrddion se sentiu muito vulnerável e exposto. Decidido a encarar Aspar, o rapaz também levantou o queixo em desafio, sem saber que mais de um homem na sala sentia uma faísca de interesse no estranho.

– Como posso servi-lo, majestade? – murmurou Cleoxenes em sua voz melíflua e afável.

– Quem é esse estrangeiro muito alto de preto que o acompanha? Avance, rapaz. A luz está nos meus olhos; não consigo ver direito.

– Tenho orgulho de lhe apresentar Myrddion Emrys de Segontium, na Britânia. É um curandeiro de grande renome que serviu sob Flávio Aécio na batalha dos Campos Cataláunicos. Dezenas de milhares de guerreiros morreram naquele dia, e muitos outros passaram pelas mãos de Myrddion e ainda vivem hoje devido à competência deste rapaz. Ele estava comigo em Mântua quando Átila partiu da Itália, salvou meu braço da amputação depois de um ferimento, e serviu como curandeiro aos cidadãos de Roma. É bisneto de um rei, e sua avó era a principal sacerdotisa de seu povo. Myrddion Emrys lhe oferece sua obediência.

Myrddion avançou e se prosternou à maneira celta ante Marciano e Pulcheria. Seu corpo formou uma cruz negra no chão de mármore.

Cleoxenes observara Aspar com o canto do olho enquanto se dirigia ao imperador. Aspar nada demonstrara ante a menção de Segontium, mas os olhos treinados de Cleoxenes viram certa rigidez em sua postura.

– Então, Myrddion Emrys – disse Marciano com sua voz de avô –, levante-se, rapaz, para que possamos nos falar. Raramente encontramos homens de seu ofício, embora minha querida Pulcheria acredite piamente na competência de um filho de Ismael que cuida da saúde dela. Geralmente os curandeiros são gregos, judeus ou persas. Então, estamos muito surpresos de conhecer alguém das Ilhas Britânicas com tal ofício. Por que um nobre se tornou curandeiro?

– Não tenho terras, meu senhor, e a guerra me foi vedada desde o berço. Como não queria viver da caridade de minhas relações nobres, resolvi me dedicar ao bisturi e fiz o juramento de Hipócrates.

Marciano sorriu, mas Cleoxenes viu que o imperador notara um fio solto na história de Myrddion. Conhecendo a natureza dogmática do imperador e sua curiosidade desconfiada, Cleoxenes tinha certeza de que Marciano puxaria o fio até entender tudo sobre o jovem à sua frente.

Será que Myrddion queria que Marciano fizesse as perguntas?

– Majestade, eu não podia ser guerreiro, pois não tinha um pai humano. – As pessoas se mexeram e murmuraram, como se um vento soprasse pela sala. Alto, de vestes negras, Myrddion era o centro de todos os olhares enquanto sua voz, tão adequada para contar histórias, os atraía. – Minha mãe tinha doze anos quando fui concebido, uma criança criada numa casa de mulheres, pois a mãe de minha mãe servia à Deusa cujo nome não deve ser pronunciado. Ela jurou ter sido violada por um demônio. Contudo, foi-me permitido viver porque as serpentes da Deusa me aceitaram, assim como o Senhor da Luz, cujo nome recebi. Fui chamado de Semente de Demônio, como o Rei Merovech dos francos sálios, que morreu nos Campos Cataláunicos. Vivi porque eu era temido.

Marciano se retraiu. Era um devoto cristão, mas a superstição existia lado a lado com sua fé. E aquele jovem proclamava abertamente seu status de demônio ante a corte do imperador.

– Está dizendo que é um aliado de Satã, rapaz? Se for assim, minhas terras estarão fechadas a você para sempre – ameaçou Marciano, enquanto Pulcheria fez o sinal da cruz no peito.

– Como poderia eu ser filho de um demônio, meu senhor? Jesus não desgraçaria um filho, e seu deus benevolente jamais amaldiçoaria uma criança pelos pecados do pai. Minha mãe foi estuprada quando criança na praia perto de sua casa. Ela inventou o resto temendo ser morta porque seu avô, o Rei Melvig ap Melwy, ficaria furioso por ter o preço dela como noiva depreciado. Era uma criança. Estava machucada e com um medo mortal. Fui criado para ser um homem decente e pacífico, e dediquei minha existência a salvar vidas, não a acabar com elas. Nenhuma Semente de Demônio seria tão magnânima, se é que tal homem existisse. Ia querer causar discórdia e violência aonde quer que fosse.

Sentindo que o Imperador Marciano ainda não estava convencido, Cleoxenes deu um passo à frente de novo e mostrou o braço com as cicatrizes que o desfiguravam. Um buraco profundo abaixo do cotovelo mostrava onde a carne e o músculo fora removido.

– Majestade, eu teria morrido em Roma se esse rapaz não lutasse para salvar meu braço e minha vida. O braço estava envenenado, e, quando eu o chamei, a infecção já tinha me empurrado para perto da morte. Um curandeiro prudente teria cortado o braço rapidamente, mas eu insisti que precisava ir a Mântua para servir aos interesses de Vossa Majestade, e o proibi de cortá-lo. Ele trabalhou como um anjo, não como um demônio, e expulsou a infecção da carne; cuidou de mim como se eu fosse um bebê e viajou comigo até o acampamento de Átila para que eu pudesse cumprir meus deveres para com o império. Arriscou a própria vida, pois

Flávio Aécio o detestava. Mas Myrddion se recusou a ficar em Roma em segurança. Ele não é um demônio, e sim um presente de Deus para servir aos interesses de Vossa Majestade. Demônio é o homem que causou tanto sofrimento a uma menina.

Ouça essa, Aspar Apreciador de Falcões, pensou Cleoxenes selvagemente, ao ver o general morder o lábio ante o veneno das palavras que ouvia.

– Pobre criança! Tão jovem para ser devastada por um homem tão perverso – murmurou a Imperatriz Pulcheria, mais solidária que o marido para com a garota nobre usada como um peão nas lutas de poder. – Ela ainda está viva, Myrddion Emrys?

– Sim, majestade. Minha mãe ainda vive, mas enlouqueceu desde que eu nasci. Tentou me matar duas vezes e também machucar seus filhos mais moços. Ela corta a própria carne de culpa e vergonha; tem que ser vigiada o tempo todo.

– Ah, meu caro! Que coisa medonha! – exclamou Pulcheria. Enxugou os olhos, embora Myrddion visse que estavam secos. – Os pecados de seu violador caíram na verdade sobre ela. Você sofreu também?

– Sim, majestade, mas eu tive a sorte de ser criado por minha avó, que me protegeu até que Vortigern, o Alto Rei, tentou me sacrificar para satisfazer suas próprias extravagâncias, quando eu tinha dez anos. Minha avó foi morta ao tentar me salvar dos bárbaros de Vortigern.

Imobilizado pela história, o grupo de notáveis debruçava-se para o rapaz. Só Aspar parecia impassível. Recuara para a sombra, e a luz só lhe iluminava agora a testa, o nariz reto e as bordas dos malares agudos.

– E o que sua mãe disse desse demônio? – perguntou. – Ela soube quem ele era?

– Não. Ela sempre usou um termo, "beleza de jacinto", para descrever seu Tritão jogado à praia por uma tempestade. Ela salvou a vida dele, senhor, com todo o desastre que ele lhe causou. Só sei que supostamente ele teria matado a própria mãe e ainda usa o anel dela. Descobri que o Rei Vortigern conhecia o homem e me deu pequenas dicas sobre ele antes de ser queimado até a morte em sua fortaleza de Dinas Emrys. O Alto Rei me contou que o homem adorava caçar com pássaros e era um matador natural, da mesma forma que eles. Mas nunca consegui convencer Vortigern a me dizer quem era.

Aspar grunhiu, os olhos fulgurando nas órbitas escuras.

– Deve ser um homem cruel – disse o imperador silenciosamente, e Myrddion notou que as mãos de Marciano tremiam de nervoso ou doença. – Você tem permissão de ficar em Constantinopla, mas não quero mais conversas sobre demônios. Alguns sacerdotes encaram esses assuntos com seriedade.

– Vivo para servi-lo, majestade. Se precisar de meus serviços como curandeiro, eu me colocarei com prazer às suas ordens.

Marciano assentiu com a cabeça. Myrddion notara rapidamente a grande palidez no rosto do imperador.

– Você pode vir até mim depois de amanhã, curandeiro. Embora minha querida mulher, sem dúvida, prefira que seu curandeiro ismaelita trate de mim.

Marciano se afastou e a parte de Myrddion na audiência terminara.

Como outros homens importantes em torno do tablado, Myrddion e Cleoxenes se afastaram até se perderem na multidão. Então, liberado de qualquer necessidade de cortesia, Myrddion girou nos calcanhares e saiu do grande salão cintilante, as mãos fechadas junto de si.

– Aonde está indo, Myrddion? Pare. Ou, pelo menos, vá mais devagar. Suas pernas são compridas demais para mim – gritou Cleoxenes, correndo atrás dele.

Myrddion desceu rapidamente a escada até o pórtico e parou ante a rua vazia onde as liteiras tinham vomitado seus passageiros. Ele virou o rosto tempestuoso para o amigo.

– Viajei pelo mundo para encontrá-lo. Não sei o que esperava, mas nunca imaginei que ele fosse o *magister militum* e o homem mais poderoso do Império Romano do Oriente. Meu pai prosperou depois de deixar uma trilha de destruição e sofrimento atrás de si. Não há justiça no mundo, pois os deuses devem estar cegos.

– Myrddion, você não pode acreditar que o mal fique totalmente incólume. A maioria de nós um dia paga, em grande parte, seus pecados, cedo ou tarde. Olhe Flávio Aécio!

Myrddion parou de andar e girou seu anel do sol várias vezes no dedo.

– Aécio viveu bem por muito tempo. E sua morte levou apenas alguns momentos. Para uma pessoa que causou estrago e desespero a todos que ficaram em seu caminho, ele pagou um preço muito baixo. Tudo isso parece tremendamente injusto.

– Vamos, ande comigo – disse Cleoxenes, pegando o cotovelo de Myrddion. – Minha casa é ao lado do palácio e há uma boa refeição à nossa espera. Podemos conversar mais depois que comermos. Há um assunto urgente que quero discutir com você, de qualquer modo.

Myrddion concordou em caminhar com o enviado, e a suave pressão da mão dele no braço do curandeiro acalmou-lhe um pouco a agitação. A noite estava muito clara, e, mesmo com a cidade cheia de luzes, viam-se as estrelas com muita nitidez. Pareciam tão perto que Myrddion teve a sensação de que bastava esticar a mão para pegar sua luz nas redes dos dedos.

As águas do Chifre de Ouro forneciam uma suave música de pano de fundo, agora que os amigos caminhavam por atalhos escuros longe do barulho das pessoas. Plantas aromáticas perfumavam o ar com um odor pesado, doce e levemente apodrecido. Embora a escuridão sob as árvores devesse ser ameaçadora, Myrddion sentiu-se embalado pela brisa, pela salgada fisgada do ar e pelo macio assobio das palmeiras.

Então, subitamente, a vila surgiu da escuridão, brilhando à luz de tochas e lampiões. Enquanto o anfitrião e seu convidado avançavam pelo caminho, vários criados deixaram a vila e se colocaram às suas ordens.

Myrddion examinou a casa de Cleoxenes com curiosidade. Os pisos e as colunas eram construídos de mármore com veios rosa, e as paredes eram pintadas de afrescos. A simplicidade das salas, comparada à opulência do palácio, exibia bom gosto e elegância. Myrddion notou que o conforto ali era primordial na colunata larga, nas salas espaçosas e bem ventiladas. O átrio abrigava uma profusão de ervas floridas e perfumadas, deixando no ar uma combinação de lavanda e hortelã. No triclínio, os divãs para comer tinham um desenho antigo, com fofas almofadas e tecidos discretos. Então, quando entraram no *scriptorium*, Myrddion viu uma mesa bem iluminada onde se podia ler ou escrever. O material para escrever estava colocado em simples caixas de cedro que perfumavam o ar com o odor da cultura. Em uma parede inteira, havia nichos de cedro guardando centenas de pergaminhos enrolados dentro de estojos de couros.

Cleoxenes levou Myrddion para os jardins, que seguiam uma linha tênue entre o prático e o estético. Nos íngremes terraços levando até a água, laranjeiras e limoeiros fulguravam com globos de frutas meio maduras. Os canteiros, repletos de legumes e rosas centifólias em partes iguais, exibiam uma noite perfumada e fecunda.

A refeição prometida, leve e magnificamente preparada pelos criados de Cleoxenes, foi muito agradável. Cleoxenes preferia as comidas saborosas à doçura enjoativa que dominava a culinária romana. Myrddion detectou condimentos pouco comuns nos molhos, levando o enviado a explicar que os comerciantes ocasionalmente traziam especiarias de países distantes para o sul, a maioria especialmente apetitosa quando usada em carne e legumes.

A princípio, Myrddion hesitou ao escolher, mas logo descobriu que gostava de frango e codorna condimentados. Chegou mesmo a tomar uma taça de vinho branco muito seco e vivo, contente com a ausência de doçura na bebida.

Diferente dos epicuristas romanos, Cleoxenes não forneceu um *vomitorium* nem serviu o enorme número de pratos que obrigavam os comensais a esvaziarem o estômago a fim de prepará-lo para mais comida. Myrddion sempre considerara desagradável a glutoneria, e ficou contente de não precisar se desculpar por sua falta de apetite romano. A seguir, agradavelmente satisfeitos, os dois se reclinaram diante do que sobrara da fina refeição e conversaram com espontaneidade.

Myrddion explicou suas suspeitas sobre o envenenamento por chumbo, especialmente com relação ao vinho. Suas palavras horrorizaram Cleoxenes.

– Não consigo nem avaliar os perigos que descreve, meu amigo. Toda pessoa que bebe vinho adoçado, come doces ou prepara a comida com condimentos em pó em Roma está se envenenando. Eu mesmo comi a comida deles. Que coisa terrível! E você diz que o curandeiro Isaac sabe disso e não faz nada porque parte da sociedade romana não vai acreditar nele? Se seu diagnóstico está certo, que o próprio Isaac seja engolido pelo Sheol, o Hades judaico.

Myrddion sacudiu os ombros.

– Não consegui convencê-lo a apoiar minha opinião no assunto. Ele prefere manter sua reputação em alta a salvar a vida de gente menos afortunada. Foi muito frustrante ser obrigado a ficar quieto enquanto outros, numa posição melhor, resolvem ignorar o perigo. Resolvi cortar todos os laços com Isaac quando percebi que ele de fato não ligava para os pacientes.

– Muitos curandeiros são como Isaac. Acho que um curandeiro não precisa ter qualquer afeição por seus pacientes; apenas tratar deles. – Cleoxenes bancava o advogado do diabo.

O rosto de Myrddion se avermelhou de paixão, e Cleoxenes refletiu até que ponto o rapaz podia ser diferente de Aspar quando suas emoção estavam envolvidas.

– Mas não devemos prejudicar os pacientes com machucados ou doenças quando temos os meios para ajudá-los. Os curandeiros são obrigados a fazer tudo que podem para o benefício dos pacientes, e não apenas ficar observando enquanto eles morrem.

– Ah, prefiro ser cuidado por você, Myrddion, a ser tratado por Isaac ou alguém desse tipo, por mais competente que seja. – Cleoxenes deixou o assunto morrer. Então, inclinou-se para frente, agarrou obraço de Myrddion e obrigou-o a escutá-lo. – Você tem um problema muito maior do que discussões sobre a ética dos curandeiros. Posso entender a tentação de golpear Aspar onde dói, mas você não sabe com quem está lidando. Na última década ou coisa assim, ele tem usado a religião como uma desculpa para defender seu caráter manipulador. Ele é um fabricante de reis e vem sendo o poder atrás do trono por mais de trinta anos. Tem dominado os imperadores do Oriente na maior parte de sua vida e detém um poder além da nossa compreensão.

– Pouco me importa o quanto ele é poderoso. Se pudesse, eu o atingiria publicamente pelo modo como tratou minha mãe – retrucou Myrddion. O curandeiro ainda fervilhava de ressentimento.

– Para alguém com olhos para ver, isto é, o próprio Aspar, você deixou a situação perfeitamente clara. Infelizmente não está em posição de negociar com ele, ou ameaçá-lo achando que ficaria impune. Eu mesmo sou sempre cuidadoso em lidar com o *magister militum*.

Myrddion olhou Cleoxenes fixamente. Era raro o sofisticado aristocrata mostrar qualquer emoção forte, assumindo habitualmente uma calma incomum.

– Não entendo, Cleoxenes. O que Aspar pode me fazer?

– Preciso explicar? – Cleoxenes franziu a testa, irritado. – Ele pode matar você em segredo. Por que não? Quem se importa com o desaparecimento de mais um estrangeiro? Realmente, você está sendo muito ingênuo.

Myrddion ficou de queixo caído por um instante antes de fechar a boca. Claro, pais também matavam filhos na Grã-Bretanha. Vortigern, por exemplo, teria assassinado todos os filhos se pudesse. Como Cronos, que devorou seus filhos, poderosos aristocratas romanos geralmente se davam a um grande trabalho para remover um rival mais jovem. Mas, até Cleoxenes mencionar a questão, Myrddion jamais pensara estar pondo em perigo a si próprio ou aos amigos por suas ações impensadas.

– O que de fato você quer de Aspar, Myrddion? – Cleoxenes perguntou-lhe.

– Ser reconhecido, para que ele admita ter causado danos a mim e aos meus.

– E acha que ele fará isso? – disse Cleoxenes, inexorável.

Myrddion examinou as mãos e o anel de sol que os dedos agitados viravam e reviravam. Ele suspirou. Havia um mundo de constrangimento naquele suspiro.

– Não. Não vai fazer isso. Ele seria um tolo de me reconhecer, de qualquer modo. Depois de vê-lo, não tenho dúvida alguma de que tem filhos legítimos também.

O tom definitivo nas palavras dele reconfortaram Cleoxenes. Talvez o jogo de gato e rato no palácio tivesse passado despercebido.

Os dois conversaram até as primeiras horas da manhã. Embora vinte anos os separassem, ambos tinham uma natureza contemplativa e eram observadores. Arte, música e até os jogos em Roma e Constantinopla foram debatidos, ainda que o Império Romano do Oriente raramente precisasse descer a métodos tão bárbaros para pacificar a população. Cleoxenes concordou que assistir a homens lutando até a morte por prazer era repreensível. Entretanto, como cidadão de uma sociedade que sancionava o assassinato e a guerra como entretenimento, estava acostumado à ideia, mesmo que tivesse se prometido jamais assistir a tais diversões ele próprio. Myrddion suspirou de novo. Era muito difícil para alguém resistir às pressões do mundo em que fora criado, até para o melhor dos homens.

Cleoxenes e Myrddion se separaram como bons amigos fazem: conscientes de que cada um deles tinha falhas, mas capazes de aceitar as fraquezas junto com as forças do outro.

*

No dia seguinte, os curandeiros levantaram cedo para trabalhar na clínica do pátio da hospedaria, tentando manter a fila dos pacientes a menor possível. Myrddion se sentia culpado por sua ausência à tarde ter deixado pacientes sem tratamento, mas Cadoc frisou que Constantinopla tinha muitos outros curandeiros; ele era apenas uma novidade. Os cidadãos queriam ver os rapazes que vinham das regiões além das fabulosas Colunas de Hércules, e não exatamente por seu estado de saúde.

– Eles só estão curiosos, mestre. Furúnculos, dor de dente, verrugas, cortes e contusões? Nada disso é doença fatal. Eles querem mesmo é ver o senhor.

– Não gosto que sejamos comparados a animais de feira – queixou-se Myrddion.

– Bem, mas somos – resmungou Cadoc. – Apesar de que Constantinopla é um belo lugar para ser exibido. Então pretendo aproveitar o circo.

Antes que os trabalhos começassem, os três homens perambularam pelo mercado e pelas largas avenidas. Havia tanto a ver, provar e experimentar. O sol brilhante produzia uma leve fisgada de calor, e os céus pareciam mais amplos, profundos e vastos do que os densos e cinzentos céus de sua terra natal. Das elevações, podiam ver como o Propontis se estendia em ondas azul-escuras, quebradas por pequenos quadrados e triângulos de velas coloridas.

Finn comprou um pequeno manequim de osso esculpido e vestido de mulher, como presente para Bridie. Os três curandeiros estavam surpresos com a engenhosidade das mercadorias, e Myrddion sentiu as moedas sumirem rapidamente de sua bolsa. Então, numa barraca afastada, ele viu um brilho de vidro e resolveu se aproximar.

O homem da barraca se especializava em objetos de vidro, o que lhe concedia muito menos clientes para seus caros produtos. A coleção de formatos maravilhosos, decorados e pintados para representar uvas ou perfis do imperador, cintilava com um brilho especial ao sol da manhã. Embora o bigodudo dono da barraca franzisse a testa, Myrddion estendeu a mão e alisou as superfícies. Então viu as jarras de vidro.

Comparada com outras jarras, aquelas eram simples e toscas, claras e ásperas, obviamente moldadas para uso doméstico. Mediam aproximadamente trinta centímetros de altura e quinze de diâmetro na base, com uma boca larga e borda cilíndrica. Fascinado, Myrddion já imaginava suas ervas, tinturas e espécimes estocados naquelas grandes jarras, tão claras que o conteúdo podia ser visto numa olhadela.

– Essas jarras... Quanto custam?

Os olhos astutos do artesão esquadrinharam o rosto ansioso de Myrddion antes de anunciar uma soma tão grande que o curandeiro engoliu em seco e se afastou com simulada rejeição. Rápida e suavemente, Cadoc ocupou o seu lugar.

– Senhor, suas jarras estão muito empoeiradas, então acho que está com elas há muito tempo. Meu mestre as aprecia, mas pode perfeitamente estar de miolo mole, pois eu e você sabemos que elas são feitas do vidro mais simples e barato, não é?

O homem da barraca protestou alto e rapidamente, com gestos animados. Seu bigode parecia alternadamente chocado e insultado, enquanto Praxíteles traduzia as espertas observações de Cadoc.

– O que são elas afinal? Uma encomenda que deu errado? Moramos em Roma por vários anos e eu não sou ingênuo como o meu patrão. Estou curioso e não tenho um tostão para gastar, mas o mestre geralmente aceita meu conselho na questão de dinheiro.

Cadoc sorriu, cativante apesar das cicatrizes, e piscou para o homem. Este a princípio tentou parecer ofendido, mas finalmente sorriu.

– Você está certo. Uma senhora de alto nascimento encomendou as jarras para as cozinhas dela, apesar de eu não entender por que se ocupava com isso. Afinal, tinha mais criados do que dedos nas mãos e nos pés. Quando as jarras ficaram prontas, ela chegou à conclusão de que eram comuns demais e sem importância, então não quis comprá-las. Vaca estúpida! Recipientes de vidro são preciosos demais para uso diário. Ela simplesmente mudou de ideia e me deixou no prejuízo.

Mesmo em Constantinopla, o pessoal comum abrigava um saudável desrespeito por seus amos, por mais que se curvassem ou usassem palavras polidas. Praxíteles sorriu, conhecedor, e traduziu cuidadosamente a fala do fabricante de vidro. A resposta de Cadoc era previsível.

– Então você está entalado com as jarras, não é? Todas elas. Quem vai comprar jarras de vidro para guardar coisas? É melhor quebrar todas e realimentar sua fornalha com os pedaços, não é?

– Não! Não! Não! Não! Meu preço é justo – o homem protestou.

– Sim! Sim! Sim! Sim! Você tentou enganar meu amo – retrucou Cadoc –, e ele agora vai gastar as moedas de ouro em algo inútil como tapetes e joias, quando minha tarefa seria muito facilitada se ele tivesse comprado as jarras. Podemos ser da Grã-Bretanha, da qual acho que você nunca ouviu falar, mas o mestre é Myrddion Emrys, um curandeiro famoso. Pergunte sobre ele no palácio do imperador, se não acredita.

– E daí? Então é melhor que eu quebre e moa as jarras para usar o material de novo, como você diz? Ou vendê-las a você por um valor baixo?

O homem riu, mostrando finalmente um vislumbre de sentimento verdadeiro, e não a arenga de mercado. Praxíteles e Cadoc sentiram que ele começava a fraquejar e reprimiram sorrisos triunfantes.

– Elas seriam úteis para mim – murmurou Cadoc para o homem. – Você não tem ideia de quantos cogumelos, manjericão picado, rosmaninho, arruda, lavanda, mandrágora, hiosciamina etc., etc. tenho que achar entre nossas jarras de cerâmica. E o mestre sempre quer tudo logo, como todos os patrões. Jarras de vidro seriam bem úteis. Bom, provavelmente você vai encontrar outro comprador para todas, algum dia. – Cadoc sorriu maldoso enquanto Praxíteles traduzia as palavras depois de uma pausa.

O dono da barraca era pragmático. Algumas moedas eram sempre melhores do que nenhuma. Então Myrddion se viu possuidor de uma coleção de jarras de vidro por um décimo do que o vendedor pedira inicialmente. E mais, o homem se dispôs a transportar as jarras para a hospedaria do curandeiro sem um acréscimo no preço. O pagamento seria em dinheiro logo na entrega da mercadoria.

Por baixo do entusiasmo, Myrddion estava alarmado.

– Não gosto de roubar o lucro legítimo de um homem, Cadoc, por mais que eu esteja louco para ficar com as jarras.

– O que é vidro, mestre? Na maior parte areia, não é? E o mundo tem muito disso grátis. Ele teria um enorme lucro com a aristocrata se ela não pensasse melhor. Mas vamos encarar a coisa: para quem mais ele iria vender as jarras se não fosse para nós? Ele está feliz. Nós também. Então está tudo como se deve.

Com essa sabedoria doméstica, Myrddion foi obrigado a concordar, eletrizado com seu achado maravilhoso.

E, à medida que as semanas passavam lucrativamente, a única sombra no horizonte do rapaz era a falta de notícias de Flávia. Ela desaparecera na cidade de Constantino como se jamais tivesse existido.

Certo dia, depois de um almoço comido aqui e ali nas barraquinhas do mercado, os três curandeiros voltaram à hospedaria e encontraram um irritado mensageiro à espera. Myrddion insistiu em lavar a sujeira da expedição matinal e examinar as condições do jovem Yusuf, quase curado, antes de ouvir o que o homem tinha a dizer. Quando ele voltou, o mensageiro retirou a exasperação do rosto e recitou o recado memorizado:

– Saudações a Myrddion Emrys, curandeiro de Segontium, da parte de Sua Senhoria o *magister militum* de toda Constantinopla e suas terras, Flávio Ardabur Aspar. Ele solicita que o senhor aceite um convite para um desjejum na próxima semana, para que tome conhecimento de algo que o senhor gostaria de saber.

O mensageiro curvou-se profundamente e esperou a resposta com paciência.

Vou?, perguntou-se Myrddion furiosamente. *Eu estaria no território de Aspar, o que, considerando as circunstâncias, seria uma loucura. Para minha própria segurança, preciso que alguém me acompanhe para ser minha testemunha e meu tradutor. Mas quem? Qualquer um que eu leve ficará em perigo.*

Mas não se eles não souberem de nada, concluiu Myrddion.

– Claro – murmurou. – Claro! Vou pedir a indulgência do *magister militum* e levar um intérprete caso minha capacidade falhe. – Virou-se para o mensageiro. – Espere por mim aqui. Volto logo.

Assim que encontrou Ali el Kabir e depois de explicar a situação a ele, Myrddion voltou ao mensageiro aceitando polidamente o convite de Aspar. Ali el Kabir não hesitara. Se o curandeiro estrangeiro precisava de sua presença, ele concordava. Sua família devia ao rapaz algo que nunca poderia ser pago, pois Myrddion informara a ele ser quase certo que Yusuf viveria e com o uso total do braço.

A semana passou sem acontecimentos, com trabalho, visitas a vários lugares de interesse e outra audiência no palácio. Cleoxenes avisara a Myrddion que a motivação de Marciano provavelmente era mais curiosidade do que necessidade médica, mas o rapaz estava ansioso para encontrar o curandeiro ismaelita da imperatriz. Embora várias semanas tivessem transcorrido desde o convite original, Myrddion entendeu que os reis vivem num padrão de tempo diferente do utilizado pelos homens comuns. Portanto, não se ofendeu com a longa espera.

Sem saber que estava sendo singularmente honrado, Myrddion foi escoltado por guardas armados até os aposentos do imperador, onde Marciano o esperava. O imperador estava acompanhado por um homem esbelto e moreno vestido de modo mais adequado às terras do sul, de areias móveis e calor terrível, do que ao palácio de Marciano. As vestes brancas e flutuantes e o albornoz da mesma cor eram ideais para enfrentarem as condições extremas do deserto. Myrddion sorriu ao pensar em como ele e o outro curandeiro se vestiam de modo diferente.

– Myrddion Emrys, você veio – exclamou o imperador desnecessariamente, sentado à beira do leito suntuoso. – Suponho que queira me sondar e cutucar, como Eleazar aqui presente?

Marciano usava uma simples túnica de linho índigo, o que facilitava o exame. Em pé ao lado do leito, o amalecita Eleazar observou ironicamente Myrddion levantar as pálpebras do imperador e examinar-lhe os olhos um tanto amarelados. Examinou a pele cinzenta do velho e, pedindo licença, pousou a mão no coração do imperador, franzindo a testa ao sentir as batidas irregulares sob seus dedos sensíveis.

Depois de mais perguntas e uma cuidadosa observação da respiração laboriosa de Marciano, Myrddion arriscou um diagnóstico.

– Seu coração falha uma batida de vez em quando e está um pouco rápido, majestade. Estou certo que meu respeitado colega já lhe disse isso. – Eleazar assentiu com um leve sorriso. – Tenho observado que o coração pode envelhecer mais rápido do que o resto do corpo e, quando isso ocorre, os pulmões enfraquecem e minam a força do paciente. Eu sugiro que Vossa Majestade evite muito vinho porque piora o problema. Além disso, os olhos indicam que o senhor tem problemas internos, portanto, deve evitar períodos prolongados de pesado exercício físico. Contudo caminhadas são sempre boas para a circulação. Precisa evitar alimentos ricos, adoçante em excesso e refeições muito exageradas. Finalmente, Vossa Majestade precisa descansar várias horas à tarde, e dormir numa posição reclinada, com muitas almofadas nas costas.

Marciano fechou a cara ante a ideia de todas as comidas ricas que lhe seriam proibidas.

– Quer que eu viva como um padre, curandeiro? Eleazar já me disse que preciso descansar e ser abstêmio.

– Melhor viver como um padre do que morrer antes do seu tempo – declarou o amalecita simplesmente. E a honestidade inata de Myrddion o obrigou a concordar com a cabeça.

Então, Eleazar e Myrddion conversaram para decidir qual tônico seria o mais eficaz a ser receitado ao paciente. Depois disso, Myrddion recebeu de um Marciano azedo uma moeda de ouro com o perfil do imperador. A entrevista terminara.

O resto da semana arrastou-se lenta e tediosamente, embora Myrddion se atormentasse com a ausência de notícias de Flávia. Bastante deprimido, estava certo de ter sido substituído, lutando de modo árduo para não imaginar a feiticeira ruiva nos braços de outro homem. Contudo, indiferente a seus esforços, o ciúme ardia nele. Só o encontro próximo com o pai, Flávio Ardabur Aspar, distraía a mente do curandeiro.

Um acontecimento inesperado serviu para animar um pouco o ânimo combalido de Myrddion. A hospedaria recebeu como hóspede um mercador do extremo sul, de nariz de falcão, cuja tosse insistente lhe perturbava o descanso. Enquanto receitava um tônico e mandava Finn prepará-lo para o paciente, Myrddion notou uma curiosa faca em forma de folha pendendo do cinto do homem. Aquilo o lembrou de repente da lâmina na pedra da Dança do Gigante, e seu reconhecimento da faca fenícia. A curiosidade dele foi atiçada.

– Praxíteles, meu amigo, pergunte ao cavalheiro se ele permite que eu examine sua faca.

Quando a arma foi entregue a Myrddion pelo cabo, ele viu que a lâmina era idêntica à antiga gravação.

– Pergunte ao mercador se pode dizer onde é sua terra natal e a que povo pertence. Ele é fenício?

Praxíteles falou rapidamente numa língua estranha com o homem, que respondeu também rapidamente enquanto guardava a arma na bainha.

– Sim, ele é fenício, mestre, e vem de Tiro, às margens do mar do Meio. Seus conterrâneos são grandes marinheiros e mercadores que viajaram por todas as águas do mundo. Pelo menos ele se gaba disso – relatou Praxíteles em dúvida.

Como se a roda de Fortuna recomeçasse a girar, Myrddion sentiu que o destino fechava os círculos de sua vida e lhe dava as respostas que ele buscara por tantos anos. Então suspirou contemplando o futuro.

– Explique ao mercador que seu povo chegou à minha terra, além das Colunas de Hércules. E diga que lhe fico extremamente grato, pois ele resolveu um mistério que escapava de mim há muitos anos.

Capítulo 22

Os pecados do pai

Gorlois cavalgava de seu palácio de verão em Isca Dumnoniorum para Sorviodunum quando escolheu um atalho para a Dança do Gigante. Ano após ano, tinha visto o enorme e antigo monumento a distância, pois a rota para Venta Belgarum passava pelo enigmático círculo de pedras rodeado por grandes montes de terra. Nunca examinara a Dança de perto, julgando que pertencia a tempos antigos e bárbaros antes de seu povo vir da Armórica e atravessar o Litus Saxonicum.

Os últimos anos tinham sido difíceis para Gorlois e sua bela esposa. Além do aborto que Ygerne sofrera, sua filha mais jovem, Morgause, casara-se com Lot, o poderoso rei da tribo Otadini, que governava as terras entre as duas muralhas fortificadas no norte distante. Ygerne chorara inconsolavelmente ao ser separada de Morgause, embora a jovem vaidosa e voluntariosa fosse com frequência uma provação. Quase imediatamente Morgause engravidara e tivera um filho, mas a tirania da distância impedia que os novos avós encontrassem seu primeiro neto.

Além dessa tristeza, havia também o estranho comportamento da bela Morgana. Embora a moça fosse silenciosa e obstinada e preferisse ficar sozinha, haviam chegado até o rei murmúrios de que sua filha estava se misturando a personagens não recomendáveis. Enraivecido com tais rumores sem forma sobre ritos antigos e arcanos, Gorlois foi obrigado a interrogar uma curandeira de aldeia, a qual declarara publicamente que a filha de Gorlois era uma feiticeira imunda e assassina.

Quando a mulher o desafiou permanecendo muda, Gorlois ordenou que fosse encarcerada e privada de comida até tornar-se mais submissa. O que soube, então, não deu qualquer prazer ao Rei Dumnonii, pois descobriu que a filha mais velha tinha passado a se dedicar às artes negras que prometiam poder ilimitado. Pensar que sua bem-amada Morgana chegara a isso deixava Gorlois doente de tristeza. Enquanto Ygerne tinha o alívio das lágrimas, Gorlois só podia se enfurecer com a filha, exigindo respostas que ela teimosamente se recusava a dar.

Por fim, Morgana tinha oferecido uma explicação, pelo menos até certo ponto. Vermelho e chocado, Gorlois imaginava para onde teria ido sua meninazinha coroada de flores desde a infância.

– Nasci mulher, meu pai. Entende o que significa? Não, como poderia? O melhor que posso esperar é o mesmo que minha irmã: um marido rico e nobre e a chance de ter um punhado de filhos miadores e briguentos. Bem, esse destino não basta para mim. Não vou sentir-me realizada colocando as necessidades de um homem na frente das minhas. Estou decidida a ganhar renome por mim mesma e para mim mesma.

– Lar e família são o suficiente para sua mãe, e ela é uma das melhores pessoas que você vai encontrar na vida – rebateu Gorlois, perturbado com a rejeição ao modo de vida deles.

– Não sou tão bonita quanto minha fabulosa mãe, meu senhor. E certamente não sou a mulher mais adequada da Grã-Bretanha – retorquiu Morgana. – Mas sou inteligente e tenho uma força de vontade masculina. Então vou usar tudo que tenho para conquistar um nome. O senhor pode me negar essa ambição?

– De onde tirou tanta arrogância e orgulho, moça? – O rosto honesto de Gorlois estava sombrio e confuso. – Por que tem que ser a melhor?

– Por que é errado querer ser a melhor? O senhor me negaria o direito de ter uma vida realizada? Responda, pai, se é que se importa tanto comigo.

– Sim! Se, para realizar essa aspiração, você precisa chegar ao assassinato. Como ousa zombar dos deuses de nosso povo tomando parte num ritual de sacrifício dos Antigos? Não teme a punição dos Tuatha de Danaan?

Morgana deu uma risadinha, como se estivesse discutindo um novo vestido, e não o assassinato de camponeses em ritos antigos. Gorlois sabia da licenciosidade que acompanhava esses rituais, e seu coração afundou ao pensar na filha envolvida em tal imundície.

– De qualquer modo, já aprendi tudo de que precisava dos ritos antigos, meu pai. Portanto, prometo não voltar à caverna da Mãe. Seja como for, os sacerdotes estão usando seus encantamentos apenas para assustar os camponeses, e os ritos degeneraram num pretexto para a devassidão. Em vez disso, decidi procurar os druidas para obter conhecimento.

Gorlois sentiu-se agradecido e horrorizado ao mesmo tempo. Estava aliviado por Morgana ter cortado os laços com o pequeno grupo nojento em Tintagel, no qual ele pretendia passar a fio da espada logo que possível. Sim, ele desejava silenciar qualquer boato posterior, mas a perversão do culto deles afrontava a sensibilidade tosca, mas honesta, de Gorlois. No entanto, o contínuo interesse da filha em magia o estarrecia. A única vantagem era que os druidas tinham sido mais circunspectos em suas formas de culto antes de os romanos os varrerem da terra.

– Se o senhor realmente sentisse o poder dos antigos lugares como a Dança do Gigante, então saberia por que busco respostas – explicou Morgana desafiadora, deixando Gorlois atônito com a paixão e a determinação no rosto moreno e elegante da moça. Assim, naquela visita à corte de Ambrósio, o Alto Rei, Gorlois fizera sua tropa parar perto da Dança do Gigante e, contra os seus hábitos, avançou sozinho para o círculo dos sonhos.

O dia estava claro, o céu azul tocado por poucas nuvens esgarçadas. As pontas da relva ondulavam na brisa suave; um coelho saltou da vegetação ante o cavalo de Gorlois e correu loucamente pelos irradiadores círculos de pedra. O cenário estava cheio de paz, e várias ovelhas de cara preta mastigavam o capim ao lado do altar de pedra no próprio cento da Dança.

– Nada há de perigoso ou poderoso aqui – murmurou Gorlois num desafio, falando alto por motivos que não entendeu inteiramente. – São apenas algumas pedras velhas, e nem muito bem talhadas, na verdade. –

Uma sombra cobriu o sol por um momento, escurecendo o dia. Gorlois sacudiu a cabeça enquanto um sussurro de superstição lhe gelou o sangue.

– Você está imaginando coisas – resmungou, avançando num passo firme de guerreiro. Quando chegou ao centro do círculo, ao lado do altar, o rei pousou a mão na pedra ereta, a maior de todas, e deu um tapinha na superfície áspera como se faz com um cavalo ou um cachorro.

Os dedos formigaram imediatamente. A pedra fria parecia emitir energia através da superfície, ou como se estivesse muito quente.

Gorlois deslocou a mão, com a palma achatada, contra a rocha. O formigamento voltou, mas tão sutil que ele não teve certeza se era sua imaginação. Uma sensação de terror borbulhou dentro dele. Algo gelado pareceu agarrar seu coração, como se uma ameaça escondida no futuro se mostrasse momentaneamente, cruamente.

O rei Dumnonii se encolheu, fixando-se no cenário pastoril em torno de si. O sol irrompeu por trás de uma única nuvem e inundou a paisagem de luz, enquanto as ovelhas pastavam despreocupadas. Um rouxinol pousou na pedra do altar, olhando o rei diretamente e sem alarme.

– Estou bancando o bobo – Gorlois murmurou, para romper o estranho estado de espírito que o tinha dominado. – Mas de uma coisa eu sei: a Dança do Gigante não é brinquedo dos mortais. As coisas antigas devem ser deixadas em paz, pois podem prejudicar nossas mentes. Morgana precisa ter cuidado.

Então, com o ânimo sombrio, Gorlois se afastou da Dança, dirigindo-se ao seu encontro com o Senhor do Ocidente, o Imperador Ambrósio.

Panelas vigiadas dão a impressão de nunca ferver, assim como alguns dias parecem não terminar. Myrddion sentia-se agoniado e apreensivo, contando as horas para visitar Flávio Ardabur Aspar e conversar com o homem que acreditava ser seu pai. Finalmente, acompanhado por Ali el Kabir, partiu determinado a conhecer o pior.

O *magister militum* vivia numa propriedade muito grande para alguém de aparência tão ascética. Seu palácio era decorado com a riqueza de um homem que detinha todo o mar do Meio na palma da mão.

Descansando em nichos nas paredes, havia estátuas do Egito em malaquita verde e alabastro branco; cenas de pássaros caçadores decoravam o *scriptorium*; potes, bacias e enormes vasos em vermelho-ático, preto e branco serviam ao uso doméstico, e os jardins eram pequenos milagres com moitas e árvores exóticas. Assim que Myrddion e Ali chegaram, um criado bem treinado os fez entrar na casa até um soberbo jardim à beira de terraços debruçados sobre o Chifre de Ouro. Ali, Aspar ocupava-se com suas aves predadoras.

– Ah, você chegou, Myrddion Emrys. E esse cavalheiro? – Aspar curvou-se profundamente para Ali el Kabir e esperou que Myrddion o apresentasse. – Ouvi falar de sua firma comercial. O senhor é um homem do deserto, eu soube. Então vai se sentir familiarizado com o aviário. O criado vai lhe mostrar os meus tesouros. – Buscando com um olhar rápido a confirmação de Myrddion, Ali el Kabir consentiu em ser levado para outro local. – Venha, rapaz! Esses caçadores são meu queridinhos. Tenho certeza de que Vortigern lhe contou como gosto de falcões, águias e peregrinos. – Encarou com admiração relutante o jovem, que se vestira com um cuidado especial. – Aprendi a amar esses pássaros com os povos do deserto, que gostam de seus cães, cavalos e falcões acima de todas as coisas. Não são belos?

A expressão de Aspar estava repleta de amor quando ele se colocou diante de uma gaiola com três pássaros empoleirados, as cabeças cobertas por capuzes finamente bordados que escondiam sua expressão feroz. Longas tiras de couro pendiam-lhes das patas. Quando se moviam no poleiro, sinos tocavam com um doce tilintar.

– Sim, eu também amo os pássaros caçadores, mas nunca quis tê-los – murmurou Myrddion. – Eu os vejo pairando no vento sobre a relva alta à beira-mar. A elegância deles na matança é de fazer parar o coração.

– De fazer parar o coração? – murmurou Aspar com um sorriso enviesado. – Que linguagem poética, rapaz. Eu não esperava isso de você. Venha conhecer minhas belezinhas.

Com um aceno negligente da mão, Aspar mandou um criado entrar na gaiola com pequenas bandejas de carne, colocadas ao alcance de cada pássaro. A seguir, usando a mão envolta numa luva de couro acolchoada e uma proteção para o braço, o criado removeu os capuzes das aves.

Duas delas, as maiores, partiram para a carne sem hesitação. A primeira era uma enorme águia do deserto, bela, com uma faixa colorida e asas cor de areia dobradas contra o corpo. As garras polidas e luzidias eram imensos instrumentos de morte.

– Esse é Interfector, o meu matador. – Aspar entrou na gaiola e, contrariando o bom senso, alisou o peito da águia com a mão nua. A soberba criatura estreitou os olhos, talvez por prazer, e abaixou a cabeça selvagem. O segundo pássaro era um falcão peregrino, uma criatura que sempre representara a realeza na Itália, Gália e Grã-Bretanha. Também era um espécime soberbo, com penas brilhantes de saúde e força.

– Esta é Regina Atrox, minha cruel rainha – cantarolou Aspar. – Você mata a meu comando, não é, beleza? – O pássaro pareceu entendê-lo e balançou a nobre cabeça várias vezes. O terceiro pássaro, o menor, tinha olhos dourados, selvagens e sinistros. Ele decidira ignorar a carne e fixava o amo com olhos vazios e malévolos, como se ainda ansiasse pelos céus amplos e livres. – E esta beleza aqui é Nêmesis, o meu *merlin*, um tipo de falcão. Ele se recusa a ser treinado e jamais consentirá em me amar, mas ainda tenho esperanças. É bonito, não é? Os olhos parecem trespassar a pessoa.

– Ele sonha com a liberdade, senhor. Nunca se submeterá à luva; não importa o que se faça. Só a morte quebrará o seu espírito.

Aspar encarou Myrddion com um sorriso doce e olhos tão frios como o sétimo anel do Tártaro, ou Inferno.

– Como você, Myrddion? Cuidado, honrado convidado, pois homens que não se curvam podem facilmente quebrar num vento forte. Talvez você devesse se chamar Merlinus?

– Sim – disse o rapaz.

Myrddion, por sua vez, sorriu. Algo naqueles olhos tão semelhantes aos seus fez o sangue de Aspar gelar por um instante. Mas o general vivera uma vida longa e frutífera junto de uma espada: não temia nada nem ninguém. Além disso, era muito, muito cuidadoso.

Myrddion correu os olhos pelo quieto aviário e pelos jardins. Estavam sozinhos, exceto pelo criado cuidando dos pássaros.

– Não se preocupe com Tofus. Ele é tão surdo-mudo como o arenito que lhe dá o nome. Eu mesmo providenciei isso. Pode falar com liberdade – murmurou Aspar, divertido.

– Por que violou minha mãe? Que prazer você pode ter tido com uma coisa dessa? Nunca entendi.

– Você é bem rude, Myrddion Merlinus, verdade seja dita a seu favor. Ela estava lá, eu podia possuí-la sem medo de retaliação, e ela me divertiu no momento. Talvez tivesse sido melhor tê-la matado, o que era a minha primeira intenção, confesso. Lembro que ela fingiu apreciar minhas... ações. Admirei sua desfaçatez ao se sentir ameaçada, então permiti que vivesse. Os deuses tomaram a decisão final por mim.

– Pensei que fosse um bom cristão ariano – Myrddion retrucou ironicamente, enquanto processava as palavras do pai. *Não vou vomitar*, pensou. *Não darei a ele essa satisfação.*

– Sou um bom qualquer-coisa-que-sirva-a-meus-objetivos, rapaz. Tenho certeza de que me entende, Myrddion. Que nome! Senhor da Luz! Pela cruz sagrada, quase combina com você.

– O que pretende fazer comigo? Envenenar meu vinho? Cleoxenes me advertiu que não é do seu interesse me manter vivo.

Aspar jogou a cabeça para trás e riu. Por um momento, sua garganta bronzeada ficou exposta e tanto o *merlin* pássaro quanto o Merlin homem a fixaram famintos. Myrddion sacudiu a cabeça imperceptivelmente.

– Você está seguro comigo, pode ter certeza, embora tenha trazido um reizinho do deserto como guarda-costas. – Aspar riu de novo ante a confusão de Myrddion. – Não sabia quem era Ali el Kabir quando lhe pediu ajuda? Ah, Myrddion! Estou apreciando sua companhia de fato. Você atrai os grandes com tanta facilidade. – O rosto do *magister militum* se iluminou, divertido. – Quanto a Cleoxenes, ele sempre avaliou o meu caráter corretamente, mas está errado nesse caso. Não tenho nada a perder e muita diversão a ganhar deixando você vivo. De qualquer modo, acho que seus juramentos não lhe permitiriam o luxo do assassinato. Então estou pronto para arriscar. Está vendo que sei mais sobre você do que você sobre mim. – O curandeiro fixava Aspar com os olhos incrédulos. – Venha, meu rapaz, vamos pedir a Ali el Kabir que se junte a nós. – Aspar deu uma risadinha. – Vamos comer bem e nos conhecer melhor. Tenho vários filhos fortes e espertos, mas nenhum me diverte tanto quanto você, pois me lembra a mim mesmo quando jovem. Como era a expressão que sua mãe usava para me descrever?

– Beleza de jacinto – murmurou Myrddion enquanto voltavam ao palácio onde Ali el Kabir esperava com um criado. – Você causou a loucura dela. Minha mãe tentou me matar e a qualquer homem que chegasse perto dela em muitos momentos. Você a destruiu.

– Ah, mas ela ainda está viva – respondeu Aspar, quando Myrddion viu uma mulher com um vestido cor de sangue sair das sombras entre as colunas. – Acho que conhece minha amada, a Senhora Flávia.

O rapaz sentiu o chão sumir quando Flávia descobriu a cabeça e avançou para o pequeno grupo com os magníficos cabelos fulgurando ao sol poente.

– Flávia? – sussurrou Myrddion num tumulto.

Ela o encarou tranquilamente, examinando-o com os olhos descombinados. Na imaginação do jovem, aqueles olhos representavam a natureza alternadamente falsa e verdadeira dela, que navegava agora pelo caminho de menor resistência. Estava acostumada a pertencer a um homem mais poderoso que ela até que ele lhe falhasse de algum modo. Então, a moça se deslocava para o próximo. Como uma força destrutiva da natureza, Flávia não compreendia a destruição que causava.

– Você é filha de seu pai, minha senhora. Você é filha de seu pai.

Então Myrddion se curvou profundamente para que Flávia não visse seu sofrimento.

Aspar se deslocou com cuidado, saindo do lado de Myrddion e interpondo-se entre Flávia e ele. Como sempre, estava estranhamente divertido.

– Soube por meu amigo que você é casado, Aspar, com filhos e filhas que levam sua *gens*. – Myrddion olhou para Flávia atrás das costas largas de Aspar, depois voltou a olhar o pai.

– Claro que tenho filhos, e também uma esposa nobre. Tive três, na verdade. E daí? As mulheres foram feitas para ser amadas enquanto têm as faces viçosas e o vermelho da romã aviva-lhes as bocas úmidas. Você vai aprender o valor do momento, se o Senhor Deus permitir que envelheça.

– Não vou jogar minha semente na terra como você – retorquiu Myrddion. – Nem vou desperdiçá-la em mulheres de todos os tipos sem qualquer preocupação com o sofrimento delas. Juro pelo Senhor da Luz, cujo nome recebi, que jamais usarei as mulheres como... vasilhas para a minha luxúria. Mesmo que eu tenha que viver sozinho... a vida toda!

– Não seja enfadonho, rapaz. Vai renunciar às mulheres por causa de um amor perdido? Por favor! Eu esperava mais de você. – Ele riu. – Agora vamos jantar. Descobri que estou com fome e acho que vou ficar interessado nas experiências de seu amigo, o emir el Kabir. Venha. Flávia, minha pomba, abra o caminho.

Impotente e totalmente sobrepujado pelo urbano e perigoso anfitrião, Myrddion seguiu o casal para dentro do palácio. O triclínio esperava por eles, com criados silenciosos que ofereciam luz, doce música e vinho sem água para o prazer dos convidados de Aspar.

Um pouco confuso pelas correntes negativas e secretas na sala, Ali el Kabir tentou manter uma conversa civilizada com o anfitrião, enquanto Myrddion escolhia dos pratos oferecidos por criadas silenciosas. Não tinha apetite. Passou o tempo amaldiçoando-se por ter sido um idiota com as esperanças de reconquistar Flávia. Tentou arduamente encontrar um veio de raiva nas cinzas de seu desejo. Qualquer coisa que não fosse o sentimento de perda, frio e enjoativo, e o nojo de si próprio que transformava a comida mais deliciosa em estrume.

– Perdão – a boca de Flávia desenhou as palavras em silêncio por cima da mesa baixa entre eles, do lugar que ocupava ao lado do amante. Aspar estava mergulhado numa conversa sobre cavalos com Ali el Kabir.

Myrddion desviou os olhos, e só o seu perfil era visível para Flávia. Concentrado na taça de vinho, podia sentir a raiva da moça ante o menosprezo dele.

Com uma ferroada de dor, percebeu que ela reconhecera os traços do filho no pai. Então sua rápida inteligência a levou a Aspar como um pombo caseiro a seu galho. Desesperado demais até para ter ciúmes, Myrddion não a olhava.

Aspar fizera uma pausa na conversa com Ali el Kabir para se dedicar a um pombo novo guarnecido de mel. Com habilidade, separou o osso do peito da ave com a faca e trinchou uma perna que devorou satisfeito.

Quando os olhos de Flávia e Myrddion se encontraram de novo, ela levantou o queixo. O rapaz percebeu que a jovem queria perturbá-lo, mas de repente viu que não ligava.

– Apesar de suas atitudes humildes, seu jovem convidado tem vários dons secretos, meu senhor. Talvez deva lhe perguntar como nos conhecemos em Châlons. E então pergunte a ele por que meu pai o detestava tanto.

– Fique calada, Flávia – Myrddion interrompeu asperamente, perturbado. Ele usava a faca de Captus para destrinchar um pombo.

– Você não deve mesmo provocar o pobre rapaz – retrucou Aspar com displicência.

– Pergunte a ele sobre os dons que tem, e como pouco erra – insistiu Flávia.

Aspar virou-se para Myrddion com uma expressão educada de vago interesse, enquanto continuava a dilacerar a carne na ponta da faca com os dentes admiráveis.

– Não é nada. É só uma doença que eu tive na infância.

– Que doença, Myrddion? Pelas barbas de Deus, eu estava sem interesse algum nas palavras dela até você se mostrar tão relutante em partilhar seu segredinho. Sei que minha pomba vai me contar mesmo que você não queira.

– Ele tem visões – revelou Flávia. Seu rosto ficou momentaneamente feio e velho, como se um eu mais baixo sugasse sua juventude. – Meu pai o detestava porque Myrddion viu através de seu coração e previu a morte dele.

– Impossível! – disse Aspar com escárnio. – Ninguém pode ver através do véu do tempo, menos ainda um curandeiro itinerante sem riqueza ou status.

– Errado – protestou Flávia. – Eu estava no palácio no momento; os criados me contaram palavra por palavra do que aconteceu. Myrddion previu as mortes de meu pai, de Merovech, o rei dos francos sálios, e de Teodorico, o rei dos visigodos. Todos morreram exatamente como ele profetizou.

– Não acredito na Visão. É um truque usado por charlatões para assustar os ingênuos e as mulheres tolas.

Myrddion continuou em silêncio.

O tio de Yusuf encarou-o com uma expressão estranha, um olhar escuro e brilhante à luz das tochas. Os olhos de falcão e o rosto comprido e estreito permaneceram vigilantes, aguçados pela curiosidade.

– Sempre notei que as pessoas que insistem em ter esperanças de que o futuro possa se abrir para elas são incapazes de enfrentar o presente. – A voz de Aspar soava divertida e cheia de desprezo. – Para elas, qualquer coisa é melhor do que hoje, Myrddion, e acredito que essa impressão é para os tolos.

– Concordo. Minhas palavras são apenas para os tolos. Descobri que só as aspirações mais altas têm valor duradouro.

Aspar parou de sorrir.

– O que quer dizer?

– Alguns parecem ter nascido para servir, enquanto outros nasceram para tomar. Você é de um tipo, e eu sou de outro.

Myrddion esfregou a testa, onde um tenso nó de dor tinha se formado. Temia outro episódio como o que o deixara tão doente em Roma, portanto, detestava o jogo de gato e rato. Aquilo expunha suas emoções e lhe exacerbava a dor, um círculo vicioso de tensão e agonia.

Flávia fitava o rapaz, esperando que a súbita mudança de comportamento disparasse outro acesso. Nunca assistira a um, então não podia conhecer suas consequências.

– Não queira conhecer o que o futuro traz, Flávia. Você não desejará saber de seu destino. Ninguém quer. Na última vez que tive um acesso, previ a extinção de Roma para breve.

– Pouco me importa Roma – retrucou Flávia.

– É. Afinal de contas, o que são algumas centenas de milhares de pessoas? – comentou Myrddion ironicamente. O rosto de Pulchria surgiu ante ele. De algum modo, a proprietária romana, ex-puta, parecia muito mais decente do que aquela aristocrática jovem reclinada no sofá, comendo preguiçosamente.

A sala estremeceu ante dos olhos fulgurantes do rapaz.

– O que foi, Myrddion? – As palavras de Ali el Kabir vinham de longe, e o curandeiro lutou para voltar à consciência. Apesar disso, a voz do rapaz começou a aumentar em sua mente como se ele fosse um espectador, e ele próprio tivesse sido substituído por um demônio.

Não, pensou. *Não, não, não. Nunca mais! Por favor, Mãe Ceridwen, poupe-me desta maldição. Não permita que eu me exponha na frente deste homem terrível.*

Mas, como em tantas outras vezes, a onda em sua mente não pôde ser detida, por mais que ele tentasse. Agora, porém, Myrddion seria obrigado a ouvir o que a voz desse estranho tinha a dizer.

– Você vai envelhecer antes do tempo, mulher. É só o que precisa saber! Fique calada! – A voz de Myrddion era tão gutural que todo o humor se apagara no rosto de Aspar. – Príncipe do deserto, amigo. Seus descendentes possuirão esta cidade, e toda a riqueza dela, um dia, passará a seu povo. Mas muitos séculos se sucederão antes que o deus cristão seja expulso de Hagia Sophia, e os Filhos do Profeta que Virá responderão ao chamado da prece nas grandes abóbodas ecoantes. Sob a mágica Cúpula do Senhor, os filhos de Ismael triunfarão.

– Não entendo, mestre curandeiro – murmurou Ali el Kabir. – Por que iríamos expulsar o cristianismo?

– Nos séculos vindouros, meu povo e seu povo estarão em guerra pela propriedade de Jerusalém. A desgraça virá... e a tristeza... e a medonha escuridão. – Sem perceber que tinha se movido, Myrddion levantou-se e encarou o pai. De uma grande distância, viu morrer qualquer esperança de receber respostas daquele homem, ou mesmo um traço de afeição que seu coração secretamente ansiara. Então abandonou tudo que não fosse dor e perda.

– Você, Aspar, viverá por muitos anos. Vai continuar no poder e então se banqueteará com o terror que inflige aos outros. No final, encontrará a faca do assassino, e será mais lembrado pelo que não foi. Nunca governou e jamais se sentou no trono do Oriente. Seus filhos também não. Ultimamente você tem sido aterrorizado ante a ideia de servir, pois só grandes homens podem se aplicar às necessidades do povo. Você não tem alma para servir.

– Se o que está dizendo é o pior para mim, por que devo temer sua profecia? Se suas palavras são verdadeiras, vou viver muito, morrer rápido e velho e serei lembrado. Eu lhe agradeço, Myrddion. Vou permitir que seja um dos que servem, se quiser.

– Silêncio! Você me deu o nome de Merlinus, o pássaro que nunca possuirá. Quando você for apenas restos de informação nos pergaminhos que nenhum erudito lerá, todas as crianças de impérios muito maiores do que este conhecerão meu nome. E se rejubilarão ante os meus feitos e os feitos dos meus. Portanto, é sem remorso que eu renuncio a você, e a cada raiz e ramo de sua família. Renuncio a seu sangue como trivial, um acidente que os deuses me enviaram para que eu o repudiasse. Agora sei de você tudo que precisava saber... E o que soube não valia a pena ser conhecido. – Myrddion pegou a bolsa de couro, e os dedos cegos encontraram o anel de âmbar. Sem tardar, no êxtase de suas palavras, jogou o anel no rosto do pai. – E, se duvidar de mim, lembre-se de minhas palavras quando Roma queimar e a Igreja Romana possuir seu coração e sua alma.

Então, seguido por Ali el Kabir, Myrddion deixou o grande palácio de Aspar. Passaram por estátuas cujos rostos sorriam na eternidade, e caminharam rapidamente para dentro da noite perfumada, as queixas penetrantes de Flávia tremulando atrás deles. Enquanto a noite o abraçava, o rapaz não percebeu que estava chorando por sua juventude perdida.

Myrddion chegou à hospedaria silenciosa, com Ali el Kabir tentando alcançar os passos das pernas jovens e longas do curandeiro.

– Vou ver Yusuf pela manhã, meu amigo – disse Myrddion suavemente ao se despedirem. – Não fique alarmado com meus acessos. Eles já me afligem por muitos anos. Mas você e o seu sobrinho viverão bem nas terras de seu povo. Desejo-lhe sorte com seus cavalos e falcões. Eu pensarei com frequência no amigo morando no quente sul quando a chuva gelada chicotear meu rosto em Cymru.

Ali el Kabir abraçou o curandeiro e deu uns tapinhas em seu rosto sem barba.

– Não entendi bem o que disse no palácio, nem por que o disse, mas Aspar vai odiá-lo por isso. Vi a expressão em seu rosto quando você foi embora. A vaidade dele foi insultada até o cerne. Tínhamos planejado partir para Antioquia e Sidon amanhã, mas Yusuf ainda não poderá viajar por muitos dias. Vou pôr o meu barco, o *Pastor do Mar*, à sua disposição. Eu lhe darei um pergaminho informando o capitão da minha vontade. Mas mande o barco de volta para nós inteiro! E deixe logo a cidade, rapaz. O mais depressa possível. Aspar lamberá o seu próprio orgulho por uma ou duas noites e então vai querer uma desforra.

Myrddion agradeceu a Ali el Kabir com todas as palavras possíveis e abraçou-o emocionado.

– Espero que nossos povos jamais se odeiem como previ, pois nunca poderia vê-lo como inimigo.

– Se é a vontade de Deus, nós nos encontraremos no Paraíso. E talvez choremos pela cobiça e ambição que vai dilacerar este mundo no futuro. Nada há que possamos fazer; apenas seguir os caminhos justos.

– Seus filhos são abençoados de terem um pai como você – sussurrou Myrddion, abraçando-o mais uma vez. Então, entrou correndo na hospedaria para acordar os amigos.

– Ainda bem que Rhedyn e Brangaine se recusaram a desfazer as malas – Cadoc concluiu ao saber que fugiriam de Constantinopla ao alvorecer. – É uma cidade bonita, mas nunca poderia ser o nosso lar.

– Não, nunca poderia ser o nosso lar – Myrddion respondeu com um soluço. Por mais que tentasse, Cadoc não conseguiu encontrar palavras que consolassem o rapaz enquanto este chorava.

Finn, Cadoc e Myrddion se apoiavam na amurada do estranho navio de Ali el Kabir com suas enormes velas triangulares, enquanto a embarcação entrava no Propontis. Abaixo do convés, as mulheres dormiam depois de uma noite de atividade frenética. Praxíteles se azafamara sobre os pertences do curandeiro. Sem fazer perguntas, o grupo carregou seus bens terrenos para o pátio da hospedaria, agradeceu a Emílio e a sua tagarela esposa e pôs-se a acomodar a bagagem nas carroças que Ali el Kabir conseguira tirar sabe Deus de onde com sorrisos.

Myrddion fora procurar Praxíteles, dormindo na alcova dos criados, e tentou pagar-lhe os serviços, mas o grego se recusou a aceitar qualquer dinheiro. Depois, muito triste, Praxíteles insistiu em acompanhá-los em sua viagem, e nem todos os protestos de Myrddion conseguiram fazê-lo mudar de ideia.

Agora, enquanto o sol dourava o Chifre de Ouro, transformando a cidade numa miragem de prata dourada, Myrddion esperava nunca mais ver o Império Romano do Oriente. Aspar morava lá, e, depois da queda de Roma, uma muralha de bárbaros altos ficaria entre ele e Myrddion. Aquele filho jamais repetiria os pecados do pai, mesmo se precisasse fazer sua jornada pela vida tão solitário e engaiolado como o *merlin* de Aspar.

– Vamos mesmo para casa, mestre? – perguntou Finn. – Meu filho vai crescer em seu próprio solo?

– Seu filho bem pode ser uma filha, Narrador da Verdade – brincou Cadoc. – Apesar de todas as suas poções e loções, você ainda não consegue saber o sexo de uma criança que ainda não nasceu.

– Pouco me importa o sexo dela, contanto que seja forte e saudável – retorquiu Finn com seriedade, com a luz do sol debruando-lhe o rosto.

– Você vai ser um bom pai, Finn – disse Myrddion com uma expressão triste. – Seu filho pode nascer na viagem de volta para casa, mas será um celta, e isso é tudo.

Cadoc chutou duramente a canela de Finn com a bota. Myrddion ouviu o Narrador da Verdade recuar, mas não prestou atenção. Estava profundamente imerso na tristeza por Flávia, pelo pai e pela desafortunada aventura que absorvera seis anos de sua juventude.

– Vai ser bom deixar estes céus imensos; estou com saudade das chuvas de casa – sussurrou quase para si. – Em Cymru, tudo parece mais suave e gentil, e acho que vou tentar ver Branwyn quando voltar. Talvez, depois de tudo que aprendemos, eu possa até curá-la.

Por trás dele, Cadoc e Finn trocaram olhares cheios de significado.

– A culpa dessa tristeza não é do senhor, seja lá o que a está causando. Não é aquela mulher danada, é? – perguntou Cadoc raivosamente. Qualquer golpe desferido em Myrddion era um ferimento grande em Cadoc. Além disso, jamais gostara da vaca de cabelos cor de fogo. – Mais cedo ou mais tarde, vai aparecer uma boa mulher em sua vida. Provavelmente será uma de nós, e não uma nobre romana que não conhece nada de honra e decência. Vai ver só, mestre! Tudo vai dar certo quando chegarmos em casa.

Não, não vai, pensou Myrddion triste. *Eu não vou me casar porque dói demais. Melhor ficar sozinho. Não quero passar adiante a maldição da crueldade de meu pai.*

Mas não conseguia dar voz a tais pensamentos. Desejara ser forte desde muito jovem, quase antes de poder se lembrar. E agora essa intenção se tornara uma segunda pele que lhe ocultava as perdas da pena dos outros.

A cidade se desvaneceu aos poucos na manhã. O alvorecer voou ante o vento para o Propontis, conduzindo os curandeiros no primeiro estágio da longa jornada de volta à Grã-Bretanha. Para casa.

– Eu gostaria de ser chamado de Myrddion Merlinus daqui por diante – disse Myrddion a Cadoc naquela manhã, depois de horas de silêncio terem oprimido seu coração. – De todas as maravilhas que vi em Constantinopla, a coisa que mais admirei verdadeiramente foi o *merlin* de Aspar. Ele continuava livre, apesar do cativeiro, e me convenceu de que todo homem precisa conhecer sua verdadeira natureza.

– Claro, mestre – respondeu Cadoc em tom baixo. – O senhor pode escolher o nome que quiser. Mas primeiro tem que comer, porque vai precisar de substância. Grandes acontecimentos o seguem de perto, então, vamos precisar manter sua força.

Myrddion riu suavemente. Seu coração podia estar se partindo por causa de uma amante infiel. O pai podia tê-lo humilhado além do suportável. Mas Cadoc continuava a paparicá-lo, independentemente de sua idade.

– Por que você e as mulheres se dão ao trabalho de cuidar de mim? Eu arrastei vocês para guerras, para lugares tão ruins que nem gosto de lembrar, para o meio da dor e do perigo. Por que viajam comigo?

Por um segundo, Cadoc pareceu atingido por um raio. Abriu a boca, surpreso, e, quando a fechou, Myrddion ouviu o choque dos dentes encontrando-se. Então Cadoc repetiu uma resposta que Myrddion já ouvira antes, há muito tempo, numa época de dor e morte. E o processo de cura se iniciou no coração do rapaz.

– Ó deuses, mestre! Ainda não sabe? É pelo amor que temos e sempre teremos pelo senhor!

Então, Cadoc se afastou em direção à cabine abaixo do convés. E Myrddion descobriu, de repente, que estava com muita fome.

Notas da autora

Sempre gostei de escrever. Mas este romance foi, ao mesmo tempo, a realização de um sonho e a tarefa mais difícil que já empreendi. Meses de pesquisa, uma viagem muito longa por terras e mares, horas de suor e baldes de lágrimas participaram de sua elaboração.

O empreendimento todo começou quando passei a cogitar sobre os anos perdidos da vida de Merlin. Refiro-me aos anos entre a tentativa de Vortigern de sacrificá-lo e o papel de Myrddion como conselheiro de Uther Pendragon. Examinei as duas imagens dele, isto é, o Merlin Sylvestris, ou o Homem Selvagem, e o Mago. Rejeitei a versão do Merlin Sylvestris, descrito na *Vita Merlini*, por achá-la improvável. Eu simplesmente não conseguia visualizar meu Merlin como um homem enlouquecido pela perda. Tal indivíduo não seria capaz de guiar o destino de reis com temperamento tão forte como Uther Pendragon e seu filho, Arthur.

Depois dessa decisão, apresentou-se um problema enorme. Onde estava Merlin durante sua vida adulta, ou pelo menos cerca de uma década antes daquela época? O que um curandeiro inteligente, isolado e parcialmente qualificado faria naquele período? Como as lendas arthurianas nada dizem sobre esses anos, eu não tinha qualquer luz-guia que orientasse meu caminho.

Posteriormente, depois de terminar o primeiro livro desta trilogia, cogitei o que faria se estivesse na pele de Merlin. A resposta me veio rapidamente: o objetivo final seria encontrar o pai, mas, em curto prazo, ele teria fome de conhecimento e buscaria aperfeiçoar sua competência médica.

Nesse caso, para onde iria? A resposta a essa pergunta surgiu rapidamente também. Ele iria para o mar do Meio – o Mediterrâneo –, como fonte de todo aprendizado. Entretanto, o Império Romano estava desmoronando e se autodevorava. Como eu nada conhecesse virtualmente dos detalhes minuciosos sobre a decadência imperial, M. K. Hume teve de repensar o planejamento. Foi fascinante descobrir que o Rei Merovech, que deu o nome à dinastia merovíngia dos reis da França, era também famoso por ser uma suposta Semente de Demônio. O resultado dessa pesquisa foi surpreendente, para colocar a coisa de modo suave. Traçar a vida manipuladora e extraordinariamente brutal de Flávio Aécio foi, do ponto de vista histórico, fascinante. Enquanto procurava com dificuldade por Flávio Petrônio Máximo, Heráclio, Valentiniano III e Flávio Ardabur Aspar, fui surpreendida pela realidade: os dados históricos eram mais violentos e bizarros do que qualquer coisa que eu pudesse inventar.

E todos esses homens viveram e morreram no mesmo período. A história da Europa estava de fato na balança. Átila, o Huno, e sua horda assassina tinham potencial para mudar a face do continente. Portanto, não fiquei realmente surpresa ao descobrir que a batalha dos Campos Cataláunicos está entre as quinze batalhas mais influentes de todos os tempos. Que Flávio Aécio a tenha vencido em um dia foi uma vitória do espírito de luta e do desespero sobre a força dos números do maciço exército de Átila.

Então, após estudar o antigo cenário de Roma e a política que a tornou quase moribunda, rastreei o envenenamento devido ao chumbo e o terrível preço em vidas humana que o gosto por doce cobrou dos romanos. Teria um jovem como Merlin feito a conexão entre um adoçante destilado de uva e a debilitante doença, com seus sintomas loucamente diferentes? Talvez sim, ou talvez não. Os romanos nunca deram esse salto. Mas também nunca abriram mão de seu amor pelos jogos sangrentos, mesmo como cristãos.

Viajei para Istambul/Constantinopla para ver o Chifre de Ouro e Hagia Sophia III. Embora não tenha visto Hagia Sophia II, que existia nos tempos de Merlin, eu vi a basílica ao lado dela, que data de uma época muito anterior. A terra e os mares estão intocados. Eu abracei, amei e senti o passado exsudando das paredes para as minhas mãos.

Peço desculpas por inserir Merlin nesses evanescentes dias de glória. O Império Romano via os estrangeiros entrarem e saírem dele aos milhares. Merlin poderia muito bem ter sido um desses viajantes. Tive a oportunidade de lhe dar o nome moderno de Merlinus, ou Merlin, e lamento ter de me despedir do mar do Meio.

Interferi o mínimo possível na verdade, pois houve de fato pouca necessidade disso. Posso ter dado a Aspar um filho extra, e um passado um tanto demoníaco e não comentado, mas historicamente sabemos pouco sobre ele, ou sobre número exato dos filhos que teve. O certo é que Flávio Ardabur Aspar poderia ter se tornado imperador em várias ocasiões, simplesmente mudando seu tipo de cristianismo. Em vez disso, ele colocou homens menos importantes no trono e permaneceu uma figura poderosa e enigmática que ninguém jamais conseguirá decifrar. Sua paixão pelas aves predatórias foi inventada por mim.

Incidentalmente, Flávio Aécio teve de fato uma filha, que foi casada com Thraustila, o nobre huno. A história do assassinato de Valentiniano também é historicamente precisa. Minha Flávia poderia facilmente ter tido esse nome, sendo a forma feminina da *gens*, mas a história não registra o nome da filha de Aécio ou seu destino final. Minha interpretação, portanto, é tão válida quanto qualquer outra, e confesso que tenho sido mais generosa com ela do que provavelmente deve ter sido o caso, dada a personalidade de seu pai e o modo como as moças eram criadas nos dias tardios do Império Romano. Espero que a Flávia histórica tenha fugido da Itália e construído uma nova vida com o ouro de Thraustila, mas duvido.

Um último detalhe deve ser explicado. Como o profeta Maomé ainda não tinha nascido em 456 d.C., o Islã, como o conhecemos, ainda não existia na época. O povo que se tornaria o Crescente seguia a fé cristã, a fé dos hebreus ou o paganismo, baseado nas crenças dos amalecitas. O fato me fez cogitar por que extremistas das três religiões dominantes no Oriente Médio estão numa guerra tão ferrenha. Como Myrddion teria dito, pelo que estamos lutando? Portanto, Ali el Kabir é uma invenção, mas milhares como ele comerciavam com Constantinopla e seguiam a fé judaica. Outros ainda eram cristãos, portanto, membros dessa fé também se moviam livremente no mundo do Oriente Médio. Seu amor por cavalos, cães de caça e aves de rapina eram hábitos fortes nos filhos do deserto.

Ainda recentemente, um amigo de herança cultural celta conversou comigo sobre as diferenças físicas prevalecentes nos meus romances. Tentei explicar que, no frio norte, a seleção natural decidiu as características físicas. Devido à minha herança do norte, sou clara, de olhos azuis e pernas longas para a minha altura, mas baixa se comparada a outros da minha árvore genealógica. Minha mãe tinha um metro e oitenta e dois de altura, e meu tio, um metro e noventa e sete. Somente os altos sobreviviam como filhos da neve. Por outro lado, climas mais tépidos permitiam que pessoas mais baixas vivessem. Assim são feitas as lendas!

Meu amigo discutiu também o termo celta, e admiti que essa palavra é uma descrição mais moderna dos homens das tribos que habitavam a Grã-Bretanha entre a era dos Pictos e as posteriores invasões dos nortistas. Eles se chamavam por seus nomes de tribo, mas eram grupos raciais coesos e, quando atacados de fora, punham de lado suas diferenças tribais e se uniam. Chamá-los de o Povo, nome que a maioria desses grupos usava, não foi uma opção para mim. Portanto, uso o termo celta, dado a esses homens por eruditos e estudiosos posteriores.

É isso. Espero que tenham gostado da nossa jornada.

Por mim, fiquei alvoroçada com ela. Acredito piamente que, quando paramos de aprender, estamos mortos. E espero que o meu Merlin tenha aprendido muito, obtendo, assim, a força necessária para enfrentar os testes posteriores em suas aventuras com Arthur, rei dos Bretões.